U0607418

紫庵文集

（第一冊）

魏際昌 著◎方 勇 主編

人民出版社

策劃編輯:孫興民
責任編輯:孫興民　孫　逸　苑興華
封面設計:徐　暉
責任校對:張　彦　張帥奇　畢宇靚

圖書在版編目(CIP)數據

紫庵文集/魏際昌著;方勇主編.--增訂本.—北京:人民出版社,2022.3
ISBN 978-7-01-024590-4

Ⅰ.①紫…　Ⅱ.①魏…②方…　Ⅲ.①中國文學-文學研究-文集
Ⅳ.①I206-53

中國版本圖書館CIP數據核字(2022)第034193號

紫庵文集
ZIAN WENJI

魏際昌　著　方　勇　主編

人民出版社 出版發行
(100706　北京市東城區隆福寺街99號)

保定市北方膠印有限公司印刷　新華書店經銷

2022年3月第1版　2022年3月北京第1次印刷
開本:710毫米×1000毫米 1/16　印張:438.75　插頁:18
字數:5300千字

ISBN 978-7-01-024590-4　定價:1580.00圓(全十一册)

郵購地址 100706　北京市東城區隆福寺街99號
人民東方圖書銷售中心　電話:(010)65250042　65289539

《紫庵文集》簡介

魏際昌(1908-1999),字紫銘,又字子銘、子明,號紫庵,河北撫寧人。北京大學文學學士、碩士,均師從胡適。曾任湖南省第一民眾教育館館長,後歷任廣東女子文理大學、瀋陽中正大學、西北大學等院校中文系教授。自1952年開始,先後任天津師範學院、河北大學中文系教授,直至1999年病逝。一生專心學術,博通淵雅,在詩歌創作、經學、小學、楚辭學、漢魏六朝文學、唐宋文學、元明清文學,尤其在諸子學領域,均卓有建樹。

《紫庵文集》是魏際昌先生及其夫人于月萍的著作全集,基本涵蓋了魏際昌夫婦所有存世論著,並附往來書信、傳記、年譜,及後學祭奠、回憶、研究等文章若干,整理為精裝16開本11冊出版發行。魏先生著作大致可分為詩歌創作、學術研究論著和雜文序跋雜憶三類。詩集《紫庵詩草》上下編,含"少年""流亡""抗敵""文教""勝利""解放""勞動"等篇,唱酬之外,"保證真實",可稱為二十世紀中國學術文化之縮影。學術著作20種,融貫古今,而於先秦諸子用力尤深——《中國古典文學講稿》《中華詩詞發展小史》《漢魏六朝賦》以史為脈絡兼及體類,提綱挈領;《鄭公孫僑大傳及其年譜》《先秦學術散論》《先秦散文研究》《〈論〉〈孟〉研究》《先秦諸子的"名學"問題》《諸子散論》《先秦兩漢訓詁學》往往由訓詁而入義理,新見疊出;《桐城古文學派小史》則對桐城派之樹立、分播、陵替詳加分梳,是中國第一部研究桐城派歷史的著作。雜文序跋雜憶等則是先生學術研究之外的撰著,於先生生平經歷、志趣精神、交遊狀況多有反映。《紫庵文集》全面反映了魏際昌先生的人生經歷和學術成果,既蘊老一代學人博雅遺風,又見近代學術轉變之軌跡,具有重要的學術史意義。

魏際昌先生晚年留影於紫庵

1933 年 1 月,魏際昌先生贈于月萍先生肖像照

1934 年，魏際昌先生攝於就讀北京大學中文系本科時

1935 年春夏之交，魏際昌先生與胡適先生等留影（前排中為胡適先生，後排右三為魏先生）

1935 年夏初，魏際昌先生本科畢業時與北大中文系諸同鄉合影（前排右一為魏先生，右五為夫人于月萍）

1950 年春，魏際昌先生攝於西北藝術學院

1988 年 9 月 19 日，研究生畢業前訪學途中在西安大雁塔留影（從右至左：顧之京教授、于月萍先生、研究生賈東城、魏際昌先生、研究生孫興民）

1990 年 9 月 2 日，魏際昌先生在北京“紀念顧隨逝世 30 周年紀念會”上（發言者魏先生，右一周汝昌先生）

1992 年 7 月 5 日,魏際昌先生與夫人于月萍、長孫女魏彩霞合影

1994 年，魏際昌先生全家福（從左到右依次是：兒媳李蘭芝、孫子魏曉冬、魏先生、二孫女魏彩虹、夫人于月萍、長孫女魏彩霞、兒子魏鐵華）

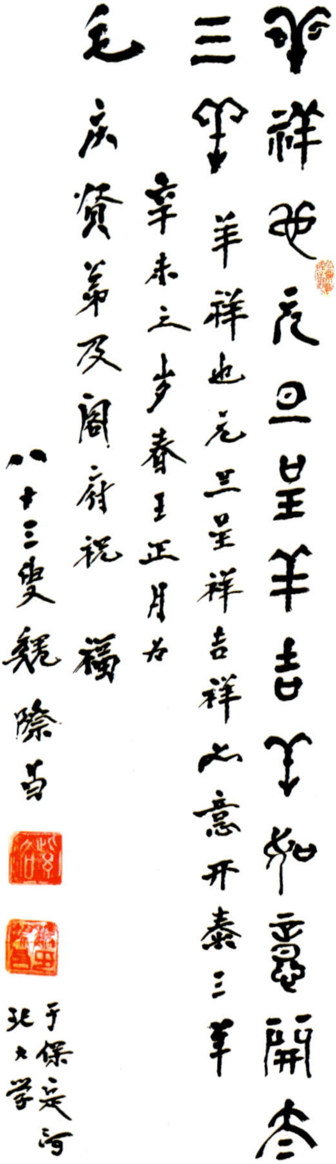

羊祥也元旦星羊吉羊如意開泰三羊

羊祥也元旦星祥吉祥如意开泰三羊

辛未之岁春王正月右

元庆贤弟及阖府祝福

八十三叟魏際昌

于保定河北大学

魏際昌先生墨蹟之一

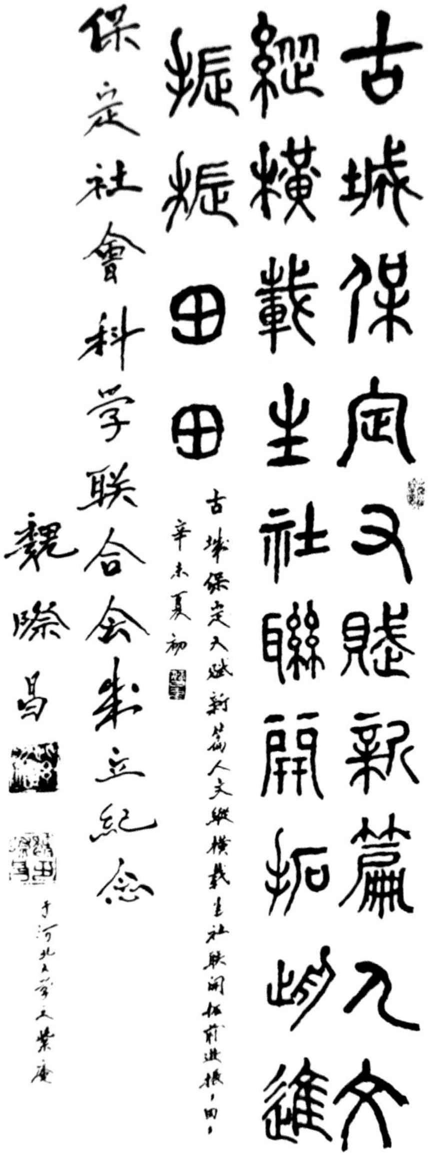

古城保定文賦新篇人文

縱橫載生社聯開拓前進

振振田田

古城保定文賦新篇人文縱橫載生社聯開拓前進振振田田

辛未夏初

保定社會科学联合会成立紀念

魏際昌

于河北大学文業廬

魏際昌先生墨蹟之二

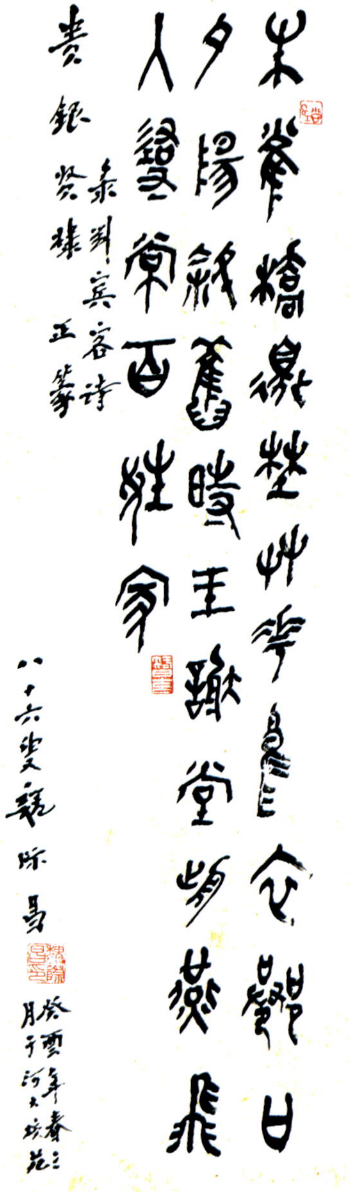
朱雀橋邊野草花烏衣巷口
夕陽斜舊時王謝堂前燕飛
入尋常百姓家
錄劉賓客詩
貴銀賢棣正篆
八十六叟魏際昌
癸酉年春三月于河大校苑

魏際昌先生墨蹟之三

序一

方　勇

粤自清末國危，華夏板蕩，凡豪傑之士，莫不甘灑熱血，欲以再定乾坤。若政治、經濟、軍事、外交，皆有其人焉。至於學林，如海寧觀堂、新會任公、餘杭枚叔、績溪適之之儔，則尤其翹楚，今焉思之，幾可比美周秦諸子也。此數子者，雖身經亂離，而其學術行誼，仍克彪炳史冊，其何哉？蓋國運維艱，其濟民之心切，故發而為論，其立言之旨高。其繼之者，尤當戰火之瀰漫，目擊生民轉乎溝壑，其家國之情，救世之志，未必讓於師輩焉；其學術之精，發言之妙，未必遜於前賢焉。特以危亡在即，禁網隨密，其說有不得其傳者，此誠時勢之可悲者也。中有人焉，則先師紫庵先生也。先生親承胡適之學統，身歷百年之變局，其救國濟民之血氣尤剛，其正學立言之志趣尤篤。然遭際坎坷，聲名不彰，手澤或罹湮滅之災。予既忝列門墻，蒙恩深渥，豈可不表而出之，忍使先師之名不聞於後世哉！

一

先師魏公諱際昌，生於清光緒三十四年（一九〇八），字紫銘，又字子銘、子明，號紫庵，其先河北省撫寧人也。祖化純公，年二十舉秀才，平生以授館為業，間掌官司文牘。光緒初，化純公攜妻劉氏及二子獻廷、獻瑞，“闖關東”至吉林，遂占籍焉。獻廷公娶某氏，生子世昌；繼娶劉氏宗瑞，生子際昌、運昌，女毓貞（後改名媛）、毓賢。

化純公秉儒素家風,頗具威嚴,闔府上下莫不敬且懼焉。先生既生,方咿呀學語之時,化純公即試授以《千家詩》《唐詩三百首》,皆足成誦。化純公喜,以為孫輩之中,獨先生為穎慧,故最為寵愛。及化純公臥病,撫其背而歎曰:"紹承家學,以光門楣,其汝乎!其汝哉!"時先生已入小學,化純公遂於其歸學之時,復授以先秦儒典,至十四歲已通四書五經矣。先生之學,誠基始於此,雖至耄耋之年,於此類儒典猶足倒背,其家學之深如此!方此之時,先生亦初識聲律,發為吟詠。嘗訂數百首於一册,以請於化純公,化純公逐一手批之,先生習焉,遂於詩詞一道有所會心矣。其一生吟詠成習,亦肇乎此焉。故先生嘗賦《化純公禮讚》詩數首,晚年復增以小序,繩繩乎稱頌無已,蓋終其生未嘗或忘也!唯化純公所批先生少年之作,早已亡佚,先生晚年已檢而不得,惜哉!

一九二一年秋,先生考入吉林省立第一師範學校初中班。任教於該校者,或出身北大等名校,或嘗留學東、西洋,術業有專長,品性各異方。先生受其熏習,學業有進,識見益廣。及入高中,高亨先生為文字學教師,於先生教益尤夥,後數十年,一皆親同師友。時先生學業甚優,而家境頗窘,遂以工讀之故,為守圖書館於晚間,先後凡三年。於是先生乃克博覽群書,益深其學。而當時新思,亦隨《語絲》《創造》《吶喊》《彷徨》諸新書,而入乎先生之眼矣。一九二九年秋,先生考入吉林大學教育系文學組,於傳統課業之外,閱外國作品頗夥,如高爾基《母親》、托爾斯泰《戰爭與和平》、狄更斯《雙城記》等,既為先生日後授外國文學之本,更成其研治國學以資比較之度也。

"九一八"事變,東北淪亡,吉林大學旋亦解散,先生乃於一九三二年春逃亡北平。是夏,考入北京大學中文系,乃於其學術生涯,肇開新局焉。北大乃"新文化"之源,先生嚮慕久矣,乃今得入北大,而流離之苦,亦為之稍解矣。於是少問世事,專心學業,日懷講義筆記之冊,循鐘聲以出入於教室，廣聽胡適、魯迅、周作人、錢玄同、劉半農、馬敘倫、劉文典、黃節、林損、羅庸、羅常培等名師之課程，學以大進。即今所存先生所批俞平伯《詞選》、余嘉錫《目録學發微》諸講義觀之，則先生用心之專、用力之勤，可概見矣。而其中所論，亦間有異於師說之處，則其會心自得者也。先生少時，嘗從化純公習《文字蒙求》《字學舉隅》《續三十五舉》等，又嘗從高亨先生研治《說文》，於漢字音義及字體流變素有根柢，故於北大之時，尤用心於唐蘭"鐘鼎文研究"、沈兼士"右文研究"、馬衡"金石研究"、魏建功"古音系研究"等課。今存先生手批唐蘭《殷墟文字研究》《商周彝器文字研究》講義，皆行楷小字，密佈其中，或訓釋甲骨，或補證金文，廣採博涉，逐字訓解，顯為課後補充整理，是其用心之所在也。先生嘗撰《爾雅集釋》，更於課暇之時，常駐北大圖書館以研治《說文》，凡三年有奇，終成《說文解字彙釋》八十萬字。先生亦嘗欲以古文字學終其一生，然世事多舛，身不由己，而《說文解字彙釋》書稿亦於"文革"時遭紅衛兵之劫以亡佚，至今不可得。而先生此志，遂成永恨矣！

北大諸師之中，先生尤善胡適先生，每聽其授課，即肅然起敬，點滴入神，屆乎欣賞之境。先生之作白話文，亦受胡適先生之感召也。一九三四年秋，先生擬以公安一派為學位論文之題，乃請胡適先生為指導教師。胡適先生欣然應允，且薦周作人先生同為指導。先生從之，遂撰為《袁中郎評傳(附年譜)》。先生方卒業，茫茫然不知何往，適北大研究院招收研究生，胡適先生為導師之一。於是先生報名應試，果名列榜上，仍以胡適先生為導師。胡適先生以"桐城謬種"之說時興，命先生治桐城派，先生從之，二年而成《桐城古文學派小史》，凡二十萬言。此書非唯近代首部研治桐城派之專著，亦首倡桐城乃"學派"而非"文派"之論，於桐城派研究之事影響深遠，至今仍為典範焉。

一九三七年,先生甫卒業,而“七七事變”突發,民族危亡,懸於一綫。先生既驚且痛,只恨身微力弱,不能報國。流亡北平,本自貧苦,值此大亂,幾無以為生。乃於八月六日,拋妻别子,南逃謀生,自稱“二度牛郎”以嘲,悲亦極矣!南逃之途,其顛沛坎坷,不待煩言,而日寇盤查襲擾,恆存性命之憂。經天津、煙臺、濟南、徐州,終至於南京,遂入國民黨召組之“青年戰地服務訓練班”,矢志抗日圖存。翌年二月,訓練班奉命南行,經安徽、江西而至武漢,先生乃受命赴河南禹縣等地,指導民眾抗日之事。九月,又移先生於湖南省教育廳。此後數年,先生皆處湖南,先後任湖南省立第一民眾教育館館長、省立第八中學校長、省督學等職,於社會教育、民眾教育用力尤多,撰有《社會教育在湘西》《中國民眾教育史芻議》等文。

在湘之時,先生曾兼任廣東省立文理學院教授,所授“《說文》研究”“文字聲韻概要”“中國文學史”“漢唐散文選”等,皆北大所學之樸學、漢學、文學系統也。一九四四年秋,轉陝西南鄭,任教於國立西北醫學院,教授“中國文學史”“近代文學史”“文字聲韻概要”“讀書指導”“大學國文選”等,並撰有《隨園先生年譜》等,均源出其北大所治之學也。

抗戰既勝,先生受命為吉林省政府接收專員、教育部東北院校接收專員。翌年秋,高亨先生時為東北中正大學中文系主任,邀先生,先生應之,設“中國文學史”“古代散文選”“經學概論”等課。時高亨擾於庶務,先生實主其事。後復與高亨諸先生,共組“國學研究會”,以期專注文史、翻新國故。並於《瀋陽日報》副刊特闢國學專欄,由高亨先生撰為發刊詞,先生所撰《孔門弟子學行考》亦分期刊焉。

國民黨失勢於東北,中正大學旋遷北平。一九四九年初,徵先生為華北剿總焦實齋辦公室秘書,以教授之故,獲同少將待遇,其職則聯絡北師大、清華、燕京及設院北平諸東北院校也。時先生嘗於勤政殿宴請各校教授以咨和戰之見,又與齊白石、潘齡皋、朱家濂等多所往來,更嘗奉命送胡適、陳寅恪、梅貽琦等乘機離平。北平之和平解放,先生實有力焉。後亦嘗與葉劍英、林彪、薄一波、陶鑄等共產黨領袖有所交際。

北平既和平解放,先生乃入於“華北大學政治研究所”,以學習馬列主義及毛澤東思想,並就其政治問題予以首次“交待”。一九五〇年三月,移先生於西北藝術學院中文系,開設“文學概論”等課。然該校本“魯藝學院”,教職員皆以文藝為工農兵,與先生所持傳統學術扞格不合,遂於翌年二月調入西北大學中文系。方此之際,先生又因“歷史問題”作第二次“交待”,所幸尚可勉力從事學術,聊以自慰。

一九五二年七月,以夫人于月萍先生任教於天津師範學院歷史系故,先生亦調入該校中文系任教授,開設“蘇聯文學”“現代中國名著選讀”“中國文學”等課。一九五四年,該系設古典文學研究室,先生遂與顧隨、韓文佑諸先生共事,每聚講切磋,相得甚歡。方此之時,先生所撰《蘇聯文學》《中國文學史》《古典文學讀本》講稿乃告厥成,又撰有《李白評傳》《漢魏六朝賦》等。值暇,先生常往天津勸業場書鋪訪書,先後購得古籍舊帙千餘卷,自喜坐擁書城。然是年之後,政治風波愈演愈烈,先生所受調查亦日見嚴重,而先生之厄,亦終於來襲矣。

一九五五年,“肅反”大行,先生遭迫,乃就其“歷史問題”作第三次“交待”。一九五七年,又“大鳴大放”,先生又被迫作第四次“交待”,並與夫人于月萍同劃為“右派”。一九五八年三月,先生遭開除公職,押楊柳青農場勞改,夫人于月萍則於學校農場強制勞動。一九六〇年,先生以胃疾嘔血,乃得返城治療。是年,天津師範學院改名河北大學。翌年九月,先生五十四歲,乃摘除“右派”,發往中文系資料室,從事於灑掃、登記資料工作,間或運煤、燒鍋爐。夫人于月萍則發往校圖書館打卡片、排架子。至一九七八年,先生夫婦得以平反,乃出資料室、圖書館而重登講壇。自開除公職後,凡二十餘年,先生僅於勞作之際吟詩自慰,甚若"文革"之時,終日批鬥、虐待不休,即吟詩亦成奢望矣。然先生賦性堅韌,未嘗一日而忘學問。無論勞作之暇、斗室之居,凡有可為,即爭分秒以治學術,或撰新著,或理舊稿。先生七十歲時,嘗致信親戚,自謂病體稍愈,即於療養之暇,整理《桐城古文學派小史》《李白評傳》《唐六如評傳》《先秦法家思想管窺》《兩漢訓詁學》諸舊作。是可見先生之視學術,其重猶愈性命也!

一九七九年,河北大學中文系設助教進修班,先生始克授課,乃為青年教師講授《莊子》。一九八〇年春,河北大學擬請先生重登講臺,為本科生授課;秋,又與詹鍈、韓文佑、胡人龍諸先生合招中文系首屆古代文學碩士。於是先生大為振作,肆情學術,自謂"本科開課講專題,研究生班更屬奇。已非五十年代事,垂老雨後顯虹霓"(《保定去者》)、"固已及耄耋,猶作苦登攀。學如逆水舟,拼搏始過關"(《八一年元旦放歌抒情》)。其生平要著,若《先秦散文研究》等,皆此時之作也。一九八三年秋,先生始獨自招收先秦文學研究生(方勇、李金善),於是攜弟子遍遊各地,以參加學術會議。教研之餘,先生每與乎各類學術文化活動,勠力於各學會、協會之籌建,先後推為河北省古代文學研究會會長、河北省語言文學會副會長、河北省燕趙詩詞協會會長、保定詩詞楹聯學會會長、河北太行文化交流促進會名譽會長、中華詩詞學會常務理事、中國屈原學會副會長、中國詩經學會顧問。就中尤以籌組中國屈原學會,及張大楚辭之學,貢獻尤夥,於學術研究之外,成其推動學術之大德焉。

先生一生博覽群書,其舊學根柢尤為深厚。其所撰著,非唯廣及四部,亦且縱貫古今,且涉於海外之學。上述之外,今《紫庵文集》所收,尚有《周易》研究、《尚書》研究、《三禮》研究、《甲骨文釋例》《鐘鼎文研究泛論》《六書字例》《右文說》《假借說》《鄭公孫僑大傳及其年譜》《先秦學術散論》《〈論〉〈孟〉研究》《先秦諸子的“名學”問題》《諸子散論》《先秦兩漢訓詁學》《楚辭綜論》《史傳散論》《西漢散文鉅子合論》《中國古典文學講稿》《古典文學散論》《中華詩詞發展小史》《漢魏六朝賦》《唐代邊塞詩析論》《李白評傳》《明清文學》《雜文序跋》《毛主席著作語文析論》等等,蔚乎大觀,洋洋非孤陋淺薄者所能望其項背也。

先生之學,皆出於根柢,發為廣博。先生少秉庭訓,幼承家學,既而稍廣其學,而不為所遷,於小學之道浸淫久焉。於以治甲骨鐘鼎之文,《爾雅》《説文》之理,積力既久,發之遂廣,故馳騁於四部,出入於百代,皆無往而不自得焉!觀乎此,則以深厚廣博為尚之傳統學術,庶幾未墮於地哉!後之學者,其亦念哉!

予始侍先生於一九八三年秋,厥後十載有餘,皆得親炙。每念先生淵雅廣博之學、霽月光風之懷,未嘗不效河伯之歎。然先生每云:“昔在北大求學之日,嘗聞錢師玄同先生自謂其學不及俞樾之十一。今我魏某,亦未敢望錢師之十一矣!”小子聞之,愈益惕惕焉。而先生確乎以此自勉,雖至耄耋,猶“口不絕吟於六藝之文,手不停披於百家之編”(方勇《祭恩師紫庵魏際昌先生文》)。小子自忝列門墻,每周登門請益,皆師母于先生開門以導,先生恆正襟危坐於書桌,非批閲古籍,即執筆撰稿焉。問之《論》《孟》,先生皆倒背如流,其章句先後皆絲毫不爽,非吾儕顛倒含混以記誦之類也。一九九三年夏,先生不慎仆於學校大澡堂中,腦部震蕩,視物重影、聽聲變音,予嘗陪侍醫院焉。時予將赴國際《詩經》學術研討會,方草論文,遂多以《詩經》之事請於先生。先生雖半處昏迷,而問之必答,答之必中,無少爽忒。予驚其於《詩經》之爛熟,而愈感先生之不可及也!予既卒碩士之業,即為先祖鳳公搜輯遺文,彙為《方鳳集》,而限於學力,其間有不可句讀者,久思不得,遂以請於先生。先生一見之而定其可否,不假思索。學問之力,有如是夫!河北清苑吳氏至德堂之後,家藏明清八股文及科舉試卷若干,欲為之釋讀,遂遍訪冀内高校中文教師,而皆不能。一九九四年後,乃經人引介,往謁先生。先生甫接稿而成誦,如庖丁之解牛,聞者無不豁然而明。後予聞之,益增崇慕焉。故嘗語人曰:"先生之飽學如此,吾輩雖竭力步趨,亦不可仿佛其十一。然著述少見,學說不彰,如卒然不可諱,其學隨身去,非唯先生有抱憾之悲,亦斯文之一厄也!予等忝列門墻,當盡弟子之責焉。"

予與李金善兄乃先生獨自招收之首屆研究生,後三年又招一屆,即不復收。方吾儕入學之日,先生即闢其門外一屋為讀書室,出其珍藏線裝書命予二人細讀。猶記予二人所讀之書,首部即《尚書孔傳參正》,紙已發脆,乃先生珍藏,蓋兩閱月而讀畢焉。先生又每周授課一次,凡先秦要籍,皆執黃脆手稿,逐部講解。每告予二人曰:"唯根柢是務!"予二人常侍先生出席學術會議,從先生遍遊國内,故得拜見俞平伯、錢鍾書、王力、呂叔湘、郭晉稀、饒宗頤、姚奠中諸先生。諸先生舉止言談之中,交際往來之間,無不可見其學養之深厚、氣象之博大。今之學者,每露其侷促之氣象,陳言發論之際,每需遍索枯腸,尋章摘句,以文其面,更遑論"風力"矣。噫,可深省哉!

親炙諸先生之時,予每有"目擊道存"之感。靜言思之,蓋諸先生之提攜後進也,但問其根柢如何,如此方克登高致遠,未嘗以文章為事也。而今天道轉移,為人師者,但以一技之長授諸生,以求其快;問答之際,亦無非幾篇文章、刊於何處之類,何無聊之甚邪!其學術志趣之别、氣象之異,亦由此判然矣!

予嘗請古今學術之别於先生,先生曰:"古之學術,見之於日用常行之間,體之於身心性命之内;今之學術,治之以尋行數墨之法,流之於聚講空談之表矣。"旨哉言也!夫屈原行吟,但為忠貞;子長撰著,以究天人。即陳壽之輩,雖有索賄之説,亦未見其為稻粱謀也。是古人之治學,志成一家之言也。今之學者,或攻乎章縫,碌碌於雕蟲;或徒事玄虛,誇誇於空談。或逢迎時勢以謀利,或捐棄道義以遠害。嗚呼,其何以對古之人哉!此吾所以喟然於時勢者再四也!

二

先生平生自許北燕撫寧人,謂“予家撫寧,距榆關四十里”(《山海關登臨懷古》自注),“美哉我撫寧,英才代代現”(《南戴河撫寧新建區》),“某則北燕老漢,似我之古代鄉親,不服老之關漢卿,竹筒倒豆子,慷慨悲歌,一吐為快。”(一九九五年致張遠齊函)晚年還特為《撫寧縣志》撰序,並攜夫人于月萍返鄉探親,於此故籍尤具深情,其詩曰:“我有家族兮在撫寧,農耕負販兮五世紀。秫米為粥兮蔬菜羹,短衫敝屣兮謀朝夕。關東漂流兮祖與父,孩提傾慕兮船廠地。教以掃灑兮學《詩》《書》,青青子衿兮由是起。回首前塵兮七十載,皚皚白頭兮返故里。老淚盈眶兮思親人,舊屋蟲聲兮猶唧唧。遂享膏腴兮飲旨酒,親友依依兮送不已。碧桃一筐兮祝壽考,行行屢顧兮心悒悒。燈下恍惚兮熱中腸,似夢實真兮何自疑。”(《重返祖籍撫寧縣榮莊》)

撫寧今屬河北省秦皇島市,殷商時孤竹國之土也。夷齊不食周粟,即孤竹君之子也。始皇東巡,魏武登臨,氣吞山河,猗吁壯哉!其風氣所被,燕趙遂多慷慨悲歌之士,仗節死義之臣。若夫東北,雖古稱蠻荒,而清初以降,民多出關謀生。因地處苦寒,物產不豐,其人乃相協互助,以抗天地,故成豪爽剛毅之風、重義輕生之俗。先生嘗賦詩以讚化純公,謂其“隆眉俊目立亭亭,威而不怒處士風”、“敵前廉守民族節,病後退食子孫中”(《化純公禮讚》),深具燕趙之風、東北之度。先生雖少習儒典,浸淫乎“溫柔敦厚”之《詩》教,然其燕趙血脈、東北民風,固不可掩,絕非白面書生、冬烘先生之比也。

一九二四年,先生年方束髮,不過就學初中爾,察知吉林文教之弊,而毫無畏懼,放言以抨擊之。一九二七年起,先生弱冠,則恆與於吉林學生運動,以張愛國之勢,如“反對吉敦鐵路延長”“打倒賣國賊劉芳圃”“五卅慘案示威遊行”“五五國恥紀念”等,先生皆在焉。一九二八年“易幟運動”,先生更不避逮捕之險,毅然出任糾察隊長,引遊行之隊伍,闖吉林省議會。男兒血性,士夫豪氣,固如是哉! 一九二九年考入吉林大學,又嘗任吉林省學生聯合會召集人,召組學生愛國運動,更與奉天及關内平津滬上諸學生會、愛國組織交通聲氣,協同並進。於是不舉事則已,舉則疾風暴雨、凌厲無前。若夫師長之勸阻、軍警之攔截,乃至辱罵毆打、逮捕監禁之事,不恤也。今之文弱書生,何可比也! 一九三四年秋某日,特務至北大東齋搜捕,諸生皆憤,圍而毆之,先生亦與焉。翌日被逮,雖備受凌辱,未嘗屈也。一九四六年春,東北收復未久,梁華盛履新副軍長及警備司令,至即大設宴會,並招日本妓女歌舞以伴。先生時為接收專員兼教育廳主任秘書,見之憤然,因拍案而起,厲聲云:“東北淪亡十四年矣,吉林父老皆喁喁望治。乃主席甫下舟車,即以此為尚,其何以對東北父老邪?”梁大怒,舉槍欲殺先生,以衆勸得止,而仍逐出先生焉。

自一九四九年六月入“華北大學政治研究所”,先生雖間受“改造”,屢作“交待”,而血性不改,剛克如故。華北大學政治研究所結業後,發先生於西北藝術學院教學,三月至長安,而七月即以病辭歸。一九五五年所作《自傳》,謂該校本魯藝學院,故於生活教學,均要求甚嚴。先生自覺精神不快,兼以舊病復發,乃辭職就醫。所謂“辭職就醫”顯係託辭,“精神不快”,則其“歸歟”之深故也。一九五四年後,先生遂為“肅反”之要犯。先生一九六八年所作“交待”,自訴其心懷不滿,以為當政刁難於己。傅作義立於天安門上,而己本下屬,反遭清算,尤為不平。故為學者呼冤,論當政之未能禮賢下士云。一九五七年,天津諸民主黨派,集會獻策於黨,而先生於天津民革市委之席,大論當政應以民為上,以戒陳勝吳廣之事也。夫人于月萍先生,亦於民進天津市委建言,在上者當深入群眾,不可以親信為進步者。於是夫妻二人,均論為深藏之反黨分子,于先生並被控煽動匈牙利事變,隨即強遣於農場勞作,受盡折磨。後先生題其天津師院西湖村居室曰"放廬",又於八〇年六月五日所賦《水上公園聯歡即景》詩後自注云:"顏曰'放廬',言被逐耳。"是可知此等摧折,於先生身心為害尤深,故雖七十三歲高齡,猶耿耿於懷而不得自釋也。

予自一九八三年九月忝列先生門墻後,於先生學術之高深,固高山仰止矣,而更見其素具血性之氣焉。然此血性之氣,與其學術何關,則未克深思。從先生既久,近年又董理先生文集,方略有所知焉。

一九八五年六月二日,予侍先生自杭州往遊紹興,先生甫至,即往徐渭舊宅青藤書屋,低徊留之,久焉而不能去,乃賦《青藤書屋》云:"我愛青藤書屋,特立獨行拔俗。'一塵不到'真語,'中流砥柱'可書。豈真無功社稷,海防助理胡督。只緣皇家昏暗,羞與奸佞為伍。詩文饒有奇氣,丹青膾炙東土。故事至今風傳,明代傑出人物。"五日,復侍先生由杭州往遊蘇州,至於九日,先生執意往尋桃花塢,及徒步尋至,唐寅舊居早已蕩然無存,唯新建民居井然而列,而先生猶自駐足良久,不願即去。一九八七年五月中,先生攜門人孫興民,輾轉火車與汽車,凡數十小時,途徑千餘里地,赴於湖北公安,以與乎公安派學術討論會,並提交《晚明"公安三袁"合論》一文。先生以耄耋之年,於徐渭、唐寅、三袁諸晚明士子,其嚮往之深,何至於此!予時大為不解。至於今日,乃知此數人之習行、氣稟與行誼,皆足以發先生之共鳴,而其文章與學術,亦予先生以啟迪也。

先生於《胡適之先生逸事一束》一文,自述其於一九三四年告胡適先生以志趣而請指導。而所謂志趣,即欲以研治“獨抒性靈,不拘格套”而以率真自然為求之公安三袁也。適胡適先生方倡“反對假古董”之說,立為應允,而告先生可專研袁中郎一人,於是先生乃定其題為《袁中郎評傳》。既受教於胡適、周作人二先生,先生勠力九月,乃成其《袁中郎評傳》,凡十五萬字焉。於此之前,先生所作《明代公安文壇主將——袁中郎先生詩文論輯》一文,已刊於《北強月刊》一九三四年第一卷第六期矣。

昔周作人先生之授先生也,為開具書目,如《袁中郎全集》《白蘇齋類集》《焚書》《徐文長文集》等,大抵皆有“離經叛道”之意存焉,正合先生之所求。方此之時,先生復撰《唐六如評傳》,以見唐寅叛逆之性。嗣後,先生乃間出《徐文長論》《看李卓吾批評〈琵琶記〉戲文後》《晚明“公安三袁”合論》等文,以抒其胸中久鬱之不平焉。

先生之撰《唐六如評傳》也,於“六如坎坷一生,憤而玩世,喜笑怒罵,對立權位”之度,尤深致其同情仰慕之意。《徐文長論》一文,又於徐渭“敢發議論”“非聖叛道”之風多所褒崇,以為徐氏之詩文書畫,均“蔚為奇葩,流傳不朽”。而其《明清小品詩文研究》(《北強月刊》一九三五年第二卷第五期)總論二人,略曰:“唐、徐二人,或以高才被黜,不見齒於縉紳之林,遂激其豪放,流為俳俚之詩。或以布衣稱奇,恥入王李之黨,又因一生坎坷,幾番死活,乃至鬼怪詩文,重迭而出。今細按二家,雖或稍嫌輕浮,或略近古怪,而其創始開新之精神,後人矜式之成品,固不容埋沒焉。”即此可見,晚明諸子之種種,先生均感同身受,故雖至末年,猶念念在茲也。

先生晚年嘗賦《論公安三袁》詩云:“公安論三袁,齒頰溢香滿。信手抒性靈,排斥摩霄漢。高山終可仰,流水潺潺見。海闊恣魚躍,天高任鳥旋。”以为公安“三袁”之於文學也,非唯尚徐渭之“叛逆精神”“不滿現實狂放不羈”(《徐文長論》),亦深見啟於李贄思想之神髓,

"如鴻毛之遇順風,巨魚之縱大壑",故得發為高論,創立獨見。謂其兄弟同心,攜手戰鬥以成名,誠史之所罕見,故先生論之,尤重其"同",以為同為進士、同能出入釋氏、同與李贄為友、同反"七子"之陳言、同作"獨抒性靈"之文、同有文集傳世。其所"同"者,雖"三蘇"亦難比焉(《晚明"公安三袁"合論》)。又總論之曰:"同聲相求,同氣相應,中郎先生所推許者,必皆任性率真、手口直抒之文字,德不孤,必有鄰,誰謂先生單調哉?"(《明代公安文壇主將袁中郎先生詩文論輯》)先生以"三袁"況之"三蘇",而尤稱其主將中郎,謂其"德不孤,必有鄰",誠前人所不敢言,且竊以己為中郎之"鄰",可謂數百年後之同調也! 故先生居"放廬"而血性不減,而其詩文亦步武隨之焉。

先生嘗賦《奉命批〈海瑞罷官〉和搞資料展覽而獲譴》云:"注定'運動員',無語暗呼天。蠢在批海瑞,竟爾敢發言。《早春的二月》,資料亦空展。《北國江南》醜,人是我難全。搜集終何用,羅列等'炮彈'。奉命供驅策,表現惹笑談。花髮失顏色,蟬鳴自令殘。雨來風滿樓,雀去避屋簷。在數莫逃遁,由它去熬煎。"其自注云:"主持批判的人,說我'在數難逃',只能聽之而已。""文革"前夕,先生仍以"老右派""國民黨殘渣餘孽"之身被貶於中文系資料室任雜務。以上命之故,先生遂以《北國江南》《早春二月》《林家鋪子》《海瑞罷官》諸影劇,時所謂"毒草"者,佈為展覽,並同列吳晗《燈下集》《讀史札記》《朱元璋傳》諸書。而時以先生所佈,未克突出政治重點,不符批判《海瑞罷官》之需,遂責先生以有意破壞、"在數難逃"。故先生作為此詩,以示抗爭焉。當此極窮之時而先生猶自不屈,則尤可見其稟賦剛克,未可盡泯焉。

賦詩言志,本先生之家學,先生亦嘗屢告其子孫,謂其願為詩人。然先生早年詩作,散佚殆盡。今所見其於一九三七年盧溝橋事變後至一九四五年抗戰勝利間所作,凡"流亡""抗敵""文教""勝利"諸篇六十餘首,大抵發其悲憤之情、抗爭之志,紀其困苦之狀、去留之跡,謂之“詩史”可也。雖其後迫於時勢,多有違心之作,而其精氣所在,固不可掩焉。予忝列先生門下之初,人有善詩者論《紫庵詩草》用語淺近、體格俚俗,予亦疑之而不敢決。後予與弟子整理《紫庵文集》,見先生少年初學時所作《化純公禮讚》,已諳熟格律,且用語典雅。又見其手稿修訂詩歌之跡,多有本句甚雅而改句反俗者。乃知先生之詩,其通俗顯白,正有意為之也。蓋先生從胡適先生習白話,而又以公安“三袁”獨抒性靈為圭臬之故也。

先生既尚“三袁”、徐渭、李贄等晚明諸子之學,復承胡適先生之學統,故當其教學本科,乃即元明清雜劇、小說諸俗文學研而治之,故有《關漢卿戲曲藝術特色及其思想》《關漢卿戲曲散論》《〈水滸〉散論》《看李卓吾批評〈琵琶記〉戲文後》《講史小說〈三國志演義〉》《漫話〈三國演義〉中的“桃園弟兄”》諸文,所著《明清文學》之論《三國志演義》《西遊記》《儒林外史》《紅樓夢》等,尤深入肌理而自成體系焉。

自其內觀之,先生之治元明清雜劇也,固有抒其胸中塊壘之意焉。故其論徐文長《四聲猿》,極許其衝破藩籬之叛逆精神,與夫不滿現實之狂放不羈,稱曰“蔚為奇葩,流傳不朽”(《徐文長論》)。行文之際,而先生痛快淋漓、激情澎湃之情,亦已躍然於紙上矣。若夫明清小說,則先生恆津津於“桃園弟兄”,故其《漫話〈三國演義〉中的“桃園弟兄》一文,於劉備之仁、關羽之義、張飛之雄、趙雲之忠、諸葛之智,尤多共鳴,故極其讚美之事。自其研治之術觀之,則先生頗受惠於胡適先生之明清小說研究也,其用語顯白通俗,則尤足為先生學白話於胡適之徵焉。

然自論定為“右派”“國民黨殘渣餘孽”,又經“文革”之摧殘,先生之血氣心志,亦不得不稍為之沮。非唯多有違心之作,其他詩作之風骨,亦不復前日之凜然矣。至於學術,亦如是焉。五十年代初,先生撰

《明清文學》,於《水滸》中宋江等梁山人眾,極許其“替天行道”“人民革命”。一九五六年刊於《天津日報》之《我對孔子教育思想的體會》,亦盛讚孔子為“教育家”。然“批林批孔”之後,此類之說,亦不得不隨勢轉移。其一九七四年一月六日致親友信札,自謂“批林批孔”之勢愈演愈烈,己雖為之撰文,而每置學術於政治之上,故不得“結合”。又七月廿日札,自謂為撰此類文章而疲,胃痛、潰瘍及脊椎諸病復發。雖強支病體,違心撰為《從“樊遲請學稼”說起——批判反對勞動教育的孔子》《為奴隸主階級抹彩樹碑立傳的“述作”——批判孔子反動的文史觀點》二文,然仍覺己之學術不合政治之命,其無可奈何之態,亦甚顯白矣。一九七五年,毛澤東於談話中論《水滸》反貪官不反帝王,演為“批《水滸》”之大運動,舉國風從。先生不敢不從,乃撰為《〈水滸〉散論》一文,並以此交《水滸》學術研討會。此文之中,又極貶宋江為首惡,稱梁山眾人為“殘民以逞”,與其前論《水滸》全然背戾矣。

先生血性剛克,故一九五〇年於西北醫學院尚克拂袖而去。然隨即發農場勞動數載,身心俱為重創。一九六一年去“右派”之稱,發赴中文系資料室任雜役,雖得重親典冊,思振舊業,然驚魂未定,時勢難為,固未敢與於舊學焉。故不得已而以《毛主席著作語文析論》為題,用力數載,至一九六四年秋乃成其十五萬言之稿,以“獻禮”於國慶,與前日之“拂袖而去”,不可同日而語矣。

雖然,先生之血性,終不可盡淹殺之也。上世紀八十年代末,屈原研究之風大盛,而異端邪說亦隨之而起,先生每憤然指斥之。並致函同道,痛斥“風氣不正”“邪祟太多”,如以太陽為生殖器之象、“路漫漫其修遠兮”之“修”為“靈修”、女嬃為母、嬋娟乃妾,於是屈子為“淫人”、三閭為“狂夫”矣!而主持者多為鄉愿之輩,任其雌黃,遂至氾濫。(一九八八年七月十二日致趙逵夫函)是先生猶能仗義直言之也。予素悲吾先祖南宋遺民鳳公,少負異才,長而遭亡國之禍,乃痛哭長歌,用嗣商仁人義士之志,而既歿之後,詩文零落殆盡,收於《四庫》者,已是殘膏剩馥矣。故予既獲碩士學位,即盡力輯校其遺文,匯為《方鳳集》以付梓。先生聞之,為賦《為方勇賢棣頌其廿四代祖方鳳處士》竹枝詞五首。意猶未足,復賦《禮贊浦江南宋遺老方鳳先賢並柬其裔孫方勇碩士》云:"浦陽說古郡,春秋早有名。仙華毓靈秀,黃冑傳飛昇。迨及元入統,佳域釀紛爭。南人遭歧視,儒生最蹭蹬。宋末之遺逸,理學為正宗。忠貞多不二,修養似天縱。賢者稱方鳳,謝翱亦同行。創立月泉社,攘臂對刀叢。從者以千數,揮淚思杭京。不食異代祿,安貧樂蒿蓬。詩文留千載,後世沐清風。裔孫曰方勇,二十四代承。執筆頌祖德,繩繩始發聲。最難在輯佚,矻矻未常空。纘續固應爾,士也古道興。"末署"八十六叟魏際昌"。是知鳳公之行誼,直可引北燕老叟為之共鳴,亦其血性猶未盡滅之徵也夫!然則,先生繞指之柔,孰為之哉?噫,悲夫!

三

先生幼承庭訓,其要以儒典為本;至北京大學,又治古文字與集部之學;厥後延及史部,而尤長於諸子之學。由是經史子集,融會貫通;周秦明清,一以貫焉。而其個性之鮮明,遭際之坎坷,尤足體之於身,會之於心也。然世事多艱,故先生之論著雖夥,而大都未及面世,故方今之世,聲名不隆焉。

先生生前,唯其《桐城古文學派小史》由河北教育出版社於一九八八年付梓。此本先生一九三七年所成之碩士論文,乃從業師胡適之議而定其選題者也。胡適曰:"人皆謂'桐城謬種,選學妖孽',其然邪否邪?賢棣可審辨之。"此題大違時風,而先生欣然受之,及成,果不負業師之厚望。然此特先生早歲之所著,不足以衡論先生平生之學術也。

今之學者,則或以先生為楚辭學者,亦不知先生者也。即先生生平而論,先生遍治先秦經典,未嘗專以楚辭為事。唯一九八二年,先生已壽屆七十有五,以應會議之故,方與屈學結緣。至其屢出於活動之場、會議之席,其意亦在乎追攀屈臣,會晤舊友,以袪半生之落拓寂寞也。然則先生之學何主邪?權而論之,先生生平學術之要,寔在諸子矣。

先生之作為諸子專論也,殆肇乎求學北大之日,《北強月刊》一九三五年第二卷第三期所刊之《先秦諸子論學拾零》,則今可考見之最早者也。該文之所論列,老子、孔子、子夏、曾子、子思、墨子、莊子、孟子、荀子、韓非子及《呂氏春秋》,於先秦諸子,幾無所不備矣。後更有《〈管子〉和管仲》《談談孔子的思想體系》《孔子的"禮學"》《孔子》《墨翟與〈墨子〉》《孟子》《商鞅〈商君書〉》《慎到之作》《荀況與〈荀子〉》《呂不韋和〈呂氏春秋〉》《韓非的〈韓非子〉》《李斯》《董仲舒與漢代學術思想》《從〈春秋繁露〉等書看董仲舒的哲理文章》《桓譚》《東漢的散文大家王充及其〈論衡〉》《葛洪與青虛山》《說道家》等專文分論先秦漢魏六朝諸子。論其成書,則有三焉,一曰《先秦散文研究》,二曰《〈論〉〈孟〉研究》,三曰《先秦諸子的"名學"問題》,則尤為先生精義之所存焉。

惟此三著,當成於一九七八年至一九八二年之間,其餘專論當亦多成於此時。蓋先生自幼穎悟,長而個性益顯,又處風雲際會之北大,乃感百家之說有裨學術,故作《先秦諸子論學拾零》,以為"先秦諸子,思想絢爛,空前啟後,蔚為大觀,世之追本學術者,莫不淵源於此"。其治晚明諸子之學,亦以唐寅、徐渭、李贄、公安"三袁"之輩,身處政局大變之世,步武老莊之行誼,個性張揚,率真自然,不為世俗所拘。故先生之本科論文,以公安"三袁"為題,而尤以中郎為選也。後先生命途多舛,備受折磨,其意志不墜而一意學術者,蓋孔子之知其不可為而為之、老莊之與世浮沉以全真葆性、晚明諸子之雖居亂世而率性不遷,皆有以助之也。故先生或拂袖而去,或潛龍勿用,或吐真於濁世,或負罪於畎畝,吟詠以自適,虛與以委蛇也。唯當此之時,欲研治諸子以自廣,則勢有所不可也。自一九六一年得除“右派”之稱,先生即任雜役於中文系資料室,始克稍理舊業,乃稍藉趨附時政為機,以氾濫於諸子百家之中矣。及一九七六年,“王張江姚”乃滅,先生得重理舊稿,始肆力於諸子之學,此《先秦散文研究》《〈論〉〈孟〉研究》《先秦諸子的“名學”問題》之所由成也。

太史公曰:“蓋文王拘而演《周易》;仲尼厄而作《春秋》;屈原放逐,乃賦《離騷》;左丘失明,厥有《國語》;孫子臏腳,《兵法》修列;不韋遷蜀,世傳《呂覽》;韓非囚秦,《說難》《孤憤》;《詩》三百篇,大抵賢聖發憤之所為作也。”先生七十年之學術,至此恰當爐火純青之時。而積鬱既久,其發之也薄,而此三部子學著作之名世垂久,固理之所當然也。然則先生不愧為胡適子學之嫡傳人也!

胡適之治諸子也,寔開現代諸子學之端,其要則謂經學不尊於子學,諸子不出於王官,儒學亦不重於百家,九流之學,皆當平等。若其研治之術,則見之於其修中國哲學史之事矣。而先生之治子學,則賡續胡適之途轍而演進之,尤足為辨章學術、考鏡源流之儀型也。質而言之,則現代學科體系漸趨完備,先生之子學,即處中文系而緣先秦兩漢散文史、訓故史之方以成,其所撰三著,皆為現代學科深化之跡,而有文史匯通之特徵,與夫思想史之意義也。

以《先秦散文研究》論之,先生之治子學也,務考諸子之文、溯諸子之世,此皆學科深化後諸子學研究之新態。其學術猶存舊學博通之意,亦現代學科何以承傳統學術之明徵也。先生之治先秦散文也,兼包四部,若其論劉歆與今古文、論周公等,皆非今之散文史所可涉足。然自傳統學術觀之,博通當世之事,乃專論成立之基,其過專於一事者,則無本之學,必入於隘矣。胡適嘗於《中國哲學史大綱》自序,深論欲治哲學史,必以述學為根本。所謂述學者,即從史料見哲人之真面目也。先生之學,亦有承乎此,而其尤重諸子文獻之內理,則不同於胡適,是即諸子學處學科體制之新變也。

復以《〈論〉〈孟〉研究》論之,亦可見先生之所長矣。書分十章,首敘《論語》之版本、篇目及其釋名,次論《孟子》之語句章法,三曰《論語》之"仁",四曰《論語》之"君子""小人",五曰孔子對"仁"之發展,六曰孔子之文教工作,七曰孟軻和《孟子》,八曰再論孔孟對勞動之輕視,九曰《論》《孟》文學藝術及其同異,十曰小結。《論》《孟》二書,儒家之大端也,然古之治《論》《孟》者,或以其漫無體系,章句訓詁以釋之;或以其附會"四書",理氣性命以牽之,要皆非《論》《孟》本旨也。先生之著《〈論〉〈孟〉研究》也,深論二書非零篇碎簡之可比,其精義要道,皆一以貫之,即篇章之際、論列之序,亦皆有合於儒道,是其貌散而神聚,外分而內連也。至其陳說,論文體、篇章則必溯之《詩》《書》,說仁義、政治則必歸乎東周,皆於學術史而求得其平,不牽附他說,亦不以今衡古。譽其可譽,貶其當貶,立足當世,以觀去取。其文深於訓詁,熔鑄章句,以彰其義理,後先相承,體系遂立,而根柢之深固,學術之淵雅,亦卓然見於紙上焉。前輩學人之可慕,殆如是哉!

榷而論之,先生之論諸子"名學",尤足重視,而其大要存乎《先秦諸子的"名學"問題》《先秦散文研究》《先秦兩漢訓詁學》焉。若《先秦諸子的"名學"問題》,則先生論諸子名學之體系也。書分八章,逐子而論,凡孔子、墨子、孟子、荀子、老子、莊子、韓非子、尹文子等,皆体其名學之概要而述焉。《先秦散文研究》雖以先秦散文為目,而其間廣列諸子訓詁之文而論之;《先秦兩漢訓詁學》則於訓詁學之演進及辭書要籍作為專論。合此二者與《先秦諸子的"名學"問題》,乃成先生以先秦諸子名學為體,以訓詁研究為輔翼之先秦名學體系焉。惟此體系,頗受惠於胡適等近代學者之風,而其超邁學科、兼採中西之體悟,則尤可見先生於名學研究之創為新方,於名學學科之獨具隻眼。

先生曰:"正名就是認字,詁訓所以通經。"此正先生名學之要義也。先生以"名學"源出先秦"字學",即後所謂"訓詁學"者也。而訓詁之術,幾遍見於諸子本文,故"名學"非名家所專,而為諸子百家所共有,即秦漢明清之小學、漢學,亦靡所不至矣。較諸同時學者,先生之論諸子名學也,其理論架構、研究對象與夫研治之方,皆純然中國而不外騖。入其名學體系,則外此學科之知識雖夥,而皆為名實關係之旁證,可為諸科之比,不可為名學之本矣。質而言之,先生以訓詁遍見乎諸子,故以"正名"為本,以"名實相符"為要,遂成其網羅百家、囊括諸子之名學體系。以此言之,則諸子之論名學也,皆可自正名訓詁以貫之而得其要焉。於是先秦諸子之名學,遂得一定義,而其要義,亦得以一法貫通焉。夫如是,則諸子之名學雖各異,而其所思所想、高下利弊,遂得有唯一之權衡矣。自茲以往,其治先秦名學者,當不復據一端而斥百家,或僅雜湊諸子以為說矣。

先生之著《先秦諸子的"名學"問題》,蓋本乎胡適《先秦名學史》。胡適有名學而無名家之論,先生亦承而用之。然胡適之論名學也,實以西學之"邏輯學"為本,而先生之論名學,則自訓詁而立其大體。其所以然者,一則先生於文字訓詁之學素有專長,又嘗自謂欲以古文字學終其一生,是可見也。二則"邏輯學"本西學之要,於先秦之世,固有扞格。故先生以訓詁而代胡適之"邏輯",誠本於志趣,立乎中國之選也。以此言之,則"中國化"先秦名學完整之思想體系,胥由先生而立也!

予生於浙東,鄉俗祖訓,素所熏習。齒在踰立,有志文史,既冠,乃游心辭林,篤意墳典,雖見嗤乎流麥,恒自樂於翰府。凡經史百家,漢賦晉文,靡所不覽。既而負笈燕趙,忝列魏公門下,凡十有一載,心志益廣,每友古人於千載之上,而頗欲有所作為也。逮求學武林,轉治宋元文學,並上探隋唐,下窺明清,庶幾可以貫通周漢,接續六朝,不負昔日魏公博通之教也。後求學京師,追蹤胡公適之之業,乃愈肆力於諸子之學,竊欲承接學脈之萬一也。故既寄蹤滬上,即創建先秦諸子研究中心,創辦《諸子學刊》,用弘師業;毅然啟動《子藏》編纂工程,蒐天下之遺籍,極百家之大觀,以霑溉子學,貽功來茲。又仰觀俯察,駕而上之,改操觚者之故步,發"新子學"之雄唱,祈乎風雲回薄,揮斥八極云爾。

昔班固作《志》,子分十家,區而別之,各不相屬。然胡適先生作《諸子不出王官論》,以為"古無九流之目,《藝文志》強為之分別,其說多支離無據","其最謬者,莫如論名家。古無名家之名也,凡一家之學,無不有其為學之方術,此方術即是其'邏輯'。是以老子有無名之說,孔子有正名之論,墨子有三表之法,《別墨》有墨辯之書,荀子有《正名》之篇,公孫龍有名實之論,尹文子有刑名之論,莊周有《齊物》之篇,皆其'名學'也。古無有'名學'之家,故'名家'不成為一家之言。惠施、公孫龍,墨者也。觀《列子·仲尼》篇所稱公孫龍之說七事,《莊子·天下》篇所稱二十一事,及今所傳《公孫龍子》書中《堅白》《通變》《名實》諸篇,無一不嘗見於《墨辯》,皆其證也。"業師魏公,亦以諸子百家兼而治之、通而論之,如其謂韓非之學,其淵源甚廣,非一家所能盡論之也。韓非之學固有儒、法之淵源,而道、墨之說,亦皆有之。若老子之論天道、仁義無用,若墨子之名理、"非命",韓非皆取而用之,且多所更張。又其雖從學荀卿,而僅取其"性惡""積習"之說,不從其"隆禮""儒效"之論(見《韓非的〈韓非子〉》)。胡、魏二先生,皆匯通諸子,以求其實,固吾"新子學"之所取法焉。

且胡適先生之著《中國哲學史大綱》也,黜置經學,一以諸子為本,亦不以儒學獨尊,而倡乎諸子多元,百家平等,故其所論列,先老子而後仲尼焉。於是班《志》以諸子為"六經之支與流裔"之說,《四庫》以"自六經以外立說者皆子書"之論,遂為學界所質疑,而子學遂爾大張其勢於天下矣。業師魏公,亦早袪經子之藩籬,"詩說《三百》尊毛鄭,文重先秦愛老莊"(《暑期古代文學講習會開課誌喜》)。故著《〈論〉〈孟〉研究》,以孔孟與諸子齊觀。又著《先秦諸子的"名學"問題》,以為儒、道、名、法,"並無二致"。故其論先秦名學,厥為諸子所共成,而其源流演進之際,諸子之同亦大於異也。先生所論諸子之學,尤能無所偏主而存其多元,所重亦不在乎諸家名學之異同,而以諸子學理之交互融通為要,巍乎大矣。予之倡為"新子學"者,亦主乎"離經還子",欲以無所偏主而存其多元焉。

"新子學"發端於《"新子學"構想》,藉《光明日報》"國學"版之力,於二〇一二年十月二十二日問世。自是而有《再論》《三論》《四論》《五論》之作,學界為之聳動。九載以來,上海、廈門、蘭州、臺北與韓國,相繼舉"新子學"國際學術研討會,迄已九屆矣。而相關論文,亦逾三百,其作者遍及中國大陸及港臺,與夫東南亞、歐美之域。與乎此者,學者無論其本業為經史子集,抑或儒道名法,皆深入其中;治新聞傳播之學者,且攘臂其間;即經商之士,亦有倣"儒商"而倡"子商"者,以為儒家以商業為末道,而諸子如管仲,則每有足以濟商道之說者。若夫中學教育,亦屢以"新子學"為要點而時習之,遍乎中土;甚而國家高考命題,亦有"新子學"之目焉。其勢至此,殆沛然莫之能禦也矣!

夫"新子學"者,非惟紹續胡、魏二先生之所跡,若諸子平等、老在孔先等要論而已,更欲履二先生之所以跡,欲以"新子學"研治之方,謀文化重建之道也。故以一時新說視"新子學"者,皆未得其要義焉。吾儕所倡,固治學之方法,亦文化之立場焉。胡適先生自信為治中國哲學之開山,所著《中國哲學史大綱》,誠乃現代學術之典範。而《諸子不出王官論》《說儒》諸文,尤足掃清窠臼,肇開新局,是乃開源,非"預流"之可比也。胡適先生於此,尤深具自覺,故自謂此數文足以轉移中國學術之故轍,而入乎新塗焉(唐德剛譯注《胡適口述自傳》)。今"新子學"亦秉承此道,故尤具學術創新與思想變革之意義(陳鼓應先生語)。兹可得而述焉。

以治學之方言之,《漢志》"經尊子卑"與夫理學"道統異端"之思,於諸子之學尤多遮蔽。今"新子學"力闢之,亦欲以還諸子之本真,彰子學之價值焉。我中華文化,誠以先秦諸子之學最具創發之義。諸子取王官之學,觀先秦之世,溯之於乾坤宇宙之上,行之於社會常行之間,體之於身心性命之內,發之於言語文辭之表,立為宗旨,以覺斯民。於以垂型萬世,遂成我華夏文明之基焉。乃劉漢罷黜百家,獨尊經術,趙宋理學大興,力排"異端",於是學術籠罩於經學,治道咸繫於"道統",二千年間之學術,皆以此二者為權衡,而子學之光,遂見式微矣。今以"新子學"觀之,秦漢以降,賢士大夫或承子學之緒餘,或申子學之要義,或行子學之運用,緜緜繩繩,相承不絕。於以觀我華夏學術,虽曰一統,實則多元,有似黄河長江,支流漫延;老莊非止乎隱逸,亦南面之術,為歷代君王所寶;墨、法、名、雜、兵、陰陽諸家,一皆關乎世道之隆替、生民之福祉,代有傳續。持子學務實、多元、平等、開放之立場,以其無所依傍、兼容並包、與時俱進之態勢,演為詮解舊子、融納經史以成"新子學"治學之方,重審二千年之學術,則經學不足限,"道統"不足拘,百家為振於千古,學史為新於將來矣。二〇一九年,予獲批國家社科基金重大項目《中國諸子學通史》,即欲以"新子學"統而攝之,撰為學術史新著,以承胡適先生"重寫中國文化史、宗教史和思想史"之志業,而成就文化理念、思想立場之新貌焉。

以文化立場言之,方今之世,古今之轉化,中西之會通,已為學林之共識,然輾轉焦灼,莫所適從。今之倡為“新子學”也,亦欲以承國學之主脈,合時代之風雲,發諸子之哲思,開將來之慧命,而彼此是非之爭,二元對立之說,在所當棄。觀之以子學之道,自能得其環中,以應無窮,於是古今不二,中西非對,皆為至道之妙運,是即“新子學”之體系也。自“新子學”觀之,我華夏文明以子學為基,故能籠絡三教、包羅百家;於異端歧說,未嘗輕詆以排之,而皆參取其可者,援為己用,以它山之石,攻我之寶玉,於是多元並存,盈科而進,垂數千年而莫之能禦焉。故“新子學”者,尤重儒、道、墨、法諸子之學,引之以西學之石,試之以時代之錯,切之磋之,琢之磨之,以成當世之寶玉,開來日之新學。子雖舊學,其命惟新,當如是哉! 當如是哉!

今我廣開國門,國力日昌,而全球競爭之勢,亦愈演愈烈。昔之子學,自當根乎斯世,以作為“新子學”也。今欲作為“新子學”者,必棄其古今中西二元對立之思,而以我中華傳統之子學為本,立足當世,以迎西學,取其精而去其龘,棄其跡而存其理焉。欲為“新子學”者,必超乎舊之“經學時代”,不可屈從於威權,不可拘拘於陳跡,唯當以“子學精神”為法,無所依傍,敢創新説,多元並存,以務於治,則庶幾得古今賡續之跡,見將來之微幾也。

諸子之世,固禮崩樂壞,而晚清變局,更勝於斯。予觀夫數千年世界,其文化之演變,譬如大陸板塊之漂移也。其先則各自為政,自有其生住異滅之跡;及其相接相撞,大侵於小,強凌於弱,於是火山發焉、海嘯作焉,雖弱小不勝大者,而其間鬥爭之勢尤巨也;既而相連相接,而其矛盾衝突,發展演變,已成一體之態,非復孤立矣。百年以降,中西文化之勢,何異於是? 其初則西強中弱,故西學之侵中國也,其震撼波折之巨,不待言矣。而我中國人民,值此異質之文化,亦無所適從,唯懵焉以隨時勢而已。今我國家昌明,民智大開,而我中華文明之所嚮,自當重為釐定焉!“新子學”之深意,正為此而發,欲以尋我華夏文化之所當行者也。故以"追溯元典,重構典範,喚醒價值"為實踐之方、創新之法,使我中華文化突破舊日之格局,開創將來之新篇,以屹立於現代世界。世運轉移之際,其文化大局之趣嚮,固當世學林之時代課題。昔胡適之倡為"新文化",即其"再造文明"之精神所在也。今吾儕倡為"新子學",亦欲以紹胡、魏二先生之精神,於民族化、中國化思想體系之建立,與夫中華文化之前路,作為嘗試。即不能至,而此心嚮往之意、獻愚之誠,亦庶幾大白於天地,昭彰於世人矣。唯祈百家眾派,勿以門戶為見,捐棄前嫌,共創偉業,以勠力於我中華文化之新局焉!

質而言之,方今之世,可謂"大時代"矣。而勇於任事,長於智慧,固學者不可推辭之重責也。吾輩黽勉以焉,上承胡公適之之精神,中繼魏公際昌之理路,以承諸子之舊學,開來日之新篇。則胡、魏以降之"新子學"學統之脈,庶幾見用於當世,彰明於後來也矣。

四

先生一生向學,而命途多舛;著作等身,而散佚孔多。昔承歡祖父膝下而學聲律,積所作詩詞數百,訂為一冊以自珍,乃亡佚久矣。求學北大之日,又嘗勠力三載以撰為《說文解字彙釋》,而"文革"被抄,至今不可得其下落。其間所著《袁中郎評傳》,蓋亦非今《袁中郎先生詩文論輯》也。執教西北,所著《隨園先生年譜》《蘇聯文學講稿》《現代中國名著選讀講稿》《中國新文學史講稿》,則片言無存矣。又先生好吟詠以言志,而"文革"前後十有餘年,今亦不見有詩作存世。蓋下筆謹慎若寒蟬,放言之未敢,或有揮涕之詠,亦不可不付之爐灶者,懼罹不意之殃也。嗟夫!

時維一九七六年,先生年屆六十有九,忽聞"王張江姚"為滅,禁網隨亦鬆弛,乃得稍理舊作。翌年中秋,先生嘗致函親戚,謂其病體稍康,每於療養之暇,整理七十以前之舊作,"如《桐城古文學派小史》(北大研究院論文)、《李白評傳》(河大專題講義)、《唐六如的生平》(東大校刊特輯)、《先秦法家思想管窺》(西大學術講演)、《中國人道主義人性論代表作選論》(廣東師院課藝)、《兩漢訓詁學初編》(廣東師院講義)、學習毛主席著作心得體會'成語典故考釋''古為今用範例''偉大的文風'等等,都凡五、六十萬言,非謂有何藏傳之價值,且當它古稀知謬之總結吧。另有《回憶録》活頁數百,才寫到'九一八'事變以前,亦屬此類。"此先生知來日之無多,欲以手澤傳之後世之始也。然此所論列,今亦有不可得見者矣。

一九八六年,先生董理詩作,彙為《紫庵詩草》,翌年復成《紫庵詩草續編》。後嘗與香港金陵書社簽訂合約,欲以自費出版,不知何故未果。同年,復選取部分論著,送交中州古籍出版社,而終未見付梓。一九九三年,先生託昔之本科弟子楊國久為選編文稿,定名《魏際昌詩文選集》,凡五十萬言,釐為九類,一曰《毛著古籍語文彙釋》,二曰《先秦諸子》,三曰《嬴秦以來文字考釋》,四曰《古代辭書》,五曰《辭賦》,六曰《紀傳》,七曰《詩詞曲》,八曰《明清文學》,九曰《現代文學》,以付於河北大學出版社。然累年無果,先生憤而於一九九五年上書該校領導云:"昌之詩文選集,已按學校規定程序,提請准予出版,其事業經二年,迄無下文,俟河之清,人壽幾何?念我行年已八十八歲,值此反法西斯戰爭勝利五十周年之際,亦擬有所表示,所以舊事重提,希望校領導予以成全,不勝迫切待命之至。"雖其情切如此,而終不果成。

先生一生不幸,而晚景尤為淒涼寂寞。一九九三年,夫人于先生致函昔日同窗,自謂回首六十餘年來,恨多於悔,總之為悔恨交加。建國四十四年,而大好年華,皆葬送於養豬、種菜、養雞等雜役,虛度廿二載光陰。今生活自理已感困難,擬尋養老院或老人公寓以度晚年矣。(分見是年六月三十日、十二月二十日信)其絕望之情,溢於言表。甚而先生孜孜一生,但求垂文後世,然至晚年,反自謂“老夫耄矣,無能為也已”(一九九七年致黄中模函,時年九十)。以為身將就木,文將成灰,故憤而出售古籍、字畫、古董、書稿等,即北大所作筆記三冊,亦盡付之回收廢舊之人焉。或止之,則曰:“天下之無用者,書而已矣。”

先大父銘公執教私塾,與先生同庚。故予忝列魏門,既執弟子之禮,且懷孫輩之情也。方予之寄蹤於北大也,既已遙祭銘公矣,先生既殁,乃祭告云:“維公元一九九九年,歲次己卯,孟夏之月,受業弟子方山子,謹以清酌時羞,致祭於恩師紫庵魏際昌先生之靈曰:嗚呼!先生天縱聰明,四歲始讀四書。一生寄情墳典,唯以篇什自娱。口不絕吟於六藝之文,手不停披於百家之編。設帳授徒,承其指畫,多有法度可觀;以詩會友,多司洛社之盟,每為耆英所敬重。愚忝門下,始覩典型之在眼前;數載之後,乃知學問之有門徑。詎意一旦大雅云亡,幽明永隔,悲曷可言!惑莫予解兮蔽莫予揭,頑莫予破兮錯莫予糾,則予將何所適從?所幸教誨猶響耳際,風範仍在目前。但願悲慟於此時,而報師恩於久遠也。敢獻俚詞,用佐薄奠。靈其有知,唯祈鑒此。哀哉,尚饗!”

予侍先生之日,先生夫婦每曰:“縱觀歷代,凡文人之有德操者,得全身者鮮矣。”予嘗疑之,先生治文,夫人治史,何子孫無一與乎文史者邪?乃今則知之矣!嗟夫!先生夫婦一生治學,年壽皆逾九十,而心跡不得表於後世,必將抱憾於泉下也。又先生師承胡適,尤以師恩為念。雖當日批胡之風甚囂塵上,學者多翕然從之,先生亦嘗有不得已之言,然先生竊輯其報刊之關乎胡適者,訂為一冊,秘藏於箱篋;及晚年又撰《胡適之先生逸事一束》,於師弟相接之事,皆敘之歷歷,如在目睫,更作詩以結之曰:“鯫生頂禮保定道,無限溫情在親仁。”又賦《緬懷導師胡適之先生》詩云:“誰說師道不應尊,立雪程門古有人。況是適之胡夫子,天開雲影見精神。白話文學今勝昔,實驗主義論本根。即知即行生活美,見仁見智各求真。能廣交遊能久敬,循循善誘倍溫熏。泰岱巍巍讓丘垤,江河滾滾入海深。道山久歸依臺島,茫茫大陸失親親。日月交輝宇宙裏,心香一瓣賦招魂。”一九九八年先生九十一歲,適值北大百年校慶,先生於珍藏之中,特出先生與胡適先生等人一九三五年之合影以授予,命捐贈母校。凡此之類,皆足見先生之情深也。昔報考胡適先生之研究生者,凡五十餘人焉,入胡適先生之選者僅四人而已。此四人者,侯封祥未曾報到,閻崇璩輟學半途,皆未成學;李棪雖入胡適先生之門,而主於南明史與甲骨文,別有專業指導。予嘗詢諸臺灣學界長輩,胡適先生有研究生在臺灣否?長輩咸謂胡適先生未嘗招研究生於彼處也。故胡適先生之學脈,唯先生獨得其傳焉。蓋先生於此,亦深感學統傳續之重責也。小子荷蒙业師厚恩,故不遑寢處,深懼無以報師恩於萬一。乃竊擬理先生之遺稿,溯胡適之學統,以孚先生之深望焉。

既獻祭文,越數月,予始執教滬上。一日,上海古籍出版社編審熊君來訪,予與之謀劃出版事宜,並示以先生之油印本《先秦散文研究》《〈論〉〈孟〉研究》,熊君頗有促成之美意,予欣欣然有喜色焉。日後,予門下弟子既眾,以為整理先生手澤之役,可以經之營之矣。二〇〇五年春四月,予與師弟孫君興民晤於京師,遂以先生書稿付梓事宜商略之,並於二十四日晚,拜見夫人于月萍先生於其孫女家,適當夫人壽登九十之時也。時夫人直臥牀上,幾如槁木,予心悲之,乃曰:“弟子欲董理先生遺文,以為《紫庵文集》。”並請夫人多作回憶,囑其孫女録音以存,以備日後採擇。夫人曰:“不意弟子尚存此心也!”潸然淚下,孫君數為之拭而不止也。不數月,而夫人溘然長逝矣。嗚呼哀哉!夫人一生治史,亦可謂勤矣,吾當以其遺著附業師之後也,豈可厚此而薄彼也哉！

自茲以往，而整理先生夫婦遺著之事，遂間次以行。予先囑博士後崔志博、劉思禾等遠赴燕趙，探其家中所藏，並刺取官藏密檔，以為整理之始。終得先生夫婦手澤而録入者，凡一百三十萬字。二〇一五年，有孫廣者來投門下，予視其出身國學院，根柢出乎同輩之上，乃於翌年三月囑其繼任之，率同門而力役焉。於是《紫庵文集》之事，乃入於正軌。初，孫廣年少，唯以前所録入百三十萬言逐一讎校而已，凡一載有奇，而其稿初理矣。予因思先生夫婦之稿絕不止此，乃於二〇一七年十二月，復命孫廣等赴北京先生孫女家中，重檢先生遺稿。孫廣因於其家藏叢雜舊稿之中，逐頁檢視，雖片紙單詞，不敢稍忽，以輯其遺。既又從先生孫女赴保定，會崔志博於河北大學，以探遺稿於先生書室。數日，孫廣乃攜一行李箱遺稿以歸滬上，凡重數十斤。既至，孫廣乃入《子藏》編纂室，閉門十餘日以閱讀之，據其內文、紙張等，分門別類，由是合殘為全，合頁為篇，合篇為部，以見其規模，草為目録以呈。又據先生檔案、目録、書信等言及論著處，列為未見之目以呈於予。予因遍託學界師友，復命門人弟子，廣為搜求，庶幾稍得其梗概焉。後亦陸續有得，而其亡佚者尚夥，則無奈之何矣。孫廣既大致分其類目，為存先生之手稿，於是攜同門逐頁掃描，以為整理之資，而原稿則仍存。既，乃交崔志博予以録入，仍交孫廣，攜同門以事校對。略計其數，則已逾五百萬言矣！校對之時，孫廣通讀全稿，乃知前所得百三十萬言多有混雜者，乃重為釐定體例，予以編次，於是先生著述之宏規可見矣。二〇一九年秋，孫廣乃始交予審理。予因逐字審定，而孫廣為佐。時門人吳劍修、李小白、劉潔等，亦多有助力。唯孫廣所擬體例，仍多有不當者，予因多與相商，終定今稿之體。翌年仲夏以還，校樣間至自京，予乃屏去雜務，夙興夜寐，以盡力於校讎之役。舉凡標點、字詞、引文、款式等，其訛誤舛亂，在在皆有，雖至細至微，必覆諸原稿,考諸經典,以為諟正。時日既長,數度病倒。然念恩師之厚德,學統之重任,故唯一意奮進,未敢稍懈。是役也,始於二〇〇五年,迄已十六載矣,後先與役者近五十人焉。今既竣工,合于先生之遺著,得字凡五百三十萬,析為精裝十六開本十有一冊,以授人民出版社,由師弟孫君興民躬任責任編輯,不數月即可發行,亦可以慰魏、于二先生於地下矣!

《文集》之外,河北清苑吳占良君,於先生晚年多所親炙,情尤篤厚,嘗為先生作《紫庵老人畫傳》,後先生止之而不果。聞予董理先生文集事,欣然相助,為訪得先生遺著尤夥。予知其嘗為先生作傳猶有存稿,乃請以舊稿為本,益以所聞,以為先生生平之紀。吳君亦慨然允諾,勠力以焉,遂成《魏際昌傳》。予門人李波,長於文獻,予素重之,乃請以先生檔案及《文集》所涉先生生平,撰為《魏際昌年譜》。李波欣然應之,積數年之功,乃成其稿,而先生之生平井然矣。此二人者,誠先生之功臣,而予之所深感者也。

整理先生之稿,其所以遷延十六年者,以其艱難也。而其尤難者,殆有三焉。一則搜集之難。先生遺稿可輕易得之者,不過《桐城古文學派小史》及其論楚辭文等數十萬字而已,其餘均散佚久矣,難於搜求。吾等或求之於家藏,或檢之於網絡,或購之於書肆,或乞之於師友,或訪之於各地圖書館,並推其與先生有關之文獻而遍檢之,如北京大學校史、民國時有關回憶録等。其間辛苦,非外人所得而知也。二則編次之難。先生遺稿僅有少數油印本可謂成編,大多數均為零篇碎簡。至少有數千頁手稿,前後無所連屬,極為零散。即先生成編之著,亦多有體例不合者,如油印本《先秦散文研究》中收入論鄭玄訓詁學之類,尤為舛亂。吾等整合編次,調整體例,其數殆不下十次。而如個別篇章是否先生遺著,尺牘文章之年代先後等,亦需逐一考訂。三則校對之難。先生遺著,無論手稿、油印、排印,或字跡難辨,或缺損嚴重,而引文有誤、標點混亂,尤與今之出版體例不符,而在訂補之列。於是十六載春秋忽焉而去,而昔日之碩士、博士,今已為教授、博導矣!

先生魂歸道山之後,予屢於夢中見之。今夏六月七日,又於夢中見先生,乃告以董理文集事宜,先生喜不自勝。今文集將出,想先生於泉下,必當頷首曰:“吾道南矣!”然此稿之成,非特先生一人之事也。自吾人觀之,此胡、魏學統賡續不絕之徵,而吾人亦當由以知學統、學脈之所存與其所以廣之者也。自學術觀之,則“新子學”之學統、學脈,亦由以彰其淵源,而播其影響於後世矣。後之學者,豈有不寶之者邪!老子云:“死而不亡者壽。”是先生不死矣!

二〇二一年十二月謹序於滬上

序二

趙逵夫

魏際昌先生是我崇敬的前輩學者。第一次見到先生,是一九八三年八月在大連參加遼寧省首次楚辭研究學術討論會時。先生在會上提交的論文是《屈賦教學拾零》,特別談到屈原作品中表現出的大一統思想,認為屈原的愛國思想是與其大一統思想聯繫在一起的,從而否定了"文化大革命"中和改革開放初期個別學者認為屈原的愛國愛的只是楚國的說法。郭沫若在二十世紀四十年代初所作《屈原的思想》一文中已說過:"屈原也是主張大一統的人","他主張德政,主張選賢舉能,主張大一統,他本沒有拘泥於楚國一個小圈子裡面的傳統"(《郭沫若全集·歷史編》四,第九三頁)。只是郭沫若文中強調屈原是繼承儒家的思想,說明"他所懷抱的是儒家思想的大一統"(同上,第六六頁)。因為之前幾年的"評法批儒"活動對儒家是否定的,學者們對於屈原思想是否屬於儒家系統看法本有分歧,也就對屈原是否有大一統觀念看法不一。魏先生則直接從屈原作品中對堯、舜、禹、湯、周文王、武王等聖君的崇敬,對於鯀、咎繇(皋陶)、摯(伊尹)、傅說等賢能之臣的讚揚與仰慕,來肯定屈原所具華夏民族的觀念與大一統的思想。後來魏先生還專門寫了《屈原大一統思想的歷史根源及其辭賦之美》一文,專論這個問題。可以看出,魏先生治學首先是從大處著眼,宏觀上考慮問題。我以為這同先生文史兼治、涉獵百家的深厚學養有關。

在大連那次會上同魏先生接觸不多,由大連至煙臺時與魏先生乘同一條輪船,但因人多,也未得多請教。第二年五月在成都召開的屈原學術研討會上,我才有機會向先生請教,並且同遊峨嵋山。六月中旬,先生來信一封,談到在成都相遇之樂,對我多所勉勵。因為當年八月蘭州要召開中國唐代文學會第二屆年會,我即回信請先生光臨,先生欣然答應。那次在蘭州先生見了到陝西師大霍松林先生、青海師大聶文郁先生、寧夏大學王拾遺先生和我校郭晉稀、鄭文、匡扶先生、蘭州大學王秉鈞先生等,還有傅璇琮、王運熙、周勳初、周振甫先生等來自全國各地和香港的學者,會議整三天,會後又去敦煌參觀。先生精神一直很好,蘭州、敦煌之行寫了組詩《"絲綢之路"史詩一束》,中有《通西域》《詩賦蘭州》《莫高窟》《到陽關》《隨文郁學長暢遊西北,備承照拂,有詩》等篇。那次會前我受命處理來往信件,來信中有南開大學王達津、南京師大唐圭璋等幾位老先生的信,先生表示願意來蘭參加會議的那封信找不到了,不記得是否一起交給了學會負責人。今所存魏先生給我的信只有三封,記得最清楚的一封卻不見了,實為憾事。此後在別的場合也曾見到先生,言談中先生對於先秦諸子與歷代辭賦都有精到見解,論及各家思想、文風及一些篇章之特徵如數家珍。對於前輩學者這種扎實的學術根柢,我從內心是佩服的。在同湯炳正、張震澤、姚奠中、朱季海等先生的接觸中也有這種感覺。

特別有一點,我印象極深,便是隨著學會越來越多,學術會議越來越頻繁,對於會議上一些人的奇談怪論,魏先生很有看法。他在一九八八年汨羅召開的屈原學術研討會之後七月間給我的一封信中說:"如今學會風氣不正,歪門邪祟太多。我已經老了,不想再生閒氣!"下面舉了一些例子。接著說:"可是會務主持者'好好先生'居多,任其信口雌黃,上下氾濫。所以兩年以後的四屆會(將在貴陽召開),我已不想參加了。"從籌備組建中國屈原學會,先生就同湯先生等一批熱心人士積極張羅,希望推動屈原與楚辭的研究不斷發展,不想成立幾年間竟至如此,這是想不到的。先生這封信讓我想起郭在貽先生一九八四年三月給我的一封信(見《郭在貽文集》第四卷,中華書局 2012 年版),信中表示同意我"目前國內奇怪論最多"的說法,並舉出了實例,說到"有人提出女嬃為屈原之母",即魏先生所舉數例中之一例。魏先生在這封信中還說:"吾弟功夫深,業務專,理宜後來居上,代表西北研究屈原之學術界爭鳴,主持正論,以樹視聽,否則前途則不堪設想矣。"我多年來一直從內心感謝魏先生、湯先生等老一輩學者對我的期望,但西北偏遠,自己只是遵循父親和老師的願望,為報答家鄉、報答母校、完成自己學術研究上的願望而盡力,從未有過在學術組織中出頭之想。即便如此,也引起無端的誣衊與攻擊。二十年來,為避嫌疑,《詩經》學會、屈原學會的活動我基本上不參加。我想少一些是非,也可以安靜地做一點研究工作,以期在這一點上不負前輩的期望。

上月方勇教授要我為魏先生《紫庵文集》寫序,我覺得自己作為後學晚輩,不稱此任,但方勇教授知道我同魏老的關係,一定要我寫,只好從命。

我認識方勇同志,是一九八五年在江陵召開的中國屈原學會成立大會上。當時他在魏先生門下讀研,故隨同與會,住在一起;我常去看魏老,也就同他熟了,有時一起聊一聊,從此成了朋友。他做學問十分扎實,也有思想。老一輩學者不說,在生於二十世紀四五十年代的一層學者中,他是真正超前的後浪。三十年來,他發表了一系列很有份量的論文,先後出版《莊子學史》《莊學纂要》,創辦了《諸子學刊》,又培養了一大批青年學者,成績卓著。

這些天我看了方勇教授所整理編定的《紫庵文集總目》,書共十一冊,所收論著有的以前讀過,有的沒有見過,然而覽其目録,即可以看出魏先生學問之廣博。第二册中有《鄭公孫僑大傳及其年譜》。子產為春秋時代卓越的政治家,辭令亦少有及之,然而以前少見專門研究者。前幾年西北師大韓高年作了一部《子產年譜》,刊於《先秦文學與文化》第四輯(上海古籍出版社 2015 年),今見魏先生早有此作,大為驚喜。則子產這位傑出歷史人物的生平事蹟之徹底整理畢竟已有人做過工作,高年同志也可以從中受到一些啟發。子產、叔向、叔孫豹等春秋時代卓越的政治家、思想家可以說是先秦諸子的開啟者,雖然沒有留下多少著作,但他們對一些問題的深入思考,他們的政治思想對後來學者多有啟發;他們行事守道持正,遇到行事不軌的強者能據理辯駁,維護禮法與公平,也為後代學者所欽仰。他們雖未被列入"諸子",而實開諸子以禮相交、以義結盟、以農富國、以法安民、張揚仁義、睦鄰強國、安定天下諸思想之先河。所以我以為,魏先生最早注意到對子產的研究,就反映出他開闊的思想。

魏先生著作的第一册中有《論孟研究》,對《論語》思想的一些重要方面及《孟子》在思想以至語句、章法上對《論語》的繼承,《論語》《孟子》的文學藝術及其同異等都有所探索。這在傳統觀念中,自然屬於"經"的範圍,但今天來看,也屬於"子"——儒家的範圍。《諸子散論》也是從管仲、孔子談起,此下先秦一段歷論墨、孟、商、吳、慎、荀,至呂不韋、韓非、李斯。由之可以看出魏先生是打破了傳統"經、史、子、集"的界線來看先秦諸子,並且從整個歷史發展的角度進行考察的。魏先生在《先秦諸子的名學問題》中也是打通各家的界線來考慮問題的。

魏先生的其他論著,如《西漢散文鉅子合論》《漢魏六朝賦》《中華詩詞發展小史》《桐城古文學派小史》等,都體現出他對社會現實的關心,極少脱離社會現實、架空專論篇章文辭之美。他還有篇幅不小的《毛主席著作語文析論》,還有大量的詩詞創作,也都體現出這一點。

這同他長期執著於諸子研究的思想是一致的。

方勇教授正是繼承了魏先生的這些精神而熱心於諸子學的研究,又能站在新的歷史環境中思考諸子研究的新思路、新視角與新方法問題。

前人研究諸子者雖然不少,但在古代往往是專注於某一家或某一派;其論及各家者,也是分别加以分析,很少相互聯繫,缺乏整體上的觀照。近代以來則往往套外國的學術分類、理論框架,多分别從哲學、歷史、政治思想等方面去論述,離開了先秦諸子及以後各家具體的社會環境與特殊的語境;方法上,古代整體上側重於訓詁考據,論說上儒家從經學及經學史與經學的延續變遷方面發揮大義,理學家又對它作了過多的引申發揮,雖然也是為當時的現實服務,但發揮至不近人情的程度,走向儒家既講禮、又重情的反面。關於老、莊、列、文,有些人除從道家來論說,還會聯繫到道教的方面極度引申;對兵家研究多側重於戰術,對中國古代強軍保民、"不戰而屈人之兵"的卓越戰略思想等關注不夠;其他各家,除《荀子》《韓非子》《吕氏春秋》之外,研究的人不多。而實際各家著作都有很多值得挖掘的東西。同時,以往研究專注一家不顧其他,似乎各家壁壘森嚴,其實,在當時各家也有相通之處。如今本《老子》第十九章"絕聖棄智""絕仁棄義",郭店簡本《老子》作"絕聖棄辯""絕巧棄利",顯示出其與儒家思想有一致之處;慎到本學黄老道德之術而成為傑出法家思想家;荀子則由儒而近於法。很多論先秦文藝思想的著作中都是各家分别論述,只談其異,論其相互間的對立。事實上各家都在尋找擺脱列國間長期征戰狀況,使天下太平、人民安樂的路子,不可能完全沒有共同語言、沒有共通的概念,"仁""義"見於各家之文,便是證明。何況如上所說,慎到的"勢"的思想,與《莊子·逍遥遊》中所寫"摶扶搖而上者九萬里,去以六月息者也"、"且夫水之積也不厚則其負大舟也無力"的思想是一致的,同

《孟子·公孫丑》中引齊人之"雖有智慧,不如乘勢;雖有鎡基,不如待時"之"勢"的思想也是一致的。所以只有打通來研究,才能看出當時各說產生的背景與條件,看出相互間異同關係及構成的基因。所以,方勇教授提出"新子學"的概念,作為古代文化研究的一個學科,並且擺脫此前學者們根據自己所處時代需要而加上的枷鎖,脫去加在先秦諸子及後代一些卓越思想家身上的重重裝扮,回到其當初的面貌,然後根據今日社會的發展,讓那些有意義、有價值的東西放出光彩。

我以為方勇教授繼承魏先生的子學思想,二十多年來,在子學研究上做出了卓越的貢獻。2012 年我應邀參加華東師大先秦諸子研究中心舉辦的"先秦諸子暨《子藏》學術研討會",方勇教授在會上提出"為諸子學全面復興而努力",得到與會學者的讚同與回應。事實上,近十多年來方勇教授在諸子研究及諸子學的學科建設上做了大量工作,也產生很大影響。他在《光明日報》"國學"版上連續發表《"新子學"構想》《再論"新子學"》《新子學:目標、問題與方法》《三論"新子學"》《四論"新子學"》《五論"新子學"》等論文,陸續召開幾次關於"新子學"的研討會,在他的影響下,2017 年在臺北舉辦了第五屆"新子學"國際學術研討會,2018 年在韓國召開了第六屆"新子學"國際學術研討會,2019 年在蘭州召開的第八屆"新子學"國際學術研討會上也有日本、韓國、新加坡的學者與會,造成不小的世界性影響。我國具有思想開創性的一大批諸子著作產生於春秋戰國的百家爭鳴時代,從各個方面為社會的發展提出自己的設計方案,從歷史、文化、哲學、政治制度等各個方面去論證,往往互相辯駁,而實際上各家也有互相補充的性質。社會發展中,人不講禮儀、不講仁義、不講修身是不成的,講"孝",講"慎獨"都是必要的,但不能只講這些而沒有"法",法是人類社會行為的規範,也確定了人自由活動範圍的下限;但無論講禮、講法,都要切合現實,要合於事物發展的現狀與規律,要合於情,合於道。可見,從根本上說,先秦諸子各家也不是完全相互抵觸的。今天從世界發展的角度來研討中國先秦諸子及秦漢以後子學,是有重大意義的,既為世界的和平發展提供了中國智慧,也是弘揚祖國優秀文化遺產的工作。

方勇教授在進行諸子研究、推動"新子學"發展的同時,整理了老師魏際昌先生的文集,表現了他對魏先生深切的感念之情,我們也由《紫庵文集》看出他的學術淵源,看出兩代人關於"子學"的思考。我以為這是很有意義的。

《紫庵文集》即將問世,我作為一名後學,作為魏先生的忘年交與方勇教授的知音,寫出以上話,也多少表現我對魏先生的懷念與對方勇老友工作的支持。

二〇二〇年九月十六日於西北師範大學

魏紫庵先生傳

孫　廣

魏紫庵先生諱際昌(1908—1999),字紫銘、子銘、子明,號紫庵,河北撫寧人。祖化純公為生員,光緒初攜妻子至吉林,遂家焉,以教館為生。父獻廷公,為機關僱員,娶某氏,生子世昌;繼取劉妣宗瑞,生子際昌、運昌,女毓貞(後改名媛,字菲巖)、毓賢。先生幼承庭訓,化純公親授《四書》、五經,熏習所在,舊學功底不讓古人也。

少長,世事既亂,東北不寧。馬駿講演於吉林,先生聞之,深為所感,録其言以呈教員,教員斥止之。既入吉林大學,時吉林學子共組社團,號"吉林學生聯合會",或遊行示威,或宣講時務,以挽國勢於既倒。先生,其召集者也,兼主籌備之席,可謂冷風熱血,洗滌乾坤。奉天事變,東北淪亡,日寇肆其捕殺,先生走避北平,考入北京大學。復與吉林流亡學子共組"北強學社",慘淡經營。然當政闇弱,屢加鎮壓,軍警捕於校園,槍棒加於志士。一日,憲兵入北大緝捕學子,先生憤焉,與同學持棍痛毆之。因被捕牢獄,倍受棰楚。幸蒙北大師長救護,始得脱身。自是,先生氣為之沮,遂少與時政,而專意墳籍焉。

先生求學北大,親炙於胡適、周作人、錢玄同、馬裕藻、唐蘭、沈兼士諸師,獲益匪淺。方其入學之初,適之公即命以白話行文,以故尤善適之公所教。卒業之際,本欲以公安、竟陵為題,請於適之公。適之公曰:"意則美矣,力則難致。倘主於袁中郎一人,庶幾得其要矣。"命更請於周公作人。先生從之,作《袁中郎評傳》,適之公點竄字句,乃究厥成。既卒業,仍入北大研究院從適之公遊。適之公云:"時人皆謂'桐城謬種,選學妖孽',其然?豈其然?桐城方苞,所謂文章韓歐之外,猶稱學行程朱,非章句之學所能盡也。君試論之。"又云:"太史公紀傳之體,以論桐城諸子師承分派,頗可取法。夫桐城諸子,與唐宋八家同其類,皆所謂文以載道,而不尚其古奥佶屈也。惟其自命聖人,衛衛道以攻詆漢學,則不知量矣!"蓋適之公興白話,故許桐城以同道;又尚實證,故謂諸子不知量也。先生從之,遂作《桐城古文學派小史》。

先生既卒北大研究院之業,而盧溝橋事變突發,遂拜别妻子,隻身南下。輾轉至南京,會適之公於傅厚崗,適之公曰:"國事已亂,可投筆從戎,以報國家矣!"先生遂入青年戰地服務訓練班,歷訓於蕪湖、銅陵、牙山,過皖、贛而至武漢。受命至湖南省教育廳,歷任社會督導員、教育科科員,轉湖南省立民衆教育館館長。時教育館破敗已極,散亂圖籍之外,一無所有。先生至沅陵,旁邀賢達,上乞經費,另遷館址以重振之,教育館始復見其效。當是時,先生數至湖南各地講學,所授皆社會教育也。既,受命至重慶受訓,及返湖南,遂任湖南省立第八中學校長,擴其規模。然時任保靖縣長田氏擅專已極,必任親私,先生憤焉,有詩以紀之。時督學文公謂先生曰:"速離!否則危矣!"先生遂離職,任省督學。後受胡公體乾之請,任廣東省立文理學院教授,又受羅敦厚之邀,兼嶽麓中學校長。先生兼任二職,間月往返長沙韶關之間,以教學子。日寇南進,避至廣西,旋往重慶,受邀至國立西北醫學院任教。然該校學風不振,内鬥不止,先生至則悔之。奉命至重慶,會同鄉邀其歸吉,遂辭職不返,以接收專員之身歸吉。

先生至吉林,時任省政府主席鄭道儒謂衆人曰:"諸君返鄉,皆有職事,必勿憂也。"先生振起而言:"抗戰得勝,吾輩自可歸鄉。然吾輩非求食也,將聞君之所以治吉,出百姓於水火也。"四座皆驚。鄭氏不之罪,反嘉許焉,任以省政府接收專員、主任秘書。後鄭氏因病辭歸,繼任者曰梁華盛,至則大舉宴會,以娼妓歌舞佐酒。先生拍案作起,而涕泗先流,痛曰:"東北淪亡十有四年矣,父老皆喁喁望治。方今內憂不撫,外患未消,反以醇酒美人為樂,其何以對東北父老邪!"梁某大怒,幾欲舉槍殺先生,以衆勸得止,而先生亦遭逐出。

先生既去,適東北中正大學初建,高公亨任中文系主任,邀先生,遂至焉。時高公亨講學北大,先生遂代主系務。後,先生與高公亨、傅公貴雲諸同事共組"國學研究會",期以"專注文史,翻新國故",而先生實主其事。然國共內戰,國黨敗退,東北師生皆流亡入關。東北中正大學本未立案,又無經費,衆教授推舉先生入關,以謀存續。先生輾轉北平、上海、南京,皆無果。及返北平,聞學生食宿無著,遂乞於當政,得賚餱糧以食諸生,並獲允以諸生所佔細瓦廠為宿舍。又欲復課,以經費無著未果。未幾,即發"七五"慘案。先是,諸生集會請願,先生力勸之,諸生不允而行。是日夜,國軍圍細瓦廠,先生遂與諸生共捍院墻,以保諸生。翌日,先生隻身赴國軍以商,乃得准採買飲食。先生復往看顧傷員,又殮一亡生,為舉悼會,先生親作祭文以告焉。

東北中正大學立案無望,適焦實齋為傅作義召組"高等教育委員會",邀先生,先生遂往,任焦氏秘書,主於平津高校之聯絡。以教授職稱,得同少將待遇。後傅氏起義,先生居間調停協助,以保和平。馬衡《日記》有録其事。解放初,先生仍就教職,歷任西北藝術學院、西北大學、天津師範學院(後改河北大學)教授。後以嘗入國黨,且獲同少將待遇,打為右派,下放楊柳青農場勞作。時先生已患胃疾,勞作之時,血出如注,方得就醫。後為中文系資料員,主簿録、灑掃、運煤諸事,歷廿二載始復教職。"文革"中,尤飽受凌辱,不待言矣。

降及平反,先生得復教職,題其居曰"放廬"。蓋放逐之意也!先生以高齡,與湯炳正諸友,共舉"中國屈原學會",湯公為會長,而先生副之,召集同志,共倡屈學。復籌蓮池書院老人大學而主之,任河北省詩詞學會會長等。烈士暮年,壯心不已。蓋備遭亂離,其淑世之志,惟於學術一展之耳。

先生著述,惟其《桐城古文學派小史》,得於生前出版。其《紫庵詩草》,本已擬於香港出版;其《魏際昌詩文選集》,亦嘗請於學校出版,而皆不果。保定吴占良嘗作《紫庵老人畫傳》,已成其半,先生以言事過詳,恐累及時人,止之。以故先生所著,皆以手稿、油印存焉,少見於世。門人方勇搜輯遺稿,歷時十有五載,彙為《紫庵文集》,出入經史子集,上下周秦明清,庶幾得先生學術之概矣。

君子曰:先生自少即主吉林學生運動,其愛國之心,固昭昭於日月矣。方其入職湖南,重振教育館、擴充中學,亦具見其良於謀事矣。若抗顔於鄭、梁,幾陷死地而不悔,則其性行之耿介、風骨之剛克,尤超拔群俗,不可及也。

先生之學,以公安、桐城而入,以桐城、楚辭見知。然其所得,實在諸子,特以著述不彰,人所未見耳。先生從適之公遊,得於適之公者尤夥。適之公作《先秦名學史》,先生作《先秦諸子的名學問題》;適之公作《中國哲學史大綱》,先生作《先秦散文研究》《論孟研究》《諸子散論》等。其尤著者,適之公作《諸子不出於王官論》,出諸子於六經之外,世始得識諸子之本。先生尚論諸子,亦皆原本其實,融考據、義理、辭章於一體,入諸子於春秋戰國之世,以見諸子之異同而度其弘規。今之尚論諸子學、"新子學"者,一皆循胡、魏之途轍而得其津梁,是則先生嘉惠學林之玄德也!

總　目　録

第一册

第二册

第三册

第八册

第九册

附:手跡影印

第十册

第十一册

目　録

先秦散文研究

《論》《孟》研究

先秦諸子的"名學"問題

諸子散論

先秦兩漢訓詁學

先秦散文研究

寫在前面

這裏刻印的是我自七八年以來給中文系青年教師補課和帶研究生的教學筆記(一部分是“專題”),主要是想幫助他們解决如何學習(也包括研究)先秦散文的。極不成熟,錯誤一定很多,希望看到的同志們,及時指正。

編著者　八一年春三月於保定
河北大學

《先秦散文研究》提綱

我們所説的“先秦”是指著從秦始皇上溯到已有書契的商代(約當公元前十世紀至前二世紀),也就是中國的奴隸制度後期及封建制度定立的這個歷史階段。

所謂“散文”係對韻文(也包括駢文)而言,最早的作品當然是《尚書》,下限的書籍則為《吕覽》,其間的“群經”“諸子”,我們不想按照它們所屬的學派來分類,只看文體。

但在研究的時候,卻是義理、辭章、考據三者並重,而以辭章之學為主的。甚至連訓釋它們的文字(如傳、注、箋、疏之類)都不輕易放過,漢儒、宋儒、清儒的全用。

為了探索它們發生發展的情況,不能不從表現的形式入手,然後再根據“内容決定形式”的創作規律,更進一步認識其思想性、政治性,藉以完成研究的任務。

換言之,即是從語録問答、紀傳行狀、論説辯議、批判月旦、律例法則、雜記小説、疏證訓釋,以及辭賦銘頌等等文體之中,找尋其作為儒、墨、名、法、道德、陰陽的學派思想,並側重文章特色、寫作手法。

進入分類的研究以前,先作“通論”,共計:

①“正名”,讀書必先識字。

②文、文章、文學、文獻、文史釋義。

③版本、目録、箋注、訓詁、校勘之學。

④訓釋舉例:《詩》的“毛傳”“鄭箋”。

⑤周公與《周書》,附帶談談“征誅禪讓”。

⑥所謂“三禮”,周代的典章制度。

⑦體現於“諸子”中的人道主義。

⑧“人性論”是怎麼回事?《孟》《荀》“善”“惡”。

⑨《左傳》裏的鄭子產:大傳、年譜示範。

⑩劉氏父子(向、歆)和馬、鄭師弟(融、玄)“今文經”“古文經”之爭。

“通論”雖是“分論”的前提,卻不全是為“分論”服務的。就是“分論”的本身也未嘗沒有彼此關涉交相為用之處,無論是思想性還是藝術性方面的。“分論”的科目是:

①從《爾雅》《說文》《方言》《釋名》等字書中,探索訓詁文的特點。

②《論》《孟》研究,用以交代“語録問答”文的本源及其影響。

③編年體的《左傳》,它是不傳《春秋》的。國別載記的《國語》《國策》另列。

④斐然成章的《管》《墨》《老》《莊》《荀》《韓》作為論說文來講,是各有千秋的。

⑤《公羊》《穀梁》分別講求“大義”“微言”,是“批判”“月旦”文字的代表。

⑥條條框框“章則律例”的《儀禮》《周禮》,禮法分明,郁郁乎文。

⑦典章制度、政治理論、人物事例兼而有之的《禮記》,《禮運》《學記》等篇最上。

⑧散見於“諸子”中的遺聞逸事、古代傳說,美不勝收,未可等閒視之。

⑨“荀賦”“屈賦”和宋玉的《九辯》乃辭賦之祖,在韻散之間。

⑩“文章,經國之大業,不朽之盛事”,應該是以散文為主體的。“溫故知新”,數典不能忘祖。“推陳出新”,重在古為今用。以此作為先秦散文的結語。

注:

①各類參考書,跟著講授,隨時開列。

②提綱的次節不拘,可以靈活變通。

③介紹專著時,從解題開始,也說作者。

④重點引用原文,並附譯注。

⑤分析與小結交相為用,務使成果明確。

⑥主證旁證俱舉,儘量避免孤證。

⑦根據資料說話,絕不望文生義。

⑧持之有故,言之成理,無傷粗淺。

⑨繼承發展,古為今用,不得謂為剽襲。

⑩教學相長,以文會友,目的在於交流。

一、讀書必先識字:孔子所說的“正名”

孔子說:“必也正名。”鄭玄解釋它說:“正名”就是“正字書”。孔子既要整理古代典籍,當然要考證文字使其“雅訓”,以免錯讀錯認,誤會了經典著作的本來涵義。這是可以理解的事。春秋異國眾名,莫衷一是,加之佚文秘記,遠俗方言,形音雜亂,指義萬端,不下工夫,何能識別? 更不要講教授學生了。“古者八歲入小學,保氏教國子先以‘六書’”(《周禮》),讀書必先認字,便是這個道理。孔子周遊列國,遍於諸侯,流覽史書,必聞其政,自衛反魯以後已在晚年,政治上雖然失意,文教工作方面卻是“舍我其誰”的:“文王既沒,文不在茲乎”(《論語》)麼。先舉他考釋個別的字義為例,即如“文王”的“王”字:

這個作為上古最高統治者代稱的“王”字,從漢唐以來就訓釋為“王,往也,天下所歸往也”,“大也,若也,天下所法”,“主也,天下歸往謂之王”(分見《釋名》《白虎通》《廣韻》《正韻》等字書)。孔子最初怎麼解釋的呢? 他說:“一貫三為王。”(《說文解字》所引)董仲舒曰:“古之造文者,三畫而連其中謂之王。三者,天、地、人也,而參通之者,王也。”(同上)按“王”“往”疊韻;“參”,韋昭注《國語》曰:“三。”我們這裏需要解決的,還不只是它的“聲訓”和“通假”的問題。首先是說明字形的“三畫”及“連其中”的“一直”(“丨”音gǔn),到底是怎麼回事。

《說文》中的“一”、“丨”,那使用的範圍就可廣泛啦,不止“象意”而且又“指事”,中國最原始的文字“八卦”,☰,乾三連,☷,坤六斷之類,不是比畫圓圈“○”所謂隨體詰詘(《說文序》)簡易得多嗎? 這正是古人造字"仰則觀象於天,俯則觀法於地","近取諸身,遠取諸物,於是始作《易》八卦,以垂憲象"(同上)的不二法門之所在。因此,我們盡可以說,孔、董兩人的"一貫三"之言,是有其充分的根據的。這釋作"天、地、人"的"三才",和最高統治者"一貫"的"天道",實在無法不承認它是構成"王"字的"天經地義"了。縱令它是漢人徵引孔子的舊說,難免有因時變通望文生義之處。

因為,我們不能忘記,豈止文字會有今(隸字)古(大篆)之別,就是先秦的許多典籍,包括孔子已經整理過了的"六藝"在內,秦火以後,也都由漢人,特別是向(劉子政)、歆(劉子駿)父子,馬(融)、鄭(玄)師生,先後編輯、注解了啦。何況這個"王"字,還有旁證可尋,儒家之外,道家的《老子》同樣給了足夠的補充哪:"天得一(數之始,物之極)以清,地得一以寧","萬物(人為萬物之靈)得一以生,侯王得一以為天下貞(正也,事之幹也)"。換言之,也未嘗不是"道生一,一生二,二生三,三生萬物"的自然的結合著人事的現象,王弼說得好:"故萬物之生,吾知其主。""百姓有心,異國殊風,而得一者,王侯主焉。"

《老子》又道:"故道大、天大、地大、王亦大(王弼注云:天地之性人為貴,而王是人之主也,雖不職大亦復為大,與三匹,故曰王亦大也)。域中有四大(指道和天、地與王而言),而王居其一焉(處人主之大也)。人法地,地法天,天法道,道法自然(王弼云:法謂法則也,人不違地乃得全安,法地也。地不違天乃得全載,法天也。天不違道乃得全覆,法道也。道不違自然乃得其性。法自然者,在方而法方,在圓而法圓,於自然無所違也。自然者,無稱之言,窮極之辭也)。"其實這裏所說的"自然",不過是孔子也談過的"天何言哉?四時行焉,百物生焉,天何言哉"(《論語·陽貨》)的自然規律,古人鬧不清楚,才如此這般地講得神乎其神而已。可是,無論儒家還是道家,最終都不得不把它落實到人,尤其是老百姓的最高統治者"王"的身上,所以,我們才認為,他們的話是相得益彰的。

按,這個"論三才之分,天地人之治,其體有三"(《釋名・釋典藝》語)的"王"字,猶是《説文》所謂的"獨體之為文"。如果我們再把由它孳乳而成"合體之字",舉出幾個來,就更可以觸類旁通了。如"皇,大也,從自王。自,始也,始王者三皇(《周禮》注云:"三皇五帝")。大,君也(始王天下是大君也,故號之曰皇)"(《説文》)。於是"皇""王"同音互訓的情況,顯而易見。又如:"帝,諦也,王天下之號。"(同上)注云:"審諦如帝。"又如:"君,尊也。從尹,發號故從口。"(同上)注:"尹,治也。"説到這裏,是"君王""皇帝"之為組合引申起來的同義辭,已屬毫無疑問。《白虎通》曰:"王者,父天母地,為天之子也。故《援神契》曰:'天覆地載謂之天子,上法斗極。'《鉤命訣》曰:'天子,爵稱也。'《尚書》曰:'天子作民父母,以為天下王。'何以知帝亦稱天子也?以法天下也。《中候》曰:'天子臣放勳。'《書・逸篇》曰:'厥兆天子爵。'何以言皇亦稱天子也?以其言天覆地載俱王天下也。"於是封建社會最高統治者的另一稱號"天子",及其與"王""皇""帝"等的關係,便被交代完畢。

應該補充的一點是,這"帝王""皇君"不過是一種爵位、名稱,並不是神聖不可侵犯的,特殊材料製造的,要根據他們的功績表現來論定。也是《白虎通》的話,道:"帝王者何?號也,號者,功之表也,所以表功明德號令臣下者也。德合天地者稱帝,仁義合者稱王,別優劣也。《禮記・謚法》曰:'德象天地稱帝,仁義所生稱王。'帝者天號,王者五行之稱也。皇者,何謂也?亦號也。皇,君也,美也,天也。天之總,美大稱也。時質,故總之也。號之為皇者,煌煌人莫違也。煩一夫,擾一士,以勞天下,不為皇也。不擾匹夫匹婦,故為皇。故黄金棄於山,珠玉捐於淵,巖居穴處,衣皮毛,飲泉液,吮露英,虚無寥廓,與天地通靈也。號言為帝者何?帝者,諦也,象可承也。王者,往也,天下所歸往。

《鉤命訣》曰:‘三皇步,五帝趨,三王馳,五霸鶩。’或稱天子或稱帝王何? 以為接上稱天子者,明以爵事天也。接下稱帝王者,得號天下至尊,言稱以號令臣下也。”

就是說,他們一樣地有優劣,“天視自我民視,天聽自我民聽”,不關懷老百姓疾苦的,不夠稱為“皇帝”,起碼在道德標準上是這般看待了的。聯繫起來前此孟軻“民為貴,社稷次之,君為輕”(《孟子·盡心》),特別是他那“賊仁者謂之賊,賊義者謂之殘,殘賊之人謂之一夫,聞誅一夫紂矣,未聞弑君也”(同上,梁惠王》)的話,就可以體會到為什麼只有“至尊”之位而無“至尊”之德的帝王,是名不符實虛有其表的人物,甚至把他作為“獨夫”殺掉完事,豈不驚人! 按《白虎通》本是東漢章帝召集儒生“會白虎觀講議五經同異,親自稱制臨決”(《後漢書·章帝紀》)的“奏議”,竟能如此唐突名號,說長道短地毫不忌諱,確也非同小可,已不止是稱謂的本身在涵義上有所變易的問題啦。

關於“王”字的,我們說得已經夠多,孔子字說見於《說文》的還有“推十合一為士”(《說文》:“士,事也,數始於一終於十,從一從十。”按即演繹推理觸類旁通之義,為“士”必須“聞達”麼),“黍可為酒,禾入水也”(此解重在字形,三體合一,說可造酒卻是別義,因為黍是“禾”屬而黏者也),“兒,仁,人也。在人下故詰屈”(《說文》:“兒,人也。”《玉篇》:“仁,人也。”《六書故》:“人,兒非二字,特因所合而變其勢。”《六書略》:“人,象立人;兒,象行人。”),“烏盱,呼也,取其助氣,故以為烏呼”(《玉篇》:“烏,語辭也。”《埤雅》:“烏見異則噪,故以為烏霍。烏霍,歎所異也。”),“牛羊之字,以形舉也”(按牛為大牲,象角頭三卦尾之形。羊從羊,象頭角尾之形。),“狗,叩也,叩氣吠以守”(《說文》即用孔子原文,益以從犬句聲),“視犬之字,如畫狗也”(犬,此乃狗的象形,所以說跟畫狗一樣),“貉之為言,惡也”(《孟子》:“子之道,貉道也。"《書·武成》:"華夏蠻貊。"貉、貊古今字,蠻貊之邦,在春秋之季是見惡於華夏的),"粟之為言,續也"(此與貉惡之言俱為章訓,粟乃小米,人所食以續命,且年年生產不已也),以及見於《論語》的"政者,正也"等等聲義合訓之字,都充分說明著孔子在文字學上是下過大功夫,不能等閒視之的。此外,再補充一下關於點(· ,a full stop,on point)線(—,a line from A to B)發展的哲理:

數學家說:"幾何萬象起於點。"又說:"三點連成一線。"又說:"一線割兩線,對頂角等,同位角等,內錯角等。"這就是"點·"和"線—"在數理學上的偉大作用,因為它把最原始最簡單的"點·"發展成為"線—"和"角△"的形象和原理,都給我們講清楚了,由此變化下去,真可以揭示出來包羅萬象的"大千世界"(借用佛家語言),不是嗎?今天的社會主義建設事業,哪一項離開具體的物資、抽象的數據、原理原則的動力學,能夠搞得成功呢?

那麼,聯繫到古代文字,古典文學的發生發展與形成上,又何嘗不是具有同樣的道理和跡象的?我們也可以說,文字萬象起於"點·",由點連成"線—"以後,那個作用也就夠得上是"無窮大"了。先說這"點·",它從文字造形上居於何等地位。按《尚書》孔安國序文引《周易》曰:"上古結繩以理,後世聖人易之以書契。"即是說,沒有文字以前,大概在原始社會的末期、奴隸社會的初期吧,人們記事是採用繩子上結疙瘩的辦法的:大事結個大疙瘩,小事結個小疙瘩。如果把它們用符號標識出來,不是"點·"(即疙瘩)與"線—"(即繩子)都有了嗎?

許叔重(慎,後漢人)《說文解字序》云:"古者,庖犧氏之王天下也,仰則觀象於天,俯則觀法於地,視鳥獸之文與地之宜,近取諸身,遠取諸物。於是始作《易》八卦以垂憲象。"這"八卦"正是"點·"與"線—"的結合。如:"—"(代表陽性),"- -"(代表陰性),"—"、

“- -”結合起來,便組成“☰”(乾三連),“☷”(坤六斷),“☲”(離中虛),“☵”(坎中滿),“☳”(震仰盂),“☶”(艮覆碗),“☱”(兌上缺),“☴”(巽下斷)等天、地、火、水、雷、山(止、石)、澤、風八個字的最初形義。很顯然,這些都是自然現象的代表符號。

這“八卦”古人也稱為“八索”,孔安國《尚書序》云:“古者伏犧氏之王天下也,始畫‘八卦’,造書契,以代結繩之政,由是文籍生焉。”伏,古作宓;犧,本又作羲,亦作戲。又云:“八卦之說,謂之‘八索’,求其義也。”按“索”的原始字形正作[illegible],橫著寫作[illegible],今人所謂“條子”“索子”者是。因此可以說,它既可以被認為“—”之前身,也未嘗不是“·”的連綴。而“索求”之“索”則是它的引申義了(埃及古代楔形文字也有此形)。

獨體為文(如⊙[illegible]),合體為字(如[illegible])。文者,物象之本,字者,言孳乳(引申,派生之意)而浸多也,仍以“點·線—”為例,《說文解字》云:“惟初太始,道立於一,造分天地,化成萬物。”這是許慎對於“一”的訓釋。一個“一”字就有這樣多的文章,何所據而云然?此須結合看“點·”的成形來說。《老子》云:“有物混成,先天地生,獨立而不改,周行而不殆,可以為天下母。”把它反映到文字符號由“點·”到成“線—”的過程而言,何嘗不可以作如是觀?從無到有,從小到大。

許氏又訓“三”字道:“天、地、人之道也。”訓“王”字道:“天下所歸往也。”並引董仲舒、孔子的話說:“董仲舒曰:‘古之造文者,三畫而連其中謂之王,三者,天、地、人也。而參通之者,王也。’孔子曰:‘一貫三為王(《論語》:吾道一以貫之)。’”《老子》就說得更詳盡:“昔之得一者:天得一以清,地得一以寧”,“萬物得一以生,侯王得一以為天下貞,其致之一也”。又曰:“道生一,一生二,二生三,三生萬物,萬物負陰而抱陽,沖氣以為和。”又言:“故天大地大道大,王亦大,域中有四大,而王處其一焉,人法地,地法天,天法道,道法自然。”

如此說來,從“一”“三”到“王”,許慎的說解,都有其涵義上的憑依了,而且是相當豐富的,這就不止是文字訓詁的偉大獨到啦,這裏面還包蘊著許多哲理哪。無論儒家道家,在宇宙觀、政治論方面,未嘗不具有著某些共同之處,譬如“太極”(有物混成,先天地生)生兩儀(即一生二,陰陽兩性的出現),兩儀生四象(賦有金、木、水、火、土等自然元素的物質,所謂二生三),四象生八卦(三生萬物,已是天、地、人三才具備以後的事)。有些東西,不止《周易·繫辭》中約略地觸及到,就是後至趙宋時代理學家如周敦頤等,也未嘗不依樣畫葫蘆地在傳播著呢。這些關於宇宙形成的說法,儘管它非常膚淺,甚至可笑,卻不能不認為是我們的祖先締造文字符號(形、聲、義三位一體)的深意之所在了。

因為,哲學上的根本問題不外是時間(Time)空間(Space)的二位一體交相為用。從古到今,世界上從來沒有過不具備時間而即有了空間的事物;同樣,也不會有不依據空間還可以談什麼時間的事物。即以“點·”“線—”而言,當它們還不曾被寫到什麼物體上以前,那是不存在的,可是一經畫在任何一種物體之上,它們便是存在(Exist)的了,此因它們佔有了空間,同時,它們被書寫也就是被形成的過程中(包括它們不被擦掉以前),便具有了時間的因素,特別是“線—”的形象,它是從B到E,而中間又經過了M的(Beginning,middle,end),在表現時間的符號上是一望而知的。

據此種種,即從文字的形成與訓釋中看,豈不是義理、辭章、考據的學問工夫,都牽涉使用上了嗎?應該說明的是,筆之於書的文字是來自騰之於口的語言的,沒有聲音念不出來的符號,那算什麼文字?所以,文字構造的本身,作為聲符(有時也就是義符)的形聲字,從來就是“六書”中的主要部分,“以事為名,取譬相成”麼。而且“江”“河”一類的半聲半義的字形以外,確有許多“聲義相通”的字,如:“天,顛也,至高無上,從一大”,“帝,諦也,王天下之號也”。段(玉裁)注:“審諦和帝(按諦,聽也,天視自我民視,天聽自我民聽)。”“人,仁也,仁,生物也,故《易》曰:‘立人之道曰仁與義。’”(劉熙《釋名》)“道,導也,所以通導萬物也”(同上)等等均是。

總之,文字本是語言的符號(騰之於口的為語言,筆之於書的是文字,一以聲出,一因形著,合二而一,相交為用,而且是缺一不可的。“言之無文,行而不遠”麼)。約定俗成,因地因時變易,則是它們發展的規律。古時文字短少,往往一字多形一詞多義,何況還有篆隸之別假借之用呢。所以,從上古到春秋,還是從秦漢到魏晉,都有其所謂“雅”與“俗”,不過,基本語音和詞彙變化不大罷了。顏之推道:“《春秋說》以人十四心為德,《詩說》以二在天下為酉,《漢書》以貨泉為白水真人,《新論》以金昆為銀,《國志》以天上有口為吳,《晉書》以黃頭小人為恭,《宋書》以召力為劭,《參同契》以人負告為造,如此之例,蓋數術謬語、假借依附、雜以戲笑耳,猶如轉貢字為項,以叱為七,安可用此定文字音讀乎?”(《顏氏家訓·書證篇》)這不是跟前此後漢許慎所說的“馬頭人為長,人持十為鬥,蟲者,屈中也,苛之字,止句也”(《說文敘》),如出一轍嗎?儘管許、顏等人說它是“不見通學”的“野言”,“取會流俗”的“破字”,有悖“六書”條例,不足為訓,又有什麼用呢?因為他們到底流行了麼。所以,看起來我們卻不能不“雅、俗共賞”了。正字、正音與正義,只能是相對的講。

“禮者,履也”,是指示行動的準則,因為它重在實踐不尚空談,所以孔子說是“執禮”。這個“禮”可不簡單,《禮經》三百,威儀三千,從個人的視、聽、言、動,到祭祀、行軍的國家大事,無不包括在內。“立於禮”(《論語·泰伯》),言“禮者,所以立身也”(包咸注)。清人程廷祚引顏李學派李塨的話道:“恭敬辭讓,禮之實也。動容周旋,禮之文也。冠昏喪祭射鄉相見,禮之事也。事有宜適,物有節文,學之而德性以定,身世有准,可執可行,無所搖奪,禮之所以主於立也。”這説得實在是既概括而又全面,可與《韓詩外傳》對於“禮”的看法,後先媲美。其言云:“凡用心之術,由禮則理達,不由禮則悖亂;飲食衣服,動靜居處,由禮則和節,不由禮則墊陷生疾;容貌態度,進退移步,由禮則雅,不由禮則夷固。是學禮可以立身,立身即修身也。”自然,這些都是古昔士大夫階級(或曰“大人先生”)們的清規戒律道德修養,與一般老百姓的關係不大,應該指出。

《禮記·曲禮》亦云,無論講道德、談仁義、施教化、易風俗、搞訴訟,還是定君臣上下父子兄弟的名分、論居官上朝整軍經武的威儀,以及禱告天地、祭祀宗廟、供奉鬼神的誠敬,不結合著“禮”就會不成體統,什麼事也辦不成的。所以,“君子”都戒慎恐懼地去對待它,不敢違抗,以求“異於禽獸”。看,這説得夠多麼嚴重!而“禮云禮云,玉帛云乎哉?”(《論語·陽貨》:“難道我們所説的禮,只是來來往往的財物人情嗎?”)我們已經不必浪費時間精力去詳細考證見於《儀禮》《周禮》的那些千頭萬緒的繁瑣條文了,只要看看《論語》裏頭所記載的孔子的言行(《鄉黨》一篇最為集中),就足以瞭解這位號稱“知禮”的“聖人”,是怎麼在做的了。單舉朝見國君為例吧:接到召見的命令,連車都不等著套就動身,到了宮門低頭彎腰地走進去,跟當權的卿大夫們,則作揖打恭左右應酬,經過國君座位時,表現出來一種慌恐不安的神情迅速離去,比及問話,更是俯伏在地不敢出大氣兒,回答的語氣也特別小心,好像不會説話似的,下殿以後,才輕鬆愉快地順階而去。孔子自己就説:“事君盡禮,人以為諂也。”(《論語·八佾》按照應有的禮貌去對待君,往往被譏笑為諂媚的。)真解説得恰當,後人不是有“天威咫尺,君父一體”的變本加厲的説法嗎?這自然是“君君,臣臣,父父,子子”的名分,體現到“禮”的實際情況了。“君使臣”是否以“禮”且不説他,“臣事君以忠”(同上),卻是絕對重要啦。“君令而不違,臣共而不二,父慈而教,子孝而箴"(齊晏嬰告景公語)麼,雖是針對時臣強横公室微弱的政治現象而立言的,卻被繼起的封建帝王充分利用了"天王聖明,臣罪當誅"、"君叫臣死,不死不忠,父叫子死,不死不孝",便成了它的"後遺症",也可以説是"天經地義"。

但,還在戰國時期,孟軻就不是沒有異議的。孟軻雖然責駡"楊子為我,是無君也。墨子兼愛,是無父也。無父無君,是禽獸也"(《孟子・滕文公》),又尊舜為大孝,"終身慕父母"(同上《萬章》),是學習的榜樣,卻在君臣之間提出了相對的關係,最有代表性的話是:

> 孟子告齊宣王曰:"君之視臣如手足,則臣視君如腹心;君之視臣如犬馬,則臣視君如寇仇。"(《孟子・離婁》)

這就是"欲為君,盡君道,欲為臣,盡臣道"(同上)的對等關係,恐怕不只是"處士横議"的潮流使然,而係從底層上升起來的"士",他們那眼睛裏的"君王"已經沒有過去那麼"神聖"了。孟軻接著説:

> 今也為臣,諫則不行,言則不聽,膏澤不下於民。有故而去,則君搏執之(拘捕其族親),又極之(惡而使其困絶)於其所往;去之日,遂收其田里,此之謂寇仇(恩斷義絶的仇人)!

人臣之道,本以進君於善,杜絶讒佞方為忠正,所謂"責難"及"陳善閉邪"者是,然而這樣去做是不會討人喜歡的,碰壁以後,沒興一齊來,還談什麼搞好關係呢?所以孟軻索性主張,良臣擇主而事,"合則留,不合則去,可以仕則仕,可以止(處也)則止,可以久(留也)則久,可以速則速(疾去也)"(《公孫丑》),並且公開地以孔子的"有見行可之仕,有際可之仕,有公養之仕”(《萬章》)一句話,見機行事絕不沾滯為榜樣,實際上,已經沒有什麼固定的君臣關係了。這也可以從下面的一段對話,孟軻和齊宣王的,反映出來:

> 齊宣王問卿,孟子曰:“王何卿之問也?”王曰:“卿不同乎?”曰:“不同,有貴戚(謂內外親族也)之卿,有異姓之卿(謂有德命為三卿也)。”王曰:“請問貴戚之卿。”曰:“君有大過則諫,反復之而不聽,則易位(更立親戚之賢者)。”王勃然變乎色(慍怒而驚懼)。曰:“王勿異也(怪也),王問臣,臣不敢不以正對。”王色定,然後請問異姓之卿。曰:“君有過則諫,反復之而不聽則去。”(《萬章》)

臣下都可以改變君王的位子,還用說走嗎?

二、文、文學、文章、文獻、文史釋義

學習先秦文學有幾個概念應該認識清楚

那個時候的“文學”怎樣解釋？它跟“文”“文章”以及“文獻”是什麼關係？讓我們先看“文”的涵義。按《說文》:“文,錯畫也。”注:“錯者,交錯也。錯而畫之乃成文。”《易・繫辭》:“物相雜故曰文,錯斯雜矣。”《禮記・樂記》:“五色成文而不亂。”這些都只是講它的字之所以成形,並帶有文采之義。又《國語・楚語》:“則文詠物以行之。”注:“文,文辭也。《尚書序》云:由是文籍生焉。”文,文字也;籍,書籍。此類則是“文”的增字作解,所謂引申義了。唯有《論語・先進》“行有餘力則以學文”之“文”,馬融注曰:“文者,古之以遺文。”鄭玄注曰:“文,道藝也。《周官》保氏養國子以道,乃教之六藝。”又《子罕》:“文不在茲乎?”朱熹注曰:“道之顯者謂之文,蓋禮樂制度之謂。”劉寶楠《正義》曰:“‘君子博學於文’(《雍也》)之‘博文’乃《詩》《書》《禮》《樂》與凡古聖所傳之遺籍是也。”於是我們大可以說,這春秋以前的“文”,竟是古代遺文《詩》《書》的同義詞了,它和“子以四教:文、行、忠、信”(《述而》)之“文”,也是一回事。

其次,再說“文學”

“文學”這兩個字連在一起作為詞彙使用,也以見於《論語》的為最早:“文學:子游、子夏。”(《先進》)《正義》引沈德潛《吳公祠堂記》

曰:"子游之文學,以習禮自見。今讀《檀弓》上、下二篇,當時公卿大夫士庶,凡議禮弗決者,必得子游之言,以為重輕。"朱彝尊《文水縣卜子祠堂記》曰:"《詩》《書》《禮》《樂》定自孔子,發明章句,始於子夏。蓋自'六經'刪述之後,《詩》《易》俱傳自子夏。夫子又稱其'可與言《詩》',《春秋》屬商,蓋文章可得而聞者,子夏無不傳之,是則子夏之功大矣!"言偃、卜商之所以入選"文學"者在此,而"文學"同為《詩》《書》"六藝"的代稱,也可以想見了。又《荀子·大略篇》說:"子貢、子路,故鄙人也。被文學、服禮儀,為天下士。"《韓非子·五蠹篇》說:"今修文學,習言談,則無耕之勞而有富之實。"直至《漢書·西域傳》還說:"諸大夫郎為文學者。"注:"為文學者,謂學經書之人。"都可佐證。

第三,該講講"文章"啦

子貢曰:"夫子之文章,可得而聞也。"(《論語·公冶長》)注云:"章,明也,文采形質著見,可以耳目循。"按,凡言"文章"古皆作"彣彰",今文省作"文章"耳。《史記·儒林傳》云:"文章爾雅,訓辭深厚。"命其形質曰"文",指其起止曰"章",蓋指"文辭"而言,亦有"文采"之義。《周禮·考工記》:"畫繢之事,青與赤謂之文,赤與白謂之章。"亦曰"文辭",《史記·孔子世家》:"約其文辭而指博。"其實,古之說"文章"者,不專在竹帛諷誦之間,它還有典章文物禮樂書數之義。孔子稱堯舜:"煥乎其有文章。"(《論語·泰伯》)注:"煥,明也,其立文垂制又著明。"劉寶楠《正義》曰:"廣大有文章也……上世人質,歷聖治之,漸知禮儀,至堯、舜而後,文治以盛。"這是前人把貴族統治者的尊卑貴賤之序、車服宮室之制、飲食婚喪之分,喚作了"文",而認為八風從律,百度得數,彬彬郁郁,形於簡冊者,是所謂"章"了。

因而以“文章”為政治(制度)文化(禮樂)之殊稱,這顯然是它的廣泛的引申涵義了。

最後打算解決的是“文獻”

“文獻”雖然不就是“文章”或“文學”,可是,自其作為“資料”(即可以參證的古代簡策)的一方面而言,基本上也差不多的。孔子說:“夏禮,吾能言之,杞不足徵也;殷禮,吾能言之,宋不足徵也。文獻不足故也。足,則吾能徵之矣。”(《論語·八佾》)注云:“徵,成也。杞、宋,二國名,夏、殷之後。”這是說,夏、殷兩國的典章制度,歷史文物,還能夠知道一些,談論起來,可惜的是,現在的杞、宋之君,才德不足,難於印證。鄭玄曰:“獻,猶賢也,我不以禮成之者,以此二國之君,文章、賢才,不足故也。”劉寶楠《正義》亦言:“文謂典冊,獻謂秉禮之賢士大夫。子貢所謂‘賢者識大,不賢者識小’,皆謂獻也。”由此可見“文獻”一詞,含有文、人二義。就是說,只有書面的文字不行,還需要賢人才士的補充。又《禮記·中庸》亦有類似的話:“子曰:‘吾學夏禮,杞不足徵也;吾學殷禮,有宋存焉。’”言只有宋存,而文獻皆不足徵也。《禮運》又云:“孔子曰:‘我欲觀夏道,是故之杞而不足徵也,吾得夏時焉。我欲觀殷道,是故之宋而不足徵也,吾得乾坤焉。’”是則“夏時”、“坤乾”皆文之僅存者。孔子學二代“禮樂”,欲斟酌損益以為世制,而文獻不足,雖能言之,究無徵驗,這跟《周禮》具在又有史官相與考證的不一樣。

也許會有人說:《尚書》《周官》,史料史論,這是史學上事,我們是搞文學的,管它作甚?殊不知“文猶質也,質猶文也”(《論語·顏淵》),無本不立,無文不行。何況具體到先秦的典籍而言,都有它的作為“史書”的性質呢。特別是像記載史事的《書》,備陳典章制度的

《禮》,以及本身即係"史記"的《春秋》《左氏傳》等等,都可以說是文、史難分的,因而"六經皆史也"(章學誠《文史通義》)的話,確實站得住了。《史記·滑稽列傳》引孔子曰:"六藝於治一也:《禮》以節人,《樂》以發和,《書》以道事,《詩》以達意,《易》以神化,《春秋》以義。"《莊子·天下篇》也說:"《詩》以道志,《書》以道事,《禮》以道行,《樂》以道和,《易》以道陰陽,《春秋》以道名分。"這些充分說明著"文"以"史"而傳諸久遠,"史"以"文"而彰明事物的不可分性。信如劉彥和所言:"遠稱唐世,則煥乎為聖,近褒周代,則郁哉可從,此政化貴文之徵也。"(《文心雕龍·徵聖》)

"六經"如此,"諸子"也不例外,因為後者的"文""理"不過是前者的派生和演變。《漢書·藝文志》道:"諸子十家,其可觀者九家而已。皆起於王道既微,諸侯力政,時君世主,好惡殊方,是以九家之術,蜂出並作,各引一端,崇其所善,以此馳說,取合諸侯,其言雖殊,辟猶水火,相滅亦相生也。《易》曰:'天下同歸而殊塗,一致而百慮。'今異家者各推所長,窮知究慮以明其指,雖有蔽短,合其要歸,亦六經之支與流裔。"按東周以前並無私人著述之事,只有"官師"執掌著典章制度。《說文》:"官,吏事君也,從宀從𠂤,𠂤猶眾也。此與師同意。"《廣雅·釋詁》:"師,官也。"這是因為古者政教不分,官師合一,故二者異名而同訓,也就是《曲禮》所說的"宦學事師"。大道不行,師儒立教。《周禮·天官》:"師以賢得民,儒以道得民。"(儒有"六藝"以教民眾。)就是它的歷史情況。至於諸子之文源出"六藝",則章學誠分析得最為詳盡:

> 道體無所不該,六藝足以盡之。諸子之為書,其持之有故而言之成理者,必有得於道體之一端,而後乃能恣肆其說以成一家之言也。

> 老子說本"陰陽",莊、列寓言假象,《易》教也。鄒衍侈言"天地",關尹推衍"五行",《書》教也。管、商法制,義存政典,《禮》教也。申韓"刑名",旨歸賞罰,《春秋》教也。
>
> (《文史通義·詩教上》)

《老子》說:"萬物負陰而抱陽,沖氣以為和。"這和《周易》"天地不交而萬物不興"(歸妹卦)、《繫辭》"一陰一陽之謂道"的說法是若合符節的。《莊子》"寓言十九",意在此而言在於彼,那就更是"卦象"的新作了,何況他還推崇孔子,說:"盛德若不足","吾且不得及彼"(《寓言》),"天道運而無所積"(《天道》),又跟孔子的"天何言哉,四時行焉,百物生焉"(《論語·陽貨》)異曲同工哪。《史記·孟荀列傳》:"鄒衍深觀陰陽消息,而作怪迂之變,終始大聖之篇十餘萬言,其語閎大不經。"《尚書·洪范》首言"五行"自然之性,關尹雖為道家,未嘗不服膺於此。《史記·管晏列傳》:"倉廩實而知禮節,衣食足而知榮辱。上服度則六親固,四維不張,國乃滅亡。"是法家"立制"和儒家"隆禮"有其關通之處,因為他們都是"納民軌物"的麼。而且管仲是被孔子肯定的人物,又是人們熟知的。《禮記·禮運》:"禮者,君之大柄也。所以別嫌名微,儐鬼神,考制度,別仁義,所以治政安君也。"但,如法無常,則禮無列,而士不事,民不歸了,這豈不是《禮》的影響?而"申子卑卑(自家勉勵之意)施之於名實。韓子引繩墨,切事情,明是非"(《史記·申韓列傳》),尤其是他們的"尊君卑臣,崇上抑下"(《漢書·元帝紀》注引《別録》),也不能不說是合乎《春秋》的精神啦。此外,我們認為:章氏論縱橫學派出於《詩》教的一段文字最是上乘。他說:

> 戰國者,縱橫之世也,縱橫之學,本於古者"行人"之官。觀《春秋》之辭命,列國大夫,聘問諸侯,出使專對,蓋欲文其

言以達旨而已。至戰國,而抵掌揣摩,騰說以取富貴,其辭敷張而揚厲,變其本而加恢奇焉,不可謂非"行人"辭命之極也。孔子曰:"誦《詩》三百,授之以政,不達,使於四方,不能專對,雖多,亦奚以為?"是則比興之旨,諷諭之義,固行人之所肄也。縱橫者流,推而衍之,是以能委折而入情,微婉而善諷也。九流之學,承官曲於"六典",雖或原於《書》《易》《春秋》,其質多本於《禮》教,為其體之有所該也。及其出而用世,必兼縱橫,所以文其質也。古之文質合於一,至戰國而各具之質,當其用也,必兼縱橫之辭以文之,周衰文弊之效也。(《文史通義·詩教上》)

對於繼承兩周"六經"的文字來講,戰國諸子散文的發展,乃是一種"青出於藍而勝於藍"的發揚光大的歷史現象,當然不能說是"文弊"。因為,"文"之與"質"不過是強為之分的,如同後來所謂的"辭章"和"義理"一樣,"文以載道"麼。還是那句老話頭:"言之不文,行而不遠。"內容決定形式,一個事物的兩方面,怎麼可以強調半邊呢?《周禮·秋官》:"大行人掌大賓之禮及大客之儀,以親諸侯;小行人掌邦國賓客之禮,藉以待四方之使者。"他們的主要任務在於"諭言語,協辭命(傳達命令取得協議)",用今天的話說,就是外交官搞外交活動,外交辭令當然重要。沒有看見春秋時代最長於"小國事大國"的鄭子產嗎?他和他的同僚是多麼地鄭重其事地對待邦交文告呀:

為命(將有諸侯之事,謀作盟會之辭),裨諶(鄭大夫)草創之(乘車下鄉,訪問在野之士,徵求意見),世叔(鄭大夫游吉)討論之(討,治也,裨諶造謀以後,復交世叔分析研究,治而論之,詳而審之),行人(掌使之官)子羽(公孫揮)修飾之(斟酌字眼兒,調整辭彙),東里(地名,子產的住處)子產(公孫僑,鄭國上卿)潤色之。(從內容到形式,加以最後裁定,馬融曰:"更此四賢而成,故鮮有敗事。")(《論語·憲問》)

可以認為,是當時標準的"創作"了,所以取得了孔子的嘉許。按荀悅《漢紀》云:"遊說之本,生於'使於四方,不辱君命',出境有可以安社稷,利國家,則專對解結,辭之繹矣,民之慕矣。以正行之者謂之辯智。其失之甚者,至於為詐,紿徒眾矣。"又《淮南子·要略》云:"晚世之時,六國諸侯,谿異谷別,水絕山隔,各自治其境內,守其分地,握其權柄,擅其政令,下無方伯,上無天子,力征爭權,勝者為右,恃連與國,約重致,剖信符,結遠援,以守其國家,持其社稷,故縱橫修短生焉。"這些已經可以說把"縱橫家"遊說的作用分析得淋漓盡致了,同時也交代了從春秋的"行人"演變到戰國的"說客"的基本情況。而自古及今"外交辭令"會直接影響邦國的安危,不能不特殊地予以考究,也一目了然了。

三、版本、目録、箋注、訓詁、今文、古文

研究先秦文學還有一個比較重要的問題應該注意，那就是古代典籍的名稱、篇章、字體、解釋，所謂版本、目録、校勘、訓詁之學者是。因為，在中國歷史上，孔子雖然是第一個“六藝”之書的整理者，和諸子文章的不斷出籠，可是由於秦始皇的一把火，及其坑殺讀書人的毁滅政策，幾乎讓舊存的“簡冊”蕩然失傳了。漢興以後，儘管武帝劉徹根據董仲舒的建議，罷黜百家，獨尊儒術，卻也很難說是原來的樣法了，何況這裏還有一個篆隸上的文字變易，百家之說又遭到了歧視呢？現在讓我們先從古書的形象說起：

我國最早的書籍是用竹片、木板做的。一根竹片叫做“簡”，把許多“簡”編到一起叫做“策”，編“簡”成“策”的繩子叫做“編”，“策”也作“冊”。《說文》𠕋，象其劄一長一短中有三編之形。一根“簡”容不下許多字，許多簡編成冊才能寫比較長的文章。一塊木板叫做“版”，寫了字的喚作“牘”，一尺見方的牘，叫做“方”。《禮記》上說，百名以上書於“簡”，不及百名書於“方”，這也是告訴我們，短文章是寫在版牘上的，長文章就要使用簡策了。兩漢之際，“簡”“策”雖然未變，字形卻有今古之分了，所以，我們跟著就要弄明白“今文學派”和“古文學派”的問題，因為，流傳到今天的“六藝”“諸子”，絕大部分是經過漢人的編輯注釋的。

原來，“六藝”在西漢時，各有專家教授，其已經立學官（政府公開承認的教本）置博士（國家派定的教官）者：《易》有施（讎）、孟（喜）、梁丘（賀）、京（房）四家，而同出於田何；《書》有歐陽（生）、大夏侯

(勝)、小夏侯(建)三家,而同出於伏生;《詩》有魯(申公)、齊(轅固)、韓(韓嬰)三家;《禮》則只有《儀禮》,有大戴(德)、小戴(勝)、慶普三家,而皆為后倉所授,即同出於高堂生;《春秋》有《公羊傳》《穀梁傳》,其中"公羊"有嚴彭祖、顔安樂二家,而同出於胡毋生、董仲舒;"穀梁"有瑕丘、江公。(光武時立十四經博士,慶氏《禮》及《穀梁傳》未立。)其寫本皆用秦漢時通行的"隸書",所以統稱之為"今文學派"。其初,本無所謂"古文",後魯恭王壞孔子宅,於壁中得《禮記》《尚書》《春秋》《論語》《孝經》,皆蝌蚪文字,始與"今文書"對稱,謂之"古文書"。又河間獻王亦以所得古文經傳獻之朝廷,於是《易》有費氏,《書》有孔氏,《詩》有毛氏,《春秋》有《左氏傳》,《禮》有"逸禮"卅九篇,又有《周官》,皆古文經,其時經師多不信之。劉歆屢請以《左氏春秋》《古文尚書》立於學官,不得。王莽代漢,歆始挾其力而立之。及光武出,復遭廢棄。但在東漢末年,服虔、馬融、鄭玄皆尊習古文,"古文學"大昌,今、古文經之爭也由此聚訟千古了。

說起來這本是一種門戶之見,"今文"也罷,"古文"也罷,都不是先秦典籍的本來面目了。當時,兩派爭論的焦點在《春秋公羊傳》,今文大家何休,著《左氏膏肓》《穀梁廢疾》《公羊墨守》以駁之,遂為今、古文鬥爭的一大公案。又"今文學派"宗《王制》,"古文學派"尊《周官》,鄭玄則謂《王制》為殷制,《周官》為周制以調和之。此外,他雖受"京氏《易》",可是給"費氏"作《箋》,通《韓詩》,卻為《毛詩》作箋,已經是相容並包不拘一格了,我們認為這種態度是正確的,例如,傳今"十三經注疏"即多係"古文學派"之說,只有《公羊》一傳採用何休之注而已。

我們今天不必不管他們這些是非,根據還能看到的先秦典籍——歷經漢人、宋人、清人,傳箋、考據過的文獻,取其精華、卻其糟粕地有所認識也就夠了。述而不作,善繼善述,原是孔子當日實事求是的老辦法麼。義理、辭章、考據在整體的學術研究中,雖然我們重的是“辭章之學、文藝之美”,就是説,從散文的《書》《禮》到韻文的《詩》《騷》,都必須雙管齊下左右逢源地去搞。即如《十三經》的這個“經”字,到底是怎麼回事?什麼時候加上的“桂冠”?同理,“六藝”之所以得名呢?按劉熙《釋名·釋典藝》云:“經,徑也,如徑路無所不通,可常用也。”這還只是一個途徑的意思,還沒有什麼“衆妙之門”高不可攀之義,從此書分别解釋“六藝”的題目也可以略見一斑:“《易》,易也,言變易也。《禮》,體也,得其事體也。《儀》,宜也,得事宜也。《傳》,傳也,以傳示後人也。《記》,紀也,紀識之也。《詩》,之也,志之所之也,興物而作謂之興,敷布其義謂之賦,事類相似謂之比,言王政事謂之雅,稱頌成功謂之頌,隨作者之志而别名之也。《尚書》,尚,上也,以堯為上始,而書其時事也。《春秋》,春秋冬夏,終而成歲,春秋書人事,卒歲而究備,春秋温涼中象政和也,故舉以為名也。”這正是後來所説的“五經”,可見直到漢人,也不過是把它們當作可以常用的儒家典籍的。至於注疏家們的“傳”“箋”,則是“六藝附庸蔚為大國”的章句、訓詁之學,縱然以“近正”為主(如見於《爾雅》、“孔傳”“鄭箋”的),幫助後學者去過先秦典籍的文字關,為我們研究“六藝”等書的必不可少的工具書。所以,不管怎麼説,文字音韻的本身,到底不就是“六藝”文獻的所在。

前面約略地講過,“經”的原意本是編綴起來的“簡”“策”。古人作書長不到一百個字的就把它們寫在“方”“版”之上,一塊完不了的便用幾塊接連著寫,然後用皮革束絲之類的東西把它們聯繫到一起,並沒有什麼“恒久之至道,不刊之鴻教”的意思。因為孔子當日也不過是“《詩》云《書》曰”地拿“六藝”作為教材去充實門生弟子們的業務知識,以備“經世致用”的。“學而優則仕”嘛,不熟悉這些“官書”的内容,豈不成了白丁?這如同“傳”不過是“專”的假借,義在以書記事一樣。"經""傳"的不同,只在於體制的有長有短,如鄭玄云:"《春秋》二尺四寸,《孝經》一尺二寸,《論語》八寸。"(《論語敘》)又說:"《易》《書》《詩》《禮》《樂》《春秋》,策皆二尺四寸,《孝經》謙半之。《論語》八寸策者,三分居一,又謙焉。"(《儀禮·聘禮》疏引)由此看來,那些孔子所定被叫作"經",弟子所釋謂之"傳"或"記",以及門生等輾轉授與的又呼為"記"的種種說法,當是武帝劉徹以後的事了,"黃金滿籯,不如教子一經",不是那時流行的話嗎?

西漢的"經學",原以"簡明致用"為主,不甚講求章句的考釋。例如,以董仲舒為代表的"公羊學派",即是繼承了《周易》的"象數占驗"、《大戴禮記》的"明堂陰陽",尤其是鄒衍的"五德終始"說,更進一步地企圖以"天人感應""五行災異"的道理,來解釋政治行為和社會生活等等,都不外是把普遍存在於自然界、生物界的陰陽二性,和構成物質的金、木、水、火、土等五種要素,結合起來並且注意、分析它們相互循環變易,相反相成的關係,從而創造了以"五"為數的人生事物,如:"五倫"之於"五常","五官"之於"五聲""五色""五味","五政"之於"五兵""五刑""五禮",以及"五經""五典""五穀""五服""五方""五嶽""五湖"(有的說法雖已略見於先秦典籍,可是到了他們手裏,才有了更加全面的解釋)等類。這些主張不過是人為的模式、宗教似的意識,藉以積極維護西漢王朝的封建統治自不待言。然而另一方面,因為他們發揮了"以元統天""以天統君"之義,在一定程度上,對於那些自以為人主至高無上可以為所欲為的皇帝,也未嘗不具有借天象以示儆,促其恐懼修省,因而少做點兒壞事的作用。譬如,碰到日食、地震、水旱之類的災異,皇帝往往要下詔罪己,有時還要罷免不稱職的"三公",就是例證。

應該附帶提一下的是:對於文字訓詁來說,董仲舒有個"深察名號"之論,所謂"事各順於名,名各順於天,天人之際,合而為一"(《春秋繁露》)的"德道",它雖然是為"陰陽五行,天人感應"之說去創造條件補充理由的,可是他那"名生於真,非其真弗以為名"(同上)的說法,畢竟有合於文字產生的本根,同孔子"正名責實"之道,並無二致。何況從這些地方也可以看出來他之講"經",一面是以"微言大義"為闡發的主體,而不屑屑於章句,一面並不"望文生義",相當地重視"名實"的關係呢。

四、戰國諸子的文字訓詁舉例:立言有章

周室東遷以後,“作之君,作之師”,所謂“人王”即是“教主”的大一統的局面,已經徹底崩潰,來自底層的“士人”,基於新興的貴族統治階級“養儒俠,重介士”的政治要求紛紛活動起來,於是以孔(丘)墨(翟)為代表的人物,相與聚徒立說過問政事,成了影響當代的重要學派。例如“儒”“墨”兩家都強調“仁民愛物”,所謂“政者,正也”(《論語·顏淵》),“仁也者,人也”(《孟子·盡心》)和《墨子》大談其《兼愛》《非攻》即是。而且墨家跟儒家一樣,也是主張正名責實,出言有章的。墨翟說,凡出言論,為文學之道,必須先立“義法”,否則得不到正確的解釋。這“義法”共有三端,它們是“本”(考之以聖王之事)、“原”(徵之於先王之書)與“用”(驗之以百姓之情)。這就是說,立言是一件大事,不能馬馬虎虎,如果沒有根據地亂講一通,如何反映真實的事物思想?自然,墨子繁稱“先王之道”,他那托古改制的味道也夠濃厚,譬如節用、節葬、非樂、非儒等一系列的言行,都指為堯、舜、禹、湯這些“聖王”自古已然的,便是例證。其訓詁文字見於《墨子》書中的亦不在少,而且言簡意賅等於“定義”,直到現在還富有參考的價值,《經上》有云:

> 體,分於兼也。必,不已也。知,材也。平,同高也。慮,求也。同,長以缶相盡也。知,接也。中,同長也。恕,明也。厚,有所大也。仁,體愛也。日中,缶南也。義,利也。直,參也。禮,敬也。圜,一中同長也。行,為也。方,柱隅四讙也。

實,榮也。倍,為二也。忠,以為利而強低也。端,體之無序而最前者也。孝,利親也。有間,中也。信,言合於意也。間,不及旁也。佴,自作也。纑,間虛也。誚,作嗛也。盈,莫不有也。廉,作非也。堅白,不相外也。令,不為所作也。攖,相得也。任,士損己而益所為也。似,有以相攖,有不相攖也。勇,志之所以敢也。次,無間而不攖攖也。力,刑之所以奮也。法,所若而然也。生,刑與知處也。佴,所然也。臥,知無知也。說,所以明也。夢,臥而以為然也。攸不可,兩不可也。平,知無欲惡也。辯,爭彼也。辯勝,當也。利,所得而喜也。為,窮知而懸於欲也。害,所得而惡也。已,成、亡。治,求得也。使,謂故。譽,明美也。名,達,類,私。誹,明惡也。謂,移,舉,加。舉,擬實也。知,聞、說、親。名,實,合,為。言,出舉也。聞,傳、親。且,言然也。見,體、盡。君,臣,萌,通約也。合,缶,宜、必。功,利民也。欲缶權利,且惡缶權害。賞,上報下之功也。為,存、亡、易、蕩、治、化。罪,犯禁也。同,重、體、合、類。罰,上報下之罪也。異,二、不體、不合、不類。同,異而俱於之一也。同異交得,放有無。久,彌異時也。宇,彌異所也。聞,耳之聰也。窮,或有前,不容尺也。循所聞而得其意,心之察也。盡,莫不然也。言,口之利也。

上邊這些說解,都是從具體到抽象,既說文又解字的社會生活政治行為的實際反映,也正如韓非所說"形名參同,用其所生"(《韓非子·揚權》)之意。墨翟自己也說:"吾非與之並世同時,親聞其聲見其色也。以其所書於竹帛,鏤於金石,琢於盤盂,傳遺後世子孫者知之。"(《墨子·兼愛下》)他在這裏,非但重視了當前的情況,而且還參閲了過去的文書,載在金石、盤盂,特别是見於竹帛上的東西。那麽,前人文化的得以留傳,而為後代繼承發展的根源,它的道理便在這裏了。

不只儒、墨兩家如此,老、莊、韓非莫不皆然。《老子》就説過:“言有宗,事有君。”(立言行事,均須有實際的根據。語見《道德經》七十章。)又:“視之不見名曰夷,聽之不聞名曰希,搏之不得名曰微。”(同上十四章,這“夷、希、微”三字,不都講的是形象麽?)這一類的方式,誰能否認它是在立“名”定“義”的?“道可道,非常道;名可名,非常名,無名,天地之始;有名,萬物之母”(同上,一章),儘管名其所“名”不是我們承認的帶有普遍意義的符號,有時必須區别對待。莊周就談得更細緻了,他的“名學”,按照今天的話説,是頗近似於“相對論”的,像“夫言非吹也”(風只有聲動,而説話則有它的内容和法則)、“辯也者,有不見也”(以偏概全,强調自己知道的事物)、“類與不類,相與為類”,這些道理,本來是通人可知的,但是,如果把它們和“彼出於是,是亦因彼,彼是方生之説也。雖然,方生方死,方死方生;方可方不可,方不可方可;因是因非,因非因是,是以聖人不由而照之於天,亦因是也。是亦彼也,彼亦是也,彼亦一是非,此亦一是非。果且有彼是乎哉?果且無彼是乎哉?彼是莫得其偶,謂之道樞。樞始得其環中,以應無窮。是亦一無窮,非亦一無窮也。故曰莫若以明。以指喻指之非指,不若以非指喻指之非指也;以馬喻馬之非馬,不若以非馬喻馬之非馬也。天地一指也,萬物一馬也。可乎可,不可乎不可。道行之而成,物謂之而然。惡乎然?然於然。惡乎不然?不然於不然”(以上所引並見《莊子·齊物論》)一類好似玩弄概念的説法糾纏到一起以後,就不那麽簡單了。“是”由“非”而得“名”,“可”與“不可”對立,無論肯定或是否定的事物,都必然有它們依據的理由,主、客觀上的標準,相反相成矛盾統一麽,還不能輕率地説一聲

“詭辯”就算了事的。何況莊周也有“庸也者,用也,用也者,通也,通也者,得也”(同上)、“平者,水停之盛也。其可以為法也,內保之而外不蕩也。德者,成和之修也”(《德充符》)這樣“聲訓”“義訓”兼而有之,孳乳引申與儒、墨二家無大差異的辦法呢!再如“愛人利物之謂仁,行不崖異之謂寬”(《天地》)一類的訓釋,就更是並無二致的了。

荀卿的“名學”就更講得全面了。他在《正名》篇裏說:“名”之所以可用是因為它能夠喻“實”(反映客觀存在的事實),它的形成乃是通過“天官”(神經系統支配下的感覺器官,如耳、目、口、鼻、舌等)的感應,昇華概括使之成為語音符號的結果。在方法上是“同則同之(同類同名),異則異之(異類異名),單足以喻則單(如呼馬為‘馬’),單不足以喻則兼(白色的馬便須稱為‘白馬’)”的。但是,如何才能夠把它通行起來呢?他又根據實踐的經驗指出“約定成俗”(大家公認了的才算)這一條原則。當然,按其種類還有“通語”、“方言”的不同。不過,荀卿對待的態度也是極其嚴謹而又科學化了的,所謂“散名之加於萬物者,則從諸夏之成俗曲期;遠方異俗之鄉,則因之而為通”者,就是說,雅、俗分行,通不概偏,真是熟知語文性質的大家。

釋名、正義的文句,《荀子》書中也是隨處可見的,如“多聞曰博,少聞曰淺,多見曰閑,少見曰陋”(《修身》)、“貨財曰賻,輿馬曰賵,衣服曰襚,玩好曰贈,玉貝曰唅”(《大略》)、“不問而告謂之傲,問一而告二謂之囋”(《勸學》)以及“竊貨曰盜,匿行曰詐”(《修身》)等等,從結構到涵義,可以認為都是早期的訓詁文字,它如在他的《賦篇》裏,甚至韻文重疊不厭其詳,繪影繪聲別開生面地解說“禮”“知”“雲”“蠶”和“箴”,那就不止是剖析事物文字了,同時還是“楚辭”“漢賦”中間的津梁創作呢。例如,對於“禮”的藻飾云:

> 爰有大物(人之大者莫過於“禮”,故稱之為“大物”),非絲非帛,文理成章(絲帛可制錦衣,“禮”亦出言有章),非日非月,為天下明,生者以壽,死者以葬。城郭以固,三軍以強(“禮”所以養生送死,也賴以富國強兵),粹而王(粹,純也,粹美不雜,王,王天下也),駁而伯(駁馬色不純。於“禮”乖戾者,只能稱霸),無一焉而亡。(下略)請歸之“禮”。

法家則以荀卿的學生韓非為最諳此道。韓非不只在文章之中即有解釋字形字義的句子,如“自環者謂之私(厶),背私謂之公(公)”(《韓非子·五蠹》)這樣非常符合“六書”中“會意”字的條例,而且還有大量採用訓釋辦法的文字,如分見於《解老》《喻老》篇中的:

> 德者,內也;得者,外也。
> 仁者,謂其中心欣然愛人也。
> 義者,謂其宜也,宜而為之。
> 禮者,所以貌情也。
>
> (以上《解老》)
>
> 制在己曰重,不離位曰靜。
> 事者,為也,為生於時。
> 書者,言也,言生於知。
>
> (以上《喻老》)

立意簡明,釋文貼切,是韓非解字的特色。幾乎可與雜見《左傳》《國語》中的此類文句“止戈為武”(《左宣十二年傳》)、“皿蟲為蠱”(《左昭元年傳》)、“基,始也;命,信也”(《周語》)、“敬,文之恭也;忠,文之實也;正,德之信也”(同上)相媲美。它如《管子》(秦、漢人類輯的書)的“禮,不踰節;義,不自進;廉,不蔽惡;恥,不從枉”(《牧民》)、“地者,政之本也(有土則貨多事治);朝者,義之理也(朝廷以爵,辨於尊卑貴賤之義);市者,貨之准也(公平交易,各有物價)”(《立政》),也是一語破的界説文字。根據上回列舉的種種事例,不能不説是“漢字訓詁學”,遠在先秦就已經胚胎成型,牛刀小試了。不過,直到漢人才有了更加完備的規範體系罷了。這首先是從卜辭演變成為篆文,乃是漢字的一大發展,而“文教下放,百家爭鳴”更是中國文化的空前躍進。時有古今,文分俗雅,書添私家,篇簡浩繁,識辨之際如果沒有考釋的功夫,那就無法完成通曉的任務。所以,無論從許氏《説文》,劉氏《釋名》,班氏《白虎通》,蔡氏《獨斷》等類工具書上看,還是先秦典籍的各種傳、注、疏、解上講,漢人的貢獻都是非常之大的。

五、略談《三百篇》的《毛傳》

漢初的解經,是以《詩》《書》為主的。而《詩》之《毛傳》,又有最稱“淵雅”之目,就讓我們以它為例證,來略觀“六藝”訓詁的情況。

據《漢書·藝文志》所記,《詩》本來有《魯故》《齊后氏故》《齊孫氏故》《韓故》和《毛詩故訓傳》等五家。但傳今者以《毛詩》最為古雅。“毛”乃魯人毛亨,通稱“大毛公”(“小毛公”名萇),當為北海太守,他之傳《詩》是依經訓詁不失原義的,而且充分發揮了文字上“假借”的功用。

如:

《葛覃》:害澣害否。《傳》:害,何也。
《叔于田》:火烈具舉。《傳》:烈、列;具、俱也。
《揚之水》:人實廷女。《傳》:廷,誑也。
《山有樞》:弗灑弗埽。《傳》:灑,淚也。

“害”“烈”“具”“廷”“灑”,分别為“曷”“列”“俱”“誑”“淚”的同音假借字。此中的“何、曷”,“具、俱”,“灑、淚”,後此遂為通用的古今字。又如:

《泉水》:不瑕有害。《傳》:瑕,遠也。
《淇奥》:綠竹如簀。《傳》:簀,積也。
《節南山》:四牡項領。《傳》:項,大也。

《泂酌》:泂酌彼行潦。《傳》:泂,遠也。

《卷阿》:茀禄爾康矣。《傳》:茀,小也。

段玉裁説:“瑕”為“遐”之假借,“簀”即“積”之假借,“項”為“洪”之假借,假“泂”為“迥”。(具見《説文》注)這些字絶大多數是“依聲托事”的。在先秦文字數量較少的情況下,“一字多用”不過是聊以濟窮的辦法。毛亨乃能追溯根源,訓釋以漢代的通言,有助於後人的讀解不少。再以詁訓的方式方法看,他所使用的也是多種多樣的,如:

《詩》僅一字,《傳》以重文的:

《擊鼓》:憂心有沖。《傳》:憂心忡忡然。

《淇奥》:赫兮咺兮。《傳》:赫,有明德赫赫然。

《芄蘭》:容兮遂兮,垂帶悸兮。《傳》:佩玉遂遂然,垂其帶悸悸然。

《丘中有麻》:將其來施。《傳》:施施,難進之意。

《黄鳥》:惴惴其栗。《傳》:栗栗,懼也。

《匪風》:匪風發兮,匪車偈兮。《傳》:發發飄風,非有道之風;偈偈疾驅,非有道之車。

他這裏基本上是加重狀詞的語氣的,讀解起來頗有傳神之妙,有助於我們搞翻譯。與此相反的,則是:

《詩》乃重文,“傳”用一字的:

《有客》:有客宿宿,有客信信。《傳》:一宿曰宿,再宿曰信。

《公劉》:于時言言,于時語語。《傳》:直言曰言,論難曰語。

《思齊》:雝雝在宫,肅肅在廟。《傳》:雝雝,和也;肅肅,敬也。

《大明》:牧野洋洋,檀車煌煌。《傳》:洋洋,廣也;煌煌,明也。

《小宛》:交交桑扈。《傳》:交交,小貌。

《無羊》:室家溱溱。《傳》:溱溱,眾也。

《菁菁者莪》:菁菁者莪,在彼中阿。《傳》:菁菁,盛貌。

《鴟鴞》:予羽譙譙,予尾翛翛。《傳》:譙譙,殺也;翛翛,敝也。

《載驅》:四驪濟濟,垂轡瀰瀰。《傳》:濟濟,美貌;瀰瀰,眾也。

重言的本意,在於強調某一事物,使之趨於形象化,這是古代作者慣用的手法(雙聲疊韻字與此同功),所以毛氏從它的實質上一語就申明無誤。

《詩》本合文,《傳》則分訓的:

《淇奥》:綠竹猗猗。《傳》:綠,王芻也。竹,扁竹也。

《定之方中》:騋牝三千。《傳》:騋馬與牝馬也。

《防有鵲巢》:中唐有甓。《傳》:中,中庭也;唐,堂塗也。

《生民》:以興嗣歲。《傳》:興,來歲;嗣,往歲。

像此類關於名物的考釋,如果不是毛氏言之在先,我們今日認識起來就困難多了。他的詁訓宛轉隨《詩》,此類語詞,舉不勝舉,再如關於作為“狀詞”的許多重言疊字的注解：

解釋事物的聲音的：

丁丁：椓杙聲也。　　鄰鄰：眾車聲也。　　令令：纓環聲。
緝緝：口舌聲。　　坎坎：伐檀聲。　　薄薄：疾驅聲也。
淵淵：鼓聲也。　　噦噦：言其聲也。

它如“關關，和聲”、“嚶嚶，聲也”、“喈喈，和聲之遠聞”，如不聯繫它們所組成的章句比照看看，恐怕一下子也弄不清楚其何所指的。

形容事物的狀態的（可分直描、泛稱兩類）：

直描的：

翹翹：薪貌。　　湯湯：水盛貌。　　許許：柿貌。
雰雰：壐貌。　　彭彭：四馬貌。　　蜎蜎：蠋貌。
鞙鞙：玉貌。　　芃芃：木盛貌。　　萋萋：雲行貌。
孑孑：干旄之貌。　　陶陶：驅馳之貌。　　楚楚：茨棘貌。
巖巖：積石貌。

泛稱的：

蓁蓁：至盛貌。　　囂囂：眾多貌。　　蚩蚩：敦厚之貌。
綿綿：長不絕之貌。　　莫莫：成就之貌。　　瞿瞿：無守之貌。
溫溫：和柔貌。　　翼翼：繁庶貌。　　桓桓：威武貌。
蕩蕩：法度廢壞之貌。

上面列舉的各類詞彙,有的諧聲,有的貌形,既有會意,也有假借,可是不管是哪一種,都不能孤立地去看待它們,就是說,必須找到被派用場的所在,才可以取得較為正確的解釋,因為這裏頭還有"眾詞一義"和"一詞多義"的情況呢。如:"糾糾""庶庶""洸洸"俱訓"武貌";"夭夭""鑣鑣""發發""牂牂""赫赫""遂遂""卬卬"都是"盛貌";"夭夭"既訓"盛貌",又訓"少壯";"肅肅"釋為"疾貌",也作"敬"講;"振振"並有"群飛"、"信厚"二義。這個意思很顯然,不去尋章摘句,結合看原有隸屬的上下文講,極容易混淆不清無所適從。再明確點兒說,儘管詞性不變,但在它們用於不同的地方時,解釋卻常常會歧異。如同"瑣瑣""交交"俱是"小貌","蓼蓼""芃芃 "俱是"長大貌",交替使用不見得適當一樣。如此之處,正是《毛傳》依經訓詁別有會心的創見。最後,談談關於"聲轉"的:

耿耿,猶儆儆也。　　靡靡,猶遲遲也。　　膠膠,猶喈喈也。
究究,猶居居也。　　糾糾,猶繚繚也。　　摻摻,猶纖纖也。
肺肺,猶牂牂也。　　閣閣,猶歷歷也。　　噲噲,猶快快也。
捷捷,猶緝緝也。　　律律,猶烈烈也。　　弗弗,猶發發也。
浮浮,猶瀌瀌也。　　灌灌,猶款款也。

想要知道此類轉語的詞義,須先弄清楚"猶"字以後的重言是什麼意思。如"緝緝"是"口舌聲","烈烈,至難也","發發"乃"疾貌","牂牂"係"盛貌","瀌瀌"為"雨雪之貌",跟著"捷捷""律律""弗弗""肺肺"和"浮浮"的涵義也就出來了。同理,"儆儆"是"不安"、"喈喈"乃"鳥鳴聲"、"繚繚"為"糾纏"、"噲噲"乃"寬明"、"遲遲"乃"緩慢"、"居居"為懷惡不相親比之貌、"歷歷"則"端直也",以之與"耿耿""膠膠""糾糾""噲噲""靡靡""究究""閣閣"等前言分別對照起來,其義自明。(反過來說,"灌灌,盡誠相告也",則"款款"何意,也就不問可知。)認真地講,"猶"字後面的文字,不一定使人一看便知,不如"陽陽,無所用其心也"、"皤皤,失威儀也"、"泛泛,迅疾而不礙也"和"逸逸,往來次序也"這樣的辦法來得直截了當。

總之,對於齊、魯、韓三家詩來說,《毛傳》雖然比較晚出,可是"三家"已亡,獨它流傳至今,又且詁訓完備於近古,所以後代研究《詩經》的人,多奉之為圭臬(其次為鄭玄箋,至唐則孔穎達疏)。我們從前面引論的一系列例證裏,也可以略見梗概了。而"三百篇"的又名"毛詩",未嘗不由於此。但可不等於說,它就完美絕倫毫無缺點了。恰恰相反,正是因為它的"委屈順經"特重教化,使著一部光華燦爛從世界範圍上講都是罕見的上古詩歌總集,塗上了灰色,堆滿了瓦礫。

我們都知道,義理、辭章、考據是衡文、論學時缺一不可的三件大事。而毫無疑問的又是"義理"(即所謂"主題思想""人民性""政治傾向")最為重要。因為,後兩者不過是作為表達它、實證它的工具而已,依經而詁的《毛傳》豈能例外？於是在一些主要問題上,毛亨的說法就非徒無益而又害之了。即以《小序》為例,侈談"為政",歌頌"祖德",強調"教化",譏刺"淫亂",可以說是他的主要論點。譬如《周南》,明明是些書寫貴族婦女生活的詩歌,《小序》卻硬派它們是基於文王教化而成的種種"美德",而且是具體表現在"后妃"身上的,什麼"后妃之德也"(《關雎》),"后妃之本也"(《葛覃》),"后妃之志也"(《卷耳》),"后妃能逮下也"(《樛木》),"后妃子孫眾多也"(《螽斯》),"后妃之所致也"(《桃夭》),"后妃之化也"(《兔罝》),"后妃之美也"(《芣苢》),如此等等,不知何所據而云然。

先說《關雎》,"樂奏《周南》第一章",本是幾闋"結婚進行曲"。解放前,舊式婚禮的"鼓樂臺"上,就常用它為對聯的下句(橫批也往往是"鐘鼓樂之"),哪裏扯得上什麼"后妃之德"呢?《大序》也只說到"樂得淑女以配君子,愛在進賢,不淫其色"麼。所以,充其量說,不過是幾首"男女相悦"之詞,儘管它們是屬於當時的社會上層的。

再如《葛覃》"言告師氏"之訓,竟指稱"女師"教以"婦德、婦容、婦言、婦功"之事。按所謂"三從四德"之說,是東漢以後方才成立的"男女不平等的條文",這樣的清規戒律,連繼承了大家族制度以利於農事生產,因而强調"防隔以外,禁止淫佚"的秦始皇,都不曾規定過,怎麼會在周文王的時候就產生了呢?"歸寧"之事也是一樣。春秋之世,婦女出嫁曰"歸",無論后妃王姬還是諸侯夫人,遠嫁以後,雖有父母在堂,很少聽說再見娘家人的。魯桓公夫人文姜與齊襄公以親兄妹而越境多會,不止一次地遭到《春秋左氏傳》作者的貶斥可證。其它如《卷耳》懷念遠人行役,《樛木》述說室家和樂,《螽斯》讚頌子孫眾多,《桃夭》也是新婚歌曲,《兔罝》稱道武士忠勇,《芣苢》描寫婦女勞動,都是不難理解的,但卻絲毫也找不出來"后妃之德化"在哪裏。

還有,《詩經》裏的"戀詞""情歌",有許多被《毛傳》序作"無禮""失道"或是"淫佚"的。連號稱"化行文王"的《召南》中,都免不了《野有死麕》這樣赤裸裸的談情說愛"有女懷春,吉士誘之"的作品,那就不好說了,責斥他(她)們"不由媒妁,雁幣不至"劫脅以成婚嗎?殊不知這正是當時兩性生活比較自由,"父母之命,媒妁之言"的婚姻制度,還是以後的佐證,何得用漢代的"禮法",約束先秦的男女關係!而且,可以認為他(她)們在天地間找到了自己的存在了,衝破藩籬敢愛敢恨了。更可笑的是,偷情的《靜女》被序作"刺時"(王君無道,夫人無德),告誡戀人的《將仲子》竟說成是"刺鄭莊公,不勝其母以害其弟",懷念愛者的《子衿》也指為"刺學校廢,亂世則學校不修",以及糟蹋孺慕"母氏劬勞"的"棘心"為"七子之母,不安於室",埋沒報導夫婦勤奮的《女曰雞鳴》係“刺不説德”，驚喜兩性意外團聚的《綢繆》乃“刺晉亂”之類，簡直是牽強附會與顛倒是非兼而有之，揆其原因，就在這個“德化廣被，王政所由”的教條上了。

前人屢經指出（從南宋朱熹、鄭樵，直到清儒姚際桓、崔述等），《小序》所言，多於詩篇内容不合，甚至有相同的章句，被解釋為各種意旨的。如《草蟲》《采葛》《風雨》《晨風》《菁菁者莪》，都是詩人抒發見或未見“君子”前後的思想感情的。《小序》卻分别亂説是“大夫妻能以禮自防”（《草蟲》）、“懼讒也”（《采葛》）、“思君子”（《風雨》）、“刺康公”（《晨風》）和“樂育才”（《菁菁者莪》）便是。那麽，這就不至於《詩》《序》兩相矛盾，而且是毛氏在穿鑿人物、時事，任意加以“美”“刺”了。有人説，《小序》裏許多春秋時代的人事，和見於《左傳》《國語》中的相符合。這話是不錯的，因為，我們不能忘記，《毛詩》《左傳》都是後出的“古文經”，《國語》也是經過劉歆編纂的書，在一些人事的看法上兩兩參照，這是不可避免的。而且反倒可以證明《小序》晚出，不一定是兩漢人的“作品”了（不止遲於“三家詩”，《後漢書》甚至説是衛宏的手筆）。案《詩序》果為何人所作，從來就是聚訟紛如的：鄭玄《詩譜》以為《大序》出於子夏，《小序》子夏、毛公合作，王肅《家語》注言，子夏所序《詩》，即是傳今的《毛詩序》。《後漢書・儒林傳》則云：“衛宏受學謝曼卿，作《詩序》。”殆至《隋書・經籍志》，又指為子夏所創，毛公及衛宏加以潤益。《四庫全書總目提要》參考諸説，定序首二句，為毛萇以前經師所傳；以下續申之詞，為毛萇以下弟子所附，仍録冠詩部之首，以明其淵源有自。（見《經部》詩類一）我們應該參考。

《毛傳》而外，漢人注釋“三傳”的，應該以何休的《公羊詁》為較早、較全面，影響也較大。在章法上更是長短結合，變化多方，語意清新，説理透闢，繼承發展兼而有之的，其優缺點約計以下數端：

優點:

①夾敘夾議,用歷史事實和個人觀點補充了《春秋》和《公羊傳》的某些不足之處,而且是使用了考據的方法的。

②不僅依"經"論事,傍"傳"作注,並有比較完整的短篇論議。如在隱五年傳中談"禮樂論"和宣十五年傳中論"初稅畝"等。

③廣泛徵引了前代的典章制度,為後人充實了兩漢以前的文化資料。

④關心人民疾苦,反對横征暴斂,證以人事,托之天災,也應該算是當日的"古為今用"。

⑤注解文辭,考釋名物,既有通語,也附方言(共分訓釋普通名辭的,以今語明古語的,借方言釋通言的等類),相當細緻地完成了詁訓任務。

缺點:

①根據陰陽五行天人感應之説,有些非常可怪、先人而至、主觀臆斷、事後比附的注文。

②杜撰孔子前知,説他預作《春秋》以授漢人,如漢以火德王天下,劉邦為其始祖之類。

③大談圖録五行,方位生克,連拆字算命也混淆其中。

④尊王攘夷大一統,蠻夷華夏的界限分得非常嚴格。對於為尊、親、賢三諱等等義法上,也多有引申和補充。

⑤壓迫婦女的"七棄""五不娶",竟妄擬為孔子所制定。

六、《詩》和“樂”,孔子的作用在哪裏

孔子自稱“述而不作”,只宣傳“先王”之道,沒有著作什麼,這話看似謙虛,其實是真的。因為,東周以後,能動“刀筆”的“巫”“史”,只可以占卜卦文、記言記事地供備大奴隸主驅遣,私家是不准有著作的。如同他接著標榜的“信而好古”(好說古事,信守不渝)一樣,對於古代的典籍,只能動手整理不能妄加刪改。“吾猶及史之闕文”(古代的史官記載嚴肅認真,寧缺不濫),“知之為知之,不知為不知”麼(以上所引並見《論語》)。這從他的雅言《詩》《書》,祖述《周禮》,樂正《韶》《武》,筆削《春秋》,就可以略見一斑了。此以,他到底只是一個文獻家而非名作者。什麼叫做“雅言”? 雅者,正也,即是準確地讀書識字,不要曲解古代典冊文章之意。孔子是把“六藝”作為教材,“循循善誘”地傳授給他的弟子的,所以絲毫也不馬虎。先說《詩》吧:

這位先生從來也不曾把它當作普通的詩歌看待。不是說過嗎?《詩》雖然有三百篇,可是一句話就可以概況出來它的主旨:“思無邪。”(一歸於正。文見《論語·為政》)又說,把三百篇《詩》都熟悉了,可是,當官辦事的時候一點也不會應用,奉命出使又不能恰如其分地用以酬答,記誦再多有什麼用呢?(原文亦見《論語·子路》)這就是孔子為什麼特別強調“不學《詩》,無以言”(連話都說不好。語見《論語·季氏》,是孔子訓戒他的兒子孔鯉的話)和“《詩》可以興(引譬連類,啟發誘導)、觀(考察情況、觀風俗之盛衰)、群(群居相切磋,呼朋引伴)、怨(怨刺上政,申訴憂傷)”,直到“孝父”“忠君”,全富有指導意義的緣故了(文見《論語·陽貨》)。

這裏有一個問題需要解決,既然説《詩》是"思無邪"一出於正的,為什麼又講"鄭聲淫""放鄭聲"(《見《論語·衛靈公》)哪?我們認為《詩》雖然可以入樂,並不等於所有的詩歌都必須被之管弦,今天是這樣,當時也未嘗不然。譬如《國風》中的絕大多數作品,即類似後來的徒歌,不可能納入"樂譜"登之廟堂之上。《雅》《頌》當然例外啦,因為孔子自己説過:"吾自衛返魯,然後樂正,《雅》《頌》各得其所。"(按:為魯哀公十年,已是孔子的晚年,六十多歲的時候了。語見《論語·子罕》)《關雎》三章,孔子便曾聽到魯太師摯的演奏,而稱之為"洋洋乎盈耳哉"(《論語·泰伯》)、"樂而不淫,哀而不傷"(同上《八佾》)麼。他並且和師摯研究過"樂",説是:"樂,其可知也:始作,翕如(變動之貌)也,從(讀曰縱,發送其音)之,純如(和諧五音)也,皦如(清濁、分明)也,繹如(意志條達)也,以成(成於這些合奏的要領。其語亦見《八佾》)。"同時,在《論語》裏,也不止一次地提到師摯,如"太師摯適齊"(《微子》),讚歎"韶樂"美:"在齊聞《韶》,三月不知肉味。"(語見《述而》)又:"子謂《韶》盡美矣,又盡善也,謂《武》盡美矣,未盡善也。"(語見《八佾》,"武樂"不及,據説這是因為堯、舜"禪讓"、武王"征誅"的關係。)

但是,從這些情況裏,孔子深通"樂理",整理過"雅樂",也指斥過"鄭聲",欣賞過《關雎》,可不等於説,"鄭聲"就是《鄭風》。《三百篇》全可以入樂,因為,孔子自己便經常《詩》"樂"對言,如《泰伯》先言"興於《詩》",後講"成於樂"(《詩》所以"修身","樂"乃以"養性")。他也"雅言《詩》《書》"(《述而》,正其音義之謂),"禮""樂"並舉(《子路》,"禮"以安上,"樂"以移風)。況且,在"六藝"之中《詩》"樂"即是分立的,更可以證明,這一個"言志"、一個"道和"不是一碼事了。(儘管《樂》已不存,《禮》有"三禮",已是後來的事。)讓我們仍以《鄭風》為例,去剖析一下它到底是"樂"是《詩》,和"淫"在哪裏。

按《鄭風》共有《詩》二十篇,除一大部分是誇飾鄭國的貴族統治者的作品如《緇衣》《叔于田》《大叔于田》《清人》和《羔裘》之類,夠得上講男女關係的詩歌,也只有《狡童》《溱洧》《野有蔓草》等篇,但是拿它們比起《關雎》之流的內容,並不見得怎麼的不堪。何況當時在外國卿大夫相互聘問的外交酬答中,同樣地被使用著呢。即如《左昭十六年傳》所記,說晉國的上卿韓起到鄭國公幹時,請鄭國的執政者賦《詩》見志(表示他們對使者以及晉國的政治態度),嬰齊、子產、太叔、子游、子旗、子柳諸人唱和出來的正是:《野有蔓草》《羔裘》《風雨》《有父同車》《蘀兮》《褰裳》這六篇《鄭風》,結果還贏得這個來自大國的專使稱讚,認為鄭國富庶在望。縱令這些詩是被斷章取義的,也未嘗不可以證明它們不是什麼要不得的東西。而"不學《詩》無以言","誦《詩》必達,不辱君命"的情況,也於此可見。那麼,他們是在說"鄭詩",並非是在奏"鄭聲"了,根本談不上"淫"與"不淫"。

所謂"亂雅樂"的"鄭聲"卻不是沒有的。《禮記·樂記》中就記載著:魏文侯斯問卜商(子夏,孔子弟子、魏斯的老師)說:"我穿戴上禮服,非常莊重地去聽'古樂'(即指《雅》《頌》而言),可是總擔心會睡倒;聽鄭、衛'新樂',就一點也不覺得疲倦,這是什麼緣故?"卜商回答道:"'新樂'音調輕快,自由起伏,而且不講尊卑,不分男女,都可以參加,它是把老一套的規矩完全丟開去了的靡靡之音,跟'聖人'制定的為父子君臣正紀綱、定天下、協和六律五音、弦歌《雅》《頌》的'廟堂之樂'是兩碼事,所以,你不該愛好它。"魏斯乃戰國初期極有威信的國君,卜商則是直傳孔子衣缽的大師,這一段對話,很有代表意義。

事實上是,所謂"鐘鼓之聲,管籥之音"的"古樂",只是貴族統治階級才有享受的資格,老百姓是沒份的,但在生產力生產關係有了一定的改變以後,從底層翻上來的人民,積漸感到文教娛樂的重要,便隨著經濟情況的好轉,自己創作自己欣賞,於是"陽春白雪"的《雅》《頌》讓位於"下里巴人"的"鄭、衛",這是歷史發展的必然規律,卜商如何能夠擋得住時代的潮流!所以,儘管他言之諄諄,也難免於魏斯的聽之藐藐了。

總之,"詩"是"詩","樂"歸"樂",儘管有的《詩》(《雅》《頌》的大部分,和部分的《風》)可以入"樂"甚至即是"樂章",卻也照樣有的是"徒歌",有的資"言談"。清人毛奇齡《四書改錯》云:"正樂非正詩。"又云:"正樂,正樂章也,正《雅》《頌》之入樂部者也。"部者,所也。如《鹿鳴》乃"雅詩",奏於"鄉飲酒禮"。《頌》也一樣,《清廟》祀文王,則祀乃其所也,然而《祭統》謂"大嘗禘"歌《清廟》,則"嘗禘"又其所之類,都是說"樂章"可以靈活演奏,只要大旨不差。包慎言《敏甫文鈔》則徑直以"雅""頌"為音說:"《論語》雅、頌以音言,非以詩言也,樂正而律與度協,聲與律協,鄭、衛不得而亂之,故曰得所。"由是言之,樂有樂之雅頌,詩有詩之雅頌,二者固不可比而同也。《七月》,《豳風》也,而籥章吹以養老息物則曰"雅",吹以送寒暑則曰"頌",一詩而可"雅"可"頌",《豳風》然,知"十五國亦皆然也",諸例可以為證。

還有,我們都知道,《詩》中像《碩鼠》(把殘酷的剝削者比作大老鼠)、《伐檀》(勞動人民諷刺貪鄙的貴族)、《黃鳥》(老百姓哀悼殉葬的好人)一類鬥爭尖銳怨氣沖天的篇章是屢見不鮮的,這還說明的是見於《國風》帶有地方色彩的作品,它和《小雅》中的《小弁》《巧言》《泰伯》等等,對於奴隸共主的周天子及其臣下的乖戾貪殘,也同樣撞擊得不遺餘力。甚至呼天搶地地說,早已生不如死,恨得要把這些壞蛋拿去喂虎喂狼。那麼,這能算是"怨悱不亂"嗎?如果說"亂"指的是造反,詩人不過罵罵了事,並未真個打倒暴君,然則此後的幽王被殺,平王東遷,宗周滅亡,成周式微,就回答了問題。至於孔子把貴族老爺們吃喝玩樂呼朋引伴的《鹿鳴》擺在《小雅》的首位,說是"內聖外王親睦九族”的,文王血統關係疏淡以後,自相殘殺之事,史不絕書(如見於《春秋左氏傳》的),反而不如“逸民”微子、箕子(殷有三仁,此其二)、伯夷、叔齊(不念舊惡,不降志辱身)、虞仲、夷逸(隱居放言,不復談世務)、柳下惠、少連(言中倫,行中慮,循規蹈矩,謹慎小心)等人來得可靠(具見《論語·微子》等編)。夷、齊、柳下惠諸人,孟軻在他的書中都曾有所渲染,我們不想在這裏多占篇幅去一一介紹了。單只講講作為“亂臣”之首的周公。

七、關於周公、《周書》、禪讓和征誅的

周公旦在孔子眼裏是位了不起的人物,他嘗讚美周公的"才""美",慨歎自己衰老,"久矣,不復夢見周公!"還録引周公告誡伯禽的話:"親己之親,不使大臣以不被信任為怨,故舊不犯惡逆一類的大錯誤,就不拋棄他們,對於人不要求全責備。"(以上所引的原文,分見《論語·述而》《微子》等篇中)話雖不多,已可見孔子對於周公的崇敬了。《禮記·中庸》篇還引孔子並稱武王、周公之言:"武王末受命,周公成文武之德。"又曰:"武王周公,其達孝矣乎!夫孝者,善繼人之志,善述人之事者也。"孔子所謂"郁郁乎文哉!吾從周"的"文"與"周",恐怕絕大部分要著落在周公身上啦。因為,許多古人都說,周公既寫《周書》又作《周禮》《周易》爻辭,《爾雅·釋詁》也是周公的手筆。不管怎麼講吧,周公是西周初年的元老重臣,曾以貴戚之相居攝王位,並被首封於魯國,為諸侯之長,卻是史有明文的。《史記·周本紀》記其事云:

> 成王少,周初定天下,周公恐諸侯畔周,公乃攝行政當國。管叔、蔡叔群弟疑周公,與武庚作亂,畔周。周公奉成王命,伐誅武庚、管叔,放蔡叔。以微子開代殷後,國於宋,頗收殷餘民。
>
> 三年而畢定。故初作《大誥》(所以黜殷),次作《微子之命》(命微子啟代殷後)、次《歸禾》(陳成王歸禾唐叔之命,其篇已亡)、次《嘉禾》(天下和同,政之善者,其篇亦亡)、次《康

誥》(以天殷餘民封康叔)、《酒誥》(殷紂嗜酒,故以戒)、《梓材》(告康叔以為政治之道,亦如梓人治材),其事在周公之篇。周公行政七年,成王長,周公反政成王,北面就群臣之位。

成王在豐(今陝西鄠縣東),使召公復營洛邑(即今河南省洛陽縣),如武王之意。周公復卜申視,卒營築,居九鼎焉。曰:"此天下之中,四方入貢道里均。"作《召誥》(召公先相宅,周公朝至於洛)、《洛誥》(周公後至經營,以所卜吉兆逆告成王)。成王既遷殷遺民,周公以王命告,作《多士》《無逸》(成王即政,恐其逸豫,故以所戒名篇)。召公為保,周公為師,東伐淮夷,殘奄(《括地志》:"泗徐城縣北三十里古徐國,即淮夷也。兗州曲阜縣奄里,即奄國之地也。"),遷其君薄姑(《括地志》:"薄姑故城在青州博昌縣東北六十里。")。成王自奄歸,在宗周,作《多方》(告眾方天下諸侯)。既絀殷命,襲淮夷,歸在豐,作《周官》(言周家設官分職用人之法)。興正禮樂,度制於是改,而民和睦,頌聲興(大平歌頌之聲)。

從這段材料裏,我們不難看出,周公政治上的安邦定國的諸般措施,可以說記録得夠全面了。但,值得特別注意的,卻是《周書》的大部分篇章,都成於周公之手。如果再加上這不曾提到的《金縢》(武王有疾,周公欲以身代的請命於天下之文)、《立政》(周公既致文武之治),再加上推序"天命",追述"祖德"的《大雅》和《周頌》。"文王在上,於昭于天"(於,歎辭;昭,見也。《文王》),"昊天有成命,二后(文武也)受之"(《昊天有成命》),倒純然是些廟堂樂歌,無啥藝術價值,但卻可以作為史料,考見周人之所以隆替。而什麼叫做"思無邪",說明這裏也就可以"思過半矣"了。

《書》即是《尚書》,後來稱為《書經》的,它乃是戰國(前四〇〇年)以前,貴族統治階級的"官方文件"。但所謂《虞書》《夏書》多半是靠不住的。連儒家的繼承人孟軻都說:"盡信《書》,則不如無《書》。"即是比較有些根據的《武成》篇(《周書》),也只能擇取它裹頭的兩三策來用(原文見《孟子·盡心下》)。司馬遷也說,《尚書》多記載堯以來"五帝"的事績,可是言不"雅馴"(有許多解釋不了的字句),縉紳先生(貴族統治階級御用學者)都弄不清楚。一般人的看法是:《商書》自《盤庚》以下,才具有參考的價值,《周書》亦以《洪範》《大誥》《康誥》《召誥》等篇為著。孔子對待《書》的態度,是能言夏、殷之"禮"(典章制度),遺憾於"文獻不足徵",儘管史料不夠,他卻可以推知夏、商、周三代因襲變革的情況,甚至認為下及百代也不會差錯(以上原文並見《論語·八佾》)。至於重點,當然是"郁郁乎文哉"的周了,因為周的文化是從夏、殷兩代繼承發展而來的(同上)。具體的事例,如他說:"行夏之時(夏建寅,如今日的農歷,四季最正),乘殷之輅(大輅殷車,堅實樸素),服周之冕(禮文以備,典制詳密,代稱以冠服也),樂則韶舞("韶",舜樂,盡美盡善,此又涉及虞世矣),放鄭聲(春秋當代的音樂)"(《衛靈公》),談及《書》中的人物時,自以堯、舜、禹、文、武、周公最受尊崇,他說:

> 大哉堯之為君也,巍巍乎,唯天為大,唯堯則(則,法也)之(美堯能法天而行化),蕩蕩(廣遠之稱)乎,民無能名焉(言其布德廣遠,民無能識其名焉)。巍巍乎,其有成功也(功成化隆,高大巍巍),煥乎其有文章(煥,明也,其立文乘制又著明)。
>
> 舜有臣五人,而天下治(孔安國曰:禹、稷、契、皋陶,伯益)。

巍巍乎,舜禹之有天下也,而不與焉(美舜、禹也,言己不與求天下而得之。巍巍,高大之稱)。

(《論語·泰伯》)

堯曰:諮爾舜,天之曆數(謂列次也)在爾躬。允(信也)執其中,四海困(極也)窮,天禄永(長也)終(言為政信執其中,則能窮極四海,天禄所以長終),舜亦以命禹(舜亦以堯命己之辭命禹)。(《堯曰》)

禹,吾無間然矣(孔子推禹功德之盛美,言己不能復間廁其間)。菲(薄也)飲食而致孝乎鬼神(祭祀豐潔),惡衣服而致美乎黻冕(損其常服,以盛祭服),卑宮室而盡力乎溝洫(方里為井,井間有溝,溝廣深四尺,十里為成,成間有洫,洫廣深八尺)。(《泰伯》)

為什麼不厭煩瑣地録引這些文字呢?這是由於孔子不只承認有“唐堯”“虞舜”“夏禹”一類的“聖君”,而且還有“稷”“契”“皋陶”“伯益”一類的“賢臣”,他們都是能夠法天愛民不私帝位,興利除弊為老百姓謀幸福的理想人物,一句話,上古時代十全十美的貴族統治者。但是,我們對照了《堯典》《舜典》《大禹謨》《皋陶謨》和《益稷》等書,那一篇也沒有像孔子讚頌的這樣美好。那麼,問題就來了,不是孔子昇華概括的高明,便是他以意為之的“托古改制”之作。就説“禪讓”一事吧,這是多麼“神聖”的舉動呀!帝堯告訴帝舜:“按照上帝安排的次序,該輪到你作天子啦。”後來舜也這樣告給了禹。這不是《虞書》中二帝傳國的情況總括嗎?一不動武,二不殺人,大家客客氣氣地遞交最高統治權,簡直是孔子“禮讓為國”的典範了。唐、虞、有夏的這些“聖君賢相”,孟軻就更介紹得生動具體而又出色,簡直是在給《尚書》和孔子作公開的補充的,《孟子·滕文公》云:

当堯之時,天下猶未平,洪水横流,氾濫於天下。草木暢茂,禽獸繁殖,五穀不登,禽獸偪人。獸蹄鳥跡之道,交於中國。堯獨憂之,舉舜而敷治焉。舜使益掌火,益烈山澤而焚之,禽獸逃匿。禹疏九河,瀹濟漯而注諸海,決汝漢、排淮泗而注之江,然後中國可得而食也。當是時也,禹八年於外,三過其門而不入,雖欲耕,得乎?

后稷教民稼穡,樹藝五穀,五穀熟而民人育。人之有道也,飽食、暖衣、逸居而無教,則近於禽獸。聖人有憂之,使契為司徒,教以人倫:父子有親,君臣有義,夫婦有别,長幼有序,朋友有信。放勳曰:勞之來之,匡之直之,輔之翼之,使自得之,又從而振德之。聖人之憂民如此,而暇耕乎?

堯以不得舜為己憂,舜以不得禹、臯陶為己憂。夫以百畝之不易為己憂者,農夫也。分人以財謂之惠,教人以善謂之忠,為天下得人者謂之仁。是故以天下與人易,為天下得人難。孔子曰:"大哉堯之為君,唯天為大,唯堯則之。蕩蕩乎民無能名焉。君哉舜也,巍巍乎有天下而不與焉。"

孟軻是繼承孔子的第二把手,他直接引證了孔子讚頌堯舜的話是不足為奇的(雖然更可以起到參證的作用)。可是,他這樣明確而又詳盡地敘説了上古蒙昧之世的歷史情况,卻是不可多得的寶貴文獻了,因為許多事情,連《堯典》《舜典》《大禹謨》《臯陶謨》都没有講得這般清晰麼。同時,在這些上古人物中,孟軻對於舜的報導與描寫特别詳盡,如關於舜的"孝悌"行誼:

父母使舜完廩,捐階,瞽瞍(舜父)焚廩。使浚井,出,從而揜之。象(舜弟)曰:“謨(謀也)蓋(覆)都君(舜也)咸(皆也)我績(功也),牛羊父母,倉廩父母,干戈朕(我也),琴朕,弤(彫弓)朕,二嫂(娥皇、女英,堯之二女)使治朕棲(牀也,欲以為妻)。”象往入舜宮(住所),舜在牀琴。象曰:“鬱陶思君爾。”忸怩(慚赧不安)。舜曰:“惟茲臣庶,汝其於予治(你是為了關心我的家務才來的,那末就請幫忙管理吧)。”《孟子・萬章》

真夠稀奇的,父母兄弟協謀見害,不但不記恨他們的狠毒,反而“號泣於旻天”以傾訴其“怨慕”之情(亦見《萬章》篇),這可真是難能可貴常人辦不到的事。下面接著夾敘夾議地介紹說:

帝(堯也)使其子九男二女,百官牛羊倉廩備,以事舜於畎畝之中,天下之士多就之者。帝將胥(胥,須也)天下而遷之焉,為不順於父母,如窮人無所歸(順,愛也,雖將有帝位,可是由於不為父母所愛而感生憂愁,無所歸往)。

天下之士悅之,人之所欲(欲,貪也)也,而不足以解憂。好色,人之所欲,妻帝之二女,而不足以解憂。富,人之所欲,富有天下,而不足以解憂。貴,人之所欲,貴為天子,而不足以解憂。人悅之、好色、富貴無足以解憂者,惟順於父母,可以解憂。

(同上,《萬章》)

這就不只是推崇虞舜的“大孝”了,“舜視棄天下猶棄敝蹝也,竊負(背著其父瞽瞍)而逃,遵海濱而處,終身訢然,樂而忘天下”(同上《盡心》)。它的正文實在是孔子的“以孝治天下”,“志在《春秋》,行在

《孝經》”的宗旨,來找尋有力的佐證的。因此《論語》雖然也不止一次地記載孔子論“孝”的話,如“無違”“色難”“三年無改於父之道”之類,但卻不曾談及虞舜之“孝”。《尚書》也不例外,除了《堯典》有:“瞽(有目不能分别好惡,故時人謂之瞽,配字且瞍,瞍亦為無目之稱)子,父頑、母嚚、象傲,克諧以孝”等很簡單的幾句話,如同舜之大婚一樣,也只有“女於時,觀厥刑於二女,釐降二女於嬀汭(今山西省蒲縣南,入河)嬪於虞”之語。於是,孟軻的說法,不是别具傳聞便是以意為之了。對於象的處理,則孟軻的解釋更不足以服人啦:

> 萬章問曰:“象日以殺舜為事,立為天子則放之,何也?”孟子曰:“封之也,或曰放焉。”萬章曰:“舜流共工於幽州(即今河北省北部),放驩兜於崇山(蓋在交廣之間,衡嶺以南)、殺三苗於三危(西裔之山,或在今甘肅敦煌附近),殛鯀於羽山(今蘇北山東交界之處),四罪而天下咸服,誅不仁也。象至不仁,封之有庳,有庳(今湖南省道縣南)之人奚罪焉?仁人固如是乎?在他人則誅之,在弟則封之?”
>
> 曰:“仁人之於弟也,不藏怒焉,不宿怨焉,親愛之而已矣。親之欲其貴也,愛之欲其富也。封之有庳,富貴之也,身為天子,弟為匹夫,可為親愛之乎?”“敢問或曰放者,何謂也?”曰:“象不得有為於其國,天子使吏治其國而納其貢稅焉,故謂之放。豈得暴彼民哉?雖然,欲常常而見之,故源源而來。不及貢,以致接於有庳,此之謂也。”
>
> (《孟子·萬章》)

像是這樣的不仁,還要讓他弟以兄貴,坐食諸侯之禄,豈止是舜的不公,也未嘗不是孟軻的偏見。所以,儘管自“欲常常而見之”以下是

《尚書》的"逸文(趙氏注云然)",也說服不了後人的。如同齊人咸丘蒙請問"舜見瞽瞍,其容有蹙(局促不安)",而孟軻答以:"孝子之至,莫大乎以天下養"(同上《萬章》)一般,雖引《書》曰:"祇載(祇,敬;載,事也)見瞽瞍,夔夔齋栗(敬慎戰懼貌,舜既為天子,敬事嚴父,戰慄以見其父),瞽瞍亦允(信也)若(語助,意謂父不得而子也,也是"逸文《書》")。"亦是過度地強調了"親親之誼",於是有損於"虞舜之德洽"的,欲蓋彌彰,難以令人信服。倒是關於"禪讓"之事,孟軻補充得不差,解說得也好:

萬章曰:"堯以天下與舜,有諸?"孟子曰:"否,天子不能以天下與人。""然則舜有天下也,孰與之?"曰:"天與之。""天與之者,諄諄然命之乎?"曰:"否,天不言,以行與事示之而已矣(孟子說:天不言語,但以其人之所行善惡,又以其事從而示天下也)。"曰:"以行與事示之者,如之何?"曰:"天子能薦人於天,不能使天與之天下。(諸侯能薦人於天子,不能使天子與之諸侯。大夫能薦人於諸侯,不能使諸侯與之大夫。)昔者堯薦舜於天而天受之,暴之於民而民受之,故曰:天不言,以行與事示之而已矣(言下能薦人於上,不能令上必用之。舜,天人所受,故得天下也)。"曰:"敢問薦之於天而天受之,暴之於民而民受之,如何?"曰:"使之主祭而百神享之,是天受之,使之主事而事治,百姓安之,是民受之也。天與之,人與之,故曰:天子不能以天下與人(百神享之,祭祀得福也。百姓安之,民皆謳歌其德)。"

舜相堯,二十有八載,非人之所能為也,天也。(二十八年之久,非人為也,天與之也。)堯崩,三年之喪畢,舜避堯之子於南河(即古築水,源出湖北房縣南)之南,天下諸侯朝覲者,不之堯之子而之舜。訟獄者,不之堯之子而之舜。謳歌者,不謳歌堯之子而謳歌舜,故曰:天也!夫然後之中國,踐天子位焉。而居堯之官,逼堯之子,是篡也,非天與也。(堯子丹朱,獄不決其罪,故訟之。謳歌,歌舜德也。)《泰誓》曰:"天視自我民視,天聽自我民聽。"(《泰誓》,《尚書》篇名。自,從也。言天之視聽,從人所欲也。德合於天,則天爵歸之,行歸於仁,則天下與之。)此之謂也(天命不常)。

(《孟子·萬章》)

通過問答,層層作解,難道這不比《堯典》《舜典》交代得更清楚嗎?什麼"禪讓",還不是"人心所向即天意",並非出於私相授受,這個補充真是得體。不過有一點必須指出,無論《尚書》還是《孟子》,都說帝舜出身寒微:"虞舜側微"(《舜典》,為庶人,故微賤),"舜發於畎畝之中"(《孟子·告子》),"飯糗茹草(吃乾糧、野菜),若將終身"(同上,《盡心》),未免耐人尋味。"人皆可以為堯舜","堯舜與人同耳"(分見《孟子·告子》等篇),孟軻大概是從這一基本精神出發去看待問題的,帝王並不是什麼特殊材料製成的人物。事在人為,只要老百姓擁護就成。這在當時實在是一種進步的思想,頗有似於後來的"天賦人權"說。孟軻對於夏禹的"傳子不傳賢"也有同樣的看法:

萬章問曰:"人有言:至於禹而德衰,不傳於賢而傳於子。有諸?"孟子曰:"否,不然也。天與賢則與賢,天與子則與子。昔者舜薦禹於天,十有七年,舜崩。三年之喪畢,禹避舜之子於陽城(今河南登封東南),天下之民從之。若堯崩之後,不從堯之子而從舜也。禹薦益於天,七年,禹崩。三年之喪畢,益避禹之子於箕山(在今河南省登封縣東南)之陰。朝覲訟獄者不之益而之啟,曰:'吾君之子也。'謳歌者不謳歌益而謳歌啟,曰:'吾君之子也。'丹朱之不肖,舜之子亦不肖。舜之相堯,禹之相舜也,歷年多,施澤於民久。啟賢,能敬承繼禹之道。益之相禹也,歷年少,施澤於民未久。"

啟賢,益又施澤未久,所以啟得了天下,並不在於啟是夏禹的兒子。因為丹朱、商均也未嘗不是"聖君"之後,但他們不肖,這才沒有份兒的。可知孟軻"為天下得人"的先決條件在於是否"聖賢"了。"匹夫而有天下,德必若舜、禹"(同上)麼,這就比孔子說得確切多啦,雖然都是"好人政府"的思想。不過,他那"舜、禹、益相去久遠,其子之賢不肖,皆天也,非人之所能為也"和"天之所廢,必若桀、紂者也"(同上)的補充,卻未免於替當日之最高統治者開脫責任,把這一切歸之於"天命"了呀! 這反而不如《夏書·大禹謨》說帝舜之使大禹居攝以及踐天子之位,完全是由於禹水平上的豐功偉績,直接了當了:

帝曰:"格(來也,命令的口氣)汝禹。朕宅帝位三十有三載,耄期倦於勤,汝惟不怠,總朕師。"

舜先說自己歲數大了(八十、九十曰耄,百年曰期頤),倦於理事,要找個"接班人",選拔了禹。禹自然要謙遜一番,讓給皋陶,說:"朕德罔克,民不依。皋陶邁(行)種(布)德,德乃降,黎民懷之。"可是帝舜不聽,公開肯定了禹對人民的貢獻,叫禹不必客氣:

帝曰:"來,禹,降水(水性奔流向下故曰降水)儆(戒也)予,成允(能成聲教之信)成功(成治水之功),惟汝賢(最賢,重美之辭),克勤於邦,克儉於家,不自滿假,惟汝賢。汝惟不矜(自賢曰矜),天下莫與汝爭能,汝惟不伐(自功曰伐),天下莫與汝爭功。予懋(盛大也)乃(代詞,第二人稱的你)德,嘉乃丕(大也)績,天下之曆數(謂天道)在汝躬(身也),汝終陟(升也)元(大也)后(君也)。"

此帝舜言禹有治水之大功,天道已在禹身,終當升為天子也。並且繼續加重地說,即或通過占卜去問鬼神,它也會"龜筮協從,鬼神其依,僉同朕志"的:

禹拜稽首,固辭(讓也,再辭曰固)。帝曰:"毋(所以禁其辭)!惟汝諧(和也,做天子最適當)。"正月朔旦,受命於神宗(受攝行帝位之命於文祖),率百官若帝之初(如舜代行堯帝的故事)。

當然,我們並不把這些記載當作信史去看待,但它總是筆之於書的上古傳說吧,何嘗不可以跟《孟子·萬章》篇參照看研究呢?特別是孟軻在解決萬章的疑問時,還提到了孔子不有天下只由於沒有天子的舉薦。益值啟之賢,伊尹值太甲能改過,周公值成王有德,不遭桀紂之暴,所以不有天下等等。雖然都是主觀的設想,亦可見周、孔等人,在他眼中的地位了。最後孟軻還徵引了孔子的話:"唐、虞禪,夏后、殷、周繼,其義一也。"(同上)這"義一"是什麼?"仁德"之謂也。篤志於仁義,方能使四海宅心哪。下面再說商湯的。湯是以所謂"弔民伐罪"的"征誅"而有天下的,這在孔子的評價中就略遜一籌了。舜的《韶》樂盡美盡善,《武》則雖"盡美"未"盡善",湯武同功一體,俱以征伐取得天下,所以不如"禪讓"的"唐""虞"啦。且看《商書》:

予小子履(殷湯名),敢用玄牡(殷豕尚白,未變夏禮,故用玄牡)。敢昭告於皇皇后帝(皇、大,后,君也;大君、帝謂天帝也),有罪不敢赦(順天奉法,有罪者不敢擅赦)。帝臣不蔽,簡在帝心(言桀居帝臣之位,罪過不可隱蔽,以其簡在天心故)。朕躬(湯自謂也)有罪,無以萬方(天下人民),萬方有罪,罪在朕躬(無以萬方,與老百姓無干,如果他們出了問題,那便是我的過錯了)。

按此乃《墨子·兼愛下》所引之《湯誓》文(一說為湯"禱雨"之辭,見《呂氏春秋·順民篇》)。而孔氏《商書》的"誓文"則比這全面多了:

伊尹相湯伐桀,升自陑(陑音而,在河曲之南,從陑出其不意),遂與桀戰於鳴條之野(地在安邑之西,桀逆拒湯),作《湯誓》(戒誓湯士眾)。王曰:"格爾眾庶,悉聽朕言:非台(我也)小子,敢行稱(舉也)亂,有夏多罪,天命殛(誅殺)之(以諸侯伐天子,非我小子敢行此事,桀有昏德,天命誅之,今順天)。今爾有眾,汝(汝有眾)曰:'我后(桀也)不恤我眾,舍我穡事而割正夏(正,政也,言奪民農功而不為割剥之政。舍,廢也;割,奪也)。'予惟聞汝眾言,夏氏有罪,予畏上帝,不敢不正(不敢不正桀罪誅之)。今汝其曰:'夏罪其如台(今汝其復言桀惡,其亦如我所聞之言)?'夏王率遏眾力,率割夏邑(言桀君臣相率為勞役之事以絕眾力,謂廢農功,相率剥割夏之邑居,謂征賦重)。有眾率怠弗協,曰:'時日曷喪,予及汝皆亡。'(眾下相率為怠惰,不與上和合,比桀於日曰,是日何時喪,我與汝俱亡,欲殺身以喪桀也。)夏德若茲,今朕必往(凶德如此,我必往誅之)。爾尚輔予一人,致天之罰。予其大賚汝(賚,與也。汝庶幾輔成我,我大與汝爵賞),爾無不信,朕不食言(食盡其言,偽不實),爾不從誓言(不用命),予則孥戮汝,罔有攸赦(古之用刑,父子兄弟罪不相及,今云'孥戮汝,無有所赦',權以脅之,使勿犯)。"

可以說,這是中國最早的軍事行動"檄文"了,但那"弔民罰罪"的所謂"罪行"呢?也不過是"奪農功,賦稅重"而已!然而,如果"不從命"的話,則要"殺全家",那麼,誰說商湯夠"仁德"哪?奪取政權,必有藉口,欲加之罪,何患無辭?也可見上古的人民易與政尚簡易上。有趣的是,這一"公案"傳到孟軻就與前大不相同啦,既有事實的補充,又多動人的評價,《孟子·滕文公下》云:

湯居亳(《漢書·地理志》:陳留郡寧陵。孟康曰:故葛伯國,今葛鄉縣山陽郡。按,湯之故都在今河南省商邱縣附近,原為南亳),與葛為鄰。葛伯放而不祀,湯使人問之曰:"何為不祀?"曰:"無以供犧牲也。"湯使遺之牛羊,葛伯食之,又不以祀。湯使人問之曰:"何為不祀?"曰:"無以供粢盛也。"湯使亳眾往為之耕,老弱饋食。葛伯率其民,要其有酒食黍稻者奪之,不授者殺之;有童子以黍肉餉,殺而奪之。《書》曰:"葛伯仇餉。"此之謂也。"(童子未成人,殺之尤無狀。《書》,《尚書》逸篇也。仇,怨也,言湯所以伐殺葛伯,怨其害此餉也。)

為其殺是童子而征之,四海之內皆曰:"非富天下也,為匹夫匹婦復讎(復,報也,復讎即報仇)也。"湯始征,自葛載,十一征而無敵於天下。(載,始也,言湯初征自葛始也,十一征而服天下。)東面而征,西夷怨;南面而征,北狄怨,曰:"奚為後我?"民之望之,若大旱之望雨也。歸市者弗止,芸者不變,誅其君,弔其民,如時雨降,民大悅。《書》曰:"徯我后,后來其無罰。"

按《湯誓》"時日害喪"二句,《孟子·梁惠王上》亦引之,言桀為無道,百姓皆欲與湯共伐之,但不如這裏補充得好。因為,它說明著不是湯一下子就和桀決戰的,已是自葛開始、天下諸侯已經歸順以後的事了。這征誅葛伯的"義師"也堂皇正大之至。亦可見孟軻當日不只見過"逸書",還有許多傳聞相與參證。因此也就明白了像《湯誓》這樣的《商書》其可靠性有多大了。不過,不管怎麼說,這"征誅"得來的天下,比起"禪讓"的堯舜,到底略遜一籌。

對於周室,孔子則說,上天賜給他們的最大福音,是幫助建國成功一統的能人多,武王自己就講:"予有亂臣十人。"(《論語·泰伯》。馬融曰:"亂,治也。治官者十人,謂周公旦、召公奭、太公望、畢公、榮公、太顛、閎夭、散宜生、南宮適,其一人謂文母。")孔子還讚歎地說,關於這一點,連唐虞兩代都比不了。《堯曰》更記載的有"周有大賚(賚,賜也),善人(即亂臣)是富",可是接著就說"雖有周親,不如仁人"啦。(孔安國曰:"親而不賢不忠,則誅之,管、蔡是也。仁人謂箕子、微子,來則用之。")其實,真是這樣,自己分封的親貴諸侯,在傳世久遠血統關係疏淡以後,自相殘殺之事,史不絕書(如見於《春秋左氏傳》的),反而不如"逸民"(節行超逸之人)微子、箕子(殷之二仁,後俱歸周,微子續殷後,箕子且為周作《洪範》)、伯夷、叔齊(孤竹君之二子,讓位而逃,周克商,恥食周粟,餓死首陽山。其地在今河南省偃師縣西北)、虞仲、夷逸(隱居,不復言世務、清高自守,所以免患)、柳下惠、少連(降志辱身,但求言應倫理,行必思慮而已)之流來得可靠,他們不敢多事麼。

周有天下,本亦非易。遠從他們的祖先后稷,在虞舜時"播時百穀"以濟黎民的饑餓,中經公劉"復修后稷之業,務耕種,行地宜,自漆(水名)、沮渡渭(水名,兩河均在今陝西省中部),取材用(取材木為用),行者有資,居者有畜積,民賴其慶。百姓懷之,多徙而保歸焉。周道之興自此始,故詩人歌樂思其德。"(《史記·周本紀》)所謂歌樂其德之詩即《大雅·公劉》篇:"乃積乃倉,乃裹餱糧(乾糧),于橐于囊,思輯用光(意欲安民,故有寵光),弓矢斯張,干戈(弓矢干戈俱是武器)戚(斧也)揚(鉞也)。"既有蓄積,又有武備,人民如何不歸從呢?逮及古公亶甫,續修后稷、公劉之業。戎狄來侵,不忍殘民作戰,走避岐山(地亦在今陝西)之下,鄰國聞古公仁,亦多歸之。於是古公乃貶戎狄之俗,而營築城郭室屋,邑別居之。但是,直到古公的孫子西伯才大昌盛的。西伯即文王。"遵后稷、公劉之業,則古公、公季(其父季歷,後追封為王季)之法,篤仁,敬老,慈少,禮下賢者,日中不暇食以待士,士以此多歸之"(以上所引皆見《史記·周本紀》),文王於是"戡黎"(《商書》有《西伯戡黎》,言祖伊奔告於紂王,周已滅卻王圻附近之諸侯,恐殷即將喪亡),伐犬戎(今湖南北部大半之地),克崇侯虎(地在豐鎬之間。《詩》云:既伐於崇,作邑於豐),國勢大振,然仍臣事於殷,所以孔子讚歎道:"三分天下有其二,以服事殷,周之德其可謂至德也已矣。"(《論語·泰伯》)"至德"用今天的話說,就是最大的修養"禮讓為國",再聯繫上他經常稱道的"三以天下讓"的泰伯(周文王的祖父),相繼逃避君位又諫阻武王伐紂的伯夷、叔齊,是足以說明問題的。關於文王的種種,還是孟軻講的詳盡:

> 文王之囿(苑囿有垣,所以養禽獸)方七十里,芻蕘者(薪采之人)往焉,雉兔者(狩獵之人)往焉,與民同之,民以為小,不亦宜乎?

昔者文王之治岐(今陝西省岐山縣東北一帶,亦名天柱山)也,耕者九一(井田制,八家耕八百畝,其百畝者以為公田及廬井),仕者世祿(賢者子孫,必有土地),關市譏而不征(苛察奸人出入,不征租稅),澤梁無禁(捕魚區不設禁,與民共之),罪人不孥(惡止本人,不及妻子)。老而無妻曰鰥,老而無夫曰寡,老而無子曰獨,幼而無父曰孤,此四者,天下之窮民而無告者。文王發政施仁,必先斯四者。《詩》云:"哿矣富人(富人已經可以了),哀此煢獨(無人依靠的老弱,此《小雅·正月》之句也)。"

(《孟子·梁惠王》)

文王何可當也?由湯至於武丁(殷高宗),賢聖之君六七作,天下歸殷久矣,久則難變也。武丁朝諸侯,有天下,猶運之掌也(如反掌那樣容易)。紂之去武丁,未久也,其故家遺俗,流風善政,猶有存者。又有微子(啟)、微仲(衍,啟之弟)、王子比干、箕子、膠鬲,皆賢人也。相與輔相之,故久而後失之也。尺地莫非其有也,一民莫非其臣也,然而文王猶方百里起,是以難也。(同上,《公孫丑》)

經過孟軻這一補充,可把個文王說得夠了不起啦。不要說《周書》裏的"惟乃丕顯考文王,克明德慎罰(惟有你們聖明的父親文王,能夠以德服人,慎用刑罰),不敢侮鰥寡,庸庸(用可用),祗祗(敬可敬),威威(刑可刑,明此道以示民),顯民。用肇造我區夏(用此明德慎罰之道,始為政於我區域),越我一二邦,以修(治也)我西土,惟時怙冒,聞於上帝,帝休(我西土岐周,惟是怙恃文王之道,故其政教突出四方上聞於天,天都讚賞他的政治修美)。天乃大命文王,殪戎殷,誕受厥命(天美文王,乃大命之,殺兵殷,大受其王命,謂三分天下有其二也)"

(《康誥》),“文王卑服(節儉卑其衣服),即康功、田功(以就其安人之功,知稼穡之難以就田功)。徽柔懿恭(以美道和民,故民懷之,以美政恭民,故民安之),懷保小民,惠鮮鰥寡(加惠於貧乏鰥寡之人)。自朝至於日中昃,不遑暇食,用咸和萬民。文王不敢盤(享樂)於遊田,以庶邦惟正之供(文王不敢樂於遊逸田獵,以衆國所取法則,當以正道供待之故)。文王受命惟中身,厥享國五十年(文王九十七而終,中身即位時,年四十七,中身舉全數)”(《無逸》)這些記載,比起《詩》中的“秉文之德,對越在天”(《周頌·清廟》),“文王之德之純,駿惠我文王”(同上,《維天之命》),“儀式刑文王之典,曰靖四方,伊嘏文王”(同上,《我將》)等等簡單抽象的推崇之詞,充實多了,可是到底不如孟軻言之綦詳,所以可貴。關於武王周公的,我們也從《尚書》《孟子》中列舉它幾段參照一下,如聲討商紂的罪狀的:

今商王受,弗敬上天,降災下民,沈湎(嗜酒)冒色(女色),敢行暴虐(殘酷虐殺無辜),罪人以族(一人有罪,刑及父母兄弟妻子),官人以世(任用官吏不以賢才而看血統關係),惟宫室、臺榭、陂池、侈服(土高曰臺,有木曰榭,澤障曰陂,停水曰池,侈謂服飾過制),以殘害於爾萬姓(言竭盡人民財力以盡奢麗)。焚炙忠良,刳剔孕婦(炮烙無罪的臣子,刳視孕婦身懷男女,極言其暴虐)。(《泰誓上》)

今商王受,力行無度(行無法度惟日不足),播棄犁老(鮐背之者稱犁老),昵比罪人(親近小人),淫酗肆虐(醉飲放縱,以酒成惡),臣下化之(照樣去學),朋家作仇(臣下朋黨,自為仇怨),脅權相滅(脅上權命,以相誅滅),無辜籲天(民皆呼天告冤),穢德彰聞(罪孽深重,上浮於天)。(《泰誓中》)

今商王受,狎侮五常,荒怠弗敬(輕慢五常之教,不敬天地鬼神),自絕於天,結怨於民,斮朝涉之脛(冬月見朝涉水者,謂其脛耐寒,斬而視之)。剖賢人之心(比干忠諫,謂其心異於人,剖而視之,酷虐已極),作威殺戮,毒痡(病也)四海,崇信奸回(回,邪也,專信奸邪之人),放黜師保(可為法以安定者,反放逐斥),屏棄典刑(棄置常法),囚奴正士(箕子正諫,以為囚奴),郊社不修,宗廟不享,作奇技淫巧以悅婦人(言紂廢至尊之敬,營卑褻惡事,作過制技巧,以恣耳目之欲)。(《泰誓下》)

三番聲討,歷數罪惡,這要比起《湯誓》來,可就厲害多了。因為誓文中即有"惟受罪浮於桀"麼。孟軻雖然贊許湯武征誅,也斥紂為"一夫",還不相信《泰誓》宣揚的這一套,何況他還說過"盡信《書》,則不如無《書》"(《孟子·盡心》)呢?趙氏注曰:"經有所美,言事或過。若《康誥》曰'冒聞於上帝',《甫刑》曰'帝清問下民',《梓材》曰'欲至於萬年',又曰'子子孫孫永保民'。人不能聞天,天不能問民,萬年永保,皆不可得為書,豈可按文而皆信之哉?"這說的實在得體,豈止是"美"的文字,"惡"的何當不然?豈單單是《書》?《詩》也毫不例外。孟軻自己就說:"說《詩》者,不以文害辭,不以辭害志,以意逆志,是為得之。《雲漢》之詩曰:'周餘黎民,靡有孑遺。'信斯言也,是周無遺民也。"(《孟子·萬章》)趙氏也注得好,他說:"文,《詩》之文章,所引以興事也。辭,詩人所歌詠之辭。志,詩人志所欲之事。意,學者之心意也。孟子言說《詩》者,當本之不可以文害其辭,文不顯乃反顯也,不可以辭害其志。辭曰:'周餘黎民,靡有孑遺。'志在憂旱,災民無孑然遺脫,不遭旱災者,非無民也。人情不遠,以己之意逆詩人之志,是為得其實矣。"我們帶便地把孟軻對於《詩》《書》的看法,都引在這裏的意思,也是介紹孟軻當時一方面疑古,不全信書面上的文字;一方面又根據傳說對於史事有所補充。而在這裏的特殊情況,說紂不是那麼壞到底,就更值得琢磨了。武王子承父業,又有一位德才兼備的弟弟周公,在他生前死後大力匡扶,實在不過是因人成事之流(這從《詩》《書》裏也可以看得出來),所以不想多談他,還是讓我們以周公作結吧。因為在孟軻的心目中,周公是上承夏禹下開孔子,所謂"三聖"的中流砥柱的。孟軻說:

> 昔者,禹抑洪水而天下平。周公兼夷狄,驅猛獸而百姓寧。孔子成《春秋》而亂臣賊子懼。《詩》云:"戎狄是膺,荊舒是懲,則莫我敢承。"無父無君,是周公所膺也。(《孟子·滕文公下》)

按:抑,恰也。兼,容也。周公兼懷夷狄之人,驅除害人之猛獸,與禹同功,勖在天下。下面繼續引申說:

> 周公相武王,誅紂,伐奄(東方無道國)。三年討其君,驅飛廉(紂之諛臣)於海隅而戮之。滅國者五十,驅虎豹犀象而遠之,天下大悅。《書》曰:"丕顯哉!文王謨。丕承哉!武王烈。佑啟我後人,咸以正無缺。"

此處所引之《書》也是"逸書"。五十國,與紂共為亂者,奄乃其中的大國,故特以"伐"言。《尚書·多方》有"王來自奄"的話。丕,大。顯,明。承,接。烈,光也。這是說,文武之道,佑開後人,乃周公輔相以撥亂反正之功。《離婁》篇更說:

禹惡旨酒(夷狄作美酒,禹飲而甘之,曰:“後世必有以酒亡其國者。”遂疏夷狄而絕旨酒),而好善言(《書》曰:“禹拜讜言”)。湯執中(中正之道),立賢無方(惟賢,速立之,不問其從何方來,如舉伊尹以為相)。文王視民如傷(雍容而不動擾),望道而未之見(殷禄未盡,尚有賢臣,道未得至,故生而不致誅於紂也)。武王不泄邇(不泄狎近賢),不忘遠(不遺忘遠善,近謂朝臣,遠指諸侯)。周公思兼三王(三代之王),以施四事(禹、湯、文、武所行事);其有不合者(己行有不合也),仰而思之,夜以繼日(參二天),幸而得之,坐以待旦(言欲急速施行也)。

孟軻推尊周公,自然是跟著孔子來的。因而我們也就曉得周孔之所以齊名,與孟軻的積極吹捧有很大的關係,如同後來的孔孟並稱,都不過是儒家者流立意揑合的。而堯、舜、禹、湯、文、武、周公、孔子的這一道,便從孟軻之手建立起來了。那麼,“以承三聖”的“聖人之徒”,即是孟軻本人,不也就“敬陪末座”了嗎?“軻之死,不得其傳焉”(《韓昌黎文集·原道》),唐代的韓愈就優先承認了,不用說,韓愈自己也未嘗沒有這個意思,不然的話,何以會有《原道》之作?當然,這同樣是事實。“文以載道”,兩家的文字都是好的。至於周公自己,除上所述,還有《詩》之《雅》《頌》,那些推序“天命”(說周有天下,也是上帝的意旨),追述“祖德“(讚美從后稷、公劉、太王、到文武的豐功偉績)的“廟堂之歌”,許多是周公之作(據《詩序》),又說《周易》的《爻辭》,《爾雅》的《釋詁》,尤其是作為典章制度、人物規範的《周官》《儀禮》,也都是他的手筆,那就更是方面既多,影響也大,前無古人後有續繼的先哲了。而且從周、孔並稱上看,一個是大政治家,一個是大教育家,這是史有明言用不到再重複敘述的了。此外,只從定立、整理古代典籍的若干情況來講,恐怕兩個人也是先後輝映相與不朽的啦。孟子說:"五百年必有王者興,其間必有名世者。"

總上所言,既然我們由於《書》和《論》《孟》而談到了我國上古歷史中的"禪讓"與"征誅",不妨引用明末清初的政治思想家王夫之(一六一九——一六九二),對於這兩個問題的看法,以為小結。他說:

> 古之帝王,顧大位之將有托也。或命相而試以功,或立子而豫以教。立子以嫡而不以賢,立而後教之,故三代崇齒胄之禮。命相以德而不以世,故唐、虞重百揆之任,試而命之,以重其禮也。立而教之,以成其德也。定民志者存乎禮,堪大業者存乎德。德其本也,禮其末也,本末具舉,則始於無疑,而終於克任矣。試而後命,本先於末,立而後教,末先於本。先難而後以易,故堯遲之七十載,而以不得舜為己憂。先末而後本,則初吉而終或亂,故桀、紂、幽、厲得奄有四海,待湯、武而後革。(《尚書引義·堯典二》)

王夫之以堯、舜以前的黃帝傳子為例,說傳子古已有之,不過是"立而後教"的問題,傳賢則是"試而後用",這雖然是"存德"的根本辦法,但是那裏去找"知人之哲"如堯、舜者呢?"必盡者人也,不可恃者法也,固不得以堯之授舜,舜之授禹,為必治不亂之道,又烏足以為二帝之絕德哉?"(同上)他甚至反對莊周設為王倪等人,說堯舜桎梏神器,索草野畸人以待己,是"褻天經,慢民紀",足以亂天下。包括孟軻"敝屣天下""予無樂乎為君"在內,這談得不無道理,可以參考。對於《周書·泰誓》的歷數紂罪,王夫之也認為是一種道降德衰不足為訓的行徑。他說:

故於殷、周之際,而知道之降也。武王之誓,言之畸也。列紂之罪,擢髮以數,而氣亦竭矣。"寧執非敵",惴惴以恐,於是而幾殆矣。列紂之罪,擢髮以數,斮脛剖心之無遺也。八百濟師,血流漂杵,能保匹夫匹婦之無橫死於會朝,而可反唇相詰者乎？義士所以有"易暴"之歌,商雒之頑民亦且生"簡迪"之怨。千里之應,捷於桴鼓,君子之言之動天地,而可不慎乎？周之《誓》不及殷之《誥》。(同上)

他說得很明白,什麼仁義之師,不過是爭奪天下,"以暴易暴"。不然的話,"以周之世德,革紂之窮凶,仰不愧天","則牧野之師,即不歷斥獨夫淫凶之罪,以與爭逆順之名,庸詎非仁人君子之用心"？"而大聲疾呼,詬誶無餘"(同上,《泰誓》《牧誓》),未免太過了！

《論》《孟》研究

《論語》釋名

《說文》:論,議也。

《廣韻》:論,說也。

《周禮·春官·大司樂》賈疏:直言曰論,答難曰語。論者語中之別,與言不同。

《論語正義》:論者,綸也,輪也,理也,次也,撰也。以此書可經綸事務,故曰綸也;圓轉無窮,故曰輪也;蘊含萬理,故曰理也;篇章有序,故曰次也;群賢集定,故曰撰也。

《文心雕龍》:昔仲尼微言,門人追記,故仰其經目,稱為《論語》,蓋群論立名始於茲矣。

《釋名》:論,倫也,有倫理也。

《玉篇》:論,思理也。

《詩·大雅》"於論鼓鐘",《傳》:思也。鄭《箋》:論之言倫也。朱《注》:言得其倫理也。

《說文》:語,論也。徐鍇曰:論難曰語,語者午也,言交午也。吾言為語,吾語辭也,言者直言,語者相應答。

《釋名》:語,敘也,敘己所欲說也。

《詩·大雅》"於時言言,於時語語",《疏》:直言曰言,謂一人自言;答難曰語,謂二人相對。

《禮記·雜記》"三年之喪,言而不語":言,自言己事也,語,為人論說也。

《論語》:性相近也,習相遠也。

小 言

歷來研究先秦散文的人,對於《論語》《孟子》這兩部書,很少給予足夠的重視,大都認為它們在内容上,作為探索古代哲學或是教育的素材是可以的、必不可少的,至於形式方面,則是一些講講説説零零碎碎的不成篇章的東西,只提一句這是"語録"體裁也就行了。我們的看法不是這樣的,因為,正是由於它們的行文成書比較原始,才反映出了古代散文發生成長的跡象,何况它們的影響極其深遠呢?内容決定形式,形式表達内容,這兩者不能偏廢,同功一體,由表及裏,由此及彼。

我們應該知道,在東周(公元前七七〇年)以前,是不允許有私家著述的。"作之君,作之師","人王"即是"教主",發佈出來的不過是記政令的《周書》、講占卜的《周易》之類,連最為"先師"的孔子(公元前五五一—前四七九),在教權文權"下移"以後,還只能是"述而不作"地整理整理《詩》《書》,編輯一下"魯史"(即是《春秋》)的,遑論其他。這就牽涉到《論語》本身了。

一、《論語》的版本、篇目、及其釋名

《論語》是考證孔子言行和儒家思想最早也最為可靠的書籍(成書的年代約在戰國期間),這是今古學人都無異說的。但,它可不是孔子手自編定的書(跟《孟子》不同)。

1. 篇數、版本、編者

《漢書·藝文志》云:《論語》,古廿一篇,齊廿二篇,魯二十篇。《論語》者,孔子應答時人及弟子相與言而接聞於夫子之語也。當時弟子各有所記,夫子既卒,門人相與輯而論纂,故謂之《論語》。

這就把此書的篇章、版本、內容、編者及其所以得名,都較清楚地交待給我們了,應該加以補充的是:《齊論》多《問王》《知道》二篇,今已不存;《古論》有兩《子張》篇。流行到現在的本子則是從《學而》至《堯曰》凡二十篇的《魯論》。其次,編輯《論語》的人,還可能有孔子的再傳弟子。例如①"曾子有疾"章,記載了曾參將死的事,其為曾參的弟子所記可知;又如②《子張》第十九,全篇幾盡為孔門弟子之言,則其為孔子門人之弟子所附益,也可以肯定。其他如③時君稱諡,④曾子、有子等稱子,都證明著《論語》成書非出一人之手,亦非一個時期的少數人所作。至於《論語》之所以得名,我們也不妨"訓詁"一番。

2. 釋名

《說文》:論,議也。語,論也。徐鍇曰:論難曰語,言者直言,語者相應答。

《釋名》:論,倫也,有倫理也。語,敘也,敘己所欲說也。

《周禮·春官·大司樂》賈公彥疏:直言曰論,答難曰語。論者,語中之別,與言不同。

《文心雕龍·論說》:述經敘理曰論,論者,倫也。昔仲尼微言,門人追記,故仰其經目,稱為《論語》。蓋群論立名,始於茲矣。自《論語》以前,經無論字。

3. 篇目命名比較自然

顧名思義,已經足以說明,《論語》這書不是隨便湊集的,雖然它的篇章命名比較自由簡易:摘取每卷第一章第一句文字裏的頭兩個字,或是其中的兩三個字作為篇名。如《學而》之出於"學而時習之",《述而》之出於"述而不作",《子罕》之出於"子罕言利",它們連一個完全的詞彙都構成不了。其次如《為政》《里仁》和《先進》,算是講得通的字樣了,但也很難說概括了全篇的涵義。它如《雍也》與《憲問》是單名一字加上個語氣詞和動詞的。而《公冶長》《泰伯》《顏淵》《子路》《季氏》《微子》《子張》等,則都是人名,差別只在於有古人的,有時人的,有貴族統治者的,有孔子的弟子的,就中惟有《八佾》出於第二句的頭二個字,《鄉黨》是個通用的名詞,屬於例外。所以,我們才說,在篇目的定立上,《論語》是比較自然的,並無規格標準的。可是,如果我們仔細地考較一下它的篇章次第和內容,還能夠發現不是沒有主次先後之分的。如他們認為人必須學習,而"仁""禮"為修治之本,因而把《學而》擺在了第一卷。第,順次也;一,數之始也,言此卷順次當一也。其次是《為政》:學而後入政,"忠敬",為政之德;君子,為政之人也。第三乃《八佾》:為政之善,"禮""樂"當先,否則無以"安上治民,移風易俗"。它如《顏淵》以論"仁"為主,《子路》志在"正名",《衛靈公》不談軍旅之事,《季氏》反對國內戰爭等等,既可以說是各卷的主題,也不妨視為由人而及事。至於專記孔子生活的《鄉黨》,結集孔門弟子言論的《子張》,以及錯簡附録的《堯曰》,則是幾個特殊的篇章,不可不察。

4. 它跟《詩》《書》等古籍,在篇章命名上的關係

那麼,說來說去,體現於《論語》中的此類手法,是編者的獨創呢,或是也有所師承?我們以為這些都不是偶然的,"水有源頭木有根",貴族統治者們御用的"官書",《詩》《書》與《周禮》,就是他們的藍本,因為孔子本人即是一個"刪《詩》《書》,定《禮》《樂》"、"祖述堯舜,憲章文武"的古代典籍整理者,他的弟子們不能不受他的影響。即以《商書》而言,那虞、夏、商、周的分代,典、謨、訓、誥、誓、命的行文,以及用人名、政事、地區、物品作為篇名的如:《舜典》《大禹漠》《伊訓》《康誥》《梓材》《洛誥》《無逸》《立政》《文侯之命》《費誓》之類,不都是很好的榜樣嗎?再舉《三百篇》為例,那"二雅三頌,十五國風"的分門別類不相雜廁,不必詳說了。單看命名篇章的辦法:如只用前章前句第一個字的《氓》(《衛風》),一二兩字的《葛覃》(《周南》),三個字全用的《江有汜》(《召南》),四個字全用的《君子偕老》(《鄘風》),五個字全用的《昊天有成命》(《周頌》)和用人名的《公劉》(《大雅》),地名的《渭陽》(《秦風》),物名的《角弓》(《小雅》),衣服名的《羔裘》(《唐風》),

氣象名的《蝃蝀》(《衛風》),天體名的《小星》(《召南》),山名的《終南》(《秦風》),水名的《江漢》(《大雅》),草名的《蓼莪》(《小雅》),木名的《甘棠》(《召南》),蟲名的《蜉蝣》(《曹風》),魚名的《南有嘉魚》(《小雅》),獸名的《羔羊》(《召南》),鳥名的《鴻雁》(《小雅》),還有用動詞的《還》(《豳風》),狀詞的《皇矣》(《大雅》),感歎詞的《噫嘻》(《齊風》),已成子句的《伐檀》(《魏風》)、《牆有茨》(《鄘風》)、《二子乘舟》(《邶風》)等等,真是五光十色,品類非一,比起《尚書》都豐富得多,更不消説《論語》了。但是,這不正足以反映出來早期的私家著述,對於通行已久的官用典籍,既有所取法而又極其初步的情況嗎?同時,它也未嘗不影響其後的諸子著作。

5.《論》《孟》篇章命名上的同異

即以《孟》《荀》為例:《孟子》的篇章命名,雖然不是機械地採用章首句的某兩個字的,可是七篇之中倒有六篇是以人物為題的,兩個國君,《梁惠王》《滕文公》;兩個時人,《離婁》《告子》;兩個弟子,《公孫丑》《萬章》。惟有最末一篇的《盡心》是依據内容定立的,這從字面上就可以看得出來。

《孟子》各篇的次第,也是經過安排的:《梁惠王》一上來便跟時君談論治國,揭示了"王道""仁政"的學説。"仁義為本,何必曰利?"這個主旨遂不絕如縷地貫串於以後的各篇之中。如《公孫丑》之反對霸權,強調知義;《滕文公》則主張仁者在位,弔民伐罪;《離婁》更説"國君好仁,天下無敵";以及《萬章》的推崇"聖君賢相",自居"先覺";《告子》的發揮"性善",説"人皆可以為堯舜";《盡心》的總結"存心養性",善政、善教,並且涉及到了"道統"的問題。因而未嘗不可以説,即看篇章的序目,已經能夠發覺《孟子》繼承《論語》的所在了,不同之處在於《孟子》的成書,是作為政治思想家的孟軻(公元前三九〇—前三〇五)參與編撰了的。所以它之以政論為主,如同作為古代教育家的孔子特重學習一樣,乃是必然的事體。何況孟軻又運用了"仁",充實了"義",引申了"性相近",從靈魂的深處鼓吹了"為政以德"呢?再舉《荀子》為例。

6.《荀子》的篇目,在許多地方也是因襲《論語》的

荀況(約公元前二八六—前二三八)是戰國末年的儒家大師。《荀子》一書,大部分出於荀況的手筆。最堪玩味的是,此書在篇章的命題與安排上,有許多地方是因襲了《論語》的,如"學不可以已"的《勸學》篇第一;"見善,修然必以自存"的《修身》第二;"君子行,唯其當之為貴"的《不苟》篇第三,這些思想範疇基本上都是儒家的。特別是《論語》中常見的"禮""樂""正名"之論,作者都把它們特別擴大成了《禮論》《樂論》《正名》等專篇。其"禮者,養也","樂者,樂也","名定而實辨"的儻言,實質上都跟孔子的話著實符合的。即《仲尼》的"羞稱五伯";《儒效》的"隆禮義",重仁愛;《王制》《王霸》的論議"為政",講說"主道";甚至《議兵》《強國》的頌"仁義之師",美"愛民而安",也應該認為是"足食,足兵,民信之矣"(《顏淵》)的發揚光大。另外不過是,通過《天論》修正了"天人感應"的神秘主義,《性惡》論對立了孟軻的"性善"說而已。

7. 詞句短小精悍,及其"語録問答"體的由來

上古生活簡易、刻書困難,限於物質條件,鏤之金石傳於竹帛的文字,經常是短小單調的。甲骨上的貞卜文,彝器上的銘文,不必說了,

就是大量流傳的《詩》《易》《春秋》,也多是三言五語或者幾十個字就解決問題。如《周易・乾卦》:“乾,元亨利貞。初九,潛龍勿用。九二,見龍在田,利見大人。”《詩・周南》:“關關雎鳩,在河之洲。窈窕淑女,君子好逑。”再這樣重疊幾句也不過七十個字。官書猶且如此,何況早期私家著述? 所以,《論語》的言簡意賅出辭精當,如“有教無類”(《衛靈公》),“辭,達而已矣”(同上),實在有其歷史原因的。自然,更主要的是,它之表現為語録題材和問答形式,是根源於孔門的教學行為的。教必有言,疑則思問,記録下來,自須成章,加以整理之後便可以編輯起來了。

再說,這筆之書的問答形式也是古已有之的。《尚書・堯典》:“帝曰:疇諮,若時登庸? 放齊曰:胤子,朱啟明。帝曰:吁! 嚚訟可乎?”《詩・鄭風・女曰雞鳴》:“女曰雞鳴,士曰昧旦。子興視夜,明星有爛。將翱將翔,弋鳧與雁。”即是前例。不過,這種形式發展到了《論》《孟》,卻是越來越語氣靈活,内容也豐富多彩了。它自然跟“文權”、“教權”的逐漸下移,士庶人的思想初步獲得解放有關,不是嗎?《論語》裏頭小試牛刀的孔仲尼先生,已經可以“文王既沒,文不在茲乎”(《子罕》)的“教主”自居,並封贈他的弟子顏回可以“為邦”(《衛靈公》),冉雍“可使南面”(《雍也》)啦,這事哪裏簡單! 再傳到“處士横議”(《孟子・滕文公》)、百家爭鳴的戰國中期(約在公元前三一四年左右),體現在《孟子》中的孟軻言論,就更加不可一世了。“民為貴,社稷次之,君為輕”(《盡心》)、“聞誅一夫紂矣,未聞弑君也”(《梁惠王》)一類等於造反的話,都說出來了,而且不諱“好辯”(《滕文公》),自許“豪傑”,以待文王而後興者為“凡民”(《盡心》),無論從文辭語氣思想内容任何方面看,都可以認為是後來居上青出於藍的。

8. 它的語言文字上的其他特點

《論語》的文字,明確簡練以少勝多,這是我們曉得的,而其最為特色之處,卻在於大量地精當地運用了:①之、乎、者、也、矣、焉、哉、與(即歟字)、諸、已這樣的語氣詞,和②"蕩蕩""戚戚""洋洋""巍巍""便便""侃侃""言言""與與""行行""硜硜""滔滔""堂堂"一類的重言,令人有口吻傳神,恍如面對,因而達成了循聲知義,感受親切的功能。此外,③還有一些短語疊句,如"沽之哉,沽之哉"(《子罕》)、"彼哉,彼哉"(《憲問》)、"時哉,時哉"(《鄉黨》)、"觚哉,觚哉"(《雍也》),好像加重了語氣的"重言"一樣朗誦起來,就是在今天也能夠使人仿佛其情調呢。照說此類手法本為《詩》《書》之所擅長,《論語》竟然空前地加以發展("雙聲""疊韻"的字詞除外),這足以說明"語錄""問答"文體的不同凡響了。再從它的篇章結構的形式上說,也是多式多樣應有盡有的。如①"開門見山",一句話就解決問題的:"當仁不讓於師。"(《衛靈公》)②主動發問引起下文的:"子路問事君,子曰:勿欺也,而犯之。"(《憲問》)③耳提面命不許駁回的:"由,誨汝知之乎!知之為知之,不知為不知,是知也。"(《為政》)④兩兩對比一目了然的:"君子懷德,小人懷土;君子懷刑,小人懷惠。"(《里仁》)⑤散見整結,並無二義的:"剛,毅,木,訥,近仁。"(《子路》)⑥主句在前,隨後分列的:"子不語:怪,力,亂,神。"(《述而》)⑦短語同出,各不相屬的:"志於道,據於德,依於仁,遊於藝。"(同上)⑧演繹推理,首尾繫連的:"齊一變,至於魯,魯一變,至於道。"(《雍也》)⑨層層下跌,有條不紊的:"賢者辟世,其次辟地,其次辟色,其次辟言。"(《憲問》)起承轉合,搖曳多姿,麻雀雖小,肝膽俱全。不怪此後的古文作家始終奉之為小品的圭臬的。

還應該補充一點,《論語》中也有許多用具體的事物比擬或是說明抽象道理的文字。譬如把“為政以德”的人比作北斗七星,說人民會環拱而立地去擁護它(原文見《為政》);說不講信用的人,如同牛車馬車沒有車轅上的横木或曲鉤木一樣,根本拴不上牲口,沒法走動(同上);指斥“晝寢”的宰予不堪造就,如同難以刻畫雕琢的爛木頭和無法築牆的鬆散類土一樣(原文見《公冶長》);也說自己是“待賈”而沽的“美玉”,要找機會去行“道”,不想總隱藏在匣匱之中(原文見《子罕》);以能抗“歲寒”,可以“後凋”的“松柏”,來比堅貞不屈經得起考驗的濁世“君子”(原文見《子罕》);“割雞焉用牛刀”以“戲言”治小何須用大(指“弦歌之聲”而言,文見《陽貨》);“君子之過也,如日月之食焉”,既食和食罷都是人們看得分明的,從不隱瞞(原文見《子張》)。此類雖然不多,卻可以說是“以彼物比此物”的《詩》的流風遺韻,《書》的“人唯求舊,而非求舊維新”(《盤庚》)、“若作梓材,既勤樸斲,惟其塗丹雘”(《梓材》)、“無若火始焰焰,厥攸灼敘,弗其絕”(《洛誥》)的取法古籍了。與之相互輝映的,還有一些昇華概括等於略說的筆法,如“政者正也”,“仁者愛人”(《顏淵》),“必也正名乎”,“名不正則言不順,言不順則事不成”(《子路》),直是“定義”一般的論斷。再如指示三種言語失態的話:“言未及之而言,謂之躁(浮躁,沉不住氣);言及之而不言,謂之隱(隱匿,不盡情實);未見顏色而言,謂之瞽(瞎說,不看情況)。”(見《季氏》)分析古今“民疾”不同之言:“古之狂也肆(極意敢言),今之狂也蕩(無根據,亂搞);古之矜也廉(廉偶有守),今之矜也忿戾(動火,多怒);古之愚也直(正派,不拐彎),今之愚也,詐而已矣(欺騙,假的語)。”(見《陽貨》)也是毫不遊移釘釘之入木的。

二、《孟子》的語句、章法

繼承下來的《孟子》,便不是這樣地短小精悍以少勝多了。雖然它也不乏三言五語的獨立語録,或是比較簡短的問答體裁。可是大體說來卻是氣充詞沛豐實多采的大塊文章居多。只用一兩句話去獨自說教的,如:"仲尼不為已甚者"(《離婁》),"柳下惠不以三公易其介"(《盡心》),"有不虞之譽,有求全之毀","人之患,在好為人師"(《離婁》),這些情況都是和《論語》的此類句法是一樣的。問答形式的就不然了,如見於卷首的"孟子見梁惠王"章。

1. 舉例一:"孟子見梁惠王"章

第一段的問答即有三十一句,一百五十二字;第二段的有三十五句,一百六十五字。而且使用了乎、矣、之、者、焉、也等語助詞,徵引了《詩》《書》的有關篇章,提出了仁、義為本的政治主張。這不是比《論語》充實得多了嗎?何況他在文字上的組織結構也是嚴整縝密起承轉合地行使著呢!

舉例二:"有為神農之言者許行"章。《孟子》中最大的一段問答文字是"有為神農之言者許行"(《滕文公》),計共二百三十一句,一千一百一十七字。它提到的時人有許行、滕文公、陳相、陳辛和孟軻自己。古人有堯、舜、禹、益、皋陶、契、后稷、周公、孔子、子貢、子夏、子張、子游、有若和曾子。涉及的故事史實,則包括:許行到滕國推行農家之道,陳相等表示心悦誠服,孟子與之辯論(主要的故事情節)。堯舜之時,洪水氾濫,禽獸逼人,益焚山澤,禹疏九河,后稷教民稼穡,契則教以人倫。孔子推崇堯舜。子貢廬墓孔子。曾子反對以有若為師(引徵的歷史故事)。強調的政治看法為:社會分工,有勞心勞力,治人或治於人的不同。聖人憂民,農夫樂田。物情不齊,不得不二市價。如此等等,真是說得清之楚之,有理有力,跟普通的"舌辯之徒",毫無共同之處。因為它的中心思想是尊孔衛道、排斥"異端"(指楊朱、墨翟而言,也有這兒的許行),意在著書立說傳宗接代,非為官爵利祿也。這從《公孫丑》卷中孟子"致仕去齊"的幾段記載,也可以看得出來。

舉例三:"孟子致為臣而歸"章。此篇雖然前後分了五個段落,實際卻是一個整體。①從"孟子致為臣而歸"至"自此賤丈夫始矣"為第一段(四十四句,二百四十五字)。它說明著,孟子出仕是為了行道,合則留不合則去,光明磊落,決不沾滯。他告誡自己的學生說,"壟斷寶貴"的人,是"賤丈夫",最為可恥。②從"孟子去齊"(一)至"長者絕子乎"為第二段(二十句,一百八字)。是講解決問題須找主要矛盾,來人不勸齊王使我得行其道,只在表面上留人不走,這就怪不得我不理他,"隱几而臥"了。③從"孟子去齊"(二)至"士誅小人也"為第三段(四十三句,二百二十三句)。是笑賣弄聰明的君士太淺見了,不曉得孟子的"遲遲吾行"、"三宿而後出晝(地名、齊邑)",意在希望齊王有所醒悟,重請自己回來從政。因為這樣,會對天下人民有好處的,並非"戀棧"。想法落空,也要從容而去,要什麼態度呢?那是"小丈夫"的行徑!君士聽到以後,自然表示慚愧了。④從"孟子去齊"(三)至"吾何為不豫哉"為第四段(廿二句,一百九字)。是說孟子在路上向對他問話的充虞解釋,此次離開齊國沒有不愉快的道理的事。指出,按照歷史發展的規律,應該又有"王者"出來,使著天下太平了,我是具有這種本領的,可惜機緣不巧,看來是老天還不想讓"天下平治"呀,我為什麼要難過。⑤自“孟子去齊”(四)至“非我志也”是結尾的一段(只有短短的十六句,五十七字)。意在補充說明孟子此番在齊終不接受俸禄的緣故。地點是途中的休邑(今山東省滕縣西廿五里之處),問答的雙方是孟子跟他的弟子公孫丑。公孫丑問老師:“作官不拿薪俸,這是古來就有的事嗎?”孟子說:“不是的,我因為在崇邑(齊地)初次會見齊王時,就發現他不能接受我的政治主張,下來以後已經想走了,只是由於碰到對燕國用兵,不好意思動身而已,怎麼還能接受人家的禄養呢?”總計起來,這篇文章共有一百四十五句,七百四十二字,它的特點是,通過頻繁的問答,逐一地交代了孟子去齊的情況。在《論語》中,只有“子路曾皙冉有公西華侍坐”一章的手法與之相類似,不過事情卻簡單得多了,學生“言志”,先生分評,七十六句,三百一十四字,就全部解決,雖然在《論語》中算是最長的段子。(詳見《先進》)

2. 獨自說教的長篇語録——《孟子》特色之一

《孟子》書中獨自說教的長篇語録也不在少,字句比較多的幾段如:①“君子所以異於人者”章(《離婁》,七十一句,三百七十五字),是說道德修養之“仁”“禮”的,“仁者愛人,有禮者敬人”,“禹、稷、顏回同道”,但當憂其不如舜,必須常關心人民的疾苦。②“伯夷目不視惡色”章(《萬章》,六十三句,三百一字),是在揄揚伯夷、伊尹、柳下惠與孔子的,說他們都是“聖人”。伯夷“清高”自守,伊尹以天下為“重任”,柳下惠寬和待人進退有方。然而,誰也不如孔子,他才是“金聲玉振”般的“集大成”的“時聖”。③“富歲子弟多賴”章(《告子》,六十二句,三百二十七字),言“聖人與我同類”,好像口、耳、目對於味、聲、色的感覺一樣,都能分辨出來好壞的,那麼,“心性”豈能獨處?於是鄭重地提出了“理”“義”兩者,說這是與生俱來的“善性”,應該發揮它們的作用。從文章內容上看,這些幾乎全是孟子政治思想“王道”、“仁政”的輔助言論,和推崇孔子的一貫態度。

孔子“行狀”的專章:《論語·鄉黨》

《論語》是沒有這種大篇幅的“獨白”的,除非算上專章記載孔子行狀的《鄉黨》(一百六十五句,六百二十五字——曰:“山梁雌雉”等五句十七字與此無關的話,沒有記算在內),當然,它也並不尋常。在戰國(前四〇〇年)以前,從不曾有過集中細緻地報導私人生活情況的文字,孔子實在是“得天獨厚”了,並世的甚至以後的人,也很少見。例如①講他的言語姿態的:“孔子於鄉黨,恂恂(溫恭之貌)如也,似不能言者。其在宗廟朝廷,便便(辨而敬謹)言,唯謹爾。朝與下大夫言,侃侃(和樂的樣子)如也;與上大夫言,誾誾(情調中正)如也。”②說他的行動儀表的:“君在,踧踖(恭敬)如也,與與(威儀適當)如也。”“入公門,鞠躬(斂身)如也,如不容。立不中門,行不履閾(門限),過位(經過國君的空位),色勃如(必變顏變色的)也,足躩如(趔著腳兒走)也。”③談他的寒暑衣服的:“當暑袗絺綌(暑天單服,絺綌,葛布),必表而出之(外加上衣),緇衣羔裘,素衣麑裘,黃衣狐裘,褻裘長,短右袂(皮裘的顏色須內外相稱。家居的袍子長些,以保溫暖,右邊的袖子要短,以便作事)。”④道他的飲食衛生的:“食饐而餲(臭味變壞),魚餒(腐敗)而肉敗,不食,色惡不食,臭惡不食,失飪(生熟不當)不食。”如此之類,都在說明孔子的待人接物,服飾飲食是相當的考究的,這就跟當時的老百姓不一樣了。儘管他也貧困過,他的沒落的貴族階級的烙印,正是綻露在這些地方的。

說到這裏,已經可以知道,作為“語録問答體”的《論》《孟》,並不是什麼“雜亂無章”的“零篇斷簡”,只要我們認真地研究一下,是不難發覺它們內在聯繫的所在的,特別是關於思想性和行為上的東西。因為,儘管它們不編年可是紀事;不作系統的論述,卻有層出不窮的記言。即以《論語》的中心思想"仁學"和它的主要載記"教育工作"而言,那是多麼完備而又空前哪!

三、《論語》中的"仁",孔子思想的主體

"仁"的文字形義乃是"相人偶",它的實質含義卻是"仁者,人也",自我以外的"别人",各個人的社會關係,那就必須把它搞好。"仁者,愛人"(《顏淵》),便是基本的要求,而"己欲立而立人,己欲達而達人"(《雍也》),遂成了互相關切的道德行為。甚至要有"無求生以害仁,有殺身以成仁"(《衛靈公》)這樣捨己為人自我犧牲的精神,才是它的最高境界。我們查遍《論語》,發現談到"仁"的地方,多至五十八條,其字凡一百五見,則它的重要可知。

1. "仁"的對象"人",是甚等樣人

這裏應該弄清楚的是,此之所謂"人",是甚等樣人?那個階級的?包括奴隸在内嗎?回答的結果,卻不得不說:這個"人"乃是享有文化教育,參與政治活動,自由集會結社,可以獵取財富的"庶人""百姓"和"士人",此外只准勞動生產,打仗還得當兵的"黎民""黔首"或者有份兒,奴隸卻談不上。

2. 具有"仁"的資格的

其次,具有"仁"的資格的,也是一些特定的人物。如微子、箕子、比干,被稱為殷之"三仁"(《微子》),"求仁而得仁"的伯夷、叔齊(《述而》),加重語氣一再讚賞"如其仁,如其仁"的管仲(《憲問》),都是古

之賢者。另外,則是孔子的弟子顏回了:"其心三月不違仁。"(《雍也》)須得注意的是,他"志士""仁人"並稱,還說"友其士之仁者"(《衛靈公》),君子也有"不仁"的,小人卻根本談不上"仁"(《憲問》),這說明著"士""君子"可以有"仁"的。於是問題比較簡單了,"為仁由己"(《顏淵》),"我欲仁,斯仁至矣"(《述而》),它並不是那麼神秘莫測高不可攀。

3."仁"在上古

本來,"仁"這個字,在戰國以前,只是貴族統治者鞏固政權的一種手法。如《商書·太甲》云:"民罔常懷,懷於有仁。"《周書·泰誓》云:"雖有周親,不如仁人。"《周易·繫辭》云:"何以守位?曰仁。"因為,統治者如果不"仁民愛物",講求"立人之道",老百姓便造反了。所以,儘管這些"官書"提到它的時候不多,而其用心則是並無二致的。

4. 孔子普及了它

孔子把它繼承下來,已是生產力關係逐漸變更的春秋末年了,這樣,"仁"就不一定非"聖王"莫辦,連來自下層的"士"——當時的知識分子也有份兒啦:覺悟於自己的存在,曉得要有所作為,他們的代表人物便是出身於沒落的貴族家庭的孔子。

這倒是的。《論語》之中,經常"君子"、"小人"對稱(談說"君子"、"小人"的計有八十八章,其中"君子"一百一見,"小人"二十四見,共一百二十五見)。但,它們卻不是敵對的兩個階級。

附:《詩》《易》中的"君子"、"小人"與《論語》稍異

我們當然知道,大批反映於《詩》《易》中的"君子"與"小人",是有其統治者和被統治者的意義的,如:"周道如砥,其直如矢,君子所履,小人所視。"(《小雅·大東》)《毛傳》:"如砥,貢賦平均也。如矢,賞罰不偏也。"鄭《箋》:"君子皆法效而履行之,其如砥矢之平。小人又皆視之共之,無怨。""上九,碩果不食,君子得輿,小人剥廬。"《象》曰:"君子得輿,民所載也。小人剥廬,終不可用也。"(《周易上經·隨傳》)可以佐證。按《詩》内的"君子"雖多("小人"則少),可是硬說"君子好逑"(《周南·關雎》)一類的"君子"是文王,也未免於附會。《周易》中單舉"君子"的十三處,"小人"四處,"君子"與"小人"對舉的六處,全書"君子"十九見,"小人"十一見。占卜同得一卦,爻辭卻不相同,"君子"事事吉利,"小人"常常兇險,其義可見了。體現到《論語》裏的"君子""小人"就大有差别啦,判别兩者不同的標準,不是他們的政治地位而是道德修養的情況。

四、《論語》中的“君子”“小人”,其標準是道德的修養

泛稱“君子”的:“人不知而不慍”(《學而》),“先行其言而後從之”(《為政》),“無所爭,必也射乎”(《八佾》),“博學於文,約之以禮”(《雍也》),“恥其言而過其行”(《憲問》),“後進於禮樂”(《先進》),“不憂不懼”(《顏淵》),“矜而不爭,群而不党”,“不以言舉人,不以人廢言”,“謀道不謀食,憂道不憂貧”,“貞而不諒(貞,正。諒,信。正其道,不必小信)”,“病無能,不病人之不己知”,“疾沒世而名不稱(疾,猶病也)”,“義以為質(謂操行),禮以行之,孫以出之(孫,遜也,謂言語),信以成之”(以上並見《衛靈公》),以及見於《季氏》的“有三戒”“有三畏”“有九思”等,均是。“君子”“小人”對比的:“周(忠信)而不比(結黨)”,與“比而不周”(《為政》);“懷(安也)德”“懷刑(守法)”與“懷土(重遷)”“懷惠(恩德)”(《里仁》);“喻(曉得)於義”與“喻於利”(同上);“成人之美”與”“成人之惡”(《顏淵》);“和而不同(見解不同不影響團結)”與“同而不和(嗜好無別故爾爭利)”;“易事而難說(不求全責備)”與“難事而易說”(《子路》);“上達(務本)”與“下達(求末)”(《憲問》);“求諸己(責己)”與“求諸人(責人)”(《衛靈公》);以及“君子儒(將以明道)”與“小人儒(自矜其名)”(《雍也》)等,均是。特指為“君子”或“小人”的:儀封人與陳司敗尊稱孔子為“君子”(分見《八佾》《述而》中);孔子推許宓不齊、南宮适為“君子”(分見《公冶長》《憲問》中),卻曾皆指斥樊須為“小人”(《子路》),因為他的學生忽略了“禮”、“義”和“信”這些成德的根本,只想學習稼

穡,是走了小路。孔子輕視勞動生產的觀點自然是錯誤的,但是,不管怎麼說,孔子分辨“君子”“小人”時,完全著眼於道德行為這一點,已然毫無疑問。

五、孔子也是發展了“仁”的:賦予它以新的涵義

因此種種,我們大可以說,孔子這個“仁”,雖是有所繼承卻已精心發展,很難再認為是什麼統治階級御用的思想了。“泛愛眾,而親仁”(《學而》),它之蘊育與施為是相當廣泛的。“修己以安人,修己以安百姓”(《憲問》),修(身)齊(家)治(國)平(天下)都須以它為核心。“孝弟、忠信、禮義、廉恥”,不過是它的派生德行。對於東周以前的哲學思潮來講,也未嘗不是一種革新的表現。因為,在許多方面,孔子的思想都是和貴族統治者的意識相對立的。如①主張教化,反對刑殺。②主張使老百姓富庶,反對過重的剥削。③主張正名責實,反對紊亂社會秩序等即是。而其最卓越的成就卻是教育工作。

六、孔子的文教工作:見於《論語》所記載的

孔子是我國第一個開拓文教事業的古人,這是大家都知道的。《史記·孔子世家》說他十七歲就有了弟子,壯年以後逐漸多了起來。由於政治上到處碰壁,晚年定居魯國,一面整理古代典籍,一面大量收徒。"故《書》《傳》《禮記》自孔氏;樂正,《雅》《頌》各得其所。禮、樂自此可得而述,以備王道,成六藝。"他也以此教授學生,"弟子蓋三千焉,身通六藝者,七十有二人"。但,這只是一般的情況,司馬遷雖然徵引了《論語》上的許多話,到底還是不夠詳盡,特别是關於教育的措施與成果的。譬如教育的對象是些什麽人,他的精神何在,跟東周以前的辦法有些什麽不同,它的影響到底怎麽樣之類,我們認為在《論語》裏都可以找到比較正確的答案。

1. 教"國子"的"師氏"不同於教"士庶人"的孔子

按《周禮·地官·師氏》云:"師氏以三德教國子,教三行,掌國中失之事,以教國子弟,凡國之貴遊子弟學焉。"這裏所說的"師氏",乃是國王御用的"大教官",他所教授的"國子"也是"世子""太子"之流,"國子弟"則是"王公大人"的弟子了。那麽,這個"師氏",豈是一般人能夠充當的?這個"教育"與"庶民""百姓"毫不相干,更是不問可知的。然而孔子呢?他卻不但以"知禮博學"為諸侯師。

2. “有教無類”,中國最早的普及教育

能夠喊出“有教無類”(《衛靈公》)的口號,公開設立講壇,大量招收生徒,這還不是前無古人的創制行為嗎? 簡直可以說是“文王既沒,文不在茲乎”的偉大的抱負的實踐了。“師者,所以傳道授業解惑也”(韓愈《師説》),這原是“人王”“教主”的大權,孔子有意把它拉了下來放在自己的肩上,“類謂種類,言人所在見教,無有貴賤種類也”(何晏《論語正義》),已經是一種最早的“普及教育”精神了。而且孔子也真是這樣做的,“自行束脩以上,吾未嘗無誨焉”(《述而》),只要能修弟子之禮的,哪怕只送一點乾肉來,他都沒有拒絕教誨過。“舉一隅,不以三隅反,則不復也”(同上),除非是四個角落,説給他一個以後,還不知道其餘的是什麼的人,他才不再去妄費精力了,因為這是“下愚”(白癡)麼。可見“教者”對於“學者”來者不拒,大開方便之門的態度了。

3. 從孔門弟子的出身上看

再以孔門的高足弟子而論:“一簞食,一瓢飲”,住在“陋巷”(貧民窟)裏的顏回(《雍也》);居於“貧閻”之中,經常穿戴著“敝衣冠”的原憲;“狀貌甚惡,以為材薄”的澹臺滅明;“性鄙,好勇力”,曾經“陵暴”過孔子的仲由;父親本是“賤人”,自己卻有“德行”的冉雍(以上並見《史記·仲尼弟子列傳》);以及身陷“縲紲之中”(上了刑具囚入監牢)的公冶長(《公冶長》);惡人桓魋(想要殺掉孔子)的弟弟司馬牛(《顏淵》),不都是一些“窮徒”“凶漢”出身的“卑賤”的人嗎? 話又説回來,就是孔子自己,也“高貴不了許多”。

4. 孔子自己也只是一個“從大夫之後”的小官

“少也賤,多能鄙事”(嘗為“委吏”、“乘田”一類的職事,見《子罕》和《孟子·萬章》),“不試(不見用於當世)故藝(多以技藝謀生)”(其言見《子罕》),雖然做過魯國的“司寇”,那官兒也不大(仿佛今天省專區裏的一個司法科長),何況又沒做了幾天就被趕走呢?再看孔子的學生,除端木賜(“常相魯、衛,家累千金”,事見《史記·仲尼弟子列傳》)以外,原憲、言偃、冉雍、卜商、冉求、仲由等,都不過是個“邑宰”(大夫的家臣,具見《雍也》《子路》和《季氏》)。他經常跟陽貨(即陽虎)、公山弗擾(弗作不)、佛肸一類叛離大夫的人物打交道。(《陽貨》)“人以群分,同氣相求”,可見他們師弟之間結合的必然性了,這還可以從下面兩件事來補充著說明。

5. 怎樣“幫助”門弟子以外的人

不好說話,沒有共同語言的“互鄉”人,孔子弟子是不大喜歡接近他們的。可是從那裏來了個童年人,請求面見孔子,孔子竟然答應了,門人很不理解。孔子道:“人家既是虛心地來了,便不好一味地拒絕,誰還管他走後會怎樣呢?實在用不到奇怪。”(原文見《述而》)這表示了孔子的不懷成見、與人為善,和來者不拒、往者不追的教育態度。相反,對於另一個傳達賓主語言,不斷地出來進去的“闕党童子”,孔子則通過回答某人的問話,而斷定他不是請求教益的童年人,不過是個搶先的,因為他踞座並行,對於前輩毫無謙遜之意,談不上給他什麼幫助(原文見《憲問》)。這又說明著孔子的“視其所以,觀其所由,察其所安,人焉廋(藏匿其內心的活動)哉,人焉廋哉”(《為政》)的嚴肅認真,區別對待的長者作風了。至於通過問答解決其它人的思慮的,則有魯定公、哀公、齊景公、衛靈公等國君關於政治的垂詢(直接與教育無關,這裏不想多談,也包括季康子等問政的卿大夫在内)。倒是得到孔子鼓勵的林放,由於他問到了"禮"的根本,所以告之以"與其奢也,寧儉"(不能非"玉帛"不辦),連帶著也提到了"喪,與其易也,寧戚(以'致乎哀'為正)"(見《八佾》)。對比起來不勸阻季孫去搞非禮活動的"旅(祭告)於泰山"(這是諸侯的職事)的冉求,正派得多。因而又有"曾謂泰山不如林放"之歎(同上)。可見孔子的不偏不私,看待弟子跟別人一樣(誰表現好,辦事對,就肯定誰)。而且只要請教的問題有價值,就是大夫一流的人物,孔子也不怠慢的。如他回答問孝的孟懿子(魯大夫仲孫何忌)以"無違",其子孟武伯(仲孫彘)以"父母唯其疾之憂"(《為政》)即是。因此,孔子是非常之為人所尊重的,如衛國的地方官"儀封人"見了孔子以後出來說:"你們幾位為什麼擔心他老人家不起作用呢?天下亂了很長一個時期了,他就會被請出來作為宣揚教化的'木鐸'(一種手搖的木舌金鐘,古人用以宣傳教令,這兒是象徵的說法)的。"(原文見《八佾》)可以從這裏頭體會出來孔子當日的"人望"了。但他自己卻是非常謙虚的,當他又聽到達巷黨(鄉黨地名)人讚美他"偉大"、博學、不專一名時,曾對他的弟子說:"我幹什麼呢,趕車?射箭?我看還是趕車去吧!"(原文見《子罕》)意在表明自己跟普通人一樣,沒什麼了不起,不敢接受這種稱譽。他說,"三人行,必有我師焉",必須擇善而從。"我非生而知之者",不過是"學而不厭","好古,敏以求之"的罷了(《述而》)。都是這個意思。因此,不管怎麼說,對於早已蜚聲當時的孔子,也不能不認為是個大有學問的特殊人物。

6. 孔子的“教科書”——“文藝”

那麼,孔子都教給弟子一些什麼課程呢?人們知道的是所謂“六藝”:《詩》《書》《禮》《樂》《易》《春秋》(一說是禮、樂、射、御、書、教,其實是沒有什麼兩樣的,不過是從書本上“言傳”,落實到行為上的“身教”而已,這從他的“子以四教:文、行、忠、信”和“四科”說教:德行、言語、政事、文學也可以看出來)。“《詩》以道志,《書》以道事(政事),《禮》(《周禮》)以道行,《樂》(其書已亡)以道和(調濟生活,團結同輩),《易》(《周易》)以道陰陽(認識自然,適應變化),《春秋》以道名分(撥亂反正,安定秩序)。”儘管這些是老一套的辦法,卻也不能不認為它是知行合一的,文武合一的教學活動,“溫故知新”(《為政》)的,古為今用的課程內容。這話當然不是隨便說的,因為,這位“述而不作,信而好古”(《述而》)的孔仲尼先生,可並不是食古不化、專講記問文學的老師。他根本沒有把“郁郁乎文哉”(《八佾》)的西周的典章文物照抄照搬一成不變地教給了自己的學生。恰恰相反,由於他懂得了“殷因夏禮,周因殷禮,損益”變化的歷史情況(見《為政》),和“能言夏殷,難徵杞宋”的“文獻不足故也”(見《八佾》)的實際困難,在“刪定”之中,不會不有托古改制推陳出新的成分的。孟軻就表示過對《詩》《書》的態度說:“故說《詩》者,不以文害辭,不以辭害志,以意逆志,是為得之。”(《孟子·萬章》)“盡信《書》,則不如無《書》。吾於《武成》,取二三策而已矣。”(《盡心》)司馬遷則說:“學者多稱五帝,尚(上也,言其久遠)矣。然《尚書》獨載堯以來,而百家言黃帝,其文不雅馴(馴、訓也,雅、典雅),縉紳先生難言之(縉紳,有知識的貴族)。”(《史記·五帝本紀》)“二帝三王”可徵信的史料本來不多,孔子整理出來的典籍,怎麼可以說全無問題?所以,無論從他自己的口吻裏,還是孟軻、司馬遷的旁證中,都是以推知孔子是切實地掌握了部分資料而靈活地運用了它們的。

7.《論語》說《詩》

例如他說:“《詩》三百,一言以蔽(概括)之,曰:思無邪(一歸於正)。”(《為政》)又說:“小子(門人弟子)何莫學夫《詩》?《詩》可以興(連類、啟發),可以觀(借鑒、體會),可以群(拉好人我關係),可以怨(如何批評指摘),邇(近也)之事父,遠之事君,多識於鳥獸草木之名。”(《八佾》)甚至還教導他的兒子伯魚說:“不學《詩》,無以言。”(《季氏》)“女為《周南》《召南》矣乎?人而不為《周南》《召南》,其猶正牆面而立也與!”(《陽貨》)這些都是什麽意思呢?先講這個“無邪”吧,我們知道,《三百篇》裏像《碩鼠》(把殘酷剥削人民的貴族老爺比作大老鼠)、《伐檀》(勞動群眾諷刺貪鄙的統治者說他們不該“白吃”)、《黃鳥》(老百姓哀悼被活活殉葬的好人)一類鬥爭尖銳怨氣沖天的篇章,並不在少,這還說的是見於《國風》、帶著地方色彩的作品。例如《小雅》中的《節南山》至《何草不黃》等四十四篇(舊日所謂“變雅”者),無論作者是什麽人:“家父”“巷伯”“諸公”“大夫”“諸侯”“下國”“周人”,那矛頭都是指向周天子(幽王)的。他們恨天怨地,自歎生不逢時,疾惡臣,要把壞蛋拿去喂狼喂虎。“父母生我,故俾我瘉(病也),不自我先,不自我後”(《正月》),“彼月而微,此日而微,今此下民,亦孔之哀”(《十月之交》)。甚至連作為幽王太子的宜臼,也要通過師傅表示自己的憂憤:“踧踧(平易)周道,鞫(窮也)為茂草。我心憂傷,惄(思慮)焉如擣。”“靡瞻匪父,靡依匪母。”“天之生我,我辰安在?”(《小弁》)照說,在孔子自家規定的道德標準“君君、臣臣、父父、子子”(《論語·顏淵》)的框框下,兒子非議老子,大夫諷刺天子是所謂犯上的"大逆"行為,不應該允許存在。可是,孔子不但保留了它們,還跟别的此類詩作一同予以肯定,指稱"思無邪,可以言,可以怨"、"樂正,《雅》《頌》各得其所"(《子罕》)了。這還不耐人尋味嗎?孟軻講啦:"《小弁》之怨,親親也。親親,仁也。"(《孟子·告子》)反對高某"小人之詩"的說法。這就不單純是"以意逆志"的問題了。由此及彼,孔孟同道。他們是在文教政治上别有會心另起爐竈呢。司馬遷曰:"古者詩三千餘篇,及至孔子,去其重,取可施於禮義,上采契后稷,中述殷周之盛,至幽厲之缺。"(《史記·孔子世家》)對於孔子整理了《詩》,這是不用多講的事。應該特别留心的,也是"取可施於禮義"之言。就是說,直到西漢(紀元以前),《詩》的作用依舊未衰。不只子長作《史》有此看法而已。"故《書》《傳》《禮記》自孔氏"。

8.《論語》談《書》

《論語》中直接談及《書》的地方雖然不多,但它也確是孔子"雅言"的一部著作(《述而》)。我們在這裏想要闡明的是,"巍巍乎舜禹之有天下也"和"大哉堯之為君也"(《泰伯》)等幾段話,連同卷尾的《堯曰》一章,到底是怎麽一回事?如何看待他們?因為,他這推崇得至高無上的"二帝三王"之德,都極抽象空泛,没有什麽實際的東西拿給我們看,而且至多不過是《虞》《夏》《商書》的餘緒,除了使人神往於"禪讓"之美("子謂《韶》盡美矣,又盡善也",《八佾》。"子在齊聞《韶》,三月不知肉味",謂以"聖德"受禪的音樂,欣賞得長久了,忘記了肉味之香。《述而》),也是此意。以及"征誅"雖有"慚德"("謂《武》盡美矣,未盡善也",《八佾》),可是無法避免的感受以外,還有什麽作用?所以,其結果只能是個人的主觀願望,誰也無法分享。值得深思的是,像堯舜禹湯這些傳聞中的"聖君",到了《孟子》書中,忽然事跡昭然,豐實生動。如見於《萬章》篇的“舜往於田,號泣於旻天”之為怨慕(自怨見惡於父母,彌增思慕之孝);“舜之不告而娶”為不“廢人之大倫”;舜父瞽叟及其弟象,“捐階(撤梯子)”“焚廩(燒倉房)”“揜井(堵井口)”,想方設法加害於舜的故事;以及“堯老而舜攝也(代行)”並非民有“二王”;象被放於“有庳”(地名)乃“封之也,或曰放焉”(象不得有為於其國,而納其稅焉);“禹不傳於賢而傳於子”是“天與”不是“德衰”。還有見於《滕文公》的“禹治洪水”“湯伐葛伯”;見於《梁惠王》的“文王之囿”“武王一怒而安天下”等等記載。不只比《論語》提及的充實多了,甚至比《尚書》的文字都詳盡具體。這是什麼原故呢?恐怕只能說是《論》《孟》相繼創作的結果吧。從務虛到填充,由幻想而追求。因為,沒有人會把它們當作信史的。但,如果我們再對照一下《論語》上的孔子以“玄鳥”“河圖”之“聖瑞”自況(《子罕》),“傷麟怨道窮”(唐玄宗《祭孔子》),跟《孟子》上的“堯舜與人同耳”(《離婁》),就會更明白他們“夫子自道,自我作古”的所在了。

9. 孔子作《春秋》

《春秋》本是魯國的史書,如同晉之《乘》、楚之《檮杌》一樣。不過已經孔子加工整理了的《春秋》可就另有可觀啦。因為他:①嚴申“義法”,表示褒貶;②尊王攘夷,張大一統。人們甚至以為孔子是在替天子執行口誅筆伐的威權呢。例如紀年首事稱“王”(“元年,春,王正月”);盟會、征伐貶夷狄(像楚那樣的南方大國,都漫呼為“荊”)。自然,更露骨的筆法,是所謂“三諱”、“三盜”的:①“為尊者諱”(天子、諸侯,做了壞事,要隱約其辭地替他們遮蓋,如《左》僖廿八年《傳》,明明是以臣召君的事,卻書作“天王狩於河陽”)。②“為親者諱”(貴族統治者們的內部矛盾,尤其是家人父子間的醜惡,必須予以包庇,不去揭發。如魯隱公十一年,由於其弟桓公奪立被殺掉,亦止書曰"君薨")和③"為賢者諱"(舉動、措施合於情、理、法的卿大夫,即有過失也不陷以罪名。如閔公元年之"季子來歸"乃為季友放縱兇犯灰父所作的文章)。而《春秋》有"三盜",把敢於起來造反,誅殺大壞蛋,改變政治局面的人都喚作"盜賊"(①如哀公四年的"盜殺蔡侯申",哀公十三年的"盜殺陳,夏大夫"和③定公八年的"盜竊寶玉大號")。兩兩對比,這便看出來作者的立場何在了。孔子雖曾反對舞文弄墨,說:"辭,達而已矣。"(《衛靈公》)對於月旦人物,發佈政令,卻是非常之嚴肅認真的。他曾特別欣賞鄭子產等撰寫文件時的"草創"(起稿)、"討論"(磋商)、"修飾"(補充)和"潤色"(加工)(見《憲問》),再加上他的"正名"之論:"名不正則言不順,言不順則事不成。"(《子路》)都足以證明他在文字上是肯下工夫的,"有德者必有言"(《憲問》)麼。儘管他自己也客氣地說過"文莫吾猶人也"(《述而》),在這上面跟別人一樣,沒有什麼特殊的表現。

10. 孔子的教學方法

孔子的教學方法也是非同小可的。首先是他的"循循善誘","為之不厭,誨人不倦",全心全意地為學生的態度係前所未有的。"二三子以我為隱乎?(留幾手,不教給弟子的意思。)吾無隱乎爾,吾無行而不與二三子者,是丘也。"(《述而》)這"二三子"還指的是及門的生徒,就是對於一般人也並不例外:"有鄙夫問於我,空空如也(空無所有,沒什麼知識的人)。我叩其兩端而竭焉(想方設法地啟發,有頭有尾地告語,竭盡所知,絕無什麼藏私)。"(語見《子罕》)這還不是教育家的"忘我"精神嗎?

①因材施教。

自然,更了不起的是他很懂得因材施教個性誘導。如他說"柴也愚"(弟子高柴憨直)、"參也魯"(曾參反應遲鈍)、"師也辟(顓孫師有才而文過飾非)、"由也喭"(仲由勇敢、缺點是粗獷)、"回也,其庶乎(接近聖道),屢空(謙虛若谷)"。在孔門中顏回修養最高,為"德行"之首,只是生活貧困且又早死。"賜不受命(端木賜不大接受教命)而貨殖焉(經管商業),億則屢中(卻能明辨是非,通曉事物,發而必中)",是一個頗有成就的政治、經濟家(以上所言並見《先進》)。可見孔子對於弟子的德才,相知之深了。他還充分地體現於回答學生們問"仁"、問"政"、問"士"等的因人而異,各有不同,就是說主要的在於根據弟子的德才情況說話。如仲由、冉有都問:"是不是聽到該辦的事,立刻就去辦?"孔子因為仲由賦性操切,告訴他"須先和父兄商量一下才行"。冉有比較謙遜,孔子便說:"聽到了就去辦,不要遲延。"(見《先進》)即是一例。這是因為孔子對弟子言行的考察從來就是精細的。最典型的一段文字,即是"子路、曾皙、冉有、公西華侍坐"之章。孔子說:"不要因為我是你們的先生,便有什麼拘束。經常講,沒人知道自己的才能,如果真個出去做官的話,將會怎樣發揮作用呢?"子路搶先表示:"可以使一個受迫害有饑荒的'千乘之國',在三年以內,加強軍事力量,渡過災難歲月,並能義方自守。"孔子聽了,微微一笑。接著冉有謙退地說:"只能治理六七十里的一個小國,用三年的功夫,讓老百姓有吃有穿,至於禮樂,則所未逴,須待另有高人來辦了。"公西華第三個回答道:"不敢說我自己能行,不過打算學習著做,諸如宗廟祭祀,諸侯會見一類的司禮工作,可以試試。"最後臨到了那位老成持重好整以暇的曾皙(曾參的父親),他一面放下瑟不彈了,一面申明跟以前三位同門的想法不同。得到孔子的鼓勵以後,才講他沒有意思出去做官,"只想同青少年們一道,沐浴春光,歌詠大道,以同歸於夫子之

門”。因為,曾晳識時務,認為動亂之世不足以有為,所以特別得到孔子的讚賞。(見《先進》)

②體現於批評之上的“師嚴道尊”

孔子對於弟子,是批評與鼓勵交相為用的。除顏淵等“德行科”的幾個人完全被肯定以外,他的“高足”包括端木賜在內,很少不被提出過缺點的。即以子貢為例,孔子雖然贊許他“可與言《詩》”(《學而》),鑒往知來,“器為瑚璉”(《公冶長》),不可多得,“通達事物”,可以“從政”(《雍也》),卻也未嘗不指摘他“不受命”(《先進》)和“方人”(臧否人物,《憲問》)的非是。自然挨批最多也最厲害的是冉求和仲由。“季氏富於周公”,冉求還給他“聚斂”(增益財實,加強剥削),這是孔子最疾惡的事,所以狠狠地說:“非吾徒也,小子鳴鼓而攻之,可也!”(《顏淵》)相形之下,則冉求自謂“學習孔道,力不從心”,受到孔子“不過是不肯盡力,所以半途而廢”的督責(《雍也》),反而不算什麼了。至於仲由,那就更是“愛之深而責之切”啦。因為,在孔門之中,仲由是個最可愛的人物,唯有他坦白直率英勇果敢,那怕是自己的先生,只要覺得事情不對頭,也一樣地露在面上,說在前邊。如“子見南子(衛靈公夫人),子路不悅”,急得老夫子都不能不起誓發願地說:這只是為了一般的禮兒,沒有別的意圖。(事見《雍也》)孔子離開魯國以後,到處碰壁,剛剛在衛國有了機會,又談起“正名”來,這就引起了急性子的仲由,批評老師是“迂闊”,不曉得趁熱打鐵。結果是學生挨了“野哉(粗鄙之意)”的教訓,說這是不懂事理。(《子路》)尤其是,當孔子說仲由過早地使高柴出去做官是危害了高柴的學習時,仲由不服,頂嘴說:參加工作,練達人情,就是學習,不一定死啃書本才算。話也滿有道理,老師無奈之何,只好道他“佞口”(強詞奪理)了事。(《先進》)跟著,我們也應該補充一點,在孔門弟子中,敬愛孔子誰也比不上仲由的。孔子說“出海”,他會跟著走。(《公冶長》)孔子病了,他要去“禱告”。

(《述而》)孔子病危,他就組織"治喪處"。(《子罕》)諸如此類的舉動,幾乎可以說是一心不二,生死與共的。所以,儘管這師弟兩人經常口角,孔子也有過"由之瑟,奚為於丘之門"(《先進》)等類似排斥的話,事實上卻是彼此不分相依為命的。因為,與此同時,孔子也不止一次地稱道過仲由的"片言可以折獄"(解決訴訟,明快果敢,《顏淵》),"抗衡冠蓋,不恥敝衣"等美德。尤其在衛國有亂孔子哀歎"由死矣"及"自吾有由,惡言不聞於耳"(王肅曰:"子路為孔子侍衛,故侮慢之人,不敢有惡言。"具見《史記·仲尼弟子列傳》)等讚語中,均可證明其相知之深。它如,孔子也曾經指斥"晝寢"(白天睡眠)的宰予,說他是"朽木不可雕"(刻不成花紋的爛木頭),並且說,過去聽到人的話便信,如今才開始注意到,還有言行不一致的事,這是從宰予的身上改變了我的看法的。(《公冶長》)按學習或是工作累了,休息一下睡一會兒,只要不影響別人,應該不算什麼。又是與"禮"不合嗎?不知道孔子這樣不高興,所為何來,可見其過於拘執老氣橫秋的所在了。自然,宰我"善為說辭",名著"言語"之科,孔子對症下藥,說說得好聽不如做得像樣的這一點,倒是可以取法的。還有一個"請學稼"的樊遲,也挨了"小人哉"的批評。雖然孔子擺出了崇尚"禮""義"與"信"可以發動人民的"敬""服"和"用情",從而解決生產問題的大道理。就算是他最有成效的政治手段吧,也很清楚地暴露了他那"勞心""勞力"分治,輕視勞動的觀點了。(《子路》)後來孟軻接著,以"社會分工"為理由,更加強調了"勞心者治人"(《孟子·滕文公》)的一套,遂使剥削有了藉口。

11. 孔子的教學成果

因此,才使得孔子的教學成果,不但非凡而且空前。"受業身通

(指'六藝'而言)者,七十有七人(一說七十二人),皆異能之士也。"(《史記·仲尼弟子列傳》)這從楚令尹(楚之國相,上卿)勸楚昭王莫封孔子的話裏也可以得到反映,子西說:"咱們出使諸侯,辦理外交,有像子貢那樣的賢臣嗎?輔佐朝廷,作為卿相,有像顏回那樣的能手嗎?整軍經武,帶兵出征,有像子路那樣的將帥嗎?掌握吏治,為之宰展,有像宰予那樣的地方官嗎?"昭王說:"都沒有。"子西說:"那就不該再讓他得到土地了。楚國的祖先,號為子男,只是五十里大的一個小國,周之文王、武王,在豐、鎬時,也只是百里之君,卒王天下。如果讓述三王法,講周召業的孔丘和他的弟子得了勢,再想保住今天已經擴充到疆域數千里了的楚國,恐怕要有問題啦。"於是昭王乃止。(詳見《史記·孔子世家》)這就不止可以看出來孔子教育成就之大,而以他為首的這個政治集團已經影響深遠為人側目的情況了。(前此,齊卿晏嬰,也有勸阻景公封贈孔子之事。)

前面介紹過,顏回可以"為邦",冉雍可使"南面",這就不止孔子本人"樹大招風"了。可惜他的德行科的高足,有的早死,有的惡疾,沒有表現出來什麼功績。可是名列"言語""政事""文學"的宰予、端木賜、冉求、仲由、言偃、卜商等人,就非同小可啦。即以冉求而論,他不只是個內政能手,而且到必要時還可以出謀畫策,執干戈以衛祖國,連孔子都不能不稱道他的"義勇","冉有用矛於齊師,故能入其軍",給了前來侵犯的敵人以應有的教訓。(事見《魯哀十一年傳》)端木賜就更煊赫了,他也是為了拯救魯國免於危亡,受師命出使諸侯,發揮了"利口巧辭,通達世事"的專長,一舉而"存魯、亂齊、破吳、強晉、霸越,使勢相破,十年之中,五國各有變"(見《史記·仲尼弟子列傳》),簡直可以說是其後"縱橫家"戰國說客的先輩了。再說個"文學"科的例子,"孔子既沒,子夏居西河教授(今山西省汾陽縣,卜商原是衛人,祖籍溫國,地在河南省溫縣),為魏文侯師"。(同上)按唐司馬貞《史記索隱》云:"子夏文學著於四科。序《詩》傳《易》,又孔子以《春秋》屬商,又傳《禮》,著在《禮志》。"而"子夏氏之儒"(語見《韓非子·顯學》)遂以自成一派,直傳孔氏文學。

12. 孔子的謙虛,和弟子對他的崇敬

復次,孔子所以在文教工作上有這樣傑出的成就,是跟他自己的"默而識之,學而不厭"(《述而》)的好學深思,和"若聖與仁,則吾豈敢"(同上),"子不語:怪、力、亂、神","子之所慎:齊、戰、疾"(同上)的謙虛謹慎等等修養分不開的。這從他的弟子們崇拜他已經到了五體投地的分際也可以看得出來。"顏淵喟(歎氣的聲音)然歎曰:'仰之彌高,鑽之彌堅(言其道學深遠,不可窮盡也),瞻之在前,忽焉在後(說它恍惚飄搖不可形象),夫子循循然(有次序,循規蹈矩)善誘(啟發,誘導)人,博我以文,約我以禮。欲罷不能,既竭吾才,如有所立,卓爾,雖欲從之,末由也已(言,夫子既以文章廣泛地教導我,又用必要的禮節來範示我,使我想要怠慢學習都不可能。業已用盡了我所有的才力了,還不能仿佛夫子之偉大於萬一)。'"(詳見《子罕》)子貢曰:"譬之宮牆,賜之牆也及肩,窺見家室之好。夫子之牆數仞(七尺曰仞),不得其門而入,不見宗廟之美,百官之富。得其門者或寡矣!"(也是說孔子道高德重,學識淵博,沒人能夠比得了的意思。)又說:"仲尼日月也,無得而踰(超過)焉"(《子張》)。在孔門之中,顏回為"德行"之首,又被孔子稱許最為"好學"。端木賜則才華橫溢,善於說辭,是個很了起的外交家。這兩人的話,可以說是具有代表性的。再從見於《孟子》的幾段文字以為佐證:宰我曰:"以予觀於夫子,賢於堯舜遠矣!"有若曰:"豈唯民哉?麒麟之於走獸,鳳凰之於飛鳥,泰山之於丘垤,河海之於行潦,類也。聖人之於民,亦類也。出於其類,拔乎其萃。自生民以

來,未有盛於孔子也。”(《公孫丑》)宰我名著“言語科”,也是一個長於講論的大家,他的話可以說明,孔子不但早已“超凡入聖”,甚至淩駕於歷史上最有名頭的帝王之上了。“有子之言似孔子”,曾經一度作為孔子的“替身”(在孔子逝世以後),他的崇拜就更是有特殊的意義啦,人中的麟鳳,為自有生民以來所僅見者,還有比這個推尊再高的了嗎?而且我們不該忘記,這些都是出於《孟子》書中的材料。因而同時也未亦不足以說明這就是孟軻對孔子的看法。還可以更進一步地說,孔子之所以正式取得“聖人”稱號,實由孟軻“玉成”的。

孔子死後,《孟子·滕文公》和《史記·孔子世家》都說,及門弟子守了三年孝,期滿以後,大家相向痛哭畢,才陸續散去。子貢接著又獨自墓居三年,以盡哀思。這事就不尋常,前所未有,後亦罕見,如果不是孔子教化之深入人心,影響巨大,哪裏會有這等情況?“魯人從冢而家者百有餘室,因命曰孔里,世世相傳”,可見又不止是孔子的弟子如此感戴了!下面再扼要地談談《孟子》,說是前者的補充也可以。

七、補充介紹孟軻和《孟子》

孟子名軻,字子輿,戰國時鄒人(今山東省鄒縣)。他生於周烈王四年(公元前三七二年),卒於周赧王廿六年(公元前二八九年)。活的年歲比孔子還多(約為八十四歲,孔子得年七十三歲)。相同之處是:①兩人都是魯人。②都是幼而無父,出身寒微。③都在政治上不得展其抱負,卻有成就於文教工作,即說《孟子》一書吧,簡直可以認為是《論語》以後的孔子學說的續集。南宋至清,它們又加上了《大學》《中庸》(《禮記》中的兩篇文字,托為曾參、孔伋所作)而定名為《四書》(也叫做"四子")。這就不止成了儒家的"經典",同時也是歷代封建帝王御用的"官書"了(南宋人朱熹注的《四書》,長久以來即是科舉必讀的教材)。

1.《論》《孟》的異同

《論》《孟》的篇目命名略有不同,前面已經對比過,這裏只講講兩書在內容的編排上,有什麼不一樣的地方。譬如①《論語》中記載了許多孔門弟子的言行,《孟子》就少見。②《孟子》中述說了很多有關古代的典章制度(如"井田""官爵"等等),《論語》便沒有。③兩書雖然採用的都是語録問答體,可是《孟子》獨自說教的話既不如《論語》多,報導主人公孟軻生活情況的筆墨更稀少。這大概和④孟軻親自主編了《孟子》,而《論語》則是孔門弟子追記成書的差別有關。至於《孟子》的文字遠較《論語》為豐實多采斐然成章,乃是時代進化之故,晚出了百餘年的《孟子》,自應發展得後來居上的。

體現於詞句上的儘管這樣,可不等於說《孟子》在許多地方,包括文句在内,不是來自《論語》,而且是相與闡發後先輝映了的。這在前面已經屢有介紹了,現在再補充一下,尤其是文句方面的,如:①“吾道一以貫之”(《論語・里仁》),“夫道一而已矣”(《孟子・滕文公》)。②“三年之喪,天下之通喪也”《論語・陽貨》,“三年之喪,自天子達於庶人,三代共之”(《孟子・滕文公》)。③“其身正,不令而行”(《論語・子路》),“其身正而天下歸之”(《孟子・離婁》)。④“逝者如斯夫,不舍晝夜”《論語・子罕》,“源泉混混,不舍晝夜”《孟子・離婁》。⑤“視其所以,觀其所由,察其所安,人焉廋哉,人焉廋哉”(《論語・為政》),“聽其言也,觀其眸子,人焉廋哉”(《孟子・離婁》)。諸如此類,不勝枚舉。這就不止是在思想内容上完全一致,而且在語氣句法上也大同小異。

《孟子》還有徑直引用孔子(或稱仲尼)的話而加以推論的。如:①“里仁為美,擇不處仁,焉得知”,②“夫仁,天之尊爵也,人之安宅也,莫之禦而不仁,是不智也”(《公孫丑》)。又③“求也為季氏宰,無能改於其德,而賦粟倍他日,孔子曰:求,非我徒也,小子鳴鼓而攻之可也。由此觀之,君不行仁政而富之,皆棄於孔子者也。”(《離婁》)便是《論語・里仁》“里仁為美”和《先進》“季氏富於周公”的演繹。這是由於《孟子》的作者孟軻,受業於孔子之孫孔伋的門人,孔伋自己則是孔子高足曾参的學生。就孔子死後遺留下來的幾個支派:子張氏之儒、子夏氏之儒和子思氏之儒(見《韓非子・顯學》)而言,孟軻的思想乃是孔家的嫡系的。

2.《論》《孟》《中庸》在“中庸”、“性善論”上的繼承與發展

例如,孔子只說過:“中庸之為德也,其至矣乎,民鮮能久矣!”

(《論語·雍也》)孔伋便把它發揚成為"致中和,天地位焉,萬物育焉"的一篇《中庸》。孟軻繼之,說:"湯執中"(《孟子·離婁》),"中道而立"(《盡心》)。這一套"履中蹈和"的中庸之道,就更得到"光大"了。再如孔子"性相近也,習相遠也"(《論語·陽貨》)之言,到了孔伋手裏便大談起來"天命之謂性"、"惟天下至誠,為能盡其性"、"能盡其性,則能盡人性。能盡人之性,則能盡物之性。能盡物之性,則可與天地參矣"(《禮記·五十二、三》)。而孟軻的"性善論":"人之善也,猶水之就下也。人無有不善,水無有不下"(《孟子·告子》),"盡其心者,知其性也。知其性也則知天矣。存其心,養其性,所以事天也"(《盡心》),遂最後定立了。直至荀子,才有"性惡論",說"人之性惡,其善偽也。"(偽者,為也,積極的後天教育和影響的結果。)化性起偽,使其改"惡"從"善"。詳見《荀子·性惡》。

孟軻在這一方面,是花了很大氣力的,他說作為"仁"的惻隱(就是慈愛)、"義"的善惡(見不善如探湯,特別討厭它,躲避它)、"禮"的尊敬(孩童愛親,長而敬兄)和"智"的"是非"(才能分辨,不使混同)這些心靈上的美德,不是從外面來的,本身就有。"求則得之,舍則失之,當思自盡其才"(充分發揮它們的作用)。並舉了許多例證說,飽暖生淫欲,饑寒起盜心,乃是物質條件"陷溺"的緣故,不是秉賦不同,生本就有差異的。他說,既然人人都曉得吃美味,聽好音樂,瞧生得漂亮的人,便是人同此心心同此理了。"同類相似",聖人與我同然麼(語見《告子》)。其實,這是孟軻把與生俱來的"自然趨向"(有人叫它"本能")即生物學上的哭笑、睡眠、飲食、排泄和其它官能行動,跟後天的"社會影響"等同起來看了。因為有生之初固然是渾渾噩噩的,於有刺激即起簡單的反應的。可是稍長之後,由於物質條件的變易(包括本身的與客觀環境的),才使性格和行為,發生了千差萬異的轉變。所以根本不是什麼天性"善""惡"的問題。何況這是、非、善、惡的標準,還有其空間性、時間性,尤其是階級性存在呢?絕不能畢同畢異永遠齊一的。孟軻為了推行他的"仁心仁聞"的政治模式,硬派給人類以"善良的"自然本質,這當然是一種主觀唯心的"菩薩心腸"。因而"人之初,性本善,性相近,習相遠。苟不教,性乃遷"(《三字經》)的以孔孟為主導思想的"人性論"便從此流傳千古了。(它在歷史上也起過不少混淆人民的階級關係,減煞對敵鬥爭的堅決性的破壞作用的。宋明理學家的"無事袖手談心性,臨危一死報君王"即其明證。)值得推薦的倒是《告子》一篇關於辯論人性的文字。從"告子曰:'性猶杞柳也,義猶桮棬也(杞柳,木名。桮同杯。桮棬,木質汲器)'"至"故理義之悅我心,猶芻豢(草穀之食)之悅我口",以問答的形式,展開人性的論難,有敘述,有比興,有引言,有例證,波瀾起伏,層層剥落,鞭辟入裏,主題明確,是前所未有的說理文。

3. 孟軻的政治哲學——基本上是發展了孔子的

在政治主張上,孔孟也是若合符節的。孟軻的"王道",想要通過"易其田疇,薄其稅斂","以佚道使民"的具體措施,從而實現其"黎民不饑不寒"的理想生活,也未嘗不是前此孔子的"仁心善政""使民以時"的政治理想的翻板。先說他這"王道一統"的國家觀念。按把"國""家"這兩個字結合到一起,從而完整地構成一個政治概念的,恐怕要以見於《孟子》的為最早。孔子"國""家"分稱:"丘也聞有國有家者。"(《論語・季氏》)這"國"一般指的是諸侯之國,有時也叫做"邦",這"家"通常說的是大夫之家,即是他們的"邑"。最初都是來自"封贈"的,不過諸侯來自天子,大夫來自諸侯,是其差別而已。《大學》就"齊家、治國、平天下"連續著講啦。這"天下"果然泛指的是天子的疆土,"普天之下,莫非王土,率土之濱,莫非王臣"麼。唯有《中庸》"天下國家"合用過:"凡為天下國家有九經","天下"在前,當是天子所治。"國家"繼之,則系諸侯之邦。(《中庸》在代表孔伋的思想上說,是有一定的可靠性的。儘管《禮記》的成書不會早於西漢。)因而《孟子》的"人有恆言,皆曰天下、國家"(《離婁》),不只是師承有自,也是專稱特早的,並且包孕著連類合誼的涵義。例如他在侈談唐虞三代的"仁政""王道"時說:"堯舜之道,不以仁政不能平治天下","三代之得天下也,以仁,其失天下也,以不仁"(同上)。可見孟軻當日所與敷陳"仁政"的對象,雖然只是梁惠、齊宣這樣的列國之君,甚至還有像滕文公一類的小國諸侯,可是他的政治思想卻是一統天下的"王道"。只因"天下之本在國"(同上),他才不能不通過個別的國家,以遂行其一統天下的大國政治的。這從他自己的政治抱負上就可以看得出來,他說:"王如用予(指齊宣王而言),則豈徒齊民安,天下之民舉安。"(《公孫丑》)"如欲平治天下,當今之世,舍我其誰也?"(同上)就不禁使我們聯想起來孔子的"王魯"(《春秋》以魯繫年,褒貶人事)和"吾其為東周乎"(認為事異時移,西周已亡,必須另有天下了)的"大一統"義法了。"五百年必有王者興"(《孟子·盡心》),孟軻又何獨不然!"分久必合",他這種一統天下的大國家思想,就其發展上看,不能不說是符合人民的利益的。只是戰國初期,新舊交替,階級矛盾尖銳,兼併戰爭頻仍,而孟軻卻空談"王道",反對武力解決問題,自然是不合"時宜"的。

4. 孟軻的"幹部政策"

國家的事務,是要人管理的,尤需要得力的"幹部"。孟軻既然高談"仁政",豈能不講求"選賢與能"?他是非常之輕視"貴戚之卿"的,認為他們是不能遠謀的"肉食者"。所以,非得打破階級界限,普遍地尋找人才不可。他說:“舜發於畎畝之中,傅說舉於版築之間,膠鬲舉於魚鹽之中,管夷吾舉於士,孫叔敖舉於海,百里奚舉於市。”(《告子》)不管這些歷史人物的出身,是否果如孟軻所言,起碼他的這種想法,是反映了時代的要求的。因為,遠從春秋開始,來自底層的人們,就積漸地學習了文化掌握了技術,參加軍政工作管理國家事務了。儘管當時他們的社會地位還不夠高,僅僅是“家臣”、“邑宰”一類的人物(孔子弟子冉有、仲由等即是)。到了戰國,像這樣有了一技之長或是一定文化修養的“遊士”,已是縱橫天下,到處影響著新興的統治者了,孟軻自己,又何嘗例外呢?差別只在於孟軻所肯定的是“儒家”的一套,例如他說,治理國家應該“貴而尊士”,使著“賢者在位,能者在職”。又說:“尊賢使能,俊傑在位,則天下之士,皆悅而願立於其朝矣。”(《公孫丑》)這樣發展下去,甚至可以“無敵於天下”的。和它相反的情況是“不信仁賢,則國空虛”(《盡心》),甚至還能招致“不用賢則亡”的亡國慘禍呢!試看問題夠多麼嚴重?同時他也非常強調,録用,罷免,尤其是罪殺,都必須特別謹慎地處理程序,說左右、諸大夫皆曰如何如何不行,必須國人皆曰“賢”與“不可”或是“可殺”,再察明辦理。嚇!這是多麼嚴肅認真的“幹部”政策呀,凡事都要經過充分的調查研究,然後決定去取。這樣,還能夠有幸進、濫竽,或是冤枉好人的錯誤現象發生嗎?更值得重視的,是孟軻依靠人民把最後的裁決權建立在群眾基礎上:“國人皆曰可殺,然後殺之。故曰:國人殺之也。”(《梁惠王》)實在不能不令人信服他這種高見。

5. 孟軻眼裏的君臣關係

我們認為孟軻的政治思想,還有一個相當進步的地方,那就是他不曾把君王看作至高無上的一成不變的統治者。像後世那種“天王聖明,臣罪當誅"的奴才見識,在孟軻身上是找不出來的。因為他覺得"貴為天子,富有四海",在個人生活上算不了什麼。"舜之飯糗茹草也,若將終身焉"(《盡心》),"舜視棄天下,猶棄敝屣(破的鞋子)也"(同上)。如果他不是"仁政愛民,與人同樂"的話,而且"堂屋裏的椅子輪流坐",君王也不是注定非要誰做不可,"人皆可以為堯舜"(《告子》)。它還跟"天子不仁,不保四海","暴其民甚,則身弑國亡"(《離婁》)相提並論的。在孟軻的心目中,桀、紂、幽、厲一類的暴君,只能算做"殘賊的匹夫",該流放,該殺掉,用不到客氣。這不能不說是站在人民的立場說話的。至於君臣的關係,他也始終認為是相對的,不能一面倒,只有君王說了算。他告誡齊宣王說:"君之視臣如手足,則臣視君如腹心;君之視臣如犬馬,則臣視君如國人;君之視臣如土芥,則臣視君如寇讎。"(同上)試問,這交代得是多麼分明!"用下敬上謂之貴貴,用上敬下謂之尊賢。貴貴尊賢,其義一也"(《萬章》)。本來麼,為了搞好國家,彼此廝抬廝敬,這才是君臣上下應有的正常態度。否則便要"團結"不好,政令不行,眾叛親離,危亡無日了。"君使臣以禮,臣事君以忠"麼。

6. 孟軻反對戰爭,幻想人民安樂

孟軻對於砍殺不休草菅人命的戰國時代是深惡痛絕的,他說這是"率獸食人,人將相食"(《滕文公》)的日子。此因"今夫天下之人牧,未有不嗜殺人者"(《梁惠王》)。針對這一現實的國際情況,他才提出了反對戰爭,改革政治的口號說:"善戰者,服上刑。"(《離婁》)並且公開指斥那些能為國君"約與國,戰必克","辟土地,充府庫"的所謂"良臣"為"害民賊"。(見《告子》)因為,正是這些人使著"饑者弗食,勞者弗息"(《梁惠王》),"老弱轉乎溝壑,壯者散而之四方"(同上)的。所

以,孟軻認為“民之憔悴於虐政,未有甚於此時者也”(《公孫丑》)。於是改善人民生活的具體辦法,便是刻不容緩地需要擬訂出來了。他的政治經濟主張是:①“不違農時”,讓老百姓安定生產。②“數罟(過於細密的魚網)不入洿池”,不許竭澤而漁。③“斧斤以時入山林”,不准濫施砍伐。先這樣普遍地增益財富,保障供應。再使家家④有宅五畝,栽種桑麻,畜養家禽家畜,首先使老年人能夠“衣帛,食肉”。同時還要⑤一夫授田百畝,令其數口之家,免除饑寒之苦。⑥且予以必要的基礎教育。(詳見《梁惠王》)這些自然都是一些幻想,因為它在刀兵四起戰亂不休的時代裏,是不可能實現的。但是,不管怎麽說,孟軻之敢於面對現實,鬥爭到底的精神,以及頗能為受苦受難的廣大人民生活福利著想的種種,卻不可不予以肯定。

7. 孟軻的教育工作,是不如孔子成就之大的

孟軻教育方面的成就,雖不如孔子之大,可是也有許多至理名言足以彌補孔子之不足。譬如,①他之學習《詩》《書》,即是靈活掌握使為我用,而非死抱著“經典”不放的教條式的。②於“六藝”之中特重《春秋》,因為它定立了“大一統”,批判了“亂臣賊子”,代行了“天子”的職務。(説俱見前)③他只喜歡教育“英才”,而不喊“有教無類”的口號。並且鄭重地說:“人之患,在好為人師。”(語見《離婁》和《盡心》)④他的教學方法,也是促使學生反省、自修,自家不去妄費精力的。他說:“梓匠輪輿(都是工人師傅),能與人以規矩(不以規矩,不能成方圓),不能使人巧。”(《盡心》)又說:“教亦多術矣!予不屑(不肯的意思)之教誨也者,是亦教誨之而已矣。”(《告子》)前來請求教益,必須樸實虛心,如果倚仗著自己高貴、有名氣、年歲大,故總出難題,或是驕以勳勞一類的人物,他便不予解答了。孟軻經常採用的方

式方法,總計起來可有下列五者:①春風化雨似的及時誘導。②培養品德,使之有成。③發展其特具的才能。④通過問答增長見聞。和⑤重在以身作則,非必言傳。就是說,他也未嘗不講求個性的教育。(以上所言,具見《盡心》)

8. 孟軻的弟子們

不過,它的成果卻不怎麼理想。雖然弟子之中也有"好善"的樂克為政於魯(《告子》);屋廬連能回答任人的"禮與食孰重"之問(同上);協辦母喪,了然於"厚葬"之故的充虞(《公孫丑》);"後車數十乘,從者數百人,以傳食於諸侯"的弟子群(《滕文公》);尤其是勤學好問,跟老師共同編撰《孟子》的萬章、公孫丑(《史記・孟荀列傳》《孟子題詞解》及《孟子》全書),也不能不說是人才濟濟了。問題在於這裏面,不止有"竊屨"之徒,而且還有被判死刑的盆成括,這就暴露了它的人物混雜、良莠不齊的情況了。(孔門之中,只有一個誣告同學的公伯寮"愬子路於季孫",事見《論語・憲問》。)試如滕國上官(在今河南省濬縣附近)的館人(旅舍長)批評孟軻的話:"夫子之設科也,往者不追,來者不拒。苟以是心至(指偷鞋者而言),斯受之而已矣!"(《盡心》)這實在奚落得厲害!也說明著教育並不是孟軻的主要貢獻。

歷史證明,孔孟之道,是成了封建社會的統治思想了,儘管後代的帝王們是巧妙地利用了它的。但是,我們粗淺地以為:如果不是孟軻明召大號地繼承了孔子的道統,"距楊墨,斥邪說"地企圖定儒術於一尊的話,自西漢董仲舒(公元前一七九—前一〇四)以後的儒家就是辦法再多,也不會那麼容易就使孔子成了"通天教主"的。

9. 孟軻排斥"邪說"獨尊儒術

前面說過,孟軻是把孔子吹捧得已經到了至高無上獨步千古的分際,而自己也毫不客氣地以"聖人之徒"(《滕文公》)自居的人。他說:"聖王不作,諸侯放恣,處士横議,楊朱墨翟之言盈天下。天下之言,不歸楊則歸墨。楊氏為我,是無君也;墨氏兼愛,是無父也。無父無君,是禽獸也。"(《滕文公》)謾罵當然不足為訓,因為它當不了戰鬥。擺事實,講道理,以理服人,才是正確的態度麼。但是,從這段話裏也反映出來一個事實,就是作為學派來講,楊朱之言已經足以威脅孔子之道了,不加以排斥,前途將不堪設想啦。他不是接著說嗎?"楊墨之道不息,孔子之道不著。是邪說誣民,充塞仁義也。仁義充塞,則率獸食人,人將相食。"(同上)看,這說得夠多麼嚴重!其實墨翟(約公元前四八〇—前四二〇)認為人們應該不分親疏遠近無差別地愛一切人的想法,雖然是唯心主義的東西,卻也並無壞意,因為它在主觀上是企圖免除人類的相互歧視和社會上人壓迫人的不公平現象的。如同楊朱(公元前三九五—前三三五)的"貴生""為我"一樣,不替當權的貴族服務,藉以取得富貴,有了剥削,也未嘗沒有積極的一面。不過這樣一來,就很難說對人民大眾的利益是關心的了。所以孟軻反對他們,不是毫無道理的。問題在於他的肝火太盛,未免危言聳聽而已。孟軻最後說:"吾為此懼,閑(習也)先聖之道,距楊墨,放淫(亂也,不正)辭,邪說者不得作。作於其心(指思想而言),害於其事(是說具體的行為)。作於其事,害於其政(國家的政治)。聖人復起,不易(不會更改)吾言矣!"他甚至把自己這種表現跟平治洪水的大禹,安定國家的周公,和作《春秋》的孔子等同起來,則其用心的所在,尊孔、衛道,舍我其誰,已經不必多說了。因為,孔子的社會關係和道德標準是建築在“君君,臣臣,父父,子子”(《論語·顏淵》)的等級制度上的。如果真個“無父無君”起來,豈不是從根本上打垮了儒家的生活秩序?所以孟軻才說:“能言距楊墨者,聖人之徒也。予豈好辯哉?予不得已也!”(《孟子·滕文公》)這就不止是持之有故言之成理的很好的說理文字,而且也是氣充詞沛筆鋒帶著感情的抒情小品了。

10. 孟軻建立了道統

除此以外,我們應該再說幾句的是,孔家這個道統,也叫孟軻第一個從歷史上煞有介事地排列下來了。他在《孟子·盡心》的結尾,由堯舜講起,一直說到禹、湯、文王和孔子,還結合著皋陶、伊尹、萊朱、太公望、散宜生這些“賢臣”。對於大道來說,堯、舜而外,他們是“或見而知之,或聞而知之”的。時間相隔一般是“五百有餘歲”,只有孔子至於孟軻是“百有餘歲”。最後他一唱三歎地講:“去聖人之世,近聖人之居,若此其未遠也!然而無有乎爾,則亦無有乎爾!”言外之意,自然是孟軻自己應該“代興鳴世”,作為“今聖”了。從此,這個堯、舜、禹、湯、文、武、周公、孔子(武王和周公,也是孔、孟經常提到的“聖君”“賢相”,雖然孟軻在這裏用文王概括了他們,沒有明白地點出)的道統,便完整地定立下來。不管孟軻依據的史料是否全無問題,他的意圖在西漢武帝劉徹(在位期間:公元前一四〇至前八七)基於董仲舒的奏請,罷黜百家,表彰“六經”以後,卻真的達成了。特別是傳到中唐韓愈(公元六七八—八二〇)的時候,這位古文大家在復述了這個道統以後,還正式把“孔子傳之孟軻。軻之死,不得其傳焉”(《昌黎文集·原道》)這樣的話加了進去,真個叫孟軻如願以償了。但是我們不應忘記:①孔子是在唐玄宗李隆基開元廿七年(公元七三九年),被追謚為

“文宣王”的,他的弟子同時也被追贈了公、侯、伯等封爵不等。這對於晚出了只不過幾十年的韓愈,不會影響不大的。何況韓愈自己,也未嘗不想“攀龍附鳳”地進“聖廟”去吃冷豬頭肉呢?“軻之死不得其傳焉”麽,自家不是寫了《原道》?②比及趙宋(公元九六〇——一二七八)太祖趙匡胤的第一個宰相趙普,不就聲稱過“半部《論語》可以治天下”嗎?(《宋史・趙普傳》)③宋真宗趙恒大中祥符元年(公元一〇〇八年),又承前啟後地加謚孔子為“至聖文宣王”。南北理學家們,則沿用了“語録問答”文體,以大講“心性之學”,朱熹(一一三〇——一二〇〇)還“集注”了《四書》。④元成宗鐵莫爾大德十年(公元一三〇六年),孔子再被加號為“大成至聖文宣王”。其後⑤元文宗圖帖莫爾(公元一三三一年),封贈孟軻為“亞聖鄒國公”。迨及⑥明世宗朱厚熜嘉靖九年(公元一五三〇年),又改稱孔子為“至聖先師”,孟軻為“亞聖”,從祀諸賢前此所封爵名並皆罷去。至⑦清世祖福臨順治二年(公元一六四五年),重定“文廟”謚號為“大成至聖文宣先師孔子”,孟軻仍為“亞聖”不變,以迄於全國解放。我們所以不厭煩瑣地舉出這些史實,意在説明自孟軻以來,孔子就被吹捧個不休,其影響之深遠,是沒人比擬得了的。最後連孟軻自己也坐了第二把交椅。這種情況,是跟孔子本人無干的。換言之,不能把後人利用孔子排斥其他學派,藉以鞏固封建統治,包括“望文生義增字解經”的學術問題在內,都擱在孔子頭上,叫他負責任,這不是實事求是的態度,也是非歷史唯物主義的,理應還給孔子(也有孟軻)一個本來的面目(既不塗油彩,也不抹黑)。至於打倒“孔家店”,我們舉雙手贊成,總不該連“五四”當年的“文學革命”精神都沒有。不過,那是另一碼事,可以區别對待。我們認為,深入研究《論》《孟》,反爾會説明人們更進一步地認識孔孟。

八、再論孔、孟輕視勞動

我們都知道,人類為了提高生產增大財富以滿足其物質需要,是不斷地在創造改進自己的生產工具的。隨著生產工具的改進,生活資料的增益,生產力和生產關係自然也要改變。因之,"通功易事,以羨(富裕,有餘力)補不足"(《孟子·滕文公》)的"社會分工",就逐漸地成了不可避免的事。"且一人之身,而百工之所為備,如必自為而後用之,是率天下而路(羸困的道路,行不通)也"(同上),這話說得未嘗沒有道理。問題在於孟軻枉有軒輊地把"勞心"的治人者稱作"大人之事",並且絕對地予以分割:勞心就不勞力,勞力無庸勞心,則是錯誤的。因為事實證明,人是好逸惡勞貪圖享受的。這樣一來,勢必使勞心治人的人,上升為統治階級,從而心安理得地養尊處優剥削成性了。孟軻生當封建社會的初期,根據春秋末年孔子"不如老圃老農",責樊須為"小人"的說法(見《論語·子路》),更加明確地提出了"堯舜之治天下,豈無所用其心哉?亦不用於耕耳"(《孟子·滕文公》)這樣等於反對勞動生產的看法,原是可以理解的,社會發展的客觀情勢使然。這跟後世不顧人民死活一力為主子"聚斂"(搜刮財富)以供揮霍浪費的臣子們,和"朕即國家",由我窮奢極欲生殺予奪的最高統治者,還不可同日而語的。因為前面說過,孔孟的心目之中是把"平治天下"當作頭等大事的。他們頌揚的"堯舜",不過是"博施於民而能濟眾"(《論語·雍也》),"菲(薄也)飲食、惡(粗也)衣服、卑宫室而盡力乎溝洫"(《泰伯》)的"仁人","易(治也)其田疇,薄(不逾什一)其稅斂,使有菽粟(豆、米、糧食的代稱)如水火(言其饒足)"

(《孟子·盡心》)的“聖君”,這些人是“敝履天下,草芥王位”的。他們的等級觀念,只是個上下一心分工合作的關係,並未強調誰有特權不受制約。但,這是空想,他在客觀上助長了階級分化裨益了統治者們,也是無庸諱言的。

九、《論》《孟》的文學藝術及其同異

說到這裏,文章似乎可以結束了,可是不行。《孟子》的文學藝術,以及它和《論語》的同異,還有應該補充的地方。按古今文學家欣賞《孟子》的人,實在不少。如宋孫奭說:“其言精而贍,其旨淵而通。”(《孟子正義序》)元虞集說:“無心於文,而開闔抑揚曲盡其妙。”(《道園學古録》)清吳敏樹說:“讀《孟子》之書,如家人常語然,豈不以其文之善乎?”(《孟子別鈔後》)這些人的說法雖然簡單抽象,但是他們一致讚揚《孟子》在表現手法上的明快精當,卻是可以體會得到的。

1.《孟子》“青出於藍”,後來居上

我們的看法是,《孟子》之作,從内容到形式都是淵源於《論語》的。然而它的藝術成就實在已經“青出於藍”、後來居上的。這原因不只是由於它的文字清新表達力強,或是結構謹嚴無懈可擊,而是在内容方面遠比《論語》豐富多彩啦。

2.《孟子》生動地敘說了許多傳說故事

孟軻是一位喜歡講今比古繁徵博引的人,經常生動地敘說許多傳說故事。如關於帝舜的“號泣旻天”“流放共工”“薦禹自代”和“夏禹的傳子”“商湯的伐桀”“伊尹以割烹要君”“西伯善養老”“百里奚自鬻於秦”等等,都是聞所未聞,有的比見於《尚書》《論語》的還具體充實。

孔子的逸事,這裏提到的也不少。如“為魯司寇不用”“於衛主顔讎由”“嘗為委吏乘田”以及“門人治喪三年”等等,在並時的古籍中,都是少見的資料。孟軻録引了它們,不只使人擴大了知識面又有聞見親切之感,它如:“曾晳嗜羊棗”、“管、晏霸顯齊國”、“子思居衛”“鄭人使子濯孺子侵衛”之類,同樣可以補充春秋時代歷史事物之不足。他談論時人時事時就更細緻確切,如“齊人伐燕”“宋牼弭兵”“許行至滕”“墨者夷之求見”等均是。但是最富風趣的要算“齊人有一妻一妾”(《離婁》)那一節文字了。因為在這裏面,他活靈活現地刻畫了一個流氓的形象。這個流氓連他自己的老婆都要欺騙,吃飽了乞討來的殘茶剩飯,愣說是達官貴人請客的結果。經過妻妾懷疑,暗中調查明白以後,自己還不知道,照舊回來説謊吹牛。這樣,孟軻也就很尖鋭地諷刺了當日那些不要面皮只圖富貴利達,結局要挨老婆哭罵的官僚了。過去有人説,這是雜説的濫觴,我們覺得頗有見地。

3.《孟子》具體地徵引了上古的典章制度

《孟子》書中的另一特色,是它援引了一些古代的典章制度。譬如“方田而井”的“井田制”(《滕文公》)、“周室班爵禄”的“五等爵”(《萬章》)、“夏后氏五十而貢”的“三代税法”(《滕文公》)、“設為庠序學校以教之”的“三代學制”(同上),以及當日的“布縷,粟米,力役”之征(《萬章》)等。有的敘説得相當完備,有的是在别的古籍中找不到的材料,足供研究古代文化史的人參考。而“於傳有之”,和“嘗聞其略也”,則是孟軻引用它們時經常解説的話,這又充分表明他的嚴肅認真的態度了。他更善於使“同音取義”,一兩句話就解決問題的辦法。例如:“夏后氏五十而貢,殷人七十而助,周人百畝而徹,其實皆什一也。徹者徹也,助者藉也。”(《滕文公》)趙岐注:“民耕五十畝貢上五畝,耕七一畝者以七畝助公家,耕百畝者徹取十畝以為賦,雖異名而多少同。故曰:皆什一也。徹猶取,人徹取物也。藉者借也,猶人相借力助之也。”則其解說明確之處,豈不一望可知? 他講“三代教育”時,所說的“庠者養也(夏),校者教也(殷),序者射也(周)”與此同工。

為了尋找根據加強文章說服力,因而斷章取義地徵引《詩》《書》的手法,在《孟子》書中也是累見的。不過,孟軻對於“經典著作”的態度,是靈活運用,並不拘泥於古義的。前邊提到過,他的名言是:“說《詩》者,不以文害辭,不以辭害志,以意逆志,是為得之”(《萬章》),“盡信《書》,則不如無《書》,吾於《武成》,取二三策而已矣”(《盡心》)。他還指斥《小雅·雲漢》的“周餘黎民,靡有孑遺”,是過甚其辭,《周書·武成》的“血流飄杵”不合“仁人”的情況。按《雲漢》的作者為了頌揚周宣王姬靜的復興周室,告誡他不要忘記厲王被逐的教訓,值有旱災,須加警惕,才說了這幾句話的。文學作品允許誇張麼。武王伐紂,也不過是貴族大奴隸間爭奪最高統治權的戰爭,很難說是“以至仁伐至不仁”的。而且其中還有“受率其旅若林,會於牧野,罔有敵於我師,前徒倒戈,攻於後以北”(見《周書·武成》)的話,就是說裏外夾攻,兵敗如山倒,那景象一定會很淒慘的。因此,說它“血流漂杵”,不只事實上有可能(被殺的應該大批是奴隸兵),從戰勝者想要借此表示威力強大、所向無敵的角度上來講,也不是什麼不近情理的語氣。倒是孟軻跟齊宣王的一段對白,硬說周之祖先“公劉好貨(貪財)”“太王好色(女色)”可以體會到他用心的所在。按《詩·大雅·公劉》和《綿》,乃是歌頌周人避亂擇居,興復邦家的往事的,合族搬場麼。還有不帶糧食、不要家屬、不起備武器的。“乃裹餱糧,於橐於囊,弓矢斯張,干戈戚揚”(《公劉》),“古公亶父,來朝走馬。率西水滸,至於岐下,爰及美女”(《綿》),分明是直陳其事的賦詩,那裏談得上“好貨”和“好色”? 孟軻不過是想方設法地解除田辟疆這兩者上的思想顧慮,來誘導這個窮奢極欲的君王走向“與百姓同之”的治道而已,這便是他那“以意逆志”說法的實踐。

根據以上種種敘列,我們才說《孟子》的文字,充實豐富,清新雋永,非常之耐人尋味。它對後世散文作者的最大影響,當是說理透闢,善於分析事物,反復爭辯,邏輯性特別強。這就同層次分明,結構謹嚴,情詞並茂,文字潑辣的技巧,也是分不開的。

十、小　結

說到這裏我們可以做個小結了:

(一)作為"語録問答體"的《論》《孟》,反映出來了古代散文發展的跡象,在中國文學史上他們的影響是深遠的,不得以"零篇斷簡"視之。

(二)《論》《孟》兩書是考察孔子、孟軻言行最早也最為可靠的著作,特别是孟軻承前啟後,彰大了孔孟之道,在中國哲學史上,也佔有極其重要的地位。

(三)孔、孟之道,也就是儒家思想,統治了中國整個的封建社會,必須予以批判。不過我們的態度要公正,要歷史唯物地還它一個本來面目,不得任意塗脂或抹黑。例如不能不承認孔子是中國最早的教育家及第一個文獻工作者,孟軻則是古代政治思想家之類即是。

按《荀子·非十二子》:"若夫總方略,齊言行,壹統類,而群天下之英傑,而告之以大古;教之以至順(總,領也,統謂綱紀,類謂比類。大謂之統,分别謂之類,群,會會也,大讀曰太),奥窔之間(西南隅謂之奥,東南隅謂之窔,言不出堂室之內也),簟席之上,斂然(聚集之貌)聖王之文章具焉,佛然(佛讀為勃,勃然興起貌,王先謙說)平世之俗起焉,六說(奸說邪說奸言)者不能入也,十二子者(它囂、魏牟、陳仲、史鰌等)不能親也。無置錐之地,而王公不能與之爭名,在一大夫之位,則一君不能獨畜,一國不能獨容(言王者之佐,雖在下位,非諸侯所能畜、一國所能容),成名況乎諸侯(況,比也,言其所成之名比況於人莫與為偶,故諸侯莫不願得以為臣),是聖人之不得勢者也,仲尼、子弓

(即仲弓)是也。”可見荀卿是推崇孔子的(包括“可使南面”列在“德行”之中的仲弓在内)。

《漢志》則泛言“儒家”云:“儒家者流(流,流派,學派),蓋出於司徒之官,助人君順陰陽明教化者也,游文於六經之中,留意於仁義之際,祖述堯舜,憲章文武,宗師仲尼,以重其言(抬高自己學術的地位),於道最為高。孔子曰:‘如有所譽,其有所試。’(《論語·衛靈公》)唐虞之隆,殷周之盛,仲尼之業,已試之效者也。然惑者既失精微,而辟者又隨抑揚,違離道本,苟以嘩眾取寵,後進循之,是以五經乖析,儒學浸衰,此辟(與僻通)儒之患。”我們認為,儒家雖不必出於“王官”,卻不能不說在業務上毫無關係,至於突出孔子,則可以證明這是漢人獨尊儒術的必然結果。

先秦諸子的“名學”問題

一、先秦諸子的"名學"
——從所謂的識字、詁訓談起

什麼叫做"名學"? 可以説就是"字學",也就是"訓詁學"。這種學問惟獨我們中國才有,而且起源極早,遠在先秦時代孔仲尼那裏(公元前5世紀左右)已經很講求了。因為我們的"漢字"是以形式為主附以音義的,不用談自殷商以來甲骨鐘鼎文在字形上的變來變去了,就是春秋戰國之際的"通語""方言""今音""古韻",也就夠複雜啦。孔子既然侈言:"文王既沒,文不在茲乎?"(《論語·子罕》,茲,指他自己而言。)又強調"雅言《詩》《書》","好古敏求"(同上,《述而》),"溫故知新"(同上,《為政》),藉以完成其教育學生、整理文獻的任務,能夠不注意"文字學"嗎? 所以,他之極力主張"必也正名乎! 名不正則言不順,言不順則事不成"(同上,《子路》),是完全可以理解的。漢人鄭玄(127—200)解釋它説,"正名"就是"正字書"。春秋異國衆名,莫衷一是,加之軼聞秘記,遠俗方言,形章雜亂,指義萬端,不下功夫,豈不誤事?"《周禮》:八歲入小學,保氏教國子,先以'六書'。"(許慎《説文解字叙》)讀書必先識字,錯講錯認,便讀不通經典著作,這倒不管你是貴族子弟還是庶民百姓,都是一樣的。

孔子對於文字,是相當地有研究的。他經常根據客觀的實際情況,給作為語言符號的字詞注釋音聲與形義,如"政者,正也"(《論語·顔淵》)、"仁,愛人;知,知人"(同上《子路》)之類,簡直就是"訓詁學"了(訓,順;詁,故;識前言者也)。漢人許慎(約58—147)在他的《説文解字》中,也曾多次援引孔子之言以論證其字形,如:

一貫三為王。

推十合一為士。

黍可為酒,禾入水也。

儿,仁人也。在人下,故詰屈。

烏,盱呼也。取其助氣,故以為烏呼。

牛羊之字,以形舉也。

狗,叩也,叩氣吠以守。

視犬之字,如畫狗也。

貉之為言惡也。

粟之為言續也。

這裏頭,形訓、聲訓、義訓都有。譬如:“士”,事也。數始於一終於十,從一從十,乃是聞一知十,觸類旁通之意。“牛”之篆書為“𠂔”,大牲,象頭角三封尾之形。羊之篆書為“𦍌”,祥也,從𦫳,象頭角足尾之形。“貉”之與“惡”,“粟”之為“續”,則是一音之轉的“聲訓”了。按獨體為“文”(如日、月),合體為“字”(如明)。“文”者,物象之本;“字者,言孳乳而浸多也”。諸如此類,未嘗不是孔子調查研究的結果,所謂“視鳥獸之文與地之宜,近取諸身,遠取諸物”(《說文解字敘》)者是。

良以,騰之於口的為語言,筆之於書的是文字,言之不文,行之不遠,尤其是“辭,達而已矣”(《論語·衛靈公》)。辭皆言事,而事自有實,凡事莫過於實,“修辭立其誠”(《周易·乾·文言》)麼。利口巧辭,多言少實,這是孔子深惡痛絕的。因為,“名者,實之賓也”。名實不相符合,或是坐而言不能起而行的話,誰來相信你呢?孔子的“雅言”(雅,正也,常也。雅言,正言,常言),是倫理、道德、政治、軍事、教育、學習,甚而至於衛生,各方面都有的,如:

倫理:“君君,臣臣,父父,子子。”(《論語·顏淵》)“君使臣以禮,臣事君以忠。”(同上,《八佾》)言“孝”曰:“無違。”“生,事之以禮;死,葬之以禮,祭之以禮。”“父母唯其疾之憂。”“今之孝者,是謂能養,至於犬馬,皆能有養,不敬,何以別乎?”“色難。”(以上並見《論語·為政》)

如此種種,皆君臣父子稱名之實也,他們的關係是相對的:“君,群也,下之所歸心;臣,盡己堅固。父,矩也,以法度教子;子,孳孳無已也。”“君令而不違,臣共而不貳,父慈而教,子孝而箴。”這叫做“上不苟為,下不踰節”,是維持封建社會秩序的主要倫理關係、道德標準。

道德:孔子最主要的道德規範乃是“愛人”“泛愛眾”的“仁”(語見《論語》的《顏淵》《學而》。泛,普遍的意思。眾,多也,三人為眾。仁,二人,相人偶也。從字形上就反映著,在社會之中,不只有己還有別人,彼此依存,是應該互相關懷的)。僅就《論語》而言,談到“仁”的地方多至五十八條,其字凡一百五見。所以,我們才說,它是孔子人生哲學的中心思想。不過,這裏需要講清楚的是“仁”和“禮”的關係:“克己復禮為仁。”它的綱目則是“非禮”不可以“視、聽、言、動”(《論語·顏淵》)的。這是什麼緣故呢?漢儒馬融(79-166)道:“克己,約身。”孔安國(生卒年不詳,孔子後裔)曰:“復,反也。身能反禮,則為仁矣。”清人劉寶楠《論語正義》說:“凡非禮之事,所接於吾者,自能有以制吾之目而勿視,制吾之耳而勿聽,制吾之口而無言,制吾之心而勿行。所謂‘克己復禮’者如此。”

到此,大概可以明白了,“仁”之與“禮”,乃是一表一裏,一個思想一個行動,所謂“仁心”“執禮”,二位一體的德化而已。“知者樂水,仁者樂山”(《論語·雍也》)那一段話解釋得最好:“知者,樂運其才知以治世,如水流而不知已。仁者樂如山之安固,自然不動,而萬物生焉。”(包咸說)《韓詩外傳》也引申云:“夫水者,緣理而行,不遺小間,似有智者;動而下之,似有禮者;蹈深不疑,似有勇者;障防而清,似知命者;歷險致遠,卒成不毀,似有德者。天地以成,群物以生,國家以寧,萬物以平,品物以正。”又曰:“夫山者,萬民之所瞻仰也。草木生焉,萬物植焉,飛鳥集焉,走獸休焉,四方益取與焉。出雲道風,從乎天地之間。天地以成,國家以寧,此仁者所以樂於山也。”這比喻得都好。同時也說明著,“仁”之為德,無乎不在,非只“禮”而已也。於是乎“仁、義、禮、智、信”之為“五常”,與“父子、君臣、夫婦、兄弟、朋友”之為“五倫”,便極為密切地結合起來了。

政治:“為政以德。”“道之以德,齊之以禮。”(《論語·為政》)這是通過孔子表現出來的儒家“仁心善政”的最早的主張。它的基本精神在於依靠教化而不特重刑罰。《大戴禮·禮察篇》云:“以禮義治之者,積禮義;以刑罰治之者,積刑罰。刑罰積而民怨倍,禮義積而民和親。”《家語·刑政篇》曰:“太上以德教民,而以禮齊之;其次以政導民,而以刑禁之。”《孔叢子·刑論篇》亦言:“古有禮然後有刑,是以刑省;今無禮以教,而齊之以刑,刑是以繁。”總之,他還是一個道法先王:“大哉堯之為君也!”“巍巍乎! 舜禹之有天下也”(《論語·泰伯》)的“聖人政治”。“政者,正也。”(同上,《顔淵》)“其身正,不令而行;其身不正,雖令不從。”(同上,《子路》)“苟正其身矣,於從政乎何有? 不能正其身,如正人何?”(同上)看他始終拈著一個“正”字做文章,這就不怪爾後的儒家,如曾參(他的大弟子,魏文侯斯時最為老師的“宗聖”)在《大學》的開宗明義第一章裹,就揭示出來格(物)、致(知)、誠(意)、正(心)、修(身)、齊(家)、治(國)、平(天下)等一系列的政治哲學思想了。

軍事:衛靈公問陣於孔子,孔子雖然對以:“軍旅之事,未之學也。”(《論語·衛靈公》)可不等於說,他老先生是反對武備的。因為子貢問政,孔子教給的第二項便是“足兵”。仲由向老師匯報治國的志趣時,孔子並不反對他的“加之以師旅,可使有勇”的辦法(分見《顔淵》《先進》兩篇)。尤其是在《子路》篇中,孔子一再強調“兵戎”“攻戰”

之事,說:"善人教民七年,亦可以即戎矣。"包咸曰:"即,就也。戎,兵也。言以攻戰。"朱熹(1130—1200)《集注》曰:"教之以孝悌忠信之行,務農講武之法。"孔子又說:"以不教民戰,是謂棄之。"馬融曰:"言用不習之民,使之攻戰,必破敗,是謂棄之。"(以上所引,具見《論語·子路》)按《孟子·告子》曰:"不教民而用之,謂之殃民。"與此同義。由此可見,有文事者必有武備,防禦性的戰爭,孔子也是主張打的。《左》哀十一年《傳》記云:"春,齊為鄎故,帥師伐我。冉求帥左師(求,孔子弟子,季氏宰),樊遲(亦孔子弟子)為右。季孫曰:'須(樊遲字)也弱。'有子(即冉求)曰:'就用命焉。'(雖年少,而勇敢)季氏之甲七千,冉有以武城人三百為己徒卒(步卒,精兵),老幼守宮,次於雩門之外,師及齊師戰於郊。齊師自稷曲(郊地名),師不踰溝。樊遲曰:'非不能也,不信子也,請三刻而踰之。'(與眾三刻約信)如之,眾從之(如樊遲言,乃逾溝),師入齊軍(冉求之師),師獲甲首八十(冉求所得),齊人不能師(不能整其師)。宵諜(諜,間也)曰:'齊人遁(偷偷的撤兵,撤退)。'孔子曰:'能執干戈,以衛社稷。'冉有用矛於齊師,故能入其軍。孔子曰:'義也。'(贊其義勇)"

教育:孔子當日在政治上雖然失意,教育上卻是成就特大的。雖非"人王",已為"教主",言傳身教,史無前例。現在讓我們單只介紹一下他的"言傳",表現於語言方面的特點:正名責實,微言大義,那是夠得上少而精,言言金石、字字珠玉的。如見於《論語》中的許多讜言:"有教無類。"(《衛靈公》)按類謂種類,類與不類,相與為類。馬融曰:"言人所在見教,無有種類。"劉寶楠引皇《疏》云:"人乃有貴賤,同宜資教,不可以其種類庶鄙,而不教之也。教之則善,本無類也。"《呂氏春秋·勸學篇》亦言:"故師之教也,不爭輕重、尊卑、貧富,而爭於道。其人苟可,其事無不可。"總之,這不能不說是中國最早的"普及教育"精神。又如:"辭,達而已矣。"(同上)孔安國曰:"凡事莫過於實,辭達則足矣,不煩文豔之辭。”蓋辭皆言事,而事自有實,不煩文豔以過於實,故單貴辭達則足也。《儀禮·聘禮記》:“辭無常,遜而悅,辭多則史,少則不達。辭苟足以達,義之至也。”是辭不貴多,亦不貴少,皆取達意而止。舉此兩例,已足以說明孔子的出言有章,句短意長,昇華概括等於定義的情況了。這就是說:文字簡練,以少勝多,辭意生動,口吻傳神。它們還體現在大量地使用之、乎、者、也、矣、焉、哉、與(即歟也)、諸、已這樣的語氣詞,蕩蕩、戚戚、油油,洋洋、巍巍、侃侃、誾誾、滔滔、堂堂等一類的重言,和彼哉彼哉、使乎使乎、沽之哉沽之哉等等疊句,從而無乎不在地形成其為“語録體”的特色。至於句法靈活千變萬化,起承轉合搖曳生姿之處,則是語法修辭、篇章結構上的問題,這裏就不一一介紹了。當然,那時文字簡易,刻鏤困難,不允許有私家著述,也是造成這種體制的歷史條件。

總結起來,可以說:正名就是認字,詁訓所以通經。無論從字形的結構,辭章的推敲,以及義理的建立等任何方面講,孔子都是承前啟後繼往開來,托古改制自我千秋的先行者。“郁郁乎文哉!吾從周。”(《論語·八佾》。郁郁,重言,文章貌。《漢書·禮樂志》:“王者必因前王之禮,順時施宜,有所損益,即民之心,稍稍制作,至太平而大備。周制於二代,禮文尤具,事為之制,曲為之防,故稱‘禮經’三百,‘威儀’三千。孔子美之曰:‘郁郁乎文哉!吾從周。’”)按殷夏相因,周監二代,禮文大備,故孔子美而從之也。此點孔子自己也屢有申述,如分見於《八佾》“夏禮”之章、《為政》“殷因於夏禮”之言。禮即當日的政治、文化。又云:“吾其為東周乎?”(《論語·陽貨》。鎬為西周,已亡於幽王;洛為東周,乃興於平王。其時周道衰微,故孔子托言文武兼及成湯之治以新之,實則托古而已,未始非改弦更張也,此乃時代的要求使然。)

二、墨子的“三表義法”
——是“名學”,也有“認識論”

墨子(約公元前480—前420)乃中國春秋時代的“博雅君子”:既有自成體系的“墨學”(以“兼愛”為學派的主要思想),又有文字訓詁的“名學”,和等於“認識論”的“三表法”,當然都是想要“救時之弊,因為之備”的。他講的“名不可簡成,譽不可巧立”,必須“辯察是非,以身戴(載也,說見《釋名·釋姿容》)行”,方為正理。他說:

“守道不篤,徧(辯也)物不博”:這道自然是墨家之道。

“辯是非不察者,不足與遊”:遊必擇士,物以類聚,蓋道不同不相為謀也。

“行不信者,名必秏”:秏即耗,行不顧言,言不顧行的人,是不會有好聲譽的。

“名不徒生,而譽不自長”:名者,實之賓,不符合實際情況的虛名,是生長不出來的,有了也長久不了。

“務言而緩行,雖辯必不聽”:說得再好聽,行動跟不上也是枉然。

“慧者,心辯而不繁說”:聰明的人心中有數,用不到誇誇其談。

“言,無務為多而務為智,無務為文而務為察”:話不在多,能解決問題就好;文章非必寫得漂亮,主要的是須說明道理。

“行莫辯於身者,不立,名不可簡而成也”:說不清自己為什麼要這樣做,那就幹不出名堂來,成名的事業,沒有馬馬胡胡就可以了的。

(以上所引,具見《墨子·修身》篇)

墨家是"苦行主義者",他們著重實踐不務虛名,所以講究的是立身行世,不玩弄口頭上書面的工夫,雖然墨子的訓詁文字並不差於儒者。如見於《經》上下、《經說》上下中的:

故(題目):小故,有之不必然,無之必不然。體也,若有端。大故,有之必無然(當作"大故,有之必然,無之必不然",與上"小故"文正相對。小故,大故,謂同一言故,而語有輕重,事有大小也),若見之成見也(謂得彼乃成此也)。

體:若二之一,尺之端也。(尺之端,謂於尺幅中分之,其前為端。《經上》云:"端,體之無序而最前者也。"凡數兼一成二,故一為二之分。幅兼端為尺,故端為尺之分。蓋一分二之體,端分尺之體。)

知材:知也者,所以知也。(上二知字讀為智,言知生於智。《荀子·正名》篇云:"所以知之在人者謂之知,知有所合謂之智。"按即今所謂"感性認識"〔知〕與"理性認識"〔智〕。)而必知(智者必知),若明。(《管子·宙合》篇云:"見察謂之明。"此假目喻知也。以見況知,則必見矣。此以明況智,則所見尤審焯。取譬不同,而義並相貫。)

慮(此亦目):慮也者,以其知有求也,而不必得之(言以知求索,而得否不可必),若睨。(《說文》:"睨,邪視也。"謂有求而不必得,若睨而視之,見不見未可必也。《莊子·庚桑楚》:"知者之所不知,猶睨也。"即此義)。

止,以久也。(謂事歷久則止。)

必,不已也。(《說文·八部》云:“必,分極也。”畢沅(1730—1797)曰:“言事必行也。”)

仁,體愛也。(《國語·周語》:“博愛於人為仁。”《說苑·修文》篇:“積愛為仁。”按,此即以愛為體也,愛人利物之謂。)

行,為也。(《論語·述而》:“吾無行而不與二三子者。”事之施布亦曰行,《禮記·月令》:“行慶施惠。”)

義,利也。(《左昭十年傳》:“義,利之本也。”《孝經》唐明皇注:“利物為義。”畢沅曰:“《易》云:‘利者,義之和。’”)

禮,敬也。(《樂記》:“禮者,殊事合敬者也。”)

忠,以為利而強低也。(畢沅云:“言以利人為志,而能自下。”孫詒讓(1848—1908)曰:“忠為利君。”《荀子·臣道》篇:“逆命而利君,謂之忠。”)

孝,利親也。”(《賈子·道術》篇:“子愛利親謂之孝。”《經說上》云:“以親為芬,而能利親,不必得。言利親不以為德,不必得,謂不必中親之意。”)

信,言合於意也。(這是說,言與意相合,無偽飾,必其言之當也。)

只從這幾條訓詁中,我們就可以看出來,在認識事物的實際上,尤其是社會道德的標準上,墨子跟孔子基本上是一致的。如仁為體愛,義乃利人,忠是克己,孝在養親之類均是。(雖然墨子之“愛無差等”跟孔子的“親親為大”稍有不同。)倒是墨子通過詁訓文字所反映出來的關於“幾何學”“光學”以及其他篇章中談到的“機械製造”等等的自然科學的知識,則是空前的傑作。

關於“幾何學”的:

“平,同高也”:《詩・小雅・伐木》鄭《箋》云:“平,齊等也。”畢沅云:“言上平。”陳澧云:“此即《海島算經》所謂兩表齊高也。又《幾何原本》云:‘兩平行線内,有兩平行方形,有兩三角形,若底等則形亦等。’其理亦賅於此。”

“同,長以缶(即正字)相盡也”:以,與也。長與正相盡,是較之而同。陳澧云:“按《幾何原本》:‘有兩直線一長一短,求於長線減去短線之度。其法以兩線同輳圜心,以短線為界做圜,與長線相交,即與短線等。’以正者,圜線與兩直線相交,皆成十字也。”

“中,同長也”:畢沅云:“中孔四量如一。”從中央量四角,長必如一。《爾雅・釋言》:“齊,中也。”中與齊同義,故以同長釋之。既謂之中,自是往,相若也。按《幾何原本》云:“圜界至中心,作直線俱等。”

“圜,一中同長也”:畢沅云:“一中言孔也,量之四面同長。”鄒伯奇(1819—1869)云:“即《幾何》言圜面惟一心,圜界距心皆等之意。”陳云:“《幾何原本》云:‘圜之中處為圜心。’一圜惟一心,無二心,故云一中也。”劉岳雲曰:“此謂圜體自中心出徑線至周,等長也。”

“方,柱隅四讙也”:讙,雜字之誤。《呂氏春秋・論人》篇“圜周復雜”,高誘注云:“雜猶匝。”《周髀算經》云:“圓出於方。”趙爽注云:“方,周匝也。”《周易乾鑿度》鄭康成注云:“方者,徑一而匝四也。”劉岳雲曰:“此謂方體四維皆有隅,等面、等邊、等角也。”

即此五條已有:平行線、四方形、兩直角、内切圓等有關幾何、三角的最初步的數學了。以及“倍,為二也”(倍之是為二,即加一倍的演算法)、“直,參也”(此即《海島算經》所謂“後表與前表參相直也”之說),都足以證明,墨家已有演算法了。

關於“物理光學”的:

“日中,正南也”:中國處赤道北,故日中為正南,蓋日中則景正表南也。

“臨鑑而立,景到”:古無玻璃,凡鏡皆以銅為之。到,倒也,光線反射,人景倒垂,水光、月景皆然。

“景,光至景亡(謂所以有景,由無光也)。若在,盡古息(盡古,終古也。息,猶止也。其大意則謂,有光則景亡,有景則光蔽)。”

“景不徙,說在改為”:謂日光所照,光蔽成蔭。《莊子·天下》篇:“飛鳥之景,未嘗動也。”司馬彪云:“鳥動影生,影生光亡,亡非往,生非來。”

“景,二光夾一光,一光者,景也”:謂若日在東而西縣鑒,鑒受日光反射人而成景,是日光與鑒光為二,而人景在日與鏡之間,即二光共夾之也。

“景光之人煦若射”:之,猶與也。言景光與人參相射。《說文》:“昫,日出溫也。”蓋謂如日出時之光四射也。

此類條說甚多。總之,墨子把光、鑑和影的關係都交代清楚了。遠在二千年前,即有如此完備的觀察工夫,豈能小看!

關於機械的:

“纑,間虛也”:王引之(1766—1834)曰:“纑乃櫨之借字。”兩木之間,謂其無木者也。《釋名·釋宮室》云:“盧在柱端如都盧,負屋之重也。”

“次,無間而不攖攖也”:孫詒讓曰:“攖攖當作相攖,言兩物相次,則中無間隙,然不相連合,故云不相攖也。”

“故招負衡木,加重焉,而不撓”:孫云:“招當為橋。”《曲禮》云:“奉席如橋衡。”鄭玄注云:“橋,井上㮶槔,衡上低昂。”孔疏云:“衡,橫也。”《說苑·文質》篇:“為機,重其前輕其後,命曰橋。”

“兩輪高,兩輪為輲,車梯也”:孫云:“四輪高卑不同,故車成梯形也。”輲讀為輇。《說文》:“輇,蕃車下庳輪也。”有輻曰輪,無輻曰輇。

“倚、倍、拒、堅,䠶倚焉則不正”:孫云:“堅當作掔。”掔,固也,又與牽通。此言相依倚、相背負、相楮拒、相掔引,則其身形不正也。䠶音 qiān,互相支撐牽引,自要變換身形,使其不正。

我們就舉這些吧。因為這裏面是“理論力學”“機械製造”“土木工程”“城防武器”的知識都有,實在無法詳細論列。它們具見《經》上下、《經說》上下,和《備城門》《備高臨》《備梯》《備突》《備水》等篇之中,可以按索。

墨子也有一段“堅白異同”之說,以“一方盡類”(一,同也。言同具方形,則其方盡相類也)、“盡類猶方”(猶,與由通。言其所以盡相類者,由於同方也)為準則,去通釋各物,如以牛馬為例:

> 以牛有齒,馬有尾,說牛之非馬也,不可(因為在這一生物形象上兩者並無差異),是俱有(蓋牛有下齒,馬有後齒也。《公孫龍子·通變》篇謂牛無尾者,以其有尾而短耳,非實無尾也),不偏有,偏無有。曰:牛(補字)之與馬不類,用牛有角(這才是最顯著的差異),馬無角,是類不同也。若舉牛有角,馬無角,以是為類之不同也,是狂舉也。(孫云:“《公孫龍子》亦有‘正舉’‘狂舉’之文,以意求之,蓋以舉之當者為正,不當者為狂。此書《經說》通例,凡是者曰正、曰當,非者曰狂、曰亂、曰誖,義與公孫龍書略同。此疑當作‘以是為類

之同也,是狂舉也’。今本涉上文而衍一不字,則不得為狂舉矣。”)猶牛有齒,馬有尾,或不非牛而非牛也,可。(此言有齒之獸與牛相類,或不得謂非牛,而實非牛也),則或非牛或牛而牛也,可。(疑當作“則或非牛而牛也,可”,言或有非牛而與牛相類,則亦可謂之牛也。)故曰“牛馬非牛也”,未可。(此言兼舉牛馬,則不得謂非牛。猶《公孫龍子》云:“羊合牛非馬。”張惠言:“曰牛馬,豈得非牛?”)“牛馬,牛也”,未可。(此亦兼舉牛馬,既兼有馬,則又不可竟謂是牛。張云:“曰牛馬,豈得謂牛?”)則或可或不可,而曰“牛馬牛也,未可”,亦不可。(言可不可兩說未定,竟指謂牛馬之為牛者未可,亦非也。張云:“有可者,今但言未可,是亦不可。三者皆不辨其兼,故不可。”)且牛不二,馬不二,而牛馬二。(前云:“數牛、數馬,則牛馬二;數牛馬,則牛馬一。”)則牛不非牛,(張云:“專牛則牛。”)馬不非馬,(張云:“專馬則馬。”)而牛馬非牛非馬,無難。(張云:“兼牛馬,則非牛非馬,是則無可難矣。”)

它這裏雖在反復地玩弄著“是”和“非”、“可”或“不可”加上“牛”“馬”這倆個名詞之後的種種不同的解釋,但卻一點兒也不違背肯定與否定的規格,實事求是的合乎語法的“判斷”,是什麼就是什麼,完全沒有“詭辯”、“臆斷”的情況,所以墨子概括起來說道:

彼,正名者彼此。(謂言當其名。)彼此可,彼彼止於彼,(定彼為彼。)此此止於此。(張云:“定此為此。”孫云:“此謂彼此之名有定,故可。”)彼此不可,彼且此也。(疑當云:“彼且此也,此亦且彼也。”此謂彼此之名無定,故不可。)彼此亦可,(此言彼此在有定無定之間。張云:"統言彼此,則彼亦此,故可。")彼此止於彼此,若是而彼此也,則彼亦且此此也。(此似申上"彼此亦可"之義,疑當作:"則彼亦且此,此亦且彼也。")

按《公孫龍子·名實》篇云:"正其所實者,正其所名也。其名正,則唯乎其彼此焉,謂彼而彼不唯乎彼,則彼謂不行;謂此而此不唯乎此,則此謂不行。其以當為當也,不當而亂也。故彼彼當乎彼,則唯乎彼,其謂行彼;此此當乎此,則唯乎此,其謂行此。其以當而當也,以當而當,正也。故彼止於彼,此止於此,可。彼此而彼且此,此彼而此且彼,不可。"正是此章的涵義。因此,可以肯定地說,墨子和公孫龍子(約公元前320—前250)在"名學"論上若合符節。再聯繫到孔子的"正名"說,足以充分證明著,自東周開始以後,名實就開始紊亂不堪,非加以徹底整頓不行了,所以,直到秦始皇統一天下消滅六國的前夕,各派學者都在拼命地喊它。不是嗎?連秦相呂不韋(?—前235年)主編的《呂覽》,都有一篇《正名》的專著。

又《莊子·齊物論》有云:"物無非彼,物無非是,自彼則不見,自知則知之。故曰,彼出於是,是亦因彼。"又云:"是亦彼也,彼亦是也,彼亦一是非,此亦一是非,果且有彼是乎哉?果且無彼是乎哉?"亦與此義略同,足證能者所見大體不差,自春秋至戰國歷久不衰也。最後,讓我們認識一下墨子的"三表法",也就是中國最早的"邏輯學""三段論法"。墨子說:

凡出言談,則必可而不先立儀而言。(俞樾云:"則必可當作則不可。"儀,《非命中》篇作"義法"。)若不先立儀而言,譬之猶運鈞之上,而立朝夕焉也。我以為雖有朝夕之辯,必

將終未可得而從定也。(《墨子·非命下》)

為了說話說得正確、辨事辨得周全,就不能不先有一個章法,先立一個規格,否則等於亂談,什麼問題也解決不了。那麼,怎樣著手去辨呢?他接著說:

是故言有三法。何謂三法?曰:有考之者,有原之者,有用之者。惡乎考之?考先聖大王之事。惡乎原之?察眾之耳目之請。(畢沅云:“據前篇,當為情。”)惡乎用之?發而為政乎國,察萬民而觀之。此謂三法也。(同上)

仔細參詳“三法”的實質,及其運用的終極目的,還是為了治國平天下的。首先,它之考以為本的,乃古聖先賢三代禹湯文武的治道,說他們都是“務舉孝子而勸之事親,尊賢良之人而教之為善”,這才是應該原原本本照樣推行的大政,“賞善罰惡”以濟其用的“仁治”。否則便要像桀紂一樣,天下大亂了!如此看來,誰說墨子是“無父無君”的?他跟孔子一般,都是想要選賢使能國泰民安的。這不止在詁訓文字上早已體現出來,他在政治主張上也是毫無例外的。而這“三表法”不只是“口頭禪”“形式邏輯”,就更不問可知了。“夫安危治亂,存乎上之為政也”,“必使饑者得食,寒者得衣,勞者得息,亂者得治,遂得光譽令問於天下”也。“是故子墨子曰:‘今天下之君子之為文學、出言談也,非將勤勞其惟舌,而利其唇呡(呡、吻古今字)也,中實將欲其國家邑里萬民刑政者也。”(以上所引具見《墨子·非命下》)孔子“正名”不也是“道之以德,齊之以禮”,“刑罰不中,則民無所措手足”(分見《論語·為政》《子路》中)嗎?韓愈說得有理:

孔子泛愛親仁,以博施濟眾為聖,不兼愛哉?孔子賢賢,以四科進褒弟子,疾歿世而名不稱,不尚賢哉?孔祭如在,譏祭如不祭者,曰:“我祭則受福。”不明鬼哉?儒墨同是堯舜,同非桀紂,同修身正心以治天下國家,奚不相悅如是哉?余以為辯生於末學,各務售其師之說,非二師之道本然也。孔子必用墨子,墨子必用孔子,不相用,不足為孔墨。(《韓昌黎全集·雜著一·讀〈墨子〉》)

三、孟子的“知言”
——著重在:說話,論辯

孟軻(公元前372—前289)的政治思想、道德哲學,主要是發展了孔子的,在名學上也是一樣。他雖然沒有正面講什麼“名不正,則言不順”,“雅言”什麼《詩》《書》《禮》《樂》,實質上卻是非常懂得訓詁,尤其是關於言辭的,例如他說“仁”的:

“仁也者,人也。”(《孟子·盡心下》)趙岐(約108—201)注曰:“能行仁恩者,人也。”

“仁,人之安宅也。”(同上,《離婁》)

“君子以仁存心,仁者愛人,愛人者,人恒愛之。”(同上)

“愛人不親,反其仁。”(同上)趙岐曰:“反其仁,己仁猶未至邪?”

“為天下得人者,謂之仁。”(同上,《滕文公》)

“親親而仁民,仁民而愛物。”(同上,《盡心》)《廣雅·釋詁》:“愛,仁也。”是仁與愛别。蓋有愛人之愛與愛物之愛。愛人之愛,始謂之仁。《春秋繁露·仁義法》云:“愛在人,謂之仁。”

“人皆有所不忍,達之於其所忍,仁也。”(同上)趙岐曰:“人皆有所愛,不忍加惡,推之以通於所不愛,皆令被德,此仁人也。”

即此諸訓,仁、愛、親、人,不離於口,不只可以說明孟子詁訓工夫之深,在道德標準上,亦與孔子並無二致的。又如:

“庠者,養也。校者,教也。序者,射也”(《孟子·滕文公》):按此皆教導之名,孟子不過舉其一端,緣辭設訓而已。

“徹者,徹也。助者,藉也”(同上):趙岐曰:“徹,猶人徹取物也。藉者,借也,猶人相借力助之也。”殷曰助,周曰徹。

“巡狩者,巡所守也”,“述職者,述所職也”(同上,《梁惠王》):按古代天子出巡(視察諸侯之邦)叫“巡狩”,諸侯向天子報告工作(到京城去),謂之“述職”。

“征之為言正也,各欲正己也”(同上,《盡心》):按《吕氏春秋》有“征敵破眾”之言,是欲人弔民伐罪征己之國也,所謂“征誅”(雙聲字)者是。其後轉為以上伐下之辭。敵國不相征。

“從獸無厭謂之荒,樂酒無厭謂之亡。先王無流連(雙聲)之樂,荒亡(疊韻)之行”(同上,《梁惠王》):趙岐注云:“樂而忘返謂之流,行而忘返謂之連。”按,流謂蕩散,荒有亂義。

這不是釋名以音、循聲知義的老辦法嗎?而且不乏雙聲疊韻以及重言字的連用,所以我們才說孟子的訓詁學是好的,絕不次於孔子。但孟子對於“名學”的最大貢獻,乃是他的“知言”:曉得如何務實,“反身而誠”(同上,《盡心》。誠者,實也。自思其所施行,皆能實而無虛),從發言立說之中,解決實際問題。就是,既騰之於口,也筆之於書,如:“正人心,息邪說,距詖行,放淫辭”(同上《滕文公》)之類即是。什麼是“人心”?惻隱、羞惡、是非、辭讓之心是也。換言之,也就是孟子常提的“仁”“義”“禮”“智”“信”的端緒,“良知”“良能”作為“性善”論的本源。什麼叫做“邪說”?“為我”“兼愛”“無父”“無君”的“楊”(朱)、“墨”(翟)之道是也。這自然是孟子戴著有色眼鏡看人的主觀片面的說法。揚雄(前53—18)所謂“古者楊墨塞路,孟子辭而辟之”(《法言》),王充(27—約97)所謂“楊墨之道,不亂仁義,則孟子之傳不造”(《論衡》)之類,均是此意。“詖行”又是怎麼回事?按《說文》:“詖,辯論也。”《玉篇》:“詖,佞諂也。”《廣韻》:“諭詖也。”《詩·周南·卷耳序》釋文:“詖,妄加人以罪也。崔云:‘險詖不正也。’”聯繫起來說:“詖行”即是諂佞不正的言論,有悖於禹、湯、文武的聖道的。那麼“淫辭”呢?不用說,必是一切貪濫浮誇的話,有悖真實情況的言論了。如此種種,作為“聖人之徒”的孟子,為了“護法見道,全性保真”,必然要大聲疾呼地辯論一番的(以上所引,參見《孟子·滕文公》《公孫丑》等篇中)。應該補充一點的是:孟子批判的非只楊墨二家。《易·訟卦》釋文引鄭玄注云:“辯有爭義。孟子時,聖道湮塞,百家妄起,許行農家,景春、周霄,縱橫家,他如告子言性,高子說《詩》,慎到、宋鈃,各鳴所見,孟子均與辯論其是非,不獨楊朱、墨翟也。故云楊墨之徒。”可證。(諸人之言,均見《孟子》書中)

孟子更進一步地說明與“知言”相對立的“詖辭”“淫辭”“邪辭”“遁辭”之害云:

“詖辭知其所蔽”:言人有險詖之語,所以引事褒人,阿譽憸利也。《說文》:“憸,憸詖也。憸利於上,佞人也。”“憸,疾利口也。”《韓非子·詭使篇》云:“損人逐利謂之疾險。”按險、憸字同,古字作思。《荀子·成相篇》云:“讒人罔極,險詖顛倒。”《詩序》云:“內有進賢之志,而無險詖私謁之心。”《廣雅·釋詁》:“蔽、障也。”此言“詖辭”,一出現,便知其讒口囂囂橫生障礙也。

“淫辭知其所陷”:《說文》“水部”云:“淫,浸淫隨理也。”浸猶漸也,由漸而入,隨其脈理,則不違逆,故云淫美。按淫美猶云淫巧。《毛詩·雨無正》:"巧言如流。"鄭玄《箋》云:"巧猶善也。"善即美也,先為巧美之言使人陷入以事危害,所以"知言"者説它是蠱惑陷害之辭。雖美而巧,卻不可信。今人所謂"嘴甜心苦"是也。

"邪辟知其所離":邪,辟也,邪則不正,故云邪辟不正。離,乖異,別離。邪門歪道的話,怎麼可以聽它呢!如果信從,必會上當受騙,所以孟子對它警惕得很。因為,這事非常顯然,悖於倫理道義的言論,始得叫做"邪辭",邪不侵正,終必敗露。但甘於為此種説法的人,必其心意早已乖離於道了。

"遁辭知其所窮":遁,逃避也。"遁辭",隱言曲説,不敢面對現實的話。蓋所憎者欲其止,所好者欲其來,不能必其止與來也,故以詭詐行之。在本意是隱而不明,見不得太陽的,故謂之遁。在所言則妄而不實,存心欺騙,欲以售其奸,故謂之詐。説真格的,遁即是詐,二者同工。窮,指窮於道義而言,運用此類言辭的人,心中本來無道無義,只是打算運用詭詐隱藏的話,藉以達到他的不可告人的目的,所以喚之為窮。

這四種"壞話",如果不是堅守孔教深於儒教的人是分辨不出來的。因此,我們不能不説,在"正名"這一功力上,孟軻是獨樹一幟別有會心的。這從他的結語"生於其心,害於其政,發於其政,害於其事,聖人復起,必從吾言矣"(以上所引,並見《孟子·公孫丑》篇中)也可以看得出來。因為,這種豪言壯語,比起孔子當日的"名不正則言不順,言不順則事不成,事不成則禮樂不興,禮樂不興則刑罰不中,刑罰不中則民無所措手足"(《論語·子路》)是毫無遜色的,甚至可以認為是後來居上的。尤其是,孟子不僅"知言",而且"好辯",自稱"聖人之徒",真個拒辟到底。對照起來孔子"正名"的結語:"故君子名之必可言也,言之必可行也。君子於其言,無所苟而已矣"(同上),簡直算得上是後先呼應相得益彰啦。(“浩然之氣”,尤其豪邁。)

關於語言的態度問題,孔子早已談過:它主要是“忠(盡己)信(不妄)”二字,“人而無信,不知其可”,必須名實相符、說話算數麼。這樣,再加上一個“行篤(厚愛人)敬”(《論語·衛靈公》),就可以通行天下了。此外,便須是因人因事而異,不可一味地莽撞:“可與言而不與之言,失人;不可與言而與之言,失言;知者不失人,亦不失言。”(同上)孟子則說:“士未可以言而言,是以言餂(音忝,取也)之也;可以言而不言,是以不言餂之也,是皆穿踰(偷盜、竊取)之類也。”(《孟子·盡心下》)趙岐注曰:“餂,取也。人之為士者,見尊貴者,未可與言而強與之言,欲以言取之也,是失言也。見可與言者,而不與之言,不知賢人可與之言,而反欲以不言取之,是失人也。是皆趨利、入邪、無知之人,故曰穿踰之類也。”按孔子咎責“失言、失人”之輩,止於不智;孟子這裏疾惡儇巧刺取人意之流,已為盜竊,是其同而不同之處。然趨利入邪,亦終是無知而已。孔子又有“三愆”之言,說:“言未及之而言,謂之躁(不安靜,鄭玄注);言及之而不言,謂之隱(孔安國曰:隱,匿,不盡情實);未見顔色而言,謂之瞽(未知趨向,胡亂說話,等於瞎說。同上,《季氏》)。”聰明的人,是不會這樣幹的,因為這太天真,沒有修養,只能誤事,自找麻煩。但還不是什麼原則性的問題,而“利口”便不一樣了。

孔子說:“惡利口之覆邦家者。”孔安國曰:“利口之人,多言少實,苟能悦媚時君,傾覆國家。”趙岐注云:“似真而非真者,孔子之所惡也。”按孔子是把它跟邪好(紫)之奪正色(朱)、淫聲(鄭聲)之亂雅樂相提並論的(具見《論語·陽貨》)。孟子談到“利口”的時候,則只認為它“亂信”,跟莠草亂苗、諂佞亂義、鄭聲亂樂、鄉愿亂德同害(《孟子·盡心下》),還沒有把它提高到可亂邦國的境地。另外,如孔子教學作為主要課本的《詩》《書》:“不學《詩》,無以言。”(《論語·季氏》)

"《詩》三百,一言以蔽之,曰:思無邪。"(同上,《為政》)以及"《詩》可以興,可以觀,可以群,可以怨,邇之事父,遠之事君"(同上,《陽貨》)的教條,傳到孟子手裏,便不那麽"神聖"了。孟子認為:"説《詩》者,不以文害辭,不以辭害志,以意逆志,是為得之。"(《孟子·萬章上》)這就靈活多了。對於《書》,他就更不客氣,説:"盡信《書》,則不如無《書》,吾於《武成》,取二三策而已矣!"(同上,《盡心下》)按,"道事"的"書",本以《周書》比較可信,而《周書》之主要撰述人,又是孔子喜歡"夢見"的周公,今竟遭到如此的冷遇,豈不值得玩味?

其次,則是君臣的關係,"君君,臣臣",我們只要看《論語·鄉黨》篇所記載的關於孔子事君的許多情況,就不怪"人以為諂"之譏,連孔子自己都在擔心啦。孟子固然也講"君臣有義",但比起"父子有親、夫婦有别、長幼有序",特别是"朋友有信"(《孟子·滕文公》)來,卻不可同日而語了。因為他是强調"有諸己之謂信,充實之謂美,充實而有光輝之謂大"(同上,《盡心》)的,"言無實不祥"(同上,《離婁》。趙岐注:凡言者皆有實。《説文》:直言曰言)麽,那就比孔子的"主忠信,無友不如己者"(《論語·學而》)發揮得更淋漓盡致了。孟子的"君臣關係相對論",表現得尤其强烈。他説:"君之視臣如手足,則臣視君如腹心;君之視臣如犬馬,則臣視君如國人;君之視臣如土芥,則臣視君如寇仇。"(《孟子·離婁》)試看,這交代得多麽分明!首先是"君使臣以禮",然後才能"臣事君以忠"的。"天王聖明,臣罪當誅"的奴才見識,在孟子身上是找不出來的。何況他還把桀、紂、幽、厲一類的暴君,看做是殘賊的獨夫,談殺談放,談不到弑呢?"民為貴,君為輕"(《孟子·盡心下》),這話孔子是不會説的。

四、荀子的"名實感應"論
——樸素的"心理""論理"知識

荀卿(約公元前286—前238)的"名學"那就講得更有體系了。他不只發展了孔子的"正名"思想,寫成了專論的《正名篇》,而且根據"名"(語言文字的符號)必須反應"實"(客觀存在的事物)的道理,提出了一整套有關邏輯、心理的學問。例如他說:"名定而實辨","制名以指實"(《正名》)。人們相傳從黃帝時就命史官倉頡正名以命百物,因為無名則物雜亂,所以必須分界制定指明實事始克有濟。那末,依靠什麼來分辨外物感應同異呢?他說:"緣天官。"(同上)按,所謂"天官",係指耳、目、鼻、口、心、體而言。官,管也,言各有所司主也。天者,以其與生俱來之故。他繼續說它的作用:

①形體(即形狀)、色(五色)、理(文理)以目異。

②聲音清濁、調竽奇聲以耳異。(清濁,宮徵之屬。竽,笙類。調,和也,以導眾樂。奇,異也,指萬物眾聲之異。)

③甘、苦、鹹、淡、辛、酸、奇味以口異。(奇味,眾味之異者。)

④香、臭、芬、鬱、腥、臊、洒、酸、奇臭以鼻異。(芬,花草的香氣。鬱,腐臭。酸,暑浥之酸氣。奇臭,眾臭之異者。氣之應鼻者為臭,包括香氣。)

⑤疾(痛也)、養(同癢)、滄(寒也)、熱、滑(與汩同)、鈹(與披同,皆壞亂之名)、輕、重以形體異。(此皆在人形體別異之而立名也。)

⑥說(同悅,高興)、故(作而致其情)、喜、怒、哀、樂、愛、惡、欲以

心異。(言心能感應以生七情六欲,因而為之制名也。)

這裏所說的"心",即是"頭腦"。所說的"天官"活動,即"感於物而生"的神經系統作用。所以我們才說,到了荀卿,已經初步地懂得了心理學上由外部的刺激而引起了神經反應的道理了。至於"名"的本身,則他認為"有循於舊名,有作於新名"(同上),才是它的繼承發展的規律。時有古今,新陳代謝,萬事萬物莫不皆然。而"制名"之要,卻在於:

①"同則同之,異則異之":同類則同名,異類則異名。如馬類為馬,牛類為牛,不可混同即是。

②"單足以喻則單,單不足以喻則兼":單,物之單名;兼,復名也。喻,曉,表義。如馬呼為馬是不錯的,若帶有毛色,則須加上形容詞呼為"白馬"、"紅馬"者是。

③"單與兼無所相避則共,雖共,不為害矣":謂單名復名有不可相避者,則雖共同其名亦無害。如萬馬可以同名,白馬、紅馬亦然。

④"共則有共,至於無共然後止":言自同至於異也。起於總,謂之物,散為萬名,是異名者本生於別同名者也。物乃大共名。

⑤"別則有別,至於無別然後止":如鳥獸,大別名也。此言大別名也,自異至於同,是同名者本生於異名也。

⑥"約定俗成,謂之實名":謂以名實構成為言語文辭。"名無固實,約之以命實也。"如既被定名為天地日月之實,則人皆讀為天地日月之名,這就叫做"實名"。

以上六類,可以說是"命名"的主要辦法,他如"同狀異所"(如馬同狀,各在一處)、"異狀同所"(若老幼異狀,同是一身)以及所謂"善名"(易曉之名,呼其名遂曉其意,如爸爸、媽媽)等等,則是它的補充說法了。最重要的是須注意擅作的"三惑"(三種用名的惑亂情況):

①“用名以亂名”的:殺盜非殺人也。殺強盜不算殺人,難道說強盜不是人嗎?徒取其名,不重其實。這是惑於用名以亂正名。

②“用實以亂名”的:如“山淵平”之類。古人以山為高,以泉為下,原其實亦無定,但在當時所定耳,後世遂從而不改。亂名之人鑽了這個空子,便說:我以山泉為平,有什麼不可以呢?高岸為谷,深谷為陵麽。這樣一來,就亂了套啦。

③“用名以亂實”的:“白馬非馬”之言最為典型。他們說白是色名,馬是形名,色非形,形非色,所以說白馬非馬。這是惑於形色之名而亂白馬之實的謬論。

接著,荀卿又詳細指出了命名的四種程序:命、期、辨、說,和它們“成文”、“知名”之大用的所在。他說:

①“實不喻,然後命”:命,謂以名命之也。可見這裏是以實為根本的。名者,實之賓也,毫無疑問。

②“命不喻,然後期”:期,會也。言物之稍難名,命之不喻者,則以形狀大小會之,使人易曉也。謂若青牛,但言牛則未喻,故更以青會之即是。

③“期不喻,然後說”:若是事多會亦不喻者,則說其所以然,不厭其詳盡,務使之通曉而後已。

④“說不喻,然後辨”:辨,析論也。反復辨明,以申其義。

如此可見,這四個步驟是缺一不可的。因之,荀卿才說它是“用之大文,王業之始”,“用、麗俱得(淺與深俱不失所),謂之知名”。下面他又給名、辭、辨說、期命的作用,分別作了小結:

“名也者,所以期累實也”:累數其實,以成言語、文辭,《詩》《書》之作皆是,已使進於華麗矣。

“辭也者,兼異實之名以論一意也”:辭者,說事之言辭。如《春秋》:“元年春,王正月,公即位。”兼說無實之名,以言“公即位”之一意也。

“辨說也者,不異實名以喻動靜之道也”:辨者,明兩端也。動靜,是非也。此言辨說不但兼異常實之名,亦所以曉喻是非之理,因為它是“心之象道”。

“期命也者,辨說之用也”:期謂委曲為名以會物也。意在表明思想感情有所作為,所以它是辨說的進一步的應用。

最後,作者又總結著說:“正名而期,質請而喻(質,物之形質,謂若形質自請其名然),辨異而不過(足以別異物,則已不過說也),推類而不悖(推理同類之物,使共其名,不令乖悖),聽則合文(聽他人之說,則取其合文理者),辨則盡故(自己辨說,則盡其事實)。”這樣,就可以正名辨奸,不亂於邪說了。

荀子對於“談說”之道,也是經驗豐富的。他說:“以至高遇至卑,以至治接至亂。”(《非相》)那是不會有成果的。因為對象有問題,分寸不合適。因為遠舉上古之事,常被指為謬妄;下舉近世之事,又易斥為鄙陋之故。那態度還必須是“矜莊”“端誠”“堅強”的,再善作“譬稱”“分別”曉喻,“行安”“志好”“樂言”(同上)才有辦法。這就不怪他的學生韓非既有《難言》之作,又有《說難》之文(大旨與此不差,內容忒為詳盡,論列別見《韓非的“刑名”》中,這裏不多談)。

在訓詁文字方面,荀卿間接繼承孔子之處(從形式到內容)也很多,讓我們舉出一部分來:

“傷良曰讒”:讒,害也,說好人的壞話。

“害良曰賊”:害,損傷。賊,殘害,其性質又甚於說壞話。

“是謂是、非謂非曰直”:態度明朗,敢於堅持。

“竊貨曰盜”:盜,竊也,指偷竊貨物而言。

“匿形曰詐”:詐,欺也,行為鬼祟。

“易言曰誕”:易,輕率。誕,荒謬。不加思考的話,脫口而出,就是有問題。

"多聞曰博":博,淵深,指學問、知識而言。

"少聞曰淺":淺,薄也,通常謂之淺薄,或膚淺。

"多見曰閑":閑,字同嫻,習也,熟悉的意思。

"少見曰陋":寡聞孤陋,以其抱殘守缺也。

"難進曰偍":偍,字同提,提攜也,步子太慢,遲遲吾行,需要鞭策。

"易忘曰漏":漏掉了,這是常說的話。健忘,自然要遺落知見的。

"少而理曰治":舉其大要而富有條理,這樣容易把事辦好。

"多而亂曰秏":秏,王念孫(1744—1832)曰:"秏讀為眊,亂也。"

"趣舍無定,謂之無常":不恒之人,朝三暮四,也有反覆的意思。

"保利棄義,謂之至賊":因為這是出賣,所以呼為巨賊。

"是是非非謂之知":能分辨出來是為是非為非,所以叫作明白人。

"非是是非謂之惑":與上條恰恰相反,以非為是以是為非,這就是蠢人了。

"以善先人者,謂之教;以善和人者,謂之順":先謂首唱也,教有帶頭的意思,順則是協調啦。

"以不善先人者,謂之諂;以不善和人者,謂之諛":諂之言陷也,謂以佞言陷之。諛,曲從,不擇是非。

從形式上的簡單明了到內容上的要言不繁,都和孔子的精神一致。關於道德哲學的,就更不消說了,只舉見於《不苟》篇的某些話講吧:

> 君子養心莫善於誠(無奸詐則心常安),致誠則無它事矣(致,極也。極其誠則外物不能害)。唯仁之為守,唯義之為行(致其誠,在仁義)。誠心守仁則形(如此則愛必形見於外),行則神(人必尊之如神),神則能化矣(化謂遷善也)。誠心行義則理,理則明,明則能變矣(義行則事有條理,明而

易,人不敢欺,故能變改其惡)。變化代興,謂之天德(既能變化,則德同於天)。天不言而人推高焉,地不言而人推厚焉,四時不言而百姓期焉(期,謂知其時候)。夫此有常,以至其誠者也(至,極也)。君子至德,嘿然而喻,未施而親,不怒而威(君子有至德,所以嘿然不言,而人自喻其意也)。夫此順命以慎其獨者也(慎其獨,謂戒慎乎其所不睹,恐懼乎其所不聞,至誠不欺,故人亦不違之也)。

郝懿行曰:"獨者,人之所不見也。慎者,誠也,誠者,實也。心不篤實,則所謂獨者不可見。"我的意思是說,他這"誠敬"的修養,"慎獨"的工夫,"仁義"的神化,以及"天地不言"的理解,哪一點不是孔子(還有孔伋體現在《中庸》中的言論)的餘緒呢?荀卿可謂儒家之忠實信徒了!再看《儒效》的一段文字,談及"聖人"之與《五經》的,就更足以證明啦:

聖人也者,道之管也(管乃樞要)。天下之道管是矣(是,肯定儒學),百王之道一是矣(一,專一,指儒學而言)。故《詩》《書》《禮》《樂》之歸是矣。《詩》言是,其志也;《書》言是,其事也;《禮》言是,其行也;《樂》言是,其和也;《春秋》言是,其微也(微謂儒之微旨,一字為褒貶,微其文、隱其義之類是也)。

"聖人"是誰雖未明言,絕非儒家以外者。因為他這經典著作是《五經》,就說明了問題。此外,荀卿也跟孔子一樣,特別看重《詩》的功用,他說:

> "故《風》之所以為不逐者,取是以節之也":《風》,《國風》。逐,流蕩也。《國風》所以不隨荒暴之君而流蕩者,取"聖人"之儒道以節之也。《詩序》曰:"變風發乎情,止乎禮義。發乎情,人之性也。止乎禮義,先王之澤也。"
>
> "《小雅》之所以為《小雅》者,取是而文之也":雅,正也。文,飾也。
>
> "《大雅》之所以為《大雅》者,取是而光之也":郝懿行曰:"光,猶廣也。光、廣古通用。《詩序》所謂'政有小大,故有《大雅》《小雅》'是也。"
>
> "《頌》之所以為至者,取是而通之也(至,謂聖德之極),天下之道畢是矣。"

說到這裏,很容易使人聯想到,對於《三百篇》來說,孔子的"思無邪"《論語・為政》)、"可以興、觀、群、怨、事父、事君、多識於鳥獸草木之名"(同上《陽貨》),以及"人而不為《周南》《召南》,其猶正牆面而立也與"(同上),都提得高了。儘管如此,在《五經》之中,荀卿還是特重《禮經》的。《勸學》篇的終極目標云:

> 禮者,法之大分,類之綱紀也。(法,典法。類,統類。此謂禮法所無,觸類而長者,猶律條之比附。《方言》云"齊謂法為類"也。)故學至乎禮而止矣,夫是之謂道德之極。

比起孔子的"雅言執禮"(禮不誦,故曰執。《論語・述而》)、"約之以禮"(約,束也,制約。《顏淵》)、"不學禮,無以立"(立,做人,立身行事。《季氏》)又如何呢?這是因為荀卿主張"性惡",注重"化性起偽"的後天教育,所以特別推崇"禮治"。如同孟子雖然"仁義"並提,也非常強調“義為人路”(《孟子·告子》)、“窮不失義”(同上,《盡心》)、“舍生而取義”(同上,《萬章》)一樣,在道德哲學上,基本是一致的,不過根據實際需要,各有所側重罷了。

五、老子的號稱“虛無”
——無名還是有名

說者通常認為老子(年代不詳,孔子及見之)是主張清靜無為不著名物的,所以不講求“正名”之學,我們的看法不是這樣的。正是因為他以“無為”對待“有為”,“無名”對待“有名”,流傳到現在叫我們知道了,就證明他也是使用了文字符號的,那《道德經》五千言,不即是憑據嗎?何況此書一開篇便有了:“名可名,非常名,無名,天地之始,有名,萬物之母”呢?如果無名,何以分辨萬物?例如它說:

> 視之不見名曰夷,聽之不聞名曰希,搏之不得名曰微,此三者不可致詰,故混而為一。其上不皦,其下不昧,繩繩兮不可名,復歸於無物。(十四章)

這“夷”、“希”與“微”,不是名稱嗎?不管你把它們說得如何恍恍忽忽似有似無,總是三個字代表了三般形象吧?還有:

> 夫物芸芸,各復歸其根,歸根曰靜,靜曰復命,復命曰常,知常曰明。(十五章)

此章,曰字下面的“靜”“復命”“常”“明”不也是“名”?是概念?是訓詁?只不過換了個說的方式(關於結構上的)而已。又說:

> 吾有三寶,持而保之。一曰慈,二曰儉,三曰不敢為天下

先。慈,故能勇;儉,故能廣;不敢為天下先,故能成器長。(六十七章)

是即兵家以退為進以弱為強之道,意在由柔退以返於仁慈,非只為談兵而已也。因為他從來就反對戰爭,就是"佳兵"(師出有名,還打勝仗)也不"吉祥",沒有長勝之事麼。"禍莫大於無敵"(同上,六十九章),"哀兵"才有辦法。這說明著"曰"字後面大有文章可做:它可以是口頭上的滔滔不絕,又可以是書面上的洋洋大觀,自然,更可以雙管齊下地去完成任務。那麼"無名"怎麼行哪?這個道理,老子不是不清楚的,此因他正是這樣充分地發揮了語言文字的作用的。

不過,這裏有一個問題,所謂"正名"、"知言",不管人們怎樣千變萬化,可是有一個基本條件是絕對不能缺少的:"名實相等",要根據實際情況說話。因此,不免有人要問:老子不是"虛無主義"者嗎?他這"道德五千言"的經到底是怎麼念的?"仁與義為定名,道與德為虛位"(韓愈《原道》),到底怎麼認識?先說"道德"。

孔德之容,惟德是從。道之為物,惟恍惟忽。忽兮恍兮,其中有象。恍兮忽兮,其中有物。窈兮冥兮,其中有精。其精甚真,其中有信。自古及今,其名不去,以閱眾甫。吾何以知眾甫之然哉?以此。(二十一章)

好啦,這段話裏有道有德,而且說德是道之容,德是依附道而存在的。同時,道的本身不只有象有物,還是其中有精,其精甚真甚信的。如是種種,怎麼可以說道德是虛位的呢?楊誠齋(1127—1206)曰:"道德之實非虛也,而道德之位則虛也。韓子之言,實其虛者也。"(見《原道》注)這裏也講"道之為物"麼。二十五章又說:

有物混成,先天地生,寂兮寥兮,獨立而不改,周行而不殆,可以為天下母。吾不知其名,字之曰道,強為之名曰大。大曰逝,逝曰遠,遠曰反。

按字即是名。其意是說,道這東西,無所不包,近取諸身,遠取諸物,變化運行,千古不已。從“人法地,地法天,天法道,道法自然”(同上)的結語上看,我們可以了然了:“道”和“自然”,原來是同義辭。因之,無論怎麼說,恍忽呀,寂寥呀,也無法否定它是名實相符的物體、客觀存在的規律。它那實際是“有無相生,難易相成,長短相形,高下相傾,音聲相和,前後相隨”(二章)的麼。對比成形,互為因果,這是現象,也是法則。再看它是怎麼為仁義定名的,它說:

上德無為(天何言哉?四時行焉,百物生焉)而無以為,下德為之而有以為,上仁為之而無以為,上義為之而有以為,上禮為之而莫之應,則攘臂而扔之。故失道而後德,失德而後仁,失仁而後義,失義而後禮。(三十八章)

按道德這名堂是有其時代性和階級性的,約定俗成,繼承發展,不會是一成不變的。所以,這裏老子把仁、義、禮、忠、信分了等級,說它們是“下德”,並不奇怪。但卻證明,即或是“煦煦之仁,孑孑之義”吧,也還是不能不承認它們的存在。總之,他那依次降等只談縱的關係忽略橫的制約之處,是主觀片面的,不足為訓的。

因此之故,我們才說,什麼“虛無”?即從字面上看已是有名了。韓非說得好:“道者,萬物之所然也,萬理之所稽也。理者,成物之文也。道者,萬物之所以成也。故曰:道,理之者也。”(《韓非子·解老》)這是講道不虛無的。又說:“德者,內也。得者,外也。上德不德,其言神不淫於外(指物而言)也。神不淫於外則身全,身全之謂得,得者,得身也。”(同上)可見他不是屬於天而是屬於人的。“德也者,人之所以建生也”(同上),還有什麼可說的呢?

六、莊子的“對立辯”
——相反相成,也是“名學”

人們説莊周(約前369——前286)“蔽於天而不知人”,他是反對“有名”的,所以不該算什麼“名學”家。其實,恰恰相反,正是由於他吃透了“人間世”(戰國後期的兼併戰亂),這才不願意做無謂的“犧牲”,這才逃避現實,企圖“全真保性”,復返自然的。對於“名物”的看法也是一樣,他認為:天地萬物雖然千差萬別,卻是自己在發生變化著的,人力無奈之何,用不到妄事紛擾;一切是非、善惡、大小、美醜,都是相對的,有它“是”的一面,也有它“非”的一面,區分爾我正反實無必要。這,我們不禁就要問了:説話、寫文章,不是具體的形跡嗎?你這主張的本身,便包含肯定和否定的道理。負號加負號等於正號,所以,我們認為,從“名學”上説,莊周是下了大工夫的,我們必須正視它,研究它。

“言”是什麼:

“夫言非吹也”(《齊物論》):説話跟吹風不一樣,吹風只有聲動,説話則有它的内容和法則。

“言未始有常”(同上):各吹各的號,各放各的炮,言教隨物,故無常定,無邊際。

“言隱於榮華”(同上):榮華者,謂浮辯之辭,華美之言。只為滯於華辯,所以蔽隱真言。《老子》曰:“信言不美,美言不信。”

“寓言十九,藉外論之”(《寓言》):寓,寄也。寄之他人則十言而信九矣。假託以取巧。

“重言十七,所以已言也,是為耆艾”(同上):耆艾,壽考者之稱。耆艾之言,俗共重視,所以,也可以借重一下鬍子先生麼。僅次於外人,故十言而七見信。

“卮言日出,和以天倪,因以曼衍”(同上):卮言,無心之言。天倪,自然流露出來的。曼衍,隨日新之變轉,合天然之趨向,故能因循萬有,接觸無心。

他這裏可以說把語言的性質及其作用都講清楚了。莊周是反對過實的“巧言”和失中的“偏辭”的,他也反對臨時的過頭的“溢言”(均見《人間世》中)。另外,“炎炎”的“大言”雖然美盛,“詹詹”(多餘)的“小言”也是廢話。“知者不言”,最好是“行不言之教”。(《知北遊》《齊物論》)

關於“辯”的:

“辯也者,有不見也”(《齊物論》):不見彼之自辯,故辯己所知以示之。

“大辯不言”(同上):己自別也,不待再分。使其自悟,不以言屈。辯凋萬物而言無所言。

“駢於辯者,累瓦結繩竄句,游心於堅白同異之間,而敝跬譽無用之言”(《駢拇》):聚無用之語,如瓦之累繩之結也。敝謂勞敝,跬譽猶云咫言。邀一時之近譽,勞敝於無實用之言。

這個意思又是說,辯是徒勞的,枉費心機無益於事。下邊的一大段話就批評得更詳盡了,如對於事物之爭辯:

既使我與若(爾輩,你們)辯矣,若勝我,我不若勝,若果

> 是也？我果非也邪？我勝若，若不吾勝，我果是也？而（汝）果非也邪？其或是也？其或非也邪？（有是有非）其俱是也？其俱非也邪？我與若不能相知也。則人固受其黮闇（不明也）。（《齊物論》）

此言：是非彼我舉體不真，倒置之徒妄為臧否。假使我和你對爭，你勝我不勝，汝勝定是，我不勝就一定錯了嗎？未可知也，此其一。即或是我勝了你輸了，也不一定我就正確你就不是的，因為我們是各執一詞，不足依據，此其二。還有，我跟你爭論，誰是誰非，勝負不定，結果也可能：或是則非是，或非則非非也，此其三。另外，設若俱是則無非，俱非則無是，所以是非爾我全係出自妄情，也不能相互證明的，此其四。這樣一來，定會讓不明真相的人糊塗下去了。他接著用同樣的道理講說也沒有人能夠幫助證明到底誰是誰非道：

> 使同乎若者正之，既與若同矣，惡能正之（惡音 wū，怎麼的意思）？使同乎我者正之，既同乎我矣，惡能正之？使異乎我與若者正之，既異乎我與若矣，惡能正之？使同乎我與若者正之，既同乎我與若矣，惡能正之？然則我與若與人俱不能相知也，而待彼（他，第三人稱）也邪？

說穿了，就是各說各的理兒，都認為自己的看法正確，結果豈不是天下莫能相正了嗎？包括第三方面在內。他這自然說的是"車軲轆"話，轉來轉去只不承認有客觀的是非存在，安其自然之分的所謂"天倪"就得啦，還辯論個什麼勁兒！因為莊周早已交待過了："類與不類，相與為類。"（同上）是非善惡是彼此依存的，相互比較出來的，沒有什麼絕對的東西。因為他又說：

“彼出於是,是亦因彼”(同上):彼此是非相因而有,推求分析實為必要。

“方生方死,方死方生”(同上):死生之狀雖不同,但卻是相對立而存在的,不生何能有死,不死也顯不出生來。

“方可方不可,方不可方可”(同上):對於事物而言,我們肯定它的時候,同時也就否定别的什麽了。同理,否定某一事物之際,其中也一定是肯定了什麽别的。

“因是因非,因非因是”(同上):是的裏面它必包括著非的因素;反之,非的因素之中,也必定涵有是的成分。

按,方,方將也。夫死生之變猶春、夏、秋、冬之遞遷,其狀雖異,不可避免,只能各安所遇。復次,生者方自謂為生,死者卻謂生為死;是者以是為是,而非者以是為非,也是一樣的。這就是説:可與不可齊來,不可與可並行。“是亦彼也,彼亦是也;彼亦一是非,此亦一是非”。我既為為彼所彼,彼亦自以為是,此亦自是而非彼,彼亦自是而非此,互相排斥,各有是非。是非反覆相尋無窮,只能叫它做“環”了。如何掌握,存乎一心,莊子稱之為“道樞”。我們依舊認為這是缺乏客觀標準的問題。

“知道易,勿言難”(《列禦寇》)。莊子是知道避免語言文字的困難的,所以幻想一番“知而不言,所以之(之,往也)天(自然之境)也。”(同上)其實這也未嘗不是他的“遁辭”。因為他又説啦:

> 世之所貴道者,書也,書不過語。語有貴也,語之所貴者,意也。意有所隨,意之所隨者,不可以言傳也。而世因貴言傳書。世雖貴之,我猶不足貴也,為其貴非其貴也。(《天道》)

這不是明擺著的事嗎？你要表達思想感情便缺不了“書”（即文字）和“語”（即語言），重視也好不重視也好，反正都是一樣。想要叫它神秘起來（指意識形態而言），“不言傳”是辦不到的。作者自己何獨不然？

《莊子》之中也有許多訓詁文字，如：

“德，和也。”（《繕性》）和，順也。

“道，理也。”（同上）理，也是和順。

“知者，接也。”（《庚桑楚》）接物而知之謂之知。

“性者，生之質也。”（同上）質，本也，自然之性是稟生之本。

“親而不可不廣者，仁也。”（《天地》）親偏，愛狹，周廣始為大仁。

七、韓非子的"刑名"

——辯言齊備,論理性強

我們知道韓非(約公元前280—前233)是荀卿的學生,戰國末年的大法家,卻還不曾發現,同時他也是當日有數的名學家,長於辯言,邏輯性特別強的刑名作者。"刑名者,言與事也。"(《韓非子·二柄》)這言即是法令、名分、言論,這事即是慎賞明罰、循名責實,所以刑名跟法術是分不開的,二者往往聯稱。而且從這裏邊我們也可以窺見,韓非從荀卿那到底繼承了些什麼,受了哪些影響。

按韓非不只在行文之中,即有解釋字形字義的句子,如"自環者謂之私(厶),背私者謂之公(八,背也。其合體字即是公,𠔁)"這樣非常符合六書中"會意"字的條例的字,而且還有大量採用訓釋辦法的文字,如:

> 德者,內也,得者外也。
> 仁者,謂其中心欣然愛人也。
> 義者,謂其宜也,宜而為之。
> 禮者,所以貌情也,以尊他人也。

此類見於《韓非子·解老》中的訓詁文,不只可為法家並不絕對排斥儒家倫理道德之旁證,同時還說明著,道家在這些方面也跟儒家、法家不無相似之處,又如:

> 事者,為也,為生於時。

書者,言也,言生於知。

制在己曰重,重則能使輕。

不離位曰靜,靜則能使躁。

(以上並見《韓非子·喻老》。王先謙曰:"重可御輕,靜可鎮躁,使之謂也。")

這些也都是通過實踐研究總結出來的經驗,它的特點在於言簡意賅釋文貼切,比雜見於《左傳》《國語》中的此類文句:"止戈為武"(《左宣十二年傳》)、"皿蟲為蠱"(《左昭元年傳》)、"基,始也,命,信也"(《周語》)、"敬,文之恭也。忠,文之實也。端,德之信也"(同上)並無遜色。

依據上面列舉的分見於諸子中的訓詁文字事例,可以肯定地説,"漢字訓詁學"遠在先秦就已經胚胎成形牛刀小試了,不過是直到漢人才找尋出來它的發展規律,使之成為更有體系的研究(如《爾雅》《説文》《方言》《釋名》等專著即是)而已。是不是也可以説,在"刑名"之學上,韓非同樣是集其大成的人物呢?還是讓我們先看看材料。《揚權篇》云:

"用一之道,以名為首":這是説對待事物,古今常行獨一無二的辦法,惟有"正名"。

"名正物定,名倚物徙":既使名命事,其事自定,以其名實相符故無動亂。

"不知其名,復修其形":形,事也。循事以求名,則其名可知,其事無誤。

"形名參同,用其所生":所生,形名所從而出者也。形名既經參驗同一,人人可用。

"二者誠信,下乃貢情":二者,形與名也。誠信,謂參同無誤。貢,獻也。形名一致。

“審名以定位,明分以辯類”:審察其名,則事位自定,明識其分,則物類自辯。

他這正名責實確定物類,自然是給刑賞法治建立理論基礎的。尤其是在處士横議縱横騰説的戰國時代,講求諫言遊説之道,是必不可少的基本工,所以他在這方面花的氣力更大,如“諫言”的十二難,琢磨得何等深透啊!

“言順比滑澤,洋洋纚纚然,則見以為華而不實”:言順於慎,比於班,説得很有次序,只能被認為是表面光滑内容貧乏。

“敦厚恭祗,鯁固慎完,則見以為拙而不倫”:容貌畢恭畢敬,陳述老老實實,又會被看做拙嘴笨腮不倫不類。

“多言繁稱,連類比物,則見以為虚而無用”:旁徵博引誇誇其談,容易被認為空虚不切實際,毫無用處。

“總微説約,徑省而不飾,則見以為劌而不辯”:簡單明瞭不加修飾,又怕説是不深不透,不能動聽。

“激急親近,探知人情,則見以為僭而不讓”:急,《釋名》:“及也,操切之使相逮及也。”《説文》:“探,遠取之也。”此謂疏遠之臣,不識深淺,議事涉及人主之親近,將被疑作刺取意向、賣弄消息、有所離間。

“閎大廣博,妙遠不測,則見以為夸而無用”:顯得自己識多見廣使人莫測高深,反而容易招來反感不被採納。

“家計小談,以具數言,則見以為陋”:没有什麼安邦定國的大計,瑣瑣細細地講點兒家常里短一類的小事,自然要被看不起。

“言而近世,辭不悖逆,則見以為貪生而諛上”:談近不談遠,順情説好話,一點兒也不敢提對立的意見,給人以阿諛奉承的感覺。

“言而遠俗,詭躁人間,則見以為誕”:《釋名》:“躁,燥也。物燥,乃動而飛揚也。”《易·繫辭》:“躁人之辭多。”多嘴多舌,故作驚人之談,易招荒誕不經之譏。

“捷敏辯給,繁於文采,則見以為史”:《儀禮·聘記》:“辭多則史。”按史,舊聞也,指策祝而言。意謂說得再流暢,而不外是些陳詞濫調,解決不了現實的問題。

“殊釋文學,以質性言,則見以為鄙”:王先謙(1842—1917)曰:“殊釋,猶言絕棄。”這是說,特重實質不講文采的話,雖然素樸,有失鄙陋。

“時稱詩書,道法往古,則見以為誦”:書本上的學問,誦說舊聞,尊視古人,則是掉書袋子的老一套,絕無新意可言,也沒什麼用處。

總之,這種向上建議,獻計獻策的活兒很不好辦,無論態度上還是內容上的,一個不得體,便會遭受譴責,惹起殺身之禍,必須十分小心地對待,所以韓非寫得有《難言》的專章。看他說得入木三分、面面俱到,足證養之有素、長於此道。因為如此等等,實在未之前聞。值得玩味的是,韓非為人“口吃”,文章卻做得洋洋大觀若決江河,他表現在《說難》中的文辭,尤其細緻。他先說幾種話不投機必遭遺棄的情況道:

“所說出於為名高者也,而說之以厚利,則見下節而遇卑賤,必棄遠矣”:所說之人意在名高,今以厚利說之,一定遭到鄙視從而疏遠。

“所說出於厚利者也,而說之以名高,則見無心而遠事情,必不收矣”:人家意在厚利,而你說以名高,自然文不對題受到排斥。

“所說陰為厚利而顯為名高者也,而說之以名高,則陽收其身而實疏之”:這是為所說者的表面文章所誤,沒有看透他的袖內機關,那有不受冷遇的,儘管表面上不是這樣。

“說之以厚利,則陰用其言,顯棄其身矣”:頂頭的是兩面派,自己只會作一面的文章,結果自然還是失敗。

《難言》數落的對象,是“說者”自己,“所說者”需要什麼,還不曾明確地提出來。《說難》則對照著兩方的想法不一致,以"所說者"為主而斥責"說者"的笨蛋。這倒罷了,結局不過是"疏遠"、"廢棄",接著說的七個"身危",可就厲害了!

"夫事以密成,語以泄敗,未必其身泄之也,而語及所匿之事,如此者身危":此謂有其心而未發,說者偶然及之,等於窺見秘密,故其身危。

"彼顯有所出事,而乃以成他故,說者不徒知所出而已矣,又知其所以為,如此者身危":本來是人家避諱的事情,人家虛晃一招,你卻插了進來表示深知其意,這是自找倒楣。

"規異事而當,知者揣之外而得之,事泄於外,必以為己也,如此者身危":替君上策畫大計,沒有小心,被外人揣度而得,便會被懷疑秘密是你洩露的,可遭殺身之禍。

"周澤未渥也,而語極知,說行而有功則德忘,說不行而有敗則見疑,如此者身危":語極智是說已經盡心竭力了,既或採納了你的建議見到成效,也不會再記掛這事。如果不見聽用而其事失敗,那就危險了。

"貴人有過端,而說者明言禮義以挑其惡,如此者身危":上邊犯了錯誤,你挑明了它,還說這個背於禮、那個不合義,這也是自找苦頭。

"貴人或得計而欲自以為功,說者與知焉,如此者身危":人家偶有成功,方在沾沾自喜,你卻說是自己也參與了,影響了威信、打掉了興頭,豈不惹禍!

"強以其所不能為,止以其所不能已,如此者身危":不能而強,不已而止,這是在捋虎鬚,自己不識起倒,當然會壞事。

看來,韓非是很懂得明哲保身之道的,可惜的是,終於不免毒死獄中,則是法家之刻薄寡恩使之然耳。常在江邊站,那有不濕腳的。

按:"語言辯,聽之說,不度於義,謂之窕言"(窕,苟且。語見《難二》)。韓非說話都是板上釘釘一絲不苟的,“循名實而定是非,因參驗而審言辭”(《奸劫弑臣》),這才是他的至理名言。“言必有報,說必責用”(《八經·參言》),這方是刑名的本等。

韓非之說“刑名”,關於“法”“術”“勢”等都是數語破的,等於定義,提綱挈領,確切不移的,如:

> 法者,編著之圖籍。設之於官府,而布之於百姓者也。故法莫如顯。
>
> 術者,藏之於胸中,以偶衆端,而潛御群臣者也。而術不欲見。
>
> (《難三》)
>
> 柄者,殺生之制也;勢者,勝衆之資也。(《八經》)
>
> 勢重者,人主之淵也。
>
> 賞罰者,利器也,君操之以制臣,臣得之以擁主。
>
> (《内儲說下·六微》)
>
> 夫利者,所以得民也;威者,所以行令也;名者,上下之所同道也。(《詭使》)

乾脆簡明,非常的周延,就說它是訓詁文字,也不算過。另外,還有見於《八奸》《六反》《八說》等篇的綱領性說明甚多,這裏不想列舉了。

八、尹文的"大道"
——不甚著稱的"形名學"者

尹文(生卒年不詳。戰國齊宣王時人,孟子嘗及見之。學於公孫龍,宋鈃、彭蒙、田駢都是他的同學,曾居稷下,即今山東省歷城縣)著有《大道》一篇,可為其學說的代表。又傳今《管子》中的《白心》篇,可能也是他的作品。尹文體現於《大道》裏頭的"正名"思想,是非常之精到的。他說:

大道無形,稱器有名。(這未嘗不是"形而上者謂之道,形而下者謂之器"的同義詞句。老子不是也說嗎?"道可道,非常道,名可名,非常名,無名,天地之始,有名,萬物之母。")

他接著申明"名者實之賓",名以正形的道理說:

名者也,正形者也。形正由名,則名不可差。

實至名歸,名不可亂,怎見得?有孔子的話為證:

故仲尼云:"必也正名乎!名不正則言不順。"

由此可見,在"正名"的觀點上,名家、儒家,甚至也可以包括道家、法家在內,都可以說是並無二致的。尤其是他特別指出,實物當先,名乃副貳的情況,最能動人聽聞。他又說:

有形者,必有名。有名者,未必有形。形而不名,未必失其方圓白黑之實。名而不可不尋名以檢其差,故亦有名以檢形。形以定名,名以定事,事以檢名,察其所以然,則形名之與事物,無所隱其理矣。

這一段話講得所以精當,是因為尹文把名實交相為用彼此依存的關係,説得絲絲入扣無懈可擊,事理具在,可以範疇天地萬物矣。他那“三科”“四呈”之分,也是一清二楚別有見地的,對於“名物”的總體來説,不可或缺。他先道“名的三科”:

一曰:命物之名,方圓白黑是也。二曰:毁譽之名,善惡貴賤是也。三曰:況謂之名,賢愚愛憎是也。

實體形象之名、道德標準之名,都包括在這裏了。再看“四呈之法”:

一曰不變之法,君臣上下是也。二曰齊俗之法,能鄙同異是也。三曰治眾之法,慶賞刑罰是也。四曰平準之法,律度權量是也。

這四項更重要,因為,既謂之法,那社會國家的制約性,便是不可避免的了。在階級社會裏,等級關係豈是能夠消除的?儘管那作為君臣上下的個體的人,是無法讓他萬古千秋的。慶賞刑罰,律度權量,沒有固定的標準,則會直接影響社會秩序人民生活了,就是風俗習慣也不例外,約定俗成,符合絕大多數人民利益的,才是好的,對於歪風邪

氣、陋俗舊習,就是不可苟同。最後,尹子等於小結似的重加審定形名的一致性不可分割的道理云:

名者,名形者也。形者,應名者也。然形非正名也,名非正形也,則形之與名,居然别矣,不可相亂,亦不可相無。無名,故大道無稱;有名,故名以正形。今萬物具存,不以名正之則亂;萬名具列,不以形應之則乖。故形名者,不可不正也。

他之"任道夷險,立法理差,賢愚並存,能鄙齊功"的主張,也是好的。夫物之不齊,物之情也。十個手指頭哪能同一長短?所以,相容並包,使之各得其所,不能不說是面對實際情況、解決實際問題的富有成效的措施。他列舉田駢、彭蒙的話,藉以論證名分之不可逾越道:

田駢曰:"天下之士,莫肯處其門庭,臣其妻子,必遊宦諸侯之朝者,利引之也。遊宦諸侯之朝,皆志為卿大夫,而不擬於諸侯者,名限之也。"

彭蒙曰:"雉兔在野,眾人逐之,分未定也。雞豕滿市,莫有志者,分定故也。物奢則仁智相屈,分定則貪鄙不爭。"

"君君、臣臣、父父、子子",孔子早有名言,尹文等人曷能擅自改變,故其言如此。對於禮樂刑政,亦不外是,他說:

仁義禮樂,名法刑賞,凡此八者,五帝三王治世之術也。故仁以道之,義以宜之,禮以行之,樂以和之,名以正之,法以齊之,刑以威之,賞以動之。

他這已接近於“刑名”、“法治”之學,“政者,名法是也”,不過,也不能把“仁義禮樂”除外而已。關於“名以正之”,尹文還舉了三個故事,以道其定名不慎和方言異名之患云:

> 莊里大人,字長子曰盜,少子曰毆。盜出行,其父在後,追呼之曰:“盜,盜。”吏聞,因縛之。其父呼毆喻吏,遽而聲不轉,但言:“毆,毆。”吏因毆之,幾殪。
>
> 康衢長者,字僮曰善博,字犬曰善噬。賓客不過其門者三年,長者怪而問之,乃實對,於是改之,賓客往復。
>
> 鄭人謂玉未理者為璞,周人謂鼠未臘者為璞。周人懷璞,謂鄭賈曰:“欲買璞乎?”鄭賈曰:“欲之。”出其璞視之,乃鼠也,因謝不取。

起錯了名字,叫錯了地方,都有這樣的危害,有關國家大事的,就更不該馬虎了。我們說尹文之學,是“刑名”之學,從下面這一段話裏,也可以看得出來。他說:

> 道不足以治,則用法;法不足以治,則用術;術不足以治,則用權;權不足以治,則用勢。

你看,法、術、權、勢,一齊上,這還有什麼說的呢?所以說,尹文之“形名”乃是“刑名”。

【中缺原稿 81—84 頁】

結　語

總結起來說:

①先秦諸子的"名學"在中國文化史上是蔚為奇葩的,它文字精煉,涵義深遠,訓詁明確,相成相反,古代世界之中,可以說是無出其右者了。

②它開始於孔子的"正名",不單純為了識字讀書,舉凡"君君、臣臣、父父、子子"的倫理關係,"仁、義、禮、智、信"的道德標準,以及"修、齊、治、平"的政治思想,無不包蘊在內。

③繼之而來的墨子,他的"兼愛"跟孔子的的仁愛基本上並無二致。但是那等於"認識論"的"三表義法",包括幾何學、光學、機械學在內的科普知識,可就把"名學"豐富得多了。

④孟子的"知言"從論辯上發展了語言的藝術、政治思想鬥爭的工具;荀子的"名實感應"論已是素樸的"心理""論理"學問。在道德哲學方面,雖然一個突出了"義",一個突出了"禮",對孔子來說,卻都是一脈相承的。

⑤老莊號稱"虛無",其實"無名"正是"有名",此生於彼,相反相成。特別是莊子的"寓【後缺】

諸 子 散 論

先秦諸子論學拾零

學字釋詁　代序

學之一字,起源甚早,殷周古文,都已有之,惟至許氏《説文》以後,始見正訓:

貞卜文　學字作 [illegible]

盂　鼎　學字作 [illegible]

説　文　斆,覺悟也,从教从冂,冂矇也,臼聲。學篆文教省。

白虎通　學之如言覺也,以覺悟所未知也。

玉　篇　學,教也。

廣　雅　學,識也。

增　韻　受教傳業曰學。

按《玉篇》《增韻》《白虎通》所引,斆教蓋古同義。《説文》:"教,上所施下所效也。"《禮記·學記》"學學半",《釋文》胡孝友疏云:"上學為教音斆,下學者謂習也,今相承以斆音效,以學為學習字,截然分為二矣。"段玉裁注《説文》亦曰:"上學字謂教,言教人乃益己之學半。教人謂之學者,學所以自覺,下之效也;教人所以覺人,上之施也。故古統謂之學也。"

總之,學字乃一抽象符號,其所涵義,必因時代而有變遷,古之教學為一無論矣,即今之學習學問學校學生等名詞,何嘗非其孳乳者乎?特文字訓詁,基於實例,探討實例,胥賴考古,水有源頭木有根,蓋亦反其本耳。

先秦諸子,思想絢爛,空前啟後,蔚為大觀,世之追本學術者,莫不淵源於此,故斯文尤而傚之也,惟是;文無系統書多斷章之作,殊不足以饜讀者,因自稱曰拾零云。

一、老　子

老子周末楚人,生卒年月不可考,大抵微前於孔子。是否與李耳老聃為一人,亦不可知。惟據歷來史家載記,知其曾為周室守藏之吏,後棄職隱去,著《道德經》五千言。

老子之時,共主衰微,霸道横行,逞聖逞智奸回淫亂,假仁假義塗炭生靈。用是而老子創為"自然""無為""愚民""返樸"之說。學乃入智之門,當然徹底反對,故老子曰:

> 絕學無憂。(《道德經》第十七章)

此老子論學之主旨也。吾人再觀其理由,老子曰:

> 唯之與阿,相去幾何?善之與惡,相去若何?人之所畏,不可不畏。荒兮其未央哉!(同上)

按吳澄《道德經注》:"唯、阿皆應聲。唯,正順;阿,邪諂。唯與阿其初相去本不遠,而唯則為善,阿則為惡,其究相去迺甚遠,此可憂之一事也。荒猶廣也,央猶盡也,畏阿之為惡,則不敢阿矣。然此特一事爾,凡人之所畏而不敢為者,皆不可以不畏,此為學者之所以多憂也。然則我之態度將何如乎?"老子曰:

眾人熙熙,如享太牢,如登春臺。我獨泊然其未兆,如嬰兒之未孩。儽儽兮,若無所歸!眾人皆有餘,我獨若遺。我愚人之心也哉,沌沌兮。俗人昭昭,我獨昏昏。俗人察察,獨我悶悶。澹兮其若海,飂兮若無所止。眾人皆有以,我獨頑似鄙。我獨異於人,而貴食母。(同上)

吳注:熙熙,和樂貌。泊,静也。兆,如龜兆之微坼。沌,如渾沌之沌。冥,味無所分別也。食母,萬物之母也。按此言為學者盡其多知多能昭昭察察,我獨飂兮泊然昏昏沌沌。蓋眾人一時之熙熙,終不如食母之大道耳。故老子絕仁棄義、絕聖棄智。

二、孔子(附子夏曾子子思)

孔子名丘字仲尼,魯人也。生於周靈王二十一年十一月,即魯襄公二十二年,卒於周敬王四十一年四月,即魯哀公十六年,享年七十三。平生除一度為魯司寇外,幾全部消磨於遊學教授之中,學者稱至聖焉。

按表章六藝多識博學乃儒家一貫之政策,孔子為其先師,此亦夫人而知之者。唯孔子當日未嘗著書,今傳語録,《家語》既不足恃,《論語》又極單簡,故吾人能否由是種殘缺之文獻中,考出昔日之整個理論,誠疑問也。

1. 勸學語　孔子於學,異常重視。就其苦口婆心勸人為學可見。孔子曰:

生而知之者,上也。學而知之者,次也。困而學之,又其次也。困而不學,民斯為下矣。(《論語·季氏》)

上知之人,何能必有?中人以下,全賴學力。今而不學,終為下愚矣。又曰:

> 後生可畏,焉知來者之不如今也?四十五十而無聞焉,斯亦不足畏也已。(《子罕》)

少年之人,足以積學成德超越今古,故最可畏。若年已半百尚無令聞,則此生已矣,復何足畏乎!孔子並以身作則曰:

> 吾十有五而志於學,三十而立,四十而不惑,五十而知天命,六十而耳順,七十而從心所欲不踰矩。(《為政》)

按《論語正義》云:"志於學者,言成童之歲識慮方明,即有志於學也。而立者,有所成立也。不惑者,志强學廣不疑惑也。知天命者,窮理盡性知天命之終始也。耳順者,耳聞其言,則知其微旨而不逆也。不踰矩者,言雖從心所欲而不踰越法度也。"此種現身說法,無非欲人早自向學耳。孔子又恐人惑於生知之言而告之曰:

> 我非生而知之者,好古敏以求之者也。(《述而》)

然則"學"究有何用歟?孔子從其反面立論曰:

> 好仁不好學,其蔽也愚。好知不好學,其蔽也蕩。好信不好學,其蔽也賊。好直不好學,其蔽也絞。好勇不好學,其蔽也亂。好剛不好學,其蔽也狂。(《陽貨》)

夫博爱之仁,明察之知,不欺之信,守正之直,果敢之勇,無欲之剛,人生之六大倫理標準也。有一不學,則或失之愚闇,或失之蕩逸,或失之上下相賊,或失之譏刺太切,或失之不知義,或失之妄抵觸,是學之重要為何如乎?故孔子曰:"吾嘗終日不食,終夜不寢,以思,無益,不如學也。"

2. **方法論　學道亦多端:**

A. 時習　學而時習之,不亦說乎!(《學而》)

B. 會友　有朋自遠方來,不亦樂乎!(同上)

C. 為己　人不知而不慍,不亦君子乎!(同上)

古之學者為己,今之學者為人。(《憲問》)

D. 自重　君子不重則不威,學則不固。(《學而》)

E. 勤學　學如不及,猶恐失之。(《泰伯》)

F. 用思　學而不思則罔,思而不學則殆。(《為政》)

G. 至穀　三年學,不至於穀,不易得也。(《泰伯》)

H. 守道　攻乎異端,斯害也已。(《為政》)

I. 樂知　知之者,不如好之者。好之者,不如樂之者。(《雍也》)

首以時習,終於樂知,學而有是,方能蒞乎篤信學好守死善道之境界。

3. **課程表　天下事物多矣,學者將以何種課程為標的乎?孔子曰:**

興於詩,立於禮,成於樂。(《泰伯》)

按《詩》以理性情,《禮》以謹節文,《樂》以和道德,故《詩》《書》《禮》《樂》皆為孔子所常言。如:

小子何莫學夫詩?詩,可以興,可以觀,可以群,可以怨,邇之事父,遠之事君,多識於鳥獸草木之名。

禮云禮云,玉帛云乎哉?樂云樂云,鐘鼓云乎哉?

(以上《陽貨》)

人倫之道,以《詩》為備。禮樂之事,無處無之。學者須要識得,方能言行中律。孔子教子亦復如是。伯魚自述所聞曰:"嘗獨立,鯉趨而過庭,曰:'學《詩》乎?'對曰:'未也。''不學《詩》,無以言。'鯉退而學《詩》。他日又獨立,鯉趨而過庭,曰:'學《禮》乎?'對曰:'未也。''不學《禮》,無以立。'鯉退而學《禮》。"(《季氏》)

孔子日常教人,必以《詩》《書》《禮》《樂》為課藝,由此可證。至於"射""御"之事,則《子罕》有"執御""執射"之言。《易》與《春秋》,則一有"學可無過"之議,一為手自編作之書。於是所謂六經六藝之教學範示,遂以大備於斯。

4. 好學議 《論語》書中常有好學之議,孔子並言好學甚難曰:

十室之邑,必有忠信如丘者焉,不如丘之好學也。(《公冶長》)

忠信易得,好學難求。此聖人之所以為聖人,常人之所以為常人也。至於何如始可謂之好學,則孔子曰:

> 君子食無求飽,居無求安,敏於事而慎於言,就有道而正焉,可謂好學也已。(《學而》)

簞食瓢飲,陋巷不羞。敏事慎言,就正有道,此直聖賢之流亞矣。豈祇好學而已哉!孔弟三千,亦惟顔回有是耳。故哀公問弟子孰好學,孔子對曰:

> 有顔回者好學,不遷怒,不貳過,不幸短命死矣。今也則亡,未聞好學者也。(《雍也》)

精誠刻苦,任道不貳。斯人蚤死,何怪子哭之慟?顔回而外,孔子曾稱孔文:

> 子貢問曰:"孔文子何以謂之'文'也?"子曰:"敏而好學,不恥下問,是以謂之'文'也。"(《公冶長》)

觀右所列,"敏事""慎言""安貧""樂道"之類,皆得謂之好學,是知孔之所謂學,必非單純的記問事物之學已。孔子曰:

> 弟子入則孝,出則弟,謹而信,泛愛衆而親仁,行有餘力,則以學文。(《學而》)

德行本也,孝弟末也。本立而道生,故孝弟忠信之事為孔門所最重視。

總之,孔子以殷之遺民,承殷因夏禮之禮學正統,慨於世衰道微、邪説暴行紛作,因而損益調整,秉持禮學改良主義,是以教學,多富倫理意味。

附録一:子夏

子夏姓卜名商,孔子及門弟子也。博學多聞有文學之譽,魏文侯時最為老師。故其所論,亦有摭拾之價值。子夏曰:

> 百工居肆以成其事,君子學以致其道。(《論語·子張》)

君子學以致其道,如百工居肆成事然,是業各有專攻也。又曰:

> 博學而篤志,切問而近思,仁在其中矣。(同上)

仁者之性純篤,故曰篤志切思近之。子夏曰:

> 日知其所亡,月無忘其所能,可謂好學也已矣。(同上)

得失了然胸中而能日積月將之,誠可謂之好學已。又曰:

> 賢賢,易色,事父母能竭其力,事君能致其身,與朋友交,言而有信,雖曰未學,吾必謂之學矣。(《學而》)

忠孝信義,均為人行之美,雖學亦不是過,故子夏稱之好學。

按子夏所言，雖為孔子之餘緒，而學益趨於倫理化，可概見已。

附録二：曾子

曾子名參，亦孔子弟子，性至孝，言論多見於《大學》及《孝經》中。《孝經》晚出，今人已有定評。故吾人衹能就《大學》一書，尋其論學之梗概。《大學》第一章曰：

> 大學之道，在明明德，在新民，在止於至善。

按朱熹《大學章句》云："大學者，大人之學也。明德者，人之所得乎天，而虛靈不昧以具眾理，而應萬事者也。故學者當因其所發而遂明之。止者，必至於是而不遷之意，至善則事理當然之極也。此三者，大學之綱領也。"《大學》又曰：

> 知止而後有定，定而後能靜，靜而後能安，安而後能慮，慮而後能得。物有本末，事有終始，知所先後，則近道矣。

定靜安慮以至於得，乃學者必經之程序，故當知其本末先後之道。然則孰宜先始、孰宜終後乎？曰：

> 古之欲明明德於天下者，先治其國；欲治其國者，先齊其家；欲齊其家者，先修其身；欲修其身者，先正其心；欲正其心者，先誠其意；欲誠其意者，先致其知，致知在格物。

按修齊言明德也，平治言親民也。既明德而親民，斯止於至善矣。惟修、齊、治、平，須以正、誠、格、至為本；正、誠、格、致，又以"格物"最

屬重要。故格物,三綱八目之泰上基址耳。因曰:

物格,而後知至;知至,而後意誠;意誠,而後心正;心正,而後身修;身修,而後家齊;家齊,而後國治;國治,而後天下平。

反覆聯索,上下相成,孔家教學之倫理系統,遂以整個完成矣。

附録三:子思

子思即孔伋,乃伯魚(鯉)之子,孔子之孫。相傳伯魚早死(《論語》有“鯉也死,有棺而無槨”語)。子思未能直傳其家學而受教於曾子,然終無忝祖德焉。子思著有《中庸》三十二章,存今《四書》及《禮記》內。其論學也,於方法上多有開拓。如第二十章云:

博學之,審問之,慎思之,明辨之,篤行之。

此為大綱,以下再加申述曰:

有弗學,學之弗能弗措也。有弗問,問之弗知弗措也。有弗思,思之弗得弗措也。有弗辨,辨之弗明弗措也。有弗行,行之弗篤弗措也。人一能之,己百之。人十能之,己千之。果能此道矣,雖愚必明,雖柔必强。

拚命精神,徹底主義,步驟有序,條目具體。此種縝密完整博大精一之方法系統,直可與《大學》所撰之倫理系統,後先媲美,相為成用已。

三、墨　子

《史記》:"墨翟,宋之大夫,善守禦,為節用。或曰並孔子時,或曰在其後。"《漢志》"《墨子》七十一篇",今所存者僅五十三篇。

按墨子"尊鬼""尚同""兼爱""非攻",以徒跣苦工身體力行為事。學問之道,恒多空談,故此公甚少近之。即令偶有所言,亦是經驗之語耳。如《所染篇》曰:

> 子墨子見染絲者而歎曰:"染於蒼則蒼,染於黄則黄,所入者變其色亦變,五入則已為五色矣,故染不可不慎也。"

因染絲之直觀,而引起環境力量偉大之歎,是實行家當有之情況。墨子又曰:

> 非獨染絲然也……士亦有染,其友皆好仁義,淳謹畏令,則家日益,身日安,名日榮,處官得其理矣。……其友皆好矜奮,創作比周,則家日損,身日危,名日辱,處官失其理矣。(同上)

環境決定論者,前此雖有孔子,然固不如墨子之所言真率也。

四、莊　子

莊子名周,宋蒙縣人。嘗為蒙之漆園城吏,與孟子同時。書據《漢志》當有五十二篇,今存三十三篇而已。中以《逍遥遊》等内七篇,為最精真可信。

莊子信天鄙人貴樸任真,承老子之學而愈光大之,故於學問知識,亦持反對態度。莊子曰:

> 吾生也有涯,而知也無涯,以有涯隨無涯,殆已。……緣督以為經,可以保身,可以全生,可以養親,可以盡年。(《養生主》)

以有涯之生,逐無涯之知,此真愚而可哀者矣。何若緣督為經,省我精力以全生盡年乎?於是又依歷史看法而斥學識之妄曰:

> 古之人在混芒之中,與一世而得澹漠焉。當是時也,陰陽和靜,神鬼不擾,四時得節,萬物不傷,群生不夭,人雖有知,無所用之,此之謂至一。當是時也,莫之為而常自然。逮德下衰,及燧人伏羲始為天下,是故順而不一。德又下衰,及神農黄帝始為天下,是故安而不順。德又下衰,及唐虞始為天下,興治化之流,澆淳散樸,離道以善,險德以行,然後去性而從於心,心與心識,知而不足以定天下,然後附之以文,益之以博,文滅質,博溺心,然後民始惑亂,無以反其性情,而復其初。(《繕性篇》)

唾棄心知文博,圖歸澹漠至一,是尚何有於學、何有於識哉!

五、孟　子

孟子名軻字子輿(一曰子車),鄒人,受業於子思之門人。學成,歷遊梁、滕、宋、魯諸國，不遇，退而與萬章之徒，作《孟子》七篇。

按孟書多談性氣，關於論學，只有數語扼要而已。孟子曰：

學問之道無他，求其放心而已矣。（《告子》）

已放之心，約之使返。能如是，方克清明上達，昭著義禮。又曰：

羿之教人射，必志於彀，學者亦必志於彀。大匠誨人必以規矩，學者亦必以規矩。（同上）

朱熹注："彀，弓滿也。規矩，匠之法也。文必有法，然後可成。曲藝且然，況聖人之道乎？"孟子又曰：

博學而詳說之，將以反說約也。

博學於文，詳說其理，然後可以融合貫通以直達於切要之地。

蓋孟子因孔子"性近"之理，而主張性善內任。以為人如消極地保持其天賦之性，與夫不學不慮之"良知"、"良能"即可矣，不必更求諸外也。學乃後天之事，故孟子頗罕言之。

六、荀　子

荀卿名況，又稱孫卿，趙人。齊襄王時遊於齊，曾三為祭酒。後遭讒去楚，依春申君為蘭陵令。春申君死，荀卿亦廢，乃著書數萬言而卒。

荀子論性，適與孟子相反。卿謂："人之性惡，其善者為也。"（《性惡》)夫偽者何?即人為耳,後天之習耳,亦即學耳。人惟化性起僞,方能長福進善。故荀子於學,積極提倡。

1. **學之功用　學之唯一功用,即在化性起僞,荀子曰:**

可學而能、可事而成之在人者,謂之僞。(《荀子·性惡》)

學所以起偽,為人致善之原,故荀子曰:

吾嘗終日而思矣,不如須臾之所學也。(《勸學》)

2. **學之方法　學之方法甚多:**

A. 参省　君子博學而日參省乎己,則知明而行無過矣。(同上)

按此即曾子"吾日三省吾身"之義而又益之以博學者。

B. 親友　君子居必擇鄰,遊必就士,所以防邪僻而近中正也。(同上)

里仁為美,以友輔仁,人自無從邪僻。

C. 隆師　學莫便乎近其人,學之經莫速乎好其人,隆禮次之。(同上)

王先謙《荀子集解》:“經讀為徑,言入學之蹊徑莫速乎好賢也。”故曰:

> 多知而無親,博學而無方,好多而無定者,君子不與。(《大略》)

王《集解》:“親,師也;方,法也。雖廣博而無師法,未得謂學。”荀子曰:

> 非我而當者,吾師也。是我而當者,吾友也。諂諛我者,吾賊也。故君子隆師而親友,以致惡其賊。(《修身》)

師友與賊,當依禮法分別清楚,不得感情用事。故曰:“聖也者,盡倫者也。王也者,盡制者也。兩盡者,足以為天下極矣。故學者以聖王為師,案以聖王之制為法,法其法以求其統類,以務象效其人。向是而務,士也;類是而幾,君子也;知之,聖人也。”(《解蔽》)

王《集解》:“倫,物理也。制,法度也。士者修飾之名,君子有道德之稱也。聖人,知聖王之道者。”按隆師親友之法,至此可謂抉發無遺。

> D. 切磋　人之於學也,猶玉之於琢磨也。詩曰:“如切如磋,如琢如磨。”謂學問也。……學問不厭,好士不倦,是天府也,君子疑則不言,未問則不立,道遠日益矣。(《大略》)

學唯切磋方能多得,為道久遠自將日益。是故荀子曰:“真積力久則入。”(《勸學》)

3. **學之時期　學惡乎始、惡乎終？荀子分為數義兩端曰：**

A. 數　其數則始乎誦經，終乎讀《禮》。……《書》者，政事之紀也；《詩》者，中聲之所止也；《禮》者，法之大分，類之綱紀也。故學至《禮》而止矣。(《勸學》)

偽起而生禮，人學至於《禮》，知法度矣。故曰學至乎《禮》而止也。

B. 義　其義則始乎為士，終乎為聖人。……學至乎沒而後止也。學數有終，若其義，則不可須臾舍也。(同上)

按荀子以士、君子、聖人為三等，故云始士終聖人也。然其主要涵義，卻在“至乎沒”、“不可須臾舍”二點。

4. **學之種類　學有“君子”、“小人”之別，荀子曰：**

A. 君子之學　君子之學也，入乎耳，著乎心，布乎四體，形乎動靜，端而言，蠕而動，一可以為法則。

B. 小人之學　小人之學也，入乎耳，出乎口，口耳之間，則四寸耳。曷足以美七尺之軀哉！

(同上)

昔孔子謂子夏曰：“女為君子儒，毋為小人儒。”(《論語》)蓋君子之學為己，小人之學為人，為己故為君子儒，為人故為小人儒也。是以荀子曰：

> 君子之學也,以美其身。小人之學也,以為禽犢。(同上)

右述荀子論學已畢,觀其所言,雖似紛繁,然苟歸而納之,則學在積善成德化性作聖,道為隆師崇禮真思力行,二語即盡矣。

七、韓　非

韓非,韓之諸公子也。與李斯俱事荀卿,而斯自謂弗如。非因韓弱,曾數上書諫韓王,王不能用,後以秦要出使於秦,但為斯等所譖,下獄毒殺。遺著傳今者,有《韓非子》五十五篇,大體可信。

非為人口吃而善著書,喜刑名法術而歸本於黃老。其反對儒墨之基本理由即在:“儒以文亂法,俠以武犯禁。”(《韓非·五蠹》)非曰:

> 藏書策,習談論,聚徒役,服文學而議說,世主必從而禮之曰:“敬賢士,先王之道也。”夫吏之所稅,耕者也。而上之所養,學士也。耕者則重稅,學士即多賞。而索民之疾作而少言談,不可得也。……無耕之勞而有富之實,無戰之危而有貴之尊,則人孰不為也?是以百人事智而一人用力,事智者眾則法敗,用力者寡則國貧,此世之所以亂也。故明主之國,無書簡之文,以法為教;無先王之語,以吏為師。(《顯學》)

獎勵生產,疾惡素餐,空談學問之輩,自在打倒之例。故非又詆賢智之說曰:

> 所謂賢者,貞信之行也。所謂智者,微妙之言也。微妙之言,上智之所難知也。今為眾人法,而以上智之所難知,則民無從識之矣。(《五蠹》)

貞信微妙之言行,此非通人所盡能,是以韓非棄之。仁義亦然,非曰:

> 行仁義者非所譽,譽之則害功。工文學者非所用,用之則亂法。……然則為匹夫計者,莫如修行義而習文學,行義修則見信,見信則受事,文學習則為明師,為明師則顯榮,此匹夫之美也。然則無功而受事,無爵而顯榮,為有政如此,則國必亂、主必危矣。(同上)

仁義無功,文學亂法,人主崇之,是賞罰不明也。賞罰不明,則亂天下矣。故明主之道為:

> 舉實事,去無用,不道仁義者,故不聽學者之言。……故明主之道,一法而不求智,固術而不慕信。(《顯學》)

民可使由之,不可使知之,主張"急助緩頌""計功授食"之策者,當又歸諸"愚民返樸""絕學去智"之路。

八、呂氏春秋

戰國之末,秦相呂不韋令其門下賓客,各就所聞,筆之於書,集為八覽六論十二紀,凡二十餘萬言,以為備天下萬物古今之事,號曰《呂氏春秋》。

按學問之道,本為儒者專利品,他家鮮有言者。唯《呂氏春秋》以匯類之書,雜採各派學說,故其於學,亦有所記。《呂氏春秋》論學之文,盡在《勸學》《尊師》《誣徒》等篇中。茲分列之:

1. **學之原理　《呂氏春秋》對於為學之理,說得最為透澈。《尊師篇》曰:**

> 且天生人也,而使其耳可以聞,不學其聞不若聾。使其目可以見,不學其見不若盲。使其口可以言,不學其言不若爽。使其心可以知,不學其知不若狂。故凡學非能益也,達天性也。能全天之所生而勿敗之,是謂善學。

《呂氏春秋》高誘注:"爽,病。無所別也。"《勸學篇》亦述人必有學之旨曰:

> 先王之教,莫榮於孝,莫顯於忠。忠孝,人君人親之所甚欲也。顯榮,人子人臣之所甚願也。然而人君人親不得其所欲,人子人臣不得其所願,此生於不知理義,不知理義生於不學。

人倫依乎義理,義理賴乎為學,故人生之中學為最要。

2. **學之方法　此無它,尊師而已矣。《勸學篇》曰:**

學者師達而有材,吾未知其不為聖人。

至於尊師之道,則:

尊師則不論其貴賤貧富矣。若此則名號顯矣,德行彰矣。故師之教也,不爭輕重尊卑貧富而爭於道。其人苟可,其事無不可。所求盡得,所欲盡成,此生於得聖人。聖人生於疾學。……疾學在於尊師。師尊,則言信矣,道論矣。

師之所在道之所存也,不尊師者學必無成。《尊師篇》亦曰:

凡學,必務進業,心則無營。疾諷誦,謹司聞,觀驩愉,問書意,順耳目,不逆志,退思慮,求所謂,時辨說,以論道,不苟辨,必中法,得之無矜,失之無慙,必反其本。生則謹養,謹養之道,養心為貴。死則敬祭,敬祭之術,時節為務。此所以尊師也。

望色承歡養生送死,尊師之道,至此極矣。然,是何卑鄙之足云?尊師所以為學耳。不學之士,始不如斯。《誣徒篇》曰:

故不能學者,遇師則不中,用心則不專,好之則不深,就業則不疾,辨論則不審,教人則不精;於師慍,懷於俗,羈神於世,矜勢好尤,故湛於巧智,昏於小利,惑於嗜欲,問事則前後相悖,以章則有異心,以簡則有相反,離即不能合,合則弗能離,事至則不能受。此不學者之患也。

師不嚴則道不尊,道不尊則不成。此《呂氏春秋》為學方法之唯一結論。

九、禮　記

《漢志》:記二百三十一篇,七十子後學所記。然據康有為《偽經考》云:"孔門相傳,無別為一書謂之《禮記》者。……其篇數蓋不可考,但為禮家附記之類書。"是則此書之作者及年代,均不可考矣。

今所傳者,為東漢盧植、馬融合編而鄭玄加注之物。據云:西漢時大戴德刪古文記為八十五篇,小戴勝又刪大戴記為四十六篇,而盧、馬就小戴記益以三篇成四十九篇之數,是故今本《禮記》,究能保持幾分本色,誠不可知已。

龔自珍評《大戴記》曰:"二戴之記,皆七十子以後迨乎炎漢之儒所為,源遠而流分,故多支離猥陋之詞。"此言更足加重吾人懷疑之信念。

因是,今古雜糅之《禮記》一書,無論學者若何為其辨護,按時期言,亦衹能側於先秦之末。

《禮記》論學之言,盡於《學記》一篇。《學記》開宗明義即曰:

發慮憲求善良,足以謏聞,不足以動眾。就賢體遠,足以動眾,未足以化民。君子如欲化民成俗,其必由學乎!

聖人之道布在方策,化民成俗必由乎學。故又曰:

玉不琢,不成器,人不學,不知道。是故古之王者建國君民,教學為先。《兑命》曰:“念終始典於學。”其此之謂乎!

鄭玄注:“典,經也。兑,當説字之誤。”又發明教學相長之義曰:

雖有嘉肴,弗食不知其旨也。雖有至道,弗學不知其善也。是故學然後知不足,教然後知困。知不足,然後能自反也。知困,然後能自强也。故曰教學相長也。《兑命》曰:“學學半。”其此之謂乎!

鄭注:“學學半,言學人乃益己之學半。”按既曰教學相長矣,烏可不隆師親友乎?因曰:

故君子之於學也,藏焉脩焉,息焉遊焉。夫然,故安其學而親其師,樂其友而信其道。

然師不可不擇也,故曰:

君子知至學之難易而知其美惡,然後能博喻,能博喻然後能為師,能為師然後能為長,能為長然後能為君。故師也者,所以學為君也。是故擇師不可不慎也。

夫師之地位既若是之重要,吾人焉可不尊嚴之乎?故曰:

凡學之道,嚴師為難,師嚴然後道尊,道尊然後民知敬學。

至是,先秦哲人之論學,吾人可以知其梗概矣:老莊方外,墨翟力行,學問之道,恒多不屑。孔子博大,開其全端;曾參完成理論,子思拓充方法。孟之與荀,一簡一繁,簡者重先天,繁者尚經驗。韓非後至,法治代學,揆其原因,歸本黄老。逮夫《吕覽》《禮記》,則或知尊師之首要,或識教學之相長,雖為類書,同垂不朽已。

編者按:先生《先秦諸子論學拾零》發表於《北强月刊》(1935 年第 2 卷第 3 期),署名"魏紫銘"。《北强月刊》為雙月刊,1934 年 4 月創刊,由北平民友書局發行,是北强學社創辦的一個刊物。北强學社是東北淪亡後,由北平部分高校師生創立的一個學術社團,主要成員均為吉林人,宣稱"目前的急務,自唯有處心積慮,誓死抗敵"。該社在民國時期也是一個出版機構,出版發行了很多著作。先生於 1934 年加入北强學社,被選為該社理事,為收復東北奔走呼號。

《管子》和管仲

一、《管子》和管仲

1. 管仲(? —前六四五)的生平

管仲也叫管敬仲,名夷吾,字仲。春秋時潁上(潁水之濱,今河南省臨潁、許昌等地)人。出身於沒落的貴族(姬姓的後人),初因家貧無行,以"不羞小節"自解。和他共事的鮑叔牙經常受到他的欺騙,可是鮑叔不但不計較這些,反而對他更加照顧,後來還把他推薦給齊桓公小白,得為卿相(執政的上大夫)。

管仲治國著重發展經濟、通貨積財、節用愛民、強兵富國。諸如官辦鹽鐵、鑄造貨幣、重農抑商、調整物價、選拔賢能、嚴明刑賞等,無不措施具體、行之有效。齊桓公的"九合諸侯,一匡天下",成為"五霸"之首,都是管仲積極幫助的結果,所以稱得起那個時代的政治經濟學家。

2.《管子》其書

《漢書・藝文志》著録《管子》八十六篇,傳今的本子與此相符(始於《牧民第一》終於《輕重庚第八十六》),不過其中的《王言》《言昭》《修身》《問霸》等十篇已亡,只存目録。此書並非管仲自著,也不是所有的內容都代表管仲的思想。舊説《經言》等九章較為可靠,餘則儒、道、陰陽、兵、名家的全有。

《管子》這書頗為難讀,歷代注釋的人除唐尹知章(題名房玄齡)以外,一直到清朝才做了些校勘考訂的工作,戴望所著的《管子校正》,就是彙集了各家研究的成果的。近人郭沫若等的《管子集校》、羅根澤的《管子探源》,也都可供參考。

二、《管子》主要思想析論

1. 以"霸道"①"富國""愛民"

為而不貴者霸,不自以為所貴,則君道②也。(《管子·乘馬》)

審謀章禮,選士利械③,則霸。(《管子·幼官》)

諸侯毋專立妾以為妻,毋專殺大臣,無國勞毋專予禄④,士庶人毋專棄妻,毋曲堤⑤,毋貯粟,毋禁材⑥。行此卒歲⑦,則始可以罰矣。(《管子·大匡》)

---

① 孟軻論及春秋的霸權時,曾指出它的特點為:"以力假仁者霸,霸必有大國。"(《孟子·公孫丑》)這個"力"當然說的是武力,能夠發出兵車千乘(輛)以上的大國諸侯。而所謂"仁",則是一種尊王攘夷、扶弱濟傾的口號,實際上早已是大權旁落挾天子以令諸侯的奴隸主共主別稱了。前此孔丘不也頌揚過管仲的"仁"嗎?

② 君道,統治天下的路子。

③ 章,明也,明白地定出禮制。利,鋒利。械,武器。

④ 對於國家沒有功勞的人,不要隨意給予俸禄。

⑤ 曲堤,障谷,壟斷水源。

⑥ 禁材,專利木材。

⑦ 卒歲,一年完了。

葵丘①之會諸侯,束牲、載書而不歃血②。初命③曰:“誅不孝,無易樹子④,無以妾為妻。”再命曰:“尊賢育才,以彰有德。”三命曰:“敬老慈幼,無忘賓旅⑤。”四命曰:“士無世官,官事無攝,取士必得,無專殺大夫⑥。”五命曰:“無曲防,無遏糴⑦,無有封而不告⑧。”曰:“凡我同盟之人,既盟之後,言歸於好。”(《孟子·告子》)

通之以道,畜之以惠⑨,親之以仁,養之以義,報之以德,結之以信,接之以禮,和之以樂,期之以事,攻之以官,發之以力,威之以誠。一舉⑩而上下得終,再舉而民無不從,三舉而

① 葵丘,春秋齊地,在今山東省臨淄縣西。

② 束牲,把牲口捆起來。載書,書面誓言。歃血,歃音 shà,奴隸貴族彼此盟好時的一種儀式,通常是用手指沾染犧牲的血塗在嘴邊。齊桓公初會諸侯時,威力即已特別強大,諸侯畏威懷德,都不敢採用這種老辦法了。

③ 初命,第一次公佈的命令。

④ 樹子,已經樹立了的世子,貴族統治階級的接班人。

⑤ 遠方羈旅的客人,不要忘記照看。

⑥ 賢臣才能夠世襲爵禄。無攝,下官庶僚不得曠職。無專殺大夫,不得以私人怨恨殺戮朝官。

⑦ 曲防,障水專利,影響鄰國的灌溉。遏糴,阻礙友邦糧食的調濟。遏音 è,阻止。糴音 dí,購入米穀。

⑧ 封而不告,不通過盟主就任意封贈臣下。

⑨ 自“通道”至“威誠”,都說的是維護沒落的奴隸貴族統治階級“霸權”的具體措施。

⑩ 自“一舉”至“九舉”,是依次列舉齊桓公“九合諸侯,一匡天下”的成效。上下得終,從盟主到諸侯以及各自的臣下,全得盡其禮數之謂。

地辟散成①,四舉而農佚粟十②,五舉而務輕金九③,六舉而絜知④事變,七舉而外⑤内為用,八舉而勝行威立⑥,九舉而帝事成形⑦。

一會諸侯,令曰:"非玄帝⑧之命,毋有一日之師役。"再會諸侯,令曰:"養孤老,食常疾,收孤寡⑨。"三會諸侯,令曰:"田租百取五,市賦百取二,關賦百取一⑩,毋乏耕織之器。"四會諸侯,令曰:"修道路,偕度量,一稱數;毋征藪澤,以時禁發之。⑪"五會諸侯,令曰:"修春秋冬夏之常祭,食天壤山川之故祀⑫,必以時。"六會諸侯,令曰:"以爾壤生物共玄官,請四輔⑬,將以禮上帝。"七會諸侯,令曰:"官處四體而無禮者,

① 地辟,開拓了疆土。散成,諸侯紛紛朝請齊桓。

② 農佚,減少徭役,農民安樂。粟十,糧食豐收,十分富裕。

③ 務輕,節省了開支。金九,供給九分之一的收入,即足官用。

④ 絜知,預先料到,忖度。絜,音 xié。

⑤ 外,指諸侯而言。

⑥ 取得全面勝利叫做勝行,這樣一來,威信自然就昭著於天下。

⑦ 帝事成形,還不是奴隸共主的地位嗎?

⑧ 玄帝,北方的天帝,這是托命於神的說法,含有不輕易動兵之義。

⑨ 這些便是"仁慈""惠愛"的德政了,問題在於對庶人以下的廣大奴隸並不有此。

⑩ 百取五、取二、取一都說的抽稅的百分比數,農稅較重一事,可以看出農業為主導的情況。這是管仲的經濟政策。

⑪ 偕,同一。稱,斤兩。數,分量標準。藪,音 sǒu,山林。澤,湖泊。採伐漁獵需按季節。凡此種種,已經是向統一天下行進的措施。

⑫ 祭、食,都是供奉鬼神的時物,這一條是專講祭祀的。

⑬ 玄官,郊天之官。四輔,三公襄祭。對待上帝必須特別隆重。

流之焉,莠命。①”八會諸侯,令曰:“立四義②而毋議者,尚之於玄官,聽於三公。”九會諸侯,令曰:“以爾封內之財物,國之所有為幣③。”九會,大命焉出,常至④。

(《管子·幼官》)

按《管子》的“盟書”文脫胎於《尚書》的“誓命”,不過文字更曉暢,內容更現實了,以其針對當日的國際政治情況,兼顧到各地人民的生活,故發佈命令似地,有此條目清晰、要言不繁之作也。九合諸侯,“盟書”文亦層出不窮。

2.“牧民”才是霸者對待人民的政治態度

凡有地牧民者,務在四時,守在倉廩。國多財,則遠者來;地辟舉,則民留處;倉廩實,則知禮節;衣食足,則知榮辱;上服度,則六親固;四維張,則君令行。(《管子·牧民》)

按牧有放養和治理二義,一般是指放牛養馬而言。對於人民這樣講,可見鎮壓的本來面目,“牧民”不過是為了“御民”麼。所以不管什麼“仁愛”“爵賞”,說得再好聽,也只是驅使老百姓流血流汗,以維持其搖搖欲墜的奴隸貴族統治階級的政權的。問題在於管仲這兒特別

① 官處,辦公事。流,發現。莠命,穢亂教命,胡作非為。此言整頓風紀。

② 四義:即無障穀、無貯粟、無易樹子和無以妾為妻。毋議,沒有相反的意見。尚,呈報。玄官,天子左右的卿士。聽,接受任命。

③ 交際諸侯,不惜財物。封內,國境之中。幣,禮品。

④ 九會,九合諸侯。大命,就是前面羅列的那些命令。常至,諸侯按照通知出席盟會。

強調“禮節”“榮辱”,以及下面提的更明確的“禮義廉恥,國之四維,四維不張,國乃滅亡”的社會根源、歷史根源是什麼。

3.“法”為治民之本①

凡牧民者,欲民之可御②也;欲民之可御,則法不可不審。法者,將立朝廷③者也。將立朝廷者,則爵服④不可不貴也;爵服加於不義,則民賤其爵服;民賤其爵服,則人主⑤不尊;人主不尊,則令不行矣。法者,將用民力者也。將用民力者,則禄賞不可不重也;禄賞加於無功,則民輕其禄賞;民輕其禄賞,則上無以勸⑥民;上無以勸民,則令不行矣。法者,將用民能者也。將用民能者,則授官不可不審也;授官不審,則民閑⑦其治;民閑其治,則理不上通⑧;理不上通,則下怨其上;下怨其上,則令不行矣。法者,將用民之死命者也。用民之死命者,則刑罰不可不審;刑罰不審,則有辟就⑨;有辟就,

① 以法御民、嚴格刑賞、隆主重勢、中央集權,這原本是管仲的看家本領。看他這裏兩次三番地提到,無論是“用民力”“用民能”以至於“用民之死命”,都離不開一個“法”字,就充分地說明了問題。所以我們認為管仲是春秋時代早期的法家之一,在某些原則上已經先立規範,絕非虛語。

② 御,駕馭、管制。

③ 立朝廷,建立最高的統治機構。

④ 爵服,官爵、服色,分別等級高下。

⑤ 人主,最高統治者。

⑥ 勸,鼓勵,說服。

⑦ 閑,漠不關心。

⑧ 理,情況。上通,使統治者瞭解。

⑨ 辟,逃避。就,接受。

則殺不辜[1]而赦有罪;殺不辜而赦有罪,則國不免於賊臣矣。(《管子·權修》)

4. 依靠“法治”來提高農業生產[2]

錯國於不傾[3]之地,積於不涸[4]之倉,藏於不竭之府,下令於流水[5]之原,使民於不爭之官,明必死之路,開必得之門,不為不可成,不求不可得,不處不可久,不行不可復。

錯國於不傾之地者,授[6]有德也。積於不涸之倉者,務[7]五穀也。藏於不竭之府者,養桑麻、育六畜也。下令於流水之原者,令順民心也。使民於不爭之官者,使各為其所長[8]也。明必死之路者,嚴刑罰也。開必得之門者,信慶賞也。不為不可成者,量民力也。不求不可得者,不強民以其所惡也。不處不可久者,不偷取一世也。不行不可復者,不欺其民也。

故授有德則國安,務五穀則食足,養桑麻、育六畜則民富,令順民心則威令行,使民各為其所長則用備,嚴刑罰則民

① 不辜,無罪的人。

② 這是管仲在繼續講求其富國強兵之道。他的特點在於不但強調節流,更重要的是開源,獎勵農業生產。最有效的促進法則是,刑罰嚴明,賞賜確當。管仲之所以終為法家者就在這種地方。不法先王,面對現實,順民心,量民力,這就是跟索取無饜、一味鎮壓的奴隸主貴族統治者不盡相同。

③ 錯,安置。不傾,不倒臺。

④ 涸,音 hé,乾涸。

⑤ 流水,通暢。

⑥ 授,給予。

⑦ 務,從事,力耕。

⑧ 為其所長,信服。

遠邪,信慶賞則民輕難,量民力則事無不成,不強民以其所惡則詐偽不生,不偷取一世則民無怨心,不欺其民則下親其上。

(《管子·牧民》)

5.“欲取姑與”,先滿足人民的需要①

政之所興,在順民心②;政之所廢,在逆民心。民惡憂勞,我佚樂③之;民惡貧賤,我富貴之;民惡危墜④,我存安之;民惡滅絕,我生育之。能佚樂之,則民為之憂勞;能富貴之,則民為之貧賤;能存安之,則民為之危墜;能生育之,則民為之滅絕。故刑罰不足以畏其意,殺戮不足以服其心⑤。故刑罰繁而意不恐,則令不行矣;殺戮眾而心不服,則上位危矣。故從其四欲,則遠者自親;行其四惡,則近者叛之。故知予之為取者,政之寶也。(《管子·牧民》)

總之,管仲既言國家之目的在為民興利除害,則除了特重法治,無以達到。故其言曰:“法者,民之父母也。”(《法法》)“法者,上之所以一民使下也。”(《任法》)“夫不法法則治。法者,天下之儀也,所以決

① “因民之所利而利之”是統治者慣用的手法,管仲這裏說的順民心及其“四欲”也不例外。

② 順民心,按照人民的心情辦事,他們需要的就想方設法地給,他們反對的儘量避免去辦,單靠刑罰殺戮是不行的。

③ 佚,同逸。佚樂,安適快樂。

④ 危墜,生活沒有保障,陷於困苦危難。

⑤ 管仲雖係法家,卻不主張嚴酷,反而適當照看人民的生活,也是“欲取姑予”,以廣招徠的意思。

疑而明是非也,百姓之所懸命也。”(《禁藏》)“以法治國,則舉措而已。”(《明法》)

6.“節用愛民”,反對鋪張浪費[①]

地辟而國貧者,舟輿飾、臺榭廣也[②];賞罰信而兵弱者,輕用眾、使民勞也[③]。舟車飾、臺榭廣,則賦斂[④]厚矣;輕用眾、使民勞,則民力竭矣。賦斂厚,則下怨上矣;民力竭,則令不行矣。下怨上,令不行,而求敵之勿謀己,不可得也。

地之生財有時,民之用力有倦,而人君之欲無窮[⑤]。以有時與有倦,養無窮之君,而度量不生於其間,則上下相疾也。是以臣有殺其君,子有殺其父者矣。故取於民有度,用之有止,國雖小,必安。故取於民無度,用之不止,國雖大,必危。

(《管子·權修》)

---

① 量入為出,留有餘地,絕不窮奢極欲、賦斂無度,否則便是民窮財盡,使民犯上作亂。

② 水路交通的工具,舟和車,都要講求舒適、漂亮,加以彩飾,居住的宮室樓臺,也要寬闊宏敞。

③ 任意動用百姓,使服勞役。

④ 征收的物質財富。

⑤ 其實管仲自己,就不是一個節約的官員,既有三歸(娶三姓女人做老婆),又設坫(坫,音 diàn,土臺,影壁,使來客“止步揚聲”的所在),這些都是擬於諸侯、僭越體制的行為,所以連推崇過他的孔子都說:“焉得儉!”(《論語·八佾》)他經常說:“有國之君,苟不能同人心、一國威、齊士義、通上下之治以為法,則雖有廣土眾民,猶不能以為治也。”(《法禁》)“雖聖人不能生法,不能舍法而治國。”(《法法》)“法者所以興功懼暴也,律者所以定分止爭也,令者所以令人知事也。”(《七臣七主》)講得最分明。

市①者,貨之凖②也。是故百貨賤,則百利不得。百利不得,則百事治。百事治,則百用節矣。

黄金者,用之量③也。辨於黄金之理,則知侈④儉。知侈儉,則百用節矣。故儉則傷事⑤,侈則傷貨。儉則金賤,金賤則事不成,故傷事。侈則金貴,金貴則貨賤,故傷貨。貨盡而後知不足,是不知量也。事已而後知貨之有餘,是不知節也。不知量,不知節,不可謂之有道。

(《管子·乘馬》)

7. 按照等級制度分配物質財富⑥

度爵而制服,量禄而用財。飲食有量,衣服有制,宫室有度,六畜人徒有數,舟車陳器有禁,修生則有軒冕服位穀禄田宅之分,死則有棺槨絞衾壙壟之度。雖有賢身貴體,毋其爵,不敢服其服。雖有富家多資,毋其禄,不敢用其財。天子服文有章,而夫人不敢以燕以飨廟,將軍大夫不敢以朝官吏,以命士,止於帶緣。散民不敢服雜采,百工商賈不得服長鬈貂,刑餘戮民不敢服絻,不敢畜連乘車。(《管子·立政》)

朝廷不肅,貴賤不明,長幼不分,度量不審,衣服無等,上下淩節,而求百姓之尊主政令,不可得也。(《管子·權修》)

---

① 市,買賣的場所。

② 貨,商品,交易的東西。凖,價格的標凖,定價。

③ 黄金,貨幣,通用市面的錢。

④ 侈,奢靡,浪費。

⑤ 事,功業。傷,損害。這兒説過猶不及,吝惜也錯。

⑥ 管仲雖然不是按照周禮的舊制來講求物【此後缺原稿21~22頁】

8."四維"①:統治人民的道德規範

國有四維,一維絶則傾,二維絶則危,三維絶則覆,四維絶則滅。傾可正也,危可安也,覆可起也,滅不可復錯②也。何謂四維:一曰禮,二曰義,三曰廉,四曰恥。禮不踰③節,義不自進,廉不蔽惡④,恥不從枉⑤。故不踰節,則上位安;不自進,則民無巧詐;不蔽惡,則行自全;不從枉,則邪事不生。(《管子·牧民》)

凡牧民者,欲民之正也。欲民之正,則微邪⑥不可不禁也。微邪者,大邪之所生也。微邪不禁,而求大邪之無傷國,不可得也。

凡牧民者,欲民之有禮也。欲民之有禮,則小禮不可不謹也。小禮不謹於國,而求百姓之行大禮,不可得也。

凡牧民者,欲民之有義也。欲民之有義,則小義不可不行。小義不行於國,而求百姓之行大義,不可得也。

凡牧民者,欲民之有廉也。欲民之有廉,則小廉不可不修也。小廉不修於國,而求百姓之行大廉,不可得也。

凡牧民者,欲民之有恥也。欲民之有恥,則小恥不可不

---

① 什麽叫"維"? 不單純是維繫連結的意思,應該引申為綱紀、規範。"四維"即是管仲用以約束人民的四種道德法則。

② 錯,安置。不可復錯,没有辦法再圖恢復了。

③ 踰,同逾,超越。

④ 蔽,掩蓋,隱諱。

⑤ 枉,錯誤。

⑥ 微,細小。微邪,小錯誤。

飾也。小恥不飾於國,而求百姓之行大恥,不可得也。

凡牧民者,欲民之修小禮、行小義、飾小廉、謹小恥、禁微邪,此厲①民之道也。民之修小禮、行小義、飾小廉、謹小恥、禁微邪,治之本也。

(《管子·權修》)

說來說去,不外是使人民安分守己、謹小慎微以安"上位",從而遂行其苟延早已趨於沒落的奴隸主貴族統治政權的政治目的,它和儒家不同的地方只在於不法先王、不講繁文縟禮,比較能夠照顧人民的生活。所謂富國強兵,調度有方,既攘夷狄,又號中國者是。這個道理下面交待得更清楚。

9."四民"分業,特重士人②

昔聖王之處士也,使就閑燕③;處工,就官府④;處商,就市井⑤;處農,就田野。

---

① 厲,通作礪,督勸,鼓舞。

② 我国奴隸制在西周的時期,庶民、奴隸供備奴隸主貴族役使的職事或工種,還不可能士、農、工、商分得這般清楚。但是,由於生產力生產關係的逐漸有所改變,到了春秋之初,便不容易照老樣子生活下去了。所以,管仲的"四民"之分,不過是適應了客觀形勢的需要,因勢利導了一回。而為了熟習業務精益求精,不只給他們劃定了專業區,並且叫他們代代相傳地世襲,這就不能不算是管仲匠心獨運的地方啦。以"士"為首,遂下開了"萬般皆下品,惟有讀書高"的前例。

③ 閑燕,要給時間,讓士人習禮弄文。

④ 就官府,使工人在固定的作坊裏從事器物的生產。

⑤ 市井,街道市區,貨物集散之處。

令夫士群萃而州處,閑燕則父與父言義,子與子言孝,其事君者言敬,其幼者言悌①。少而習焉,其心安焉,不見異物而遷焉。是故其父兄之教,不肅②而成,其子弟之學,不勞③而能。夫是故士之子恒為士。

令夫工群萃而州處,審其四時④,辨其功苦⑤,權節其用⑥,論比協材⑦。旦暮從事⑧,施於一方,以飭⑨其子弟,相語以事,相示以巧,相陳以功。少而習焉,其心安焉,不見異物而遷焉。是故其父兄之教,不肅而成,其子弟之學,不勞而能。夫是故工之子恒為工。

令夫商群萃而州處,察其一時,而監⑩其鄉之資,以知其市之賈⑪,負任擔荷⑫,服牛軺馬⑬,以週四方,以其所有,易其所無,市賤鬻⑭貴。旦暮從事於此,以飭其子弟,相語以

---

① 萃,音 cuì,聚集的人和物。州處,居住在城市。義、孝、敬、悌,奴隸主階級的道德標準,還是著重倫常的。

② 肅,嚴格、強迫。

③ 不勞,用不到費多大氣力。

④ 認清楚春、夏、秋、冬。

⑤ 看明白勞動生產辛苦的情況。

⑥ 勞逸結合,安排適當。

⑦ 考較是塊什麼材料,分工合作。

⑧ 起早貪晚地幹。

⑨ 飭,責令,驅使。

⑩ 監,掌握,調查。

⑪ 賈,貨物的價碼。

⑫ 肩挑曰擔,背負曰荷,以人力運送貨物。

⑬ 軺音 yáo,小車。這是說用牛馬拉車載運物資。

⑭ 鬻音 yù,出售。

利①,相示以賴,相陳以知賈。少而習焉,其心安焉,不見異物而遷焉。是故其父兄之教,不肅而成,其子弟之學,不勞而能。夫是故商之子恒為商。

令夫農群萃而州處,察其四時,權節其用,耒耜枷芟。及寒,擊草除田②,以待時耕。及耕,深耕而疾耰③之,以待時雨。時雨既至,挾其槍刈耨鎛④,以旦暮從事於田野。脫衣就功⑤,首戴茅蒲⑥,身衣襏襫⑦,霑體途足⑧,暴其髮膚,盡其四支之敏⑨,以從事於田野。少而習焉,其心安焉,不見異物而遷焉。是故其父兄之教,不肅而成,其子弟之學,不勞而能。夫是故農之子恒為農。

(《國語·齊語》)

管仲以齊其民、一其民為治國之首務,故必以法勸之。"不為愛民虧其法,法愛於民。"(《七法》《法法》凡三見)又說:"計上之所以愛民者,為用之愛之也,為愛民之故,不難毀法虧令,則是失所謂愛民矣。"(《法法》)這便是他的法治精神。他還一再地強調說"天不為一物枉

---

① 說的都是賺錢牟利的事。

② 耒音 lěi,古代犁上的木耙。耜音 sì,耒的端木。枷音 jiā,打穀的連枷。芟音 shān,割草。擊,敲打,摘取。

③ 耰音 yōu,布種後的平土器。

④ 槍,銳利的收割工具。刈音 yì,除草。耨音 nòu,鋤刀。鎛音 bó,鋤的一種。

⑤ 從事勞動時,脫掉上衣。

⑥ 矛蒲,草帽。

⑦ 襏音 bó,雨衣。襫音 shì,也是雨衣。

⑧ 霑音 zhān,淋濕。塗,泥汙。

⑨ 敏,伶俐,輕快。

其時,明君聖人亦不為一人枉其法。天行其所行,而萬物被其利;聖人亦行其所行,而百姓被其利”(《白心》),令期必行。

10. 居上位的統治者,都必須懂得這個

聖人①之所以為聖人者,善分民②也。聖人不能分民,則猶百姓也。於己不足③,安得名聖?是故有事④則用,無事則歸之於民,唯聖人為善托業於民。民之性也,辟⑤則愚,閉⑥則類,上為一⑦,下為二⑧。(《管子·乘馬》)

11. 為了鞏固統治也借助鬼神之道

得天之道,其事若自然。失天之道,雖立不安。其道既得,莫知其為之。其功既成,莫知其釋之。藏之無形,天之道也。

其功順天者,天助之。其功逆天者,天違之。天之所助,雖小必大。天之所違,雖成必敗。順天者有其功,逆天者懷其凶,不可復振也。

(《管子·形勢》)

---

① 聖人,最高統治者的代稱,即當時的奴隸主。

② 分民,按照人民所操持的業務去合理地使用。

③ 連對自己的措施、享用,都無法實踐,供應不了。

④ 事,政事,公務。

⑤ 辟,開明,啟示。

⑥ 閉,封閉,亦是“民可使由之,不可使知之”的意思。

⑦ 上,統治者;一,政令、社會地位。

⑧ 下,被統治者;二,次要,下屬,派生。

按奴隸主統治階級，從來都是尊天敬鬼，借之迷惑人民、維繫政權的。管仲雖然是個有著革新精神的政治家，在這一點上卻也不能例外。這裏首先談的是“天道”，而“藏之無形”之言，即不但說它是“神乎其神”不可“違逆”(抗拒的意思)的，在另一方面也未嘗不是知其術窮時託辭了。下面說的是天地鬼神：

順民之經①，在明②鬼神，祗③山川，敬宗廟，恭祖舊④。(《管子·牧民》)

不明鬼神，則陋⑤民不悟；不祗山川，則威令不聞；不敬宗廟，則民乃上校⑥；不恭祖舊，則孝悌不備。(同上)

一樹百獲者，人也。我苟種之，如神用之，舉事如神，唯王之門。(《管子·權修》)

請命於天地，知氣和，則生物從。(《管子·幼官》)

---

① 經，常也，通用的方法。

② 明，公開宣傳。

③ 祗，音 zhī，敬也。

④ 祖舊，先人。

⑤ 陋，無知，簡易。

⑥ 校，衡量，計較。這是說，如果老百姓都沒了天地鬼神，還會怕誰呢？更不要講什麼生產啦。

三、管仲列傳[①]

管仲[②]夷吾[③]者,潁上[④]人也。少時常與鮑叔牙遊[⑤],鮑叔知其賢。管仲貧困,常欺鮑叔[⑥],鮑叔終善遇[⑦]之,不以為言[⑧]。已而[⑨]鮑叔事齊公子小白[⑩],管仲事公子糾。及小白立為桓公,公子糾[⑪]死,管仲囚焉[⑫]。鮑叔遂進[⑬]管仲。管仲既用[⑭],任政於齊,齊桓公以霸[⑮],九合[⑯]諸侯,一匡[⑰]天下,管

---

① 見《史記》卷六十二《管晏列傳第二》。

② 《史記正義》云:"夷吾,姬姓之後,管嚴之子敬仲也。"

③ 夷吾,管仲的字。

④ 潁,音 yǐng,水名,發源於河南省,流入淮河。潁上,約在今河南省禹縣西。

⑤ 遊,交朋友。

⑥ 司馬貞《史記索隱》云:"《呂氏春秋》:'管仲與鮑叔同賈南陽,及分財利,而管仲嘗欺鮑叔,多自取,鮑叔知其有母而貧,不以為貪也。'"按,欺,誆騙之意。

⑦ 善遇,好好對待,不生嫌怨。

⑧ 不以為言,不拿它當話柄。

⑨ 已而,不久以後。

⑩ 小白,齊襄公的次子。事,作臣子。

⑪ 公子糾,小白之兄,爭位被殺,糾音 jiū。

⑫ 管仲和召忽同保公子糾,子糾死,管仲被囚,當了俘虜。

⑬ 進,薦舉。

⑭ 用,任用。

⑮ 霸,作諸侯的盟主。

⑯ 九合,九次召集會合各路諸侯。

⑰ 匡,正也。

仲之①謀也。

語譯:

管仲,字夷吾,是現在河南省禹縣附近的人。青年時就跟鮑叔牙是好朋友,管仲的家裏很窮,常在經濟上佔鮑叔牙的便宜。可是鮑叔牙全不在意,始終和管仲要好。後來鮑叔扶保公子小白,管仲卻給公子糾做了臣子。等到公子糾被殺掉,小白得立為齊桓公時,管仲做了囚犯被送回齊國。(管仲曾追射小白,誤中帶鉤,未死,故爾陷於重罪。)鮑叔牙不但保釋了管仲,還推薦給齊桓公請管仲擔任卿相。管仲當政之後,齊國大治,竟使齊桓公當上霸主,九次會盟各地諸侯,一齊聽憑安排調遣,這都是管仲出謀畫策的結果。

管仲曰:"吾始困時,嘗與鮑叔②賈③,分財利多自與④,鮑叔不以我為貪,知我貧也。吾嘗為鮑叔謀事⑤而更窮困,鮑叔不以我為愚,知時有利不利也。吾嘗三仕三見逐於君,鮑叔不以我為不肖⑥,知我不遭時⑦也。吾嘗三戰三走⑧,鮑叔不以我怯,知我有老母也。公子糾敗,召忽死之,吾幽囚受

---

① 謀,策畫。

② 鮑叔,張守節《史記正義》引韋昭云:"鮑叔,齊大夫,姒姓之後,鮑叔之子叔牙也。"

③ 賈音 gǔ,做生意,經商。

④ 自與,索取。

⑤ 謀事,同持某項生路。

⑥ 不肖,無能,沒才幹。

⑦ 不遭時,倒楣,時機不湊巧。

⑧ 走,敗北,逃亡。

辱,鮑叔不以我為無恥,知我不羞小節,而恥功名不顯於天下也。生我者父母,知我者鮑子也。”鮑叔既進管仲,以身下之①,子孫世禄於齊,有封邑者十餘世②,常為名大夫。天下不多管仲之賢而多鮑叔能知人也③。

語譯:

管仲說:“我早年窮困時,曾經同鮑叔一道做生意,結算收益常常多要,鮑叔知道我貧窮,不說我是在貪得無厭;我也曾跟鮑叔一起奔別的生路,結果弄得我更窮困,鮑叔也不說我愚昧無能,只認為是時機不利的關係;我還曾幾次出來做官幾次都被驅逐了事,鮑叔同樣以為這不是我的不成器,不過由於條件未具備罷了。我甚至在三次參加戰爭三次全敗北逃亡之際,鮑叔也不譏笑我是膽小鬼,因為我有老母要供養。公子糾失敗了,同僚召忽犧牲啦,我卻被關到牢房裏甘受侮辱,鮑叔並不覺得我不知羞恥,他清楚這是由於我不以小小的節操為意,只怕不能建立大功業取得大名聲於天下。生下我來的是父親母親,真理解我的則是鮑叔了。”鮑叔推薦了管仲以後,就屈居下位事事遵從。管仲的子孫從此世世代代享受齊國的封地,傳了十幾輩還很多是有名頭的朝臣呢。可是當時的人都認為管仲賢能不用說了,倒是鮑叔的深知管仲真了不起,值得名揚天下。

---

① 以身之下,退居次位,聽從分配。

② 司馬貞《史記索隱》云:“《世本》云:‘莊仲山產敬仲夷吾,夷吾產武子鳴,鳴產桓子啟方,啟方產成子孺,孺產莊子盧,盧產悼子其夷,其夷產襄子武,武產景子耐涉,耐涉產微,凡十代。’《世譜》同。”

③ 張守義《史記正義》引《國語》云:“齊桓公使鮑叔為相,辭曰:‘臣之不若夷吾者五:寬和惠民,不若也;治國家不失其柄,不若也;忠惠可結於百姓,不若也;制禮義可法於四方,不若也;執枹鼓立於軍門,使百姓皆加勇,不若也。’”

管仲既任政相齊①,以區區之齊在海濱②,通貨積財,富國強兵,與俗同好惡。故其稱③曰:"倉廩實而知禮節,衣食足而知榮辱。上服度則六親固④。四維⑤不張,國乃滅亡。"下令如流水之原,令順民心。故論卑而易行。俗之所欲,因而予之。俗之所否,因而去之。其為政也,善因禍而為福,轉敗而為功。貴輕重⑥,慎權衡⑦。

語譯:

管仲做了齊國宰相主管了國家大事以後,覺得這個國家太小又偏處在東邊海上,如果不大辦商業,通魚鹽之利,積累財富,使著國家強盛起來,並且跟老百姓一條心是不行的。他曾說:"糧食堆滿了倉庫,才談得上讓人民守禮法;吃飽了飯穿暖了衣服才可以講究怎樣是光榮什麼算恥辱。上邊的衣飾服用都按照制度辦事,則親族間關係鞏固可

---

① 任政相齊,主管齊國的政事,做齊國的上大夫,即丞相。

② 齊國東臨渤海,南依黃海。

③ 稱曰,司馬貞《史記索引》云:"是夷吾著書所稱《管子》者,其書有此言,故略舉其要也。"

④ 上服度,張守節《史記正義》云:"上之服御物有制度,則六親堅固也。六親謂:外祖父母一,父母二,姊妹三,妻兄弟之子四,從母之子五,女子之六也。王弼云:'父、母、兄、弟、妻、子也。'"

⑤ 四維,裴駰《史記集解》云:"《管子》曰:'四維,一曰禮、二曰義、三曰廉、四曰恥也。'"

⑥ 貴輕重,司馬貞《史記索隱》云:"輕重,謂錢也。今《管子》有《輕重篇》。"

⑦ 張守節《史記正義》云:"輕重謂恥辱也,權衡謂得失也。有恥辱甚貴重之,有得失甚戒慎之。"

靠啦。不追求禮、義、廉、恥的國家,一定要滅亡。”發佈下來的命令都是合乎人民的心願而且簡便可行的。人民嚮往的事物就讓他們得到;人民不要的東西就取締了它。他管理國家的辦法,是善於轉禍為福轉敗為勝,從而分析好了它的大小輕重以定重視趨避的方向。

桓公實怒少姬①,南襲②蔡,管仲因③而伐楚,責包茅④不入貢於周室。桓公實⑤北征山戎,而管仲因而令燕修召公⑥之政。於柯⑦之會,桓公欲背曹沫⑧之約,管仲因而信之⑨,諸侯由是歸齊。故曰:“知與之為取,政之寶也⑩。”管仲富擬於公室⑪,有三歸、反坫⑫,齊人不以為侈。管仲卒,齊國遵其

① 少姬,司馬貞《史記索隱》云:“謂怒蕩舟之姬,歸而未絕,蔡人嫁之。”

② 襲,未經宣戰而進行攻擊。

③ 因,以此為口實,因為蔡是楚的屬國。

④ 包茅,祭祀宗廟用以灑酒的一種草類。

⑤ 實,目的在於。

⑥ 召公奭,周武王姬發的右相,始封於燕。

⑦ 柯,張守節《史記正義》云:“今齊州東阿也。”按即河南省內黃縣附近。

⑧ 曹沫,司馬貞《史記索隱》云:“《左傳》作曹劌。”沫音 mèi。

⑨ 信之,張守節《史記正義》云:“以劫許之,歸魯侵地。”

⑩ 司馬貞《史記索隱》云:“《老子》曰:‘將欲取之必先與之。’是知此為政之所寶也。”

⑪ 公室,諸侯之家,此指齊國而言。

⑫ 三歸:娶三姓婦女。張守節《史記正義》云:“三歸,三姓女也。婦人謂嫁曰歸。”按已僭於諸侯婚制矣。反坫,大宅門中的影壁或前廳,多為諸侯酬酢外賓之所。

政,常強於諸侯①。

語譯:

桓公惱透了蔡小夫人,乃發兵侵襲了蔡國,管仲卻借此機會征伐了楚國,指責楚王不提供漉酒的包茅草,影響了周天子的宗廟祭祀。桓公本意是要征服北方的山戎的,管仲也就近命令燕國重修他們的祖先召公的德政。在河南柯地的一次盟會上,魯國的大夫曹沬劫持了桓公,逼他答應返還侵略魯國的土地。事後桓公想要不算數,管仲說失信不好,還是照辦啦。因此種種,諸侯都歸向了齊國。所以說,管仲是真能體會先給些便宜才可以得大收穫的政治作用的。在齊國,管仲既富且貴,已經跟一國的諸侯差不多,家裏娶三姓之女,接待外賓也在廳堂,可是齊國的人並不認為管仲過於奢華。他死了以後,齊國因為依照他的大政方針辦事,依舊常常稱雄於諸侯之中。

《管子》之文,侈談功業,小大由之:有時"繁而曲",有時"簡而直"(蘇軾語)。其所論:謹政令、通商賈、均力役、盡地利諸端,允為富國強兵之道。而強調"禮義廉恥,國之四維",固亦未嘗不取法周公化行俗美也。而"言之必可行也",求實、立誠,沒有空話,簡練、明確,使人瞭然,又其餘事矣。迨與其書晚出,後人有所潤飾有關。

---

① 張守節《史記正義》引《說苑》云:"齊桓公使管仲治國,管仲對曰:'賤不能臨貴。'桓公以為上卿,而國不治,曰:'何故?'管仲對曰:'貧不能使富。'桓公賜之齊市租,而國不治,桓公曰:'何故?'對曰:'疏不能制近。'桓公立以為仲父,齊國大安,而遂霸天下。"孔子曰:"管仲之賢,而不得此三權者,亦不能使其君南面而稱伯。"

四、《管子》文小結

1. 管仲是公元前七世紀中的大政治家,創立法治理論最早

他既為孔子所讚賞,也被後期法家韓非所推崇。儘管《管子》一書不是管仲自己編撰的(齊人後學者整理補輯的),卻完全代表他的政治思想、法學觀念。

①例如他說:

法者,民之父母也,聖君之實用也。(《法法》)

法者,上之所以一民使下也。(《任法》)

夫不法法則治。法者,天下之儀也,所以決疑而明是非也,百姓之所懸命也。(《禁藏》)

以法治國,則舉措而已。(《明法》)

②他還說到法律,為後世"法律"構成專用名詞的淵源所自:

法者,所以興功懼暴也;律者,所以定分止爭也;令者,所以令人知事也。(《七臣七主》)

③管子之法,是君民同受制約的。他說:

君臣上下貴賤皆以法,此之謂大治。(《任法》)

是故明君知民之必以上為心也,故置法以自治,立儀以自正也。故上不行,則民不從;彼民不服法死制,則國必亂

矣。是以有道之君,行法修制,先民服也。

禁勝於身,則令行於民矣。

不為君欲變其令,令尊於君。

(《法法》)

④管仲以齊其民、一齊民為治國之首務,他說:

不為愛民虧其法,法愛於民。(《七法》《法法》中凡三見)

計上之所以愛民者,為用之愛之也。為愛民之故,不難毀法虧令,則是失所謂愛民矣。(《法法》)

這便是管子的法治精神。

⑤他還說:

天不為一物枉其時,明君聖人亦不為一人枉其法。天行其所行,而萬物被其利;聖人亦行其所行,而百姓被其利。(《白心》)

是故管子之教,法令不立則已,立則期以必行而無以假借,對人民必須"明必死之路,開必得之門"(《牧民》),"有過不赦,有善不遺"(《法法》),這些都是帶有根本性的訓誡和規定。又管子的政術也是主張干預不准放任的,說"令出自上,而論可與不可者在下"(《重令》)是取亡之道。

⑥自然,這並不是說管子在主張嚴法峻刑。此因他一向認為"政之所興,在順民心"的,他說:

民惡憂勞,我佚樂之。民惡貧賤,我富貴之。民惡危墜,我存安之。民惡滅絕,我生育之。(《牧民》)

他並且是主張兼聽則明偏信則闇的:

以天下之目視,則無不見也;以天下之耳聽,則無不聞也;以天下之心慮,則無不知也。(《九守》)

夫民,别而聽之則愚,合而聽之則聖,雖有湯武之德,復合於市人之言。是以明君順人心,安情性,而發於衆心之所聚。是以令出而不稽,刑設而不用。先王善與民為一體。與民為一體,則是以國守國、以民守民也。(《君臣》)

孔子讚譽管仲"如其仁,如其仁"(《論語・憲問》),恐怕就在這種地方:事事為老百姓著想麼,包括他的以刑止刑嚴格執法在內。

值得再加介紹的是《管子》的"名學",它説:

凡物載名而來,聖人因而財(按:財同裁)之,而天下治。(《心術》)

修名而督實,按實而定名。名實相生,反相為情。名實當則治,不當則亂。名生於實,實生於德,德生於理,理生於智,智生於當。(《九守》)

豈不可以説明,名實為法之所由起,而綜核名實,正是法治刑名之所在嗎?必須考校的是管子的"名學"是不是同孔子的"名不正則言不順,言不順則事不成,事不成則禮樂不興,禮樂不興則刑罰不中,刑罰不中則民無所措手足”(《論語・子路》),有什麼本質上的不同?問題還在於誰說的在前,管仲和孔子是誰影響了誰啦。

2.《管子》的散文特點

①語言犀利,條目清晰,長篇大論不多。

②既有史事,也記人物,而以推導有關政法問題的為主。

③不徵引《詩》《書》之言,提及先王時也甚少,因為它也是因時變易不法常可的。

④多為政策性的文字,而且不是徒托空言的,是付諸實施的。

⑤就其內容上說,則是“官制”(《見於《立政》的)、教育(《小匡》篇)、經濟(《治國》《牧民》)、外交(《霸言》《樞言》)以及軍事(《七法》《九變》)等方面的文字無所不有。

⑥也有君臣問答的文章,這主要是桓公、管仲之間的,如《霸形》《戒》《四稱》《侈靡》《桓公問》等篇均有之。

⑦《管子》中的“盟誓文”,脫胎於《尚書》中的“誓命”,起碼在形式上是這樣的。不過,文字就曉暢多了,而且內容是針對當年的國際政治情況,也顧及到了人民的利益的。近今出土的《侯馬盟書》(戰國初年趙鞅的)以及爾後的“丹書鐵券”甚至“金蘭之盟”即其餘韻。

談談孔子的思想體系

孔子名丘,字仲尼,魯國人。生於公元前551年(周靈王二十一年),卒於公元前479年(周敬王四十一年),活了七十三歲。出身於沒落奴隸主貴族家庭。幼年喪父,過了一段貧困生活,他說:"吾少也賤,故多能鄙事。"這段生活對他的印象很深,對他性格的磨煉、才幹的增長,起了不小的作用,所以值得他深深懷戀。後來當過"乘田",就是管理牛羊的小官,還當過"委吏",就是管倉庫的會計。據說,工作幹得很出色。中年在魯國做過三個月的司寇,此後,以全部精力從事教育,整理古代典籍,研究古代文化。

孔子是儒家學派的創始人。儒在當時是給奴隸主貴族辦喪事的一批人。墨子說:"富人有喪,乃大喜悅曰,此衣食之端也。"(《墨子·非儒》)但孔子與辦喪事混飯吃的人不同。他不僅懂得辦喪事的禮節,還有豐富的文化教養。這一派人多勢眾,後來發展成為"顯學"。

孔子生活在春秋末年和戰國初年。這是一個由奴隸制向封建制過渡的時期,這時的奴隸制正在崩潰,封建制正在形成,居於天下共主地位的周天子已失去控制諸侯的權力,諸侯不聽從周天子的命令,政權已逐漸下移,禮樂征伐自天子出的時代已一去不復返了。而禮樂征伐自諸侯出,"陪臣執國命"已成為不可逆轉的形勢。在這種"禮壞樂崩"的局面下,孔子的態度是保守的。他說:"天下有道,則禮樂征伐自天子出。天下無道,則禮樂征伐自諸侯出。自諸侯出,蓋十世希不失矣;自大夫出,五世希不失矣;陪臣執國命,三世希不失矣。天下有道,則政不在大夫,天下有道,則庶人不議。"(《論語·季氏》)

基於這樣一種態度,他對新興地主階級違反周禮的"僭越"行為是非常反對的。季氏八佾舞於庭,季氏旅於泰山,孟孫氏、叔孫氏、季孫氏三家唱《雍》詩,這些僭越禮制的行為,都遭到他的譴責。至於新興地主階級起來向奴隸主奪取政權,他就更不能容忍。難怪齊國的新興地主階級代表人物陳恒殺了奴隸主貴族齊簡公,年近七十的他,不顧體弱多病,要上朝請求魯哀公討伐呢。

不過這是問題的一面,還有問題的另一面,這就是隨著時代的巨變,他的思想也在發生變化,並不是鐵板一塊。儘管這種變化是微弱的,只是量的改變,並不是質的變化,但無論如何這是他思想裏新的積極的因素。正因如此,他在天道觀、認識論、人性論等問題上都呈現著矛盾的狀態。這種矛盾狀態的出現是時代的變異在他身上的反映,是孔子適應時代要求而萌發的新思想,是他緊跟時代前進的表現。孟子稱他為"聖之時者也",大概道理就在於此吧。

正因為有這種變異,他的思想體系裏既有舊的東西,又有新的東西,為了批判繼承,我們現在剖析如下:

一、世界觀上的矛盾

這表現在他對天的看法上,他認為天是有意志,有七情六欲,有喜怒哀樂的,天操縱著人的命運,主宰著自然和社會。他說:"五十而知天命。""知我者其天乎?""獲罪於天,無所禱也。""天將以夫子為木鐸。""死生有命,富貴在天。"不過,在孔子思想裏,不是所有的天都作如是解,有的天是指自然。

> 子曰:"予欲無言。"子貢曰:"子如不言,則小子何述焉?"子曰:"天何言哉,四時行焉,百物生焉,天何焉哉!"(《論語·陽貨》)

很明顯這裏的天是無意識的,四時運行,百物生長都是聽其自然,不受它的幹預。孔子接受了西周以來傳統的天命觀,承認天的至高無上的權威,這是他的主導思想。不過,在當時重人輕天思潮的衝擊下,他的思想受到時代氣息的感染,因而對天的認識也就有所修正,又使天具有唯物主義的內容。

二、認識論上的矛盾

他的認識論是從他的天命觀引伸出來的,是天命觀合乎邏輯的發展。既然他認為上天決定一切,主宰人的命運,那麼人的知識才能當然也是天之所賦,是無須外假、只憑良知良能就行了。所以他說"生而知之者上也"(《論語·季氏》),認為這種人是最好的。人們聰明也罷,愚蠢也罷,都是上天所定,不是人力所能改變的。他說"唯上智與下愚不移"(《論語·陽貨》),就是這個意思。"生而知之"的理論,孔子雖然沒有作過多的突出強調,但在他的觀念中是佔有一定地位的。不過,儘管他承認有"生而知之"這種人,但他未敢輕易許人,就是他自己也不敢自許。從他的言論來看,他更為重視的是"學而知之"。他說:"我非生而知之者,好古敏以求之者"(《論語·述而》)。雖然他的學生說他是"天縱之將聖",而他自己是不敢承認的。恰恰相反,他常常強調多聞多見的學而知之的認識路線。他認為在認識對象上,必須明確,首先要重視現實,重視人生,不能把鬼神虛無縹緲的世界當作認識對象,不必在這上面殫精竭慮。如果要這樣做,那必然是枉費心力。他批評學生說:"未知生,焉知死?"(《論語·先進》)認識對象確定了,那麼就應該從感性入手,充分運用感性器官去接觸現實,他說:"蓋有不知而作之者,我無是也。多聞,擇其善者而從之,多見而識之,知之次也。"(《論語·述而》)在"多聞多見"的基礎上,強調多思。季文子三思而後行。子聞之曰:"再,斯可矣。"(《論語·公冶長》)

在學與思的問題上,他更有精闢的見解,他認為學是思的基礎,思是學的進一步深化,二者的關係是辯證的。他說:"吾嘗終日不食,終夜不寢,以思,無益,不如學也。"(《論語·衛靈公》)又說:"學而不思則罔,思而不學則殆。"(《論語·為政》)這樣闡述學與思的關係是含有由感性認識上升到理性認識的真理的顆粒的啊! 正因為他正視現實,不受天才觀的局囿,突出強調後天的知識才能。所以他在對待知識上,主張"知之為知之,不知為不知"的態度;在對待事理上,主張"毋意毋必毋固毋我",避免主觀隨意性。

我們可以看出,唯心主義的先驗論因素和唯物主義反映論的因素在孔子的思想裏也是同時並存的。

三、人性論上的矛盾

孔子講人性的話不多,平時大概不大講這個問題。正如他的學生子貢所說:"夫子之文章,可得而聞也;夫子之言性與天道,不可得而聞也。"(《論語·公冶長》)學生不得聞,不等於孔子沒有自己的看法。

那麼他的人性論究竟是什麼內容呢? 他的人性論既有唯心的一面,又有唯物的一面,他說:"天生德於予,桓魋其如予何!"(《論語·述而》)

德乃天生,非後天人為所形成。而這個德的具體內容按孔子講又是指"仁",而"仁"乃君子所固有,他說:"君子而不仁者有矣夫,未有小人而仁者也!"(《論語·子路》)所以他說:"性相近。"(《論語·陽貨》)可見,孔子是先驗的性善論者,已經開了孟子性善論的先河。

但孔子的人性的理論不止於此。除了強調先天外,他還強調後天教育對人性形成的重大作用。他認為天下之人,不論是君子與小人,他們的本性生來都是一樣的,由於後天習染的不同,人的本質才產生差異。因此他非常重視教育環境的作用,他認為環境好比是一個大染缸,人處在哪種環境就受到哪種環境的影響。他告誡人說,人要處在充滿仁德的環境,形成仁的品質,才算聰明智慧,反之,不處在這樣的環境,而別有選擇,那怎麼能算聰明呢?他說:“里仁為美,擇不處仁,焉得知?”(《論語·里仁》)“互鄉”之人,之所以惡人多,就是因為那個環境太壞之故。所以他很強調交友的重要。他認為有有益的朋友,有有害的朋友。他說:“益者三友,損者三友。”(《論語·季氏》)人應同有益者相交。他還認為,人性是可以改變的,對待素有惡名的“互鄉”之人,我們應“與其進也,不與其退也。”(《論語·述而》)我們要努力去做人性的轉化工作啊!

四、仁的觀念的矛盾

在倫理觀念上,孔子特別貴“仁”。因此,他講“仁”的地方很多。如果我們把他講的“仁”的言論,稍加分析,那麼我們就不難看出,在這個問題上,他的理論也有矛盾之處,也有隨時修正發展的痕跡。他的高足弟子顏淵對仁的涵義不太明白,有一次問孔子什麼叫仁?孔子說:“克己復禮為仁。一日克己復禮,天下歸仁焉。”(《論語·顏淵》)在告訴他為仁由己不由人之後,進一步指出,只要按禮而行,做到“非禮勿視,非禮勿聽,非禮勿動,非禮勿言”的地步,那麼就做到仁了。我們知道在“禮不下庶人,刑不上大夫”的周代,禮是維護奴隸主階級的等級制度的,各種不同的等級體現著愛有不同的等差,不是一視同仁的。他又說“孝弟也者,其為仁之本與?”(《論語·學而》)這就更清楚說明,他的“仁愛”是分親疏遠近的,愛的對象和範圍是按照血緣宗法關係來嚴格區分的。在階級社會裏,道德是有階級性的,孔子提倡"愛有差等"的"仁"或克己復禮的仁,是為了挽救行將崩潰的周代奴隸制國家的滅亡罷了。這就是他保守的一面。

不過孔子講的"仁"還有另外一面。如果根據以上論述來下斷語,那麼就會失之偏頗了。據記載,有一次,他的學生樊遲向他問什麼是"仁"?他簡單地回答了兩個字"愛人"。如何愛人呢?可從積極方面和消極方面兩處著手。從積極方面講,對人要"己欲立而立人,己欲達而達人"。從消極方面講,對人要"己所不欲,勿施於人"。兩個方面結合起來就是孔子所說的"忠恕之道"。所以,他說:"吾道一以貫之。"這個一是什麼?這個一就是忠恕之道。這是愛人的全部內容。當然這裏"愛人"的人是既包括奴隸主,又包括奴隸的。(在作為人這一點上,君子與小人有共同點。)在這裏,孔子把人作為抽象的人,從這一觀念出發,他宣揚"仁者愛人",宣揚"愛眾",宣揚愛一切人。當然,這個理論是調和奴隸主與奴隸之間的矛盾的理論,有利於奴隸主政權的鞏固,不過,我們也可以看出,他承認了奴隸是人,不再是會說話的牛馬一樣的工具了。很明顯,在當時,是大大提高了奴隸的地位的理論啊!

五、政治觀念上的矛盾

孔子生活在封建制替代奴隸制的交替時期,也就是所謂的"禮崩樂壞"的時期,如何對待周禮就成了當時區分保守和進步的分水嶺。孔子的基本立場是擁護周禮、維護周禮,主張恢復周禮的。他對周禮讚美得無以復加,他說:"周監於二代,郁郁乎文哉!吾從周。"(《論語・八佾》)他一生奮鬥的事業就是要在東方把周禮恢復起來。他說:"如果用我者,吾其為東周乎?"(《論語・陽貨》)因此,奴隸主階級內部不同等級的人,都要遵守合乎自己地位身份的禮儀制度,如果你的行為越軌,破壞了禮儀制度所規定的範圍,這就是“僭越”。“僭越”的行為是要遭到聲討的,他大聲疾呼人的行動要守禮,要受禮的約束,要遵守“君君、臣臣、父父、子子”的行為規範。要做到這一點,就必須克制自己的私欲,因為私欲是人們守禮的障礙,一個人的私欲不受節制,任其膨脹,那肯定會幹出臣弑君、子弑父一類大逆不道之事的。為了維護奴隸制的等級制度,他提出“克己復禮”的口號。他這種理論,自然受到維護舊制度的人的歡迎。不過這是問題的一個方面,還有另一個方面,這就是孔子能隨時代的變化,隨時修正的一面。他並不是花崗巖的腦袋,頑固不化。為了適應時代發展的需要,便於人們接受,他的主張對周禮又進行大膽的修改,不要“率由舊章”死死抱住老框框不放。他總結歷史經驗說:“殷因於夏禮,所損益可知也;周因於殷禮,所損益可知也。其或繼周者,雖百世可知也。”(《論語・為政》)所謂損,就是減少的意思。所謂益,就是增加的意思。當然這種損益只在周禮的範圍內進行,雖然未能從根本上否定周禮,但他承認歷史是緩慢進化的,而不是一成不變的。他還認為,如果禮只是一種空洞形式,只是一些繁瑣的繁文縟節,那也不能發揮作用。他大膽地進行了改造,把仁作為禮的內容,把禮看作形式,用“仁”去充實陳腐的“禮”。在孔子看來,仁高於禮,沒有仁,禮是空架子,是徒有其表,沒有真實的內容。他說:“禮云禮云,玉帛云乎哉?樂云樂云,鐘鼓云乎哉?”(《論語・陽貨》)又說:“人而不仁,如禮何?人而不仁,如樂何?”(《論語・八佾》)這就是他對周禮的改造啊!

六、有神觀念和無神觀念的矛盾

孔子相信天命、上帝,把天當成人格神,這是無可辯駁的事實。他說:“不知命,無以為君子。”(《論語・堯曰》)又說:“五十而知天命。”

(《論語·為政》)照此邏輯推論下去,孔子自然相信鬼神,是定然無疑的。然而事實卻恰恰相反。孔子不大相信鬼神,而對鬼神採取懷疑態度。他不語鬼神之事,對宗教迷信持否定態度。子路向他問鬼神的事,他生氣地說:"未能事人,焉能事鬼?"子路問他死是怎麼回事,他生氣地說:"未知生,焉知死?"(《論語·先進》)又說:"敬鬼神而遠之,可謂知矣。"(《論語·雍也》)由此可見,他對鬼神之事不感興趣,並認為侍奉鬼神之舉,是愚蠢的行動,不可謂明智之事。因而他對祭祀之事,並不重視,儘管他也舉行祭祀,那只不過是裝裝樣子,是神道設教之意罷了。他說:"祭如在,祭神如神在。"(《論語·八佾》)"非其鬼而祭之,諂也"(《論語·為政》)就是這個意思。

為什麼會有這樣的矛盾呢?我看要從時代來找根源。西周以來的傳統天命觀,到了春秋時期,由於生產力和階級鬥爭的發展,天命觀動搖了,天命鬼神的地位下降,人的地位提高了。鄭申繻說:"妖由人興"(《左傳》莊公十四年);周內史叔興說:"吉凶由人"(《左傳》僖公十六年);虢國的史嚚說:"國將興,聽於民;將亡,聽於神。"(《左傳》莊公三十二年)到了鄭子產就乾脆否定天道。他說:"天道遠,人道邇,非所及也,何以知之!"(《左傳》莊公三十二年)

隨時變易的孔子,自然受到時代風潮的洗禮,要對他的鬼神觀念作一些清理,作一些修改,方能與時前進啊!

從上面分析我們可以看出,孔子是一位與時俱進的先哲,怎麼能是頑固不化的守舊人物啊!

84年初稿

87年修改

孔子的“禮學”

孔子(前551–前479),出生於春秋的末年,奴隸社會的晚期。雖然是宋國之後(沒落的貴族,父叔梁紇,孔武有力,只是魯國的下大夫,而且死得很早),所以少年的時候很窮困,曾做過管理倉庫、牧放牛羊一類的職事,在士人的隊伍裏,都不大受歡迎。但他刻苦向學,博洽多聞,後來專力從事文化教育工作,對古代典籍做了系統的整理,復以私人的身份寫了專著,傳授知識,成為了我國歷史上第一位思想家和教育家,影響深遠,前無古人。

歷來研究孔子的學人,多從他的“仁學”出發,認為“仁”才是他的中心思想,“仁者,人也”,“仁者,愛人”。而政治上孔子是位失敗者,周遊列國,到處碰壁,包括自己的父母之邦魯國在內。他也只做過短時期的司寇。他最大的成就乃是教育(弟子三千,身通六藝者七十二人),故而“教育學”很有體系,大方可觀。這些看法不能說不正確,如同有人認為他的突出貢獻還是“倫理學”(人生哲學)與“文獻學”(整理了《詩》《書》等古代典籍)一樣,都比較片面,概括不了他的學行的整體。

生當奴隸制度業已崩潰、新興的地主階級積漸登上政治舞臺的孔丘:接近“陪臣”,關懷士人,反映了老百姓的一些要求,雖然有保守的一面,卻和當時社會發展的形勢未大背謬。他的學說牽涉到了政治經濟、文化教育、倫理道德、天地鬼神等諸多方面,而其基本精神則是身體力行不尚空談,經世致用,想望平治的。因此,惟有他的念茲在茲宏揚不已、貫徹始終博大精微的“禮學”,足以克當。“禮,履也”(《說文》),“立於禮”(《論語·泰伯》),“禮”以道“行”,貴在實踐,所以說是“執禮”(《論語·述而》)。但,“吉、凶、軍、賓、嘉”禮之五大分類,“禮儀三百,威儀三千”的繁文縟節,只是後人孳乳派生的行誼,反映於形式上的居多,還不足以申明其內色與外延。我們認為《禮記·曲禮》開宗明義第一章的一段話,說得比較全面,也就是說概括得好,它道:“夫禮者,所以定親疏,決嫌疑,別同異,明是非也。禮不妄說人,不辭費。禮不踰節,不侵侮,不好狎,修身踐言,謂之善行,行修言道,禮之質也。”

這即是說,禮之為用,首在修身,克己復禮,止於至善,文章接著說:

> 道德仁義,非禮不成。教訓正俗,非禮不備。分爭辨訟,非禮不決。君臣上下,父子兄弟,非禮不定。宦學事師,非禮不親。班朝治軍,涖官行法,非禮威嚴不行。禱祠祭祀,供給鬼神,非禮不誠不莊。是以君子恭敬撙節,退讓以明禮。

觀此可以說明“禮”之為用,包羅萬象,孔子一生都重點地談到過實踐過(如見於《論語》《周禮》和《儀禮》等書中的)。如果我們不以它為中心來從事研究,怎麼能夠洞徹孔學的真髓及其一系列的成就呢?孔子教導他兒子伯魚不就說“不學禮,無以立”(《論語·季氏》),誨育他的學生也不止一次地說:“非禮勿視,非禮勿聽,非禮勿言,非禮勿動”(《論語·顏淵》)嗎?他自己的立身處事待人接物,就是這樣地嚴格的(《論語·鄉黨》所記,最可靠也最有代表性)。總之,一句話,在孔子看來:“不知禮,無以立也”(《論語·堯曰》),離了它是什麼事也辦不成的,包括道德修養在內。例如孔子說:“恭而無禮則勞,慎而無禮則葸(xǐ,畏懼貌),勇而無禮則亂,直而無禮則絞(刺也)”(《論語·

泰伯》),即可與《曲禮》之“道德仁義,非禮不成”相印證,亦與《仲尼燕居》之“敬而不中禮謂之野,恭而不中禮謂之給,勇而不中禮謂之逆”的涵義共通。

一、“禮”和政治

孔子是個“悲天憫人”意欲有所作為的政治活動家,也有一套“政見”,並且鼓勵他的學生如閔損、言偃、季路、冉有等人去“干祿”出仕,連同他自己在內,一有機會還都表現得不錯。儘管他們能夠接近的只是一些諸侯(如魯昭公、定公、哀公、齊景公、衛靈公、楚昭王等),大夫(如魯之“三桓”季孫、叔孫、孟孫,齊之晏嬰,衛之蘧伯玉、史魚,楚之子西等人,頗有賢者),還有大夫之家臣(如魯之陽貨、公山不狃等,他的學生就多為大夫的邑宰),所謂“陪臣執國命”者(大夫的家臣,也常造大夫的反,魯之陽虎其最著稱者也)。

孔子論政主張禮治,他說對於老百姓應該“道之以德,齊之以禮”,他們才能夠感戴樂從,同歸康泰;那要比依靠政令刑罰好得多,因為這樣容易發生逃避苟免的情況(語見《論語·為政》)又說:“能以禮讓為國乎,何有?不能以禮讓為國,如禮何?”(《論語·里仁》)按春秋末季,不止東周的政令越來越微不足道(沒人理睬,虛有其表),就是挾天子以令諸侯的“霸主”也政在大夫,能說不能行了(晉霸較長,但已沒落,楚則受制於秦,吳越代興)。如其後三家(趙魏韓)分晉,田氏篡齊,就是魯國也由三桓專政(有時還為家臣宰治)每況愈下啦,權力之爭,刀兵四起,弱肉強食,民不聊生,所以孔子大聲疾呼“禮讓為國”,以救時弊,這顯然是徒勞的。但不管怎麼說,這裏談到的“為國”以及別的地方論列的“為邦”“問政”“學干祿”都是一碼事:當日來自層底的士人(知識分子)已經不甘心去再做“奴才”,由孔子帶頭來“參政”、

“議政”了,大勢所趨,人心所向,新興的地主階級,必然要出來取代舊日奴隸主的統治而有所作為啦。下面讓我們分别介紹一下孔子和時人及其弟子關於這方面的言行:首先是有關“政論”的(通過問答以解決問題者多)。最為孔子所重視的當然是和他打過交道的諸侯(齊、魯、衛之君)和卿大夫之執政者(齊之晏嬰,魯之季孫肥等),如齊景公姜杵臼向他問政,他答以“君君,臣臣,父父,子子”,景公非常欣賞地說:“善哉!信如君不君,臣不臣,父不父,子不子,雖有粟吾得而食諸?”(《論語·顏淵》)孔子回答的針對性是很強的。齊田氏已漸得民心,姜氏不敵,其後田常且殺其君簡公姜壬於徐州,故孔子云云,景公亦信服。再從二百多年春秋之各國觀之,臣弑其君、子弑其父的逆事,比比皆是,倫理道喪,天下混亂,孔子強調這個,也不是偶然的。姜齊傳至康公貸,果為田齊所代,齊威王且為大國(事見《史記·齊太公世家》)。

同理,魯室也是三家横,君侯微,魯定公(昭公之弟名宋)因有“君使臣,臣事君,如之何?”之問,孔子乃對以“君使臣以禮,臣事君以忠”之語。很顯然,這“禮”不是一般的”禮儀”,正當的涵義當為“守國家,行政令,保人民”的政治行為。那“忠“自不待說,乃孔子救助公室,以免魯君再有“乾侯”之禍,觀於他為魯司寇時開始墮三桓之都邑可知(雖然阨於孟孫之“成”,未能成功)。孔子如此盡禮事君反對干犯,遂不免“事君盡禮人以為諂(媚也,有所求)”之虞(各語俱見《論語·八佾》)。

魯哀公姬將則有“何為則民服”(《論語·為政》)的問話。蓋其時世卿持禄,多不稱職,致使民心離異之故。孔子對以“舉直錯諸枉,則民服,舉枉錯諸直,則民不服”(同上)是在告以舉正直之人用之,廢置邪惡的人,老百姓就會服從聽話了。“選賢與能,依禮以行,則民莫敢不敬,敬自服矣,服,還不能使(用也)嗎?”所以孔子還是把他歸結到

"禮"上去說:"上好禮,則民易使也。"(《論語·憲問》)

孔子是最講求君臣之道的,常說,"為君難,為臣不易",甚至告誡君王,不能隨便說話(包括發號施令在內),否則在絕對權威的形勢下人莫敢違,則一言幾可興喪國家(語見《論語·子路》)。和孔子經常接近的諸侯,齊、魯而外還有一位衛靈公,孔子對他是相當不客氣的,竟說他是"無道",他向孔子"問陣"(軍旅戰陣之法),孔子當面頂撞了他,說:"俎豆之事則嘗聞之矣,軍旅之事未之學也。"(《論語·衛靈公》)而且接著就走人了,這又是孔子特重禮治的表現,而衛靈公好色,好祭鬼神,尤其是對孔子的禮貌衰退,促使孔子的決然而去。

國君而外,紛紛向孔子問政的也有魯、楚、衛等地的實權派(上卿,宗親),孔子每借以表達其政見。如季孫肥向孔子問政,孔子對以"政者,正也。子帥以正,孰敢不正"(《論語·顏淵》)。按《大戴禮·哀公問》亦有此問答,其實際上的涵義均為上行下效。蓋上者,民之表也,表正,則何物不正?以身作則相觀而善麼。《說文》反正為乏。其身不正,雖令不從,說來說去還是一個政治修養,"帶頭羊"必須行得正,走得端,領導有方。這在今天一樣是有教育意義的。又季孫因為"患盜"(季孫之時,魯國多盜),問孔子以弭止之策,孔子同樣解答以"苟子之不欲,雖賞之不竊"(《論語·顏淵》),良以這"盜"私利物也(《說文》),盜自中出曰竊。非其有而取之,皆源於私,如果自己廉潔不貪,怕它作甚?實際上是季孫未嘗不貪,已經富於周公,仍由冉有為之聚斂、附益,所以孔子才對症下藥的。

季孫沒奈何了,想出"殺無道以就有道"的招數以求教於孔子,孔子就回答得更為具體,說"子為政,焉用殺?子欲善而民善矣!君子之德風,小人之德草,草上之風必偃"(《論語·顏淵》)語云:"人隨王法草隨風",也是使季孫肥先行自正的意思。急於教,緩於刑,以德服人者為上,因國以民為本,民不聽用什麼都談不上,季氏世為魯之親民之官(司徒)不能不冥思苦想統治的方法。如他又問"使民敬忠以勸"該怎麼辦?孔子告以"臨之以莊(嚴也)則敬(恭順),孝(親)慈(民)則忠(實),舉善而教不能則勸(勉也)。"(《論語・為政》)意思仍是說選賢與能,俊傑在位,老百姓才能相觀而善的。

葉公(公子高)問政,孔子以葉之都大而國小民有背心而異,答之以"近者悦,遠者來"(《論語・子路》),按《韓非子・難篇》及《墨子・耕柱篇》均有類似的記載,言必使近民歡悦而遠民始能來歸也。王,往也,天下所歸往也。本為政治得民之語,其後衍義為居停驛站所用。

當然,大批論政的話還是孔子和弟子之間的,而且因人而異,各有專對,如富有辯才、可為行人之官、後曾為魯衛卿相的端木賜(子貢)向孔子問政,孔子告之以"足食,足兵,民信之矣"。民以食為天,老百姓須先有飯吃,兵乃武裝,國家不可缺少保衛的力量,和人民信賴樂為所用,這本是立國從政的三大要素,缺一不可,乃子貢偏要"打破砂鍋問到底"說:"必不得已而去,於斯三者何先?"孔子先教之以"去兵",繼語之以"去食",最後強調了"自古皆有死,民無信不立"(俱見《論語・顏淵》),可見為邦不可失信於民的重要性了。良以力役之征,米粟之征,均係取之於民的,取之於民的前提為用之於民,否則民不悦,從來源斷絕了,來源斷絕不亡何待?

熟知軍旅之事而又勇於宰執、曾為季氏家臣的仲由(子路)向孔子問政,孔子曰:"先之,勞之。"話很簡單,其義為先導之以德使民信服,然後使之服役。《禮記・月令》:"以道教民,必躬親之。"《大戴記・子張問入官》篇亦說:"故躬行者,政之始也。"又云:"君子欲政之速行也者,莫若以身先之也。欲民之速行服也者,莫若以道御之也。"都是說政貴身先行之,所謂"其身正,不令而行"是也。但子路猶以為未足,而"請益"(加以補充),孔子還是給了兩個字,曰:"無倦。"(就是堅持下去)這話最好,否則做做樣子,或是五分鐘熱度,行為再對又有什麼用呢?

在孔子著稱之弟子中子路最長(僅比孔子小五歲,餘者多為三、四、五十歲),也最好問(甚至敢頂撞孔子,致使孔子說他“野”、“佞”)。但仲由卻是孔子的“衛道士”,生死以之。孔子嘗說:“自吾得由,惡言不聞於耳。”(《史記·仲尼弟子列傳》)孔子也常誇他“片言可以折獄”,“衣敝緼袍與衣狐貉者立而不恥”(均見《論語》)。子路曾先後為季氏宰及衛蒲邑宰,而死於衛太子蒯聵之亂。

仲弓(冉雍,少孔子二十九歲,或為冉伯牛耕之宗族,魯人)為季氏宰(費邑也),問政。子曰:“先有司,赦小過,舉賢才。”言為政者當先任有司(即下級官吏)責其職事,犯了一般的錯誤,給以寬恕,要緊的是選賢與能。仲弓續問:“焉知賢才而舉之?”怎麽能知道賢才的所在把他舉薦出來呢?孔子說:“舉爾所知,爾所不知,人其舍諸?”(《論語·子路》)舉薦你知道的人,你不知道的也遺落不了,別人也會舉薦的,只要他是賢者。這實際上是說給仲弓為政須分層負責,不要“眉毛鬍子一把抓”,也包辦不了。因為孔子很器重冉雍,說他有德行,可以治國安邦任諸侯之事,“雍也可使南面”(《論語·雍也》)麽,雖然仲弓出身也很微賤。

不過,孔子認為顏淵是最有王佐之才的,當顏淵也問為“邦”之道時,孔子則告以“行夏之時(夏小正,可見萬物之生,四時之始,最易知曉),乘殷之輅(輅,大路也,殷車最質樸,故云),服周之冕(冕,禮冠,禮文俱備,不惑視聽,故黈纊塞耳),樂則韶舞(舜樂盡美盡善,故取之),放鄭聲,遠佞人,鄭聲淫(淫亂,使人危殆),佞人殆(殆墮,令人惑亂)”《《論語·衛靈公》)。凡此均為王道之治本,不可等閒視之。孔子談此已足徵其理想政治之所在,而嫻於史事,特重顏氏之心情,實亦昭然矣。顏淵好學安貧,孔子稱之,說他簞食瓢飲居於陋巷能樂其道),只是不幸早死,故深惜之。(其事具見《論語》《史

記·仲尼弟子列傳》)

孔子門下奇才異能之士甚多,而大半是來自底層的知識分子,除上述諸人以外,其善於從政而著有聲譽於諸侯者,應推冉求與端木賜二人,冉求(有)少孔子廿九歲,孔子稱其"藝",能"從政"而列之政事之首。冉有為季氏宰,為之聚斂,孔子非之,幫助季氏攻伐國內之顓臾,孔子亦予以指斥。但在哀公十一年齊師伐魯,冉有以武城人三百為己徒卒,從季氏之甲七千,沖入齊師,使其敗績,保衛了魯國,深得孔子的讚賞。孔子說:"能執干戈以衛社稷,義也。"(事見《左哀十一年傳》)就是說,孔子還是肯定了冉求的,也說明孔子"文武合一"的教育是成功的。"禮樂射御書數",六藝並重的課程,沒有空設,而"戰陣無勇非孝也"(《大戴禮記·曾子大孝》),"以不教民戰,是謂棄之"(《論語·子路》)的話,都得到了實踐。

子貢(衛人,少孔子三十一歲)是被稱為"利口巧辭"、"達"而善於"從政",與宰我並置之於"言語"之科的,這位先生聰明得很,"聞一知二"(僅次於顏回),最長於外交工作。如孔子晚年,齊田常作亂,欲揚威國外而攻魯國,孔子聞之,特派子貢出來遊說諸侯以解魯難;子貢到齊國見了田常,說伐魯不如攻吳,這樣可使"民人外死,大臣內空",田常從之。乃南見夫差,告以"救魯伐齊,可以"顯名"、圖霸,越不妨事,我將曉以利害,使之聽命,夫差信之;遂南至越國,勸勾踐以卑禮蓄勢,待機滅吳,勾踐悅從;最後去晉,與晉侯以"修兵休卒",靜以制動,晉侯亦樂而聽之,始歸報魯君。結果是吳破齊師,與晉爭霸,兵敗黃池,越躡其後,戰於五湖,遂滅吳國。三年,東向稱霸。(俱見《吳越春秋》《史記·仲尼弟子列傳》子貢部分)故子貢一出,存魯,亂齊,破吳,強晉,霸越,使勢相破,十年之中,五國各有變(同上)。

這充分說明著儒者也未嘗不講求權術,而且子貢所為,業已超出了當時"行人"的職能,下開了此後戰國時期蘇秦、張儀輩的"縱橫學派”。按端木賜在孔門可以認為僅次於顏回的人物(單就道德學問上說),但從當時的政治、經濟、社會地位及對孔子的影響等方面看,則顏回的作用遠不及子貢(回家貧,早死,未嘗仕進)。孔子死後,子貢還在墳前單獨守孝三年,造成前所未有的師弟情誼,“天、地、君、親、師”的封建道德體系,遂最早也最堅實地樹立起來。“尊師重道”,是政治的也未嘗不是倫理的,原本是來自孔門的。

我們前面曾經不止一次地說過,孔子的參政的欲望是極其堅強的,而且既有目的又成體系,表現得也很突出的。他說“沽之哉,沽之哉,我待價者也。”(自比美玉,待價而沽,《論語·子罕》)他說:“吾豈匏瓜也哉,焉能繫而不食?”(《論語·陽貨》,亦所以自況)他說:“如有用我者,期月而已可也,三年有成。”他說:“夫召我者而豈徒哉? 如有用我者,吾其為東周乎!”(公山弗擾之召也,公山畔季氏。東周,興周道於王城,《論語·陽貨》)。他周遊列國,到處求仕,連陽貨、佛肸、公山弗擾一類的家臣,他都跟他們打交道,蓋急於求治以安邦國非必為俸祿,而且他在魯國做中都宰、司寇和攝行相事的時候確實也做得很出色,如誅少正卯(魯之亂政者),郟谷之會以禮服人,使齊人返還侵地,《史記·孔子世家》備載其事云:

定公以孔子為中都宰(約在九年之間),一年,四方皆則之,由中都宰為司空,由司空為大司寇(如今之縣市,及城建司法諸官)。

定公十年春,及齊平(謂與齊和好)。夏,齊大夫黎鉏言於景公曰:“魯用孔丘,其勢危齊。”乃使使告魯為好會,會於郟谷。魯定公且以乘車好往,孔子攝相事(陪同官、司禮),曰:“臣聞有文事者必有武備,有武事者必有文備。古者諸侯出疆,必具官以從,請具左右司馬。”定公曰:“諾。”具左右司馬,會齊侯夾谷,為壇位,土階三等,以會遇之禮相見(簡略的禮),揖讓而登。獻酬之禮畢,齊有司趨而進曰:“請奏四方之樂。”景公曰:“諾。”於是旍旄羽袚矛戟劍撥鼓噪而至。孔子趨而進,歷階而登,不盡一等,舉袂而言曰:“吾兩君為好會,夷狄之樂何為於此！請命有司!”有司卻之,不去,則左右視晏子與景公。景公心怍,麾而去之。有頃,齊有司趨而進曰:“請奏宮中之樂。”景公曰:“諾。”優倡侏儒為戲而前。孔子趨而進,歷階而登,不盡一等,曰:“匹夫而營惑諸侯者罪當誅！請命有司!”有司加法焉,手足異處。景公懼而動,知義不若,歸而大恐,告其群臣曰:“魯以君子之道輔其君,而子獨以夷狄之道教寡人,使得罪於魯君,為之奈何?”有司進對曰:“君子有過則謝以質,小人有過則謝以文。君若悼之,則謝以質。”於是齊侯乃歸所侵魯之鄆、汶陽、龜陰之田以謝過。

定公十四年,孔子年五十六,由大司寇行攝相事,有喜色。門人曰:“聞君子禍至不懼,福至不喜。”孔子曰:“有是言也。不曰‘樂其以貴下人’乎?”於是誅魯大夫亂政者少正卯。與聞國政三月,粥羔豚者弗飾賈;男女行者別於塗;塗不拾遺;四方之客至乎邑者不求有司,皆予之以歸。

齊人聞而懼,曰:“孔子為政必霸,霸則吾地近焉,我之為先并矣。盍致地焉?”黎鉏曰:“請先嘗沮之;沮之而不可則致地,庸遲乎!”於是選齊國中女子好者八十人,皆衣文衣而舞《康樂》(舞曲名),文馬三十駟,遺魯君。陳女樂文馬於魯城南高門外。季桓子微服往觀再三,將受,乃語魯君為周道遊(為周遍道路遊行,以示非專為女樂),往觀終日,怠於政事。子路曰:“夫子可以行矣。”孔子曰:“魯今且郊,如致膰乎大夫,則吾猶可以止。”桓子卒受齊女樂,三日不聽政;郊,又不致膰俎於大夫。孔子遂行,宿乎屯(地名,在魯之南)。而師己送,曰:“夫子則非罪。”孔子曰:“吾歌可夫?”歌曰:“彼婦之口,可以出走;彼婦之謁,可以死敗(言婦人之口請謁,足以憂,使人死敗,故可以出走)。蓋優哉遊哉,維以卒歲!”(言仕不遇,故憂遊以終歲月也)師己反,桓子曰:“孔子亦何言?”師己以實告。桓子喟然歎曰:“夫子罪我以群婢故也夫!”

無論“好會”“出走”都是按“禮”行事,堂皇正大戰而必勝,也可以說是孔子政治表現的巔峰時期代表施為,傳聲列國而聞名於諸侯,但此後到處碰壁其道不行了。如南行至楚雖受歡迎,而楚昭王(珍)和令尹子西都不敢留用這個人才濟濟、影響巨大的政教集團,當昭王將以“書社地七百里封孔子”時,子西説:

“王之使使諸侯有如子貢者乎?”曰:“無有。”“王之輔相有如顏回者乎?”曰:“無有。”“王之將率有如子路者乎?”曰:“無有。”“王之官尹有如宰予者乎?”曰:“無有。”“且楚之祖封於周,號為子男五十里。今孔丘述三五之法,明周召之業,王若用之,則楚安得世世堂堂方數千里乎?夫文王在豐,武王在鎬,百里之君卒王天下。今孔丘得據土壤,賢弟子為佐,非楚之福也。”昭王乃止。(《史記·孔子世家》)

二、“禮”與文教

中國古代社會,即在西周以前早已是“人王、教主不分”,“作之君、作之師”麽,文權也掌握在王者的手中,私家不得有著述。直到春秋之季,新興的地主階級積漸上臺,代替了舊的奴隸制,來自底層的士人開始認識到知識的重要性,以孔子為代表的哲人,方才大量招收弟子傳授知識,但亦只能“述而不作,信而好古”、“博之以文,約之以禮”,雅言《詩》《書》重在“執禮”“禮以道行”麼。他的“四科”分教,即以“德行”為首,而“六藝”設課,也是“禮、樂、射、御、書、數”,冠之以“禮”麼,這就無怪其後的儒家侈談“三禮”:《儀禮》《周禮》和《禮記》啦。因為它們的中心意旨,終究是“以禮道行”、“文之以禮”的。

孔子心目中的理想統治者是堯舜和禹,他說:“大哉堯之為君也!巍巍乎!唯天為大,唯堯則之。蕩蕩乎!民無能名焉。巍巍乎!其有成功也;煥乎,其有文章!”他說:“禹,吾無間然矣。菲飲食,而致孝乎鬼神;惡衣服,而致美乎黻冕;卑宮室,而盡力乎溝洫。禹,吾無間然矣。”(並見《論語・泰伯》)他所肯定的宰臣是齊之管仲、鄭之公孫僑與衛之蘧伯玉等,他對管仲是毁譽參半的,一面稱頌說:“微管仲,吾其披髮左衽矣。”一面批評管仲:“不儉,器小,不知禮。”(《論語・八佾》)而極稱鄭子產為“惠人”“潤色文告”之美。(並見《左氏傳》《論語》及《史記・鄭世家》等書)因之接著我們就不能不談孔子的“文”和“教”了。

三、關於“文”的

孔子之所謂“文”,不單純是文章(辭章之學)、文獻(史記之學)和文哲(義理之學)。其廣泛的意義是包羅“人文”與“文化”的。例如下面的一段自白:

子畏於匡(魯定十三年孔子五十六歲時,匡人以為陽虎,

> 圍之以兵),曰:"文王既沒,文不在茲乎?天之將喪斯文也,後死者不得與於斯文也;天之未喪斯文也,匡人其如予何?"(《論語·子罕》)

孔子這句話是很自負的,慨然以傳遞周代文化為己任,舍我其誰?他也常說:"郁郁乎文哉,吾從周!"(《論語·八佾》)誇周公之才之美,還歎息"久矣夫吾不復夢見周公。"(俱見《論語》)因為他既有史法又有史觀,最講求繼承發展之道的,實事求是,嚴肅認真,如他說:"夏禮吾能言之,杞(夏禹之苗裔,周武王所封,地在今河南省開封市)不足徵也;殷禮吾能言之,宋(商湯之後,亦周武所封,地在今河南省商丘市)不足徵也,足則吾能徵之矣。"(《論語·八佾》)按《禮記·中庸》亦有類似的話:"子曰:吾學夏禮,杞不足徵也;吾學殷禮,有宋存焉。"《禮運》則言:"孔子曰:我欲觀夏道,是故之杞而不足徵也,吾得《夏時》焉。我欲觀殷道,是故之宋而不足徵也,吾得《坤乾》焉。"此以《夏時》《坤乾》皆文之僅存者也,孔子學二代之禮,雖證驗不足,卻可以取長補短,豐富周室文化,因時變易,所以郁郁乎文。《漢書·藝文志》云:"古人左史記言,右史記事,志在《春秋》,言在《尚書》,孔子兼之,故曰:'煥乎,其有文章。'"他的弟子端木賜說:"夫子之文章,可得而聞也。"(《論語·公冶長》)顏淵曰:"博我以文,約我以禮。"(《子罕》)於是,這禮與文的關係,文之廣狹二義,到這裏都可以略識門徑了。

四、關於"教"的

司馬遷《史記·孔子世家》記曰:"孔子以《詩》《書》《禮》《樂》教,弟子蓋三千焉,身通六藝者七十有二人。"孔子以四教,文、行、忠、信,何晏曰:“四者有形質,可舉以教。”絕四:毋意、毋必、毋固、毋我,何晏曰:“以道為度,故不任意也。用之則行,舍之則藏,故無專必;無可無不可,故無固行。述古而不自作,處群萃而不自異,唯道是從,故不有其身。”所慎:災、戰、疾,何晏曰:“此三者,人所不能慎,而夫子警惕之。”

孔　子

孔子名丘,字仲尼,春秋時魯國陬邑(今山東省曲阜縣)人,出身於破落的奴隸主貴族家庭,做過魯國的司寇,還攝行了相事。曾經周遊當時的宋、衛、陳、蔡、齊、楚等國(約為現在的山東、河南、兩湖、皖、贛各省的部分地區),晚年致力於文教工作,編訂了《詩》《書》和《春秋》。傳說先後有弟子三千餘人,著名者稱"七十二賢"。《論語》是考證孔子思想最早也最為可靠的書,雖然它只是孔子的弟子和再傳弟子所編輯,並非孔子自己的著作。此書計《學而》等二十篇,以魏何晏的《論語集解》、清劉寶楠的《論語正義》注釋較好。

"仁"是孔子思想的核心,《論語》談到它的地方,多至五十八條,其字凡一百五見,牽涉的範圍也很廣泛,修(身)齊(家)治(國)平(天下)無所不有。但它是積極為奴隸主貴族階級服務的,而且他認為具備這種德性的必須是"君子""賢者""聖人"一類的統治階級上層人物,因此,它同時又是唯心主義先驗論的東西,自亦毫無疑問。

一、"仁"說

1. 它的實質上的涵義

樊遲問仁,子曰:"愛人"。(《論語·顏淵》)

注:樊遲名須,孔子弟子。子是孔子的簡稱。"愛人"乃是"仁"的

根本涵義。"愛"當然是同情、關懷、維護的意思。問題在於這個"人"是甚等樣人？哪個階級的？必須先弄清楚。

我們遍查此書以後,知道這個"人"乃是享有文化教育,參與政治活動,自由集會結社,可以獵取財富的"庶人""百姓",既非視同牲畜的奴隸,也不包括只准勞動生產、打仗還得當兵的"民""氓",足見"仁愛"的範圍非常狹小,我們千萬不要上當。

2. 具有它的也是特定的人物

微子去之,箕子為之奴,比干諫而死。孔子曰:"殷有三仁焉。"(《論語·微子》)

注:微子名啟,商紂王的弟兄;箕子名胥餘,和王子比干,則是紂的叔伯行(一說親戚)。他們鑒於紂王昏亂國家危亡,或遠離避禍,或佯狂為奴,或強諫被殺。因為這三個人都是奴隸共主的親族,上古傳說中的"聖賢",所以孔子稱之為"仁"。

伯夷,叔齊,何人也？曰:"古之賢人也。"曰:"怨乎？"曰:"求仁而得仁,又何怨？"(《論語·述而》)

注:這是孔子弟子端木賜(子貢)同孔子的一段對話。夷、齊,是孤竹君的兩個世子,由於推讓君位先後逃往國外,終因諫阻武王(姬發)伐紂未遂,絕食抗議,餓死首陽山(今為河南省偃師縣)下。這不也因為他們是國君(大奴隸主)的兒子,又有推位讓國的行為,才被看做具備"求仁,得仁"的資格的嗎？

桓公九合諸侯,不以兵車,管仲之力也。如其仁,如其仁。(《論語·憲問》)

注:子路(一字仲由,孔子弟子)認為管仲不死公子糾之難(齊桓公小白的哥哥,出奔後返國爭立被殺,管仲舊為其臣),為"未仁",孔子不同意,說:"管仲相桓公,霸諸侯,一匡天下",他的"存亡繼絕"的功勞是大的,還有誰能比得上他這個"仁"呢?加重語氣一再讚賞,這就更加證明著,連講"君臣有義,長幼有序"的話都是假的,殺兄的小白,事仇的管仲,只要他們能夠積極地維護奴隸制的統治,便該推崇。

君子而不仁者,有矣夫,未有小人而仁者也。(同上)

注:在《論語》之中,"君子"和"小人"是經常被對比提出的兩類人物(談說"君子""小人"的計有八十八章,其中"君子"一百零一見。"小人"二十四見,共一百二十五見)。"君子"自西周以來就是奴隸主貴族統治階級的通稱,"勞心者治人"。與此同時"小人勞力,勞力者治於人"便必然相對地存在著。(《左傳》《國語》都有"君子勞心""小人勞力"乃是"先王之制"的載記。)生產力生產關係既是這樣的,道德標準和生活水準(財富分配)當然也要不同,這種情況在《論語》裏頭是充分地反映了的。(以孔子本人為例,只看《鄉党》一章,就足以考知他的——也就是"君子"的起居飲食服飾裝備,夠多麼的講究了。)單說上面的這段話吧,不仁的"君子"僅屬例外,"小人"則根本談不上"仁",它的階級性豈不異常分明?

君子去仁,惡乎成名! 君子無終食之間違仁。(《論語·里仁》)

注:惡,音 wū,與烏通用,如何、怎麼的意思。違,背離、去掉。這是說,如果沒有了"仁",還標什麼"君子"?"君子"是連吃頓飯的工夫都不能丟掉它的。可見這個道德對於奴隸貴族統治階級是多麼重要。

現在事情很明白啦:被稱為"仁"和能具有"仁"的,不是上述的"賢人"就是"君子",庶人、小人則根本沒份兒,還能說它不是殷商以來奴隸貴族統治階級御用的東西?

二、人"性"論

1. 人性是有階級的

性相近也,習相遠也。唯上知與下愚不移。(《論語·陽貨》)

注:孔子言"性"不多,子貢甚至說是"不可得聞"(《論語·公冶長》),我們認為,根本不是這樣。只看上面的幾句話,就知道它的階級性非常之鮮明了。儘管他先抽象地講"性"是人所秉受的自然本質,"習"是感於外物受有影響以後的變化,可是一個"上知"("聖賢""君子")"下愚"(小人、奴隸)不移的結語就定了性。生值的家族不同,教養的情況自異,不能把奴隸主和奴隸的出身等同起來看待,所以這"相近""相遠"的話,

首先要拿屬於那個階級的尺規去衡量,何況孔子自己跟著就作了很清楚的交待!對立的兩個階級的"性"格,是天造地設與生俱來絕無改變的可能的,這還不是地道的奴隸主的腔調嗎?

中人以上,可以語上也;中人以下,不可以語上也。(《論語·雍也》)

注:"中人"對"上知""下愚"而言,所謂不好不壞中不溜的才德者是。孔子的意思是,才德較優於"中人"的,還可以同他們談談"聖賢"之道,才德較劣於"中人"的,就不配了。這也應該算是他的兩極分化論吧。

君子上達,小人下達。(《論語·憲問》)

注:"上達",進德修業,越來社會地位越高,這是"君子"的事;"下達",沒落、貧賤,越來處境越壞,"小人"只能如此。而"君子""小人"之間,簡直是鐵板一塊,絲毫變易不了。這又是孔子的主觀唯心論在作祟,因為他是牢固地站在奴隸貴族統治階級的立場上說話的。

2. **"才德"是上天賦予的**

生而知之者,上也。(《論語·季氏》)

注:"知之",知道它,具有它,掌握它。這個"它"指的是奴隸貴族

統治階級“聖賢”一類人物必須具有的“才德”,他們都是一離娘胎就是“萬能”的,秉賦不同,一般人學不了,真是不折不扣的“天才論”者。那個“上”字更不用細說了:高尚,最優,頂呱呱,也包孕著“上等人”。

子貢曰:“如有博施於民而能濟眾,何如?可謂仁乎?”子曰:“何事於仁?必也聖乎!堯舜其猶病諸。”(《論語·雍也》)

注:子貢,孔子弟子,姓端木,名賜,子貢是他的字。這兒所說的“博施濟眾”不過是他們的恩賜手法的理想的運用,所以很難期望它實現的,連孔子一向推崇的聖君堯舜,都不見得成功,更不要說等而下之的人物了。至於這“民眾”,當然又是“庶人”以上的階層。

【後缺】

墨翟與《墨子》

一、墨翟的生平及其思想

墨子(約前四八〇——前四二〇)名翟,春秋末年魯國人,大概生在周定王姬瑜[①](匡王弟)的時候,比孔子晚出(約與孔伋同時)。嘗為宋昭公大夫,到達衛國,宋亂被囚[②],垂老遊齊。弟子有禽滑釐等人。[③]著書七十一篇,傳今者僅五十三,還有不少重複的。

墨翟兼愛、非攻、尚賢、節用[④],講求實踐反對空談,而且生活刻苦舍己為人[⑤]。他也通曉軍事[⑥],曾和他的弟子們幫助宋國防禦楚國的進攻;不慕榮利,連越王有意封贈的土地都不輕易接受。由於自己出身微寒,他的學生也多來自底層。

---

① 周定王姬瑜(前六〇六——前五八八)。

② 宋昭公杵臼,他的弟弟鮑"賢而下士",和大夫華元結合到一起,在昭公九年殺掉了他自立,是為文公。墨翟就是在這個亂事中被囚禁過的。

③ 《漢書·藝文志》載《墨子》書七十一篇,今存者五十三篇。按墨翟之書多分上、中、下篇,語意重複的不少,有的僅存篇目。但從《親士》至《非儒》等三十九篇,已可知其學說大旨,中心思想即是"兼愛"。

④ "兼愛":反對愛有差等,是跟儒家的"仁"不大相同的,雖然墨子也談"仁義"。非樂、非命、非儒、非攻,以至於節用、節葬,都是圍繞著它來立論的。

⑤ 孟子說墨子"摩頂放踵,利天下為之"(《孟子·盡心》),莊子也說他:"不侈於後世,不靡於萬物,以繩墨自矯而備世之急。""雖枯槁不舍也,才士也夫!"(《莊子·天下篇》)

⑥ (缺文字。)

墨子和初期墨家的學說,基本上是代表春秋戰國之交的小私有者階層的利益的。在社會政治思想上,①他是反對貴族專政的,認為具有才幹和高尚道德品質的人,應該是任用官吏的主要對象,指出貴賤的差別,並非永恆不變。

墨翟的人道主義就是他的"②兼愛"觀點。他主張不分親疏遠近一無差等地去愛所有的人。只有關心別人和關心自己一樣,才可以消除社會上人為害人、人欺壓人的現象,把禍亂的根源歸之於人的不相愛。

如同他之反對兼併戰爭,是因為打仗殺人行為殘暴③"不義",從而提倡非攻,積極弭兵,差不多都不過是空想的東西。同時在客觀上還容易被統治階級利用為欺騙人民腐蝕鬥爭特別是破壞武裝起義的工具。

但是最要不得的卻是墨子相信鬼神④,宣傳"天"是有人格的最高主宰者,若不崇奉它們就會遭到罪罰,天下大亂,致使近世的某些學人呼為"宗教家"以及當時的"救世主",這就更不能不令人斥為"末流之弊"了。

總之,我們應該嚴正地指出,墨家思想有其進步的一面,也有它的落後的一面的,這並無害於它在當日異軍突起與儒家分庭抗禮地作為"顯學"⑤之一的歷史價值,影響大流傳遠么,這從兩派的互相水火,孟

① (缺文字。)

② (缺文字。)他的主導思想,也散見於別的篇章。

③ 這是說,墨子雖然能以實際行動防止楚王進攻宋國,卻無法消除當日兼併的形勢。

④ 具見本書《天志》《明鬼》等篇。

⑤ 《韓非子》(荀子的學生韓非所作,韓非是戰國時期法家代表人物之一,後詳)的《顯學》篇一開始就說:"世之顯學儒、墨也。"

子甚至“禽獸”①視之,可見。

墨家乃戰國時期的重要學派。《漢書·藝文志》列為“九流”之一,他的創始人是墨子。墨家與儒家展開了一系列的政治思想鬥爭。《墨子·非儒》中,直接指斥孔丘,說是“汙邪作偽,孰大於此”。據《淮南子》講,墨子有門徒一百八十人。墨者組成的團體有嚴格的紀律,他們刻苦耐勞,都是些可以赴湯蹈火的人物。

墨子後於孔丘,先於孟軻。他曾長期住在魯國也學習過儒術,因不滿意儒家所提倡的“禮”,而另立新說,聚徒講學,成為儒家的反對派。大體說來可分以下九項:

一、反對孔仲尼的“天命”論,說這是“暴王”編造出來用以欺騙人民的。他主張人類靠自己的力量戰鬥求生:“賴其力者生,不賴其力者不生。”

二、反對孔子的“仁”說。他認為孔子講“仁”,是站在奴隸主貴族的立場說話的,是有親疏之別的,奴隸和“小人”更是被排斥在仁愛之外的。因此,他提出了“兼相愛,交相利”的口號,強調“兼”,反對“別”。換句話說,就是想要用“無差等”的“兼愛”來代替分親疏的“仁愛”。

三、反對孔子的“正名”,講求“取實予名”,即是承認事實的發展變化,給予恰如其分的“名”號。在具體運用上必須:①接受前人的經驗;②瞭解當前的需要;③以此為根據,制定主張、辦法。這就是他的“三表法”。

① 孟子謾罵墨子“無父”、“是禽獸也”。見《孟子·滕文公》。其實墨翟也講“父慈子孝”的,不過是“愛無差等,施由親始”而已。孟軻這兒不只是帶著有色眼鏡看人,而且老氣橫秋地以“衛道士”自居,未免霸氣特重了些,謾罵從來當不了戰鬥,應該擺事實、講道理,以理服人麼。

但他的最大缺點也是“尊天”“信鬼”,神道設教,徒乞靈於冥冥之中,未能全力依靠人民。

二、《墨經》主要思想析論

1. 以“兼愛”為主導思想①

聖人②以治天下為事者也,不可不察亂之所自起。當察亂何自起?起不相愛。臣子之不孝君父,所謂亂也。子自愛,不愛父,故虧③父而自利;弟自愛不愛兄,故虧兄而自利;臣自愛不愛君,故虧君而自利。此所謂亂也。雖父之不慈子,兄之不慈弟,君之不慈臣,此亦天下之所謂亂也。父自愛也,不愛子,故虧子而自利;兄自愛也,不愛弟,故虧弟而自利;君自愛也,不愛臣,故虧臣而自利。是何也?皆起不相愛。雖至天下之為盜賊者,亦然。盜愛其室,不愛異室,故竊異室以利其室;賊愛其身,不愛人,故賊人以利其身。此何也?皆起不相愛。雖至大夫之相亂家、諸侯之相攻國者,亦然。大夫各愛其家,不愛異家,故亂異家以利其家。諸侯各愛其國,不愛異國,故攻異國以利其國。天下之亂物,具此而已矣。察此何自起?皆起不相愛。若使天下兼相愛,愛人若

① 如同儒家的創始人孔丘以“仁”為主導思想一樣,墨翟的口號則為“兼愛”。

② 禹、湯、文、武是墨子經常提起的先王,他也尊崇其為“聖人”,也講求君臣、父子、兄弟之愛。

③ 虧,損害。

愛其身,猶有不孝者乎?① 視父兄與君若其身,惡施不孝?猶有不慈者乎?視子弟與臣若其身,惡施不慈?故不慈不孝亡。猶有盜賊乎?視人之室若其室,誰竊?視人身若其身,誰賊?故盜賊有亡。猶有大夫之相亂家、諸侯之相攻國者乎?視人家若其家,誰亂?視人國若其國,誰攻?故大夫之相亂家、諸侯之相攻國者有亡。若使天下兼相愛,國與國不相攻,家與家不相亂,盜賊無有,君臣父子皆能孝慈,若此則天下治。故聖人以治天下為事者,惡得不禁惡而勸愛②。故天下兼相愛則治,交相惡則亂。故子墨子曰不可以不勸愛人者,此也。(《墨子・兼愛上》)

這裏的問題就是:泛談"兼愛"或抽象的玩弄名辭概念,什麼事也辦不了。因為天下絕沒有無緣無故的愛,也絕沒有無緣無故的恨。自從社會產生了階級,形成了萬惡的私有制以後,人們為了維護本階級的利益,便不能不爭權奪利,矛盾重重;剥削者壓迫被剥削者,被迫害者反抗迫害者,不管是體現於奴隸社會中對立著的奴隸主和奴隸,封建社會中對立著的地主和農民,以及資本主義社會中對立著的資本家和工人,都是你死我活、誓不兩立的敵我矛盾。所以才有親父子動刀槍、親兄弟明算帳的史書事,那麼,只批評他們不對頭,只宣教應該相愛,又有什麼用呢?

讀罷這段文章以後,恐怕我們更有這種感覺了,墨子之志則大矣,可惜他的道理不能從根本上解決問題,所以只能謂之幻想。不過他的

① 墨子是不偏不倚地對等著要求人的。例如他不只要求子不虧父的所謂"孝",也要求父不虧子的所謂"慈"。

② 第一個"惡"讀為烏,第二個"惡"才是作罪惡解釋。

文字,倒是通順淺近容易被領會的,起碼對於《兼愛》等篇可以這樣看。

2.“天意”也是“兼相愛、交相利”的①

夫天不可為林谷幽間無人,明必見之。② 然而天下之士君子之於天也,忽然不知以相儆③戒,此我所以知天下士君子知小而不知大也。然則天亦何欲何惡?天欲義而惡不義。然則率天下之百姓以從事於義,則我乃為天之所欲也。我為天之所欲,天亦為我所欲。然則我何欲何惡?我欲福祿而惡禍祟④。然則率天下之百姓以從事於不義,則我乃為天之所不欲也。我為天之所不欲,天亦為我所不欲,則是我率天下之百姓以從事於禍祟中也。然則何以知天之欲義而惡不義?曰:天下有義則生,無義則死,有義則富,無義則貧,有義則治,無義則亂。然則天欲其生而惡其死,欲其富而惡其貧,欲其治而惡其亂,此我所以知天欲義而惡不義也。

且夫義者,政也⑤。無從下之政上,必從上之政下。是故庶人竭力從事,未得次己而為政,有士政之。⑥ 士竭力從

① 墨翟設為“天意”之說,以宣傳他的兼愛思想,可以跟“天視自我民視,天聽自我民聽”的前言,結合起來看待。

② 言上天神明,無所逃避,就是深林幽谷人跡罕至的地方,也一樣看得清楚。

③ 儆,使人警覺,不犯過錯。

④ 祟,鬼神給的禍害。

⑤ 義是治理人的正道。從這裏也可以認識到墨子也不是沒有等級觀念的。

⑥ 這是說,庶人在“士”的管理掌握下,未便自己專恣行事。最後歸之於替“天”主宰三公、諸侯、士庶人命運的最高統治者天子。

事,未得次己而為政,有將軍大夫政之。將軍大夫竭力從事,未得次己而為政,有三公諸侯政之。三公諸侯竭力聽治,未得次己而為政,有天子政之。天子未得次己而為政,有天政之。天子為政於三公、諸侯、士、庶人,天下之士君子固明知之。天之為政於天子,天下百姓未得之明知也。

我未嘗聞天下之所求祈福於天子者也,我所以知天之為政於天子者也。故天子者,天下之窮①貴也,天下之窮富也。故欲富且貴者,當天意而不可不順。順天意者,兼相愛、交相利,必得賞。反天意者,別相惡、交相賊,必得罰。然則是誰順天意而得賞者?誰反天意而得罰者?子墨子言曰:昔三代聖王禹湯文武,此順天意而得賞者也。昔三代之暴王桀紂幽厲,此反天意而得罰者也。然則禹湯文武其得賞何以也?子墨子言曰:其事上尊天,中事鬼神,下愛人。故天意曰:"此之我所愛、兼而愛之,我所利、兼而利之。愛人者此為博②焉,利人者此為厚焉。"故使貴為天子,富有天下,業萬世子孫。傳稱其善,方施③天下,至今稱之,謂之"聖王"。然則桀紂幽厲得其罰,何以也?子墨子言曰:其事上詬④天,中誣鬼,下賊人。故天意曰:"此之我所愛、別而惡之,我所利、交而賊之。惡人者此為之博也,賊人者此為之厚也。"故使不得終其壽,不歿其世,至今毀之,謂之"暴王"。

然則何以知天之愛天下之百姓?以其兼而明之。何以

① 祈,請求。窮,盡,最為。

② 博,廣泛。

③ 方施,傳遍。

④ 詬,辱罵。

知其兼而明之？以其兼而有之。何以知其兼而有之？以其兼而食焉。何以知其兼而食焉？曰：四海之內，粒食之民①，莫不犓②牛羊、豢③犬彘，潔為粢盛酒醴④，以祭祀於上帝鬼神。天有邑人⑤，何用弗愛也？且吾言殺一不辜者⑥，必有一不祥。殺不辜者誰也？則人也。予之不祥者誰也？則天也。若以天為不愛天下之百姓，則何故以人與人相殺，而天予之不祥？此我所以知天之愛天下之百姓也。順天意者，義政也。反天意者，力政⑦也。然義政將奈何哉？子墨子言曰：處大國不攻小國，處大家不篡小家，強者不劫弱，貴者不傲賤，多詐者不欺愚。此必上利於天，中利於鬼，下利於人。三利無所不利，故舉天下美名加之，謂之"聖王"。力政者則與此異，言非此，行反此，猶幸馳⑧也。處大國攻小國，處大家篡小家，強者劫弱，貴者傲賤，多詐者欺愚。此上不利於天，中不利於鬼，下不利於人。三不利無所利，故舉天下惡名加之，謂之"暴王"。

子墨子言曰：我有天志，譬若輪人之有規，匠人之有矩。輪匠執其規矩，以度天下之方圜，曰中者是也，不中者非也。今天下之士君子之書不可勝載，言語不可盡計，上說諸侯，下

① 吃糧食生活著的老百姓。

② 犓，飼養。

③ 豢，餵養。彘，母豬。

④ 粢，稷米。醴，甜酒。

⑤ 天有邑人，語義不明。或改邑為色字也解決不了問題。

⑥ 辜音 gū，罪惡。不辜，沒罪的人。

⑦ 力政，強迫的辦法，以力服人，它與"義政"是對立的。

⑧ 幸馳，背道而馳，向相反的方向跑。

說列士,其於仁義則大相遠也。何以知之?曰:我得天下之明法以度之。

(《墨子·天志上》)

按《荀子·非十二子》云:“不知壹天下建國家之權稱(不知輕重),上功用(功,力也),大儉約而僈(輕也)差等(謂使君臣上下同勞苦),曾不是以容辨異,縣君臣(上下同等之故,縣,偏也),然而其持之有故,其言之成理,足以欺惑愚眾,是墨翟、宋鈃①也。”

3.“非樂”②同樣是為了“兼愛”

仁之事者,必務求興天下之利,除天下之害,將以為法乎天下,利人乎即為,不利人乎即止。且夫仁者之為天下度③也,非為其目之所美,耳之所樂,口之所甘,身體之所安,以此虧奪民衣食之財,仁者弗為也。是故子墨子之所以非樂者,非以大鐘、鳴鼓、琴瑟,竽笙之聲以為不樂也;非以刻鏤、華文章之色以為不美也;非以牲豢煎④炙之味以為不甘也;非以高臺厚榭邃野之居⑤以為不安也。雖身知其安也,口知其甘

① 宋鈃《孟子》作宋牼(牼,口arenheit反)。宋鈃,與孟子、尹文子、彭蒙、慎到同時。

② 墨子自己是一個苦行主義者,既不追求安樂,他也反對統治階級的奢靡生活,認為這不是“中萬民之利”的“聖王”行為,因為它有背“仁”道。

③ 度,謀求,計劃。

④ 煎,熬也,《方言》:“煎,火乾也,凡有汁而乾,謂之煎。”

⑤ 高礦的臺閣,厚實的亭榭,深邃的屋宇。榭音 xiè,野應作宇,王引之云:野仰宇字也,古讀野如宇,故與宇通。

也,目知其美也,耳知其樂也,然上考之不中聖王之事,下度之不中萬民之利,是故子墨子曰:為樂非也。

今王公大人,雖無造為樂器,以為事乎國家,非直掊潦①水、折壤坦而為之也,將必厚措斂②乎萬民,以為大鐘鳴鼓琴瑟竽笙之聲。古者聖王亦嘗厚措斂乎萬民,以為舟車。既以成矣,曰:"吾將惡許用之?曰:舟用之水,車用之陸,君子息其足焉,小人休其肩背焉。"故萬民出財齎③而予之,不敢以為戚④恨者,何也?以其反中民之利也。然則樂器反中民之利亦若此,即我弗敢非也。然則當用樂器譬之若聖王之為舟車也,即我弗敢非也。民有三患:饑者不得食,寒者不得衣,勞者不得息。三者,民之巨患也。然即當為之撞巨鐘、擊鳴鼓、彈琴瑟、吹竽笙而揚干戚⑤,民衣食之財將安可得乎?即我以為未必然也。意舍此。

今有大國即攻小國,有大家即伐小家,強劫弱,眾暴寡,詐欺愚,貴傲賤,寇亂盜賊並興,不可禁止也。然即當為之撞巨鐘、擊鳴鼓、彈琴瑟、吹竽笙而揚干戚,天下之亂也,將安可得而治與?即我未必然也。是故子墨子曰:姑嘗厚措斂乎萬民,以為大鐘、鳴鼓、琴瑟、竽笙之聲,以求興天下之利,除天下之害,而無補也。是故子墨子曰:為樂非也。

---

① 意思是說:流行的大水,取出一點來,業已毀壞了墻壁,把它拆掉,這談不上什麽損害,這跟王公大人們製造樂器追求享樂,因而厚斂於老百姓影響了他們的生活根本不一樣。掊,取。潦,大雨。

② 措斂,籍斂,厚措斂,即加重剥削。

③ 齎音 jī,送給。

④ 戚音 qī,憂愁。

⑤ 干戚,干,盾牌,戚,斧鉞。

今王公大人,惟毋處高臺厚榭之上而視之,鐘猶是延鼎①也。弗撞擊,將何樂得焉哉?其說將必撞擊之。惟勿撞擊,將必不使老與遲者。老與遲者,耳目不聰明,股肱不畢強,聲不和調,明不轉樸。將必使當年,因其耳目之聰明,股肱之畢強,聲之和調,眉之轉樸。使丈夫為之,廢丈夫耕稼樹藝之時;使婦人為之,廢婦人紡績織紝之事。今王公大人,惟毋為樂,虧奪民衣食之財,以拊②樂如此多也。是故子墨子曰:為樂非也。

今大鐘、鳴鼓、琴瑟、竽笙之聲,既已具矣,大人鏽然③奏而獨聽之,將何樂得焉哉?其說將必與賤人,不與君子。與君子聽之,廢君子聽治;與賤人聽之,廢賤人之從事。今王公大人,惟毋為樂,虧奪民之衣食之財,以拊樂如此多也。是故子墨子曰:為樂非也。

(《墨子·非樂上》)

按《漢志》云:"墨家者流,蓋出於清廟之守(掌管宗廟的官)。茅屋采椽(采,柞木),是以貴儉;養三老五更(更事,有經驗),是以兼愛;選士大射,是以上賢(上與尚通);宗祀嚴父,是以右鬼(右,信賴);順四時而行,是以非命;以孝視天下,是以上同,此其所長也。及蔽者為之,見儉之利,因以非禮;推兼愛之意,而不知別親疏。"雖非的論,可供參考。

---

① 延鼎,橢圓形的三足銅器。

② 拊音 fǔ,擊,敲打。

③ 鏽即鏽的古字,鏽然在這裏義不可解。

4.“兼”與“别”是對立的①

姑嘗本原若衆害之所自生。此胡自生?此自愛人、利人生與?即必曰:非然也。必曰:從惡人賊人生。分名乎天下,惡人而賊人者,兼與?别與?即必曰:别也。然即之交别者,果生天下之大害者與?是故别非也。

非人者必有以易之,若非人而無以易之,譬之猶以水救火也。其説將必無可焉。是故子墨子曰:兼以易别。然即兼之可以易别之故何也?曰:藉為人之國,若為其國,夫雖獨舉其國以攻人之國者哉?為彼者,由為己也。為人之都,若為其都,夫誰獨舉其都以伐人之都者哉?為彼猶為己也。為人之家,若為其家,夫誰獨舉其家以亂人之家者哉?為彼猶為己也。

然而國都不相亂攻伐,人家不相亂賊,此天下之害與?天下之利與?即必曰天下之利也。姑嘗本原若衆利之所自生。此胡自生?此自惡人賊人生與?即必曰:非然也。必曰:從愛人利人生。分名乎天下,愛人而利人者,别與?兼與?即必曰:兼也。然即之交兼者,果生天下之大利者與?是故子墨子曰:兼是也。

且鄉吾本言曰:仁人之事者,必務求興天下之利,除天下之害。今吾本原兼之所生,天下之大利者也;吾本原别之所生,天下之大害者也。是故子墨子曰:别非而兼是者,出乎若方也。今吾將正求與天下之利而取之,以兼為正。是以聰耳

① 按,此部分的注語皆缺。

明目相與視聽乎?是以股肱畢強相與動宰乎?是以老而無妻子者,有所侍養以終其壽;幼弱孤童之無父母者,有所放依以長其身。今唯毋以兼為正,即若其利也。不識天下之士,所以皆聞兼而非者,其故何也。

然而天下之士,非兼者之言猶未止也。曰:即善矣,雖然,豈可用哉?子墨子曰:用而不可,雖我亦將非之。且焉有善而不可用者?姑嘗兩而進之。誰以為二士,使其一士者執別,使其一士者執兼。是故別士之言曰:吾豈能為吾友之身,若為吾身?為吾友之親,若為吾親?是故退睹其友,饑即不食,寒即不衣,疾病不侍養,死喪不葬埋。別士之言若此,行若此。兼士之言不然,行亦不然。曰:吾聞為高士於天下者,必為其友之身,若為其身,為其友之親,若為其親,然後可以為高士於天下。是故退睹其友,饑則食之,寒則衣之,疾病侍養之,死喪葬埋之。兼士之言若此,行若此。若之二士者,言相非而行相反與!當使若二士者,言必信,行必果,使言行之合,猶合符節也,無言而不行也。然即敢問,今有平原廣野於此,被甲嬰胄,將往戰,死生之權,未可識也。又有君大夫之遠使於巴、越、齊、荊,往來及否,未可識也。然即敢問,不識將惡也,家室奉承親戚,提挈妻子,而寄託之,不識於兼之有是乎?於別之有是乎?我以為當其於此也,天下無愚夫愚婦,雖非兼之人,必寄託之於兼之有是也。此言而非兼,擇即取兼,即此言行費也。不識天下之士,所以皆聞兼而非之者,其故何也?

然而天下之士,非兼者之言猶未止也,曰:意可以擇士,而不可以擇君乎?姑嘗兩而進之。誰以為二君,使其一君者執兼,使其一君者執別。是故別君之言曰:吾惡能為吾萬民之身,若為吾身?此泰非天下之情也。人之生乎地上之無幾何也,譬之猶駟馳而過隙也。是故退睹其萬民,饑即不食,寒即不衣,疾病不侍養,死喪不葬埋。別君之言若此,行若此。兼君之言不然,行亦不然,曰:吾聞為明君於天下者,必先萬民之身,後為其身,然後可以為明君於天下。是故退睹其萬民,饑即食之,寒即衣之,疾病侍養之,死喪葬埋之。兼君之言若此,行若此。然即交若之二君者,言相非而行相反與?常使若二君者,言必信,行必果,使言行之合猶合符節也,無言而不行也。然即敢問:今歲有癘疫,萬民多有勤苦凍餒,轉死溝壑中者,既已眾矣。不識將擇之二君者,將何從也?我以為當其於此也,天下無愚夫愚婦,雖非兼者,必從兼君是也。言而非兼,擇即取兼,此言行拂也。不識天下,所以皆聞兼而非之者,其故何也?

然而天下之士,非兼者之言也猶未止也。曰:兼即仁矣義矣,雖然,豈可為哉?吾譬兼之不可為也,猶挈泰山以超江河也。故兼者直願之也。夫豈可為之物哉?子墨子曰:夫挈泰山以超江河,自古之及今,生民而來未嘗有也。今若夫兼相愛、交相利,此自先聖六王者親行之。何知先聖六王之親行之也?子墨子曰:吾非與之並世同時,親聞其聲見其色也。以其所書於竹帛,鏤於金石,琢於槃盂,傳遺後世子孫者知之。《泰誓》曰:"文王若日若月,乍照光於四方於西土。"即此言文王之兼愛天下之博大也。譬之日月兼照天下之無有私也。即此文王兼也。雖子墨子之所謂兼者,於文王取法焉。

且不唯《泰誓》為然,雖《禹誓》即亦猶是也。禹曰:"濟濟有眾,咸聽朕言:非惟小子,敢行稱亂。蠢茲有苗,用天之罰,若予既率爾群對諸群,以征有苗。”禹之征有苗也,非以求以重富貴、干福禄、樂耳目也,以求興天下之利,除天下之害。即此禹兼也。雖子墨子之所謂兼者,於禹求焉。

且不唯《禹誓》為然,雖《湯説》即亦猶是也。湯曰:“惟予小子履,敢用玄牡,告於上天后曰:今天大旱,即當朕身履,未知得罪於上下。有善不敢蔽,有罪不敢赦,簡在帝心。萬方有罪,即當朕身。朕身有罪,無及萬方。”即此言湯,貴為天子,富有天下,然且不憚以身為犧牲,以祠説於上帝鬼神。即此湯兼也。雖子墨子之所謂兼者,於湯取法焉。

且不惟《誓命》與《湯説》為然。《周詩》即亦猶是也。《周詩》曰:“王道蕩蕩,不偏不黨。王道平平,不黨不偏。其直若矢,其易若底。君子之所履,小人之所視。”若吾言非語道之謂也。古者文武為正,均分賞賢罰暴,勿有親戚弟兄之所阿。即此文武兼也。雖子墨子之所謂兼者,於文武取法焉。不識天下之人,所以皆聞兼而非之者,其故何也?

然而天下之非兼者之言,猶未止。曰:“意不忠親之利,而害為孝乎?”子墨子曰:姑嘗本原之孝子之為親度者。吾不識孝子之為親度者,亦欲人愛利其親與?意欲人之惡賊其親與?以説觀之,即欲人之愛利其親也。然即吾惡先從事即得此?若我先從事乎愛利人之親,然後人報我以愛利吾親乎?意吾先從事乎惡人之親,然後人報我以愛利吾親乎?即必吾先從事乎愛利人之親,然後人報我以愛利吾親也。然即之交孝子者,果不得已乎?毋先從事愛利人之親者歟?意以天下之孝子為過,而不足以為正乎?姑嘗本原之先王之所書,《大雅》之所道,曰:“無言而不仇,無德而不報。投我以桃,報之以李。”即此言愛人者必見愛也,而惡人者必見惡也。不識天下之士,所以皆聞兼而非之者,其故何也?意以為難而不可為邪?嘗有難此而可為者。……今若夫兼相愛、交相利,此其有利,且易為也,不可勝計也。我以為則無有上說之者而已矣,苟有上說之者,勸之以賞譽,威之以刑罰,我以為人之於就兼相愛、交相利也,譬之猶火之就上、水之就下也。不可防止於天下。

故兼者聖王之道也,王公大人之所以安也,萬民衣食之所以足也。故君子莫若審兼而務行之,為人君必惠,為人臣必忠,為人父必慈,為人子必孝,為人兄必友,為人弟必悌。故君子莫若欲為惠君忠臣,慈父孝子,友兄悌弟,當若兼之不可不行也。此聖王之道,而萬民之大利也。

(《墨子·兼愛》下)

5.“宿命論”者,不“仁”①

子墨子言曰:古者王公大人為政國家者,皆欲國家之富、人民之眾、刑政之治。然而不得富而得貧,不得眾而得寡,不得治而得亂,則是本失其所欲,得其所惡,是其故何也?子墨子曰:執有命者以雜於民間者眾。執有命者之言曰:“命富則富,命貧則貧,命眾則眾,命寡則寡,命治則治,命亂則亂,命壽則壽,命夭則夭,命雖強勁何益哉?”以上說王公大人,下以駔百姓之從事。故執有命者不仁。故當執有命者之言,不可不明辨。然則明辨此之說將奈何哉?子墨子曰:必立儀。言而無儀,譬猶運鈞之上而立朝夕者也。是非利害之辨,不可

① 按,此部分的注語皆缺。

得而明知也。故言必有三表。何謂三表？子墨子曰：有本之者，有原之者，有用之者。於何本之？上本之於古者聖王之事。於何原之？下原察百姓耳目之實。於何用之？廢以為刑政，觀其中國家百姓人民之利。此所謂言有三表也。

然而今天下之士君子，或以命為有。蓋嘗尚觀於聖王之事：古者桀之所亂，湯受而治之。紂之所亂，武王受而治之。此世未易，民未渝，在於桀紂則天下亂，在於湯武則天下治。豈可謂有命哉？然而今天下之士君子，或以命為有。蓋嘗尚觀於先王之書？先王之書所以出國家佈施百姓者，憲也。先王之憲亦嘗有曰"福不可請，而禍不可諱，敬無益，暴無傷"者乎？所以聽獄制罪者，刑也。先王之刑亦嘗有曰"福不可請，禍不可諱，敬無益，暴無傷"者乎？是故子墨子曰：吾當未鹽數，天下之良書不可盡計數，大方論數，而五者是也。今雖毋求執有命者之言，不必得，不亦可錯乎？今用執有命者之言，是覆天下之義。覆天下之義者，是立命者也，百姓之誶也。說百姓之誶者，是滅天下之人也。

然則所為欲義在上者，何也？曰：義人在上，天下必治，上帝山川鬼神必有幹主，萬民被其大利。何以知之？子墨子曰：古者湯封於亳，絕長繼短，方地百里，與其百姓兼相愛，交相利，移則分。率其百姓，以上尊天事鬼，是以天鬼富之，諸侯與之，百姓親之，賢士歸之，未歿其世而王天下，政諸侯。昔者文王封於岐周，絕長繼短，方地百里，與其百姓兼相愛，交相利，則。是以近者安其政，遠者歸其德。聞文王者，皆起而趨之。罷不肖股肱不利者，處而願之曰：奈何乎使文王之地及我，吾則吾利，豈不亦猶文王之民也哉！是以天鬼富之，諸侯與之，百姓親之，賢士歸之，未歿其世而王天下，政諸侯。

鄉者言曰:義人在上,天下必治,上帝山川鬼神必有幹主,萬民被其大利。吾用此知之。是故古之聖王,發憲出令,設以為賞罰以勸賢,是以入則孝慈於親戚,出則弟長於鄉里,坐處有度,出入有節,男女有辨。是故使治官府則不盜竊,守城則不崩叛,君有難則死,出亡則送。此上之所賞而百姓之所譽也。執有命者之言曰:上之所賞命固且賞,非賢故賞也。上之所罰命固且罰,不暴故罰也。是故入則不慈孝於親戚,出則不弟長於鄉里,坐處不度,出入無節,男女無辨。是故治官府則盜竊,守城則崩叛,君有難則不死,出亡則不送。此上之所罰,百姓之所非毀也。

(《墨子·非命》上)

6. 尚賢事能不分貴賤①

今者王公大人為政於國家者,皆欲國家之富,人民之眾,刑政之治。然而不得富而得貧,不得眾而得寡,不得治而得亂,則是本失其所欲,得其所惡。是故何也?子墨子曰:是在王公大人為政於國家者,不能以尚賢事能為政也。

是故國有賢良之士眾,則國家之治厚,賢良之士寡,則國家之治薄。故大人之務,將在於眾賢而已。曰:然則眾賢之術將奈何哉?子墨子言曰:譬若欲眾其國之善射御之士者,必將富之貴之敬之譽之,然後國之良士將可得而眾也。況又有賢良之士,厚乎德行,辯乎言談,博乎道術者乎!此固國家之珍而社稷之佐也。亦必且富之貴之敬之譽之,然後國之良

① 此部分注語皆缺。

士亦將可得而眾也。

是故古者聖王之為政也,言曰:不義不富,不義不貴,不義不親,不義不近。是以國之富貴人聞之皆退而謀曰:始我所恃者富貴也,今上舉義不辟貧賤,然則我不可不為義。親者聞之亦退而謀曰:始我所恃者親也,今上舉義不辟疏,然則我不可不為義。近者聞之亦退而謀曰:始我所恃者近也,今上舉義不辟遠,然則我不可不為義。遠者聞之亦退而謀曰:我始以遠為無恃,今上舉義不避遠,然則我不可不為義。逮至遠鄙郊外之臣,門庭庶子,國中之眾,鄙之萌人,聞之,皆競為義。是其故何也?曰:上之所以使下者,一物也。下之所以事上者,一術也。譬之富者,有高牆塗官,牆既立,謹上為鑿一門,有盜人入,闔其身入而求之,盜其無自出。是其故何也?則上得要也。

故古者聖王之為政,列德而尚賢,雖在農與工肆之人,有能則舉之,高予之爵,重予之祿,任之以事,斷予之令。曰:爵位不高,則民弗敬;蓄祿不厚,則民不信;政令不斷,則民不畏。舉三者授之賢者,非為賢賜也,欲其事之成。故當是時,以德就列,以官服事,以勞殿賞,量功而分祿。故官無常貴而民無終賤,有能則舉之,無能則下之。舉公義,辟私怨,此若言之謂也。

(《墨子·尚賢》上)

7. 反對攻伐侵略的戰爭①

今有一人,入人園圃②,竊其桃李,眾聞則非之,上為政者得則罰之。此何也?以虧人自利也。至攘人犬、豕、雞、豚者③,其不義,又甚入人園圃竊桃李。是何故也?以虧人愈多,其不仁茲甚,罪益厚。至入人欄廄④,取人馬、牛、者,其不仁義又甚攘人犬、豕、雞、豚。此何故也?以其虧人愈多,苟虧人愈多,其不仁茲甚,罪益厚,至殺不辜人也,拖⑤其衣裘、取戈劍者,其不義又甚入人欄廄,取人馬牛。此何故也?以其虧人愈多,苟虧人愈多,其不仁茲甚矣。罪益厚。當此天下之君子,皆知而非之,謂之不義。今至大為不義攻國,則弗知非,從而譽之,謂之義,此可謂知義與不義之別乎?殺一人,謂之不義,必有一死罪矣。若以此說往:殺十人,十重不義,必有十死罪矣。殺百人,百重不義,必有百死罪矣。當此,天下之君子,皆知而非之,謂之不義。今至大為不義,攻國,則弗知非,從而譽之謂之義,情不知其不義也。故書其言以遺後世。若知其不義也、夫奚說⑥,書其不義以遺後世哉?今有人於此,少見黑曰黑,多見黑曰白,則必以此人為不知白

---

① "兼愛"必然要"非攻",因為作戰之事,殺人最多,害人最大。最為"不仁不義"。問題只在於他把反侵害的戰爭也混為一談了。

② 按《說文》云:園所以樹果,種菜田圃。

③ 攘音 rǎng,偷盜,掠奪。豚音 tún,小豬。

④ 欄,木欄,牛圈,廄音 jiù,馬圈。

⑤ 拖音 tuō,奪取。與拕為異體字。裘皮衣。

⑥ 夫奚說,怎麼去解釋呢?奚,何也。

黑之辩矣。少嘗苦曰苦,多嘗苦曰甘,則必以此人為不知甘苦之辯矣。今小為非,則知而非之,大為非攻國,則不知非,從而譽之謂之義,此可謂知義與不義之辯乎?是以知天下之君子也,辯義與不義之亂也。(《墨子·非攻上》)

分析:戰爭,分正義的(反侵略的,弔民伐罪的)與非正義的(侵略的、殘民以逞的)兩類,不分青紅皂白一齊反對便錯誤了。

8. "天、鬼"利民,不伐無罪

是故古之仁人有天下者,必反大國之説,一天下之和,總四海之内焉。率天下之百姓,以農臣事上帝、山川、鬼神。利人多,功故又大,是以天賞之,鬼富之,人譽之,使貴為天子,富有天下,名參乎天地,至今不廢。此則知者之道也,先王之所以有天下者也。

今王公大人、天下之諸侯則不然,將必皆差論其爪牙之士,皆列其舟車之卒伍,於此為堅甲利兵,以往攻伐無罪之國。入其國家邊境,芟刈①其禾稼,斬其樹木,墮其城郭,以湮②其溝池,攘殺其牲牷③,燔潰④其祖廟,勁⑤殺其萬民,

① 芟音 shān,割草。刈音 yì,與芟同義。
② 湮音 yān,沒漫。
③ 牷音 quán,全牛,純毛一色。
④ 燔潰,燒毀,燔音 fán。
⑤ 勁,割頭,取首級。

覆①其老弱,遷其重器,卒進而柱②乎門。曰:“死命為上,多殺次之,身傷者為下。又況失列北橈③乎哉!罪死無赦。”以譂④其眾。

夫無兼國覆軍,賊虐萬民,以亂聖人之緒⑤,意將以為利天乎?夫取天之人以攻天之邑,此刺殺天民,剥振⑥神之位,傾覆社稷,攘殺其牲口,則此上不中天之利矣。意將以為利鬼乎?夫殺之人,滅鬼神之主,廢滅先王,賊虐萬民,百姓離散,則此中不中鬼之利矣。意將以為利人乎?夫殺之人為利人也博矣。又計其費,此為周生之本,竭天下百姓之財用,不可勝數也,則此下不中人之利矣。

今夫師者之相為不利者也。曰:將不勇,士不分,兵不利,教不習,師不眾,率不利和,威不圉⑦,害之不久,爭之不疾,孫⑧之不強,植⑨心不堅,與國諸侯疑。與國諸侯疑,則敵生慮而意羸⑩矣。偏具此物,而致從事焉。則是國家失卒,而百姓易務⑪也。今不嘗觀其說好攻伐之國?若使中興師,

---

① 覆,滅也。
② 柱,或為極字之誤。
③ 北橈,吃敗杖,橈音 náo。
④ 譂音 chǎn,妄言,欺騙。
⑤ 緒,事業。
⑥ 剥振,撕裂。
⑦ 圉音 yù,防禦。
⑧ 孫疑當作係,縛也(孫治讓說)。
⑨ 植,樹立。
⑩ 羸音 léi,微弱。
⑪ 易務,容易從事。

君子[①]庶人也,必且數千。徒倍十萬,然後足以師而動矣。久者數歲,速者數月。是上不暇聽治,士不暇治其官府,農夫不暇稼穡,婦人不暇紡績織[②]紝,則是國家失卒,而百姓易務也。然而又與其車馬之罷弊[③]也,幔幕帷[④]蓋,三軍之用,甲兵之備,五分而得其一,則猶為序[⑤]疏矣。然而又與其散亡道路,道路遼遠,糧食不繼傺[⑥],食飲之時,廁役[⑦]以此饑寒凍餒疾病,而轉死溝壑中者,不可勝計也。此其為不利於人也,天下之害厚矣。而王公大人,樂而行之,則此樂賊滅天下之萬民也,豈不悖哉!

今若有能以義名立於天下,以德求諸侯者,天下之服可立而待也。夫天下處攻伐久矣,譬若傅子[⑧]之為馬然。今若有能信效先利天下諸侯者,大國之不義也,則同憂之;大國之攻小國也,則同救之;小國城郭[⑨]之不全也,必使修之;布粟之絕,則委[⑩]之;幣帛不足,則共之。以此效大國,則小國之君悅。人勞我逸,則我甲兵強。寬以惠,緩易急,民必移。易攻伐以治我國,攻必倍。量我師舉之費,以爭諸侯之斃,則必

① 孫治讓云:"君子"下有脫字,疑當云"君子教育"。
② 紡,網絲。績,緝。織,作布帛之總名。
③ 罷弊,疲憊。
④ 幔,帳。幕,布幕。帷音 wéi,圍起來遮擋用的布。
⑤ 序,行列。
⑥ 傺音 chì,接續,不繼傺,接濟不上。
⑦ 廁役二字義無所取,廁疑為廝,廝役,隨從。
⑧ 傅當為僮字之誤。僮,童也。
⑨ 郭,內城外郭,《釋名》郭廓也,廓落在城外也。
⑩ 委,給予。讀為委輸之委。

可得而序利①焉。督②以正,義其名,必務寬吾眾,信吾師,以此授諸侯之師,則天下無敵矣,其為下不可勝數也。此天下之利,而王公大人不知而用,則此可謂不知利天下之巨務③矣。是故子墨子曰:今且天下之王公大人士君子,中情將欲求興天下之利,除天下之害,當若繁為攻伐,此實天下之巨害也。今欲為仁義,求為上士,尚欲中聖王之道,下欲中國家百姓之利,故當若非攻之為說,而將不可不察者此也。

(《墨子·非攻下》)

分析:他這是從作為"王公大人、士君子"的統治階級立場來看待戰爭的,認為爭城掠地殺人越貨,既違背了天意,也不合於鬼心,更不要說"聖王之道"與"百姓之利"了。所以,還是禁絕的好,因為他是天怒人怨的事,有百害而無一利。能夠立"義"、修"德"不戰而屈人之兵,才是策之上上,譬如士、農、工、商各動其業,以我之羨餘補人之不足,救人之危,急人之急,誰不歡迎誰不信服呢?總之話是說得好聽,設想也夠美好,可是,做起來就不那麼簡單了。不現實,不客觀,即令墨翟及其門徒禽滑釐等能夠躬行實踐,總不會都碰上楚惠王和公輸盤那樣好說話的人吧。

三、關於《經說》

《經說》之言,多是為《經》作解釋的,故其說明更為確切詳盡:

---

① 序利當為厚利(王利之說)。

② 督,察也。

③ 巨務,大事。

“故”(題目):“小故,有之不必然,無之必不然。體也若有端(物之有體,若有其端)。大故,有之必無然(此疑當作大故,有之必然,無之必不然,與上小故文正相對。小故大故,謂同一言故,而語有輕重及有大小也),若見之成見也(謂得彼乃能成此也)。”

“體”。“若二之一,尺之端也。”(尺之端,謂於幅中分之,其前為端。《經上》云:“端,體之無序而最前者也。”凡書兼一成二,故一為二之分,幅兼端為尺,故端為尺之分。蓋一分二之體,端分尺之體。)此釋《經上》體分於兼也。

“知材”。“知也者,所以知也。”(上二知字讀為智,言知生於智。《荀子·正名篇》云:“所以知之在人者,謂之知。知有所合謂之智。”按即今所謂“感性認識(知)”與“理性認識(智)”。

“景之大小,說在地正遠近。”此言景隨地而易,遠則小,近則大。按光學原理,發光點與受光處,距遠其景必小,較近其景必巨。

以上所引具見《經下》,多係分散而言其形象者。此類復再見於《經說下》,則係合而言之者:

“景,光至,景亡(謂所以有景,由無光也);若在,盡古息。”(盡古,終古也。息,猶止也。)其大意則謂,有光則景亡,有景則光蔽。若其景在則後景非前景,前景當永在也。《莊子》“飛鳥之景未嘗動也”,即是此義。“景,二光夾一光,一光者景也。”(謂若日在東而西懸鏡,鏡射受日光反射人而成景,是日光與鏡光為二,而人景在日與鏡之間,是即二光共夾之也。)“景,光之人煦若射(按,之猶與也。此言景光與人參相射),下者之人也高(景在下者,其人在上),高者之人也下(景在上者,其人在下)。足敝(讀若蔽)下光,故成景於上;首敝上光,故成景於下(按此即塔景倒垂之義)。在遠近有端,與於光(謂礙光線之射),故景瘴內也(瘴,舊作庫。謂景障於內,即光學家所謂約行線交聚處不見物是也)。景,日之光反燭人,則景在人與日之間(所謂二光夾一光,此釋回光之理也。按日照於東,則人景在西,今以西鏡之光,反燭人成景,則景又在矣。故云在日與人之間)。景,木柂(迤之假借字,猶言木斜。木乃立柱之類),景短大(斜近地故影短,隱陰景濃光不內侵,故大又短,淡也,大,光複多也。淡者雖長,而視之如短,不清故也)。木正,景長小(正,遠地,故景長,光複映射,景界不清,故小),大小於木,則景大於木(光與物大小相等,其景雖遠,相等而無盡。物大光小,則景漸大漸遠而無量)。非獨小也(言景有時大於木,非獨小也),遠近臨正鑒,景寡(疑當作臨鑒立前,景多)。貌能(當為態字)白黑(此論因光見色之理也)、遠近柂正,異於光鑒(此總上多寡。以下言光之所照與鏡之受光,各因物而異;此言非獨長短大小,即亦態白黑,貌遠近柂正則光鏡各異)。"

"景當俱就(就謂漸近,線景不一而同為約行也),去尒(疑為亦字)當俱(去為漸遠,線景不一而同為侈行也)。俱用北(疑當作由比,言俱之義猶比)。鑒者二臭(臭當作具,具與俱通)。於鑒無所鑒,景之臭無數,而必過正(此言鑒者不一則景亦無數,必過正似謂交點係由光線之交叉而成,正則當限之內體正而明也,過正則景倒而線侈行矣)。故同處(同一處),其體俱(物體又同,俱處於室,合同也)。然鑒分(然而鑒有分,謂中內外遠近大小正易不同),鑒中之內,鑒者近中,則所鑒大,景亦大;遠中,則所鑒小,景亦小。(按此謂突鏡也。凡突鏡,邊容下而中高處其面微平,故有內外。鑒中之內謂平面之內也。其言近中遠中,指人距鏡中心言。據此亦當為凹面鏡)。而必正(大小皆正不斜)起於中,緣正而長其直也(謂中之內,其景必起於中心,緣其正而外射為長,直線也)。中之外(謂突鏡平面之外近邊低仄處),鑒者近中(雖中之外亦以中為節),則所鑒大,景亦大。遠中,則所鑒小,景亦小(景亦近大遠小與中之內同),而必易(鏡側斜面既不平,則光線邪射其景亦易,易即邪也),合於中而長其直也。(此謂突鏡當中之外,其景雖邪而仍與中相應,緣其邪而旁射為長直線也)鑒鑒者近,則所鑒大,景亦大(近遠指人距鏡面言);其遠,所鑒小,景亦小,而必正(即發光點與受光處,距遠景小,距近景大)。”

孟　子[①]

孟子,名軻,字子輿,戰國鄒人[②]。受業於子思[③]之門人。他曾到過當時的齊、宋、滕、魏等國[④],宣傳“仁義”,鼓吹“王道”,一度為齊宣王田辟疆的客卿[⑤],因政見未被採用,退而與弟子萬章等人著書立說,有《孟子》傳世。

《漢書・藝文志》著録《孟子》十一篇,可是東漢趙岐的《孟子注》只有七篇[⑥]。趙岐說:“又有外書四篇”:《性善辯》《文說》《孝經》《為正》,其文不能弘深,不與內篇相似,似非《孟子》本真。”(《孟子題辭》)

其實就是趙岐注的七篇,也未必盡出孟軻之手,“時君稱諡”“被呼為子”[⑦]即可懷疑。趙注而外,北宋孫奭的《孟子注疏》和南宋朱熹的《孟子集注》[⑧]較為通行,我們卻覺得清人焦循的《孟子正義》,態度謹嚴,考釋詳博,最便參考。

---

① 《史記・孟子荀卿列傳》有他的生平。

② 鄒,即今山東省鄒縣。

③ 子思,孔伋的字。

④ 現在的山東、河南省境內。

⑤ 客卿,供備諮詢的客體官爵,沒有固定的職事。

⑥ 《孟子》共計《梁惠王》《公孫丑》《滕文公》《離婁》《萬章》《告子》《盡心》等七篇,亦有“內篇”之名。

⑦ 如梁惠王、齊宣王,即是時君的諡號。子,通常是門人對於老師的尊稱,有“夫子”之義。

⑧ 《孟子注疏》,在《十三經注疏》中。《孟子集注》見《四書集注》,《孟子正義》收入於《皇清經解》。

孟軻向被稱為孔子學說的繼承者,《孟子》書中也不斷直接引用孔子和孔子學生的話以解決問題,特別是關於"仁義""性""命"方面的。而且他還是推崇孔子為"大成""至聖"的第一個人。

但是,如果認為孟軻和孔丘一樣都是站在奴隸主貴族統治階級說話的那就錯了。兩個人雖然全講憲法先王①搞托古改制的一套,而在事實上已經晚出了近二百年的孟軻,由於世易時移的關係,他那立場不能不有所變易。

即以儒家的大一統思想而論(如表現於《春秋》中的所謂"義法"),孟軻即有所更張了。首先是他所尊奉的根本不是作為奴隸共主的周天子了②。不管早已不姓姜了的齊田氏,還是三分了姬晉的魏國,他都跟他們攪到一起大談"王道",例如他在齊國說:"王如用予,則豈徒齊民安,天下之民舉安。"(《孟子·公孫丑》)

何況在君臣的名分上,他更不像孔丘看得那般神聖不可侵犯,竟公然罵過梁惠王(魏罃)"不仁"、梁襄王(魏嗣)"不似人君",甚至將古比今地說"時日曷喪,予及汝皆亡"(指夏桀而言)"、"聞誅一夫紂矣,未聞弑君也"③(對齊宣王的問話),時時處處表示疾惡暴君,藉以申明其"君為輕"④的主張,而"君之視臣如草芥,則臣視君為寇仇"(《孟子·離婁》)的提法,也夠得上前無古人啦。

再查看一下孟軻藉口"通功易事"⑤(即所謂社會分工)為人們劃定的階級關係:"無君子莫治野人,無野人莫養君子","有大人之事,

---

① 堯、舜、禹、湯、文、武、周公,都是孔孟常提的"先聖"。許多說法屬於傳聞,在典章制度上孟軻尤具"創見"。

② 周天子在《春秋》中是被尊為"天王"的。

③ 俱見《孟子·梁惠王》中。

④ 全文是"民為貴,社稷次之,君為輕",見《孟子·盡心》。

⑤ 《孟子·滕文公》"子不通功易事,以羨補不足"。

有小人之事”,“或勞心,或勞力,勞心者治人,勞力者治於人”(《孟子·盡心》),就越發知道他是怎樣對待政權管理與財富分配了。這本來也用不著奇怪,孟軻自己就是一個底層爬上來的新貴。

不是嗎?經常跟隨著幾百人,帶著幾十輛車子,在幾個國家裏轉來轉去接受給養①,母親死了還要大辦喪事②,一般老百姓能行嗎?耐人尋味的是,當別人批評他太舒服太闊綽了的時候,竟然巧言折辯說,如果合乎道理,連接手做皇帝都算不了什麼,可見他對於剥削生活以及統治地位是如何地心安嚮往了。志“承三聖”(夏禹、周公、孔子)③,舍我其誰麼。

因此,出現於《孟子》書中的“君子”尤其是“大人”,和與之相對立的“野人”“小人”特别是梓、匠、輪、輿一類的“勞力者”是剥削與被剥削的兩個截然不同的階級,已經非常清楚了。所以,由此派生出來的上層建築,仁義道德,尊賢王政之類,都不過是維護新興的地主貴族統治階級利益的恩賜政策、懷柔手法,而且妄圖從人的自然本質上做文章,說“性善”是一切“仁心”“善政”的根源,這種主觀主義先驗論的東西,必須給以細緻深入的批判。

一、“仁”是差等的,“愛”與“義”並重

孟軻的“仁”說,是施由親始的差等的“愛”,落到君臣的關係上便是所謂“義”了。“父子有親,君臣有義”,從來就是宗法社會的道德標準,他們是“倫常”的首要,但應該注意的是:他這個“仁親為

① 其事見《孟子·滕文公》。

② 《孟子·公孫丑》。

③ 《孟子·公孫丑》有全文。

實"的父子關係既然已經是根據小農經濟需要而發展了的家長制,他這個"義"就更不同於"天王聖明,臣罪當誅"的奴隸制了,一句話,它們在起作用的對象上,都已非復孔丘"君君臣臣,父父子子"的舊觀。

1."仁"的實踐者須是"人"

> 仁也者,人也,合而言之,道也。(《孟子·盡心》)

只有人才能行仁施恩,也只有人才能接受惠愛,二者缺一不可,問題在於這個具有"仁"德的,到底是些什麽人,他們屬於哪個階級?

2. 它是新興的統治階級的修養

> 君子所以異於人者,以其存心也。君子以仁存心。
> 是以唯仁者宜在高位。
> 君仁莫不仁。
>
> (《孟子·離婁》)
>
> 國君好仁,天下無敵焉。(《孟子·盡心》)

這就充分説明著,唯有"君子"才能存心於"仁"不與人同,因此,也只有他們應該通知别人居於高位,當了國君之後,更可以通行無阻,天下歸"仁"了,所以我們認為孟軻的"仁",不過是新興的地主階級統治者一種愚弄人民鞏固政權的道德標準。

3. 並不是對什麼人都同樣地"愛"

君子之於物也,愛之而弗仁,於民也,仁之而弗親,親親而仁民,仁民而愛物。

仁者,以其所愛及其所不愛;不仁者,以其所不愛及其所愛。

(《孟子·盡心》)

"仁者愛人",這僅僅是孟軻的表面文章,因為,他並不主張對什麼人都要同等去"愛"的。這裹就說得很清楚,先"親親"後"仁民","所愛"的不過是他的骨肉至親,"所不愛"的正是那些老百姓,否則就不是"仁者"反而是"不仁者"了。他就是這樣批評梁惠王的。

4. 還經常把"仁"和"義"同列並舉

仁,人心也;義,人路也。(《孟子·告子》)

居仁由義,大人之事備矣。(《孟子·盡心》)

未有仁而遺其親者也,未有義而後其君者也。(《孟子·梁惠王》)

子何尊梓、匠、輪、輿而輕為仁義者哉!(《孟子·滕文公》)

舜明於庶物,察於人倫,由仁義行,非行仁義也。(《孟子·離婁》)

只摘録這幾條就可以看出:孟軻依舊在抽象地談"人心",不明白指陳它的階級性。同時又加上了個"人路"的"義",認為居心為仁行徑是義便十足地具備"大人"的道德了。而從"仁"以"親"為首,"義"不後其"君"的要求上講,這是直接為新興的地主貴族統治階級說教的也就沒有什麼問題啦。他甚至反對尊重勞動生產為社會創造財富的梓、匠、輪、輿,而特別推崇侈談"仁義"安於剥削的"君子""大人"麼,托跡於舜的篤厚人倫("舜其大孝也與,大孝終身慕父母",《孟子·萬章》等篇不止一次地這樣說)、性行"仁義",更足以申明他理想中的"聖君"是如何地偏愛近親了。這也可以說是定立宗法制度、鞏固封建社會必不可少的設想。

總之,我們不能忘記:"殺之而不怨,利之而不庸"是孟軻所羨稱的"王者之民"(見《孟子·盡心》)中,其他可知。

二、"仁政"乃是"王道"

> 堯舜之道,不以仁政不能平治天下。
>
> 三代之得天下也以仁,其失天下也以不仁。
>
> (《孟子·離婁》)
>
> 當今之時,萬乘之國行仁政,民之悦之,猶解倒懸也。
>
> 行仁政而王,莫之能禦也。
>
> (《孟子·公孫丑》)

"仁政"即是所謂"聖君"(如理想中的堯舜)發"善心"賜給人民的小恩小惠,因此也叫做"王道"(對春秋時代的"霸道"而言)。究其實不過是孟軻為了緩和地主貴族統治階級和老百姓之間的階級矛盾,從而設想出來的一種懷柔政策。"君之於氓也,固周之"(《孟子·萬章》）,便是他的結論。

儒家繼承和發展了商周以來奴隸主的唯心主義天命觀。認為天是有意志的,能夠主宰人間的一切,奴隸主的統治就是由天命決定的。孔老二叫嚷什麼“知天命”,要“畏天命”,和“死生有命,富貴在天”(《論語・顔淵》),就是叫人們安分守己,聽天由命,不能去造奴隸主的反,甚至拿它來嚇唬老百姓,說,“獲罪於天,無所禱也”(《論語・八佾》),既然犯了罪,祈禱求赦都沒有用的。孟軻更進一步地鼓吹奴隸主的統治是上天授予的,他和子思還宣揚“天人合一”“天人感應”的神秘主義觀點,說“國家將興,必有禎祥;國家將亡,必有妖孽”(《中庸》)。也說人間的一切都是天命決定的,“莫非命也”(《孟子・盡心》),不能違抗。“順天者存,逆天者亡”(《孟子・離婁》),完全和孔丘一個鼻孔出氣。

商鞅《商君書》

商鞅(?——前三三八)[1],即衛鞅,也叫公孫鞅。他生於戰國中期,是衛庚的同族。曾在魏國做過小官,後來到了秦國,輔佐秦孝公[2],為大良造[3]、左庶長,變法維新,執政二十二年(秦孝公三年至二十四年,即公元前三五九年至前三三八年)。商鞅是反對復古主張革新的大法家,是中國歷史上一位傑出的政治家和軍事家。秦國由於任用了他,才能夠國富民強,使著六國內向,為秦始皇統一中國建立一個前所未有的中央集權制的國家奠定了基礎。也就是說,摧毀了奴隸制建立了封建制,孝公因此封給他商於十五邑,號稱商君,但在孝公死後,沒落的奴隸主貴族起來反撲,通過惠王殺害了他,還使他受到車裂屍身誅滅家族的殘酷刑罰。

《商君書》[4]原有二十九篇,現存二十四篇。舊題商鞅所著,但其中有別的法家的作品,所以說它是商鞅和某些法家遺著的彙編,較為妥當。書的主要內容是作者們闡述他們的政治思想,也記載有秦國的政治、軍事制度,具有重大的進步意義,稱得起是我國文化遺產中一部珍貴的史料。

① 詳見《史記·商君列傳》。
② 秦孝公名渠梁,獻公子。
③ 大良造,秦官名,佐內政,亦稱太上造。
④ 《漢書·藝文志》有《商君書》。

一、《商君列傳》[①](節録)

商君者[②],衛之諸庶孽公子也[③]。名鞅,姓公孫氏[④],其祖本姬姓[⑤]也。鞅少好刑名之學[⑥],事魏相公叔痤為中庶子[⑦]。公叔痤知其賢,未及進。會痤病,魏惠王親往問病,曰:"公叔病有如不可諱[⑧],將奈社稷[⑨]何?"公叔曰:"痤之中庶子公孫鞅,年雖少,有奇才,願王舉國而聽之!"王嘿[⑩]然。王且去,痤屏[⑪]人言曰:"王即不聽用鞅,必殺之,無令出境。"

① 《商君列傳》見《史記》卷六十八,"列傳"第八。被置於《管晏》《申韓》《孫吴》之後,還說商君是"刻薄人",有"惡名於秦",可知司馬遷對他是有偏見的。但認為商君初見秦孝公時所論的"帝王術"乃是一種"非其質矣"的"浮說",這對商君來講,卻是不虞之譽一針見血的定評;因為商君所倡導與實踐的本是不法先王鄙棄仁義的法家之學,和儒術毫不相干麼。

② 商君,秦孝公封衛鞅於商,所以號稱商君。

③ 商君時,衛已淪落為魏的附庸國。諸庶孽公子,貴族宗室中旁支側出的子弟,已為疏屬。

④ 公孫氏,春秋時,國君的孫男都稱作公孫。

⑤ 姬姓,周天子的後人。

⑥ 刑名之學,就是法學,因為它是以名責實按照法律辦事的,所以叫做"刑名"。

⑦ 公叔,姓氏,痤音 cuó,名字。中庶子,相國府中的官吏,掌管公族事務,職位稍高於舍人。

⑧ 諱,忌諱,不諱,死的代言。

⑨ 社稷,即是國家。那時的社為土地神主,稷為穀神之名,位在宗廟之上,國君必須祭祀它,所以在禮法中可以代稱。

⑩ 嘿與默同,不作聲。

⑪ 屏,去聲字,遣退,調開。

王許諾而去。公叔痤召鞅謝曰:“今者王問可以為相者,我言若①,王色不許我②。我方先君後臣,因謂王即弗用鞅,當殺之。王許我。汝可疾③去矣,且見禽④。”鞅曰:“彼王不能用君之言任臣,又安能用君之言殺臣乎?”卒不去。惠王既去,而謂左右曰:“公叔病甚,悲乎,欲令寡人以國聽公孫鞅也,豈不悖⑤哉!”

語譯:

商君,舊係衛國的遠支貴族。姓公孫,本是周室姬家的後代。他從青年時起,就喜歡研究法律的學問,給魏國的宰相公孫痤做事,充當管理宗室的中庶子小官。公孫痤知道他很有才能,還沒有來得及向國王推薦,就病倒了。魏惠王親自到公叔痤的家裏探視,問道:“如果你一旦不在了,國家可怎麼辦呢?”痤回答說:“我的中庶子公孫鞅,雖然年青,可是具有非常的才幹,希望您把國家大事交付給他!”惠王聽了默不作聲。臨走的時候,痤又遣退左右從人秘密向惠王建議說:“您要是不能聽從我的話任用衛鞅,必須立即殺掉他,別叫他走出魏國。”惠王答應了公叔痤便起身走了。接著公叔痤就把衛鞅叫來當面解釋說:“現在,惠王問誰可以接我的手去當相國,我推薦了你,可是看樣子國王沒有答應,我就先盡君上後及臣下地再告誡他說:如果您不能用衛鞅,就應該立刻殺掉,國王點了頭,你趕快逃走吧,不然便被抓起來了。”衛鞅說:“國王既然不能聽你的話任用我,怎麼還能夠聽你的話來

① 若,第二人稱代名詞,你。

② 色,神色,表情。

③ 疾去,趕快出走。

④ 禽同擒,見禽,被捉。

⑤ 悖音 bèi,荒謬。

殺我呢?”到底没有逃走,惠王后來對左右近臣説:“公叔痤病糊塗了,可憐得很哪! 竟至於讓我把全國大事交給衛鞅去辦,這不是荒唐嗎?”

分析:

從這段記載裏,我們首先知道商鞅出身於没落的奴隸主貴族階級,自幼兒就喜歡法學並且具有驚人的才能。可是他雖為魏相公叔痤所賞識得為中庶子一類的小官,卻不曾被那個跟孟軻打過交道的梁惠王看重,因而只好另尋出路了。這也未嘗不是梁惠王后來之所以喪權辱國,和他的國家終於為變法革新的西鄰吞併的原因之一了。

公叔既死,公孫鞅聞秦孝公下令國中求賢者,將修繆公①之業,東復侵地,迺②遂西入秦,因孝公寵臣景監③以求見孝公。孝公既見衛鞅,語事良久,孝公時時睡,弗聽。罷④而孝公怒景監曰:“子之客妄人⑤耳,安足用邪!”景監以讓⑥衛鞅。衛鞅曰:“吾説公以帝道⑦,其志不開悟⑧矣。”後五日,復求見⑨鞅。鞅復見孝公,益愈⑩,然而未中旨⑪。罷而孝公

① 繆公,即秦穆公任好(繆讀如穆),秦國第十三君。
② 迺同乃。
③ 景姓,楚族。監,太監,閹人。
④ 罷,會見完了,退出。
⑤ 妄人,大言欺人之流。妄,欺罔。
⑥ 讓,埋怨,責問。
⑦ 説音 shuì,談説。帝道,當時傳説的堯舜之道。
⑧ 開悟,領會。
⑨ 復求見,再請求進見。
⑩ 益愈,補充,修正前天的意見。
⑪ 中旨,意見一致,合於孝公的要求。

復讓景監,景監亦讓鞅。鞅曰:"吾說公以王道①而未入也。請復見鞅。"鞅復見孝公,孝公善之而未用也。罷而去,孝公謂景監曰:"汝客善,可與語矣。"鞅曰:"吾說公以霸道②,其意欲用之矣。誠復見我,我知之矣。"衛鞅復見孝公。公與語,不自知膝之前於席③也。語數日不厭。景監曰:"子何以中吾君④?吾君之驩⑤甚也。"鞅曰:"吾說君以帝王之道比三代⑥,而君曰:'久遠,吾不能待。且賢君者,各及其身顯名天下,安能邑邑待數十百年以成帝王乎?'故吾以強國之術說君,君大悅之耳。然亦難以比德於殷、周矣。"

語譯:

公叔痤死了以後,公孫鞅聽說秦孝公正在秦國頒發命令徵求賢能的人,準備恢復祖國舊日的光榮,像穆公那樣的業績,並把被別國侵佔去的土地收復回來,便西入秦國,通過孝公寵信的內侍景監求見。結果是孝公看到了,但是長談之下,孝公盹睡起來,根本聽不進去。鞅退出後,孝公滿面怒容地責問景監說:"你推薦的客人,只是個會說大話的,怎麼可以任用呢!"景監下來也質問了衛鞅,衛鞅說:"我跟孝公談的乃是堯、舜的帝道,看樣子他是領會不了的。"過了五天,再要求進見,這回談的還是前言的補充修正,由帝道轉入王道之類,會見終了,孝公依然不滿意,又責問了景監,景監也再次質問衛鞅是什麼原故,鞅

① 王道,當時盛傳的夏禹、商湯、周文武之道。未入,沒有入耳。
② 霸道,以尊王攘夷為主的五霸之道,代表者為齊桓公、晉文公。
③ 前席,近於座位的前邊,靠攏對話者。
④ 中,去聲字,被看上了。
⑤ 驩同歡。
⑥ 三代,夏、商、周。

說:"我跟孝公談的乃是三王之道,不料仍舊聽不進去,如果再重見我,我將另有說法。"再重見後,孝公覺得投機了,但是聽聽算了,沒有立即任用。離開以後,孝公對景監說:"你推薦的客人很不錯,可以同他談問題了。"鞅聽了跟景監說:"我同孝公談的是五霸之道,看樣子他是想推行了。假如接著還會見我,我知道怎麼進言了。"於是衛鞅第四次再見孝公,孝公跟鞅詳談起來,不自覺地湊到座席的邊緣,連著長談了好幾天都不厭倦。景監問衛鞅說:"你拿什麼打動了我們的君王,使他聽了這樣的高興?"鞅說:"我開始以五帝三王的帝王之道和君王交換意見,君王說:'時間太長了,我等不及。有能力的國君,都講求的是本身就有辦法名揚天下,誰能夠慢騰騰地等到幾十百年以後,才能夠成就什麼帝王之業呢?'所以我向君王獻議了富國強兵的辦法,這才使著君王大為喜歡。然而這要比起商、周兩代的盛德就不行了。"

分析:

出於異乎常人的政治上的抱負,也就是新興的進步的地主階級改革現實的沒落的奴隸制的覺悟,商鞅是不會無所作為地再在魏國跟梁惠王這樣保守的庸主鬼混下去的。他選擇了一意向上志圖恢復的秦孝公是對頭了,但為什麼初見時話不投機惹得孝公討厭他的帝王之道呢?這一來是秦國的保守勢力也很大,商鞅不能不試試孝公的決心藉以排斥反動的保守派;二來是他出身於沒落的奴隸主貴族,不會不懂得堯、舜、禹、湯、文、武、周公的一套,它們的流露並沒什麼可以奇怪的。這從他跟著在孝公面前同甘龍、杜摯等人的一番論爭就更可以看得出來了。

孝公既用衛鞅,鞅欲變法,恐天下議己。衛鞅曰:“疑[①]行無名,疑事無功。且夫[②]有高人之行者,固見非於世;有獨知之慮者,必見敖[③]於民。愚者闇[④]於成事,知者見於未萌[⑤]。民不可與慮始[⑥]而可與樂成。論至德者不和於俗[⑦],成大功者不謀於眾[⑧]。是以聖人苟可以強國,不法其故[⑨],苟可以利民,不循其禮[⑩]。”孝公曰:“善。”甘龍[⑪]曰:“不然。聖人不易民而教[⑫],知者不變法而治。因[⑬]民而教,不勞而成功。緣[⑭]法而治者,吏習[⑮]而民安之。”衛鞅曰:“龍之所言,世俗之言也。常人安於故俗,學者溺[⑯]於所聞,以此兩者[⑰]居官

---

① 疑,遊移不定。
② 且夫,提示語助詞,更進一步的意思。
③ 敖與謷同,譏笑,詆謗。
④ 闇同暗,不明了。
⑤ 知同智。萌,發露。
⑥ 慮始,商量如何開創新事物;樂成,安享現成的事物。
⑦ 俗,舊習慣。
⑧ 眾,見識平常的人。
⑨ 故,老辦法。
⑩ 禮,舊制度。
⑪ 甘龍,人名,孝公的朝臣。
⑫ 教,教化。
⑬ 因,隨順。
⑭ 緣,依照,沿襲。
⑮ 習,熟悉。
⑯ 溺,沉浸。
⑰ 兩者,指因民而教,緣法而治。

守法可也,非所與論於法之外①也。三代不同禮②而王,五伯不同法而霸③。智者④作法,愚者制⑤焉;賢者更⑥禮,不肖者拘⑦焉。”杜摯⑧曰:“利不百,不變法;功不十,不易器⑨。法古無過,循禮無邪⑩。”衛鞅曰:“治世不一道,便國不法古。故湯、武⑪不循古而王,夏殷⑫不易禮而亡。反古者不可非,而循禮者不足多。”孝公曰:“善。”以衛鞅為左庶長⑬,卒定變法之令。

語譯:

孝公任用了商鞅,鞅打算變更舊的法度,因恐怕人家反對他,先進行了公開的辯論說:“沒有堅決的行為,就搞不出什麼名堂來;沒有明確的措施,就成功不了事業。從來具有高超行為的人就是被世俗所非難的。思想認識有獨到之處的,必被一般人所譭謗。糊塗人對於業已完成的事物還弄不清楚,聰明人在事端還沒有發露的時候就能夠覺察

① 法之外,常法以外的典章制度。
② 三代不同禮,如所謂夏尚忠、殷尚質、周尚文之類。
③ 伯讀如霸。不同法,使用的策略並不一樣。
④ 智者,特別有才能的人。
⑤ 制,遵守。
⑥ 更,創制,變更。
⑦ 拘,拘泥,保守。
⑧ 杜摯,人名,也是孝公之臣。
⑨ 器,工具。
⑩ 邪,醜惡,壞事。
⑪ 湯、武,商湯王,周武王,都是開國之君。
⑫ 夏、殷,指夏桀、殷紂,都是亡國之君。
⑬ 左庶長,秦國的第十等爵,列第十一級。

到。老百姓不能跟他們商量剛開創的事物,只可以舒舒服服地享受現成的東西。講究大道理大原則的,不能去迎合舊習慣,建立大功業的,不能同普通人去商量。所以高明的人認為,如果有叫國家強大起來的辦法,就不必再按照老例去搞了;只要有符合人民利益的舉動,就用不到去拘守舊的規章制度了。孝公聽了以後說:“很對。”可是甘龍卻不同意,說:“這話不對。古代的聖人都不變更風俗習慣去另來一套教化;有大智慧的人,也不去掉已成的法令再找到別的治國方案。根據人民慣於使用的習俗從事利導,用不到費多大氣力就可以成功。依靠現行的法規來處理事務,才能夠使官吏熟悉、老百姓接受。”衛鞅說:“甘龍的話,不過是些老生常談,一般人都習慣於陳舊的東西,有知識的人,也局限於自己的見聞,看不到外面的事物。用這兩種辦法去做官守職或者差不多,講到新生的法律制定就不行了。夏、商、周三代接續著統治天下,可是它們所實施的並非同樣的禮法;齊桓、晉文、宋襄、秦穆、楚莊這五位霸君,所用的策略也不完全相同。資能才智的人創制典章禮法,沒辦法的普通人只能拘牽舊制阻礙新事物的推行。”杜摯也不同意說:“必須真有一百倍的好處,才可以變更舊法,如果沒有上十倍的用途,也不必去換用新工具。效法老祖先,不會犯錯誤;遵從舊禮法,可免做壞事。”衛鞅也反駁杜摯說:“統治天下,沒有只用一種辦法的,如果有利於國家,不必非照老章程不可。商湯、周武不效法古人,成了天下的共主;夏桀、殷紂沒有改變祖宗的體制,卻滅亡了國家。所以反對舊的規章制度的不應該算錯誤,只曉得遵循老一套的禮法的,也沒有什麼可以稱道的地方。”孝公說:“講得好!”便派衛鞅做了左庶長,終於發下了變更法令的命令。

分析:

秦國當時的軍政大計,多交給群臣在朝廷之上公開討論,所以甘龍等人才能夠各抒己見在孝公面前跟衛鞅展開爭論。因而只要可以“強國、利民”便應該“不法其故、不循其禮”的現實主義精神,遂為法家因時變易反對拘守的通則。同時在這一場論爭中,也可以看出來孝公傾向性的所在了:決計變法。至於“聖人”云云,則法家、儒家各有其實質不同的涵義:一個指的是維護新興地主階級利益,順潮流而動的大智者;一個是代表沒落腐朽的奴隸主階級拉著歷史倒退的反動派;自東周以來,他們表現在政治思想上,經濟措施上,尤其是文化態度上的兩條路線的鬥爭,即是越來越尖銳劇烈的,絕不該等量齊觀。

令民為什伍①,而相牧司連坐②。不告姦③者腰斬,告姦者與斬敵首同賞④,匿姦者與降敵同罰⑤。民有二男以上不分異者⑥,倍其賦。有軍功者,各以率⑦受上爵。為私鬥者,各以輕重被刑大小⑧。僇力⑨本業耕織,致⑩粟帛多者,復⑪

① 五家為伍,十家為什,這是編制居民的辦法,猶後世的保甲。

② 牧司,互相舉發。連坐,連帶治罪。

③ 姦同奸。不告,包庇,隱瞞。腰斬,攔腰截斷,殺人的酷刑。

④ 告奸一人和斬敵一首的人都賜爵一級,所以叫做同賞。

⑤ 隱匿,藏起來,投降敵人,不但殺掉本身,還要沒收他的家財,可見這是一種很重的刑罰。

⑥ 這是說一家有兩個男勞動力的,不准同居偷懶,必須分開幹活。

⑦ 率音律 lǜ,規格,標準。

⑧ 按私鬥情節的輕重,給以大小不同的處罰。

⑨ 僇音 lù,僇力,同心協力,共同努力。

⑩ 致,獲得,交獻。

⑪ 復,免除。

其身。事末利①及怠而貧者,舉以為收孥②。宗室非有軍功論③,不得為屬籍④。明尊卑爵秩等級,各以差次⑤;名田宅臣妾衣服以家次⑥。有功者顯榮,無功者雖富無所芬華⑦。令既具⑧,未布⑨,恐民之不信己,乃立三丈之木於國都市⑩南門,募⑪民有能徙⑫置北門者予十金。民怪⑬之,莫敢徙。復曰:"能徙者予五十金。"有一人徙之,輒⑭予五十金,以明不欺。卒下令。(下略)

語譯:

叫老百姓五家一伍十家一什地編制起來,有了問題必須互相舉發,否則連帶治罪。隱瞞壞人齊腰斬斷論死,揭發檢舉的人所得的賞賜和殺掉一個敵人的同樣,都升爵一級。藏起敵人跟投降敵人的一樣處分,不但殺掉本身,還要沒收他的家財。一戶有兩個男勞動力而同

① 末利,商賈之事,做生意。

② 收孥,沒收妻子以為公家的奴婢。

③ 宗室,國君的家族。論,記録,論敘。

④ 屬籍,不入宗室的冊子。

⑤ 差次,等第。

⑥ 家次,本家爵秩的班次。

⑦ 芬華,芳榮。

⑧ 具,有了,準備就緒。

⑨ 布,宣佈。

⑩ 市,市場。南門,公眾集會買賣之所的南門,不是城南門。

⑪ 募,徵求,招雇。

⑫ 徙,挪移,搬動。

⑬ 怪,感到稀有。

⑭ 輒,立即,隨手。

居偷懶不分開從事生產的加倍納稅。出兵打仗立了軍功的按照既定的標準給以爵賞,搞群毆私鬥的根據情節的輕重大小罰辦。協力同心種田織布以致多打了糧食出產了絲帛的,免除奴隸身分。做生意謀私利和遊手好閒的窮人,一經舉發即沒收他們的妻子去當公家的奴婢。國君的家族,如果不立軍功,則從宗屬冊上除名不給俸祿。講明上下尊卑的等級,各按本家的班次分配田地、宅舍、衣飾、僕從。有功勞的才讓他名高爵顯,無功勞的即或家大業大也不准享受什麼榮譽。命令準備就緒以後,還怕老百姓不相信,便在公眾集會做生意買賣的南門立了一根三丈高的大木,說有能夠把它搬動到北市場門的賞給十兩金銀。這使老百姓心中疑惑,沒人肯動。鞅又重發命令說:能夠搬動它的改賞五十兩金銀。有一個人按照指示搬動了它,立刻賞了五十兩金銀,藉以表明說話算數絕不欺罔。最後才頒佈了全部法令。(下略)

分析:

由此已可知道,商鞅是既鼓勵人民從事生產又驅使他們勇於作戰的。他的辦法便是重賞嚴刑,對於王公貴族也不例外,因為不這樣就無法富國強兵樹立新的政權。

二、略論商鞅的變法

商鞅變法,是適應歷史潮流,符合廣大人民的需要的。因為它摧毀了奴隸社會的舊制度,建立了封建社會的新制度,他在主張變法的前夕,是曾經跟當時的奴隸主貴族代表人物甘龍、杜摯之流開展過一場針鋒相對的鬥爭的:他們說,遵循古代法制,才是正路,才能成就功業。商鞅反駁說,法制必須適應時代的需要,時代變了,法制也要隨之而變,否則便有國家滅亡的危險。結果是商鞅挫敗了守舊派,說服了秦孝公,取得了鬥爭的勝利。

秦國土地原是西周王朝直接統治的地區,即所謂"王畿"者是。它的井田制過去確實是存在的:把一方土地畫個井字,分成九個塊塊,每塊一百畝,每個井田內都有縱横的小道,縱的叫阡,横的稱陌。井田與井田之間的田界較寬,叫做封疆。在奴隸社會裏,奴隸沒有土地(只有少數自耕農),奴隸主指定奴隸分擔各塊田地的耕作,強迫他們勞動,防止他們怠工。正中的一塊為公田,公田的收益上繳王侯大夫;周圍的八塊則為中小奴隸主的私田,收益也歸中小奴隸主所有。這也算是一種地税制度吧,不過只繳納實物。

到了戰國時代,井田制愈益崩潰。從春秋魯宣公十五年"初税畝"開始廢除公田,允許公開兼併;魯哀公十二年"用田賦"按田畝征收軍糧,增加了人民對於土地的處理權;到秦簡公七年"初租禾",即是征取定量的實物地税,既沒有了公田私田的劃分,還把中間那塊公田也交給中小奴隸主以來,已經為商鞅的廢井田、開阡陌,創造了歷史的條件,商鞅推廣的結果,便把奴隸從井田制中解放出來,發揮了他們農業生產的積極性;同時經過減少賦税,自由買賣土地等措施,便徹底打垮了奴隸主剥削奴隸的舊制度了。

我國自商周以來,就實行的是分封制,也就是諸侯割據分立的政治局面。即以西周而論,那情況便是:天子有天下(指當時的中國),諸侯有國,大夫有邑。他們各有土地、人民、軍隊,分别掌握著自己地區裏的政權。天子名義上是天下的共主、最高的奴隸主貴族統治者,其實則"王畿"以外他已經沒有多大的控制力量了。特别是在東周以後,衰弱陵替,諸侯互相兼併,設立郡縣的事,也是陸續不斷地出現,不過尚未形成制度而已,商鞅也是根據著這種歷史發展的情況,才在秦國公開提出廢封建、置郡縣的制度的:"置令丞""集小都鄉邑為縣""凡卅一縣"。按縣丞管民事,縣尉管軍事,直接由上級政府任免,這還不是集權中央強化新興地主階級統治的最有成效的辦法嗎？必須指出的是，商鞅這時並未徹底剷除分封制，連他自己都被封為商君呢（其後張儀、蔡澤、魏冉、范雎，以及呂不韋等的俱得封君拜侯，也可以佐證）。不過他或他們只取封地的賦稅，並不實際掌握它的軍政權力，與西周時有所不同罷了。此時秦國土地未廣，尚未設郡。後來惠王設了“漢中郡”，昭襄王設了“南郡”“黔中”“南陽”三郡。莊襄王也設“三川”“太原”兩郡，直到秦始皇滅了六國大設其郡縣（共三十六郡），這個全國統一的制度遂最終獲得定立。

西周的奴隸制度規定：王侯大夫的土地爵位是世襲的，子子孫孫，輩輩是奴隸主，代代享有剥削勞動人民的特權（當然也有沒落的絕世的，但那不是制度本身的問題）。商鞅卻取消了除國君嫡系以外一切貴族的世襲特權。他說，如果沒有軍功，連秦王的本族都要取消宗室的資格，不得以血緣關係取得爵禄。他還撤掉了貴族不受刑律制裁的特權。他說：什麼叫做“壹刑”？就是刑罰不分等級，從卿相、將軍，以至大夫、庶人，有不從王命，干犯國法、擾亂上邊規定的制度的，都“罪死不赦”，看，這不是把周禮的“刑不上大夫”，根本否定了嗎。

商鞅又是以重農的政策來發展國家的經濟和重戰的政策以增厚國家的武力的：“入令民以屬農，出令民以計戰”，說這樣才可以使國家富強，否則“食屈於內”“兵弱於外”了。他的突出之處，還在於用賞罰來推行它，甚至讓努力生產的奴隸升為庶民。相反，庶民不努力務農的則降為奴隸，真乃是雷厲風行的好辦法。而提倡用糧穀捐官爵，和提高糧穀價格以保護農業獎勵生產等措施，更是相輔而行的啦。

商君的重戰政策也可以說是全民皆兵的政策：“壹民於戰”、“舉國而責之於兵”，連宗室貴族都無例外。它在賞罰上同樣是重的：“斬一首者，爵一級”，“有軍功者，各以率受上爵”，打一次勝仗，大小官吏均有升賞，這是賞的一方面；對戰爭不出力的人則要施以重刑，例如：

在作戰時,如果一伍之中有一個戰士逃跑,其餘四人都要處刑。又:“百將、屯長不得首,斬”,就是說,百人的軍官,五人的屯長,得不到敵人的首級時,便砍他們的頭。總之,他是用重賞鼓勵人民在戰爭中立功,也用重刑防止人們在戰爭中貪生怕死。

因此,不難看出,商鞅法治的主要手段是重賞嚴刑交相為用的,所謂:“凡賞者,文也。刑者,武也。文武者,法之約也。”因為,不如此就摧毀不了奴隸主貴族的勢力,鞏固不了地主階級的政權了。

還有,商鞅的反對儒家典籍及其學說也是極為徹底的,他說:儒家的《詩》和《書》都有害於重農重戰的政策,不利於法治的推行,並且鄙視禮樂、詩書、修善孝弟、誠信貞廉、仁義、非兵羞戰為“六虱”,說它們損傷國家,擾亂秩序,破壞治安必須禁絕。

三、文選及譯注釋

1.《墾令》①

無宿治②,則邪官不及為私利於民,而百官之情不相稽③,則農有餘日。邪官不及為私利於民,則農不敗。農不敗而有餘日,則草必墾矣。

---

① 《墾令》,關於開荒的指令,但實際上卻是商鞅一些重農的方案,並非國君的命令。此中共計提出了二十種辦法:地稅、商品稅、徭役、刑罰、取締特權、防止貪污、壓抑商人、制裁奢侈和遊惰的都有。可以說是商鞅經濟政策上的具體措施,所以極為重要。

② 宿,積壓,拖延。

③ 情,事,工作。稽,留。

訾粟而稅①,則上壹而民平。上壹則信,信則臣不敢為邪。民平則慎,慎則難變。上信而官不敢為邪,民慎而難變,則下不非上②,中不苦官。下不非上,中不苦官,則壯民疾農不變③。壯民疾農不變,則少民學之不休。少民學之不休,則草必墾矣。

無以外權爵任與官④,則民不貴學問,又不賤農。民不貴學則愚,愚則無外交,無外交,則國勉農而不偷,民不賤農,則國安不殆⑤。國安不殆,勉農⑥而不偷,則草必墾矣。

祿厚而稅多,食口眾者⑦,敗農者也。則以其食口之數,賤而重使⑧之。則辟淫⑨遊惰之民無所於食。民無所於食則必農,農則草必墾矣。

使商無得糴,農無得糶⑩,則窳惰之農勉疾⑪。商不得糴,則多歲⑫不加樂。多歲不加樂,則饑歲無裕⑬利。無裕利則商怯,商怯則欲農。窳惰之農勉疾,商欲農,則草必墾矣。

---

① 訾音 zī,量,計算。
② 非,議論,反對。
③ 疾,急,積極地做。
④ 外權,國外的勢力。爵,動詞,授予;任,任用。官,官職。
⑤ 殆,危。
⑥ 勉農,努力耕作。
⑦ 食口,吃閒飯的人。
⑧ 使,徭役。
⑨ 辟淫,邪惡淫蕩。
⑩ 糴音 dí,購入穀米;糶音 tiào,賣出糧食。
⑪ 窳音 yǔ,懶惰。
⑫ 多歲,豐收之年。
⑬ 裕,富裕,多餘。

聲服①無通於百縣,則民行作②不顧③,休居不聽。休居不聽,則氣不淫。行作不顧,則意必壹,意壹而氣不淫,則草必墾矣。

無得取庸④,則大夫家長不建繕⑤,愛子不惰食,惰民不窳,而庸民無所於食,是必農。大夫家長不建繕,則農事不傷。愛子惰民不窳,則故田⑥不荒。農事不傷,農民益農⑦,則草必墾矣。

廢逆旅⑧,則奸僞、躁心、私交⑨、疑⑩農之民不行,逆旅之民⑪無所於食,則必農。農則草必墾矣。

壹山澤,則惡⑫農、慢惰、倍欲之民⑬無所於食。無所於食,則必農,農則草必墾矣。

貴酒肉之價,重其租,令十倍其樸⑭,然則商賈少⑮,農不

① 聲服,音樂舞蹈。

② 行作,勞動生産。

③ 顧,回頭,觀看。

④ 庸,雇工。

⑤ 建,建築,繕,修繕,即動土木之工。

⑥ 故田,熟地,已經開墾過的田地。

⑦ 益,越加。一説農民之農當爲庸,益,增加。

⑧ 逆旅,客舍,旅店。

⑨ 躁,不安靜;私交,私通外國。

⑩ 疑,欺騙,惑亂。

⑪ 逆旅之民,店主,開設旅館的人。

⑫ 壹,專有,獨佔。惡音 wù,討厭。

⑬ 倍欲,貪得無厭。

⑭ 朴,成本。

⑮ 商賈,指賣酒肉者。

能喜酣奭①,大臣不為荒飽。商賈少,則上不費粟。民不能善酣奭,則農不慢。大臣不荒,則國事不稽,主無過舉②。上不費粟,民不慢農,則草必墾矣。

重刑而連其罪③,則褊急④之民不鬥,很剛之民不訟⑤,怠惰之民不遊,費資⑥之民不作,巧諛⑦、惡心之民無變也。五民者不生於境内,則草必墾矣。

使民無得擅徙⑧,則誅愚亂農農民⑨,無所於食,而必農。愚心躁⑩欲之民壹意,則農民必静。農静誅愚,則草必墾矣。

均出餘子之使令⑪,以世使之⑫,又高其解舍⑬,令有甬官食槩⑭,不可以辟役,而大官未可必得也,則餘子不遊事人,則必農,農則草必墾矣。

國之大臣諸大夫,博聞、辯慧、遊居之事,皆無得為,無得

① 奭音 shì,酌也,飲酒。
② 舉,措施,行動。
③ 連其罪,一人犯罪連坐家室。
④ 褊音 biǎn,狹隘;急,火燥。
⑤ 很,今字作狠,兇暴,殘忍。訟,爭也。
⑥ 費資,浪費財物。
⑦ 巧諛,花言巧語,當面奉承。
⑧ 擅徙,自由遷移。
⑨ 誅通作朱,義與愚近(俞樾說)。一農字重出。
⑩ 躁讀為懆,貪也(高亨說)。
⑪ 餘子,嫡長子以外的子輩。使命,役使,服勞役。
⑫ 世使,疑為冊使之譌。即按名冊使餘子勞役。
⑬ 解舍,免除勞役。
⑭ 甬官,主管勞役的官。槩疑作槩,古餼字,供給役人的食糧(高亨說)。

居遊於百縣,則農民無所聞變見方①。農民無所聞變見方②,則知農無從離其故事,而愚農不知,不好學問。愚農不知,不好學問,則務疾農;知農不離其故事③,則草必墾矣。

令軍市無有女子④;而命其商人自給甲兵,使視⑤軍興;又使軍市無得私輸糧者⑥,則奸謀無所於伏⑦,盜輸糧者不私稽,輕惰之民不遊軍市。盜糧者無所售,送糧者不私,輕惰之民不遊軍市,則農民不淫,國粟不勞,則草必墾矣。

百縣之治一形,則從,迂者不敢更其制⑧,過而廢者不能匿其舉⑨。過舉不匿,則官無邪人。迂者不飾⑩,代者不更,則官屬少而民不勞。官無邪則民不敖⑪,民不敖則業不敗。官屬少,征不煩⑫,民不勞,則農多日⑬。農多日,征不煩,業不敗,則草必墾矣。

重關市之賦⑭,則農惡商,商有疑惰之心。農惡商,商疑

---

① 變,奇也。
② 方,方術,方技。
③ 故事,舊業。
④ 軍市,部隊專用的市場。
⑤ 視,管理。
⑥ 輸,運輸,官辦軍輸。
⑦ 伏,隱藏。
⑧ 迂,邪也。
⑨ 匿音 nì,隱瞞。廢,廢弛職務。
⑩ 飾,遮掩,粉飾。
⑪ 敖,與遨通,散逛。
⑫ 征,收賦稅。煩,多。
⑬ 多日,時間充裕。
⑭ 關市之賦,在市場上征收商品稅。

惰,則草必墾矣。

以商之口數使商,令之廝、輿、徒、重者必當名①,則農逸而商勞。農逸則良田不荒;商勞則去來齎②送之禮,無通於百縣,則農民不饑,行不飾。農民不饑,行不飾,則公作必疾,而私作不荒,則農事必勝。農事必勝,則草必墾矣。

令送糧無取僦③,無得反庸④,車牛輿重設必當名⑤。然則往速徠急⑥,則業不敗農。業不敗農,則草必墾矣。

無得為罪人請於吏而饟食之⑦,則奸民無主。奸民無主,則為奸不勉⑧,農民不傷,奸民無樸⑨。奸民無朴,則農民不敗。農民不敗,則草必墾矣。

語譯:

朝廷不拖延政務,奸臣就無暇在人民中間追求個人的私利,百官對於公事也就不互相積壓了。百官對於公事不互相積壓,農民才會有較多的時間。奸臣無暇在人民中間追求私利,農民就可以少受損害。農民不受損害,又有充裕的時間,荒地就必然得開墾了。

朝廷根據農民穀物收穫的多少來征收賦稅,國君的稅務標準就可

---

① 當名,冊子上有名字。
② 齎,當作齎,持遺,拿著物品送給人。
③ 僦音 jiù,車載曰僦。
④ 反,借為返,庸借為傭,回蹚車捎腳拉私人的貨物。
⑤ 車牛所載重量都在冊上注明。運輸時須核實,不得偷減。
⑥ 徠,通作來,急速。
⑦ 饟音 xiǎng,送飯給人吃。
⑧ 勉當為免(俞樾說)。
⑨ 樸,屬也,附屬。

以統一,農民的負擔也就公平合理了。國君的稅務標準統一,就有了信用。有了信用,百官就不敢作弊。農民的負擔公平合理,就謹慎小心不想改業。國君有了信譽,百官不敢舞弊,農民謹慎小心不想改業,這樣人民就既不指責國君,也不怨恨官吏。人民不指責國君,也不怨恨官吏,壯年的農民就願意積極務農不想改業,年少的農民就要見樣學樣絕不懶惰。年少的農民見樣學樣絕不懶惰,荒地就必然得到開墾了。

國君不因外國的壓力給人以官爵,人民就會不重視書本知識,不輕視農事生產。人民不重視書本知識,頭腦就簡單些,頭腦簡單了就不會跟外國有交往。人民不和外國交往,國家就安全得多不會發生什麼危險。人民不輕視農事,就會努力生產絕不懶惰。國家安全沒有危險,人民努力務農而不懶惰,荒地就必然得到開墾了。

貴族們薪俸高,收稅多,白吃飯的人又不少,這是危害農業生產的事。朝廷應該按照他們吃飯人口的數目,收取人頭稅,並且加重他們的勞役,這樣,遊手好閒的二流子和淫邪的壞蛋,就沒處吃閒飯了。他們沒處吃閒飯,就只有去務農啦。他們都從事生產,則荒地必然得到開墾了。

朝廷下令叫商人不得販賣糧米,農民也不去買他們的,不准農民買商品糧,懶惰的農民就只好去耕作。不准商人賣糧米,叫他們在豐收之年無法享樂,荒欠之年無利可圖,豐年不得享樂,荒年無利可圖,商人就要膽怯心虛了。膽怯心虛,就會改行務農了。商人願意做農民,荒地必然得到開墾了。

朝廷不許音樂歌舞到各縣去,使農民在生產時休息時都不接觸它,他們聽不到看不到這些東西,心神就不至於浮動而把意志專一起來。意志專一心神不浮動,荒地必然得到開墾了。

朝廷不准貴族雇工,大夫之家就不會雇人修繕,他的兒子和閒散人等便須自己勞動。雇工無處吃飯,只有從事農業生產。大夫家長不修繕,農事就不會受到妨害。他的兒子和寄食的閑漢都自己勞動,熟地就不至於荒蕪。農事不受妨害,做雇工的人也從事農作,荒地必然得到開墾了。

朝廷禁止開設旅館,奸詐、虛偽、交結私人、惑亂農民的人,就不能外出,開旅館的人也就無事可做吃不上飯。這樣一來,他們就都得務農為生,都去務農,荒地必然得到開墾了。

官家專有山林水利,那麽厭惡農作、貪婪、懶惰,靠它吃飯的人就無法生活啦。無法生活,必去務農,都這樣幹,荒地必然得到開墾了。

朝廷提高酒肉的價格,並加重它的稅額,叫它比成本高上十倍。這樣,賣酒肉的商人便會減少,農民也無力飲酒吃肉,大官們不致醉飽荒淫。酒肉商人減少,政府就不浪費米糧,農民不好酒貪杯,就不會懶於耕作,大官們不醉飽荒淫,就不會拖延政事,國君的行政措施就不致發生錯誤。政府不浪費米糧,農民不懶於耕作,荒地必然得到開墾了。

加重刑罰,罪人連坐親屬,小性脾氣壞的人就不敢打架,氣粗強項的人就不敢鬧事,疏懶閒散的人就不敢逛蕩,奢侈浪費的人就可以少出現。國境中沒有這五種人,荒地必然得到開墾了。

政府不許人自由遷移,那些知識不開通又不從事農作的人就無處吃飯,使著他們不能不參加生產,糊塗貪心的人也去務農,農民就能夠安靜下來,農民不識不知心安性定,荒地必然得到開墾了。

政府加給達官貴人的子弟以一定的勞役,按照名單安排他們,改定免役的條件,設置管理的官員,供給勞役者伙食,叫他們無法逃避,鑽營作官也困難,他們就不至於投靠權門去做爪牙,只好參加農業生產。這些人都去務農,荒地必然得到開墾了。

國君不准大官們以見聞寬廣能說會道為本,更不許他們到處閒逛四路串通,這樣農民就看不到什麽奇才異能妄生羨慕,老老實實地安於生產。那些不識不知不好學問的農民,就會更加努力耕作。有知識的農民都能不拋離舊業,荒地必然得到開墾了。

政府發佈命令,部隊專用的市場不得混雜婦女,軍人市坊裏頭的商人,還得自備武器給養,還要叫他們做好軍隊出發時的一切準備,但不准私運糧米。這樣,奸商們就無法投機取巧謀取暴利啦。偷送軍糧的人賣不出去貨,遊手好閒的人插不上手,運送軍糧的人不營私舞弊,二流子到不了軍用市場,就會使農民不浮華,糧米不浪費,於是荒地必然得到開墾了。

各地方的政令一致,就會人人聽從,貪官污吏就無法搗鬼,鑽不了空子,新任的官吏也不敢擅加變更,犯了錯誤的官吏更掩蓋不了罪行,掩蓋不了罪行,壞人自然就會減少。貪官污吏不敢玩弄花樣,接手的官吏不敢變更制度,就可以精兵簡政裁汰冗員,人民就不致窮於供應。官吏不搞邪謀外祟,人民就不敢遊手好閒。人民不遊蕩,他們的事業就失敗不了。官吏精簡了,賦稅減輕了,人民不窮於供應,農民就有多餘的時間迴旋的餘地啦。農民有了多餘的時間,征收的賦稅不多,事業又不失敗,荒地必然得到開墾了。

政府加重市場上的商品稅,農民就不願意經商,商人也會對於自己的營業信心不足。農民不願經商,商人也懷疑自己的營業,荒地必然得到開墾了。

政府按照商戶人口的數目分配勞役,叫他們的奴僕也點名出工,這樣,農民就可以安逸一些,商戶才能夠艱苦點兒。農民安逸一些,好地就荒蕪不了,商戶艱苦點兒,就沒有餘力把那種無關生產往來應酬的禮品交流各地。於是農民便減少了表面上應酬的機會,不致因此打饑荒。農民吃上了飯又不為應酬打饑荒,對於公家派下來的任務就能夠積極完成,還荒廢不了個人的耕作。農事定然取得勝利,農事取得勝利,荒地必然得到開墾了。

政府規定送公糧的車,不准雇別人的;還不得拉回頭載,而且車牛的載重必須和官家注明的數量相符。這樣,運送公糧就會往來迅速,不致影響耕作,運送公糧不誤農時,荒地必然得到開墾了。

政府不准私人請求許可給養犯人,這樣,壞人就找不到靠山,壞人找不到靠山,犯了罪就會受到應有的懲罰。壞人吃了苦頭,農民就不受禍害,農民不受禍害,荒地必然得到開墾了。

分析:

文章諄諄告誡反復交代政策,體例雖嫌重疊卻是根據當時政治經濟的實際情況,對症下藥提出來許多解決問題的辦法的。總的精神是在獎勵生產取締遊惰重農輕商限制貴族,藉以達成其中央集權富國強兵的目的。立國以農為本,足食才能足兵。所以我們說,商鞅是個重農主義者,農戰的大法家,如果他不是背叛了奴隸主階級的舊貴族,是不會這樣的開明進步的。

2.《**農戰**》①

凡人主之所以勸②民者,官爵也。國之所以興者,農戰也。今民求官爵,皆不以農戰,而以巧言虛道③,此謂勞④民。勞民者,其國必無力。無力,則其國必削⑤。

---

① 《農戰》係《商君書》第三篇,為商鞅法家重要代表著作之一。

② 勸,鼓勵。

③ 巧言虛道,胡說白道,不務實際的話。

④ 勞民,使著人民辛苦,過度的剥削。

⑤ 削,衰弱。

善為國者,其教民也,皆作壹[1]而得官爵,是故不官無爵。國去言則民朴,民樸則不淫。民見上利之從壹空[2]出也,則作壹,作壹則民不偷營[3],民不偷營則多力,多力則國強。今境内之民皆曰:"農戰可避,而官爵可得也。"是故豪傑皆可變業,務學《詩》《書》,隨從[4]外權,上可以得顯[5],下可以求官爵;要靡[6]事商賈,為技藝,皆以避農戰。具備,國之危也。民以此為教者,其國必削。

善為國者,倉廩[7]雖滿不偷於農,國大民眾不淫於言,則民樸壹。民樸壹,則官爵不可巧而取也。不可巧取則奸不生,奸不生則主不惑。今境内之民及處官爵者,見朝廷之可以巧言辯說取官爵也,故官爵不可得而常也。是故進則曲主[8],退則慮私。所以實其私,然則下賣權矣。夫曲主慮私,非國利也,而為之者以其爵祿也。下賣權,非忠臣也。而為之者以末[9]貨也。然則下官之冀遷[10]者,皆曰:"多貨,則上官可得而欲也。"曰:"我不以貨事上而求遷者,則如以狸[11]餌鼠

① 作壹,專務農作。
② 空,孔竅。
③ 偷,懶惰,占奸取巧。
④ 隨從,追逐。
⑤ 顯,名聲,譽稱。
⑥ 靡,細小。
⑦ 廩音 lǐn,糧倉。
⑧ 曲主,誘引君主走邪道。
⑨ 末,追逐。
⑩ 冀,希望。遷,升遷。
⑪ 狸,音 lí,山貓。餌,誘食。

爾,必不冀矣。若以情①事上而求遷者,則如引諸絕繩而求乘枉②木也,愈③不冀矣。二者不可以得遷,則我焉得無下動④衆取貨以事上而以求遷乎?”百姓曰:“我疾農,先實公倉,收餘以食親,為上忘生而戰,以尊主安國也。倉虛、主卑、家貧,然則不如索⑤官。”親戚交遊合,則更慮⑥矣。豪傑務學《詩》《書》,隨從外權;要靡事商賈,為技藝,皆以避農戰。民以此為教,則粟焉得無少,而兵焉得無弱也!

善為國者,官法明,故不任知慮;上作壹,故民不儉⑦營,則國力摶⑧。國力摶者強,國好言談者削。故曰:農戰之民千人,而有《詩》《書》辯慧者一人焉,千人者皆怠於農戰矣。農戰之民百人,而有技藝者一人焉,百人者皆怠於農戰矣。國待農戰而安,主待農戰而尊。夫民之不農戰也,上好言而官失常也。常官⑨則國治,壹務則國富。國富而治,王之道也。故曰:王道作外,身作壹而已矣。

今上論材能知慧而任之,則知慧之人希⑩主好惡,使官制物⑪以適主心。是以官無常,國亂而不壹,辯說之人而無

① 情,真情實意。
② 乘,爬升。枉,曲彎。
③ 冀,愈,越發。
④ 動,擾亂。
⑤ 索,求取。
⑥ 更慮,重行計劃。
⑦ 儉,偷字之誤(陶鴻慶說)。
⑧ 摶,專一。
⑨ 常官,按照制度任用官吏。
⑩ 希,借為睎,觀望。
⑪ 制物,迎合。

法也。如此,則民務焉得無多,而地焉得無荒?《詩》《書》、禮、樂、善、修①、仁、廉、辯、慧,國有十者,上無使守戰。國以十者治,敵至必削,不至必貧。國去此十者,敵不敢至,雖至必卻。興兵而伐,必取;按兵不伐,必富。國好力者以難攻,以難攻者必興;好辯者以易攻,以易攻者必危。故聖人明君者,非能盡其萬物也,知萬物之要也。故其治國也,察要而已矣。

今為國者多無要。朝廷之言治也,紛紛②焉務相易也。是以其君昏③於說,其官亂於言,其民惰而不農。故其境內之民,皆化而好辯樂學,事商賈,為技藝,避農戰。如此則不遠矣。國有事則學民惡法,商民善化,技藝之民不用,故其國易破也。夫農者寡而遊食者眾,故其國貧危。今夫螟、螣④、蚼蠋春生秋死,一出而民數年不食。今一人耕而百人食之,此其為螟、螣、蚼蠋亦大矣。雖有《詩》《書》,鄉一束,家一員,獨⑤無益於治也,非所以反⑥之之術也。故先王反之於農戰。故曰:百人農,一人居者王;十人農,一人居者強;半農半居者危。故治國者欲民之農也。國不農,則與諸侯爭權,不能自持也,則眾力不足也。故諸侯撓⑦其弱,乘⑧其衰,土地

① 修,賢能。
② 紛紛,重言,雜亂。
③ 昏音 hūn,迷惑。
④ 螟音 míng,害蟲,食苗心。螣音 téng,食苗葉的害蟲。
⑤ 獨,猶字之誤,(陶說)。
⑥ 反,恢復。
⑦ 撓,屈服。
⑧ 乘,欺淩。

侵削而不振,則無及已。聖人知治國之要,故令民歸心於農。歸心於農,則民樸而可正也,紛紛則易使也,信可以守戰也。壹則少詐而重居①,壹則可以賞罰進也,壹則可以外用也。夫民之親上死制也,以其旦暮從事於農。夫民之不可用也,見言談遊士事君之可以尊身也,商賈之可以富家也,技藝之足以糊口②也。民見此三者之便且利也,則必避農,避農則民輕其居,輕其居,則必不為上守戰也。凡治國者,患民之散而不可摶也,是以聖人作壹摶之也。國作壹一歲者,十歲強;作壹十歲者,百歲強;作壹百歲者,千歲強;千歲強者王。君修賞罰以輔壹教,是以其教有所常,而政有成也。王者得治民之要,故不待賞賜而民親上,不待爵祿而民從事,不待刑罰而民致死。國危主憂,說者成伍,無益於安危也。夫國危主憂也者,強敵大國也。人君不能服強敵,破大國也,則修守備,便地形,摶民力,以待外事,然後患可以去,而王可致也。是以明君修政作壹,去無用,止浮學事淫之民,壹之農,然後國家可富,而民力可摶也。

今世主皆憂其國之危而兵之弱也,而強聽說者。說者成伍,煩言飾辭③,而無實用。主好其辯,不求其實,說者得意,道路曲辯,輩輩成群。民見其可以取王公大臣也,而皆學之。夫人聚党與④,說議於國,紛紛焉,小民樂之,大臣說之。故其民農者寡,而遊食者眾。眾則農者殆⑤,農者怠則土地荒。

① 重居,不願遷移住所。

② 糊口,有飯吃。

③ 煩,多。飾,巧。

④ 党與,小集團,夥伴。

⑤ 殆,懶惰。

學者成俗,則民舍農,從事於談說,高言偽議,舍農遊食,而以言相高也。故民離上,而不臣者成群,此貧國弱兵之教也。夫國庸①民以言,則民不畜②於農。故惟明君知好言之不可以強兵辟③土也,惟聖人之治國作壹,摶之於農而已矣。

商鞅通過這篇著作把"農""戰"作為富強國家的兩個極為重要的政策,反復地申明。他認為只有人民努力耕作,國家才能夠富起來,也只有積極從事戰爭,國家才能夠強大起來。為了這個,國家才用官爵來從事獎勵。與此相反,那些只憑口舌迷惑人主的遊士,只曉得製造和販賣奢侈物品的工商業者,就不但不該叫他們取得官爵,甚至連優裕的生活也要加以限制的,否則人民便將群相效尤,直接影響"農""戰",而國家的富強毫無希望了。不過,作者並沒有提出什麼具體的辦法,僅在理論上從各方面指出了不良的現象以及不予糾正之後果,這是必須說明的。

語譯:

國君鼓勵人民是要用官爵俸祿的。國家想要興盛強大,必須靠農業生產和軍事行動。可是現在的人民都不從事農業與戰爭來取得官爵,卻使用的是花言巧語空泛無用的一套,這叫做奸巧的人。人民奸巧了,國家就缺少實力。國家缺少實力,國土必然會被敵人侵略。

善於治理國家的人,都是教育老百姓專心致志地去從事農業生產和軍事訓練,藉以取得官爵的。不這樣幹的老百姓,就得不到官爵。

① 庸,用。

② 畜,好,從事。

③ 辟,開拓。

國家廢棄空談,人民就會樸實。人民樸實了就不會浮蕩。人民看到官爵都是從農戰這條道兒來,就會專心去幹。人民專心從事農戰,就不懶惰迷惑。人民不懶惰迷惑,力量就巨大,人民力量巨大國家就強盛。如今國內的人民卻說:"農戰可以避免,還可以取得官爵。"因此才幹傑出的人物,都想改業,努力追求《詩》《書》的知識和國外勢力,認為這樣,往好裏說可以得到榮譽,不然的話,也能夠取得官爵。其他一般人,就經營商業,搞手工業。總之,都想避免農戰。一個國家要具備了這種情況,那可就危險了!人民淨受到的是這樣的教育,國家必然會削弱。

善於治理國家的人,即或倉廩非常充實糧食富裕也不放鬆農業生產。國家再大人民再多,也不准為空談所惑亂。這樣,人民的思想就樸實專一了,人民的思想樸實專一,就不會巧取國家的官爵,巧取不了國家的官爵,奸邪的人就產生不出來。國家的統治者也就不至於受到欺騙。現在國內的人民和官吏,看到只用空談浮誇就可以取得官爵,官爵的授予,連個規格標準都沒有,於是他們就想方設法地逢迎國君,謀取個人的利益,直至出賣國君的權力而後已,這樣一來,國家就要受到危害了。他們之所以這樣幹,就是為了爵祿。在下面出賣國君的權力,就不是忠臣。然而他們之所以這樣幹,也只是為了追求財貨。因而希望升遷的下級官吏就會說:"只要有錢,就有希望做大官。"又說:"如果不用錢財孝敬上司,還想升官,就像用貓去引誘老鼠,那是毫無希望的。如果只憑忠誠去對待上司,也想借此升官,就像牽著斷了的繩子去爬彎了的樹木,更是沒有希望了。兩種辦法既然都不行,怎麼能夠不在下面勒索財物騷擾人民,以為孝敬上司爭取升官的本錢呢?"老百姓則說:"我們努力農作,充實了國家的糧倉,供養了自己的父母,也為了君王拼命作戰,鞏固他的地位,保衛國家的安全,結果卻是糧倉空虛,君位低落,自己的家也貧窮了。這哪裏比得了去求官的好呢?"

親戚朋友們的意見都一致啦,就會改變原來的計劃了。才幹傑出的努力學習《詩》《書》,追逐國外的勢力,一般人則經營商業,搞手工業,大家利用這些方法來逃避農戰,受著這等教育的人民,還能夠不減少食糧的生產,削弱國家的兵力嗎?

善於治理國家的人,官法嚴明,不需要使用智慧和計謀,國君只推行重視農戰這一個政策,所以人民既不懶惰也不迷失方向。這樣,國家的力量就能集中,國家的力量集中,就強盛了。如果執政者只喜歡花言巧語不務實際的人,國家就會削弱。所以說,即使從事農戰的人有一千個,只有一個是知書達禮、有智慧、能辯論的人,這一千個人就都會懶於農戰的。從事農戰的人有一百個,只有一個人在搞手工業,這一百個人就都會懶於農戰了。國家依靠農戰才能得到安全,國君依靠農戰,才能得到尊貴。人民所以不願意從事農戰,正是因為國君喜歡花言巧語,官吏失去常規啊!官吏有了常規,國家就治理得好。只專一於農戰的政策,國家就會富強。國家既富強,政治又好,就是成就帝王事業的道路。所以說:成就帝王事業的道路不是從外邊來的,只要國君一意推行農戰政策就行了。

現在國君任用官吏的標準只根據他們的聰明才智,那末,腦子聰明的人就會根據國君的愛憎去使用官吏,判斷公事了,這樣,官吏自然沒有常規,國家也亂紛紛的,政策不一致,只能巧言浮誇的人目無法紀,這樣的結果,老百姓想走的路子怎麼會不多種多樣呢?土地怎麼會不荒蕪呢?《詩》《書》、禮、樂、善良、賢能、仁慈、廉潔、辯論、智慧,國家具有這十樣事物,君王就無法驅使老百姓保衛國土參加戰爭了。政府用這十樣事物來治理國家,敵人一來,就會抵抗不了喪失國土。就是沒有外來的敵人,國家也必定貧窮起來。政府如果能夠清除掉這十種事物,敵人就不敢興兵來侵略,即或來了也一定會打垮了它;如果起兵去攻打別的國家,就必然開拓疆土取得勝利;按兵不動,也會使國家富強起來。國家講求實力政策,別人就侵犯不了,侵犯不了的國家,必然越來越興旺;專喜歡空談的國家,就容易遭受別人的侵略,遭受別人侵略的國家,是危險得很的。所以,所謂聖人和賢明的君主,並非是什麽事物都懂的人,不過是掌握了事物發展的主要方面,充分利用這一點來治理國家而已。

如今治理國家的人,多半没有綱領,在朝廷上講起政治來,議論紛紛,只曉得否定别人的説法。於是國君被學説攪糊塗了,官吏被言論弄混亂了,人民也懶得從事農業生産了。因而國内的人民,都變成了喜歡空談,追求書本知識,經營商業,搞手工業,藉以逃避務農與參戰,這樣,就離亡國不遠了。一旦國家有事,那些儒生就憎惡法度,商人就投機取巧,小手工業者就不替國家出力。這個國家就很容易毁滅了。農民少,吃閒飯的人多,國家還能不危險?好像田地裏的害蟲螟、螣、蚼蠋一樣,春天生出來秋天死去,可是只要它們出現一次,人民就幾年吃不上飯了。現在一個人耕田,卻有一百個人吃閒飯,這些白吃飯的人,就是更大的螟、螣、蚼蠋了。因為即或讓每鄉都有一捆《詩》《書》,每家都有一卷《詩》《書》,又有什麽用呢?它既不能轉危為安,也不能轉貧為富。從古以來,只有從事農業生産和整軍經武才是辦法。所以説,一百個人務農,一個人白吃的地方,可以成就王業;十個人務農,一個人白吃的地方,也可以富強;一半人務農,一半人白吃,這樣的國家就危險了。因此,治理國家的人,總是希望人民務農。國家不重視農業,則跟各國諸侯爭鬥的時候就無法保衛自己。因為,國力不充足麽。所以列國諸侯,就會趁他軟弱進行征服,乘他衰微,加以欺淩。土地被人家侵奪了,也恢復不了,振作不起來,到那時後悔也晚了。聖人知道治國的根本,所以使人民專心務農,人民專心務農,就樸實容易管理,忠厚容易役使,誠信可以守土,可以作戰了。人民思想專一,欺詐就會少有,而且安於故土。人民思想專一,政府才可以用賞賜刑罰來督促他們;人民思想專一,政府才可以用他們的力量來對外。人民之所以能夠親愛君上,為信守法令而犧牲,正是因為他們能夠每天起早貪晚地從事農作。人民之所以不聽驅使,是因為他們看到花言巧語的遊士可以陪伴國君,取得個人的禄位;看到商人可以發家致富,看到手工業者可以糊口吃飽飯。人民看到這三種人既自由又有好處,就必然要想方設法地避免農作了。人民有心避免農作,就不會安於故居,不安於故居,就必定不肯為君上守土作戰了。大凡管理國家的人,總是發愁人民散漫不能集中心力。聖人實行特重農戰的政策,就是為了集中人民的心力的。國家實行這個政策一年,就能夠十年強盛;實行這個政策十年,就能夠百年強盛;實行這個政策百年,就能夠千年強盛。國家強盛千年,王業就成就了。國君推行嚴明的賞罰制度,藉以輔助農戰教育,教育有了常規,政策法治就成功了。成就王業的國君掌握了治理人民的綱領,不必依靠賞賜,人民就會擁護君上;不必依靠爵禄,人民就能努力工作;不必依靠刑罰,人民就肯犧牲生命。當國家危急君主憂愁的時候,只會空談的人即或成幫成隊,也挽救不了什麼。這是因為國家危急君王憂愁的是敵國強大,國君征服不了強敵,攻破不了大國,就必須講求守備,利用地形,集中力量,來應付外來的侵略,然後才可以消除憂患,成就王業。所以開明的君主,總是修明政治,實行統一的政策、排除無用的東西,禁止浮誇的學説和不務正業的人民,使他們專心農作一意生産,然後國家才可以富強,人民的力量才可以集中。

現代的國君,都患憂於國家的貧弱,卻去聽從説客的空談。説客們成群結隊,議論紛繁,言辭浮誇,可是什麼用處都沒有。國君喜歡他們的詭辯,不研求實際的用處,説客們得意忘形,到處信口胡説,一夥一夥地結隊成群。人民看到他們可以説動王公大人,就都見樣學樣了。這些人結夥成群,遍國談説,紛紛擾擾,老百姓喜歡這個,大官們也愛好這個,務農的人就少了,吃閒飯的人就多了。白吃的人多,農民就懶於生產了,懶於生產土地就荒蕪了。儒生們造成了這種習尚,人民就拋棄了農作,也去高談闊論,胡說白道 ,閒逛起來,只靠言論來爭高比下混飯白吃,於是人民就不擁護國君,背叛的人越來越多。這實在是一種使國家貧窮弱小的教育呀! 所以政府用人如果以談論為標準,人民就不喜歡農作了。只有開明的君主,才知道喜歡談論是不能夠加強兵力開拓疆土的。只有聖人才知道治理國家須是實行一個政策,就是說集中民力於農業生產而已。

分析:

商鞅是中國歷史上極端重視農業的政治思想家。他不僅認為農業在國民經濟中佔有極為重要的地位,而且把農業發展看成是破壞奴隸制經濟、建立統一集權的地主階級政權的根本。尤其值得提出的是商鞅很懂得摧毀沒落的奴隸主的反動統治,建立新興的地主階級中央集權的國家,必須憑藉革命的暴力手段,必須有十分強大的地主階級的武裝力量,就是說,需要進行“戰爭”的準備與教育。但“農”是“戰”的基礎,要建立地主武裝,就需要有豐富的物質財富,這在當時講便是食糧的生產和蓄積了。恩格斯曾經指出:“農業是整個古代世界的決定性的生產部門。”(《家庭、私有制和國家的起源》)馬克思也說:在古代,農業提供了“累世代人類所不斷需要的全部生活條件”,是人們“生存與一切生產一般最先決的條件”(《資本論》)。可見商鞅是早就認識到這個經濟條件了。“戰”以消滅奴隸制,“農”以發展經濟基礎,一個政治目的一個經濟根本。驅民入農,限制工商業,既“足食”又“足兵”;既破壞了“井田制”解放了勞動力,又消滅了世爵世祿,鞏固了新興地主階級的政權。

四、商君之法概説

儒家重禮治,法家貴法治,不是他們標奇立異不與人同,乃時勢使之然耳。商鞅説:“禮法以時而定,制令各順其宜。”他之駁斥禮治,是因為它不適用於戰國之世的緣故。他説:

> 國之所以治者三:一曰法,二曰信,三曰權。法者,君臣之所共操也;信者,君臣之所共立也;權者,君之所獨制也。人主失守則危,君臣釋法任私必亂。故立法明分,而不以私害法則治。權制獨斷於君則威,民信其賞則事功成,信其刑則奸無端。惟明主愛權重信而不以私害法。(《商君書·修權》)

按商鞅是特重君權的,而隆法重勢則是它的柄持與運用,綜合起來謂之法治。“民無信不立”,所以這裏一曰法,第二就提到了“信”,因而也未嘗不可以跟儒家關於“信”的説法對比起來看。“背私為公”,同理,法家的“不以私害法”也應該與“天下為公”(《禮記·禮運》)聯繫起來研究。

商鞅甚至從“法制”的觀點出發,來論列君臣之關係説:

> 古者未有君臣上下之時,民亂而不治。是以聖人列貴賤,制爵位,立名號,以別君臣上下之義。地廣民衆萬物多,故分五官而守之。民衆而奸邪生,故立法制為度量以禁之。是故有君臣之義,五官之分,法制之禁,不可不慎也。
>
> 處君位而令不行則危,五官分而無常則亂,法制設而私

善行則民不畏刑。君尊則令行,官修則有常事,法制明則民畏刑。法制不明,而求民之行令也,不可得也。民不從令,而求君之尊也,雖堯、舜之知,不能以治。

(《君臣》)

“明主之治天下也,緣法而治,按功而賞”這便是文章畫龍點睛之處,換言之,也就是它的中心思想。我們看他從歷史的發生發展談起,既涉及到“名號之立”,也提及了“法制之生”,結論在於:

故明主慎法制,言不中法者不聽也,行不中法者不高也,事不中法者不為也。言中法則辯之,行中法則高之,事中法則為之。(同上)

他在《慎法》篇中也反復申言“明主忠臣,不可以須臾忘於法”和“法任而國治”的道理。《禁使》篇則特別強調“賞罰”須允當,說“賞隨功,罰隨罪,故論功察罪,不可不審”的道理。因此種種,我們未嘗不可以認為:商鞅之“法治”重在建立“法制”,而其精神實質是“明賞不費,明刑不戮,明教不變”的(語見《賞刑》),自然,掌握這“權柄”的人,又非“明主忠臣”莫屬了。“權者,君之所獨制也”,“明主愛權重信,而不以私害法”(《修權》),這不是把話又說回來啦,它們原本是渾然一體相與為用的麼。下文說得好:

夫利天下之民者,莫大於治,而治莫康於立君。立君之道,莫廣於勝法。勝法之務,莫急於去奸。去奸之本,莫深於嚴刑。故王者以賞禁,以刑勸,求過不求善,藉刑以去刑。(《開塞》)

而由君主掌握之最大利器則是“賞”之與“刑”,但這是不能濫用的,他說:

故多惠言而剋其賞,則下不用。數加嚴令而不致其刑,則民傲死(傲,倖免)。凡賞者,文也;刑者,武也;文武者,法之約也。故明主任法。(同上)

相反的一面,則是“釋法而任私議”的“此國之所以亂也”。這種情況必須徹底消除:

是故先王知自議私譽之不可任也,故立法明分,中程者賞之,毀公者誅之。賞誅之法不失其議,故民不爭。(同上)

“賞”為物質財貨之賜與,“刑”之最大懲罰為誅殺,也是明擺著的事,因此商鞅是特別重視按勞授官計功賜祿的,否則“忠臣不進”、“戰士不用(命)”啦。而且臣下又是多根據君上的好尚行事的。“君好法,則臣以法事君,君好言,則臣以言事君”,好法則“端直之士在前”,好言則“毀譽之臣在側”,必須“公私分明”才能使“小人不疾賢,不肖者不妒功”的。(以上所引並見《修權》中)

商鞅更進一步地申明賞刑的作用道:

聖人之為國也,壹賞,壹刑,壹教(壹不二之謂,說了算數)。壹賞則兵無敵,壹刑則令行,壹教則下聽上。夫明賞不費,明刑不戮,明教不變,而民知於民務,國無異俗。明賞之猶至於無賞也,明刑之猶至於無刑也,明教之猶至於無教也。(《賞刑》)

此中有三事必須知其真詮的所在:一是法律的嚴正性,獨一無二,不可朝令夕改。二是教化的輔助性,"不教民戰,是謂棄之",不能不教而誅,因為那是暴虐。三是以賞止賞以刑止刑的仁治性,"非私天下之利也,為天下位天下也","公私之交,存亡之本也","是故明王任法去私"(《修權》語),則又諧合於儒家堯舜之道了,"徒法不足以自行"麼。它的終極目的正像它自己揭示的:

> 故以戰去戰,雖戰可也。以殺去殺,雖殺可也。以刑去刑,雖重刑可也。(《畫策》)

於是它那"聖人不宥過,不赦刑"的貫徹到底始終不渝的精神,就是可以理解的了。下面一段,就說得更透徹啦。他指陳"不刑而民善,不賞而民善"的道理云:

> 國之亂也,非其法亂也,非法不用也。國皆有法,而無使法必行之法。國皆有禁奸邪刑盜賊之法,而無使奸邪盜賊必得之法。為奸邪盜賊者死刑,而奸邪盜賊不止者,不必得。必得而尚有奸邪盜賊者,刑輕也。刑輕者,不得誅也。必得者,刑者眾也。故善治者,刑不善而不賞善,故不刑而民善。不刑而民善,刑重也。刑重者,民不敢犯,故無刑也。而民莫敢為非,是一國皆善也。故不賞善而民善。(《畫策》)

其實這就是以戰止戰,以殺止殺,以刑止刑的辯證法,說得很有道理,"負號加負號",結果會是"正號"呀。

五、"商君之法"與仁義

商君不是不講求"仁義",他的看法是"徒善不足以為政",單純說"仁""道""義"是治理不好國家的,必須以"法治"為中心思想,作大前提,始能濟事。例如他說"仁者以愛為務""中世上賢而說仁"、"賢者立中正,設無私而民說仁"(《開塞》),仁仁仁的說個不停,可是不能忘記,他也未嘗不講"慈仁,過之母也","過有母則生"(《說民》)的。甚至以"仁義"為"六虱"(危害政治的蟲豸)之一(其它如禮樂、修善、孝弟、誠信、貞廉等都在內),說"六虱成群,則民不用"(《靳令》),"有六虱必弱,無六虱必強"(同上),什麽緣故呢?是不是自相矛盾?我們的回答曰:"否否!"因為他的心目之中是"仁義"服從"法治","執賞罰以壹輔仁"的。《靳令》有云:

> 故執賞罰以壹輔仁者,心之續也。聖君之治人也,必得其心,故能用力。力生強,強生威,威生德,德生於力,聖君獨有之,故能述仁義於天下。

何況他的治國三要之中,也同樣地尊重"信"呢?它不也是"六虱"之一嗎?《畫策》的一段,又給我們解決了問題:

> 仁者能仁於人,而不能使人仁;義者能愛於人,而不能使人相愛。是以知仁義之不足以治天下也。聖人有必信之性,又有使天下不得不信之法。所謂義者,為人臣忠,為人子孝,少長有禮,男女有別,非其義也,餓不苟食,死不苟生,此乃有

> 法之常也。聖王者,不貴義而貴法。法必明,令必行,則已矣。

商鞅是一個君權至上的命令主義者,"受法令以禁令,不能開一言以枉法","名分已定"(《定分》)。君臣共操,道德如"仁義"之類,都須為它讓步。奉之為圭臬,這就是它們中間從屬的辯證的關係。

慎到之作

慎到(約公元前三九五年——前三一五年)

慎到,名滑釐,趙國人,戰國中期的法家,也善於用兵。他是墨翟的學生,跟宋鈃、孟軻同時。因為慎到能攻善守,魯國曾經打算派他作為帶兵的將軍,卻遭到孟軻的反對。孟軻為了壓抑慎到的法治思想,竟蠻橫頑固地把奴隸制的舊等級擺了出來,說天子地方千里,諸侯只能有百里的疆土,當日像周公旦、太公望那樣的大公國,都不敢達到百里的最大限度,現在的魯侯已經有了五百里地,按照王制的舊標準,只有削減的份兒,還想通過打仗殺人的辦法再把它擴大起來,這不是"王政",這是誘引國君"不仁"。慎到當然不會聽從孟軻這一套腐朽悖時的說法的。因為慎到的目的,正是想通過戰爭來打垮公、侯、伯、子、男的老封疆和井田制,從而更進一步地為新興地主階級建立政治經濟的基礎的。

慎到特別強調"勢"的重要性,他認為新興地主階級必須奪取政權並把它鞏固起來,才能夠推行"法治"。他說,只有"權重位尊"才能"令行禁止"。即或像堯、舜這樣的古代帝王,一旦沒了權勢地位,就會連三家老百姓也管不了。所以得出的結論是:"勢位之足恃,而賢智之不足慕。"什麼賢德才智,離了權力根本成不了事。

至於法治,則是國君處理政務的準則,"治國無其法則亂","官不私親,法不遺愛",凡事一斷於法,這就跟孔子的"道之以政,齊之以刑,民免而無恥。道之以德,齊之以禮,有恥且格"(《論語·為政》),成了鮮明的對立。因為,打擊奴隸主貴族的勢力,發展新興地主階級的政權,非徹底執行賞不徇私、法不阿貴的律令不可。這就更是同儒家的世卿世祿制度,刑不上大夫,禮不下庶人的搞法,水火不相容了。

《慎子》原著十二篇,其後劉向定為四十六篇,傳今者只有《威德》等共七篇(另有"逸文"若干條),錢熙祚(錫之)云:"《史記》稱慎到著十二論,徐廣注云:'今《慎子》劉向所定,有四十一篇。'按《漢志》本四十二篇,徐注'一'字誤也。《通志·藝文略》:'《慎子》舊有十卷四十二篇,今亡九卷三十七篇。'是宋本已與今同。《群書治要》有《慎子》七篇,今所存五篇,具在。用以相校,知今本又經後人刪節,非其原書。"(《慎子跋》)

一、君人任法

君人①者,舍法而以身治②,則誅賞予奪③,從君心出矣。然則受賞者雖當,望多無窮;受罰者雖當,望輕無已。君舍④法,而以心裁輕重,則同功殊⑤賞,同罪殊罰矣。怨之所由生也。

是以分馬者之用策⑥,分田者之用鉤⑦,非以鉤、策為過於人智也,所以去私塞怨也⑧。

---

① 君人,即國君。

② 身治,單憑自己的意見去管理國家。

③ 予,賞賜。奪,剥奪,撤銷。

④ 舍,丢棄。

⑤ 殊,不同的。

⑥ 分馬,趕,駕馭。策,馬鞭子。

⑦ 鉤,一種丈量土地的尺子。

⑧ 私,違背法令按個人意見辦事之謂。塞,堵住,防止。

故曰:大君任法而弗躬①,則事斷②於法矣。法之所加,各以其分③,蒙④其賞罰而無望於君也。是以怨不生而上下和矣。

語譯:

一國的君王,如果不根據國家規定的法令辦事,單憑自己的心意去管理,那麼,像誅殺罪人、賞賜有功、任用官吏、罷免職務一類的大事,必然是想怎麼做就怎麼做了。這樣幹的結果,即或賞的是該賞賜的人,也會滿足不了他那越多越好的無窮的願望的;同理,罰的即或是罪有應得的人,他也總會希望處分得越輕越好的。因為,君王不根據固定的條文施行,只按照自己的心意決定從輕還是加重,很容易發生同功不同賞、同罪不同罰的情況,這實在是招致恨怨的根源。所以說,趕馬的人離不開馬鞭子,丈量田地的人必須用鉤尺子,並非是馬鞭子、鉤尺子比人還辦法多,只由於使用了這些工具,便可以表明自己的公道免掉別人的恨怨啦。因此,可以肯定地講,大有作為的君王,都是使用法律管理國家並不單憑個人的意見去辦,這樣,就能夠事事依法解決了。只要執行法律的時候,全照所應得的規定做,得了賞受了罰的人,就不會再對國君存在什麼奢望了。結果,這恨怨的情事便無從發生,上下也就相安無事啦。

批判:

這是慎到繼續強調法治的重要性,法不阿貴,法不徇私,只要一國

① 大君,國王。躬,本人的主張。

② 斷,裁決,判定。

③ 分,應該獲得的。

④ 蒙,受到。

的最高統治者、君王,按照業已規定好了的條文辦事,便會上下協和各得其所了。對於政出私門、刑賞濫施的沒落的奴隸主貴族來說,這自然是正本清源的直接鞭撻。因為,慎到還是從那個樹立君王所以推行政事便利人民,並非為了君王個人的富貴的精神出發的。言外之意也就是根本不需要什麼天生的聖君賢相,有了守法的大夫和官吏便行了。

他這文章也是主題鮮明字句允當,符合法家的說理精神的。此以他們的慣例即在於言出法隨、出言有章,以執行為主要的目的,而不崇尚浮誇的。具體到君王這個掌握國家最高領導權的人來講,"朕即國家"不行,須是看重法令讓它有相對的獨立性才可以。"任法而弗躬"則上下可和,"舍法而以身治"乃"怨之所由生",雖只短短的幾句話,卻使人有是非分明之感。

二、"立天子以為天下","法雖不善,愈於無法"

古者,立天子而貴①之者,非以利②一人也。曰:天下無一貴,則理無由通③,通理以為天下也。故立天子以為天下,非立天下以為天子也;立國君以為國,非立國以為君也;立官長④以為官,非立官以為長也。法雖不善,猶愈⑤於無法,所以一人心也。

① 貴,尊崇。

② 利,厚待。

③ 理,統治。通,推行。

④ 官長,國家的官吏。

⑤ 愈,較好。

語譯:

從古以來,推立了天子並且把他看得非常尊貴,不是為了對於天子個人有什麼好處。只能說,如果這個天下沒有一個地位最高權力最大的人來帶頭管事,則一切政令都無法貫徹下去。貫徹政令是為了統治天下的。所以,推立天子是為了統治天下,不是要把整個天下都歸了天子個人的。設立國君是為了有人管理國家,並不是要把整個國家送給國君個人的。安排官員是由於用他們去辦事,不是有了機關就需要有人充當官吏。即或法令規章定得不夠完善,也會比根本沒有法令好些,因為它是統一人的想法辦法的東西。

批判:

這是慎到從維持社會秩序尋求人民安寧的角度來看待統治者的。它跟天子是"受命於天"(天生的聖人),老百姓必須無條件地去接受管制的孔子之道,完全是兩碼事。天子、國君都得依法辦事,不能作威作福想怎麼幹就怎麼幹麼。所以,還可以說,尊的是為人民治國的首長,法令第一君主第二,重後王不法先王的是法家的精神。

三、逸文

法之功,莫大使私①不行;君之功,莫大使民不爭②。今立法而行私,是私與法爭,其亂甚於無法;立君而尊賢③,是賢與君爭,其亂甚於無君。故有道之國,法立則私議不行,君立則賢者不尊。民一於君,事斷於法,是國之大道也。(《藝

① 私對法而言,私意公法是兩不相容的。

② 不爭,大家守法。

③ 賢,有才能的人。只要根據法令辦事就行,尊賢則亂。

文類聚》五十四,《太平御覽》六百三十八)

語譯:

法治的功績,沒有比使私人的意志不得通行再大的了。國君的功績,沒有比使人民不發生爭奪的情況再大的了。現在制定了法令還要去徇私,是叫私心公開跟法令鬥爭,紛亂【缺】

君　臣①

為人君者不多聽,據法倚數②以觀得失。無法之言,不聽於耳;無法之勞,不圖③於功;無勞之親,不任於官。官不私親,法不遺愛。④ 上下無事⑤,唯法所在。(依《群書治要》補)

分析:

已經很有一點法制國家的樣子了。不論親疏遠近上下貴賤全照著規定的法令辦事。"官不私親,法不遺愛"、"唯法所在""貴貴尊賢"的孔孟,何足以語此!

故治國無其法則亂,守法而不變則衰。有法而行私,謂

---

① 君臣,上下的關係,依法成立,不講親親之誼。

② 據法,根據法令的規定。倚數,倚靠應盡的職責。

③ 圖,計算。

④ 雖係親族不能無功授爵任意放他做官。同理,他們犯了法,也一樣要照著法令處分,不講情面。

⑤ 無事,不生是非,相安。

之不法。以力役法[①]者,百姓也;以死守法者,有司[②]也;以道變法者,君長也[③]。(《藝文類聚》五十四)

此地又明顯地指出管理國家沒有成文法不行,可是墨守規章不曉得因時變易也不行,但並非任何人都具有這種權力的,即令是君長,也必須"以道變法",這就是說,它具備著固定和靈活的兩種特性,不可不察。

① 力,實際的行動,生產勞動之類。役法,遵守法令。

② 有司,官吏,執行法令的人。他們只能死守條文,不能隨意改動。

③ 按照政治需要可以合理地變動法令的,只能是立法者的君長。

荀況與《荀子》

荀子①(约公元前二八六——前二三八)名況,又稱荀卿或孫卿,趙人,戰國末年的儒家大師。司馬遷說,他曾到過齊國稷下講學,齊襄王時是這裏資格最老的學者,曾經三次充當祭酒,後來因為遭受譭謗,投奔了楚國,做過蘭陵令,晚年和弟子一道從事著述。②

《荀子》一書大部分出自荀子的手筆,它也叫《孫卿子》《荀卿新書》。《漢書·藝文志》著録為十三篇,唐朝的楊倞③把它改編為二十卷,並且加了注釋,就是我們現在看到的那種本子(清王先謙有《荀子集解》,考校最精)。

荀子雖然號稱儒家,可是並不拘泥於孔子之道。他反對"天命"④,鼓吹人為,強調"性惡"⑤以重禮法⑥,論證了人的社會地位、道德標準

---

① 荀子的生卒年歲說法不一,亦有認為約當前三一三年至前二三八年的。荀卿,因漢人為漢宣帝劉詢避諱,改名孫卿,荀孫音近。

② 司馬遷在《史記·孟荀列傳》中說的話。稷下,今山東省臨淄縣北。祭酒,官名,須齒德俱尊的學者始能充任,其後專屬於禮部。蘭陵,戰國楚邑,故城在今山東嶧縣東五十里。

③ 楊倞,唐武宗李炎時人,官登侍郎,大理評事。倞音 jìng,與勁同義。

④ 荀子說:"天行有常,不為堯存,不為桀亡。"(《荀子·天論篇》)大意是:天自有常行之道,吉凶由於人為,並非它厚堯而薄桀,起什麼主宰作用。

⑤ "人之性惡,其善者,偽也。"(《荀子·性惡》)這是荀卿根據人有七情六欲的本能,因而提出必有"師法""禮義"加以教化,才能夠驅使它改惡從善的一種主觀唯心論。

⑥ 荀卿亦有《禮論》篇以專言分等級濟物欲的道理。所謂"求"須按照"度量分界","故制禮義以分之,以養人之欲,給人之求"者是。

不是先天注定、與生俱來的,從而為樹立和鞏固新興的地主階級政權提供了理論。

荀子對於當代各家學說是采取批判態度的,《非十二子》[1]就是他的代表言論。特别是關於墨子的"兼愛""非樂""節用"的主張[2],反復駁斥,不遺餘力(如見於《富國篇》的説法),只還不曾像孟子似的駡人"無父""禽獸"而已。

荀子的等級規定[3]也是很嚴格的,他不但繼承了孔子"君君、臣臣、父父、子子"的一套倫理觀念,從而增益了"兄兄、弟弟"[4],同時還發展了孟子"或勞心,或勞力"的分工論,明確地指出"農農、士士、工工、商商",使人一於職事的必要性。

因此種種,我們才認為荀子依然是一個牢固地站在統治階級的立

① 《非十二子》共計批判了它囂、魏牟、陳仲、史鰌、墨翟、宋鈃、慎到、田駢、孔伋、孟軻等十家,肯定了孔丘、冉雍兩家,而把重點擺在墨翟身上,指摘墨翟"上功用,大儉約,而僈差等",説這是上下同等不知道"一天下建國家之權稱",不足以言治理,並於《富國》篇中,極言其"尚儉而彌貧,非鬥而日爭,勞苦頓萃而愈無功,愀然憂戚非樂而日不和"等類的大害。按囂音 xiāo,牟音 móu,鈃音 xíng,駢音 pián。又僈音 màn,輕視。差等,即是等級。權稱,輕重。彌音 mí,越發的。頓萃,疲敝。

② 荀子在《富國篇》中説墨子"為天下憂不足"是墨子的"私憂過計",認為"有餘不足,非天下之公患",反而是墨子的"非樂""使天下亂",墨子的"節用""使天下貧"。

③ 《荀子·臣道篇》裏強調"程者物之準也,禮者節之準也,程以立數,禮以定倫,德以敘位,能以授官",其意則謂:程是度量的總名,節乃君臣之等差,根據德行序列爵位,考核能力分配職事。總之,不外是一個"貴賤有等,長幼有差","貧富輕重各有分量"的意思,"刑不上大夫,禮不下庶人"的等差,便越來越嚴格了。

④ 見《荀子·王制篇》,它説"君臣、父子、兄弟、夫婦,始則終,終則始,與天地同理,與萬世同久",上下尊卑,人之大本。

場,去為大地主服務的儒家。

荀子學說引論

1. 關於"天"和"天命"的

荀子的"天論"主要解決了下列的幾個問題:一是,天沒有意志,天管不了人;二是,人不應怕天,人反爾能夠管天;三是,人的聰明才智不是天給的;四是,要解決人間的問題該當從哪裏找原因,想辦法。

照孔孟的說法,天是有意志的,它能把天底下所有的人和事都管起來,只有聽"老天爺"的話,才能生存。在人間,誰來體現天的意志呢?奴隸主貴族。他們的代言人便是孔孟自己。這實際上是"天人合一"的胡說,是用它來嚇唬老百姓的。荀子針鋒相對地提出了"天人相對"的理論,他認為天就是自然界,天就是天,人就是人,天是沒有意志的,根本管不了人。《天論》一開頭就擺出了一個誰也否認不了的事實,說:"天行有常,不為堯存,不為桀亡。"這個意思就是:自然界的運動變化有它自己的常規,有明君的時候是這樣,出暴君的時候也是這樣。人世間的貧賤富貴,吉凶禍福,全是人們自己搞出來的,與天無關。那末,為什麼有的人會產生天和神在管著人世的觀念呢?這是由於人們只看到自然界的各種變化,摸不清變化的過程和原因,於是就去作各種猜想,以為有個"老天爺"在那裏發號施令。孔丘宣揚的"畏天命"和"死生有命,富貴在天",以及孟軻捏造的"順天者存,逆天者亡"、"天與賢,則與賢;天與子,則與子"的一套,便是鑽了人民這個空子,來替沒落的奴隸主貴族說教,藉以欺騙老百姓,苟延他們的統治權的。

所以,荀子主張根本不必要去管那些並不存在的"天命","不求知天""畏天命"就更說不上了。孔丘、孟軻之流,慣用一些自然界少見的現象,如日蝕、星墜、大旱等來欺騙人民,竟附會著造謠說:"國家將興,必有禎祥(這是指出現"瑞雲""禾生雙穗"一類的自然現象而言),國家將亡,必有妖孽。"什麼"兆頭"都是老天爺事先發出的信號。荀子不但論證了人不應當怕天,而且針對著孔孟宣揚的"順時聽天",提出了人對天能"知"能"參"和能"制"。他指出,人能夠適應自然環境,行動都有條理,衣食住行也適當,使自己的生存不受傷害,這才叫做真正的"知天"。天有四季的變化,地有蘊藏的財富,人能夠依據天時、地利採取正確的合理的措施,治理自然界,用人力參與自然界的變化,這就叫做"能參"。人不應該消極地去尊崇、仰慕和歌頌天,對天百依百順,而應該"制天命而用之",就是要掌握自然變化的必然趨勢,盡力去利用它。"天地官而萬物役矣",這才稱得上駕馭天地,使喚萬物了的。

人的聰明才智也不是天生的。代表腐朽沒落的奴隸主階級的孔孟,只能求救於天,胡說什麼"天生德於予"、"生而知之者,上也",藉以編造統治人民、壓迫人民乃是天經地義的事。荀子卻說,認得知識才能是後天才有的。"天職既立,天功既成,形異而神生,好惡喜怒哀樂臧焉",人也是自然功能發揮作用的產物,先有人的肉體,然後才有精神,人的感情是離不開人的肉體的,耳、眼、口、鼻、身這些器官,分別得到對外界事物的感覺,然後由"心"加以綜合,才能得到完整的認識。荀子既不承認人的知識才能是天給的,當然也就不承認統治者的權力是天給的。他說:"楚王後車千乘,非知也;君子啜菽飲水,非愚也,是節然也。"並不是他們有沒有才知的關係,只不過各自碰到的條件不同而已。

荀子認為社會治亂的根本原因是"人妖"。他說天變不可怕,"人妖”就麻煩了。“人妖”有三種:一是“政險失民”(政局險惡,失掉民心,引起田園荒蕪,糧價猛漲,大批人餓死路旁),一是“政令不明”(法令混亂,措施不合時宜,農業生產不加管理),一是“禮義不修”(不照禮法辦事,把人和人的關係搞亂,內憂外患一齊到來)。這實際上指的是奴隸主腐敗的反動統治。消滅“人妖”的辦法須是“隆禮尊賢”、“重法愛民”。這“隆禮”就是實行法治,“尊賢”就是讓新興的地主階級的代表上臺。他講的“禮”是“絀長補短,損有餘、益不足”,要把奴隸主手裏的財權、政權,奪過來交給新興的地主階級,這和孔孟等人所説的恢復奴隸制的周禮是根本不一樣的。“禮者,法之大分,類之綱紀也”,可見荀子的“禮義”不過是法治的别稱。因為,所謂“重法”,正是要實行賞罰嚴明的法治,而“愛民”更是保護新興的地主階級利益的。它在客觀上也能給人民帶來一定的好處,如勞動好,可以減免部分租稅;有戰功,可以給一些獎賞等等。當然,這些都是為地主階級奪取政權以及鞏固統治的政治目的服務的。

總之,荀子不是為了論“天”而寫《天論》的,他論“天”的目的是為了論“人”,論人世間的事到底該怎麼辦。它給代表奴隸主階級利益的儒家的“天命論”迎頭一棒,它給新興的地主階級的代言者法家推行法治路線提供了理論武器。在世界哲學史上,荀子是第一個提出“人定勝天”的人,他把天管著人這個陳腐的觀念,翻了個過,認為人是天的主人。這是思想上的一次大解放。但是,由於時代和階級的局限,他還不可能知道,只有通過社會實踐,即生產鬥爭、階級鬥爭和科學實驗,才有可能認識客觀世界。在他看來,人們只要正確地發揮五官的作用,保持思想的清醒,適應自然的變化,就可以“知天”了。所以,還只能算是一個樸素的唯物主義者。

1. 性惡論

“人之性惡,其善者僞”

荀卿的人性說法是偏重後天的改造的。所以,他一方面認為“人之性惡”,對孟軻的“性善論”給以直接的批判,一方面又說“其善者僞也”,強調“師法”的作用,並由此出發定立了“賢人”“君子”的領導地位。他雖然也談“仁”講“義”,卻特别地鼓吹“禮”的功能。其次是,荀卿把“性”“情”和“官能”的關係,交代得比較清楚,他指稱“性者,天之就”(與生俱來),“情者,性之質”(性的表現),“欲者,情之應”(官能的作用)——以上所舉請分見《荀子·性惡》《儒效》等篇中。

“性”“情”“欲”等和“僞”的所從來:

> 生之所以然者,謂之性。性之和所生,精合感應不事而自然謂之性。性之好、惡、喜、怒、哀、樂謂之情。情然而心為之擇,謂之慮。心慮而能為之動,謂之僞。慮積焉,能習焉,而後成,謂之僞。
>
> 性者,天之就也;情者,性之質也。欲者,情之應也。以欲為可得而求之,情之所必不免也。以為可而道之,知所必出也。故雖為守門,欲不可去,性之具也。
>
> 形體色理以目異;聲音清濁,調竽奇聲以耳異;甘苦鹹淡辛酸奇味以口異;香臭芬鬱、腥臊灑酸奇臭以鼻異;疾養滄①

---

① 滄音 cāng,寒冰。

熱、滑鈹①輕重以形體異;說故喜怒哀樂愛惡欲以心異。心有徵知②,徵知則緣耳而知聲可也,緣目而知形可也,然而徵知必將待天官③之當簿其類④,然後可也。

(《荀子·正名》)

若夫目好色,耳好聲,口好味,心好利,骨髓膚理好愉⑤佚⑥,是皆生於人之情性者也。感而自然,不待事而後生之者也。夫感而不能然,必且待事而後然者,謂之生於偽。是性偽之所生,其不同之徵也。(《荀子·性惡》)

注:前面說過,與生俱來不學而能的動作,舊日的心理學家稱之為"本能"或"自然的傾向",但那是指著不識不知的繈褓兒童說的,如餓了就哭,給東西就吃,困了就睡之類("必且待事而後然者"不在此例),所以既談不上"善"也說不到"惡"。這裏列舉的耳、目、口、鼻等官能所感應分辨的事物,已經是受有後天的環境影響的結果了,如果還把它叫做"性",便要因生活條件的不同而發生不一樣的反應了,地主貴族統治階級認為"真善美"的東西,絕不會跟被剝削的農民沒有差別。按照荀卿的話,就是"性,偽之所生"。

生而"好利""疾惡""好聲色",欲"飽暖"。

---

① 鈹音pí,大針,劍。

② 徵知,經過參驗思考才認識到手的事物。

③ 天官,即五官四肢等可以感應事物的生理器官。

④ 當薄其類,依照各個官能的職司,真實地從事反應。

⑤ 愉,歡樂。

⑥ 佚,安適。

人之性惡,其善者偽①也。今人之性,生而有好利焉,順是,故爭奪生而辭讓亡焉。生而有疾惡焉,順是,故殘賊生而忠信亡焉。生而有耳目之欲,有好聲色焉,順是,故淫亂生而禮義文理亡焉。然則從②人之性順人之情,必出於爭奪,合於犯分亂理而性於暴。

今人之性,饑而欲飽,寒而欲暖,勞而欲休,此人之情性也。今人饑,見長而不敢先食者,將有所讓也。勞而不敢求息者,將有所代也。夫子之讓乎父,弟之讓乎兄,子之代乎父,弟之代乎兄,此二者行者,皆反於性而悖③於情也。

凡人之欲為善者,為性惡也。夫薄願厚,惡願美,狹願廣,貧願富,賤願貴,苟無之中者,必求於外;故富而不願財,貴而不願勢,苟有之中者,必不及於外。用此觀之,人之欲為善者,為性惡也。

(《荀子·性惡》)

注:荀子這裏存在的問題,還是把後天的生活經驗也看做自然本質了。誰能一生下來就"好利""好聲色"呢?

① 偽,為也,矯正,會意字。

② 從,讀曰縱,放任。

③ 悖,音 bèi,違反。

①批判孟子的“性善論”

孟子曰:人之學者其性善。曰:是不然,是不及知人之性,而不察乎人之性偽之分者也。凡性者,天之就也,不可學不可事。

不可學不可事而在人者,謂之性。

今人之性,目可以見,耳可以聽,夫可以見之明不離目,可以聽之聰不離耳,目明而耳聰,不可學明矣。

孟子曰:今人之性善,將皆失喪其性故也。曰:若是則過矣。今之人性,生而離其樸,離其資,必失而喪之。用此觀之,然則人之性惡明矣。

所謂性善者,不離其樸而美之,不離其資而利之也。使夫資朴之於美,心意之於善,若夫可以見之明不離目,可以聽之聰不離耳,故曰目明而耳聰也。

孟子曰:人之性善。曰:是不然。凡古今天下之所謂善者,正理平治也。所謂惡者,偏險悖亂也,是善惡之分也已。

故善言古者必有節於今,善言天者必有徵於人。凡論者,貴其有辨合、有符驗。故坐而言之,起而可設,張而可施行。今孟子曰:人之性善,無辨合符驗,坐而言之,起而不可設,張而不施行,豈不過甚矣哉!

故性善,則去聖王息禮義矣。性惡,則與聖王貴禮義矣。故隱栝之生,為枸木也;繩墨之起,為不直也。立君上,明禮義,為性惡也。用此觀之,然則人之性惡明矣,其善者,偽矣。

(《荀子·性惡》)

注:這裏是荀卿對於孟子等人"人之初,性本善"的直接批評,他說,不該把不經過學習、未受到外界感應的自然本質的"性",跟後天的人事行為混同起來看待。

②化性真僞,重在師法

故枸木必將待檃栝烝矯然後直,鈍金必將待礱厲然後利。今人之性惡,必將待師法然後正,得禮義然後治。今人無師法則偏險而不正,無禮義則悖亂而不治。古者,聖王以人之性惡,以為偏險而不正,悖亂而不治,是以為之起禮義制法度,以矯飾人之情性而正之,以擾化人之情性而導之也,使皆出於治合於道者也。

今人之性,饑而欲飽,寒而欲暖,勞而欲休,此人之情性也。今人饑,見長而不敢先食者,將有所讓也。勞而不敢求息者,將有所代也。夫子之讓乎父,弟之讓乎兄,子之代乎父,弟之代乎兄,此二者行者,皆反於性而悖於情也。然而孝子之道,禮義之文理也。故順情性,則不辭讓矣。辭讓,則悖於情性矣,用此觀之,然則人之性惡明矣,其善者僞也。

問者曰:人之性惡,則禮義惡生。應之曰:凡禮義者,是生於聖人之僞,非故生於人之性也。故陶人埏埴而為器,然則器生於工人之僞,非故生於人之性也。故工人斲木而成器,然則器生於工人僞,非故生於人之性也。聖人積思慮習僞,故以生禮義而起法度,然則禮義法度者,是生於聖人之僞,非故生於人之性也。

今人之性,固無禮義,故強學而求有之也。性不知禮義,故思慮而求知之也。然則生而已,對人無禮義,不知禮義。

人無禮義則亂,不知禮義則悖,然則生而已則悖亂在己。用此觀之,人之性惡明矣,其善者偽也。

性惡,則與聖王貴禮義矣。故檃栝之生為枸木也,繩墨之起為不直也,立君上,明禮義,為性惡也。用此觀之,然則人之性惡明矣,其善者偽也。

直木不待檃栝而直者,其性直也。枸木必將待檃栝烝矯然後直者,以其性不直也。今人之性惡,必將待聖王之治,禮義之化,然後皆出於治合於善也。用此觀之,然則人之性惡明矣,其善者偽也。

(《荀子·性惡》)

分析:

孟軻的仁、義、禮、智生而即有,不學而能,孩提之童,愛親敬長,良知良能,不事而得之說,本屬牽強。荀卿在這裏卻針鋒相對地指出,飲食衣飾、好逸惡勞,才是人的本性,子弟供奉代做,只是師法教化的結果。平心而論,我們還是寧取後者的,因為不管怎麼講,後天的環境影響還是特别重要的,"染於蒼則蒼,染於黄則黄"嘛。

注:從"性惡"的觀點出發,當然要注重後天的改造,那麼靠什麼來"改惡從善"呢?這就缺少不了"師法"了,而掌握師法的人,便是所謂聖賢。

③"禮"的種種,"禮者養也"

禮起於何也?曰:人生而有欲,欲而不得則不能無求,求而無度量分界則不能無爭,爭則亂,亂則窮。先王惡其亂也,故制禮義而分之,以養人之欲,給人以求,使欲必不窮乎物,物必不屈於欲,兩者相持而長,是禮之所起也。

故禮者養也。芻豢稻粱,五味調香,所以養口也;椒蘭芬苾,所以養鼻也;雕琢刻鏤,黼黻文章,所以養目也;鐘鼓管磬,琴瑟竽笙,所以養耳也;疏房檖貌,越席牀笫几筵,所以養體也。

孰知夫出死要節之所以養生也,孰知夫出費用之所以養財也,孰知夫恭敬辭讓之所以養安也,孰知夫禮義文理之所以養情也,故人苟生之為見,若者必死。苟利之為見,若者必害。苟怠惰偷儒之為安,若者必危。苟情說之為樂,若者必滅。故人一之於禮義,則兩得之矣。一之於情性,則兩喪之矣。

凡禮始乎梲,成乎文,終乎悅校。故至備,情文俱盡,其次情文代勝,其下復情以歸大一也。天地以合,日月以明,四時以序,星辰以行,江河以流,萬物以昌,好惡以節,喜怒以當。以為下則順,以為上則明,萬物變而不亂,貳之則喪也。禮豈不至矣哉!

立隆以為極,而天下莫之能損益也。本末相順,終始相應,至文以有別,至察以有說,天下從之者治,不從者亂,不從者危。從之者存,不從者亡,小人不能測也。禮之理誠深矣,堅白同異之察入焉而溺。其理誠大矣,擅作典制辟陋之說入焉而喪。其理誠高矣,暴慢恣孳輕俗以為高之屬入焉而隊。

(《荀子・禮論》)

注:①前面說過,這個"禮"既包孕著道德感化,也結合著法律制裁,所謂"師法之化"者是。它的作用即在於定立等級,按照社會地位分配財富,高官者厚禄,生產者卑賤,刑不上大夫,禮不下庶人,這樣才

能夠鞏固地主階級的統治,“養”起來地主老爺。

② 一面要使欲望有限制,不得無窮無盡;一面又要物資豐富,最大可能地滿足需要,這便是“兩者相持而長”的辦法。

2. 政治主張

①愛利人民,如保赤子

上莫不致愛其下而制之以禮,上之於下如保赤子。政令制度所以接下之人,百姓有不理者如豪末,則雖孤獨鰥寡必不加焉。故下之親上歡如父母。

潢然兼覆之養長之如保赤子。生民則致寬,使民則綦理辯政令制度,所以接天下之人,百姓有非理者如豪末,則雖孤獨鰥寡必不如焉,是故百姓貴之如帝,親之如父母。

故人主天下之利勢也,然而不能自安也。安之者必將道也,故用國者義立而王,信立而霸,權謀立而亡。三者明主之所謹擇也。仁人之所務白也。挈國以呼禮義而無以害之,行一不義殺一無罪而得天下,仁者不為也。

(《荀子·王霸》)

故仁人在上,百姓貴之如帝,親之如父母,為之出死斷亡而愉者,無它故焉,其所是焉誠美,其所得焉誠大,其所利焉誠多。

使民夏不宛暍,冬不凍寒,急不傷力,緩不後時,事成功立,上下俱富,而百姓皆愛其上人,歸之如流水,親之歡如父母。

不利而利之,不如利而後利之之利也。不愛而用之,不如愛而後用之之功也。利而後利之,不如利而不利者之利也。愛而後用之,不如愛而不用者之功也。利而不利也,愛而不用也者,取天下矣。利而後利之,愛而後用之者,保社稷也;不利而利之,不愛而用之者,危國家也。

(《荀子·富國》)

不殺老弱,不獵禾稼,服者不禽,格者不舍,奔命者不獲。凡誅非誅其百姓也,誅其亂百姓者也。

彼仁者愛人,愛人故惡人之害之也。義者循理,循理故惡人之亂之也。彼兵者,所以禁暴除害也,非爭奪也。故仁人之兵,所過者神,所過者化,若時雨之降,莫不說喜。

(《荀子·議兵》)

分析:

荀卿雖也講求仁義,著重聖王,但並不排斥福國利民除暴安良的軍事行動和生產事業,就是說面對現實不尚空談,義利並提,禮法兼重,這就跟法先王不言利的孔丘、孟軻,全不相同了。然而,如果因為他有像韓非、李斯這樣法家的學生,便說他不是儒家,就未免皮相些啦,不是嗎?《儒效篇》一開始便說的是"大儒之效"。

注:①荀子是一個君權至上論者,他特別重視現實,主張中央集權,認為在社會分工的情況下,臣子必須安分守己聽候驅策,才能得到應有的俸祿足夠的衣食,否則就有失根本天下大亂了。因此,他雖然也講仁義,卻更強調禮法,比起孔孟的"善人為邦""保民至上"可就切實得多厲害得多了。

②愛之乃所以利之,是從合理使用妥善安排非只利人尤在利己的鞏固統治階級政權的角度看問題的,和孟子把義利對立起來的觀點不同。

③禮,這個“禮”字是大有文章的。可以把它做為維持社會制度推行道德法則的大經大法,神聖不可侵犯。要著重看那個“制”字。制,就是裁決管制。

②上下尊卑,等級嚴格

人之生不能無群,群而無分則爭,爭則亂,亂則窮矣。故無分者人之大害也。有分者天下之本利也。而人君者所以管分之樞要也。故美之者是美天下之本也,安之者是安天下之本也,貴之者是貴天下之本也。古者先王分割而等異之也。故使或美或惡,或厚或薄,或佚或樂,或劬或勞。(《荀子·富國》)

人何以能群,曰分。分何以能行,曰以義。故義以分則和,和則一,一則多力,多力則強,強則勝物。故宮室可得而居也。故序四時,裁萬物,兼利天下,無它故焉,得之分義也。故人生不能無群,群而無分則爭,爭則亂,亂則離,離則弱,弱則不能勝物,故宮室不可得而居也,不可少頃舍禮義之謂也。能以事親謂之孝,能以事兄謂之弟,能以事上謂之順,能以使下謂之君,君者,善群也。(《荀子·王制》)

人主者以官人為能者也,匹夫者以自能為能者也。人主得使人為之,匹夫則無所移之,百畝一守,事業窮無所移之也。今以一人兼聽天下,日有餘而治不足者,使人為之也。大有天下,小有一國,必自為之然後可,則勞苦耗顇莫甚焉,如是,則雖臧獲不肯與天子易埶業,以是縣天下一四海,何故必自為之。為之者役夫之道也,墨子之說也。論德使能而官施之者,聖王之道也,儒之所謹守也。《傳》曰:農分田而耕,賈分貨而販,百工分事而勸,士大夫分職而聽,建國諸侯之君分土而守,三公總方而議,則天子共己而已。出若入若,天下莫不百姓,則必以法數制之。計利而畜民,度人力而授事,使民必勝事,事必出利,利足以生民,皆使衣食百用,出入相揜,必時臧餘,謂之稱數。故自天子通於庶人,事無大小多少,由是推之。故曰:朝無幸位,民無幸生,此之謂也。(《荀子·富國》)

分析:

這自然還是儒家"天生烝民,有物有則","作之君,作之師"君王聖明的老調。而"君子、小人","勞心、勞力"之分,遂亦不能例外。所以說"禮者,養也"這話是有道理的,但誰養活誰呢?歸根到底不依舊是被統治者供養統治者嗎?問題只在於他使剥削合法合理,不是窮奢極欲,使老百姓也有飯吃而已,"人主以官人為能,匹夫以自能為能"已經說得很清楚。

從這些文字裏不難看出,荀卿的學說不但是"持之有故,言之成理",而且"斐然成章""煥乎其有文章"的。就是說,觀點明確,條理清晰,從不枝枝節節陳陳相因,即如,像"仁、義、禮"一類前人慣好玩弄概念使人模糊不清的東西,他都能一語破的給予界說:"禮者,法之大分,類之綱紀也"(《勸學篇》),"故禮者,養也"(《禮論》)。這就不只和"人之性惡,其善者僞也"融貫為一體,而"必將有師法之化,禮義之道"也派生出來了。

荀卿的《成相篇》

荀卿的《成相》跟他的《賦篇》,顯然不是同一形式的東西。他的

"賦"是"就名演述,敷陳大道,諧韻駢比,厭事聯意"的,不必拘拘於固定的格式,《成相》則不然。

《成相》之辭,諸家各為其說,如清人盧文弨云:"'成相'之義,非謂成功在相也。……相乃樂器,所謂舂牘。又古者,瞽必有相,審此篇音節,即後世彈詞之祖。"王引之曰:"成相者,成此治也。請成相者,請言治之方也。"俞樾同意盧說,認為此"相"字即"舂不相"之"相",《禮記·曲禮》:"鄰有喪,舂不相",鄭注:"相,謂送杵聲",亦有指為"相人"之稱者。其實,"相"字讀為平聲時,當是樂器之類,迨其讀為去聲時,則瞽相之"相",帝王將相之"相",皆是矣。

抑"相"之表於事物者,又何止一端?"相鼠有皮"(《毛詩》),人的相貌,象棋中的士、相,婚禮上的儐相,以及相聲之"相","相和歌辭"之"相",都是的,因為它具有交相為用和形相同異之義。

按"杭育"、"邪許"既是勞動人民勞作時諧和的呼聲(即統一動作,提高工作效率,又可減少疲勞,使之歡樂),則荀卿的《成相》,似亦具有此義:"鄰有喪,舂不相",不就是最早的"相和歌調"嗎?因此,大可以說:"迨亦左詩之流亞也。"(俞樾)

荀子《成相》的語句形式是這樣的:先說兩個三字的,繼之以一句七言詞,再來兩句四言歌,遂以一句三言作結,周而復始,往返不絕,可惜的是,沒有傳下來它的曲譜,如:

請成相(請言成相之辭),世之殃,愚闇愚闇墮賢良(世殃由於愚蠢,越愚闇越墮傷賢良也),人主無賢,如瞽無相何倀倀(倀,無所適從之意)!

請布基,慎聖人,愚而自專事不治。主忌苟勝(主既猜忌,又苟欲勝人也),群臣莫諫必逢災(如不善,而莫之違也,不幾乎,一言而喪邦乎?必然造成災禍)。

這樣反復歌唱著,共計五十五個曲子,一千三百二十字,論其內容,則是講求治道宣揚王政的,通過許多歷史上的"聖君賢相"(堯、舜、禹、湯、周武王和后稷、益、契、皋陶、呂尚等),及其所作所為的故事的來敷陳(如比干見刳箕子纍,子胥見殺百里徙,展禽

(以下缺頁)

我們綜覽始於《勸學》,終於《堯問》的二十卷三十二篇《荀子》,可以說它是以立言為主的論說散文,擺事實,講道理,不尚詭辯,立綱領,有條理,體例清晰,這不只是"語録問答體"的《論孟》遠遠不能相比,即是像《墨子》一類的已具篇章形式反復說解義理的文字,也是瞠乎其後的。因為,它是以"立意為宗",不講求文辭典雅的。

當然,書中的《大略》《宥坐》《子道》《法行》《哀公》和《堯問》等第十九卷以後的六篇,也是以"語録問答"為行文之主要方式的。但是,它們只佔全書的五分之一,而且多數是荀卿的學生雜録荀卿的話(《大略》即是)和荀卿及其弟子雜引"記傳"中的往事(如《宥坐》等五篇即是)的,必須區別開來,不相雜廁。

詳察《勸學》等主要篇章,則不特主題思想炳炳朗朗,如日月之中天,而且文筆清順,結構謹嚴,氣勢磅礴,一瀉千里,其掌握視聽、引人入勝的文字上宣傳的魅力,實已經空前垂後無懈可擊了。因為他們絕大多數是:篇名與內容一致的,段落層次分明的,語法修辭確切的,譬喻事例恰當的,首尾遙相呼應的,和穿插引證《詩》《書》的。

總之,荀子的這些文章,散落起來看,簡直就是"零金碎玉",可以作為成語、格言。就其整體觀之,則是雲霞、錦繡的大塊文章,足為後人所矜式,而其本意固非志在行文,以文學取勝於人的,誠如《四庫全書總目》所云:"其書大旨在勸學,而其學主於修禮。""宗法聖人,誦說王道。"(《子部·儒家類》)自與"言志"之文,不盡相似,不是嗎?只要

吾人認真分析《勸學》《修身》《不苟》《王制》《王霸》《儒效》《正論》《禮論》諸作,即可有此領會。而《天論》之反天命,《性惡》之重“人為”,就更是超越前人的卓見了。“言之不文,行之不遠”,荀卿不過是“義理、辭章”雙擅勝場而已。

《荀子》散文的藝術性

唐人韓愈説荀卿的文章“大醇而小疵”(《韓昌黎全集·雜著·讀荀》),這是專指它的思想方面説的(“性惡”之論,算是它的“小疵”吧),所以我們不能同意。還因為他説:“考其辭,時若不粹”(同上),則是連《荀子》的藝術手法,也給否定掉了,那就更加主觀啦。舊《荀子序》云:“觀其立言指事,根極理要,敷陳往古,掎契當世,撥亂興理,易於反掌,真名世之士,王者之師。”比較近是了,但依舊嫌其抽象空泛,偏於“載道”之議。惟清儒王先謙所言不差。他説:“荀子論學論治,皆以禮為宗,反復推詳,務明其指趣,為千古修道立教所莫能外。其曰‘倫類不通,不足謂善學’,又曰‘一物失稱,亂之端也’,探聖門一貫之精,洞古今成敗之故,論議不越几席,而思慮浹於無垠;身未嘗一日加民,而行事可信其放推而皆准。”(《荀子集解序》)基本上給荀卿做了翻案的文章,這是正確的。

吕不韋和《吕氏春秋》[1]

吕不韋(？——前二三五),戰國末年衛國濮陽人。原為陽翟富商,在趙都邯鄲遇見入質於趙的秦公子異人(亦名楚),認為"奇貨可居"[2],入秦遊説昭王夫人華陽夫人,立為太子,莊襄王(即子楚)即位後,不韋被任為相國,封為文信侯,食河南雒陽[3]十萬戶。莊襄王卒,秦王政立,繼為相國,稱為"仲父"。執政時,攻取周、趙、魏的土地,建立三川、太原、東郡[4],門下有賓客三千,家僮[5]萬人。秦王政既位,親理政務,知其不法,免職出居封地,不久被遷往蜀郡,懼罪自殺。

《漢書·藝文志》雜家:"《吕氏春秋》廿六卷,秦相吕不韋輯智略士作。"其書既非成於一人,也未專録一家之言,論者稱為"沉博絶麗,匯儒墨之指,合名法之源"[6],足供後人探索。據云:書成,曾暴之咸陽市門,懸千金於上,謂"有能增損一字者,與千金",時人無能損益者。漢高誘言:"時人非不能也,蓋憚相國,畏其勢耳。"[7]此書共分十二紀、

---

① 《史記》卷八十五,列傳第二十五,有《吕不韋傳》。

② 語見《史記·吕不韋傳》,意思是説:此乃最為罕見的貨物,可以囤積起來謀取暴利。

③ 即今河南省洛陽縣。雒、洛,古今字。

④ 三川,伊、洛、河,在今河南省境内,開封、懷慶、衛輝、滎澤等地為秦所置三川郡。太原,即今山西省太原,陽曲、汾州、平定、忻州等地為秦之太原郡。

⑤ 家僮,婢妾之總稱,也包括青年奴僕。

⑥ 舊稱此書具備了"天地萬物古今之事",文字也比較清新。

⑦ 見高誘所作《吕氏春秋序》中。

八覽、六論,各十餘萬言,亦簡名曰《呂覽》①。它的最早注釋者,就是上面說的高誘。

此書認為,性本天生,人事無能為力②,如石之堅,丹之赤一樣。石雖可以擊破,無法消除它的堅硬的本質,丹雖可以磨損,卻不能減去它的殷紅色澤。因此,我們只能順性以行,全性而生,聖人也不例外,他們不過善於節制情欲,不使放縱,藉以保養精力面向康壽而已。這就跟儒家的善惡論,墨家的苦行主義,大不相同了。

它也講求仁義,疾惡殘暴,號召征誅,不一般地反對戰爭。甚至說這種"威力",來自人民,天生就有,誰也奪取不了,這和孟軻等人把奴隸起義歸功於聖君賢相(統治階級的上層人物)者,也不一樣,因為它主張,君的設立,不過是為了人群之利,最高統治者的存在,只能是相對的。並且大談孝道,以之為治國平天下的"萬事之紀",則應該是社會發展到封建制度以後,為了鞏固宗法政權,繼承土地財富,必不可少的倫理觀念了。書中多引曾參的話,當為雜糅儒家思想的一個例證。

《呂氏春秋》成書於公元前二三九年(秦始皇八年),是先秦諸子中最後的一部著作,它距離秦朝統一全國不過十幾年,主編者呂不韋是戰國末期沒落的奴隸主階級的政治代表,這部書正是反映了這個階級在垂死階段上的掙扎和反抗。要復辟就要抓政權,要抓政權首先要制造奪權政變的輿論。《呂氏春秋》就是呂不韋叫一批反動的儒生匆匆忙忙趕制出來的夾七雜八的一部內容重複思想矛盾的極其粗率的書。

---

① 自漢以來皆以《呂氏春秋》為正名,因行文之便,也叫它作《呂覽》。

② 具見書中《誠廉》《本生》等篇,此其大意。

呂不韋本來是個政治野心家和專搞陰謀詭計的老手,自從竊據了丞相要職並被封為文信侯以後,儼然是一個權傾天下的太上皇,也是秦國最大的走復辟道路的當權派(號稱"仲父",有門下食客三千,家僮萬人,還與以太后為首的舊貴族集團沆瀣一氣),他對於那時青年有為、厚今薄古,非常讚賞法家韓非等人的政見的秦始皇(才滿十八歲)非常憎恨,總想著要秦始皇先當傀儡再把王位交出來,甚至還打算把秦始皇殺掉由自己來取代。

他先借《呂氏春秋》鼓吹所謂"垂拱而治"的謬論説:"古之善為君者,勞於論人,而佚於官事。"(《仲春紀·當染》)又説"大聖無事而千官盡能","故善為君者無職,其次無事"(《審分覽·君守》),你看,這不是呂不韋教秦始皇既不要知識也不必管政事只做個掛名的君王就行了的話嗎?他甚至妄想讓秦始皇裝聾作啞聽憑他去獨攬大權以求治避亂説,"去聽無以聞則聰,去視無以見則明,去智無以知則公。去三者不任則治,三者任則亂"(《審分覽·任數》),簡直是閉目塞聽的絕戶計。

更惡毒的是,他竟鼓吹君主可以廢掉以至於誅除,説"行罰不避天子"(《仲秋記·簡選》),"廢其非君,而立其行君道者"(《恃君覽·長利》),和"誅暴君而振苦民"(《孟秋紀·蕩兵》),這不是孟軻的"君有大過則諫,反覆之而不聽,則易位"(《孟子·萬章下》),"暴其民甚,則身弑國亡"(同上,《離婁》),和"聞誅一夫紂矣,未聞弑君也"(同上,《梁惠王》)的翻版嗎?很顯然是把矛頭指向秦始皇的,這從《呂氏春秋》拋出的第二年,呂不韋、嫪毐集團就搞了一場武裝叛亂(結果是叛變被秦始皇鎮壓了,處死了嫪毐,罷了呂不韋的官)就足以説明問題。

《呂氏春秋》也承襲了孔子的"正名",説什麼"名正則治,名喪則亂"(《先識覽·正名》),"凡為治必先定分:君臣、父子、夫婦,君臣、父子、夫婦,六者當位,則下不踰節而上不苟為矣,少不悍辟而長不簡慢矣”,“同異之分,貴賤之别,長少之義,此先王之所慎而治亂之紀也”(《似順論·處方》)。令人一看便知,孔子的“名不正則言不順,言不順則事不成”(《論語·子路》)以及“君君,臣臣,父父,子子”(同上《顏淵》)是它的祖宗。因為呂不韋是頑固地站在奴隸主貴族統治階級的立場上妄圖恢復業已沒落了的舊制度的。例如他親手把滅亡了的衛國重新建立起來,便是孔子“興滅國”的實踐(他自己就是衛國人)。

所以,這本書雖然在表面上雜糅著儒、墨、名、法、道德的思想,骨子裏卻是歸本儒家甚至可以說是反對法家的,諸如它公開主張法先王說:“先王之所以為法者,人也。而己亦人也,故察己則可以知人,察今則可以知古。古今一也,人與我同耳。”(《慎大覽·察今》)這就跟秦孝公賴以變法強國的“治世不一道,便國不必法古”、“當時而立法,因事而制禮”的精神(見《商君書·更法》)完全悖謬著。又如“厚賞重罰”本是法家重要的政治措施,因為,只有這樣辦才能夠獎勵耕戰,廢除奴隸主的“世卿、世禄”制度,而“刑過不避大臣,賞善不遺匹夫”,正是針對儒家“刑不上大夫,禮不下庶人”的反動教條的,呂不韋卻把它污蔑為一切禍亂的根源說:“嚴罰厚賞,此衰世之政也”(《離俗覽·上德》),“今賞罰甚數,而民爭利且不服,德自此衰,利自此作,後世之亂自此始”(《恃君覽·長利》)。試問,這跟孔子的“道之以政,齊之以刑,民免而無恥;道之以德,齊之以禮,有恥且格”(《論語·為政》)在實質上有什麼兩樣?而“俗主”“庸主”“惑主”“不肖主”“亂世之主”“亡國之主”地把秦始皇影射了一陣;“世闇甚矣”(《開春論·期賢》),“當今之世濁甚矣”(《孟秋紀·振亂》),“今天下彌衰,聖王之道廢絕”(《有始覽·聽言》),再把當世咒駡了一番,不都是《呂氏春秋》尊儒反法復辟倒退的醜惡言論嗎?因此種種,我們才不能不對它提高警覺,嚴肅認真地加以分析批判,以免上當受騙。

按吕不韋是戰國末年奴隸主舊勢力的政治代表,他靠搞政治投機,由一個大商人奴隸主,一躍而成為秦國的丞相。吕不韋竊取秦國大權以後,推行了一條復辟奴隸制的政治路線,並把力圖復辟奴隸制的儒家學派大量引進秦國,撰寫《吕氏春秋》,為其復辟奴隸制大造輿論。《吕氏春秋》出籠後的第二年,以吕不韋、繆毒為首的奴隸主舊勢力發動了反革命武裝政變,妄圖奪取秦國的最高權力,但立即被粉碎,由吕不韋等人挑起的這場驚心動魄的鬥爭,是商鞅變法以來秦國復辟與反復辟鬥爭的繼續。分析這場鬥爭的由來,剖析《吕氏春秋》尊孔反法的實質,可以從中吸取階級鬥爭的歷史經驗。

《吕氏春秋》的主要論點

1. 性本天生,無可變易。情宜節制,以求長生①

石可破也而不可奪堅,丹②可磨也而不可奪赤,堅與赤性之有也。性也者所受於天也,非擇取而為之也,豪士之自好者,其不可漫以汙③也,亦猶此也。(《吕氏春秋·季冬紀·誅廉》)

且天生人也,而使其耳可以聞,不學其聞不若聾。使其目可以見,不學其見不若盲。使其口可以言,不學其言不若

① 《吕覽》強調人的本能活動,同時重視感物而生的情欲。它的進步之處在於否認有"天縱之聖",説人們生來全是一樣的。

② 丹,染紅色的礦砂。

③ 漫汙,沾染污穢,被糟蹋。

爽①。使其心可以知,不學其知不若狂。故凡學非能益也,達天性也。能全天之所生而勿敗之,是謂善學。(《呂氏春秋·孟夏紀·尊師》)

治欲者,不於欲於性。性者,萬物之本也。不可長,不可短,因其固然而然之,此天地之數也。(《呂氏春秋·不苟論·貴當》)

始生人者天也,人無事。天使人有欲人弗得不求,天使人有惡人弗得不辟②。欲與惡所受於天也,人不得興③焉,不可變不可易。(《呂氏春秋·仲夏紀·大樂》)

夫水之性清,土者扫④之,故不得清。人之性壽,物者扫之,故不得壽。物也者,所以養性也,非所以性養也。今世之人,惑者多以性養物,則不知輕重也。不知輕重,則重者為輕,輕者為重矣,若此,則每動無不敗。

是故聖人之於聲色滋味也,利於性則取之,害於性則舍之,此全性之道也。世之貴富者,其於聲色滋味也多惑⑤者,日夜求,幸而得之則遁⑥焉。遁焉,性惡得不傷?萬人操弓,共射其一招⑦,招無不中。萬物章章,以害一生,生無不傷;以便一生,生無不長。

---

① 爽,病無所別(高誘説),《新序》字作喑,無聲的啞巴。

② 辟,遠離,與避同義。

③ 興,作為,人事。

④ 扫,高誘曰:讀曰骨,骨,濁也。

⑤ 惑,迷亂。

⑥ 遁,流連荒亡不能自禁。

⑦ 招,箭把子,射矢之“的”

故聖人之制萬物也,以全其天也,天全則神①和矣。目明矣,耳聰矣,鼻臭矣,口敏②矣,三百六十節皆通利矣③。若此人者,不言而信,不謀而當,不慮而得,精通乎天地,神覆乎宇宙,其於物無不受也,無不裹④也,若天地然。

(《呂氏春秋·孟春紀·本生》)

天生人而使有貪有欲,欲有情,情有節,聖人修節以止欲,故不過行其情也。故耳之欲五聲,目之欲五色,口之欲五味,情也。此三者,貴賤愚智賢不肖欲之若一。雖神農、黃帝⑤其與桀、紂同。

聖人之所以異者,得其情也⑥。由貴生動則得其情矣,不由貴生動則失其情矣。此二者,死生存亡之本也。俗主虧情,故每動為亡敗。

耳不可贍⑦,目不可厭⑧,口不可滿⑨,身盡府種,筋骨沉滯,血脈壅塞,九竅寥寥⑩,曲失其宜,雖有彭祖,猶不能為也。

其於物也,不可得之為欲,不可足之為求,大失生本。民

① 神,精神氣力。

② 敏,捷便,能說會道。

③ 周身關節,現在所說的感覺器官。

④ 受,承接。裹,囊括,包容。

⑤ 神農,傳說中的上古聖人,嘗百草,興醫藥,教人耕稼。黃帝,傳說中的祖先,過去常說,中國人是黃帝的子孫。

⑥ 得其不過節的情欲,是由於有所控制。這聖人之所以可貴在此。

⑦ 贍,灌滿耳朵的樂章。

⑧ 厭,看不過來的色相事物。

⑨ 滿,信口談說,毫無顧忌。

⑩ 府,腸胃的疾病。種,頭腦有問題。寥寥,重言,空虛貌。

人怨謗,又樹大讎,意氣易動,蹻①然不固,矜勢好智,胸中欺詐,德義之緩,邪利之急,身以困窮,雖後悔之,尚將奚及?巧佞②之近,端直之遠,國家大危,悔前之過,猶不可反。聞言而驚,不得所由,百病怒起,亂難時至,以此君人,為身大憂,耳不樂聲,目不樂色,口不甘味,與死無擇。

古人得道者,生以壽長,聲色滋味,能久樂之,奚故?論早定也。論早定則知早嗇③,知早嗇則精不竭。秋早寒則冬必煗④矣,春多雨則夏必旱矣,天地不能兩,而況於人類乎!人之與天地也同,萬物之形雖異,其情一體也,故古之治身與天下者必法天地也。

(《呂氏春秋·仲秋紀·情欲》)

先王不能盡知,執一而萬物治。使人不能執一者,物感之也。故曰:通意之悖,解心之繆,去德之累,通道之塞。貴富顯嚴名利六者,悖意者也。容動色理氣意六者,繆心者也。惡欲喜怒哀樂六者,累德者也。智能去就取舍六者,塞道者也。此四六者不蕩乎胸中則正,正則靜,靜則清明,清明則虛,虛則無為而無不為也。(《呂氏春秋·似順論·有度》)

---

① 蹻,音 qiāo,舉足行事,疾速不怪。
② 佞音 nìng,奸巧,用花言巧語奉承人。
③ 嗇音 sè,貪愛。
④ 煗音 nuǎn,與煖同義,溫也。

2. 談仁義,說賢德,都是以"利民"為主的

衣人,以其寒也。食人,以其饑也。饑寒,人之大害也,救之,義也。人之困窮,甚如饑寒,故賢主必憐人之困也,必哀人之窮也,如此則名號顯矣。

人主其胡可以無務行德愛人乎?行德愛人則民親其上,民親其上則皆樂為其君死矣。

(《呂氏春秋・仲秋紀・愛士》)

聖人南面而立,以愛利民為心,號令未出,而天下皆延頸舉踵矣,則精通乎民也。夫賊害於人,人亦然。

德也者,萬民之宰也。

聖人行德乎己,而四荒咸飭乎仁。

(《呂氏春秋・季秋紀・精通》)

孔子貴仁。(《呂氏春秋・審分覽・不二》)

孔墨之弟子徒屬充滿天下,皆以仁義之術教導於天下,然而無所行教者,術猶不能行,又況乎所教?是何也?仁義之術外也。夫以外勝內,匹夫徒步不能行,又況乎人主?唯通乎性命之情而仁義之術自行矣。(《呂氏春秋・似順論・有度》)

仁於他物,不仁於人,不得為仁。不仁於他物,獨仁於人,猶若為仁。仁也者,仁乎其類者也。故仁人之於民也,可以便之,無不行也。

賢人之不遠海內之路,而時往來乎王公之朝,非以要利也,以民為務故也。人主有能以民為務者,則天下歸之矣。

上古之王者眾矣,而事皆不同。其當世之急,憂民之利,

除民之害同。

(《呂氏春秋·開春論·愛類》)

《呂覽》雖然也講道德,但是以賞罰嚴明為主,無為而治作理想,既有法家的主張,又有道家的東西。

這還是從"隆主""貴勢"的統治觀點出發來看待仁義的作用的,希望"名號顯"麼。"行德愛人"不過是為了使民"親上",能為君王賣命,更足見其用心的所在。

3. 武力來自"民威",征誅所以除暴①

古聖王有義兵而無有偃②兵。兵之所自來者上矣,與始有民俱。凡兵也者威也,威也者力也。民之有威力,性也。性者所受於天也,非人之所能為也,武者不能革,而工者不能移。兵所自來者久矣。

夫有以饐③死者,欲禁天下之食,悖④。有以乘舟死者,欲禁天下之船,悖。有以用兵喪其國者,欲偃天下之兵,悖。夫兵不可偃也,譬之若水火然,善用之則為福,不能用之則為禍。若用藥者然,得良藥則活人,得惡藥則殺人,義兵之為天下良藥也亦大矣。

故古之聖王有義兵而無有偃兵。兵誠義,以誅暴君而振

① 此書反對弭兵,認為誅除暴君非武力不可,算是人道主義具體主張之一。

② 偃,休止。

③ 饐,音 yì,與噎同義。

④ 悖,背謬,惑亂。

苦民,民之說[①]也,若孝子之見慈親也,若饑者之見美食也,民之號呼[②]而走之,若強弩之射於深谿[③]也,若積大水而失其壅隄[④]也。中主猶若不能有其民,而況於暴君乎!

(《呂氏春秋·孟秋紀·蕩兵》)

凡為天下之民長也,慮[⑤]莫如長有道而息無道,賞有義而罰不義。今之世,學者多非乎攻伐。非攻伐而取救守,取救守則鄉[⑥]之所謂長有道而息無道、賞有義而罰不義之術不行矣[⑦]。

夫攻伐之事,未有不攻無道而罰不義也。攻無道而伐不義,則福莫大焉,黔首[⑧]利莫厚焉。禁之者,是息有道而伐有義也,是窮湯、武之事而遂桀、紂之過也。

凡人之所以惡[⑨]為無道不義者,為其罰也;所以蘄[⑩]有道行有義者,為其賞也。今無道不義存,存者賞之也;而有道行義窮,窮者罰之也。賞不善而罰善,欲民之治也,不亦難乎!

(《呂氏春秋·孟秋紀·振亂》)

---

① 說,與悅同義,歡喜。

② 歡呼,走向,歸附。

③ 弩音 nǔ,有臂之弓。谿音 xī,山澗。這句話是表示一往直前毫無遮攔的意思。

④ 壅音 yōng,堵塞。隄音 dī,與堤同字,堤壩,防水的建築物,泥土木石雜用。

⑤ 慮,思考,籌劃。

⑥ 鄉,嚮的簡體字,過去,以前。

⑦ 以義與不義為前提來提賞罰,已有法家的氣息。

⑧ 黔音 qián,黑色。黔首,老百姓。

⑨ 惡音 wù,討厭。

⑩ 蘄音 qí,請求。

先王之法曰:為善者賞,為不善者罰。古之道也,不可易。今不別其義與不義,而疾取救守,不義莫大焉,害天下之民者莫甚焉。故取攻伐者不可,非攻伐不可取;救守不可,非救守不可取①,惟義兵為可。兵苟義,攻伐亦可,救守亦可。兵不義,攻伐不可,救守不可。

大為無道不義,所殘殺無罪之民者不可為萬數,壯佼老幼胎膭②之死者大實平原。廣堙③深谿大谷,赴巨水,積灰④填溝洫險阻,犯⑤流矢,蹈白刃,加之以凍餓饑寒之患,以至於今之世,為之愈甚,故暴骸骨無量數,為京丘⑥若山陵。世有興主仁士,深意念此,亦可以痛心矣,亦可以悲哀矣。

察此其所自生,生於有道者之廢,而無道者之恣行。夫無道者之恣行⑦,幸矣。故世之患不在救守,而在於不肖者之幸也。救守之說出,則不肖者益幸也,賢者益疑矣。故大亂天下者,在於不論其義,而疾取救守。

(《呂氏春秋·孟秋紀·禁塞》)

凡君子之說也非苟辨⑧也,士之議也非苟語也,必中理然後說,必當義然後議。故說義而王公大人益好理矣,士民

---

① 取,義兵,於義可取。"救守不可取",於義當守當救,不可取而有之。

② 佼音 jiǎo,美好也。膭與殨同(高誘說),死胎。

③ 堙音 yīn,堵塞。

④ 積灰,人、馬、車、畜的殘骸屍灰。

⑤ 犯,遭遇,碰到。

⑥ 京丘,戰鬥殺人過多 用土埋葬起來成為巨大的墳墓,跟丘陵差不多,也叫做"京觀"。

⑦ 恣行,放肆的行為,毫無顧忌。

⑧ 苟辨,強詞奪理,詭辯。

黔首益行義矣。義理之道彰,則暴虐奸詐侵奪之術息也。暴虐奸詐之與義理反也,其埶不俱勝,不兩立。

故兵入於敵之境,則民知所庇矣,黔首知不死矣。至於國邑之郊,不虐五穀,不掘墳墓,不伐樹木,不燒積聚,不焚室屋,不取六畜。得民虜奉而題歸之①,以彰好惡。信與民期,以奪敵資。若此而猶有憂恨冒疾②遂過不聽者,雖行武焉亦可矣。

先發聲出號曰:兵之來也,以救民之死。子之在上無道,據傲③荒怠,貪戾虐眾,恣睢自用也,辟遠聖制,謷醜先王,排訾④舊典,上不順天,下不惠民,征斂無期,求索無厭,罪殺不辜,慶賞不當。若此者,天之所誅也,人之所讎也,不當為君。今兵之來也,將以誅不當為君者也,以除民之讎而順天之道也。

民有逆天之道、衛人之讎者,身死家戮不赦。有能以家聽者祿之以家⑤,以里聽者祿之以里,以鄉聽者祿之以鄉,以邑聽者祿之以邑,以國聽者祿之以國。故克其國不及其民,獨誅所誅而已矣⑥。舉其秀士而封侯之,選其賢良而尊顯之,求其孤寡而振恤之,見其長老而敬禮之。皆益其祿,加其級。論其罪人而救出之。分府庫之金,散倉廩之粟,以鎮撫

① 民虜,人民的俘虜。"奉而歸之",送回去。

② 冒疾,過頭的想法,不該有的意見。

③ 子,指所伐之國。據與倨通,據傲,狂罔。

④ 謷音 áo,胡言亂語。訾音 zǐ,非議。

⑤ 全家服從命令的,賞給等於一家的爵祿。(下此類推)。

⑥ 只是要殺掉那個應該殺掉的暴君,就完事了。

其眾,不私其財。問其叢社大祠①,民之所不欲廢者而復興之,曲加其祀禮。是以賢者榮其名,而長老説其禮,民懷其德。

今有人於此,能生死一人,則天下必爭事之矣。義兵之生一人亦多矣,人孰不説?故義兵至,則鄰國之民歸之若流水,誅國之民望之若父母,行地滋遠②,得民滋眾,兵不接刃③而民服若化。

(《呂氏春秋·孟秋紀·懷寵》)

義也者,萬事之紀也,君臣上下親疏之所由起也,治亂安危過勝之所在也。過勝之,勿求於他,必反於己。人情欲生而惡死,欲榮而惡辱。死生榮辱之道一,則三軍之士可使一心矣。

凡兵,天下之兇器也;勇,天下之凶德也④。舉兇器,行兇德,猶不得已也。舉兇器必殺,殺所以生之也。行兇德必威,威所以懾之也。敵懾民生,此義兵之所以隆⑤也。故古之至兵,才民⑥未合,而威已諭矣,敵已服矣,豈必用枹鼓干

① 叢社大祠,老百姓習慣供祭的社神和大廟。

② 滋,眾多。越來越深入敵國得其民心。

③ 接刃,交兵,打仗。

④ 兵凶戰危,不是隨便可以動用的事。因為一戰鬥就要分勝負,勇敢的人也一樣有死傷,所以説它是"兇器""凶德"。

⑤ 隆,事大,興盛,著稱。"義兵"誅除暴君,以戰止戰,而且先聲奪人,可以威懾。

⑥ 才民應作士民(據《太平御覽》二百七一卷和三百三十七卷所引),兵不血刃敵已降服,孫武所謂"不戰而屈人之兵,乃策之最上者"。

戈①哉！

(《吕氏春秋·仲秋紀·論威》)

凡兵之用也,用於利,用於義。攻亂則脆,脆則攻者利。攻亂則義,義則攻者榮。榮且利,中主②猶且為之,況於賢主乎？故割地寶器卑辭屈服不足以止攻,惟治為足③。治則為利者不攻矣,為名者不伐矣。凡人之攻伐也,非為利則因為名也,名實不得,國雖強大者,曷為攻矣！

三王以上,固皆用兵也。亂則用,治則止。治而攻之,不祥莫大焉。亂而弗討,害民莫長焉。此治亂之化也,文武之所由起也。文者愛之徵也,武者惡之表也④。愛惡循義,文武有常,聖人之元⑤也。譬之若寒暑之序,時至而事生之。聖人不能為時,而能以事適時,事適於時者其功大。

(《吕氏春秋·恃君覽·召類》)

吕不韋是幫助秦王朝吞併六國統一天下的相國,當然不會反對戰爭的,而且還特别倡導興舉除暴安良的"義兵"以利其事,問題卻在於他這個"義兵"是不是真個没有殘殺掠奪的行為呢？恰恰相反,秦兵的貪暴向稱當時罕見,可見,説是説,做是做,根本對不上號。

---

① 枹音 fú,鼓槌。鼓以進軍。干,楯牌,用以防身。戈,戟,攻擊的一種武器。

② 中主,一般的君王。

③ 政治修明,才可以防止敵人的侵略,但憑割地賠款低頭屈服不行。

④ 講求文治,是愛民的表現,依靠武力乃兇惡的行徑,必須文武合一,舉動按照仁義辦事。

⑤ 元,寶貴的事。

4. 立君為了“利群”①,“分位”卻須嚴格

凡人之性,爪牙不足以自守衛,肌膚不足以扞②寒暑,筋骨不足以從利辟③害,勇敢不足以卻猛禁悍,然且猶裁④萬物,制禽獸,服狡蟲,寒暑燥溼弗能害,不唯先有其備,而以群聚邪?群之可聚也,相與利之也。利之出於群也,君道立也,故君道立則利出於群,而人備可完矣。

昔太古嘗無君矣,其民聚生群處,知母不知父⑤,無親戚兄弟夫妻男女之別,無上下長幼之道,無進退揖讓之禮,無衣服履帶宮室畜積之便,無器械舟車城郭險阻之備,此無君之患,故君臣之義不可不明也。自上世以來,天下亡國多矣,而君道不廢者,天下之利也。

此四方之無君者也。其民麋鹿禽獸⑥,少者使長,長者畏壯,有力者賢,暴傲者尊,日夜相殘,無時休息,以盡其類。聖人⑦深見此患也,故為天下長慮,莫如置天子也;為一國長

① 這是荀卿說法的再版。但從歷史發展上來找尋君權的不可缺少,並不認為它是“上天賦予”的,以及德衰世亂之後,天子才以天下為私利等提法,卻亦有所發展。此外,它的社會關係完全根據倫理來定,恐怕也是封建制度的一個特點。

② 扞音 hàn,保衛。

③ 辟與避同義,躲避。

④ 裁,斷定,制服。

⑤ 當係指亂婚時代而言。

⑥ 意思是說,人和其它獸類沒什麼差別。

⑦ 這兒所講的“聖人”,應是見識與眾不同的智者,他是通過社會實踐才能“深見此患”發為“長慮”的,不是天生的。

慮,莫如置君也。置君非以阿[1]君也,置天子非以阿天子也,置官長非以阿官長也。德衰世亂,然後天子利[2]天下,國君利國,官長利官,此國所以遞興遞廢也,亂難之所以時作也。故忠臣廉士,內之則諫其君之過也,外之則死人臣之義也。

(《呂氏春秋·恃君覽》)

凡為治必先定分[3],君臣父子夫婦。君臣父子夫婦六者當位,則下不踰節[4]而上不苟為矣,少不悍辟而長不簡慢[5]矣。金木異任,水火殊事,陰陽不同,其為民利一也。故異所以安同也,同所以危異也。同異之分,貴賤之別,長少之義,此先王之所慎,而治亂之紀也。(《呂氏春秋·似順論·處方》)

5."百行孝為先",封建社會的根本

凡為天下治國家,必務本而後末。所謂本者,非耕耘種植之謂,務其人也。務其人,非貧而富之,寡而眾之,務其本也。務本莫貴於孝。

人主孝,則名章榮,下服聽,天下譽。人臣孝,則事君忠,處官廉,臨難死。士民孝,則耕耘疾,守戰固,不罷北。夫孝,三皇五帝之本務而萬事之紀也。

夫執一術而百善至、百邪去、天下從者,其惟孝也。故論

① 阿,循私。

② 利,據為己有,天下為私。

③ 分,去聲字,名分,稱謂,等級。

④ 不踰節,就是安分守己。

⑤ 悍,兇狠。辟,歪邪。簡,懶惰。慢,迂緩。

人必先以所親而後及所疏,必先以所重而後及所輕。今有人於此,行於親重而不簡慢於輕疏,則是篤謹孝道,先王之所以治天下也。

故愛其親不敢惡人,敬其親不敢慢人。愛敬盡於事親,光耀加於百姓,究於四海,此天子之孝也。

曾子曰:"身者,父母之遺體也。行父母之遺體,敢不敬①乎？居處不莊②,非孝也。事君不忠,非孝也。涖③官不敬,非孝也。朋友不篤④,非孝也。戰陳無勇⑤,非孝也。五行不遂,災及乎親,敢不敬乎?"《商書》⑥曰:"刑三百,罪莫重於不孝。"

曾子曰:"先王之所以治天下者五:貴德,貴貴,貴老,敬長,慈幼。此五者,先王之所以定天下也。所謂貴德,為其近於聖⑦也。所謂貴貴,為其近於君也。所謂貴老,為其近於親也。所謂敬長,為其近於兄也。所謂慈幼,為其近於弟也。"曾子曰:"父母生之,子弗敢殺。父母置之,子弗敢廢⑧。父母全之,子弗敢闕⑨。故舟而不遊,道而不徑⑩,能全支體,

---

① 敬,畏慎。

② 莊,恭敬。

③ 涖,臨也。

④ 篤,信實,厚道。

⑤ 此指參加義戰而言。勇,勇敢直前。

⑥ 遂,成就。《商書》,傳說為商湯所制法規。

⑦ 聖,《禮記・祭義》作"道"字較貼切。

⑧ 廢,取消,除掉。

⑨ 闕,損毀。

⑩ 過越水道才用舟船,不事遊觀。行走必擇大路,不趨小徑。避免發生意外危險。

以守宗廟[①],可謂孝矣。”

民之本教[②]曰孝,其行孝曰養。養可能也,敬[③]為難。敬可能也,安[④]為難。安可能也,卒[⑤]為難。父母既沒,敬行其身,無遺父母惡名,可謂能終矣。仁者仁此者也[⑥],禮者履[⑦]此者也,義者宜此者也,信者信此者也,彊者彊此者也。樂自順此生也,刑自逆此作也。

(《呂氏春秋·孝行覽》)

分析:

從《孝行覽》作為專篇來看,即可以說明《呂覽》是以儒行為主的。它在這裏數引曾參之言,不禁令人想起這是孔丘稱為大孝的學生,於是我們也可以溯得孝行由奴隸社會末期繼承發展於封建社會早期的情況了。

---

① 全肢體,守宗廟,這便是封建社會的“慎終追遠”,不忘祖先之義。

② 本教,最根本的教養。

③ 敬,始終敬愛,禮貌不衰。

④ 安,身心俱感舒暢。

⑤ 卒,全始全終,態度不變。

⑥ 此皆《祭義》之文,“仁者,仁此者也”,是據以補出的句子。

⑦ 履,行也,躬行實踐。

韓非的《韓非子》

一、小傳及思想

韓非(約前二八〇—前二三三)

《史記·老莊申韓列傳》説:韓非是韓的諸公子①,喜刑名法術之學,他跟秦始皇的丞相李斯都師事荀卿,李斯自以為所學不及韓非。非見韓國削弱,曾建議韓王變法圖強,未被聽用。因其著作《孤憤》《五蠹》等篇流傳至秦,為秦王所見,歎賞不止,發兵攻韓,迫韓非入秦②。及至,又遭李斯忌害,下獄自殺③。

---

① 韓非是韓國宗室的子弟,所謂諸公子,即一般的貴族,而不能承襲王位的非嫡系人物,其為人口吃,不能談説而長於著書,約生於周赧王三十五年,卒於秦王政十四年。

② 秦王,即秦王政,見《孤憤》《五蠹》之書,曰:"嗟乎!寡人得見此人與遊,死不恨矣。"李斯曰:"此韓非之所著書。"秦國急攻韓。韓始不能用非,及急,乃遣韓非使秦。秦王悦之,未信用。

③ 李斯害之,毁之曰:"韓非,韓之諸公子也。今王欲並諸侯,非終為韓不為秦,此人之情也。今王不用,久留而歸之,此自遺患也,不如以過法誅之。"秦王以為然,下吏治非。李斯使人遺非藥,使自殺。韓非欲自陳,不得見。秦王後悔之,使人赦之,非已死矣。

《漢書・藝文志・法家》載《韓子》五十五篇①,班固自注:"名非,韓諸公子,使秦,李斯害而殺之。"《隋書・經籍志》載《韓非子》二十卷,現有的《韓非子》也是二十卷,五十五篇,與在漢代的情況基本上相同。注本有清王先慎的《韓非子集解》,和近人陳奇猷撰的《韓非子集釋》,考訂訓詁頗為詳盡。

韓非尖鋭地批判了儒家學派,指出只有"法治"才符合歷史發展的趨勢。他痛斥了儒家"法先王"的思想,主張變革,反對復古。他發展了法家的進步的歷史觀,列舉了古往今來社會變遷的情況,説"世異則事異","事異則備變",強調政治制度必須適應時代的需要,不能墨守成規循依古道。他説"今欲以先王之政,治當世之民"是十分愚蠢非常可笑的事情。

他根據時代的特點,提出了一系列鞏固和加強新興的地主階級統治政權的理論、政策與措施:如"事在四方,要在中央,聖人執要,四方來效"的中央集權制;如"法不阿貴"、"刑過不避大臣,賞善不遺匹夫"的法令制度;如"明主之吏,宰相必起於州部,猛將必發於卒伍"的選拔政策。總之,只有國君依靠國家政權來推行法令,防止各級官吏的營私舞弊,堅決鎮壓奴隸主貴族陰謀復辟的活動,才能鞏固和加強新興地主階級的專政統治,為建立一個統一的中央集權的封建專制主義國家奠定基礎。

韓非特别奬勵耕戰,認為這是富國強兵之道。他把"以文亂法"的

① 《韓非子》五十五篇,多數係非自著,只有像《飭令》這樣的篇章,與《商君書》的第十三篇雷同了,可能是後人分編時的錯誤。又如《解老》《喻老》兩篇,有人説不是他的作品,因為它不是法家之言。但是,如果我們根據司馬遷的"喜刑名法術之學,而其歸本於黃老"(見《史記・老莊申韓列傳》)載記,也未嘗不可以認為這是韓非雜糅了道家之作,何況它並不"微妙""恍惚",完全從現實出發去看問題的。

儒生,"以武犯禁"的俠士,高談闊論的說客,不服兵役的莠民,和投機營利的工商業者,稱為"五蠹"。還主張在意識形態領域裏實行專政,提出要杜絕"先王之語","以法為教""以吏為師"。對那些頌古非今,膽敢惑亂黔首的孔子信徒,則採取徹底批判堅決鎮壓的辦法,以期澄清思潮定於一尊。

韓非是把商鞅的"法"、申不害的"術"和慎到的"勢"冶為一爐的大法家①,對於鞏固君權定立封建制度的影響是不小的。他揭露了宗法道德的虛偽性②,認為賞罰嚴明才足以治國安邦。這就是說,在"禮"化與"法"治這兩種統治形式上,韓非是選擇了後者的,齊之以刑而不道之以德③,給新興的地主階級提供了維護特殊權益的理論基礎。

① 韓非說:"今申不害言術而公孫鞅為法。術者,因任而授官,循名而責實,操殺生之柄,課群臣之能者也。此人主之所執也。法者,憲令著於官府,刑罰必於民心,賞存乎慎法,而罰加乎奸令者也。此臣之所師也。君無術則弊於上,臣無法則亂於下,此不可一無,皆帝王之具也。"(《韓非子・定法》)慎到說:"堯為匹夫,不能使其鄰家,至南面而王,則令行禁止。由此觀之,賢不足以服不肖,而勢位足以屈賢矣。"(《慎子・威德》)此與韓非的"勢重者,人主之淵也;臣者,勢重之魚也。魚失於淵而不可復得也,人主失其勢重於臣而不可復收也"(《韓非子・內儲說下》)是精神一致的。

② 具見書中《奸劫弑臣》《六反》等篇,他說:"世主美仁義之名而不察其實,是以大者國亡身死,小者地削主卑。"

③ 《論語・為政》:"為政以德,譬如北辰,居其所而眾星共之。""道之以政,齊之以刑,民免而無恥;道之以德,齊之以禮,有恥且格。"

但他的思想淵源是相當複雜的,儒家、法家①以外,道家、墨家②的成分也未嘗沒有。尤其是老子的天道觀③、仁義無用論和墨子的"名理學"④、"非命"說,韓非都是既繼承又發展地多所更張,如同他雖是荀卿的學生卻只吸收荀卿的"性惡""積習"之類而不理會荀卿的"隆禮""儒效"一樣⑤。

① 荀子說:"重法愛民而霸。"(《荀子·強國》)又說:"天行有常,不為堯存,不為桀亡。應之以治則吉,應之以亂則凶。強本而節用,則天不能貧;養備而動時,則天不能病;修道而不貳,則天不能禍。"(《天論》)這和韓非的"國無常強,無常弱。奉法者強,則國強;奉法者弱,則國弱","故當今之時,能去私曲就公法者,民安而國治"(《韓非子·有度》),以及"是以聖人不期修古,不法常可,論世之事,因為之備"(《五蠹》)也是後先輝映的。

② 《解老》《喻老》等篇,都發揮的是"道家"之言,前面已說過。至於"墨家"則韓非只反對他們的"明據先王,必定堯舜"的誣罔,和"以武犯禁"的"俠"義行為。

③ 指老子的"天下萬物生於有"(《老子》四十章)、"有,名萬物之母"(《老子》一章)等"自然天道硯"而言。再如"大道廢,有仁義;智慧出,有大偽;六親不和,有孝慈;國家昏亂,有忠臣"(《老子》十八章),就可以認為是從根本上反對宗法道德的。韓非已經更進一步地把它應用於"法治"之中,從而推陳出新講求現實了。

④ "無參驗而必之者,愚也;弗能必而據之者,誣也"(《韓非子·顯學》),這是韓非重視"調查研究"的話。而"多言繁稱,連類比物"(《難言》),與墨翟的"夫辯者,將以明是非之分,審治亂之紀,明同異之處,察名實之理,處利害,決嫌疑。焉摹略萬物之然,論求群言之比。以名舉實,以辭抒意,以說出故。以類取,以類予"(《墨子·小取》)相一致。因為他們都是講究邏輯推理核實名物的。

⑤ 前面說過,法家反對繁文縟禮,認為"禮"只是一種外部的"情貌",特別憎惡"儒以文亂法"的行徑,這也是韓非和他的老師荀子大不相同之處。

二、《韓非子》的主要論點試舉

1. 愛人,守分,社會秩序才能安定[1]

仁者,謂其中心欣然愛人也,其喜人之有福而惡人之有禍也,生心[2]之所以不能已也,非求其報也。故曰:"上仁為之而無以為也。"

義者,君臣上下之事,父子貴賤之差也,知交朋友之接也,親疏內外之分也。臣事君宜,下懷上宜,子事父宜,賤敬貴宜,知交友朋之相助也宜,親者內而疏者外宜。[3]義者,謂其宜也,宜而為之。故曰:"上義為之而有以為也。"

禮者,所以貌情也,群義之文章也,君臣父子之交也,貴賤賢不肖之所以別也。中心懷而不諭,故疾趨卑拜而明之;實心愛而不知,故好言繁辭以信之。禮者,外飾之所以諭內也[4],故曰:"禮以情貌也。"

---

① 有人說,法家"嚴而少恩",不會侈談"仁義",與韓非子的思想不合。我們覺得他們為了鞏固統治安定秩序,於是以人道主義為出發點,從而以刑去刑,使人得以安居樂業,也不是講不通的。

② 生心,發自內心,不能自已,亦可解釋作"本性"。這同樣是唯心主義的東西。

③ 看他前面列舉的倫理關係,就知道這是為宗法制度定立名分制,不盡同於老子。

④ "中心有懷"即"誠於中"的意思。"不能以言諭",又必然要有所表現,所謂"形於外"麼,這便是"禮"之所生,"外飾""情貌"均指此而言。眾人為禮,以尊他人,因此韓非"取情而去貌,好質而惡飾",認為"禮繁"源於"心衰"。

道有積而德有功,德者,道之功。功有實而實有光,仁者,德之光。光有澤而澤有事,義者,仁之事也。事有禮而禮有文,禮者,義之文也。故曰:“失道而後失德,失德而後失仁,失仁而後失義,失義而後失禮。”①

(《韓非子·解老》)

2.“仁義”不足恃,“賞罰”可平治

世之學術者說人主,不曰“乘威嚴之勢以困奸衺②之臣”,而皆曰“仁義惠愛而已矣”。世主美仁義之名而不察其實,是以大者國亡身死,小者地削③主卑。何以明之?夫施與貧困者,此世之所謂仁義;哀憐百姓,不忍誅罰者,此世之所謂惠愛也。夫有施與貧困,則無功者得賞;不忍誅罰,則暴亂者不止。國有無功得賞者,則民不外務當敵斬首,內不急力田疾作,皆欲行貨財,事富貴,為私善,立名譽,以取尊福厚俸。故奸私之臣愈眾,而暴亂之徒愈勝,不亡何待!

夫嚴刑者,民之所畏也;重罰者,民之所惡也。故聖人陳其所畏以禁其衺,設其所惡以防其奸,是以國安而暴亂不起。吾以是明仁義愛惠之不足用,而嚴刑重罰之可以治國也。無

① 韓非說:“德者,內也。”道德、修養發自內心之意。而仁與義,就不是從外邊來的東西,必待其接觸事物有了行為,才能算作得於其身,表現得好。所以又說:“得者,外也。”(也都是《解老》之文)因為“道”是無乎不在沒法指說的,故而一著行跡,便成為“功德”“仁義”,一直演變到“禮”。

② 衺音 xié,不正,奸惡。

③ 地削,疆土減削,被人侵奪。削,減損。

捶策[①]之威,銜橛[②]之備,雖造父[③]不能以服馬;無規矩之法,繩墨之端[④],雖王爾[⑤]不能以成方圓;無威嚴之勢,賞罰之法,雖堯舜不能以為治。今世主皆輕釋重罰嚴誅,行愛惠,而欲霸王之功,亦不可幾也。

故善為主者,明賞設利以勸之,使民以功賞而不以仁義賜;嚴刑重罰以禁之,使民以罪誅而不以愛惠免。是以無功者不望[⑥],而有罪者不幸[⑦]矣。托於犀車[⑧]良馬之上,則可以陸犯阪阻[⑨]之患;乘舟之安,持檝[⑩]之利,則可以水絕江河之難;操法術之數,行重罰嚴誅,則可以致霸王之功。治國之有法術賞罰,猶若陸行之有犀車良馬也,水行之有輕舟便檝也,乘之者遂得其成。

(《韓非子·奸劫弒臣》)

① 捶音 chuí,杖擊,用棒子打。馬棒。

② 橛音 jué,木棍。

③ 造父,名字,相傳為古代最好的御馬師。

④ 端,正也。規矩繩墨,為方圓直線之所依據,標準,確切。

⑤ 王爾,人名,古之巧臣。見《淮南子·本經訓》注。

⑥ 不望,不作希望。

⑦ 不幸,不企圖倖免。

⑧ 犀車,用犀牛皮包制的車輛,經久耐用。

⑨ 阪阻,險坡的障礙。阪音 fǎn,坡地。

⑩ 檝音 jí,行船的工具。

3.“仁”和“暴”一樣,都會使國家危亡[①]

今世皆曰“尊主安國者,必以仁義智能”,而不知卑主危國之必以仁義智能也。故有道之主,遠仁義,去智能,服之以法,是以譽廣而名威,民治而國安,知用民之法也。(《韓非子·說疑》)

今家人之治產也,相忍以饑寒,相強以勞苦,雖犯軍旅之難,饑饉之患,溫衣美食者必是家也。相憐以衣食,相惠以佚樂[②],天饑歲荒,嫁妻賣子者必是家也。故法之為道,前苦而長利;仁之為道,偷樂而後窮。聖人權其輕重,出其大利,故用法之相忍[③],而棄仁人之相憐也。(《韓非子·六反》)

故存國者,非仁義也。仁者,慈惠而輕財者也;暴者,心毅[④]而易誅者也。慈惠則不忍,輕財則好與;心毅則憎[⑤]心見於下,易誅則妄殺加於人。不忍則罰多宥赦[⑥],好與則賞多無功;憎心見則下怨其上,妄誅則民將背叛。故仁人在位,下肆而輕犯禁法,偷幸而望於上;暴人在位,則法令妄而臣主乖[⑦],民怨而亂心生。故曰:“仁暴者,皆亡國者也。”(《韓非

① 心慈面軟遭禍害,殘暴濫殺人怨恨,都不是保國安民的辦法,唯有嚴明的法律最為可靠。

② 佚樂,安逸享樂。佚、逸同字。

③ 相忍,不慈愛,不講究惻隱。

④ 毅,堅決,果斷。

⑤ 憎音 zēng,厭惡。

⑥ 宥音 yòu,寬恕。

⑦ 乖,背離。

子·八說》)

4. 愛民之道,在於均貧富,少徭役[①]

徭役多則民苦,民苦則權勢起,權勢起則復除重[②],復除重則貴人富。苦民以富貴人,起勢以藉[③]人臣,非天下長利也。故曰:"徭役少則民安,民安則下無重權,下無重權則權勢滅,權勢滅則德在上矣。"(《韓非子·備內》)

今學者皆道書筴之頌語[④],不察當世之實事,曰:"上不愛民,賦斂常重,則用不足而下恐上,故天下大亂。"此以為足其財用以加愛焉,雖輕刑罰可以治也。此言不然矣。凡人之取重賞罰,固已足之之後也。雖財用足而厚愛之,然而輕刑猶之亂也。

夫富家之愛子,財貨足用,財貨足用則輕用,輕用則侈泰[⑤];親愛之則不忍,不忍則驕恣。侈泰則家貧,驕恣則行暴,此雖財用足,而愛厚輕利之患也。

故明主之治國也,適其時事以致財物,論其稅賦以均貧

---

① 韓非也講求愛民,不過他主張減少力役,按照收益征收賦稅,重刑禁奸、厚祿進賢,已是法治的特色。徭音 yáo,即是勞力的征調。

② 復除重,王先慎曰:"復除徭役,則苦民歸心,故其權勢重也。"按指奸邪者加重人民徭役。

③ 藉,假借。君主勞苦了人民來讓貴族發財,又給了他們權勢來聽憑愚弄。

④ "筴"借為"冊","頌"作"誦"字用。這句話是說當時的知識分子(士人、學者)都喜歡背誦書本上的成語,食古不化之意。

⑤ 侈,奢華。泰,過度的享受。

富,厚其爵禄以盡賢能,重其刑罰以禁奸邪①。使民以力得富,以事致貴,以過受罪,以功致賞,而不念慈惠之賜,此帝王之政也。

(《韓非子·六反》)

行義示則主威分,慈仁聽則法制毁②。民以制畏上,而上以勢卑下,故下肆很觸,而榮於輕君之俗,則主威分。民以法難犯上,而上以法撓慈仁,故下明愛施而務賕紋之政。(《韓非子·八經》)

5.“内有德澤”“外無怨仇”,始稱“有道”③

有道之君,外無怨讎於鄰敵,而内有德澤於人民。夫外無怨讎於鄰敵者,其遇諸侯也外有禮義;内有德澤於人民者,其治人事也務本④。遇諸侯有禮義,則役⑤希起;治民事務本,則淫奢止。凡馬之所以大用者,外供甲兵而内給淫奢也。今有道之君,外希用甲兵,而内禁淫奢。上不事馬於戰鬥逐北⑥,而民不以馬遠通淫物,所積力唯田疇。積力於田疇,必

① 致財物是講求生産,均貧富靠分别收税。待遇優厚,才能招進才能,禁止奸邪,須靠嚴刑重罰,單憑“慈惠”無濟於事。

② 帝王的統治既在於“隆主重勢”、不把權力下放,那麼就必然要反對臣子的“行義”和臨政的“慈仁”了。

③ 節約,務農,生活不淫奢,對諸侯講禮義,藉以減少戰争,叫做“有道之君”。與此相反,既暴虐人民、又侵略鄰國的,則稱之為“無道之君”,這不也是人道主義麼?

④ 務本,務農為本。本書第四十五篇《詭使》:“耕,農之本務。”

⑤ 役,《説文》:“戍邊也。”按即指戰役而言。

⑥ 逐北,也是説戰爭,追奔逐北,追擊敵人。

且糞灌[①]。故曰:“天下有道,卻走馬以糞也。”[②]

人君無道,則內暴虐其民,而外侵欺其鄰國。內暴虐,則民產絕;外侵欺,則兵數起。民產絕,則畜生少;兵數起,則士卒盡。畜生少,則戎馬乏;士卒盡,則軍危殆。戎馬乏,則將馬[③]出;軍危殆,則近臣役[④]。馬者,軍之大用;郊者,言其近也。今所以給軍之具於將馬近臣,故曰:“天下無道,戎馬生於郊矣。”[⑤]

(《韓非子·解老》)

6. 明法,嚴刑,聖人所以救群生[⑥]

聖人者,審於是非之實,察於治亂之情也。故其治國也,正明法,陳嚴刑,將以救群生之亂,去天下之禍,使強不陵[⑦]弱,眾不暴寡,耆老得遂[⑧],幼孤得長,邊境不侵,君臣相親,

① 《禮記·月令》“糞田疇”《正義》:“糞,壅苗之根。”《廣雅·釋詁》:“灌,漬也。”現在叫做“灌溉”或“灌注”。

② 《老子》四十六章文。

③ 將,當作“牸”(顧廣圻說)。按牸音 zì,母馬。《鹽鐵論》:“當此之時,卻走馬以糞,其後師旅數出,戎馬不足,牸牝入陣,故駒犢生於戰地。”

④ 王先慎曰:“牸馬、近臣,非軍中之用,今因乏殆,故並及之。”

⑤ 也是《老子》四十六章文。

⑥ 韓非子文中所說的“聖人”,也是與眾不同的“天才”,同時,他這裏的政見,還可以作為他的“理想國”去看待。

⑦ 陵通做淩,侵害。

⑧ 耆老,上歲數的老人。耆音 qí,年老。得遂,得以終其天年,有個幸福的晚年。

父子相保,而無死亡係虜[①]之患,此亦功之至厚者也。愚人不知,顧以為暴。愚者固欲治而惡其所以治,皆惡危而喜其所以危者。

何以知之?夫嚴刑重罰者,民之所惡也,而國之所以治也;哀憐百姓輕刑罰者,民之所喜,而國之所以危也。聖人為法[②]國者,必逆於世,而順於道德。知之者,同於義而異於俗;弗知之者,異於義而同於俗。天下知之者少,則義非矣。處非道之位,被眾口之譖[③],溺於當世之言,而欲當嚴天子而求安,幾[④]不亦難哉!

(《韓非子·奸劫弑臣》)

7. 利己是人的天性,父子夫婦之間難免[⑤]

且父母之於子也,產男則相賀,產女則殺之。此俱出父母之懷衽[⑥],然男子受賀,女子殺之者,慮其後便,計之長利也。故父母之於子也,猶用計算之心以相待也,而況無父子

① 係虜,為敵人俘虜,被囚禁起來。

② "法"下當有"於"字,高亨說。

③ 譖音 zèn,譭謗。

④ 幾與冀同,希望其事成功之意,陳奇猷說。顧廣圻曰:"幾當在難字下。"

⑤ 在中國歷史上,從古代人民到統治階級的貴族,實在不乏此類事例,什麼父子有親,君臣有義,夫婦有別,到了利害關頭,首先考慮的都是自己。韓非子有見於此,所以主張誘以重賞,威以嚴刑,藉以防止他們的"做奸犯科"。問題只在於他說得非常含混,以特殊概括了一般,不曾分清統治階級內部矛盾與人民跟他們相對立的敵我矛盾的性質而已。

⑥ 衽音 rèn,衣襟。

之澤乎！今學者之說人主也,皆去求利之心①,出相愛之道,是求人主之過於父母之親也,此不熟於論恩詐而誣也,故明主不受也。(《韓非子・六反》)

為人主而大信其子,則奸臣得乘於子以成其私。

夫以妻之近,與子之親,而猶不可信,則其餘無可信者矣。且萬乘之主,千乘之君,后妃、夫人適子②為太子者,或有欲其君蚤死者。何以知其然？夫妻者,非有骨肉之恩也,愛則親,不愛則疏。語曰:"其母好者,其子抱。"然則其為之反也,其母惡者,其子釋③。丈夫年五十而好色未解也,婦人年三十而美色衰矣。以衰美之婦人事好色之丈夫,則身死見疏賤,而子疑不為後,此后妃、夫人之所以冀其君之死者也。唯母為后而子為主,則令無不行,禁無不止,男女之樂不減於先君,而擅萬乘不疑,此鴆毒扼昧④之所以用也。

(《韓非子・備內》)

① 如孟軻對梁惠王:"何必曰利,亦有仁義而已矣。"(《孟子・梁惠王》)即其例。

② 適音 dí。適子,大妻、夫人所生的兒子。封建社會的宗法制度,立子以嫡不以長。

③ 貌美的母親,兒子也得寵愛,與此相反的是一面,則是母親貌醜則兒子必遭廢棄。

④ 鴆音 zhèn,毒鳥,把它的羽毛漬到酒裏,使人飲後,中毒立死。扼當指吊死而言。《釋名》:"懸繩曰縊。"縊音 yì,自經。扼,當係指縊殺。昧或係指刀殺,《說文》:"劈,剥也,劃也。""昧"借為"劈"。

8. 經濟是政治的基礎,空談"仁義"無用①

古者,丈夫不耕,草木之實足食也;婦人不織,禽獸之皮足衣也。不事力而養足,人民少而財有餘,故民不爭。是以厚賞不行,重罰不用,而民自治。

今人有五子不為多,子又有五子,大父未死而有二十五孫,是以人民眾而貨財寡,事力勞而供養薄,故民爭,雖倍賞累罰而不免於亂。

堯之王天下也,茅茨不翦,采椽不斲②,糲粢之食,藜藿之羹③,冬日麑裘,夏日葛衣④,雖監門之服養⑤不虧於此矣。禹之王天下也,身執耒臿以為民先⑥,股無胈,脛⑦不生毛,雖臣虜⑧之勞不苦於此矣。以是言之,夫古之讓天子者,是去監門之養而離臣虜之勞也。古傳天下而不足多也。

---

① 韓非談政治也極重經濟基礎。他認為古今不同,政令各異,以及道德標準的變革,都跟生產情況物資供應有著直接關係的。他甚至輕視"禪讓"之說,指陳那不過是堯舜和禹,時當上古,生活節儉工作辛苦,巴不得脫卸等於"臣虜之勞"的政治包袱而已,沒什麼了不起。

② 茅茨,用茅草覆蓋的房頂。不翦,不把它軋齊。采,木名,即是櫟。椽,是房上承受屋瓦的橫木。斲,指雕飾而言。

③ 糲,粗米。粢是稷。藜,草葉。藿,豆角。羹,菜湯。糲音 lì,粢音 zī,藜音 lí。

④ 麑音 ní,小鹿。裘,皮袍。葛,麻布。

⑤ 監門,看門的人。服,衣服。養,食物。

⑥ 耒,農具。臿音 chā,即是鐵鍬。先,帶頭幹。

⑦ 脛,音 jìng,小腿。

⑧ 臣虜,賤人,奴隸。

今之縣令,一日身死,子孫累世絜駕①,故人重之。是以人之於讓也,輕辭古之天子,難去今之縣令者,薄厚之實異也。

夫山居而谷汲者,膢臘②而相遺以水;澤居苦水者,買庸而決竇③。故饑歲之春,幼弟不饟④;穰⑤歲之秋,疏客必食。非疏骨肉、愛過客也,多少之心異也。

是以古之易財,非仁也,財多也;今之爭奪,非鄙也,財寡也。輕辭天子,非高也,勢薄也;重爭土橐⑥,非下也,權重也。

故聖人議多少、論厚薄為之政。故罰薄不為慈,誅嚴不為戾,稱俗而行也。故事因於世而備適於事⑦。

(《韓非子·五蠹》)

三、略釋《韓非子》的某些重要篇目

1.**《初見秦》**:在韓安王六年,《戰國策》以為張儀說秦惠王之辭(見高誘注),此文開頭既言:"臣聞不知而言不智,知而不言不忠,為人臣不忠當死,言而不當亦當死。"完全是縱横家策士的口吻,其天

---

① 絜駕,坐車,騎馬。

② 膢,音 lú,當時楚國人祭飲食神的節日。臘,冬月祭神的節日。

③ 買庸,雇傭人。竇,水溝,水道。

④ 饟,餉,同字。《廣雅》:"餉,食也。"

⑤ 穰音 ráng,豐收,物質情況。

⑥ 土橐,當為"仕托",請托諸侯,以登仕路。王先慎曰:"土當作士,形近而誤。士與仕同。橐與托通。"

⑦ 戾音 lì,殘暴。稱俗,適應社會的情況。事,政治管理。備,措施,準備。

下大勢瞭若指掌的情況亦極相似,而且同樣是為秦之吞併六國出謀畫策的。僅自中有"言賞則不與,言罰則不行,賞罰不信,故士民不死"之語,有點兒法家的味道而已。它這文字,倒是有開有合氣充辭沛。

2.《**存韓**》:此篇名為"存韓",實際不過是公開承認韓為秦之屬國,使其苟延殘喘免遭滅亡之禍的。例如"韓事秦三十餘年,出則為扞蔽(馬前卒,為虎作倀),入則為席薦(出貢以供,若席薦居人下)"和"韓入貢職,與郡縣無異"一類的話,可為佐證。令人感生興趣的是,這裏頭一再提及李斯:"書言韓之未可舉,下臣斯甚以為不然。"特別是"非之來也,未必不以其能存韓也,為重於韓也","夫秦韓之交親,則非重矣","臣恐陛下淫非之辯,而聽其盜心"等等,簡直是一片敵對之情,已露殺機。可畏哉,這個同門!

3.《**難言**》:這是講求如何進言,才能打動人主使其採納見用的一篇妙論,在分析對象的心理,列舉歷史人物的印證上,可謂纖細入微,配合貼切。如"順比滑澤"是"華而不實","敦厚恭固"是"拙而不倫","多言繁稱"是"虛而無用","徑省不飾"是"劌而不辯","激急親近"是"僭而不讓","閎大廣博"是"誇而無用","辭不悖逆"是"貪生諛上",以及"詭躁"為"誕","敏給"為"史","殊釋(絕棄)文學"為"鄙","時稱詩書"為"誦",這些所謂"重患"的說法,就是蘇秦、張儀也不曾有過這樣精密的分析,何況文章還不長呢!

4.《**愛臣**》:"愛臣太親,必危其身,人臣太貴,必易主位(一作人臣太擅,必易主命,與韻不叶)",這一開始就是法家"隆主重勢"的精神。略舉"三家分晉"、"田氏篡齊"的史的教訓以後,立刻強調"蓄臣"之道,須是"盡之以法"(不分貴賤,同等待遇)。對於大臣也不例外,一"不赦死",二"不宥刑",否則"社稷將危"了。特別是"處國無私朝,居軍無私交,府庫無私貸"等明文的規定,不止是防微杜漸之策,直屬於安邦定國之大計,必須嚴格執行啦。

5.《**主道**》:這一篇立論忒妙,簡直是道家"清靜無為"的再版了。譬如它說:"道者萬物之始(物從道生之意),是非之紀(是非因道而彰)也","虛靜以待令,令名自命也,令事自定也"的主張,不都是嗎?而"去好去惡(使之不形於外),去舊去智(使之不循故常)",則更是抱樸守素靜以制人的柔道了。"五壅"(壅,塞也)之論,不准臣"閉主""制財利""擅行令""得行義""樹人",防範備至,竟是《愛臣》的姊妹篇了。"無偷賞,無赦罰,近愛必誅",又是三句話不離本行的法家之言,雖然它的精神是道家的(非必《解老》《喻老》才有道家之言)。

6.《**有度**》:主要的論點在於:"國無常強(強為不曲法從私),無常弱,奉法者強則國強,奉法者弱則國弱。"這法,當然是上下一致奉行的"公法"(以去"私行"為先決條件),而且是"動無非法"的。所謂"明主",在於使法"擇人、量功"而不"自舉、自度"(因有法典可循之故),其精神又是"法不阿貴,繩不撓曲"、"刑過不避大臣,賞善不遺匹夫"的。這樣才能"上尊而不侵,主強而守約",結語自然是人主不可"釋法用私",否則"上下不別"亂了套啦。

7.《**二柄**》:"二柄"是什麼?人主馭制其臣的不可缺少的兩種權利:一個"刑",一個"賞","畏威懷德"始可以治。"殺戮之謂刑,慶賞之謂德","人主者,以刑德制臣者也",如或失之,"則君反制於臣"(若虎釋爪牙必為狗所欺弄一樣),不可不慎。而"任賢,妄舉",反爾是與"二柄"對立的"二患"。因為賢者多才術,必將玩法以要君,不擇賢,則其事必毀敗不勝,都是輕忽不得的事。"刑名"之學之所以可貴者,即在其能依法禁奸賞罰嚴明耳。

8.《**揚權**》:"揚"謂"舉之使明","權"謂"量事設謀","事在四方(臣民所在),要在中央(主君集權)。聖人執要,四方來效"。它這篇的特點亦是大談其清靜無為的“道德”,而最後歸本於“形名”。“名正物定”,“執一以靜”,“形名參同,用其所生(所生,為形名而出者,參同之後,始可以用)”。“道不同於萬物(以其能生萬物),德不同於陰陽(以其成於陰陽)”。“聖人之道,去智與巧”(智巧,悖道而行詐,所以必須清除)。“道無雙,故曰一”,“一”是什麼?“形名”之謂。“君操其後,臣效其形,虛靜無為(不多所更張之意)”,乃“道之情”。“法刑守信,虎化為人,復反其真”(謂君君臣臣也)。因此種種,可以認為,說來看似“玄”,實則簡單得很,就是一歸於法。

9.《**八奸**》:這裏把人主的各宮妃嬪、左右近習、親門近支,以及佞幸大臣之足以誘惑君王奢靡縱欲,禍亂國家之奸人,分為“同牀”(色之所在),“在旁”(近侍逢迎),“父兄”(貴族之戚),“辯士”(說客巧言),“俠人”(帶劍之輩)等八類。說是必須防閑,做到:娛其色不行其謁,使其身必責其言,聽其言隨以罰任,享樂知其所出,稱譽據其才德,勇士禁其私鬥,臣下不行私財。總之,一句話:依法辦事,一秉大公。否則賣官鬻爵請謁成風,賞罰失當,上下爭利,國家必至危亡了。它這情況擺得齊全,禍亂找到了根源,治本又治標,可謂“明眼人”。

10.《**十過**》:“十過”亦對人主而言。它們正反並提,附以事例,持之有故,言之成理。起首先立綱目,之後分別證以史實,較之“八奸”又明確多了。例如“小忠”為“大忠之賊”,“小利”是“大利之殘”,“無禮諸侯”可以“亡身”,“不務聽治”也要“窮事”,“貪愎喜利”必致“滅國”,“耽於女樂”更會“喪邦”。以及“離內遠遊”乃“危身之道”,“過不聽諫”會“為人笑”,“內不量力,削國之患”,“無禮,拒諫,絕世之勢”等等,無一不是對症下藥,深諳治國之道的,文章雖長,不看它的史事論證好了。

11.《**孤憤**》:此言法家多無党與,往往孤軍奮鬥,他們的材用因而不見明於當世。楚人卞和抱玉長號,韓非自己也寢謀不售,故憤發為文也。因此文章一起始就特別揭示:智術能法之士,是既“遠見明察”又“強毅剛直”的,所以唯有他們才能夠“燭私,矯奸”、“循令從事”,也就是“案法而治官”的。可惜的是,他們多數“處勢卑賤,無黨孤特”的,不“僇(與戮通)於吏誅”,即“死於私劍”的,情況極其危難。與此相反,“無能之士在廷,愚汙之吏處官”,他們朋比用私,欺主禍國,“索國之不亡者,不可得也”,這便是作者的結論。不只牢騷滿腹,也未嘗不語重心長呢。

12.《**說難**》:王先慎云:“夫說者有逆順之機,順以招福,逆而制禍,失之毫釐,差之千里,以此說之,所以難也。”(《集解・說難解題》)那麼,“說難”是順說人主使之採納,藉以居官辦事的,這的確不是一件容易的事體,誰知道聽的主兒喜歡甚麼調子哪,不是嗎?韓非一語就點明了它:“凡說之難,在知所說之心,可以吾說當之。”如人主好“名高”而說以“好利”,就會被認為“下節,卑賤”,從而遭到棄遠。與此相反,如人主雅好“厚利”而說之以“名高”,就會被認為“無心,遠事”,兩不見收。更要緊的是,必須知道,“事以密成,語以泄敗”,可以“運籌於帷幄之中”,但不可以“騰說乎宮門之外”,否則其身必危。這樣的事例可是多得很,須是君臣之間“曠日彌久,周澤既渥”以後,才可以“引爭而不罪,深計而不疑”的。

13.《**和氏**》:借楚國厲、武兩王不識“璞玉”而刖掉了獻玉人卞和兩足的故事,以言“論寶”之難。於是聯繫到“法術”乃“群臣士民之所禍”,更無人敢輕於問津了。他並且舉吳起、商君為例,這兩位大法家,一個教楚悼王削減“封君”的世襲,“絕滅百官”的祿秩,轉變了楚國貧弱的形勢。一個教秦孝公“連什伍,設告坐,燔《詩》《書》,明法令,塞私門,禁遊宦,顯耕戰”,國以富強,可是結果呢?吳起肢解於楚,商鞅車裂於秦。這是什麼緣故?“大臣苦法而細民惡治也”,“大臣貪重

(虧公法而私惠),細民安亂(請謁可以得禄)”,從哪裏去找霸王的事業!

14、《**奸劫弑臣**》:“順人主之心,取信幸之勢者”,謂之“奸臣”。這樣的臣下,都是以私為重,虧君用法的。行之既久,自必“主孤於上,臣党於下”,以成其劫君弑君之勢,可不懼哉?因此韓非是極力主張“循名實而定是非,因參驗而審言辭”的“聖人之術”,以“審於是非之實,察於治亂之情”,從而“正明法,陳嚴刑,以救群生之亂,去天下之禍,使強不淩弱,眾不暴寡,耆老得遂,幼孤得長,邊境不侵,君臣相親,父子相保,而無死亡繫虜之患”的。而且這簡直是作者的理想政治了。所以最後,他還是一再指斥“仁義愛惠之不足用,而嚴刑重罰之可以治國”,“無威嚴之勢,賞罰之法,雖堯舜不能以為治”。

15.《**亡徵**》:作者在這一篇中把可以導致“亡國”的禍患,羅列排比了凡四十八條。他說:“亡徵者,非曰必亡,言其可亡也。”讓我們也録引幾條為例,如:國小家大,權輕臣重的;簡法禁,務謀慮,荒封內,恃交援的;群臣為學,門子好辯,商賈外積,小民內困的;好宮室臺榭陂池,事車服器玩,好罷露百姓,煎靡貨財的;用時日,事鬼神,信卜筮,好祭祀的;聽以爵不以眾言參驗,用一人為門戶者;官職可以重求,爵禄可以貨得者;緩心而無成,柔茹而寡斷,好惡無決而無所定立者;饕食而無饜,近利而好得者;喜淫刑而不周於法,好辯說而不求其用,濫於文麗而不顧其功者……最後他說:“木雖蠹,無疾風不折;牆雖隙,無大雨不壞。萬乘之主,有能服術行法,以為亡徵之君風雨者,雖兼天下不難矣。”

16.《**三守**》:凡人主都有“三守”,“三守”不完則“三劫”生而身危國殆。那“三守”乃是:“端言直道之人”得見,“忠直”不疏;愛憎在己,威權不由左右;不惡“勞憚”,不使“柄藉”傳移,不使生殺予奪之要操之大臣。“三劫”則為:“群臣持禄養交,行私道而不效公忠”的“明刼";"醬寵擅權,矯外以勝內,險言禍福得失之形,以阿主之好惡",功成歸臣,事敗諉之人主的"事刼";以及"守司囹圄,禁制刑罰"為人臣所專擅的"刑刼"。"三守完,則三刼者止","三刼止塞",可王天下。總之,一句話,不能權柄下移,為人臣所左右。

17.《**備內**》:言人主不能過信人臣,包括親近在內,他說:"信人則制於人。人臣之於其君,非有骨肉之親也,縛於勢而不得不事也。故為人臣者,窺覘其君心也,無須臾之休,而人臣怠傲處其上,此世所以有刼君弒主也。"這道理講得真透徹,他甚至指出:"愛則親,不愛則疏。"連后妃、夫人及太子,為了一己的權位,有時都希望君主的早世呢。"其賊在內,備其所憎,禍在所愛",救之之道,須是"不舉不參之事,不食非常之食,遠聽而近視,以審內外之失。省同異之言,以知朋黨之分;偶參伍之驗,以責陳言之實。執後以應前,按法以治眾,眾端以參觀。士無幸賞,無踰行,殺必當罪不赦,則奸邪無所容其私矣"。總的說來,是:"人臣不可借權勢。"

18.《**南面**》:"人主使人臣,雖有智能,不得背法而專制;雖有賢行,不得踰功而先勞;雖有忠信,不得釋法而不禁,此之謂明法。""主道者,使人臣有必言之責,又有不言之責。""人主使人臣,言者必知其端以責其實;不言者必問其取捨以為之責。則人臣莫敢妄言矣,又不敢默然矣。言、默則皆有責也。"人主者,明能知治,嚴必行之,故雖拂於民心,必立其治。"此中值得注意的是:人臣不但言而有責,默而不言同樣也有責任,想要規避是不行的。

19.《**飾邪**》:"鑿龜數筴"是"飾邪"之尤,"無功而國道絕"。"先王盡力於親民,加事於明法,彼法明則忠臣勸,罰必則邪臣止。忠勸邪止,則地廣主尊。""群臣朋黨比周,以隱正道,行私曲",則地削主卑。"亂弱者亡,人之性也;治強者王,古之道也。""故曰龜筴鬼神不足舉勝,左右背鄉不足以事戰,然而恃之,愚莫大焉。""明於治之數,則國雖小,富;賞罰敬信,民雖寡,強。賞罰無度,國雖大兵弱者,地非其地,民非其民也。無地無民,堯舜不能以王,三代不能以強。"他並且舉歷史上的許多事例以為佐證,最使人折服的地方是說:"故鏡執清而無事,美惡從而比焉;衡執正而無事,輕重從而載焉。夫搖鏡則不得為明,搖衡則不得為正,法之謂也。故先王以道為常,以法為本。本治者名尊,本亂者名絕。""明賞以勸之,嚴刑以威之。賞刑明,則民盡死;民盡死,則兵強主尊。刑賞不察,則民無功而求得,有罪而倖免,則兵弱主卑。故先王賢佐盡力竭智。故曰:'公私不可不明,法禁不可不審。'"

20.**《解老》**:我們說,韓非之學頗具道家精神,《主道》而外,《解老》《喻老》之中尤可概見,同時從這裏還可以反映出許多通過文字訓詁表達的道德哲學。如:"德者內也,得者外也。上德不德,言其神不淫於外也,神不淫於外則身全,身全之謂得,得者得身也。""仁者,謂其中心欣然愛人也。其喜人之有福,而惡人之有禍也,生心之所不能已也,非求其報也。""禮者,所以貌情也,群義之文章也,君臣父子之交也,貴賤賢不肖之所以別也。""義者,君臣上下之事,父子貴賤之差也,知交朋友之接也,親疏內外之分也。""義者,謂其宜也,宜而為之。"那麼,簡直又可以說,在道德的實踐上,道與法根本無大差異了。它並指出:"道"為"萬物之所然(然即可也)","理"乃"成物之文","萬物各異理","故不得不化(化,變也,不變則不通)",則更是"入世近人"之談了。

21.**《喻老》**:喻者,曉也,明白事理的意思,通曉老子之道,並附之以歷史人物的印證,可見韓非對於老子崇拜的所在。他說:"天下有道,無急患則曰靜,遽傳不用,故曰:'卻走馬以糞。'天下無道,攻擊不休,相守數年不已,甲冑生蟣虱,燕雀處帷幄,而兵不歸,故曰:'戎馬生於郊。'"並以晉文公"皮以美為罪",使"豐狐""玄豹"不得其死為例,言“治國者以名號為罪”“罪莫大於可欲”的道理。又說:“制在己曰重,不離位曰靜。重則能使輕,靜則能使躁。故曰:‘重為輕根,靜為躁君。’”“勢重者,人君之淵也。君人者,勢重於人臣之間,失則不可復得也(失其勢重,則不得為君)。簡公失之於田成,晉公失之於六卿,而邦亡身死。故曰:‘魚不可脱於淵。’”更以“賞罰”為“邦之利器”說:“在君則治臣,在臣則勝君”,故不可以示人。可見作者的繩墨老聃,依舊是在宣傳他的“法治”的。

22.《**說林**》:廣說諸事,其多若林,故以名篇。按此篇分上下,合計七十條(上三十三條,下三十七條),從“湯以伐桀”至“鄭人有一子將宦”,無不炳炳烺烺,趣味横生,說他們是最早的中國歷史小説集,也未嘗不可以。但是作者之意,並不是録引下來供備人們欣賞的。講古比今,使人主鑒往知來有益於吏治,才是他的主要目的。其中也有“寓言”之類的筆記。如:“蛇徙相負”“鳥翢翢銜羽而飲”“鱣似蛇為漁者持”“三虱食彘相與訟”和“虺蟲兩口,爭食自殺”等條即是,頗為後人所取法。關於這一點,也可以認為當時的莊周與韓非是一南一北交相為用的。

23.《**觀行**》:這“行”也說的是人主之行。韓非說:“古之人目短於自見,故以鏡觀面;智短於自知,故以道正己。鏡無見疵之罪,道無明過之惡。”“西門豹之性急,故佩韋以自緩;董安于之心緩,故佩弦以自急。”都是以有餘補不足,以長續短的意思。“智有所不能立”“力有所不能舉”“強有所不能勝”,即使是堯、舜、烏獲、賁、育,如果不借用“法術”,也是成不了事的。故明主觀人,唯恃“法術”。它與《安危》《守道》一樣,都是要言不煩的短文。

24.《**安危**》:“安術”有七:“賞罰隨是非,禍福隨善惡,死生隨法度,有賢不肖而無愛惡,有愚智而無非(非讀為誹)譽,有尺寸而無意度,有信而無詐”,都是對有國者說的。與其相反的“危道”亦有六:

"斲削於繩之內,斲割於法之外(法疑作繩),利人之所害,樂人之所禍,危人之所安,所愛不親,所惡不疏。"後四者非只人主所宜避,方之通人同樣是不道德、有問題的行為。它那具體的事例舉得好,說:"奔車之上無仲尼,覆舟之下無伯夷。故號令者,國之舟車也。安則智廉生,危則爭鄙起。"這譬況得確有道理,於是讓我們也知道了"法治"之下,"號令"是若何的重要了。最後他說:"法,所以為國也,而輕之,則功不立,名不成。""明主之道忠法"如堯舜然,既能"立道於往古",又能"垂德於萬世"。因此種種,誰說韓非不講道德,不談仁義,不尊堯舜,不法先王呢?

25.**《守道》**:守道事在立法,"賞足以勸善,威足以勝暴,備足以完法",這便是"聖王"守道的表現,這樣才能上下相得,"以其所重禁其所輕,以其所難止其所異",使"君子與小人俱正",而出現"天下公平"的景象。如人主"離法失人",則奸邪不絕於世,強淩弱,眾暴寡,貞士失分,國家危亡了。所以韓非說:"服虎而不以柙,禁奸而不以法,塞僞而不以符,此賁育之所患,堯舜之所難也。"故明主立法,使庸主易守,"治法"重於"治人",恃法所以服人,"使人盡力於權衡,死節於官職",如此這般,才算具備了"守國之道"而盡法家之能事的。

26.**《用人》**:明主用人須是"循天順人而明賞罰","釋法術而任心治,堯不能正一國","立可為之賞,設可避之罰,故賢者勸賞,不肖者少罪","故至治之國,有賞罰而無喜怒"。又曰:"明主之表易見,故約立;其教易知,故言用;其法易為,故令行。三者立而上無私心,則下得循法而治,望表而動,隨繩而斲,因攢(字當作簪)而縫。如此則上無私威之毒,而下無愚拙之誅。故上君明而少怒,下盡忠而少罪。"說來說去,還是一個人主依法用人,自己也要守法而治,法才是至高無上的。

27.《**功名**》:立功成名,還是從人主的角度看問題的。他說,明主立功成名之道有四:天時、人心、技能、勢位是也。“非天時,雖十堯不能冬生一穗;逆人心,雖賁育不能盡人力。故得天時則不務而自生,得人心則不趣而自勸,因技能則不急而自疾,得勢位則不進而名成,若水之流,若船之浮。守自然之道,行毋窮之令,故曰明主”。他這還是先提綱目後加抒寫,層次井然,一覽無餘,韓非行文之妙往往如此。而“天時”與“人心”並稱,已露“天人合一”的端倪。

28.《**大體**》:也是小文章,但卻做得異常精粹。譬如他所說的“全大體”乃指“望天地,觀江海,因山谷,日月所照,四時所行,雲布風動”而言,首先被重視的是自然現象,然後才講“寄治亂於法術,托是非於賞罰,屬輕重於權衡”的人事關係,這樣才能“不逆天理,不傷情性,不吹毛而求小疵,不洗垢而察難知,不引繩之外,不推繩之內,不急法之外,不緩法之內。守成理,因自然,禍福生乎道法,而不出乎愛惡,榮辱之責在乎己,而不在乎人。故至安之世,法如朝露,純樸不散,心無結怨,口無煩言”。“故曰:利莫長於簡,福莫久於安。”“古之牧天下者,不使匠石極巧以敗太山之體,不使賁育盡威以傷萬民之性,因道全法,君子樂而大奸止。澹然閒靜,因天命,持大體,故使人無離法之罪,魚無失水之禍。”最後他說:“上不天則下不遍覆,心不地則物不畢載。太山不立好惡,故能成其高;江海不擇小助,故能成其富。故大人寄形於天地而萬物備,歷心於山海而國家富。”他這可以說,已經使思想形象化了。而“因道全法,澹然閒靜”諸言,則確乎其為“韓老”的結晶體啦。

29.《**內儲說**》:王先慎曰:“儲,聚也,謂聚其所說。皆君之內謀,故曰‘內儲說’。”他說:“主之所用也七術,所察也六微。”先說“七術”:

①“眾端參觀”:王注:“端,直也。欲求眾直,必參驗而聽觀也。”

韓非說:“觀聽不參則誠不聞(不參謂偏聽一人,則誠者莫告),

聽有門戶則臣壅塞(其聽有所從,若門戶然,則為臣所塞)。”這說的是調查研究的工夫,和兼聽則明。

②“必罰明威”:“愛多者則法不立,威寡者則下侵上。是以刑罰不必,則禁令不行。”這是說,罰以立威,通行禁令,人主始可以為治,否則容易發生以下犯上的事。

③“信賞盡能”:“賞譽薄而謾者,下不用(謾,欺也,說了不算,口惠而實不至,臣下自然不為所用);賞譽厚而信者,下輕死(重賞之下必有勇夫麼,這是誰都通曉的道理)。”

④“一聽責下”:“一聽則愚智不分(直聽一理,不反復參之,則愚智不分),責下則人臣不參(下之材能一一責之,則人臣不得參雜)。”此言人主兼聽則明,責下不一則人臣蒙混也。

⑤“疑詔詭使”:疑危而制之,譎詭而使之,則下不敢隱情。所謂“數見久待而不任,奸則鹿散(謂人數見於君,或復久待,雖不任用,外人則謂此得主之意,終不敢為奸,如鹿之散)。使人問他,則不鬻私(謂使此雖知其所為,陽若不知,更試以它事,或問之他人,則不敢售其私矣)”。

⑥“挾智而問”:“挾智而問,則不智者至(挾己所智而有所問,則雖不智者,莫不皆智也)。深智一物,眾隱皆變(於一物智之能深,則眾隱伏之物,莫不變而露見)。”這是說,設為權變之術,以己之長發人之短的着數可用。

⑦“倒言反事”:或倒其言,或反其事,則姦情可得而盡。“倒言反事,以嘗所疑”(倒錯其言反為其事,以試其所疑)的必然結果。這也是一種權變之術,所謂策略是也。

在上述的所謂“經文”以外,作者還羅列了從“衛靈公之時,彌子瑕有寵,專於衛國”起,至“衛嗣公使人為客過關市,關市苛難之”等等十六條春秋戰國(絕大多數是戰國的)的人物故事,以分別論證“七術"對於法治的重要性,其中有一些罕見的材料,可以補闕(或者作為參考)先秦的史實的,不能忽視。

30.《**內儲説下**》:"六微":人主防微杜漸之意。

①"權借在下":"權勢不可以借人,上失其一,臣以為百。故臣得借則力多,力多則內外為用,內外為用,則人主壅。"

②"利異外借":"君臣之利異,故人臣莫忠,故臣利立而主利滅。是以奸臣者,召敵兵以內除,舉外事以眩主,苟成其私利,不顧國患。"

③"托於似類":"似類之事,人主之所以失誅,而大臣之所以成私也。"

以上三事,都是説,君臣的利害是對立著的,為君上者宜加小心,否則吃不消了。

④"利害有反":"事起而有所利,其尸主之(謂其君主之也)。有所害,必反察之。是以明主之論也,國害則省其利者,臣害則察其反者。"這還差不離兒。因為他不只是從鈔票裏看待問題的,也不單純從君的地位去待利害的。

⑤"參疑內爭":"參疑之勢,亂之所由生也,故明主慎之。"因為,"禍生肘腋"和"禍起蕭牆",都是極其嚴重的內部(甚或是骨肉的)變亂。

⑥"敵國廢置":"敵之所務(務,乘機而動)在淫察而就靡(淫,亂也。靡,非也。人主之察既亂,則舉事皆非)。人主不察,則敵廢置矣(此言人主不明敵之所務,則敵得以廢置我之人才矣)。"

"'參疑''廢置'之事,明主絕之於內而施之於外。資其輕者,輔其弱者,此謂'廟攻'。""廟攻"者,"廟算"是也。運用之妙,存乎一心,"廟算"有方,則人主無恙。譬如説:"勢重者,人主之淵也;臣者,勢重之魚也。魚失於淵而不可復得也,人主失其勢重於臣而不可復收也。古之人難正言,故托之於魚。"老子云:"魚不可脱於淵。"亦此意也。又説:"賞罰者,利器也。君操之以制臣,臣得之以擁主。故君先見所賞,則臣鬻之以為德;君先見所罰,則臣鬻之以為威。故曰:'國之利器,不可以示人。'"此亦老子之言,可以參酌為用。

下面,跟《内儲説上》一樣,韓非也列舉了前人的逸事五十餘條,藉以分别論證"六微"的必須嚴加防範,其為春秋戰國之際的珍貴史料,自亦不待細言。如"魯三桓之同劫昭公""荊王之劓美人",以及"晉文公宰臣上炙,辯其發繞"等則,至今猶盛為人所稱道。

31.**《外儲説左上》**:按《外儲》言明君觀聽臣下之言行,以斷其賞罰,賞罰在彼,故曰"外"也。它這裏不先提綱目,而分别設為論點,標以一到六的數字,所謂"經文"又與事例交叉敘列(《内儲説》的事例,每在"經文"之尾),補充的歷史人物,則同樣是類集在"儲説"的後部的。現在讓我們只録"經文",不舉"事例",以收删繁就簡整齊理論之效。

①"明主之聽言也,美其辯;其觀行也,賢其遠。故群臣士民之道言者迃(迂本字)弘,其行身也離世(王先謙曰:弘與閎同,迃弘與下"迂深閎大"同義。離世,謂遠於事情)。"

②"人主之聽言也,不以功用為的,則説者多棘刺白馬之説,不以儀的為關,則射者皆如羿也(儀,准也)。""是以言有纖察微難而非務也,論有迂深閎大難用也。""言而拂難堅確,非功也。"

③"挾夫相為則責望,自為則事行。""且先王之賦頌,鐘鼎之銘,皆播吾之跡,華山之博也。然先王所期者利也,所用者力也,築社之諺,目辭説也(王先謙曰:"目"乃"自"之誤)。""先王之言,有其所為小,而世意之大者,有其所為大,而世意之小者,未可必知也。"

④“利之所在,民歸之;名之所彰,士死之。是以功外於法而賞加焉,則上不信得所利於下;名外於法而譽加焉,則士勸名而下畜之於君。”“且居學之士,國無事不用力,有難不被甲,禮之則惰修耕戰之功,不禮則周(當是害字)主上之法。國安則尊顯,危則為屈公之威(王先謙曰:“威”即“畏”,“威”、“畏”同字),人主奚得於居學之士哉(王先謙曰:滅儒之端已兆於此)?”

⑤“《詩》曰:‘不躬不親,庶民不信。’”“責之以尊厚耕戰(王先慎曰:“尊厚”猶富貴,謂人君)。夫不明分,不責成,而以躬親位下(位,蒞也),且為下走睡臥,與去揜弊微服。”

⑥“小信成則大信立,故明主積於信。賞罰不信,則禁令不行。”

此後的事例論證,稍與《內儲說》不同,就是這兒把人物故事按照一至六的順序,分別以類相集了。計:一類的凡五條,二類的十二條,三類的十七條,四類的四條,五類的九條,六類的八條,凡五十三條。也是載記廣泛,語言精闢,夾敘夾議,確切生動。不過有的與《內儲說》重複,必須參照著看。

32.**《外儲說左下》**的行文與“左上”是一個手法的,也先列經文大條,分別繫以事例的綱目(語焉不詳),它們是:

①“以罪受誅,人不怨上(罪當,故不怨也)。”“以功受賞,臣不德君(功當,故不以為德)。”“上不過任,臣不誣能。”(事例綱目從略)

②“恃勢而不恃信(恃勢則信者不生心,恃信則有時不信)。”“恃術而不恃信(人主不以術御臣而恃其不叛,其若之何也)。”“故有術之主,信賞以盡能,必罰以禁邪,雖有駁行(不貞白而駁雜者,駁音 bó,馬黑白雜色),必得所利。”

③“失臣主之理,則自履而矜(君雖有師,臣當亦謹。小臣當即充指顧之役)。不易朝燕之處,則莊而遇賊(朝當莊,燕當試,如一

其行,是失左右之助,易起賊害之心)。”

④“利所禁,禁所利,雖神不行。”(當禁而利,當利而禁,如此,雖神不行,況不神乎?)“譽所罪,毀所賞,雖堯不治。”(當罪而譽,當賞而毀,如此,雖堯不治,況非堯乎?)“夫為門而不使入(門不入,不如無門),委利而不使進(與之利而不進,不如不與),亂之所以產也。”(門不使入,利不使進,亂所由生也。)

⑤“臣以卑儉為行,則爵不足以勸賞,寵光無節,則臣下侵逼。”“朋黨相和,臣下得欲,則人主孤;群臣公舉,下不相和,則人主明。”這是說,人臣矯飾、賞罰不行和人主孤立、權勢在下,都不是治國之道,必須高明在己,政令通行,始克有濟。

⑥“公室卑則忌直言,私行勝則少公功。”依舊是韓非隆主重勢,背私為公之論。

此篇所征列的歷史人物事例凡三十五條,計:一類的五條,二類的四條,三類的六條,四類的八條,五類的八條,六類的四條。突出一點的是,它竟引用得有殷紂的故事,紂王不同意費仲(紂之佞臣)勸殺“仁義”的西伯昌,結果自亡其身,說“人臣修義而人向之,必為天下患”。

33.**《外儲說右上》**:其“經文”共三條,形式如“左上、下”。

①“君所以治臣者有三:(一)勢不足以化,則除之。”善持勢者,蚤絕其奸萌。

②“(二)人主者,利害之軺轂(軺音 yáo,小車。轂音 gǔ,輪之正中為轂)也,射者眾,故人主共矣。是以好惡見,則下有因而人主惑矣。辭言通,則臣難言而主不神矣。”

③“(三)求之不行有故,不殺其狗,則酒酸(賣酒的宋人,酒美又量足,可是狗咬買主,人不敢沽,遂使酒酸)。夫國亦有狗,且左右皆社鼠也。”不除狗和社鼠,何以為治?

“賞之譽之不勸,罰之毀之不畏,四者加焉不變,則除之。”因為這是所謂抗上無君的頑固派了,妨害法治,不能不加以清除。

三類說明“經文”的史例各有八類,共計二十四條。它這裏面的名言甚多,如一類中的“季孫相魯,子路為郈令(郈音 hòu,春秋魯邑名,地在今山東省東平縣附近)”條,引孔子批評季路不該帶飯季孫之民說:“夫禮,天子愛天下,諸侯愛境内,大夫愛官職,士愛其家,過其所愛曰侵。今魯君有民,而子擅愛之,是子侵之,不亦誣乎?”這是說,不在其位不謀其政,越俎代庖,只能引起嫉恨。又太公望誅“不臣天子,不友諸侯,耕作而食,掘井而飲,無求於人,無上之名,無君之禄,不事仕而事力”的“東海居士狂矞、華士昆弟二人”時說:“先王之所以使其臣民者,非爵禄則刑罰也。今四者不足以使之,則望(太公望自稱)當誰為君乎(太公封於齊,為齊君)?”此言“勢不足以化”的“逸民”,當在誅除之列。它這事例也出了春秋戰國的時代了,早在西周之初啦。

二類之“申子之言六慎”也講得好,申子說:“慎而言也,人且知(知當為和,始叶於韻,俞樾說)女;慎而行也,人且隨女。而有知見也,人且匿女。而無知見也,人且意女。女有知也,人且臧女。女無知也,人且行女。故曰:惟無為可以規之。”從韓非録用的這一段話,不但可以說明非對不害的推崇,而道法兩家的千絲萬縷的關係,從申不害的“無為可以規之”的結語,略覘一二了。

三類之”狗猛”“社鼠”的譬況“術之不行”,亦極警策。狗猛人畏,“此酒所以酸而不售。夫國亦有狗:有道之士,懷其術而欲以明(白也)萬乘之主,大臣為猛狗,迎而齕(音 hé,咬人)之,此人主之所以蔽脅,而有道之士所以不用也。故桓公問管仲曰:‘治國最奚患?’對曰:‘最患社鼠矣!’公曰:‘何患社鼠哉?’對曰:‘君亦見夫為社者乎?樹木而塗之,鼠穿其間,掘穴托其中,熏之則恐焚木,灌之則恐塗阤(音 zhì,小崩,毁也),此社鼠之所以不得也。今人君之左右,出則為勢重而收利於民,入則比周而蔽惡於君,內間主之情以告外,外內為重,諸臣百吏以為富。吏不誅則亂法,誅之則君不安。據而有之,此亦國之社鼠也。'故人臣執柄而擅禁,明為己者必利,而不為己者必害,此亦猛狗也。夫大臣為猛狗而齕有道之士矣,左右又為社鼠而間主之情,人主不覺,如此,主焉得無壅,國焉得無亡乎?"又借管仲作了聲述,比得恰當,說得透徹,管仲之稱為法家前輩,於此可見。

它如三類中楚莊王的:"法者,所以敬宗廟,尊社稷",能之者謂為"社稷之臣"。"臣乘君則主失威,下尚校(謂亢上也)則上位危。威失位危,社稷不守,將無以遺子孫。"以及狐偃對晉文公的"信賞必罰,不辟親貴,法行所愛"等語,都是解決問題值得珍視的資料。

34.**《外儲說右下》**:立論的方式同"右上"。"經文"五條也都是從主君的立場來要求臣下的:

①"賞罰共則禁令不行(共,使臣下操縱之也)",這是權力下放,君威自然會減弱的,所以不足為訓。

②"治強生於法,弱亂生阿(法曲則亂,阿曲也),君明於此,則正賞罰,而非仁下也。爵禄生於功(功立則爵生),誅罰生於罪(罪著則罰生),臣明於此,則盡死力,而非忠君也。君通於不仁,臣通於不忠,則可以王矣(上欲治強,則必正法,故不仁。下欲爵禄,乃盡死力,故非忠君)。"

③"明主者,鑒於外也,而外事不得不成。""人主鑒於上也,而居者不適不顯。""人主無所覺悟,方吾知之,故恐同衣於族,而況借於權乎?"(方吾知人皆知己,不與同服者共車,同族者共家,恐其因同而擅己,況君權可借臣乎?)

④"人主者,守法責成以立功者也。聞有吏雖亂而有獨善之民(吏

雖亂,賢人不改操),不聞有亂民而有獨治之吏(子率以正,孰敢不正),故明主治吏不治民(吏治則民治矣)。”“吏者,民之本綱者也。”

⑦“因事之理,則不勞而成。”“聖人不親細民,明主不躬小事。”

經文外,佐證史事凡二十一條,計一類三條,二類四條,三類五條,四類四條,五類五條。就中以“秦昭王病,百姓里買牛而為禱”一則所談最精:“王曰:‘彼民之所以為我用者,非以吾愛之為我用者也,以吾勢之為我用者也。吾釋勢與民相收,若是,吾適不愛,而民因不為我用也,故遂絕愛道也。’”是言君民之間,本是以勢相制,若釋勢而用愛,則吾適有不愛,民遂不為我用矣,故不如絕愛道為得也。

35.《**難一**》:此篇乃韓非的史事評論,計有八則,都是先列歷史人物及其言行,然後繼之以“或曰”下的批判,都是著眼於法治的。如:

①“晉文公賞城濮之戰”:“繁禮君子不厭忠信者,忠所以愛其下也,信所以不欺其民也。夫既以愛而不欺矣,言孰善於此?然必曰出於詐偽者,軍旅之計也。舅犯前有善言,後有戰勝。”

②“舜乃躬籍處苦而民從之”:“楚人有鬻楯與矛者,譽之曰:‘吾楯之堅,物莫能陷也。’又譽其矛曰:‘吾矛之利,於物無不陷也。’或曰:‘以子之矛,陷子之楯,何如?’其人弗能應也。夫不可陷之楯,與無不陷之矛,不可同世而立。今堯舜之不可兩譽(賢舜則去堯之明察,聖堯則去舜之德化),矛楯之說也。”

③“管仲對齊桓公論豎刁等”:“明主之道:一人不兼官,一官不兼事。卑賤不待尊貴而進,大臣不因左右而見。百官修通,群臣輻湊。有賞者君見其功,有罰者君知其罪。見知不悖於前,賞罰不弊於後。”

④“趙襄子賞晉陽出圍之功”:“夫善賞罰者,百官不敢侵職,群臣

不敢失禮。上設其法,而下無奸詐之心。如此,則可謂善賞罰矣。”“明主賞不加於無功,罰不加於無罪。”

⑤“齊桓公時見小臣稷”:“夫仁義者,憂天下之害,趨一國之患,不避卑辱,謂之仁義。”“忘民不可謂仁義。仁義者,不失人臣之禮,不敗君臣之位者也。是故四封之内,執會而朝名曰臣,臣吏分職受事名曰萌。今小臣在民萌之衆,而逆君上之欲,故不可謂仁義。”

它這裏的特點是:專找歷史上的大人物批判:堯、舜、齊桓、晉文、管仲、孔子。又賞罰之外,也談仁義。寫作的特點是:以歷史人物的故事情節為主,觀點明確,文字簡潔,夾敘夾議,引人入勝,而充分地發揮了語録問答體的作用。

36.《難二》之七則,其目的和文筆與《難一》無殊,兹亦概其犖犖大者如下:

①“晏子對齊景公言刑多”:“夫刑當無多,不當無少(苟不當,雖少,猶以為多也)。無以不當聞,而以太多説,無術之患也。敗軍之誅以千百數,猶且不止;即治亂之刑如恐不勝,而奸尚不盡。”“夫惜草茅者耗禾穗,惠盜賊者傷良民。今緩刑罰,行寬惠,是利奸邪而害善人也,此非所以為治也。”

②“論齊桓公發倉囷而賜貧窮”:“發倉囷而賜貧窮者,是賞無功也;論囹圄而出薄罪者,是不誅過也。夫賞無功,則民偷幸而望於上;不誅過,則民不懲而易為非。此亂之本也。”

③“齊桓公應優,論勞於索人”:“桓公以君人為勞於索人,何索人為勞哉?伊尹自以為宰干湯,百里奚自以為虜干穆公。虜,所辱也;宰,所羞也。蒙羞辱而接君上,賢者之憂世急也。然則君人者無逆賢而已矣,索賢不為人主難。且官職,所以任賢也;爵禄,所以賞功也。設官職,陳爵禄,而士自至,君人者奚其勞哉?

使人又非所佚也。人主雖使人,必度量准之,以刑名參之;以事遇於法則行,不遇於法則止;功當其言則賞,不當則誅。以刑名收臣,以度量准下,此不可釋也,君人者焉佚哉?索人不勞,使人不佚。”

④“駁李兌治中山上計入多之說”:“丈夫盡於耕農,婦人力於織紝,則入多。務於畜養之理,察於土地之宜,六畜遂,五穀殖,則入多。明於權計,審於地形、舟車、機械之利,用力少,致功大,則入多。利商市關梁之行,能以所有致所無,客商歸之,外貨留之,儉於財用,節於衣食,宮室器械,周於資用,不事玩好,則入多。入多,皆為人為也。若天事,風雨時,寒溫適,土地不加大,而有豐年之功,則入多。人事天功,二物者,皆入多,非山林澤穀之利也。夫無山林澤穀之利,入多,因謂之窕貨(窕,苟且,虛假。凡虛假不實之言,謂之窕言;虛貨,不可恃以為富者,謂之窕貨)者,無術之言也。”

這幾條的政治經濟理論,說的都比較充實,可以補前此各篇之不足。

37.《難三》亦是七則:

①“魯穆公問於子思”一則說:“明君求善而賞之,求奸而誅之,其得之一也。故以善聞之者,以說善同於上者也;以奸聞之者,以惡奸同於上者也:此宜賞譽之所及也。不以奸聞,是異於上而下比周於奸者也,此宜毀罰之所及也。”

②“葉公子高等問政於仲尼,而對不同”:

a.“惠之為政,無功者受賞,則有罪者免,此法之所以敗也。法敗而政亂,以亂政治敗民,未見其可也。且民有倍心者,君上之明有所不及也。”“明君見小奸於微,故民無大謀;

行小誅於細,故民無大亂。此謂‘圖難於其所易’也,‘為大者於其所細’也。今有功者必賞,賞者不得君,力之所致也;有罪者必誅,誅者不怨上,罪之所生也。民知誅罰之皆起於身也,故疾(急也)功利於業,而不受賜於君。‘太上,下智有之。’此言太上之下民無說也。”

b.“明君不自舉臣,臣相進也;不自賢,功自徇也。論之於任,試之於事,課之於功,故群臣公正而無私,不隱賢,不進不肖。然則人主奚勞於選賢?”

c.“為君不能禁下而自禁者謂之劫,不能飾下而自飾者謂之亂,不節下而自節者謂之貧。明君使人無私,以詐而食者禁;力盡於事,歸利於上者必聞,聞者必賞;污穢為私者必知,知者必誅。然故忠臣盡忠於公,民士竭力於家,百官精克於上。”“然則說之以節財,非其急者也。”

d. 總之,“知下明,則禁於微;禁於微,則奸無積;奸無積,則無比周;無比周,則公私分;公私分,則朋黨散;朋黨散,則無外障距內比周之患。知下明,則見精沐(精沐,疑當作精悉。《說文》:悉,詳盡也。悉或變作悉,又譌作怵,與沐形近,因而致誤。孫詒讓說);見精沐,則誅賞明;誅賞明,則國不貧。”

這一則內的四段論證文字,也是非常精湛的,他所否定的還是孔子。射箭麼,必須有靶子,靶子越大越好射,目標顯著,一發中的。宣傳說教的功夫,何獨不然?

③他評管仲滿於堂的一段話,是關於運用法術的,特別醒人心目,得其三昧。他說:“人主之大物,非法則術也。法者,編著之圖籍,設之於官府,而布之於百姓者也。術者,藏之於胸中,以偶

眾端,而潛御群臣者也。故法莫如顯,而術不欲見。是以明主言法,則境內卑賤莫不聞知也,不獨滿於堂;用術,則親愛近習莫之得聞也,不得滿室。”

作者把“法”和“術”的性質,說得是多麼地分明哪:一個是公開的條文,惟恐不能家喻戶曉;一個是秘密的策略,不准有任何聲張。對於執政者來講,不是即在今天也還有參考的必要嗎?

38.《**難四**》的四則,在行文的體例上稍有不同,在每段故事情節以後,擺了兩個“或曰”,藉以反復詰問,深入問題的核心。

①如“衛孫文子聘於魯,公登亦登”一則,先曰:“天子失道,諸侯伐之,故有湯、武;諸侯失道,大夫伐之,故有齊、晉。臣而伐君者必亡,則是湯、武不王,晉、齊不立也。”“君有失也,故臣有得也。不命亡於有失之君,而命亡於有得之臣,不察(察,明也)。”又曰:“臣主之施,分也。臣能奪君者,以得相踦(踦,音yī,倚靠也)也。故非其分而取者,眾之所奪也;辭其分而取者,民之所予也。”“未有其所以得,而行其所以處,是倒義而逆德也。倒義,則事之所以敗也;逆德,則怨之所以聚也。敗亡之不察,何也?”這就是說,雖在君臣之間,也有成敗予奪之分,故而論之。

②“鄭昭公惡高渠彌而見弒”:一曰:“明君不懸怒(有怒不行且舉之,故曰懸怒),懸怒則臣罪,輕舉以行計,則人主危。”“君子之舉知所惡,非甚之也。曰:知之若是其明也,而不行誅焉,以及於死,故曰知所惡,以見其無權也。人君非獨不足於見難而已,或不足於斷制。”又曰:“報惡甚者,大誅報小罪;大誅報小罪也者,獄之至也。獄之患,故非在所以誅也,以仇之眾也。”此言只“知所惡”而無權以報之,結果必反為所殺。其次,報小罪以大誅,始為獄之極至,但亦應顧及後果,臣行之

君,尤為悖逆。

從《内儲說上》至《難四》,韓非所徵引的歷史故事,人物言行,至有三百條之多,材料豐富,論證精祥。在這一方面說,謂居先秦諸子之冠,亦無不可。才氣縱横,行文有據,洋洋乎大哉!為"法,術,勢"的集成者,生色不小。

39.《**難勢**》是在申言"勢位之足恃,而賢智之不足慕"的。他是借用慎子的"飛龍乘雲,騰蛇遊霧"之說來對比開篇的,他說:"賢智未足以服眾,而勢位足以缶(缶乃詘字之誤,俞樾說)賢者。""夫勢者,非必能使賢者用己,而不肖者不用己也。賢者用之則天下治,不肖者用之則天下亂。""夫勢者,便治而利亂者也。故《周書》曰:'毋為虎傅翼,將飛入邑,擇人而食之。'夫乘不肖人於勢,是為虎傅翼也。""抱法處勢則治,背法去勢則亂。"他這"勢"說解得就不但具體而且客觀,不叫壞人得到手。

40.《**問辯**》:"天下有道,則庶人不議"(《論語・陽貨》),但如何才能算是"有道"呢?按照韓非的觀點,則"法治"是也。"法治"明,則不辯、不議了。"明主之國,令者,言最貴者也;法者,事最適者也。言無二貴,法不兩適,故言行而不軌於法令者必禁。若其無法令而可以接詐應變、生利揣事者,上必采其言而責其實,言當則有大利,不當則有重罪,是以愚者畏罪而不敢言,智者無以訟,此所以無辯之故也。"

41.《**問田**》:問田者,徐渠問田鳩也,是為了強調"主有度,上有術"的。而繼之以棠谿公對韓子之言,則是繼續說明"立法術,設度數"為"利民萌,便眾庶之道"的。這些人和事是否確實有過,倒不甚要緊(因為它也可能是"托為"或"假設"的),觀點明確,便算達到目的。

42.《**定法**》:這是申明申不害的"術"和公孫鞅的"法"的一個專

章,形式是通過問答反復陳述的。作者首先說:“今申不害言術,而公孫鞅為法。術者,因任而授官,循名而責實,操殺生之柄,課群臣之能者也,此人主之所執也。法者,憲令著於官府,刑罰必於民心,賞存乎慎法,而罰加乎奸令者也,此臣之所師也。君無術則弊於上,臣無法則亂於下,此不可一無,皆帝王之具也。”

又曰:“申子未盡於法也。申子言‘治不踰官,雖知弗言’。治不逾官,謂之守職也可;知而弗言,是謂過也。人主以一國目視,故視莫明焉;以一國耳聽,故聽莫聰焉。今知而弗言,則人主尚安假借矣。商君之法曰:‘斬一首者爵一級,欲為官者為五十石之官;斬二首者爵二級,欲為官者為百石之官。’官爵之遷與斬首之功相稱也。今有法曰:斬首者令為醫匠,則屋不成而病不已。夫匠者手巧也,而醫者齊藥也,而以斬首之功為之,則不當其能。今治官者,智能也;今斬首者,勇力之所加也。以勇力之所加,而治智能之官,是以斬首之功為醫匠也。故曰:二子之於法術,皆未盡善也。”

43.**《說疑》**(**疑讀為擬**):此亦侈言法治須賞罰得當之作。他說:“賞有功,罰有罪,而不失其人”才是明智的。他說:“禁奸之法”在於“太上禁其心,其次禁其言,其次禁其事”。他反對“仁義智慧”,說是不但不能“尊主安國”,而且還會“卑主危國”的,“故有道之主,遠仁義,去知能,服之以法,是以譽廣而名威,民治而國安”,這是由於他們知道“用民之法”。他接著說:“凡術也者,主之所以執也;法也者,官之所以師也。”還舉出許多歷史人物來,說長道短地以為例證,這裏就不詳細論列了。特別是在用人行政上,他是堅決反對“孽有擬適之子,配有擬妻之妾,廷有擬相之臣,臣有擬主之寵”的,他說,“此四者,國之所危也”,“四擬不破,則殞身滅國”。

44.**《詭使》**:“詭”,詐私,“詭使”,不以“法治”之道用人行事的意思。他這裏提出了“利、威、名”三事為“治道”的根本。說:“夫利者,所以得民也;威者,所以行令也;名者,上下之所同道也。”問題在於:“今利非無有也,而民不化上;威非不存也,而下不聽從;官非無法也,而治不當名。”這樣,才使天下不治而亂的,其責任卻須由在上者承擔,他說:“故世之所以不治者,非下之罪,上失其道也。常貴其所以亂而賤其所以治,是故下之所欲,常與上之所以為治相詭也。”具體的事例情況是:“夫立名號所以為尊也,今有賤名輕實者,世謂之高;設爵位所以為賤貴基也,而簡上不求見者,世謂之賢;威利所以行令也,而無利輕威者,世謂之重;法令所以為治也,而不從法令為私善者,世謂之忠;官爵所以勸民也,而好名義不進仕者,世謂之烈士;刑罰所以擅威也,而輕法不避刑戮死亡之罪者,世謂之勇夫。”這樣對著幹,哪得不壞事?如此之類,是他不只道理講得清晰,文章也寫得錯落有致(韓之繼此而舉的“守法固,聽令審,則謂之愚”等十六個短語判斷,就更精粹了,可以按索)。

45.**《六反》**:“六反”者,六種和法治相抵觸的反派人民,他們是:“降北之民”(被尊為“貴生之士”),“離法之民”(被尊為“文學之士”),“牟食之民”(被尊為“有能之士”),“偽詐之民”(被尊為“辯智之士”),“暴憿之民”(被尊為“磏勇之士”,磏,厲石,淩利之義),“當死之民”(被尊為“任俠之士”)。與此相反的,也有六種:“死節之民”(貶之為“失計之民”),“全法之民”(貶之為“樸陋之民”),“生利之民”(貶之為“寡能之民”),“整穀(正善之義)之民”(被貶為“愚戇之民”),“尊上之民”(被貶為“怯懾之民”),“明上之民”(被貶為“讇諂之民”)。所毀非所譽,習非已成是,不分辨清楚了,怎麼能夠推行法制呢?他那兩條諺語的譬喻,也說得好。一是:“為政猶沐也,雖有棄髮必為之。愛棄髮之費,而忘長髮之利,不知權(衡量輕重)者也。”二是:“彈痤(痤音 cuó,小腫)者痛,飲藥者苦,為苦憊(憊音 bèi,困頓)之故不彈座飲藥,則身不活,病不已矣。”意思都是在說,為政須知根本

(指法治而言),不能因小失大,忽遠圖近。此外,還有兩句名言:"夫奸,必知則備,必誅則止;不知則肆,不誅則行。"又曰:"刑盜,非治所刑也。治所刑也者,是治胥靡也。故曰:重一奸之罪而止境内之邪,此所以為治也。"

46.《**八說**》:八種莠民,都是反抗或是不利於吏治的。這在文章一開頭就提出來了,它們是:"為故人行私謂之不棄(不遺故舊),以公財分施謂之仁人,輕祿重身謂之君子,枉法曲親謂之有行,棄官寵交謂之有俠,離世遁上謂之高傲,交爭逆令謂之剛材(在下而與上爭,不行其令),行惠取眾謂之得民。"為什麼這樣說呢?此以:"不棄者,吏有奸也;仁人者,公財損也;君子者,民難使也;有行者,法制毀也;有俠者,官職曠也;高傲者,民不事也;剛材者,令不行也;得民者,君上孤也。"這八類莠民,固為匹夫之所"私譽",卻是人主政治上的八大敵人。

47.《**人主**》:此言"人主"須重"威勢",否則"大臣得威,左右擅勢",不能"有國"了。韓非說:"萬乘之主,千乘之君,所以制天下而征諸侯者,以其威勢也。""威勢者,人主之筋力也",好像虎豹"能勝人,執百獸"的"爪牙"一樣。"今勢重者,人君之爪牙也"。"明主"者"推功而爵祿,稱能而官事",則是行使了他的威勢,可使天下得治啦。

48.《**飭令**》:按此篇與《商君書》的《靳令》篇文,所差無幾,儘管還不能肯定誰是作者,但是它在法家學說中的分量,卻是可以想見的。因為,"法平則吏無奸"、"不以善言售法(售乃害字之誤)"、"任功則民少言"、"以刑治,以賞戰"這些名言,是他們經常談到念念不忘的。尤其是像"重刑少賞,上愛民,民死賞;多賞輕刑,上不愛民,民不死賞"和"以刑去刑,以刑致刑"所言之輕罪重刑、重罪輕刑,會導致不同的後果等等的辯證的道理,十足地暴露了法家的嚴酷。

四、篇章例選

五　蠹(節選)[1]

上古之世,人民少而禽獸衆,人民不勝[2]禽獸蟲蛇。有聖人作[3],構[4]木為巢以避群害,而民悦之[5],使王[6]天下,號[7]之曰有巢氏。民食果蓏蜯蛤[8],腥臊惡臭而傷害腹胃,民多疾病。有聖人作,鑽燧取火以化腥臊[9],而民説之,使王天

---

① 《五蠹》,蠹音 dù,蛀蝕器物的蟲子。這篇文章是韓非表示他的歷史觀點和政治思想的重要作品之一。他的"世異則事異""事異則備變"的進步歷史觀點,乃是對儒家"法先王"的復古倒退的反動思想的針鋒相對地批判。他還根據古今社會變遷的實際情況,闡明了符合歷史發展的"法治"思想,駁斥了儒家關於"仁義"的虚偽反動説教。他把學者(儒生)、帶劍者(俠士)、主談者(縱横家)、患御者(懼怕打仗的人)和商工之民(工商業者),比作五種害人的蛀蟲,對他們進行了尖鋭的揭露與批判,要求加以取締。同時也著重地提示了獎勵耕戰富國强兵的政策。他的這些政治主張,很受秦始皇的青睞,對建立統一的中央集權的封建國家起了很大的作用。

② 不勝,勝音 shēng,受不了。

③ 作,出現。

④ 構,架起來,

⑤ 悦,喜歡。之,代詞,他。

⑥ 王,去聲字,音 wàng,動詞,稱王。有巢氏和下文的燧人氏,都是我國還處於原始社會時期,談不上有什麼帝王。

⑦ 號,尊稱為。

⑧ 果,木本植物的果實。蓏,音 luǒ,草本植物的果實。蜯,古文蚌字。蛤,音 gé,蛤蜊,外面生有雙殼的軟體動物,肉可以吃。

⑨ 燧,古代取火的工具。化,消除。腥臊,生肉的氣味。

下,號之曰燧人氏。中古之世,天下大水,而鯀、禹決瀆①。近古之世,桀、紂暴亂,而湯、武征伐②。今有構木鑽燧於夏后氏之世者,必為鯀、禹笑矣;有決瀆於殷、周之世者,必為湯、武笑矣。然則今有美③堯、舜、湯、武、禹之道於當今之世者,必為新聖④笑矣。是以聖人不期修古,不法常可⑤,論世之事,因為之備⑥。宋人有耕田者,田中有株⑦,兔走⑧觸株,折頸而死,因釋其耒⑨而守株,冀⑩復得兔,兔不可復得,而身為宋國笑。今欲以先王之政,治當世之民,皆守株之類也。

古者文王處豐、鎬之間⑪,地方百里,行仁義而懷西戎⑫,遂王天下。徐偃王處漢東⑬,地方五百里,行仁義割地而朝

① 鯀,音 gǔn,傳說是禹的父親。禹建立了夏朝,稱為夏后氏。決,開掘。瀆,音 dú,河道。古代的長江、黄河、淮水、濟水都是單獨流入海中的,所以叫做“四瀆”。

② 桀,夏朝最末一個君主,被湯滅亡,湯建立了商朝,又稱殷。紂音 zhòu,商朝最末的君主,被周武王滅亡,武王建立了周朝。

③ 美,稱頌。

④ 新聖,指新興地主階級政治代表人物。

⑤ 期,要求。修,研習。法,仿效。常,永久。可,適宜。

⑥ 論,分析。世,當代。備,措施。

⑦ 株,樹墩兒。

⑧ 走,跑。

⑨ 釋,放下。耒音 lěi,古代翻土的農具。

⑩ 冀,希望。

⑪ 文王,周文王。豐,文王遷居的都邑,在陝西省戶縣東。鎬,音 hào,武王遷居的都邑,在陝西省長安縣西南。

⑫ 懷,感化。西戎,周代一個少數民族。

⑬ 徐偃王,周穆王時,徐國強大,其君稱王。偃音 yǎn,徐國在今安徽省泗縣一帶。漢東,漢水以東。

者三十有六國,荊文王恐其害己也,舉兵伐徐,遂滅之。故文王行仁義而王天下,偃王行仁義而喪其國,是仁義用於古而不用於今也。故曰:"世異則事異。"

揚　權(節選)

天有大命,人有大命①。夫香美脆②味,厚酒肥肉,甘③口而病形;曼④理皓齒,說情而損精。故去甚去泰⑤,身乃無害。

權不欲見,素⑥無為也。事在四方,要在中央⑦。聖人執要,四方來效。虛而待之,彼自以⑧之。四海既藏⑨,道陰見陽。左右既立,開門而當⑩。勿變勿易,與二⑪俱行。行之不已,是謂履⑫理也。

夫物者有所宜,材者有所施。各處其宜,故上下無為。使雞司夜,令狸⑬執鼠,皆用其能,上乃無事。上有所長,事

① 晝夜四時,是自然的現象;君臣上下是人事的制度。

② 脆音 cuì,爽口。

③ 甘,香甜。

④ 曼音 màn,柔美。

⑤ 泰,甚,過度。

⑥ 素,空虛,不見形跡。

⑦ 四方是說臣子,老百姓;中央指君主而言。

⑧ 以,用也,施為。

⑨ 藏,使人瞧不見。

⑩ 左右,君王身邊的大臣。開門,公開,無私,不隱避。當,受也。

⑪ 二,指左輔右弼的大臣。

⑫ 履,踐行。

⑬ 狸音 lí,山貓。

乃不方①。矜而好能,下之所欺②。辯惠③好生,下因其材。上下易用,國故不治。

用一之道,以名為首,名正物定,名倚物徙。故聖人執一以靜,使名自命,令事自定。不見其采④,下故素正,因而任之,使自事之;因而予之,彼將自舉之⑤;正與處之,使皆自定之。上以名舉之,不知其名,復修其形,形名參同,用其所生⑥。二者誠信,下乃貢情⑦。謹修所事,待命於天。勿失其要,乃為聖人。

聖人之道,去智與巧。智巧不去,難以為常。民人用之,其身多殃⑧;主上用之,其國危亡。因天之道,反形之理,督參鞠之⑨,終則有始。虛以靜後,未嘗用己。凡上之患,必同其端⑩。信而勿同,萬民一從。

夫道者,弘大而無形;德者,核⑪理而普至。至於群生斟酌用之,萬物皆盛而不與其寧。道者,下周於事,因稽而命,

① 不方,猶言無力也,俞樾說。
② 矜,誇示。欺,誆騙。
③ 辯慧,巧言利口,亦有諂諛之意。
④ 采,表現光采。
⑤ 予,給也。舉,興辦,
⑥ 參同,經過實際考察而統一的事物。所生,為形名所出的根源。
⑦ 二,形和名。貢,上情下達。
⑧ 殃,禍患。
⑨ 督,考察。參,核實。鞠,盡力。
⑩ 端,開頭的事。
⑪ 核,考校。

與時生死①。參名異事②,通一同情③,故曰:道不同於萬物,德不同於陰陽,衡④不同於輕重,繩⑤不同於出入,和不同於燥濕,君不同於群臣。凡此六者,道之出也。道無雙,故曰一。

是故明君貴獨道之容。君臣不同道,下以名禱。君操其名,臣效其形,形名參同,上下和調也。

(《韓非子·揚權》)

注釋:這是《揚權》篇開始的一段文字。揚,明顯的意思,權是衡量,把事物輕重的分量,明顯地加以張揚,使大家都清楚地知道。

主　道(節選)

人主之道,靜退⑥以為寶。不自操事而知拙與巧,不自計慮而知福與咎。是以不言而善應,不約而善增。言已應則執其契⑦,事已增則操其符⑧,符契之所合,賞罰之所生也。故群臣陳其言,君以其言授其事,事以責其功。功當其事,事當其言則賞;功不當其事,事不當其言則誅。明君之道,臣不

① 稽音 jī,考核。生死,王先慎曰:"猶廢興也。"

② 即參考異事之名。

③ 必令通一而又同情。

④ 衡,度量。

⑤ 繩,標準。

⑥ 靜退當作虛靜,王先慎說。

⑦ 契,合同。

⑧ 符,號令。王先慎曰:"約當作事,言已應,事已增,正承上言之。增,讀如簪,與上應為韻。"

得陳言而不當。是故明君之行賞也,曖①乎如時雨,百姓利其澤;其行罰也,畏乎如雷霆,神聖不能解也。故明君無偷賞,無赦罰。賞偷則功臣墮其業,赦罰則奸臣易為非。是故誠有功則雖疏賤必賞,誠有過則雖近愛必誅。近愛必誅,則疏賤者不怠,而近愛者不驕也。(《韓非子·主道》)

對於新興的地主階級當權派,特別是他們的最高統治者,如國君帝王之類,韓非是主張賞罰分明,靜以制動的。就是說,不分親疏,只講功罪,賞功罰罪,照章辦事。這比泛泛地講求仁愛,多所更張,更有利於統治地位。

《五蠹》篇內容分析

1. 解題

按"蠹",木中蟲也,它使樹木從裏頭往外毀壞,對於樹木成長為害最大,以"五蠹"為篇名,其意義不只深痛,也是前所未有的事。如莊周之以《逍遙遊》《養生主》《大宗師》等為篇名一樣,都是空前的獨出新裁之作。差別在於莊周遊戲人間,逃避現實,超然於物外,而韓非則是憤世嫉俗積極推行法治的,故經常以《八奸》《飾邪》《詭使》之類的聳人聽聞的文字名篇,藉以鞭撻人事,掃除垃圾,有利於國家的治理。《五蠹》以物方人、公開揭發,乃係此中特為著稱的一篇。它不僅與罕見的莊周篇名異趣同功,尤其跟文縐縐的正統派的儒家作者,如荀子

① 曖音 ài,顧廣圻曰:"暖,讀為愛。"

的《勸學》《正名》《儒效》等篇名,不可同日而語。

2. 旨在變易

他這文章一上來就提出了治國"不期修古"(在扶世急),"不法常可"(不能無所變化),"論世之事,因為之備"的素樸的唯物主義的看法。從上古原始人民的生活情況說起,證明一個時代有一個時代的特點,不應該等同起來對待。就是說,法先王,向後看,是違背時代的要求的,不足為訓。其以"守株待兔"的故事來諷刺以"先王之政治當世之民"的比擬是饒有風趣而又夠得上典型的。他還歷舉了許多古代的歷史人物如舜、禹等以為例證,極有見地。因為韓非心目中的"聖人",其涵義是跟儒、墨兩家的迥不相同。總之,"世異則事異,事異則備變"是此篇首先揭示出來的觀點,"古今異俗,新故異備,如欲以寬緩之政治急世之民,猶無轡策而御悍馬,此不知之患",則是作者結合著政治,逐漸扣題之語,接著就點出了"民固服於勢,寡能懷於義"的種種道理。

3. 中心思想

排斥"仁義"、推行"賞罰"是此文的主體思想。他的名言為"儒以文亂法,俠以武犯禁",認為兼禮兩家的人主,是自取亂亡的。他說,"離法者罪,而諸先生以文學取;犯禁者誅,而群俠以私劍養",這是跟法治根本上相違背的事,所以,正確的態度是:"行仁義者非所譽,譽之則害功;工文學者非所用,用之則亂法。"他這裏面的名言是:"古者倉頡之作書也,自環者謂之私,背私謂之公。"於是強調了守法勇戰為公,舞文說孝為私,說"國平養儒俠,難至用介士,所利非所用,所用非所利”,“是世之所以亂也”。

4. 人主應

“處勢、操柄、用法”。他說:“今人主處制人之勢,有一國之厚,重賞嚴誅,得操其柄,以修明術之所燭,雖有田常、子罕之臣不敢欺也。”他又說:“明主之道,一法而不求智,固術而不慕信”,“用其力不聽其言,賞其功必禁無用”,“無書簡之文,以法為教;無先王之語,以吏為師;無私劍之捍,以斬首為勇”。這些都是在主張著“法、術、勢”必須綜合應用,把它們牢牢地抓在手裏,始克有濟,否則“法敗、官奸”,“百姓不盡死力以從其上矣”。這真是君主獨裁集權中央的先行者,難怪他的同門李斯,一方面疾賢害能要了他的性命,一方面又竊取其義幫助秦王政統一了天下。

5. 批判了縱横之士

韓非把“縱”和“横”分析得特別清楚,利害也交代得非常明確。他說:“縱”是“合衆弱以攻一強”,所謂“不救小伐大則失天下”,其實則“救小未必有實”,己亦“未必能存”;而“交大未必不有疏,有疏則為強國制矣。出兵則軍敗,退守則城拔。救小為‘從’,未見其利,而亡地敗軍矣”。又說“衡”為“事一強以攻衆弱”,所謂“不事大則遇敵受禍矣”,而“事大未必有實,則舉圖而委(聽命於人),效璽(投降敵國)而請兵矣。獻圖則地削,效璽則名卑。地削則國削,名卑則政亂矣。事大為‘衡’,未見其利也,而亡地亂政矣”。風行戰國中期的縱横家,蘇秦、張儀之輩,並不是什麼事功都不曾建立的。“治強易為謀,弱亂難為計”,作者為了樹立他的“法治”思想,因而強調了縱横家的禍敗,也是可以理解的。

6. 畫龍點睛的結語:著重提出五種"蠹蟲"的危害

(1)"學者":稱先王之道以籍(借、傳)仁義,盛容服而飾辯說,以疑當世之法而貳人主之心。

(2)"言古者":設詐稱,借外力,以成其私,而遺(棄也)社稷之利。

(3)"帶劍者":聚徒屬,立節操,以顯其名而犯五官(司徒、司馬、司空、司士、司寇)之禁。

(4)"患御者"(近習之輩):積於私門,盡貨賂而用重人之謁,退汗馬之勞。

(5)"商工之民":修治苦窳之器,聚弗靡之財。蓄積待時,而侔(比,並)農夫之利。

因此,他說,人主不除此"五蠹"之民,養耿介(執法無私)之士,則"其國破亡,其朝消滅"。看,這後果多麼嚴重!

7. 文章寫作的手法,在於

(1)有破有立,兩兩對比,語意明確,字句簡潔。如:"儒以文亂法,俠以武犯禁,而人主兼禮之,此所以亂也。"

(2)例證淺近,聯繫生活,議古例今,說理透徹。如以"守株待兔"的故事,【後殘缺不全】

李 斯

李斯者(？-前208),楚上蔡①人也。年少時,為郡小吏,見吏舍②廁中鼠食不潔③,近人犬,數驚恐之。斯入倉,觀倉中鼠,食積粟,居大廡之下,不見人犬之憂。於是李斯乃歎曰:"人之賢不肖譬如鼠矣,在所自處④耳!"乃從荀卿學帝王之術⑤。

學已成,度楚王不足事⑥,而六國皆弱,無可為建功⑦者,欲西入秦。辭於荀卿曰:"斯聞得時無怠⑧,今萬乘⑨方爭時,遊者主事⑩。今秦王欲吞天下,稱帝而治⑪,此布衣馳騖之時⑫而遊說者之秋也。處卑賤之位而計不為者⑬,此禽鹿視

① 上蔡,古蔡國,為楚所滅,故城在今河南省上蔡縣西南。
② 吏舍,地方小官辦公的房子。
③ 不潔,指糞便穢物而言。
④ 自處,自己應付事物,對待環境。
⑤ 帝王之術,治國平天下的辦法。
⑥ 度,估計。事,侍奉。
⑦ 建功,建立功業。為,讀去聲字。
⑧ 得時,遇到機會,時機成熟。無怠,不要懶惰。
⑨ 萬乘,是說七國的國君。
⑩ 遊者,遊說之士,說客。主事,行時,掌權。
⑪ 稱帝而治,以皇帝的名義來統治天下。
⑫ 布衣,白丁,沒有官爵的人。馳騖,奔走,鑽營。
⑬ 不為,無所作為。計,打算。

肉,人面而能強行者耳。故詬莫大於卑賤①,而悲莫甚於窮困。久處卑賤之位,困苦之地,非世而惡利,自托於無為,此非士之情也。故斯將西說秦王矣。"

語譯:

李斯,楚國上蔡人。青年時,做過地方的職員。在他辦公的房子裏,看到廁所中的老鼠,吃髒東西的時候,一碰見人或是狗就怕得躲藏起來;可是當他進了倉房,看到這裏頭的老鼠,卻安居在屋簷下面,大吃其糧米,根本不怕人和犬的干擾。他便歎著氣說:"人不管是有才能,還是沒用的貨色,他們的處境都像老鼠一樣,就看自己如何安排怎麼應付了。"於是開始跟著荀卿學習治國平天下的本領。

學習完成以後,他估量著去投奔楚王是不會成什麼大事的。其他各國也都衰弱,沒有可以搞出名堂的希望。只有西向秦國才有辦法,遂對他的老師荀卿辭行說:"我聽人講過:機會難得的厲害,萬萬不可

【缺】

強大起來,互相團結聯盟定約以共同對付秦國,就是具有黃帝那樣的賢能,也無濟於事,吞併不了六國啦。"秦王聽了很以為是,就正式派定李斯為丞相的長史,按照他的計謀,暗中派遣幹員,帶著金玉珠寶出去遊說諸侯。各國的賢達名士,可用財物收買過來的,就給他大量的禮品以及籠絡;這樣辦不了的,就用暗殺的方式幹掉他。無論收買還是暗殺,其目的都是為了破壞各國諸侯君臣之間的團結的,然後再打發善於用兵的大將帶著部隊去攻伐。

---

① 詬音 gòu,恥辱。

分析：

法家心明眼亮手狠腳步快的情況,從這裏面充分地顯示出來。而秦王政與李斯一拍即合之處,更足以證明他們都是奴隸主貴族的死對頭,順潮流而動的政治偉人,跟孔孟之流的欲蓋彌彰克己復禮者迴異。

秦宗室大臣皆言秦王曰:"諸侯人來事秦者,大抵為其主遊間①於秦耳,請一切逐客。"李斯議亦在逐中。斯乃上書曰:"臣聞吏議逐客,竊以為過矣。昔繆公②求士,西取由余於戎③,東得百里奚於宛④,迎蹇叔於宋,來丕豹、公孫支於晉。此五子者,不產於秦,而繆公用之,並國二十,遂霸西戎。孝公用商鞅之法,移風易俗,民以殷盛,國以富強,百姓樂用,諸侯親服,獲楚、魏之師,舉地千里,至今治強。惠王用張儀之計,拔三川之地,西並巴、蜀,北收上郡,南取漢中,包九夷,制鄢、郢,東據成皋之險,割膏腴之壤,遂散六國之從,使之西面事秦,功施到今。昭王得范睢,廢穰侯,逐華陽,強公室,杜私門,蠶食諸侯,使秦成帝業。此四君者,皆以客之功。由此觀之,客何負於秦哉！向使四君卻客而不內,疏士而不用,是使國無富利之實而秦無強大之名也。今陛下致崑山之玉,有隨、和之寶,垂明月之珠,服太阿之劍,乘纖離之馬,建翠鳳之旗,樹靈鼉之鼓。此數寶者,秦不生一焉,而陛下說之,何也?

---

① 遊間,偵察國情,挑撥離間。

② 秦穆公名任好,是春秋五霸之一。

③ 戎,古代西方的少數民族,地在今甘肅省慶陽等境內。由余西戎人,出使到秦,穆公以為賢能,就設法招徠了他。

④ 百里奚,虞人,虞【缺】

必秦國之所生然後可,則是夜光之璧不飾朝廷,犀象之器不為玩好,鄭、衛之女不充後宮,而駿良駃騠不實外廄,江南金錫不為用,西蜀丹青不為采。所以飾後宮充下陳娛心意說耳目者,必出於秦然後可,則是宛珠之簪,傅璣之珥,阿縞之衣,錦繡之飾不進於前,而隨俗雅化,佳冶窈窕,趙女不立於側也。夫擊甕叩缶彈箏搏髀,而歌呼嗚嗚快耳目者,真秦之聲也;鄭、衛、桑間、昭、虞、武、象者,異國之樂也;今棄擊甕叩缶而就鄭、衛,退彈箏而取昭、虞,若是者何也?快意當前,適觀而已矣。今取人則不然,不問可否,不論曲直,非秦者去,為客者逐。然則是所重者在乎色樂珠玉,而所輕者在乎人民也。此非所以跨海內制諸侯之術也。臣聞地廣者粟多,國大者人眾,兵強則士勇。是以太山不讓土壤,故能成其大;河海不擇細流,故能就其深;王者不卻眾庶,故能明其德。是以地無四方,民無異國,四時充美,鬼神降福,此五帝、三王之所以無敵也。今乃棄黔首以資敵國,卻賓客以業諸侯,使天下之士退而不敢西向,裹足不入秦。此所謂"藉寇兵而齎盜糧"者也。夫物不產於秦,可寶者多;士不產於秦,而願忠者眾。今逐客以資敵國,損民以益仇,內自虛而外樹怨於諸侯,求國無危,不可得也。秦王乃除逐客之令,復李斯官。

注釋:據《史記·秦始皇本紀》,逐客事在秦始皇十年(公元前二三七年),起因是韓國人鄭國到秦國來當間諜刺探軍情,為秦人發覺,於是宗室大臣建議把所有的客卿都驅逐出境,以免後患,李斯也在擬議之中。所以他才給秦王寫了這封書奏。結果是,不但他自己留下了官復原職,同時還取消了逐客的命令。

語譯:

秦國的宗室貴族當權者們,都向秦王建議說:各國來到咱們這兒作官的人,多數是替他們的國主來刺探我國的軍政情況的,您最好下命令,把他們都驅逐出境,商議下來,李斯也在名單裏頭。

李斯知道以後就上了一個奏章道:我聽得官場中人說,要把所有的客卿都趕出秦國去,這個決定實在是錯誤的。穆公的時候,廣求賢士,從西戎聘請了由余,在東宛城尋到了百里奚,迎接蹇叔於宋地,招來丕豹和公孫支於晉國,這五個人都不是秦國人,可是穆公用了他們,併吞了廿個國家,在西戎稱了霸。孝公任用了商鞅,變法維新,除去了老的一套,因而移風易俗,殷實了人民,富強了國家,百姓願意為國家出力,諸侯也都內向聽命了,戰勝了楚、魏兩國的軍隊,開拓了千里的疆土,直到現在,還是繁榮富強的。惠王用了張儀的計謀,奪得了河、伊、洛三川等地,西面兼併了巴蜀,北面收取了上郡,南面佔有了漢中,包圍了九種東夷,控制了鄢、郢這樣的大城市,東面還進據了像成皋這等險要的地方,分割了許多肥美的土地,從而解散了六國聯合的陣線,使他們面向西方服事秦國,直至今日,功績依然存在。昭王遇到范雎以後,罷免穰侯的相位,驅逐了貴戚華陽君,強盛了公室,杜塞了私門,像蠶吃桑葉一樣次第削弱諸侯,遂使秦國成就了帝王之業。這四個君主,都是靠著客卿的功勞才能成了大事的。由此看來,客卿有什麼對不住秦國呢?要是這四個君主當時不能容納客卿,不肯任用賢士,事實上會使國家富厚不了,秦國也就沒有什麼強大可說啦。

再如君王現在得到的崑山的美玉,獲有的隨和的珍寶,掛上的夜光珠,佩帶的太阿劍,乘騎的纖離駿馬,豎起的翠鳳旗,擊用的靈鼉鼓,這幾種寶貴的東西,沒有一件是秦國的土產,可是您都非常喜歡它,這是什麼道理呢?假使必須是秦國出產的才去享用,那就等於不讓夜光璧裝飾朝廷之上;犀角和象角製成的器皿,不做自己的玩好;鄭、衛兩國的美女,不能服侍於後宮;駃騠的駿馬也不飼養在馬棚裏;江南的金錫不被加工器用;西蜀的丹青無法施用為彩色了;如果裝飾後宮的,充作姬妾的,快樂心神的事物,悦耳賞目的聲色,必須是秦國出産的才能用,那又等於是:宛珠鑲嵌的簪子,飾著珠璣的耳環,阿地特製的綢衣,各類錦繡的設備,都不呈獻到您的面前;並且使那風雅美麗的趙女,不立在您的身邊了。我們知道:敲打甕器、瓦盆,彈著竹箏拍著大腿,這樣嗚嗚的歌聲,用以怡悦耳目的,確是秦國的方音土樂;而那鄭、衛的民歌,韶武的大樂,則是别國的樂舞,現在您卻拋棄了擊甕去欣賞那鄭、衛的歌聲,罷退了彈箏愛好這韶、虞的曲調,這是什麼原故呢?不過是為了娱樂高興這樣去做而已。可是輪到用人上就不這樣啦:不問是非,不管曲直,只要不是秦人一概不用;凡是客卿都須驅逐;這顯然是看重聲色珠玉輕視人民大眾的表現了,怎麼能是統治天下制服諸侯的辦法哪!

我知道的是:土地廣闊的,米糧必多;國家強大的,人民必眾;士兵富有戰鬥力,將官就更會英勇。只因泰山不排除泥土,才能夠成就它的偉大;河海不拒絕小水,才能夠造就它的淵深;做君王的不丢棄老百姓,才能夠突出他的德行。地不必分東西南北,人不管他本國别國,只要春夏秋冬四季全都充實美滿,鬼神就會降給幸福;前此的五帝三王之所以能夠天下無敵,即在於此。現在您卻打算把老百姓拋棄給敵國,驅逐出賓客去替諸侯建立功業,使天下的士人退縮,不敢西入秦國,這真是所説的借兵給敵寇送糧助盜賊了。應該曉得:不出産在秦國的物品,可以寶貴的非常之多;不出産在秦國的士人,願意忠心報效的,也絕不是少數。現在卻逐出客卿去充實敵國,損害人民以增加仇怨,使著國内空虚缺少人才,國外樹敵諸侯生事還想要國家沒有危險,那是不可能的了。

秦王看了這個奏章,便取消了逐客的命令,恢復了李斯的官職。

分析:

毫無疑問,秦國這一幫宗室貴戚,建議秦王政驅逐客卿出境的大臣們,跟那個代表沒落的奴隸主階級利益,可是混進了新興地主階級政權內部並且當了相國的呂不韋一樣,都是竭力排斥異己念念不忘復辟倒退的。李斯一腳跨到西秦,為了找個門路接近秦王因而投奔呂不韋之初,這個政治騙子當然會表示歡迎的,招賢納士培養自己的政治勢力麼,但在李斯跟秦王接上了關係,更主要的是秦王竟爾言聽計從,真個向吞併諸侯統一天下的途徑英勇進軍以後,這些傢伙便不能容忍了,階級鬥爭是你死我活勢不兩立的,怎麼能夠按照主觀願望去消滅它呢?

李斯這一番話的精義,首先在於已經徹底摧毀舊的國家界限,也就是奴隸主貴族統治者的樊籬:秦人治秦,楚臣愛楚的老一套,“士不產於秦,而願忠者眾”,便是道德標準大變革的明證。其次是他對於商鞅的肯定,強調變法維新“至今治強”的豐功偉績,從而看得出來荀卿之學果然是以反天命、法後王,著眼於政治革命為其主要內容的。李斯和韓非一樣,不愧是青出於藍的大法家。成問題的是,他在這封章奏中侈談“色、樂、珠、玉”等類的物質享受,還認為秦王是分所應得的,這便暴露出來到底是剥削階級的思想了。差強人意之處為,李斯的不該“所重者在乎色、樂、珠、玉,而所輕者在乎人民”的價值判斷,告誡秦王理應特重人民的結語。

卒用其計謀,官至廷尉①。二十餘年②,竟併天下,尊主③為皇帝,以斯為丞相。夷④郡縣城,銷⑤其兵刃,示不復用。使秦⑥無尺土之封,不立子弟為王、功臣為諸侯者,使後無戰攻之患。

始皇三十四年,置酒咸陽宫,博士僕射⑦周青臣等頌稱始皇威德。齊人淳于越進諫曰:"臣聞之,殷周之王千餘歲,封子弟功臣自為支輔⑧。今陛下有海内,而子弟為匹夫⑨,卒⑩有田常⑪、六卿之患,臣無輔弼⑫,何以相救哉? 事不師古⑬而能長久者,非所聞也。今青臣等又面諛以重陛下過⑭,

---

① 廷尉,秦官名,專管司法獄訟等事。廷,平也,治獄必須公正,所以叫廷尉。

② 指李斯佐秦至始皇稱帝這一段時期。

③ 尊主,尊奉秦王政。

④ 夷,平,除,也有消滅奴隸主舊勢力的涵義。

⑤ 銷,毁掉。

⑥ 秦,是説宗室子弟和功臣。

⑦ 博士,秦官,掌管古今文獻。僕射,也是秦官。僕,主持,射音 yè,管弓箭習武之事。

⑧ 支與枝同。輔,佐助。

⑨ 匹夫,平民,白丁。

⑩ 卒,通作猝,突然,倉猝間。

⑪ 田常,齊國大夫,他殺掉了齊簡公而代為國君。六卿,晉國的六家大臣,他們是范氏、中行氏、智氏、韓氏、趙氏、魏氏。這些人勢力都很強大,瓜分了晉國,最後互相吞併,只剩下韓、趙、魏三家,共同滅亡了晉國。

⑫ 輔弼,屏藩。弼音 bì。

⑬ 師古,學習古代,走古人的老路。

⑭ 重,助長。過,過失,錯誤。

非忠臣也。”始皇下[①]其議丞相。丞相謬[②]其說,絀[③]其辭,乃上書曰:“古者天下散亂,莫能相一[④],是以諸侯並作,語皆道古以害今,飾虛言以亂實,人善[⑤]其所私學,以非上所建立[⑥]。今陛下併有天下,別白黑而定一尊[⑦];而私學乃相與非法教之制[⑧],聞令下,即各以其私學議之,入則心非[⑨],出則巷議[⑩],非主以為名[⑪],異趣以為高[⑫],率群下以造謗[⑬]。如此不禁,則主勢[⑭]降乎上,黨與[⑮]成乎下。禁之便[⑯]。臣請諸有文學《詩》《書》百家語者,蠲[⑰]除去之。令到滿三十日弗去,

---

① 下,交付。

② 謬,及物動詞,認為荒謬。

③ 絀同黜,廢棄。

④ 彼此統一不了。

⑤ 善,肯定,認為最好。

⑥ 非,否定。上,君王。建立,規定的法令制度。

⑦ 辨白黑,分別是非。一尊,一個領導,一個統治者。

⑧ 私學,指當時各種學派和他們的言論。法教之制,秦統一後所頒佈的法律及教育制度。

⑨ 心非,心中不滿。

⑩ 巷議,街頭巷尾的議論。

⑪ 批評國君藉以炫耀自己,使個人出風頭。

⑫ 認為只有叫自己的看法跟朝廷的法令對立著才算高明。

⑬ 謗,非議,譭謗。群下,眾多的社會人士。

⑭ 主勢,君主的權威。

⑮ 黨與,小集團。

⑯ 便,有好處,正確。

⑰ 蠲音 juān,除掉。

黥①為城旦②。所不去③者,醫藥卜筮④種樹⑤之書。若有欲學者,以吏為師⑥。"

始皇可⑦其議,收去《詩》《書》、百家之語以愚百姓,使天下無以古非今⑧。明法度,定律令,皆以始皇起;同文書⑨,治離宮別館⑩,周徧天下;明年,又巡狩,外攘⑪四夷,斯皆有力焉⑫。

---

① 黥音 qíng,在罪犯面上刺字,用墨塗黑,使不脫去。

② 城旦,徒刑的一種,刑期四年,服修築城池的勞役。

③ 不去,不銷毀的。

④ 筮音 shì,占卦。

⑤ 樹,動詞,栽種。

⑥ 欲學者,願意學習法令的人。以吏為師,應以在職的官吏為師,不得私相授受。

按《秦始皇本紀》也記載著有李斯的這篇奏書,文字詳略有所不同,今節録以備參考:"五帝不相復(重復,照樣搬用),三代不相襲(因襲,毫不更改),各以治(都能成為治世),非其相反,時變異也。今陛下創大業,建萬世之功,固非愚儒所知。且越言,乃三代之交,何足法也!異時(不久以前)諸侯並爭,厚(廣泛地)招遊學(遊說的士人);今天下已定,法令出一,百姓當家則力(自己出來努力去幹)農、工,士則學習法令、辟禁(禁令)。今諸生不師今而學古,以非當世,惑亂黔首(人民,老百姓)……臣請史官非秦紀(秦國的史書)皆燒之,非博士官所職,天下敢有藏詩、書、百家語者,悉詣守尉雜(彙集到一處)燒之。有敢偶語詩、書,棄市。以古非今者族(滅族)。吏見知(覺察,知情)不舉者,與同罪。令下三十日不燒,黥為城旦(以下與本篇略同)。"

⑦ 可,批准。

⑧ 無以古非今,不許用古代的典章制度來否定今天的法令。

⑨ 同文書,文書即文字,同,統一起來。

⑩ 治,修建。離宮別館,皇帝巡視全國各地所住的宮室。

⑪ 明年,始皇卅五年(公元前二一二年)。攘音 rǎng,擊退,看守。

⑫ 是說以上這些措施,李斯都參與啦,為始皇出了力。

語譯:

到底依照李斯的意見辦事了,把他的官職提升為司法大臣。二十多年以後,竟得統一了天下。把秦王捧登了皇帝的寶座,李斯自己也當上了秦帝國的大丞相。於是更進一步地消滅各地的反動派,毀掉了作戰的兵器,表示天下太平再用不到它了。拆除郡縣的城垣,可是連一尺土地也不封給宗室子弟和功臣,集權中央以免地方割據,使後代永無戰爭的禍患。

始皇三十四年,皇帝在咸陽城大擺酒筵宴請群臣。博士官僕射官周青臣等頌揚秦始皇的威德,說是古今罕有。齊人淳于越卻提出不同的看法說:“殷、周兩代的王位繼承了一千多年,都由於把土地分封給子弟和功臣,形成了多方面的輔翼力量的原故。現在皇帝您富有四海一統天下,可是秦國的宗室子弟只有平民的身份,一旦發生像齊國田常、晉國六卿那樣的變亂,倚靠什麼力量來援救呢?做事情不取法於古代,參照前人的經驗,而能長久不發生問題,我是從來沒有聽說過的。此刻周青臣等又當面奉承來助長您的過失,這不是忠臣的行為。”始皇把這個建議交給李斯處理。李斯以其言為荒謬,廢棄了淳于越的意見,還上了奏書說:“古代的時候,天下分散混亂,彼此統一不起來,所以各國諸侯自行其是,一般的論調都是稱引陳舊的事物來否定當前的設施,裝點一些浮誇的言辭以擾亂實際的工作,人人都認為自己的一套學問最好,並且還拿它來對立上邊所規定的法令。現在您統一了天下,決定了是非的標準,可是【缺】

董仲舒與漢代學術思想

一、仲舒的一生

董仲舒,西漢廣川(今河北省景縣)人,生於漢文帝劉恒元年(前一七九)。其時周勃、陳平、灌嬰等勳貴老臣已近晚年,文帝的母親薄太后崇信"黄老之術",劉恒的皇后竇氏也教訓她的兒子劉啟(景帝)要清靜無為、與民休息,其根源是來自"蕭規曹隨"的。

原來齊地經過幾十年大亂之後,曹參被派去整治。參在膠西蓋公的建議之下,以"無為"的精神施政而大見功效。蕭何死後,參被調入長安代為丞相,舉事無所變更,一遵蕭何的舊約束。惠帝劉盈怪而問之,參對曰:"高帝與蕭何定天下,法令既明。今陛下垂拱,參等守職遵而勿失,不亦可乎?"惠帝曰:"説得是。"這樣,便沿襲下來了。(事見《史記·曹相國世家》)

仲舒家境清寒而不事生產,惟知苦讀《詩》《書》,專治《公羊春秋》。他經常不窺門戶,斷絕交往。成名以後,四方來學者多求教於他的門生,難得親炙。但他非常推重齊人胡毋生(子都)的學識(兩人的關係在師友之間)。子都是景帝的博士,"公羊學"的前輩,垂老退居家鄉教授門徒。一度做過武帝劉徹丞相的公孫弘,便是子都的學生。

公孫弘之學不如仲舒,而心懷妒忌。仲舒也鄙視公孫弘的為人,説他"從諛"(大概是善於鑽營、巴結的意思,因為公孫弘長於吏治,晚年得志,六十歲後始為卿相)。

仲舒在學問道德上是很有修養的人,進退舉止循規蹈矩。在景帝的末年,他也曾被地方官推薦為博士(稍後於胡毋生)。武帝建元元年召舉賢良文學之士,他又以學行優逸,而獲宮廷對策。這從詔書上稱他為首選之"子大夫",欲從而問治國安邦之大道可知。這時仲舒已經四十歲了,由於感戴知遇,不能不竭誠奉獻,於是仲舒洋洋灑灑地敷陳起天人合一、陰陽變化、禮樂為本、教化至上的大義。第一策對即全方位的、有重點的,近二千言啦(三個策對以此為主,經世致用語不虛發)。他說"天公是仁愛"的,對人君是"扶持"的,除非"大亡道"者如桀、紂、幽、厲等暴君不在其内。但須有個先決條件,那便是見多識廣,"強勉行道"。他接著說:

(1)"道者,所由適於治之路也,仁、義、禮、樂皆其具也(具體體現的德操)。"行不由此,"是以政日以仆滅"。

(2)"王者功成作樂,樂其德也。樂者,所以變民風、化民俗也。其變民也易,其化人也著。"樂以道和麽。

(3)"天之所大奉使之王者,必有非人力所能致而自至者,此受命之符也。天下之人同心歸之,若歸父母(王者天下所歸往也),故天瑞應誠而至。"

(4)"殘賊良民以爭壤土,廢德教而任刑罰。刑罰不中,則生邪氣;邪氣積於下,怨惡畜於上。上下不和,則陰陽繆戾而妖孽(孽,災也)生矣。"

(5)"命者,天之令也;性者,生之質也;情者,人之欲也。""有治亂之所生,故不齊也。""故堯、舜行德,則民仁壽;桀、紂行暴,則民鄙夭。"

(6)"秦繼其後,獨不能改,又益甚之,重禁文學,不得挾書,棄捐禮誼而惡聞之,其心欲盡天先王之道,而專為自恣苟簡之治,故立為天子十四歲而國破亡矣。"

(7)"今漢繼秦之後,如朽木糞牆矣,雖欲善治之,亡可奈何!法出而奸生,令下而詐起,如以湯止沸,抱薪救火,愈甚,無益也。"

(8)"漢得天下以來,常欲善治而至今不可善治者,失之於當更化而不更化也。""今臨政而願治七十餘歲矣,不如退而更化,更化則可善治,善治災害日去,福禄日來。"

我們看,仲舒是夠大膽的了,竟敢當著武帝的面否定漢家七十年來的政教,還把它與亡秦相提並論,說是已經"命出奸生,令下詐起","亡可奈何",不"更化"不行了。不料武帝看了仲舒的策論反而稱奇,跟著又下了第二道提問:"為什麼虞舜垂拱無為,天下太平;周文王至於日昃不暇食,而宇內亦治。帝王為治,理應同條共貫,這卻勞逸不同?"武帝也講古論今說:"殷人執五刑以督奸,傷肌膚以懲惡,成康不式四十餘年,天下不犯,囹圄空虛。秦國用之,死者甚重,刑者相望,秏矣哀哉!"甚至感歎著說,"嗚呼! 朕夙寤晨興",以法前王而彰洪業,力本(謂農業也)任賢,甚至親耕藉田,勸孝弟,崇有德,問勤勞,恤孤窮,盡思極神,而"功烈休德未始云獲也。今陰陽錯謬,氛氣充塞,群眾寡遂,黎民未濟,廉恥貿亂,資不肖混殽",自家承擔了六項壞情況的責任,並續道其原由說:"毋乃牽於文繫而不得騁歟?(顏師古注曰:謂懼於文吏之法。)將所由異術,所聞殊方與? 各悉對。"不要有什麼顧忌,是皇帝擺完了存在的問題,反向仲舒再要答案了,劉徹這個皇帝還真夠虛懷的,因為他也採取過諸如"勸孝弟,崇有德,問勤勞,恤孤窮"的措施而未奏效麼。

仲舒回答這一策問倒比較簡單明瞭,針對性強了,索性端出《春秋》來:

制度文采玄黃之飾,所以明尊卑,異貴賤,而勸有德也。故春秋受命所先制者,改正朔,易服色,所以應天也。然則宮室旌旗之制,有法而然者也。故孔子曰:"奢則不遜,儉則固。”儉非聖人之中制也。

說到最後還是一個學習、教化問題:“爵祿以養其德,刑罰以威其惡”,此聖王之所以治天下也。如武王平殘賊,周公作禮樂,成康繼承以隆之,所以囹圄空虛四十餘年。“秦則不然,師申商之法,行韓非之說,憎帝王之道,以貪狼為俗,非有文德以教訓於下也。”“造偽飾詐,趣利無恥,又好用憯酷之吏,賦斂亡度,竭民財力,百姓散亡,不得從耕織之業,群盜並起,是以刑者甚眾,死者相望。”當然,也免不了幾句“頌聖”的話如:“陛下親耕藉田以為農先,夙寤晨興,憂勞萬民,思惟往古,而務以求賢,此亦堯舜之用心也,然而未云獲者,士素不厲也。”因之,鄭重提出“養士之大者,莫大乎太學;太學者,賢士之所關也,教化之本原也”。而把暴虐百姓,冤苦失職,陰陽錯謬,氛氣充塞等缺陷歸罪於長吏。真是善為說辭,因而引出了皇帝的第三策。

制曰:蓋聞“善言天者必有征於人,善言古者必有驗於今”。故朕垂問乎天人之應,上嘉唐虞,下悼桀紂,寖微寖滅寖明寖昌之道,虛心以改。今子大夫明於陰陽所以造化,習於先聖之道業,然而文采未極,豈惑乎當世之務哉?條貫靡竟,統紀未終,意朕之不明與?聽若眩與?夫三王之教所祖不同,而皆有失,或謂久而不易者道也,意豈異哉?今子大夫既已著大道之極,陳治亂之端矣,其悉之究之,孰之復之。《詩》不云乎?“嗟爾君子,毋常安息,神之聽之,介爾景福。”(《小雅·小明》)朕將親覽焉,子大夫其茂(勉也)明之。

仲舒聆此綸音,自當誠惶誠恐,罄其所知以對,我們今日讀來尤感其立論卓越而切實可行,語言生動而光彩照人,信乎其為大家哲人也!

他首先對皇帝表示愚昧,前所上對不愜"聖意"之罪,然後謹依策問逐一復答:

天者,群物之祖也,故遍覆包函而無所殊(師古曰:"函與含同。殊,異也。"),建日月風雨以和之,經陰陽寒暑以成之。故聖人法天而立道,亦溥愛而亡私,布德施仁以厚之,設誼立禮以導之。

春者天之所以生也,仁者君之所以愛也;夏者天之所以長也,德者君之所以養也;霜者天之所以殺也,刑者君之所以罰也。由此言之,天人之徵,古今之道也。

孔子作《春秋》,上揆之天道,下質諸人情,參之於古,考之於今。故《春秋》之所譏,災害之所加也;《春秋》之所惡,怪異之所施也。書邦家之過,兼災異之變,以此見人之所為,其美惡之極,乃與天地流通而往來相應,此亦言天之一端也。

古者修教訓之官,務以德善化民,民已大化之後,天下常亡一人之獄矣。今世廢而不修,亡以化民,民以故棄行誼而死財利,是以犯法而罪多,一歲之獄以萬千數。以此見古之不可不用也。

故《春秋》變古則譏之。天令之謂命,命非聖人不行;質樸之謂性,性非教化不成;人欲之謂情,情非度制不節。是故王者上謹於承天意,以順命也;下務明教化民,以成性也;正法度之宜,別上下之序,以防欲也。修此三者,而大本舉矣。

人受命於天,固超然異於群生,入有父子兄弟之親,出有君臣上下之誼,會聚相遇,則有耆老長幼之施;粲然有文以相接,驩然有恩以相愛,此人之所以貴也。生五穀以食之,桑麻以衣之,六畜以養之,服牛乘馬,圈豹檻虎,是其得天之靈,貴於物也。故孔子曰:"天地之性人為貴。"

又對皇帝所問"三王之教所祖不同,而皆有失,或謂久而不易者道也,意豈異哉"說,特別強調"道並未有變"之至理曰:

夫樂而不亂、復而不厭者謂之道;道者萬世亡弊,弊者道之失也。先王之道必有偏而不起之處,故政有眊(不明,音mào)而不行,舉其偏者以補其弊而已矣。三王之道所祖不同,非其相反,將以捄溢扶衰,所遭之變然也。故孔子曰:"亡為而治者,其舜乎!"改正朔,易服色,以順天命而已;其餘盡循堯道,何更為哉!故王者有改制之名,亡變道之實(只有改制之名)。然夏上忠,殷上敬,周上文者,所繼之捄,當用此也。孔子曰:"殷因於夏禮,所損益可知也;周因於殷禮,所損益可知也。其或繼周者,雖百世可知也。"

道之大原出於天,天不變,道亦不變。

畫龍點睛,最後提出了大經大法大道之所在,但自己也不能居之不疑,於是"臣愚不肖,述所聞,誦所學,道師之言,僅能勿失耳!"其實,這也不是臣下對君上所必有的惶恐話頭,天威咫尺禍福難測,不能不存悚慄之心麼,儘管剛即位的武帝還夠開明坦蕩,虛懷求教。

仲舒最後還是滿有信心地高舉"《春秋》大一統者,為天地之常經,古今之通誼"的旗號向皇帝獻議:

臣愚以為諸不在六藝之科、孔子之術者,皆絕其道,勿使並進。

他說這樣才能滅息邪辟之說,“統紀可一而法度可明,民知所從焉”,結果不但是聳動了武帝的聽聞而且真個付諸實施了,作為國策雷厲風行,這是什麼緣故呢?分析起來動力有:

(1)漢武帝襲父祖的餘蔭,好大喜功,勤於邊事,這種皇權天授,尊王攘夷的大一統思想,符合他的政治要求。特别是七國之亂後,骨肉乖離,法令滋張,孔子所謂“君不君,臣不臣”,影響長安威信,内外騷然,上下失序,不整頓、不更化不行了。

(2)漢承秦弊,焚坑禁錮,文教紊亂,很晚才除“挾書”之律。高祖既“溺冠罵座”,輕視儒生;文景亦崇尚“黄老之術”,清靜無為。而且勳貴當道,大權旁落(文帝始嚴令周勃等出京就國)。地方只刺舉“賢良方正”和少許自學成才的“博士”,未興庠序之教。

博士死守一經,坐而論學,公卿只諳吏治,厚重少文,武帝始開頭冊舉亦懂“公羊學”的公孫弘為卿相(伊已六十開外,垂垂老矣)。惜此公學不純正排斥仲舒,對策完畢,他使仲舒外放為江都王相,離了朝廷。

這時,《漢書》記載説:“自公孫弘以《春秋》之義繩臣下取漢相,張湯(雖能理財,增税鑄錢,而治獄羅織株連,號為“酷吏”,終被誅夷)以峻文決理為廷尉(朝廷最高的“司法官,掌生殺之權”),於是見知之法生,而廢格沮誹窮治之獄用矣。其明年(元狩元年),淮南、衡山、江都王謀反跡見,而公卿尋端治之,竟其黨與,坐而死者數萬人,吏益慘急而法令察。”(《食貨志》下)儘管“公孫弘以宰相,布被,食不重味,為下先,然而無益於俗,稍務於功利矣”。(同上)

仲舒既不得重用於朝,所事又是一位驕横的親王(武帝的哥哥江都王非,即易王,仲舒以禮誼匡正之,頗受其敬重),相處既久,未免無話不談。一次,易王問仲舒曰:“越王勾踐與大夫泄庸、種、蠡計畫伐吴,終於把吴消滅掉,孔子稱殷有三仁(用《論語 · 微子》的上半句),

寡人亦以為越有三個仁人。齊桓公依靠管仲處理國家大事,寡人則依靠先生。”(本意是在推崇仲舒)

仲舒卻很嚴肅認真地回答易王說:“臣我淺陋,無法解釋這樣重大的問題。可是我聽說昔日魯君垂問柳下惠(魯國大夫展禽,食邑於柳下。惠,其謚也):‘我打算征伐齊國,你看怎麼樣?’柳下惠回答說:‘不可以。’回家以後面露愁容,悔恨地說:‘我認為侵犯別人的國家從來不找有道德的人商量,為什麼問到我的頭上了!’這不過只是問問罷了,柳下惠就感到這般慚愧,還用講共同設計滅亡吳國嗎?如此看來,越國沒有一個仁人。所謂仁人,必須是處世以大義為主,而不謀求不正當的利益的,明確真理之所在,不去計較功效的。孔門之中,連孩童都以稱道五霸為可恥,因為他們是先講欺詐而後仁義的。茍且行詐的人們,是不能稱道於偉大的君子之門的。五霸比起別的諸侯雖然還說得過去,可是對三王來講,就好像假玉石沒法比真玉石了。”易王聽完仲舒這番議論以後,說是“好得很”!

仲舒回答河間獻王劉德所提出的“五行”生克天地父母大孝備矣的問題,也深受劉德的讚賞。

河間獻王問溫城(仲舒時為江都相)董君曰:“《孝經》曰:‘夫孝,天之經,地之義。’何謂也?”對曰:

天有五行,木火土金水是也。木生火,火生土,土生金,金生水。水為冬,金為秋,土為季夏,火為夏,木為春。春主生,夏主長,季夏主養,秋主收,冬主藏。藏,冬之所成也。

是故父之所生,其子長之;父之所長,其子養之;父之所養,其子成之。諸父所為,其子皆奉承而續行之,不敢不致如父之意,盡為人之道也。

由此觀之,父授之,子受之,乃天之道也。故曰:夫孝者,天之經也。此之謂也。

王曰:"善哉!天經既得聞之矣,願聞地之義。"對曰:"地出雲為雨,起氣為風。風雨者,地之所為。地不敢有其功名,必上之於天。命若從天氣者,故曰天風天雨也,莫曰地風地雨也。勤勞在地,名一歸於天,非至有義,其孰能行此?故下事上,如地事天也,可謂大忠矣。"

你看仲舒把忠孝之道配合到五行上來,這是多麼完整呀,嚴絲合縫。仲舒最後復譬之於五聲中之"宮",五味中之"甘",五色中之"黄",以強調"孝"為地之義,這就不怪引得獻王連聲讚歎說是"善哉",並且主動聯繫到"悦目"的衣服容貌,"悦耳"的聲音應對,"悦心"的好惡去就等方面,而結之以"恭""順""遜讓""仁厚"儀容行止上、可觀可樂的修養上了。

仲舒凡事易王、膠西王兩家親王,以道德仁義治國,猶恐久而有失,因告病退居家中,以教授門徒著書立説為主要工作。但朝廷遇有不易解決的問題,間亦派人來舍徵求意見,如廷尉張湯即承制問過郊祀之事:

廷尉臣湯昧死言曰:臣湯承制,以事問故膠西相仲舒。臣仲舒對曰:"所聞古者天子之禮,莫重於郊。郊常以正月上辛者,所以先百神而最居前。禮,三年喪,不祭其先,而不敢廢郊。郊重於宗廟,天尊於人也。"

下面張湯承制凡有三問:從用牲之色到魯以諸侯而亦有郊事,仲舒敬謹對答亦有三番。關於魯郊的,仲舒對以:

周公傅成王,成王遂及聖,功莫大於此。周公,聖人也,有祭於天道。故成王令魯郊也。

最後結以:

臣犬馬齒衰,賜骸骨,伏陋巷,陛下乃幸使九卿問臣以朝廷之事。臣愚陋,曾不足以承明詔,奉大對。臣仲舒昧死以聞。

仲舒之對不打緊,以後漢武帝竟大行其事:郊祀封禪,巡幸四方,恐為始料所不及。仲舒也談災異,特別是有關時事的幾乎喪失了性命,如:

建元六年春二月,遼東高廟災;夏四月,高園便殿火。漢高祖劉邦的神廟不到兩月屢遭焚毁,不能不說是子孫對祖宗失德失敬的大事,連武帝自己都改衣喪服五日,表示有罪了麼。這樣嚴肅認真的事件,仲舒竟也講古比今,毫不矜假地議論起來,豈非自討苦吃!他說:

《春秋》之道舉往以明來,是故天下有物,視《春秋》所舉與同比者(師古曰:比,類也),精微眇以存其意,通倫類以貫其理,天地之變,國家之事,粲然皆見,亡所疑矣。

按《春秋》,魯定公、哀公時,季氏之惡已孰(熟,成也),而孔子之聖方盛。夫以盛聖而易孰惡,季孫雖重,魯君雖輕,其勢可成也。

故定公二年五月,兩觀災。兩觀,僭禮之物(師古曰:兩觀,天子之制),天災之者,若曰僭禮之臣可以去。已見罪徵,而後告可去,此天意也。定公不知省!

至哀公三年五月,桓宫、釐宫災。二者同事,所為一也,若曰燔貴而去不義云爾。哀公未能見,故四年六月亳社災。兩觀、桓、釐廟、亳社,四者皆不當立,天皆燔其不當立者以示魯,欲其去亂臣而用聖人也。

季氏亡道久矣,前是天不見災者,魯未有賢聖臣,雖欲去季孫,其力不能,昭公是也。至定、哀乃見之,其時可也。不時不見,天之道也。

今高廟不當居遼東,高園殿不當居陵旁,於禮亦不當立,與魯所災同。其不當立久矣,至於陛下時天乃災之者,殆亦其時可也。

昔秦受亡周之敝,而亡以化之;漢受亡秦之敝,又亡以化之。夫繼二敝之後,承其下流,兼受其猥(積敝),難治甚矣!又多兄弟親戚骨肉之連,驕揚奢侈(揚,張大)恣睢者眾(服虔曰:自恣意,怒貌),所謂重難之時者也。陛下正當大敝之後,又遭重難之時,甚可憂也。

故天災若語陛下:"當今之世,雖敝而重難,非以太平至公,不能治也。視親戚貴屬在諸侯遠正最甚者,忍而誅之,如吾燔遼東高廟乃可;視近臣在國中處旁仄及貴而不正者,忍而誅之,如吾燔高園殿乃可"云爾。在外而不正者,雖貴如高廟,猶災燔之,況諸侯乎!在內不正者,雖貴如高園殿,猶燔災之,況大臣乎!此天意也。罪在外者天災外,罪在內者天災內,燔甚罪當重,燔簡罪當輕,承天意之道也。

(文見《五行志》)

這可真是毫無忌諱,竟把高廟比作春秋魯國定哀時的觀、社,認為根本不該設立,更不要說燒了。又把漢初比作暴秦,說是沒有更化所以有此天災人禍,“重難大敝”,虎口拔牙,龍被逆鱗,那會不犯事呢?

同列主父偃(此人狂悖,慣好生事,大臣畏其口舌賂遺千金,或謂其乖張太橫,他竟說:“丈夫生不五鼎食,死即五鼎烹耳。”後終因案被族滅)趁機舉發了仲舒平日寫過的《災異之記》,仲舒的門生呂步舒不知仲舒有此一書,也貶斥作者“下愚”,仲舒遂被下獄,科以死罪,武帝下詔赦免,始得無恙。仲舒此後終身不敢再言災異。

先是仲舒對《春秋》對災異屢有騰說,意在講古比今感悟人主,《漢書·五行志》頗有記載,如:

> 釐公二十年“五月(己酉)〔乙巳〕,西宮災”。……仲舒以為釐娶於楚,而齊媵(以女從嫁)之,脅公使立以為夫人。(僖公之母,謂成風也。本非正嫡,僖既為君,而母遂同夫人禮。僖公初聘楚女為嫡,齊女為媵。時齊先致其女,脅魯使立為夫人。顏師古注。)西宮者,小寢,夫人之居也。若曰,妾何為此宮!誅去之意也。以天災之,故大之曰西宮也。
>
> 昭十八年“五月壬午,宋、衛、陳、鄭災”。董仲舒以為象王室將亂,天下莫救,故災四國,言亡四方也。又宋、衛、陳、鄭之君皆荒淫於樂,不恤國政,與周室同行。陽失節則火災出,是以同日災也。(師古曰:“宋微子啟本出殷,陳胡公滿有虞苗裔,皆王者之後。衛康叔,文王之子。鄭桓公,宣王之弟。”)

火災特甚,事關五行,比附歷史,言之成理。

“仲舒所著,皆明經術之意,及上疏條教,凡百二十三篇。而說《春秋》事得失,《聞舉》《玉杯》《蕃露》《清明》《竹林》之屬,復數十篇,十餘萬言,皆傳於後世。”問題是好用義法比附史事,有時未免牽強,缺少說服力。

仲舒弟子及門者蘭陵(在今山東省嶧縣附近)褚大官至國相,廣川(今山東省長山縣)殷忠(殷一作段)、溫(今浙江省溫州市)吕步舒至長史,持節使決淮南獄,於諸侯擅專斷,不報,以《春秋》之義正之,天子皆以為是。弟子通者,至於命大夫;為郎、謁者、掌故以百數。

仲舒死於漢武帝太初元年(劉徹在位已三十六年,公元前一〇四年),得年七十五歲,其子及孫皆以學至大官。

班固在《漢書》裏為之單獨立傳,還在《武帝本紀》《五行志》《儒林傳》等紀傳中,多次提到他。如《五行志》云:

> 漢興,承秦滅學之後,景、武之世,董仲舒治《公羊春秋》,始推陰陽,為儒者宗。

治《春秋穀梁傳》,宣、元之季最為知名的博雅君子劉向復稱之曰:

> 董仲舒有王佐之材,雖伊(尹)吕(望)無以加。管晏之屬,伯者之佐,殆不及也。

可見仲舒時譽之大、聲名之廣,我們則認為他有功於漢初文教的復興,通過武帝設立學校,修明經術,整頓社會風氣,倡導倫理道德,清廉自守,鞭撻淫靡腐化,成一家言,流傳久遠。功在文帝朝賈誼、景帝朝晁錯之上,忠心耿耿,一代宗師,只有宣、元朝的劉向可與倫比。

按仲舒本有文集,亦嘗作賦。西漢初年即有"登高作賦,可以為大夫"之風氣,如賈長沙(誼)、劉更生(向),均是此中能手。故其《士不遇賦》亦極具代表之意味,賦文云:

嗚呼嗟乎,遐哉邈矣!時來曷遲?去之速矣。屈意從人,非吾徒矣。正身俟時,將就木矣。悠悠偕時,豈能覺矣?心之憂兮,不期祿矣。皇皇匪寧,只增辱矣。努力觸藩,徒摧角矣。不出戶庭,庶無過矣。重曰:生不丁三代之盛隆兮,而丁三季之末俗。末俗以辯詐而期通兮,貞士以耿介而自束。雖日三省於吾身兮,繇懷進退之惟谷。彼實繁之有徒兮,指其白以為黑。目信嫮(音戶,美好也)而言眇兮,口信辯而言訥。鬼神之不能正人事之變戾兮,聖賢亦不能開愚夫之違惑。出門則不可與偕往兮,藏器又蚩其不容。退洗心而內訟兮,固未知其所從也。觀上世之清暉兮,廉士亦煢煢而靡歸。殷湯有卞隨與務光兮,周武有伯夷與叔齊。卞隨務光遁跡於深淵兮,伯夷叔齊登山而采薇。使彼聖賢其由周遑兮,矧舉世而同迷。若伍員與屈原兮,固亦無所復。顧亦不能同彼數子兮,將遠遊而終古。於吾儕之云遠兮,疑荒塗而難踐。憚君子之於行兮,誠三日而不飯。嗟天下之偕違兮,悵無與之偕返。孰若反身於素業兮,莫隨世而輪轉。雖矯情而獲百利兮,復不如正心而歸一善。紛既迫而後動兮,豈云稟性之惟褊?昭同人而大有兮,明謙光而務展。遵幽昧於默足兮,豈舒采而蘄顯。苟肝膽之可同兮,奚鬚髮之足辨也。

按董江都的罷黜百家、表彰六經、獨崇儒術、察舉孝廉等大政方針,不是先後都被朝廷採納了嗎?怎麼還有這些牢騷與失意之感呢?竟至引卞隨、務光、伯夷、叔齊以及伍員、屈原這些孤臣孽子為同道?而且一開篇就哀歎連連説"時來曷遲""將就木矣""心之憂兮""皇皇匪寧",這跟他的前輩賈誼《吊屈原賦》的"嗚呼哀哉!逢時不祥","已矣,國其莫我知,獨堙鬱兮其誰語",以及《鵩鳥賦》之"小知自私兮,賤彼貴我","貪夫徇財兮,烈士徇名;誇者死權兮,品庶馮生"(司馬貞曰:"《莊子》云:'人之生也,氣之聚也,聚則為生,散則為死。'")在情調上有什麼兩樣?蓋兩人同為外用(侯王之相),不得在朝,一阨於權臣,一迫於"同道",有以致之。或謂此乃仲舒未對策武帝以前之作,余不謂然,蓋武帝晚年之淫靡殘暴,如"巫蠱"之亂,誅及太子、皇后,株連數萬人;又好神仙,浮海涉江、朝山封禪(僅泰山即登臨八次之多),勞民傷財,四海騷然,有些地方幾乎可與秦始皇相提並論了。就是說仲舒借天以儆人,使人主有所斂跡之道,未竟全功。

二、公羊學派的歷史淵源及其影響

我們的先民遠在上古即"圖騰拜物"、敬天法祖,神龜一體,講求陰陽,也包括五行生克在內的,如自有書契以後的"天命玄鳥,降而生商,宅殷土茫茫,古帝命武湯,正域彼四方"(《詩·商頌·玄鳥》),"厥初生民,時維姜嫄","履帝武敏歆","載生載育,時維后稷"(《詩·大雅·生民》),特別是此中"文王受命作周"之《文王》所言:"文王在上,於昭于天。周雖舊邦,其命維新。有周不顯,帝命不時。文王陟降,在帝左右。"(《文王》)又《大明》云:"有命自天,命此文王。于周于京,纘女維莘。長子維行,篤生武王。保佑命爾,燮伐大商。"《皇矣》亦云:"帝謂文王:予懷明德,不大聲以色,不長夏以革。不識不知,順帝之則。"可以說是比比皆是。

《尚書》的此類記載亦多。如《夏書·甘誓》:"有扈氏威侮五行,怠棄三正,天用剿絕其命。""有夏多罪,天命殛之","予畏上帝,不敢不正。"(《商書·湯誓》)"天佑下民,作之君,作之師。惟其克相上帝,寵綏四方。"(《周書·泰誓》)"以修我西土,惟時怙冒,聞於上帝,帝休。天乃大命文王,殪戎殷,誕受天命。”(同上,《康誥》)業已舉不勝舉。

《周易》之說,尤為明確,如“夫大人(應連之聖賢)者,與天地合其德,與日月合其明,與四時合其序,與鬼神合其吉凶,先天而天弗違,後天而奉天時,天且弗違,而況於人乎?況於鬼神乎?”(《乾卦·文言》)《易》以道陰陽“八卦”的本身,即充分體現著天地人之物象麼。如自奴隸社會以來最高統治者的稱號“王”字之組成而言:“王,天下所歸往也。董仲舒曰:‘古之造文者,三畫而連其中謂之王。三者,天地人(謂之三才)也,而參通之者,王也。’孔子曰:‘一貫三為王。’”李陽冰注曰:“中畫近上,王者則天之義。”

董仲舒是言必稱仲尼的,但這可不等於說,仲尼之外別無依傍。即如揭示“王”的涵義吧,《周易》之外還有老子呢!《道德經》之廿五章云:“故道大,天大,地大,王亦大。域中有四大,而王居其一焉。人法地,地法天,天法道,道法自然。”一唱三歎,這與第十六章之“公乃王,王乃天,天乃道,道乃久”是若合符節相與輝映的。因此,我們也未嘗不可以講,仲舒之學也不是沒有老子(即道家)的成分的,不過西漢初年文景之世崇尚“無為”,把黃帝的“神學”和老子的“道家”混合在一起謂之“黃老之學”罷了!

降至晚周東遷之後的春秋楚越之民,即極言陰陽五行之義,如幫助越王勾踐復國滅吳的范蠡即是此中的佼佼者。

范蠡原為楚人,出身微賤,並無世祿,甚至曾披髮佯狂,不與世事,入越之後與文種合作,佐越王勾踐雪恥,滅吳稱霸。當越準備不充分便欲先機伐吳時,蠡切諫以“兵凶戰危,陰謀逆德,行者不利”,勾踐不聽,果然失敗。但蠡自謂“鎮撫國家,親撫百姓”不如文種,僅知“兵甲之事”(《史記·勾踐世家》),實際上是他對於“治國安邦”也有一套辦法,而且是充有“天人合一,陰陽五行”之道的。他對勾踐“賢主聖王

治理天下何去何取”之問說:

> 道者,天地先生,不知老;曲成萬物,不名巧,故謂之道。道生氣,氣生陰,陰生陽,陽生天地。天地立,然後有寒暑、燥濕、日月、星辰、四時,而萬物備。術者,天意也。盛夏之時,萬物遂長。聖人緣天心,助天喜,樂萬物之長。故舜彈五弦之琴,歌《南風》之詩,而天下治。言其樂與天下同也。(《越絕書外傳·枕中》)

他這等於說,天時、氣節是隨著陰陽二氣的變化而不同的,所以應該儘量地去適應它,政治上也不例外。聖主的所做所為,都要依據“天意”,才能順理成章無為而治,這便是“道”,也就是“天意”所在。他接著說“五行相生相勝之道”云:

> 水之勢勝金,陰氣蓄積大盛,水據金而死,故金中有水。如此者,歲大敗,八穀皆貴。金之勢勝木,陽氣蓄積大盛,金據木而死,故木中有火。如此者,歲大美,八穀皆賤。金、木、水、火更相勝,此天之三表者也,不可不察。
>
> 故天下之君,發號施令,必順於四時。四時不正,則陰陽不調,寒暑失常。如此,則歲惡,五穀不登。
>
> (同上)

“一陰一陽之謂道”“萬物負陰而抱陽”以及“五行相生相剋”的說法,這在春秋末年戰國之初,老子、鄒衍等人都已言之,頗有素樸的唯物思想,不意作為政治家的范蠡亦有論列。蠡既為楚人(原籍為宛人,即今之河南省南陽縣),可見不能讓鄒衍的“齊學”專美了,老子亦楚人也(古之苦縣,今之河南鹿邑)。這種思潮應該認為是導源於"江漢"的了。而且何止范蠡,勾踐的謀臣計倪(即計然)亦有類似的理論,他說:"炎帝有天下,以傳黃帝。黃帝於是上事天,下治地","並有五方(按指西方之金、北方之水、東方之木、南方之火、中央之土而言),以為綱紀,是以易地而輔,萬物之常","審金、水、木、火,別陰陽之明"(《越絕書・計倪內經》),故財用足,這簡直是一位農業經濟專家了。(據說范蠡亦曾以之為師,蠡之功成身退轉為"陶朱公",當與此有關。)

這之後,逮及戰國,始又見田齊鄒衍"五德終始"(亦稱"五德轉移")論,他認為水、火、木、金、土這五種物質的"德行"是相生相剋、周而復始、循環變化的,用以說明王朝興替的原因。如夏、商、周三代的遞嬗就是火(周)克金(商),金克木(夏)的結果,因而虛構了一個"五德終始"歷史循環論的體系,並且定出了適應"五行"的一套政治制度,如改正朔、易服色等,自然,帝德之首,還是從黃帝開始的。

《帝王世紀》:"黃帝在位百年而崩,子少昊受之;又百年而崩,顓頊受之。於子之世稱死,於孫之世稱亡。"

以下又依次問答帝顓頊(高陽洪淵以有謀,疏通而知事,養材以任地,履時以象天),帝嚳(高辛氏,博施利物,不於其身。聰以知遠,明以察微。順天之義,知民之隱),帝堯(放勳,其仁如天,其知如神。就之如日,望之如云。富而不驕,貴而不豫)和帝舜(重華寬裕溫良,敦敏而知時,畏天而愛民,恤遠而親親),是謂五帝之德。

鄒衍在戰國之際,已成享有大名的陰陽家。單說其"天人之際",則以見於《月令》(《禮記》本,或《呂氏春秋》本,《淮南子・時則訓》本)為最有代表性。例如《呂氏春秋・孟春紀》:

> 天氣下降,地氣上騰,天地和同,草木繁動。……不可以

稱兵,稱兵必有天殃。……始生之者,天也;養成之者,人也。能養天之所生,而勿攖(戾也)之,……以全其天(身也)也,天全則神和矣。……天無私覆也,地無私載也,月無私燭也,四時無私行也,行其德而萬物得遂長焉。

按《禮記》的《月令》也言之甚詳。

《呂氏春秋·有始覽·應同》,對於"天人合一"以及"五行"之說,亦有所論列,它說:

凡帝王者之將興也,天必先見祥乎下民(高誘曰:"祥,徵應也。")。黄帝之時,天先見大螾大螻(螻,螻蛄;螾,蚯蚓,皆土物。高誘注),黄帝曰:"土氣勝。"土氣勝,故其色尚黄,其事則土(高誘曰:"則,法也,法土色尚黄。")。及禹之時,天先見草木秋冬不殺,禹曰:"木氣勝。"木氣勝,故其色尚青,其事則木(法木尚青。高誘注)。及湯之時,天先見金刃生於水,湯曰:"金氣勝。"金氣勝,故其色尚白,其事則金(法金色白。高誘注)。及文王之時,天先見火赤烏銜丹書集於周社,文王曰:"火氣勝。"火氣勝,故其色尚赤,其事則火(法火色赤。高誘注)。代火者必將水,天且先見水氣勝。水氣勝,故其色尚黑,其事則水(法水色黑,高誘注)。水氣至而不知,數備將徙於土。

這就不僅從黄帝說起,而且詳列了五行生克的事理,天人感應的情況,可以認為是繼騶衍而來的,也下開了董仲舒等的陰陽五行之論。蓋"天垂象見吉凶,聖人則之"、"近取諸身,遠取諸物"的素樸的唯物思想和調查研究的辦法,我們的先民是早已熟悉了的。

我們知道,“齊學”的正統——騶衍的“五德終始論”,是用陰陽消息和五行相勝作根據的一種歷史。

呂不韋的《呂氏春秋》,把陰陽家的“月令”全采了進去,又全采了“五德終始說”(《應同篇》)。後來秦始皇統一天下,遂用“五德始終說”,定秦為水德。始皇東遊,又把齊民族的宗教迷信全接受了,燕、齊方士爭著獻“方”,在這新皇帝雇用之下望星氣、求神仙。

就是說,這天人合一、陰陽五行、因時變易、聖賢取法的大道,在仲舒之前已屢見不鮮了,所以《漢書·五行志》指稱“漢興,景武之世,董仲舒治《公羊春秋》,始推陰陽,為儒者宗”的定語是值得考慮的。仲舒博學多聞,專攻《公羊》這些古籍,他取作參考、作為佐證,應該是意料中的事。不過,仲舒是繼承前人別具用心的,重在說教推行以匡當世的,所謂學以致用立竿見影地面對現實,實事求是,與徒守一家之言坐而論道者有天壤之別。“天道遠,人道邇”,說天道地是為感悟皇帝有所忌憚,從而使之“更張,更化”耳。如他在對策之際曾以暴秦為例,而切言其棄絕文學焚書坑儒,喪失禮義自取速亡的情況實應引以為戒的道理說:

> 命者天之令也,性者生之質也,情者人之欲也。或夭或壽,或仁或鄙,陶冶而成之,不能粹美(師古曰:“陶以喻造瓦,冶以喻鑄金也。言天之生人有似於此也。粹,純也。”),有治亂之所生,故不齊也。孔子曰:“君子之德風,小人之德草,草上之風必偃。”(仆也。《論語·顏淵》)故堯舜行德則民仁壽,桀紂行暴則民鄙夭。夫上之化下,下之從上,猶泥之在鈞,唯甄者之所為;猶金之在鎔,唯冶者之所鑄。“綏之斯來,動之斯和”,此之謂也。

聖王之繼亂世也,埽除其跡而悉去之,復修教化而崇起之。教化已明,習俗已成,子孫循之,行五六百歲尚未敗也。至周之末世,大為亡道,以失天下。秦繼其後,獨不能改,又益甚之,重禁文學,不得挾書,棄捐禮誼而惡聞之,其心欲盡滅先王之道,而顓為自恣苟簡之治,故立為天子十四歲而國破亡矣。自古以來,未嘗有以亂濟亂,大敗天下之民如秦者也。其遺毒餘烈,至今未滅,使習俗薄惡,人民嚚頑,抵冒殊扞,(顏師古曰:口不道忠信之言為嚚,心不則德義之經為頑。抵,觸也。冒,犯也。殊,絕也。扞,拒也。)孰爛如此之甚者也。孔子曰:"朽木不可雕也,糞土之牆不可圬也。"

今漢繼秦之後,如朽木糞牆矣,雖欲善治之,亡可奈何。法出而奸生,令下而詐起,如以湯止沸,抱薪救火,愈甚亡益也。竊譬之琴瑟不調,甚者必解而更張之,乃可鼓也;為政而不行,甚者必變而更化之,乃可理也。

這些話真是怵目驚心,使人不能不聽信,因為仲舒昇華概括,也輔之以抽象的理念。例如他論天人合一,是把君臣父子間的倫理道德包孕到一起的。

為生不能為人,為人者天也。人之人本於天,天亦人之曾祖父也。此人之所以乃上類天也。人之形體,化天數而成;人之血氣,化天志而仁;人之德行,化天理而義;人之好惡,化天之暖清;人之喜怒,化天之寒暑;人之受命,化天之四時。人生有喜怒哀樂之答,春秋冬夏之類也。喜,春之答也;怒,秋之答也;樂,夏之答也;哀,冬之答也。天之副在乎人,

人之情性有由天者矣。故曰受，由天之號也。(《春秋繁露·為人者天地》)

他說“天地者萬物之本，先祖之所出也，廣大無極，其德昭明”(同上)，並且把它和“五行”配合起來以申忠孝之道：

天有五行：一曰木，二曰火，三曰土，四曰金，五曰水。木，五行之始也；水，五行之終也；土，五行之中也。此其天次之序也。木生火，火生土，土生金，金生水，水生木，此其父子也。木居左，金居右，火居前，水居後，土居中央，此其父子之序，相受而布。是故木受水，而火受木，土受火，金受土，水受金也。諸授之者，皆其父也；受之者，皆其子也。常因其父以使其子，天之道也。

是故木已生而火養之，金已死而水藏之，火樂木而養以陽，水克金而喪以陰，土之事火竭其忠。故五行者，乃孝子忠臣之行也。五行之為言也，猶五行歟？是故以得辭也，聖人知之，故多其愛而少嚴，厚養生而謹送終，就天之制也。以子而迎成養，如火之樂木也。喪父，如水之克金也。事君，若土之敬天也。可謂有行人矣。

五行之隨，各如其序，五行之官，各致其能。是故木居東方而主春氣，火居南方而主夏氣，金居西方而主秋氣，水居北方而主冬氣。是故木主生而金主殺，火主暑而水主寒，使人必以其序，官人必以其能，天之數也。

土居中央，為之天潤。土者，天之股肱也。其德茂美，不可名以一時之事，故五行而四時者，土兼之也。金木水火雖各職，不因土，方不立，若酸鹹辛苦之不因甘肥不能成味也。

甘者,五味之本也;土者,五行之主也。

(《春秋繁露·五行之義》)

"一陰一陽之謂道",陰陽合而後萬物生,這正是天地大德之所由,體現"天地之大德曰生"麼。但仲舒可不曾把"陰陽"平等對待,"天尊地卑,乾坤定矣","《易》以道陰陽",他說:"凡物必有合,合必有上,必有下,必有左,必有右,必有前,必有後,必有表,必有裏。有美必有惡,有順必有逆,有喜必有怒,有寒必有暑,有晝必有夜,此皆其合也。"(同上,《基義》)對立統一黽勉求真,可以認為是他的"相對論"。而突出的地方,則是他結合著這種觀念來處理倫常的關係,認為:

陰者陽之合,妻者夫之合,子者父之合,臣者君之合。物莫無合,而合各有陰陽。

君臣、父子、夫婦之義,皆取諸陰陽之道。君為陽,臣為陰;父為陽,子為陰;夫為陽,妻為陰。陰道無所獨行,其始也不得專起,其終也不得分功。

(同上)

這可真夠厲害的,不就是中國最早的"三綱"(君為臣綱,父為子綱,夫為妻綱)嗎?因為它的關係是一面倒的,只要奉獻不談報償(單方面要求"忠孝節義"麼),所以不是沒有問題的。而仲舒是非常講求名實相符的,《深察名號》說:

名生於真,非其真,弗以為名。名者,聖人之所以真物也。名之為言真也。

欲審曲直,莫如引繩;欲審是非,莫如引名。名之審於是非也，猶繩之審於曲直也。詰其名實，觀其離合，則是非之情不可以相讕(騙語，欺罔)已。

按“名不正則言不順，言不順則事不成”(《論語·子路》)，這本是孔子“求實”的精神，仲舒豈得兒戲？

至於“公羊學派”影響之深遠，實在非可一言而盡，我們只舉仲舒之四傳弟子、作過《公羊傳解詁》的何休(129—182)——東漢的經學家，字邵公，任城(今山東省曲阜縣)樊人。太傅陳蕃約之參政，蕃敗，禁錮。禁解，拜議郎，遷諫議大夫——以略覘其功過：

何休精通《春秋》及《公羊》《穀梁》《左氏傳》，嫻於“義法”，說《公羊傳》有“三科九旨”，系統地概括了《春秋》的“微言大義”，但也不無徵引失據浮薄可笑的事。讓我們先交代一下《春秋》：

《春秋》這一部“斷爛朝報”(宋王安石貶語)式的魯史，本來是和“晉之《乘》(乘者，興於田賦乘馬之事，因以為名)、楚之《檮杌》(肆凶之類，興於記惡之戒，因以為名)”是同功一體沒什麼根本的差異，孔子都說其義一也：“其事則齊桓晉文，其文則史。”丘已非常熟悉了麼。(語見《孟子·離婁》)

自從孟軻在戰國時期說過：“孔子作《春秋》而亂臣賊子懼。”並且徵引孔子“知我者其唯《春秋》乎？罪我者其唯《春秋》乎”的話，強調它是“天子之事”以後(所言具見《孟子·滕文公下》)，便一直歸為孔丘之所作，甚至成了他被推薦為“素王”的最大原因。例如才到漢代，就有他老先生“志在《春秋》，行在《孝經》”的說法了。我們的看法是，“博學多能”，愛好文教事業，而又參加過魯國政治活動的孔丘，見過《春秋》或是從事過整理它，這都不是什麼稀奇的事，問題只在於它會像“三傳”那樣揭示給我們的“三科九旨”義法昭然地月旦人事麼？

孔子說他自己是“述而不作”，只宣傳先王之道，整理他們的典籍，沒有什麽著作,這在還是奴隸制的東周。以前,能動刀筆的上層奴隸,只能"記言、記事"地供備奴隸主貴族的驅遣,為他們發佈政令,登記財富,歌頌功德,報導生活。此外,私家是不准有著作的,但是,他那"信而好古","敏以求之"的精神,是驅使著他從事文獻的整理,《詩》《書》的删述的,包括魯史在内。"三傳"後出,儘管它們不是為"經"作傳的,卻可以暢所欲言地各申其義了。他們往往下筆千言,離題萬里,各張門戶,互相攻擊。如治古學者以"公羊"為謬,通斥其愚闇(《左氏》先著竹帛,漢時謂之古學;"公羊"漢世始興,謂之今學)。許慎(叔重)就說:"古者,《春秋左氏》說;今者,《春秋公羊》說。"(《五經異義》)賈逵、鄭眾等人因緣《公羊》之短、之隙漏而作"長義"(賈四十條,鄭十九條十七事,專論《左氏》之長),於是何休亦有《公羊墨守》《左氏膏肓》《穀梁廢疾》以駁之。

我們的看法是,"三傳"在微言大義的原則上,那設想是一致的。儘管在人物月旦的程度上,有量的差異,多少不同,深淺非一,可以互為補充以窺全貌麽。《左氏春秋》的長處,乃在於史實充分而又有所批判(有時夾敘夾議,有時擺在事件末尾之"君子曰"中),從而確立了其為史書的地位。相形之下,《公》《穀》二傳卻只能是别具一格的評論文字了。杜預說得不差:"若夫制作之文,所以章往考來,情見乎辭,言高則旨遠,辭約則義微,此理之常,非隱之也。"是"三傳"後出,可以單刀直入一針見血地批判歷史人物之證。《公》《穀》尤是,如不依傍《春秋》,豈非無的放矢?"皮之不存,毛將焉附"?認為它們在這一方面乃是對於《春秋》人事月旦之補充與加強,未為不可。如果強為之分,則《春秋》仿佛是史的綱目,《左氏》乃史料的補充,而《公》《穀》就偏於評議了。欲明春秋一段的史事,必須是四者同覽,始克有濟。

"經""傳"尊王攘夷褒貶人事的道理,在何休的《解詁》裏更是得到充分的論證的。他說:"文王,周始受命之王,天之所命。"他說:"王者始受命,改制布政,施教於天下。"(《隱元年傳》)他說:"春秋王魯",周公為大宗。因之,對於齊桓公代行征伐繼絕存亡的霸業,他便特別推許,説應該"美其德,彰其功"(《僖十三年傳》)。他如秦穆、楚莊、吳夫差這些也曾主盟中國的人,卻多半採取"貶損"的態度。最顯著的事例如《哀十三年傳》"吳主會也",何休曰:"以諸夏之眾,冠帶之國,反背天子而事夷狄,恥甚。"可證蠻夷華夏的界限講究得是多麼嚴格呀!

自然,這些也都是"義法"的所在,諸凡"所見異辭,所聞異辭,所傳聞異辭"(《隱元年傳》),"《春秋》録内而略外,於外大惡書,小惡不書,於内大惡諱,小惡書"(《隱十年傳》)和"《春秋》為尊者諱,為親者諱,為賢者諱"(《閔元年傳》)的準則,何休都有其引申義及補充事例,他說:

> 所見者,謂昭、定、哀,己與父時事也;所聞者,謂文、宣、成、襄,王父時事也;所傳聞者,謂隱、桓、莊、閔、僖,高祖曾祖時事也。異辭者,見恩有厚薄,義有深淺,時恩衰義缺,將以理人倫、序人類,因制治亂之法。(《隱元年傳》)
>
> 於内大惡諱,於外大惡書者,明王者起,當先自正内,無大惡,然後乃可治諸夏大惡。因見臣子之義,當先為君父諱大惡也。内小惡書,外小惡不書者,内有小惡,適可治諸夏大惡,未可治諸夏小惡,明當先自正,然後正人。小惡不諱者,罪薄恥輕。(《隱十年傳》)

張三世,明九旨,別内外,繫時日,從"大一統"到"立嫡以長"這些封建道德宗法觀念的確立,都顯示著它們在東漢已經如何有力地影響著政治措施和社會生活了。特别是關於壓迫婦女的,不止表揚“貞節”,像為了守禮,聽任焚死的伯姬(事見《襄三十年傳》)。而且竟有:

七棄

無子,棄,絕世也;淫佚,棄,亂類也;不事舅姑,棄,悖德也;口舌,棄,離親也;盜竊,棄,反義也;嫉妒,棄,亂家也;惡疾,棄,不可奉宗廟也。

五不娶

喪婦長女不娶,無教戒也。
世有惡疾不娶,棄於天也。
世有刑人不娶,棄於人也。
亂家女不娶,類不正也。
逆家女不娶,廢人倫也。

(以上所引並見《莊二十七年傳》)

這不就是中國早期封建社會裏頭的“七出之條”和“相門戶”的標準嗎?把這一套空前完備的婚約歸之於春秋時代,並且説是孔丘的意思,豈不滑稽!如同《毛傳》以“婦德”“婦容”“婦言”“婦功”去注解“后妃之德”一樣,怎麼能夠拉扯到一起呢?所以儘管《公羊》、何休在“傳”“注”裏大量徵引孔丘的話(以見於《論語》中的居多),説有“不修《春秋》”與“君子修之”(《莊七年傳》)的差異,並且強調“聖人為文辭孫順,善善惡惡”(《莊十年傳》),企圖説明《春秋》確經孔子“筆削”,他們也是依經傳注的,我們還是要指出這不過是獵取偶相借題發揮之作。

那麼,何休《解詁》的真正價值到底在什麼地方呢?除了托古改制直接為劉漢王朝說教以外,我們初步的看法是:從箋注訓詁這一方面講,下邊的幾點成就,無論是關於文字內容還是方式方法的,都值得加以肯定:

夾敘夾議,用歷史事實和個人觀點分別補充了"經""傳":

補"經"的:

隱二年春,公會戎於潛。何休曰:凡書會者,惡其虛內務、恃外好也。古者諸侯非朝時不得逾竟。所傳聞之世,外離會不書,書內離會者,《春秋》王魯,明當先自詳正,躬自厚而薄責於人,故略外也。王者不治夷狄,録戎者。來者勿拒,去者勿追。東方曰夷,南方曰蠻,西方曰戎,北方曰狄。朝聘會盟,例皆時。

莊公十有三年春,齊侯、宋人、陳人、蔡人、邾婁人會於北杏。何休曰:齊桓行霸,約束諸侯尊天子,故為此會也。桓公時未為諸侯所信鄉,故使微者會也。桓公不辭微者,欲以卑下諸侯,遂成霸功也。

僖公廿有八年六月,衛侯鄭自楚復歸於衛。何休曰:言復歸者,天子有命歸之。名者,刺天子歸有罪也。言自楚者,為天子諱也。天子所以陵遲者,為善不賞,為惡不誅。衛侯出奔當絕,叔武讓國,不當復廢,而反衛侯,令殺叔武,故使若從楚歸者。復歸例皆時,此月者,為下卒出也。

既有訓詁又加考證,根據史實推理書法,不能不說是何休注經獨到之處。自然,我們在前面已經說過了,臆斷穿鑿的地方也不是沒有的,參考的時候必須精心辨別。

補"傳"的:

隱公五年傳:"初獻六羽,何以書?譏。何譏爾?譏始僭諸公也。"何休曰:夫樂本起於和順,和順積於中,然後榮華發於外。是故八音者,德之華也;歌者,德之言也;舞者,德之容也。故聽其音,可以知其德;察其詩,可以達其意;論其數,可以正其容。薦之宗廟,足以享鬼神;用之朝廷,足以序群臣;立之學宫,足以協萬民。凡人之從上教也,皆始於音,音正則行正。故聞宫聲,則使人温雅而廣大;聞商聲,則使人方正而好義;聞角聲,則使人惻隱而好仁;聞徵聲,則使人整齊而好禮;聞羽聲,則使人樂養而好施。所以感蕩血脈,通流精神,存寧正性。故樂從中出,禮從外作也。禮樂接於身,望其容而民不敢慢,觀其色而民不敢爭。故禮樂者,君子之深教也,不可須臾離也。君子須臾離禮,則暴慢襲之,須臾離樂,則奸邪入之。

這兒雖然是掐頭去尾的一段訓詁文字,卻不能不承認它也是一篇相當完整的封建古典的"禮樂論"。由此可見,何休的《解詁》不只是依"經"論事、傍"傳"作注而已,支離破碎之譏,對他恐怕是説不上的。

廣泛徵引前代的典章制度,為我們充實了兩漢以來的文化資料:

桓公四年傳:"狩者何?田狩也。"何休曰:已有三牲,必田狩者,孝子之意,以為己之所養,不如天地自然之牲逸豫肥美。禽獸多則傷五穀,因習兵事,又不空設,故因以捕禽獸,所以共承宗廟,示不忘武備,又因以為田除害。

莊公廿四年傳:"覿者何?見也。"何休曰:凡贄,天子用鬯,諸侯用玉,卿用羔,大夫用雁,士用雉。雉取其耿介;雁取其在人上有先後行列；羔取其執之不鳴、殺之不號，乳必跪而受之，類死義知禮者也；玉取其至清而不自蔽其惡，潔白而不受汙，內堅剛而外溫潤，有似乎備德之君子；鬯取其芬芳在上，臭達於天，而醇粹無擇，有似乎聖人，故視其所執而知其所任矣。

宣公十有五年傳："稅畝者何？履畝而稅也？"何休曰：一夫一婦受田百畝，以養父母妻子，五口為一家，公田十畝，即所謂什一而稅也。廬舍二畝半，凡為田一頃十二畝半。八家而九頃，共為一井，故曰井田。廬舍在內，貴人也；公田次之，重公也；私田在外，賤私也。井田之義，一曰無泄地氣，二曰無費一家，三曰同風俗，四曰合巧拙，五曰通財貨。因井田以為市，故俗語曰井市。種穀不得種一穀以備災害，田中不得有樹以防五穀，還廬舍，種桑荻雜菜，畜五母雞兩母豕，瓜果種疆畔，女工蠶織，老者得衣帛焉，得食肉焉，死者得葬焉。

就舉這三條例子，已經足以說明何休知識面的既深且廣了。你看他援古論今融會貫通地提出了田狩的作用，物比了等級品德，尤其是美化了井田制度，縱不能由是推陳出新，也略等於加工補舊，可以代表他的看法。

關心人民疾苦，反對橫征暴斂，證以人事，托之天災：

隱七年夏，城中丘。……何以書，以重書也。何休曰：以功重，故書也。當稍稍補字之，至令大崩弛壞敗，然反發眾城之，猥苦百姓，空虛國家，故言城，明其功重與始作城無異。

僖十九年傳："魚爛而亡也。"何休曰：梁君隆刑峻法，一家犯罪，四家坐之，一國之中，無不被刑者。百姓一旦相率俱去,狀若魚爛。魚爛從內發,故云爾者其自亡者,明百姓得去之,君當絕者。

襄八年秋九月,大雩。何休曰:由城費,公比出會,如晉。莒人伐我,動擾,不恤民之應。

昭五年傳:"直泉者何?涌泉也。"何休曰:此象公在晉,臣下專為莒叛臣地以興兵戰鬥,百姓悲怨歎息,氣逆之所致。

國以民為本,水亦載舟,水亦覆舟,所以必須叫他們安居樂業,然後才能夠逢凶化吉天下太平,於是暴君汙吏只有"魚爛"的一條途徑了。何休在《解詁》裏不遺餘力地在指陳這一點,當然不只是為了貶損歷史人物的。因之,我們也就應該給以足夠的重視。

注解文辭,考釋名物,既有通語,也附方言,相當細緻地完成了訓詁任務:

解釋"短語"或是"特定名辭"的:

隱元年傳:"元年者何?"何休曰:諸據疑,問所不知,故曰者何。

隱八年傳:"其言入何?難也。"何休曰:入者,非已至之文。難,辭也。

桓元年傳:"為恭也。"何休曰:為恭孫之辭,使若暫假借之辭。

莊九年傳:"伐敗也。"何休曰:自誇大其伐而取敗。

莊二十五年傳:"或曰脅之。"何休曰:或曰者,或人辭,其義各異也。

莊二十七年傳:"直來曰來。"何休曰:直來,無事而來也。

僖十年傳:"荀息可謂不食其言矣。"何休曰:不食言者,不如食受之而消亡之。

凡此類或釋短語或解名辭的詁訓,幾乎篇篇都有。它的好處在於幫助我們明白古代短語和特殊字眼兒的涵義,否則無法體會“經”“傳”全文的大意了。

普通名辭的詁訓:

隱九年三月癸酉,大雨震電。何休曰:有聲名曰雷,無聲名曰電。

莊四年傳:“卜之曰:師喪分焉。”何休曰:龜曰卜,蓍曰筮。分,半也。

莊六年傳:“其言入何?篡辭也。”何休曰:國人立之曰立,他國立之曰納,從外曰入。

莊四年傳:“卒怗荊。”何休曰:卒,盡也。怗,服也。荊,楚也。

六十五年傳:“恢郭也。”何休曰:恢,大也。郭,城外大郭。

宣十二年傳:“厮役扈養死者數百人。”何休曰:艾草為防者曰厮,汲水漿者曰役,養馬者曰扈,炊烹者曰養。

訓釋簡單明確,內容無所不包,這和何休晚出得習前人豐富的業務有關。但最值得我們重視的還是下面的成果:以當代通行的語文說解古人的名物。

以今語明古語,借方言釋通言:【似有缺】

不過何休指稱孔子預知劉季當以火德代周為漢帝,卻是遺人以笑柄的事,他說:

夫子素案圖録,知庶聖劉季當代周,見薪采者獲麟,知為其出。何者?麟者,木精。薪采者,庶人燃火之意。此赤帝將代周居其位,故麟為薪采者所執。西狩獲之者,從東方王於西也,東卯西金象也。言獲者,兵戈文也,言漢姓卯金刀,以兵得天下。

看,這多麼神奇!孔丘居然前知五百年後地在為劉邦將作皇帝而表示態度了,甚至說連《春秋》"絕筆"都是由於"木絕火王,制作道備"當以"授漢"的,"待聖漢之王以為法"嘛。可見何休的《公羊解詁》並不是為了弄清楚什麼《春秋》上的歷史問題,只在積極地給劉漢王朝建立政治法統的。至於文中大談其圖録五行方位生克之道,甚至連拆字算命也擱在裏頭,依舊是東漢經師的老法門,不與仲舒相干。

因為仲舒是不株守一經的,也不搞繁瑣哲學的,既不參與派系之爭,今文、古文平視,而且捍衛大一統的思想,參政議政,正名求實,言傳身教,不愧被稱為漢之聞人,仲尼之忠實信徒,發揚光大中國傳統文化的鉅子,有救世之功,無盛名之累,賢者識其大者麼。

三、仲舒尊孔、獨崇儒術的緣故及其功過

前面說過,中國歷史上的"王權天授"、"朕即國家"那是由來已久而且根深蒂固的。"天降下民,作之君,作之師","不識不知,順帝之則",人王即是教主麼。所以孔子能於社會變動,生產力生產關係逐漸不同之際,從微賤的"士"的階層翻了上來。雖然在政治上是失意的(周遊列國,遍於七十二君,到處碰壁),然而在文獻文教上卻卓有成就(刪《詩》《書》,定禮樂,作《春秋》;有教無類,分為四科,弟子凡至三

千,身通六藝者七十二人),曠古鑠今,在封建社會一直被尊奉為“大成”“至聖”“文宣王”,說是“德配天地,道冠古今”,到處修得有孔廟,子子孫孫永遠傳代。這位“通天教主”中外蜚聲,儒家的威信(也可以說是魅力)幾乎等同於宗教。

當然,我們也不會忘記,這位孔仲尼先生同樣是托庇於祖先(堯、舜、禹、湯、文、武、周公)和上帝(天)的。即以見於《論語》者而言,即不下七八條之多:如:“吾誰欺?欺天乎?”(《子路》)顏淵死,哭之慟,曰:“天喪予!”(《先進》)“知我者,其天乎!”(《憲問》)“五十而知天命。”(《為政》)“天生德於予。”(《述而》)“天何言哉?四時行焉,百物生焉。”(《陽貨》)“獲罪於天,無所禱也。”(《八佾》)特別是下面的兩條:一條是推崇帝堯的:“大哉!堯之為君也,巍巍乎唯天為大,唯堯則之。蕩蕩乎,民無能名焉,巍巍乎其有成功也,煥乎其有文章。”(《泰伯》)一條是自道“文權”的(《八佾》:天將以夫子為木鐸):

> 天之將喪斯文也,後死者不得與於斯文也;天之未喪斯文也,匡人其如予何!(《子罕》)

這昭示著堯是為帝的楷模和範式,因為他聽“天”的安排。孔子自謂文教工作是天所授予的,所以責無旁貸舍我其誰。但他老先生也有自相矛盾不能自圓其說的地方,如一方面“不語怪力亂神”(《述而》),一方面又說“祭如在,祭神如神在”(《八佾》),在《禮記·中庸》裏還有“鬼神之為德,其盛矣乎”的話。

其實,孟軻又何獨不然,他說:“昔者,堯薦舜於天”(《孟子·萬章》),“仰不愧於天”(《盡心》),“天將降大任於斯人也,必先苦其心志”(《告子》),“我之不遇魯侯,天也”(《梁惠王》),“無敵於天下者,天吏也”(《公孫丑》)。特別是像這樣自負的話:

> 夫天未欲平治天下也！如欲平治天下，當今之世，舍我其誰也！(《公孫丑》)

奇怪的是仲舒在講“天道”的時候根本不提孟子(荀子也不例外)，當是因為他說“君為輕”吧。

又《漢書・五行志》:“漢興，承秦滅學之後，景、武之世，董仲舒治《公羊春秋》，始推陰陽，為儒者宗。宣、元之後，劉向治《穀梁春秋》，數其禍福，傳以《洪範》，與仲舒錯(互不同也)。至向子歆治《左氏傳》，其《春秋》意亦已乖矣；言《五行傳》，又頗不同。是以擥仲舒，別向、歆，傳載眭孟、夏侯勝、京房、谷永、李尋之徒所陳行事，訖於王莽，舉十二世，以傳《春秋》，著於篇。”

《志》裏列的這三個人物，在漢代都是非同一般的，他們都研究“春秋傳”，可是看法迥異，收效大差。雖然在《春秋》的微言大義上基本一致，也都強調災異圖録的作用。首先，仲舒的《公羊傳》是講求儆人主，救世之弊，振興文教，造福人民的，雖未竟其全功，究亦有所奉獻。

繼之而起的劉向(前七七——前六)，倒是一位忠於漢室的皇族(楚元王劉交的四世孫)，博學多聞，為西漢著名的經學家、目録學家，《漢書・劉交傳》中稱他：

劉向亦侈言天災人禍，欲以感悟皇帝(漢成帝劉驁)，“乃集合上古以來歷春秋六國至秦漢符瑞災異之記，推跡行事，連傳禍福，著其占驗，比類相從，各有條目，凡十一篇，號曰《洪範五行傳論》”(《漢書・楚元王劉交列傳》中之向傳)，惜已失傳。

忠於漢室的劉向，先此即嘗以封書上元帝痛言:“竊見災異並起，天地失常，徵(證也)表為國。欲終不言，念忠臣雖在甽畝，猶不忘君，惓惓(音 quán,忠謹之意)之義也。況重以骨肉之親,又加以舊恩未報乎!”此下歷言:“周室卑微,二百四十二年之間,日食三十六,地震五,山陵崩阤二,慧星三見,夜常星不見,夜中星隕如雨一,火災十四,長狄入三國,五石隕墜,六鶂(音 yì,與鷁通,水鳥也)退飛”等天災人禍,繼曰:“禍亂輒應,弑君三十六,亡國五十二,諸侯奔走不得保其社稷者,不可勝數也”。“由此觀之,和氣致祥,乖氣致異,祥多者其國安,異眾者其國危,天地之常經,古今之通義也。”

結果阨於外戚王氏之阻力未見採納,而且漢家江山到底壞在王莽的手裏,莽移漢祚,這跟更生的兒子劉歆(? —23)未嘗沒有關係。因為劉歆以制造祥瑞扶保“新莽”篡奪了帝位,最後連自己的性命和家族都被送掉,對於劉向來說,劉歆的確是個“逆子”(當出於劉向意料之外)。哀帝劉欣剛一即位,就因為王莽的力加推薦而一帆風順地作了侍中、太中大夫、騎都尉、奉車光禄大夫、中壘校尉、羲和、京兆尹等貴幸之官,直到被封為紅休侯。其次,更重要的是歆“復領五經”,卒父前業,“治明堂辟雍,典儒林史卜之官”。就是說到了西漢末年,無論從學術地位上看還是教育行政上講,劉歆都已經成了“最高權威”了。

王莽這樣地培養劉歆當然是別有用心的:收買腹心潛移漢祚。劉歆的報償果然也不在小:背叛本家,制造符命一直到擁護王莽作了皇帝。國師嘉新公麼,誰能比得這樣的“開國元勳”! 恐怕是他那位屢上封事、侈談災異、一心忠於劉氏的父親所夢想不到的。我們交代這些歷史情況,自然不是想替過去的封建統治階級教忠教孝,斥責劉歆大逆不道,天下莫非姓劉的才坐得?從被奴役和剥削的廣大人民來講,腐朽沒落了的西漢王朝,欺詐到手的新莽統治,都是一丘之貉。問題只在於它綻露著“文人無行”和經術為封建統治階級服務的本來面目。儘管是所謂父子家傳的學問,可是使用起來也會因為對象不同、條件發生變化而得出相反的結果的。就是說,漢儒通過經學所大力宣教的

“忠、孝”,到此早已完全破產。

然而,不管怎麼說,向、歆父子在中國文化史料的整理工作上畢竟是有不可抹煞的貢獻的。《漢書》的著者班固就曾經稱道他們說:“劉氏《洪範論》發明《大傳》,著天人之應;《七略》剖判藝文,總百家之緒;《三統曆譜》考步日月五星之度,有意其推本之也。”(《劉向傳》)這話不差,因為,無論“經學”“史學”還是“目録學”,甚至加上一個“天文學”,他倆父子都可以說是“門檻最精”先人而有。即如“壁中書”吧,縱令作為秦文獻儒家經典大有問題,可是既已流傳至今,又對中國古代人民生活起過不小的影響,那麼至少也應該給它一個漢代儒術的本等地位,方才合乎歷史唯物主義的觀點,何況許多訓詁文字(包括漢人和後人所作的)正是因為解釋它們才產生的呢?只要我們不蹈故轍,同樣陷入今文學派與古文學派聚訟千古的圈子裏,並且實事求是地更進一步地把它整理出來,也就夠了。

古文經學(《易》《詩》《春秋》都有篆文的)除與口傳隸書諸經係對稱的名辭以外,還有一種所謂科斗文的“壁中書”,據說是武帝劉徹末年,魯恭王因為擴建宮室毀壞了孔子舊居,從牆壁中發現的,共有《古文尚書》《禮記》《論語》《孝經》等書(見《漢書・藝文志》),今文學家把它們叫作偽古文。當時,孔安國最先以今文讀《古文尚書》,並且企圖將它立於學官頒行天下,作為公開的“教科書”。適值朝廷發生了“巫蠱”一案(征和元年,皇后與太子作亂,事敗被誅。見《漢書・武帝紀》),未能成功。後來劉歆職掌中秘,也想把這些書立案官廷,可是遭到了今文學派的反對。哀帝劉欣曾叫劉歆跟五經博士講論它們,博士們連談都不肯談,“深閉固拒而不肯試”,只氣得劉歆罵他們“專己守殘,黨同門,妒道真”,嚇唬他們說是“違明詔,失聖意,以陷於文吏之議”(《劉歆傳》,“移書太常博士”)。可見兩派的鬥爭已經到了如何嚴重的地步,而學術問題又不是單憑政治壓力可以解決的情況,也是昭然若揭的。結果是劉歆被名儒光祿大夫龔勝、大司空師丹等指為“改亂舊章,非毀先帝所立”,要不是皇帝加以袒護說他不過“欲廣道術”,還不能算是“非毀”,恐怕連性命都保不住。這是王莽執政以前的事,也說明著此時“今文學派”佔有壓倒的勢力,企圖開創“古文經學”的劉歆,在兩派鬥爭的第一個回合中失敗了。

劉歆為什麼要這樣地推重“壁中書”呢?按照宋儒、清儒的許多考證,甚至絕大部分可以認為是他編造的。如果想要打開這個疑團,還得先看劉歆自己的話,他說“今文學家”有下列三大罪狀,若不徹底革除定將誤盡天下蒼生,它們是:

(1)不思廢絕之闕,苟因陋就寡,分文析字,煩言碎辭,學者罷老且不能究其一藝。

(2)信口說而背傳記,是末師而非往古,至於國家將有大事,若立辟雍、封禪、巡狩之儀,則幽冥而莫知其原。

(3)保殘守缺,挾恐見破之私意,而無從善服義之公心,或懷妒嫉,不考情實,雷同相從,隨聲是非。

這些批判不但不是門戶之見,而且有的非常中肯,真個把某些章句陋儒支離破碎抱殘守缺的毛病揭發出來。因為《漢書·藝文志》就說:“經傳既已乖離,博學者又不思多聞闕疑之義,而務碎義逃難,便辭巧說,破壞形體;說五字之文,至於二三萬言。後進彌以馳逐,故幼童而守一藝,白首而後能言。”真是害人不淺。桓譚《新論》也說:“秦近君能說《堯典》,篇目兩字之說,至十餘萬言,但說‘曰若稽古’二三萬言。”這就更是惡魔一樣的末流之弊了。

不過,最重要的還是劉歆所提到的第二點,說他們這種繁瑣的講論並不足以適應皇帝明堂、辟雍、郊祀、巡狩等其特殊政治生活的需要。於是我們也就知道劉歆的所以積極改編先秦典籍、倡導古文經學,其原因實在於此。案秦雖焚書,博士掌職的“六藝”並未因而亡缺,

《史記·始皇本紀》說得好:"非博士官所職,天下敢有藏《詩》《書》、百家語者,悉詣守尉雜燒之。"這便是博士之書不焚的鐵證。據此而言《尚書》,則口傳二十八篇的伏生正是秦的博士,他這一部用隸書寫了出來的書,應該就是原著。那《舜典》《汨作》《大禹謨》《棄稷》《五子之歌》《胤征》《湯誥》《咸有一德》《典寶》《伊訓》《肆命》《原命》《武成》《旅獒》和《冏命》等十六篇"逸書",不用說都是劉歆編造的了。他還把《九共》分為九篇,湊成二十四篇之數。

其次,河間獻王與魯共王也沒有獲得"古文經書"之事。因為不止《史記》兩王傳中不曾提及,遍考"遷書"也無此項記載。查太史公父子世纂其業,天下郡國群書應該無所不見,遷又生當河間獻王、魯共王之後,如有獻書壁中書,應當加以敘述,因為此類孔經大事,子長從來不敢輕視,可是隻字未提,情況適得其反。止有後出的,又是古文學派大家之一的班固在《漢書·藝文志》和《儒林傳》裏詳言關於古文經的種種,這事還不明白?即以《春秋左氏傳》為例,左氏不傳《春秋》,傳今的《左傳》乃是劉歆改編《國語》原本,定出書法凡例,"比年依經緣飾而成"之物。劉歆自己就承認:"歆治《左氏》,引傳文以解經,轉相發明,由是章句義理備焉。"(《漢書·劉歆傳》)實際情況是:劉歆把五十四篇《國語》取出了絕大部分(三十篇),作為"春秋傳"的素材,而留其殘餘加以附益,別成今本二十一篇《國語》。

更重要的是,我們還可以從文字形體和思想內容上來找尋"古文經學"晚出的跡象。如果把殷周兩代的甲骨刻辭和鐘鼎疑識拿來同根據"孔壁古文經"所摹印的"三體石經"中的"古文"一對比,便會知道所謂"壁中書"者,不過一部分是依傍小篆而略變其體式,一部分是採取六國破體省寫之字,决非殷周之真古字,從而聯帶明白"孔子書六經,左丘明述《春秋傳》皆以古文"是假托的事。再具體到思想內容上說,譬如《毛詩》,我們就很難相信那些拉扯"文王后妃之德"作為"二南”教化，和雜采《左傳》史實附會成章的“小序”是足以代表詩人當時的生活與思想的。同理，我們也無法承認《尚書》“孔傳”裏頭“蠻夷華夏”、“華夏蠻貊”之辨（分見《舜典》《武成》中）、“水、木、金、火、土”的“五行說”（分見《大禹謨》《洪範》中），以及詩體與“三百篇”類似的《五子之歌》“明明我祖，萬邦之君，有典有則，貽厥子孫”文字和《古論語》有雷同處的《旅獒》“為山九仞，功虧一簣”等類的語句，是夏、商兩代就可能有了的東西。

但是，劉歆這種順應潮流革除舊弊，增益“古文經學”的創舉，終於碰到最大的主顧了。渴想事事從新，連朝廷也打算換上自己這個新人的王莽跟他密切合作了：一力抬高鞏固劉歆的政治地位和學術影響。“士為知己者用”，劉歆自然也就施展全身本領，歡欣鼓舞地去作新朝的開國元勳了。根據《漢書·王莽傳》，我們知道劉歆在王莽居攝前已經為莽“典文章”（作為他的“秘書長”），從文字宣傳上幫襯王莽奪取天下了。這時劉歆的主要工作還在於通過王莽建立“古文學派”，使《逸禮》《古書》《毛詩》《周官》《爾雅》、“天文”“圖讖”這些迄未取得合法地位的“古文經”頒行天下。最妙的是也立了什麼“樂經”（據說是一位長壽的老者竇公獻出來的，其實就是《周官大宗伯》的“大司樂章”），這可真是“為所欲為”，盛極一時了。

逮及王莽居攝前後，劉歆輔助新朝的最重要工作又加上了一個制造符命，用王莽的話就是“嘉新公國師以符命為予四輔”。統計一下，單講莽當代漢有天下的即有“三以鐵契，四以石龜，五以虞符，六以文圭，七以玄印，八以茂陵石書，九以玄龍石，十以神井，十一以大神石，十二以銅符帛圖”等符端，我們只抄一段為例：

> 丙寅暮，漢氏高廟有金匱圖策：“高帝承天命，以國傳新皇帝。”明旦，宗伯忠孝侯劉宏以聞，乃召公卿議，未決，而大

神石人談曰:“趣新皇帝之高廟受命,毋留!”於是新皇帝立登車,之漢氏高廟受命。

圖緯之學,在西漢末年相當的倡行,例如平帝劉衎時,曾以明《易》為博士講書祭酒的蘇竟,就“善圖緯”,能通百家之言,他是劉歆典校中秘的一位同事。還有,楊厚的祖父楊春卿也“善圖讖學”,厚自己復從犍為周循學習“先法”,就同郡鄭伯山受《河洛書》及“天文推步之求”。(以上所引見《後漢書·蘇竟楊厚列傳》)上有好者下必有甚,王莽之世,這種欺騙人民神化自己的玩藝兒遂在劉歆等輩主催之下,充分發揮了它的伎倆。

足以發人深省的是,假的到底真不了,好談天文讖記的劉歆終究也害了自身:當衛將軍王涉信了道士西門君惠“星孛掃宮室,劉氏當復興,國師公姓名是也”的話,聯合大司馬董忠鼓動劉歆起事時,歆也說天時未至稍侍舉事,結果陰謀敗露,先被王莽誅夷而自食其果了。這位以古文《左氏傳》起家的劉歆到底是個腐儒敗子,不及乃父多矣,遑論比仲舒。

總之,還是《漢書·儒林傳》說得好:

古之儒者,博學乎六藝之文。(師古曰:六藝謂《易》《禮》《樂》《詩》《書》《春秋》。)六藝者,王教之典籍,先聖所以明天道,正人倫,致至治之成法也。

周道既衰,壞於幽厲,禮樂征伐自諸侯出,陵夷二百餘年而孔子興,以聖德遭季世,知言之不用而道不行,乃歎曰:“鳳鳥不至,河不出圖,吾已矣夫!”(師古曰:鳳鳥、河圖,皆王者之瑞。自傷有德而無位,故云已矣。)“文王既沒,文不在茲乎?”(師古曰:言文王久已沒矣,文章之事豈不在此乎?蓋自謂也。)

於是應聘諸侯,以答禮行誼。(師古曰:答禮,謂有問禮者則為應答而申明之。)西入周,南至楚,畏匡戹陳,奸七十餘君。適齊聞韶,三月不知肉味;自衛反魯,然後樂正,《雅》《頌》各得其所。(自衛反魯,謂哀十一年也。是時道衰樂廢,孔子還修正之,故《雅》《頌》各得其所。)究觀古今之篇籍,乃稱曰:"大哉,堯之為君也!唯天為大,唯堯則之。(師古曰:言堯所行皆法天。)巍巍乎其有成功也,煥乎其有文章也!(師古曰:巍巍者,高貌。煥,明也。)"又曰:"周監於二代,郁郁乎文哉!吾從周。(師古曰:言周追視夏殷二代之制而損益之,故禮文大備也。郁郁,文章盛貌。)"於是敘《書》則斷《堯典》,稱樂則法韶舞,(韶,師古曰:舜樂也,孔子歎其盡善盡美,故欲用之。)論《詩》則首《周南》。綴周之禮,因魯《春秋》,舉十二公行事,繩之以文武之道,成一王法,至獲麟而止。蓋晚而好《易》,讀之韋編三絕,而為之傳。(師古曰:編,所以聯次簡也。言愛玩之甚,故編簡之韋為之三絕也。傳謂《彖》《象》《繫辭》《文言》《說卦》之屬。)皆因近聖之事,以立先王之教,故曰:"述而不作,信而好古","下學而上達","知我者其天乎"!(師古曰:皆《論語》載孔子之言也。作者之謂聖,述者之謂明,故孔子自謙,言我但述者耳。下學上達,謂下學人事,上達天命也。行不違天,故唯天知我也。)

仲尼既沒,七十子之徒(師古曰:謂弟子七十七人也)散遊諸侯。大者為卿相師傅,小者友教士大夫,或隱而不見。故子張(顓孫師)居陳,澹臺子羽(澹臺,姓也,名滅明)居楚,子夏(卜商)居西河,子貢(端木賜)終於齊。如田子方、段干木、吳起、禽滑釐之屬,皆受業於子夏之倫,為王者師。是時,

> 獨魏文侯好學。天下並爭於戰國,儒術既黜焉,然齊魯之間學者猶弗廢,至於威、宣之際,孟子、孫卿之列咸遵夫子之業而潤色之,以學顯於當世。
>
> 及至秦始皇兼天下,燔《詩》《書》,殺術士,六學從此缺矣。陳涉之王也,魯諸儒持孔氏禮器而往歸之,於是孔甲為涉博士,卒與俱死。陳涉起匹夫,驅適戍以立號,不滿歲而滅亡,其事至微淺,然而搢紳先生負禮器往委質為臣者何也?以秦禁其業,積怨而發憤於陳王也。
>
> 高皇帝誅項籍,引兵圍魯,魯中諸儒尚講誦習禮,弦歌之音不絕,豈非聖人遺化好學之國哉?於是諸儒始得修其經學,講習大射鄉飲之禮。叔孫通作漢禮儀(高祖始感皇帝之尊榮),因為奉常,諸弟子共定者,咸為選首,然後喟然興於學。然尚有干戈,平定四海(言陳豨、盧綰、韓信、黥布之徒相次反叛征伐也),亦未皇(暇也)庠序之事也。孝惠、高后時,公卿皆武力功臣。孝文時頗登用,然孝文本好刑名之言。及至孝景,不任儒,竇太后又好黃老術,故諸博士具官待問,未有進者。

這不是班孟堅原原本本、有條不紊地把"自有生民以來,未有孔子"(孟軻語)的六藝之文、儒者之教(直至漢初)都給我們概括清楚了嗎?另外他還給我們指出了秦火以後傳授六藝的博士大家,如言《書》的濟南伏生,言《詩》的"於燕則韓太傅"(嬰)(按:還有趙地的北海太守小毛公萇),言《春秋》"於齊則胡毋生,於趙則董仲舒"(並無公孫弘之名),足供參照。

當然,有些史實司馬遷在《史記·孔子世家》《仲尼弟子列傳》直至《武帝本紀》等紀傳都已經追溯了的,而且講得更為詳盡。只看子長對於孔子的讚語:“天下君王至於賢人衆矣,當時則榮,沒則已焉。孔子布衣,傳十餘世,學者宗之。自天子王侯,中國言六藝者折中於夫子,可謂至聖矣。”(語見《孔子世家》之末)這還不是千古的定評嗎?那麽,我們評價仲舒又何嘗不可以說,秦火之後,他是漢初之“六藝復興者”呢?影響深遠,功大於過,漢武雖非其君(指晚年殘暴荒縱求仙朝山之類而言),燕趙之學固不後於齊魯也!即單就“罷黜百家”而言,老子、陰陽家(鄒衍),甚至包括雜家之《吕覽》在内,何嘗見其公開排斥過?倒是作為儒家鉅子的孟(軻)、荀(卿)隻字不提,豈不耐人尋味?(前面說過,當與孟之輕視君權、荀之反對天命有關。)但仲舒之最不可及處,還在於“名者,真也”,富有求實的精神;深惡欺詐,不同俗吏(如公孫弘主父偃之流),清明在躬,死而無悔耳。有心救世,無力回天,蕭然而去,傳教後人。

原文提交至“董仲舒國際學術研討會”
河北大學中文系 1994 年 8 月印行

從《春秋繁露》等書看董仲舒的哲理文章

董仲舒(前179—前104)是西漢今文經學大師和策論文大家,一生雖未身居要職,但政治影響卻非同小可。漢武帝劉徹罷黜百家、獨尊儒術,就是採納董仲舒《天人》三策的結果。直到他致仕以後的晚年,"朝廷如有大議,還使使者及廷尉張湯就其家而問之,其對皆有明法"(《漢書》本傳)。仲舒所著,一以闡發經術為主,策對疏奏"凡百二十三篇,而說《春秋》事得失,《聞舉》《玉杯》《蕃露》《清明》《竹林》之屬(皆起所著書名)復數十篇,十餘萬言,傳於後世"(同上)。

儒家思想本是春秋以來封建主義的正統思想。秦始皇雖曾焚書坑儒,但皇室依舊藏有大量圖書,朝廷之上也仍設有博士之官,傳經、參政並未絕跡(如張蒼、叔孫通、伏勝等)。漢移秦祚,由微知著,高祖、文帝,積漸重視,叔孫通、陸賈、賈誼、晁錯之所以得用,即其例證。傳至武帝,更進一步。即位之初,就召集全國的文士,出題策試,親自看卷,董仲舒便是他選為首列的一個(還有公孫弘,前200—前121,是個獄吏,後來拜相封侯)。仲舒當年的"策對"云:

《春秋》之中,視前世已行之事,以觀天人相與之際,甚可畏也!國家將有失道之敗,而天乃先出災害以譴告之,不知自省,又出怪異以警懼之,尚不知變,而傷敗乃至。以此見天心之仁,愛人君而欲止其亂也。自非大亡道之世者,天盡欲扶持而全安之,事在強勉而已矣。

強勉學問,則聞見博而知益明;強勉行道,則德日起而大有功,此皆可使還至而立有效者也(還讀曰旋,旋,速也)。《詩》曰"夙夜匪解",《書》云"茂哉茂哉",皆強勉之謂也。道者,所由適於治之路也,仁義禮樂皆其具也。故聖王已沒,而子孫長久安寧數百歲,此皆禮樂教化之功也。

(《漢書》本傳)

我們認為這便是"天人"之策,因為他提出的"天人相與","國家失道"則"災害譴告",正是"天垂象見吉凶,聖人則之"的傳統理論,是"人法地,地法天,天法道,道法自然"的增益說法。古代人民崇拜自然,認為人力難回天意,常把天災和人禍聯繫起來看待,神道設教,使知警惕,這對於當時的最高統治者皇帝來說,不是沒有促使其反省裨益勤政愛民的作用的。董仲舒在《春秋繁露》裏強調:

天地之行,美也。(《天地之行》)
天道施,地道化,人道義。(《天道施》)
五行變至,當救之以德,施之天下則咎除。(《五行變救》)

"天地之大德曰生",所以稱之為"美"。因天地之"施""化",再配之以人道之"義",這個世界才有生靈,才有政治。"天道遠,人道邇",自然界的物質條件和人類社會的精神文明,徹底地結合起來交相為用,這個社會才會存在,才會美好。(社會是階級的社會,政治是階級的政治,自不待說。)董仲舒在《王道通》裏,談得更加全面,他從"王"字的形義開始說道:

古之造文者,三畫而連其中謂之"王"。三畫者,天、地與人也,而連其中者,通其道也。取天地與人之中以為貫而參通之,非王者孰能當是?故王者唯天之施,施其時而成之,法其命而循之諸人,法其數而以起事,治其道而以出法,治其志而歸之於仁。仁之美者在於天。天,仁也。天覆育萬物,既化而生之,有養而成之,事功無已,終而復始,凡舉歸之以奉人。察於天之意,無窮極之仁也。人之受命於天也,取仁於天而仁也。

按"王"字在甲骨文中有"地下火旺"之說(郭沫若語),其形作"工",變為小篆以後,董仲舒對"王"字的解釋就有些道理了。(三畫而連其中謂之"王",孔子本已有此說法,董氏不過踵事增華而已。)他說:"王者,民之所往;君者,不失其群者。故能使萬民往之,而得天下之群者,無敵於天下。"(《滅國上》)他在《立元神》中,把"君"和"人"以及"天地"的關係,闡發得更為細緻深入:

君人者,國之元,發言動作,萬物之樞機。樞機之發,榮辱之端也。失之毫釐,駟不及追。

君人者,國之本也。夫為國,其化莫大於崇本,崇本則君化若神,不崇本則君無以兼人。無以兼人,雖峻刑重誅而民不從,是所謂驅國而棄之者也,患孰甚焉?

何謂本?曰:天、地、人,萬物之本也。天生之,地養之,人成之。天生之以孝悌,地養之以衣食,人成之以禮樂,三者相為手足,合以成體,不可一無也。

由此可見,皇帝君王,到了漢初,即從訓詁學上看,已經只是爵位名號,並非什麼神聖的上天之子,絲毫不可侵犯的了。《白虎通》說得好:

> 帝王者何？號也。號者，功之表也，所以表功明德、號令臣下者也。德合天地者稱帝，仁義合者稱王，別優劣也。《禮記·謚法》曰："德象天地稱帝，仁義所生稱王，帝者天號，王者五行之稱也。皇者何謂也？亦號也。皇，君也，美也，大也，天之總美大稱也。時質，故總之也。號之為皇者，煌煌人莫違也。煩一夫擾一士以勞天下，不為皇也。不擾匹夫匹婦，故為皇。"

應該嚴格要求的是他們的道德修養。因為天不是為王生民，而是為民立王，能利民的王，天要讓他做下去；害民的王，天要奪去他的王位。有道伐無道，是天理，也是人意（大意如此）。這樣，湯武革命以征誅而有天下，和"天命無常，惟有德者居之"的思想，便被統一起來。董仲舒由此繼續論證人之道，並驗諸《春秋》之義云：

> 善言天者必有徵於人，善言古者必有驗於今。臣聞天者群物之祖也，故遍覆包函而無所殊，建日月風雨以和之，經陰陽寒暑以成之。故聖人法天而立道，亦溥愛而亡私，布德施仁以厚之，設誼立禮以導之。
>
> 春者，天之所以生也；仁者，君之所以愛也。夏者，天之所以長也；德者，君之所以養也。霜者，天之所以殺也；刑者，君之所以罰也。由此言之，天人之徵，古今之道也。
>
> 孔子作《春秋》，上揆之天道（揆，度也），下質諸人情，參之於古，考之於今。故《春秋》之所譏，災害之所加也；《春秋》之所惡，怪異之所施也。書邦家之過，兼災異之變，以此見人之所為，其美惡之極，乃與天地流通而往來相應，此亦言

天之一端也。

(《漢書》本傳)

這也是對策文,可是大談其“天人感應”之說,並以孔子之《春秋》作證,説得神乎其神,煞有介事。其實,孔子並未先知,不過是事後加以配合的(有的竟是傳説、附會),於是這一部“斷爛朝報”(王安石語),便成了“政治經書”,任由董仲舒去“望文生義”“托古改制”了。就“災異”而言,妖由人興,何關“天道”?穿鑿附會,別有用心。漢初的政治家如陸賈,也説過:“治道失於下,則天文度於上,惡政流於民,則蟲災生於地。”(《新語》)董仲舒擴而大之,叫它成了體系,真個影響了政治,這便是他後來居上,成為漢代儒家宗師的主要原因。但不管怎麽説,董仲舒的哲學觀點是循環的,不是發展的;是調和的,不是鬥爭的;有唯物論的因素,但基本上是唯心的;有辯證法的因素,但基本上是形而上學的。

董仲舒藉口《春秋》推演“仁義”之道,也極為通徹,而且尤稱創見。《仁義法》云:

《春秋》之所治,人與我也。所以治人與我者,仁與義也。以仁安人,以義正我,故仁之為言人也,義之為言我也,言名以別矣。仁之於人,義之於我者,不可不察也。眾人不察,乃反以仁自裕,而以義設人。詭其處而逆其理,鮮不亂矣。

是故人莫欲亂,而大抵常亂。凡以闇於人我之分,而不省仁義之所在也。是故《春秋》為仁義法。仁之法在愛人,不在愛我。義之法在正我,不在正人。我不自正,雖能正人,弗予為義。人不被其愛,雖厚自愛,不予為仁。

故王者愛及四夷,霸者愛及諸侯,安者愛及封內,危者愛及旁側,亡者愛及獨身。獨身者,雖立天子諸侯之位,一夫之人耳,無臣民之用矣。如此者,莫之亡而自亡也。

夫我無之求諸人,我有之而誹(與非字通)諸人,人之所不能受也。其理逆矣,何可謂義? 義者謂宜在我者。宜在我者,而後可以稱義。故言義者,合我與宜,以為一言。以此操(操,持也,持論)之,義之為言我也。

故曰:有為而得義者,謂之自得;有為而失義者,謂之自失。人好義者,謂之自好;人不好義者,謂之不自好。以此參之,義,我也,明矣。

是義與仁殊。仁謂往,義謂來;仁大遠,義大近。愛在人謂之仁,義在我謂之義。仁主人,義主我也。故曰:仁者人也,義者我也,此之謂也。君子求仁義之別,以紀人我之間,然後辨乎內外之分,而著於順逆之處也。是故內治反理以正身,據禮以勸福;外治推恩以廣施,寬制以容眾。

儒家仁內義外、殺身成仁、捨生取義之說,在董仲舒這裏不僅發揮得淋漓盡致、曲盡其用,而且聯繫實際、增益內容,變換辭彙為前所未有之作。《必仁且智》云:

何謂仁? 仁者憯怛愛人,謹翕(音 xī,收斂)不爭,好惡敦倫,無傷惡之心,無隱忌之志,無嫉妒之氣,無感愁之欲,無險詖(偏激,音 bì)之事,無辟違之行。故其心舒,其志平,其氣和,其欲節,其事易,其行道,故能平易和理而無爭也。如此者謂之仁。

這篇文章,自問自答,頂針續麻,活現出一種經師的口吻。對於

"知",他剖析得也不錯:

> 知者,見禍福遠,其知利害蚤,物動而知其化,事興而知其歸,見始而知其終;言之而無敢嘩,立之而不可廢,取之而不可舍,前後不相悖,終始有類。思之而有復,及之而不可厭。其言寡而足,約而喻,簡而達,省而具,少而不可益,多而不可損。其動中倫,其言當務。如是者謂之知。(同上)

看來,不止是思想要敏捷,反應須靈活,而且語言也必須是明白曉暢的,才能稱得起是個知者。自然,這本身也就是行動的表現。不過,我們要求的卻不只是言之鑿鑿,而是行之有效。

董氏言不離《春秋》經,説依傍《公羊傳》,這在他的文章之中也是觸處可見的。下面就讓我們把長短篇章結合起來,舉它直接引論《春秋》之義的十段文字以為例證。他説:

> 《春秋》之辭多所況(譬也),是文約而法明也。
>
> 《春秋》尊禮而重信。信重於地,禮尊於身。
>
> 《春秋》之用辭,已明者去之,未明者著之。
>
> (《繁露·楚莊王》)
>
> 《春秋》之法,以人隨君,以君隨天,曰:緣臣民之心,不可一日無君。
>
> 《春秋》論十二世之事,人道浹而王道備,法布二百四十二年之中,相為左右,以為文采,其居參錯,弗襲古也。是故論《春秋》者,合而通之,緣而求之,伍其比,偶其類,覽其緒,屠其贅,是以人心浹而王法立。
>
> 《春秋》之好微與?其貴志也。《春秋》修本末之義,達

變故之應,通生死之志,遂人道之極者也。

(《玉杯》)

《春秋》之常辭也,不予夷狄而予中國。

《春秋》無通辭,從變而移。

《春秋》記天下之得失,而見所以然之故,甚幽而明,無傳而著,不可不察也。

(《竹林》)

《春秋》有經禮,有變禮。為如安性平心者,經禮也。至有於性,雖不安於心,雖不平於道,無以易之,此變禮也。(《玉英》)

《春秋》慎辭,謹於名倫等物者也。是故小大不逾等,貴賤如其倫,義之正也。(《精華》)

《春秋》何貴乎元而言之?元者,始也,言本正也。道,王道也。王者,人之始也。王正則元氣和順、風雨時、景星見、黃龍下。(《王道》)

《春秋》,大義之所本耶?六者之科,六者之指之謂也。然後援天端,布流物,而貫通其理,則事變散其辭矣。故志得失之所從生,而後差貴賤之所始矣。論罪源深淺,定法誅,然後絕屬之分別矣。立義定尊卑之序,而後君臣之職明矣。載定下之賢方,表謙義之所在,則見復正焉耳。幽隱不相逾,而近之則密矣。而後萬物之應無窮者,故可施其用於人,而不悖其倫矣。(《正貫》)

范文瀾先生說:“漢武帝特別提倡《春秋》公羊學,這是因為《春秋經》是孔子正名分的著作,是封建專制主義具體應用在政治上的典型,是孔子思想的完整表現,其它經書都不象《春秋》那樣適用。還有一個特點是,《春秋經》文字極其簡單隱晦,便於學者在最大限度内以穿鑿和引申。漢武帝選中《公羊春秋》,在政治需要上是完全切合的。"董仲舒正是適應這種需要,制成了整套的《公羊》學說,可以認為,他把體現於《周易》裏的"陰陽之說",和自戰國以來的"五行學"(金、木、水、火、土"相生相剋"的道理),融合成為一體了。也把儒家的道德哲學基本觀點"仁"與"義"結合進去了。(如獨尊儒術的"大一統"思想,推揚了陰陽災異、天人感應之說等等。)只要我們分別印證於上面列舉的文字,便知所言不虛了。尤其是闡發《春秋》義法的各條,不是在說明著問題嗎?師心自用,以意為之,只此一家,不許旁騖。若是没有最高的政治力量支持著、維護著,甚至可以說是推廣著、貫徹著,曷克臻此!

因此我們認為仲舒的文字,既是哲理的、學術的、解經的、演繹的,同時也未嘗不是奉命的、致用的、獨尊的、壟斷的。在禁錮思想、統治意識上說,有人指斥它的危害性不下於秦火,恐怕不是毫無道理的。當然,話又必須說回來,在寫作手法上,觀點明確、語言清澈、深文周納,富有訓詁氣味,獨具說教的精神,落筆典雅而不膚淺,結構邃密而不板滯,誠非策論之文而已也。卷帙浩繁,傳世巨著,亦非偶然了。最後讓我們以《繁露》的第一篇《楚莊王》作結:

《春秋》分十二世以為三等,有見,有聞,有傳聞。有見三世,有聞四世,有傳聞五世。故哀、定、昭,君子(指孔子而言)之所見也。襄、成、文、宣,君子之所聞也。僖、閔、莊、桓、隱,君子之所傳聞也。所見六十一年,所聞八十五年,所傳聞九十六年。於所見微其辭,於所聞痛其禍,於傳聞殺其恩與情俱也。

屈伸之志,詳略之文,皆應之。吾以其近近而遠遠,親親而疏疏也;亦知其貴貴而賤賤,重重而輕輕也。有知其厚厚而薄薄,善善而惡惡也;有知其陽陽而陰陰,白白而黑黑也。百物皆有合偶,偶之合之,仇之匹之,善矣。《詩》云:"威儀抑抑,德音秩秩;無怨無惡,率由仇匹。"(《小雅·賓之初筵》等篇散見其句。)此之謂也。

然則《春秋》,義之大者也。得一端而博達之,觀其是非,可以得其正法;視其溫辭,可以知其塞(阻礙)怨。是故於外,道而不顯,於內,諱而不隱。於尊亦然,於賢亦然。此其別內外,差賢不肖而等尊卑也。義不訕上,智不危身。故遠者以義諱,近者以智畏。畏與義兼,則世愈近而言愈謹矣。此定哀之所以微其辭。以故用則天下平,不用則安其身,《春秋》之道也。

《春秋》之道,奉天而法古。是故雖有巧手,弗修規矩不能正方圓;雖有察耳,不吹六律不能定五音;雖有知心,不覽先王不能平天下。然則先王之遺道,亦天下之規矩六律已。故聖者法天,賢者法聖,此其大數也。得大數而治,失大數而亂,此治亂之分也。所聞天下無二道,故聖人異治同理也。古今通達,故先賢傳其法於後世也。

(《楚莊王》)

開宗明義的話,也未嘗不是全書主導思想的所在,"奉天法古""聖者法天"、"古今通達,傳法後世"。其文之落落大方,極具書卷之氣味,可以為全書十七卷八十二篇(始《楚莊王》終《天地施》)的樣板,更是不必有所懷疑的。

原載《河北師院學報(哲學社會科學版)》1985 年第 3 期

桓　譚

桓譚(約前23—56),字君山,沛國相人(今江蘇省徐州市附近是其地)。他是東漢初年的學者和政治家,“好音律,善鼓琴,博學多通,遍習《五經》,皆詁訓大義,不為章句。能文章,尤好古學,數從劉歆、揚雄辨析疑異。性嗜倡樂,簡易不修威儀,而喜非毁俗儒,由是多見排抵。哀平間,位不過郎。”“當王莽居攝篡弑之際,天下之士,莫不競褒稱德美,作符命以求容媚。譚獨自守,黯然無言。莽時為掌樂大夫,更始立,召拜大中大夫。世祖即位,征待詔,上書言事失旨,不用。後大司空宋弘薦譚,拜議郎給事中。”(《後漢書·桓譚傳》)

可見譚雖是“三朝元老”,但上下關係處得不好,沒有做什麼大官。還保持著書生本色,由於反對圖讖,幾乎喪了生命。如在光武初年,上疏陳議時政所宜云:

臣聞國之廢興在於政事,政事得失由乎輔佐。輔佐賢明,則俊士充朝,而理合世務;輔佐不明,則論失時宜,而舉多過事。夫有國之君,俱欲興化建善,然而政道未理者,其所謂賢者異也。

昔楚莊王(名旅,穆王商臣之子)問孫叔敖(楚之賢相)曰:“寡人未得所以為國是也(言欲為國,未知何以得之)。”叔敖曰:“國之有是,眾所惡也,恐王不能定也。”王曰:“不定獨在君,亦在臣乎?”對曰:“君驕士曰:士非我無從富貴。士驕君曰:君非士無從安存。人君或至失國而不悟,士或至饑寒而不進。君臣不和,則國是無從定矣。”莊王曰:“善,願相國與諸大夫共定國是也。”

蓋善政者,視俗而施教,察失而立防,威德更興,文武迭用,然後政調於時,而躁人(躁撓不定之人)可定。昔董仲舒言:“理國譬若琴瑟,其不調者,則解而更張。”夫更張難行,而拂眾者亡(拂,違也)。是故賈誼以才逐,而晁錯以智死。世雖有殊能而終莫敢談者,懼於前事也。

且設法禁者,非能盡塞天下之奸,皆合眾人之所欲也。大抵取便國利事多者,則可矣。夫張官置吏以理萬人,懸賞設罰以別善惡,惡人誅傷則善人蒙福矣。今人相殺傷,雖已伏法,而私結怨仇,子孫相報,後忿深前,至於滅戶殄業,而俗稱豪建。故雖有怯弱,猶勉而行之,此為聽人自理而無復法禁者也。今宜申明舊令,若已伏官誅而私相殺傷者,雖一身逃亡,皆徙家屬於邊,其相傷者加常二等,不得雇山贖罪(女子犯徒,遣歸家,每月出錢雇人於山伐木,名曰雇山)。如此,則仇怨自解,盜賊息矣。

夫理國之道,舉本業而抑末利,是以先帝禁人二業,錮商賈不得宦為吏(高祖時令賈人不得衣絲乘車,市井子孫不得宦為吏),此所以抑并兼、長廉恥也。今富商大賈多放錢貨,中家(中等人家)子弟為之保役(作保立信),趨走與臣僕等勤,收稅與封君比入。(收稅謂舉錢輸利息。《東觀記》曰:“中家子為之保役,受計上疏,趨走俯伏,譬若臣僕,坐而分利。”)是以眾人慕效,不耕而食,至乃多通侈靡,以淫耳目。今可令諸商賈自相糾告,若非身力所得,皆以臧畀告者。(畀,與也。《東觀記》曰:“賈人多通侈靡之物,羅紈綺繡,雜彩玩好,以淫人耳目,而竭盡其財。是為下樹奢靡而置貧本也。求人之儉約富足,何可得乎?夫俗難卒變,而人不可暴化,宜抑其路,使之稍自衰焉。")如此,則專役一已,不敢以貨與人;事寡力弱,必歸功田畝;田畝修,則穀入多而地力盡矣。

又見法令決事,輕重不齊,或一事殊法,同罪異論,奸吏得因緣為市,所欲活則出生議,所欲陷則與死比,是為刑開二門也。今可令通義理明習法律者,校定科比(科謂事條,比謂類例),一其法度,班下郡國,蠲(音涓,免也)除故條。如此,天下知方(法也),而獄無怨濫矣。

(見本傳)

別看是這樣好的奏章,面對的又是光武皇帝,可是上去以後,居然未予理睬。大概由於他這個統治集團已經官商合一,得了好處,於是積重難返了。(法律制裁商賈,然而他們有錢可以勾通官府,走動衙門,為所欲為。)何況桓譚的"君臣共定國是論",以及"賈誼以才逐,晁錯以智死"一類的話,也不會討皇帝的歡喜呢!這還罷了,沒有獲罪,接著又上疏要求光武禁止讖緯,卻犯了大忌諱,面對以後,僅得免死。疏文道:

臣前獻瞽言,未蒙詔報,不勝憤懣,冒死復陳。

愚夫策謀,有益於政道者,以合人心而得事理也。凡人情忽於見事而貴於異聞,觀先王之所記述,咸以仁義正道為本,非有奇怪虛誕之事。蓋天道性命,聖人所難言也。自子貢以下不得而聞,況後世淺儒能通之乎?今諸巧慧小才伎數之人,增益圖書,矯稱讖記(圖書,即讖緯符命之類),以欺惑貪邪,詿誤人主,焉可不抑遠之哉!(《東觀記》載"譚書"云:"矯稱孔丘,為讖記以誤人主。")臣譚伏聞陛下窮折方士黄白之術,甚為明矣(黃白謂以藥化成金銀。方士,有方術之士),而乃欲聽納讖記,又何誤也!其事雖有時合,譬猶卜數隻偶之類(言偶中也)。陛下宜垂明聽,發聖意,屏群小之曲說,述五經之正義,略雷同(雷之發聲,眾物同應。俗人無是非之心,出言同者謂之雷同)之俗語,詳通人之雅謀。

又臣聞安平則尊道術之士,有難則貴介胄之臣(介,甲也。胄,兜鍪也)。今聖朝興復祖統,為人臣主,而四方盜賊未盡歸伏者,此權謀未得也。臣譚伏觀陛下用兵,諸所降下,既無重賞以相恩誘,或至虜掠奪其財物,是以兵長渠率,各生狐疑,黨輩連結,歲月不解。古人有言曰:“天下皆知取之為取,而莫知與之為取。”(言先饒與之,後乃可取之。《老子》曰:“將欲廢之,必固興之;將欲奪之,必固與之。”)陛下誠能輕爵重賞,與士共之,則何招而不至,何說而不釋,何向而不開,何征而不克?如此,則能以狹為廣,以遲為速,亡者復存,失者復得矣。

(同上)

光武晚年,意得氣驕,又多狐疑,迷信圖讖,加之對於臣下,賞賜不如前此之厚,接到這樣“揭短”的章奏:一則曰:“前獻瞽言,未蒙詔報,不勝憤懣。”二則曰:圖讖“欺惑貪邪,詿誤人主”而喜聽納。尤其是說他權謀未得,賞賜微薄,致令臣下虜掠,結黨營私,簡直是披逆鱗、捋虎鬚了。所以在奏對之時,得了一個“桓譚非聖無法”的罪名,“將下斬之,譚叩頭流血,良久乃得解,出為六安郡丞”的結果。跟著,桓譚也就“意忽忽不樂”,死在道路之中啦。

原來桓譚是東漢初年著名的無神論者,他不只大膽地攻擊當時官方所宣揚的“讖緯”迷信,還反對了一切神秘的論點:他不承認天有意志,駁斥了有鬼論,神仙也是不存在的,指出好卜筮、講祭祀,絲毫不能挽救王朝的危亡,事在人為,與天命毫無關係。他有一篇《形神論》,專門談說精神和肉體的相互依存,根本否定了靈魂不滅和人們可以長生不老的舊說。“人死如燈滅”,死亡是一種自然的現象,誰也改變不了它。《形神》篇道:

余嘗過故陳令同郡杜房,見其舉火夜坐,燃炭乾牆,讀《老子》書,言:“老子用恬淡養性,致壽數百歲,今行其道,寧能延年卻老乎?”余應之曰:“雖同形名,而質性才幹乃各異度,有強弱堅脆之姿焉。愛養適用之,直差愈耳。譬猶衣履器物,愛之則完全乃久。”

余見其旁有麻燭,而灺(音舵,燭燼)垂一尺所,則因以喻事,言:“精神居形體,猶火之然燭矣。如善扶持,隨火而側之,可無滅而竟燭。燭無,火亦不能獨行於虛空,又不能後然其灺。灺猶人之耆老,齒墮髮白,肌肉枯臘,而精神弗為之能潤澤,內外周遍,則氣索而死,如火燭之俱盡矣。人之遭邪傷病,而不遇供養良醫者,或強死,死則肌肉筋骨,常若火之頃刺風而不獲救護,亦道滅,則膚餘幹長焉。余嘗夜坐飲內中,然麻燭,燭半壓欲滅,即曰自敕視,見其皮有剝乾,乃扶持轉側,火遂度而復。則維人身,或有虧剥劇,能養慎善持,亦可以得度。又人莫能識其始生時,則老亦死不當自知。夫古昔和平之世,人民蒙美盛而生,皆堅強老壽,咸百年左右乃死,死時忽如臥出者,猶果物穀實,久老則自墜落矣。後世遭衰薄惡氣,嫁娶又不時,勤苦過度,是以身生子皆俱傷,而筋骨血氣不充強,故多凶短折,中年夭卒。其遇病,或疾痛惻怛,然後終絕,故諮嗟憎惡,以死為大故。昔齊景公美其國,嘉其樂,云:‘使古而無死,何若?’晏子曰:‘上帝以人之歿為善,仁者息焉,不仁者如(往也)焉。’今不思勉廣日學自通,以趨立身揚名,如但貪利長生,多求延壽益年,則惑之不解者也。”

或難曰:“以燭火喻形神,恐似而非焉。今人之肌膚,時剥傷而自愈者,血氣通行也。彼蒸燭缺傷,雖有火居之,不能復全。是以神氣而生長,如火燭不能自補完,蓋其所以為異也,而何欲同之?”

應曰:“火則從一端起,而人神氣則於體,當從內稍出合於外,若由外腠達於內,固未必由端往也。譬猶炭火之爇(古燃字)赤,如水過渡之,亦小滅然後生焉,此與人血氣生長肌肉等。顧其終極,或為灸,或為灺耳。曷為不可以喻哉!”

余後與劉伯師夜爇火坐語,鐙中脂索,而炷燋秃,將滅息,則以示曉伯師,言人衰老亦如彼秃燈矣。又為言前麻燭事。伯師曰:“燈燭盡,當益其脂,易其燭。人老衰,亦如彼自歷(趺倒。音蹶,其字一也)纘(續也,音贊。蹶纘,指燈燭快滅時,添油乃燭,使之繼續照明)。”

余應曰:“人既稟形體而立,猶彼持燈一燭,及其盡極,安能自盡易?盡易之乃在人。人之蹶黨(通倘)亦在天(自然也,亦即物質),天或能為他(人體本身),其肌骨血充強,則形神枝而久生,惡則絕傷。猶火之隨脂燭多少、長短為遲速矣。欲燈燭自盡,易以不能,但促斂旁脂,以染漬其頭,轉側蒸幹,使火得安居,則皆復明焉。及本盡者,亦無以爇。今人之養性,或能使墜齒復生,白髮更黑,肌顏光澤,如彼促脂轉燭者,至壽極亦死耳。明者知其難求,故不以自勞;愚者欺惑,而冀獲盡脂易燭之力,故汲汲不息。又草木五穀,以陰陽氣生於土,及其長大成實,實復入土而後能生,猶人與禽獸昆蟲,皆以雄雌交接相生。生之有長,長之有老,老之有死,若四時之代謝矣。而欲變易其性,求為異道,惑之不解者也。”

從這篇文章裏,我們可以看到,桓譚實際上已經懂得精神現象是依賴於人體而存在的,形體是精神的支持者,這在當時是很了不起的見解。後來的王充(27—約97)就很推崇他,甚至應該說六朝范縝(約450—約510)的《神滅論》“形存則神存,形滅則神滅”都不過是“以燭火喻形神”的引申義。因此我們才認為,從桓譚散文的思想內容上講,那真是敢於標奇立異、推陳出新的作者,雖然他的政見僅在蒿目時艱,並未高談闊論,自成什麼體系。文筆也是平實允當,不渲染,不藻飾,或直陳,或問答,譬況有方,使人易於領略的。但卻蘊蓄著一種自信的精神,或曰強脾氣,值得提出。

《後漢書》本傳說:“譚著書言當世行事二十九篇,號曰《新論》,上書獻之,世祖善焉。(注云:《新論》,一曰《本造》,二《王霸》,三《求輔》,四《言體》,五《見徵》,六《譴非》,七《啟寤》,八《祛蔽》,九《正經》,十《識通》,十一《離事》,十二《道賦》,十三《辯惑》,十四《述策》,十五《閔友》,十六《琴道》。《本造》《述策》《閔友》《琴道》各一篇,餘並有上下。《東觀記》曰:“光武讀之,敕言卷大,令皆別為上下,凡廿九篇。”)《琴道》一篇未成,肅宗(皇帝劉炟,光武之孫)使班固續成之。(《東觀記》曰:“《琴道》未畢,但有發首一章。”)所著賦、誄、書、奏,凡廿六篇。”可見桓譚也是個多產作家了,可惜其書均已佚失,清嚴可均有輯逸本,但已非全貌(《全漢文》中有見)。這裏選録的《形神》,則是南北朝僧佑保存於《弘明集》裏的。

東漢的散文大家王充及其《論衡》

王充(公元27—約97)字仲任,會稽上虞(即今浙江省上虞縣)人。出身微賤(家庭是個小業主)。他的祖父、伯父和父親,都是好勇鬥狠的人,惟有他處世恭謹,不相忤逆。他六歲上學,八歲離開了書館,不但書讀了很多,文章也寫得不錯。弱冠後,入洛陽,受業太學,有《六儒論》,師事班彪,好博覽,而不守章句。家貧無書,遊書肆,閱所賣書,一見輒能誦憶。遂博通眾流百家之言。後歸鄉里,屏居教授,曾仕郡為功曹、治中、從事等小官吏,多自免還,永元(漢和帝劉肇年號)中,以病卒於家。

充好論說,始若詭異,終有理實,以為俗儒守文,多失其真。乃閉門潛思,絕慶吊之禮,戶牖牆壁各置刀筆,著《論衡》八十五篇,二十餘萬言(其書未傳中土,蔡邕入吳始得之,恒祕玩以為談助。其後王朗為會稽太守,又得其書,及還許下,時人稱其才進)。釋物類同異,正時俗嫌疑。又造《養性書》十六篇。裁節嗜欲,頤神自守。同郡友人謝夷吾言其才學云:"充之天才,非學所加,雖前世孟軻、孫卿,前漢揚雄、劉向、司馬遷,不能過也"(以上所言多見《自紀篇》及《後漢書·本傳》)。

按王充的八十五篇《論衡》,傳今者,《招致》一篇,有目無書,此外,他還有《譏俗節義》《政務之書》,以及"本傳"提到的《養性書》,也都佚失了。他是個"無神論"者,也反對自西漢以來的讖緯之說,並且能夠充分利用當時的天文、醫學等科學知識,以論證其虛妄。例如他說:天地是萬物的根源,但它並不是為了實現某種目的從而創造萬物的,是當生長萬物的條件具備時,萬物就自然而然地產生了(語見《自然篇》)。又說:必須依靠肉體,才能產生精神現象,形體腐朽,精神作用也就消失了,沒有脫離肉體可以獨立發生的精神(原意見《論死篇》)。

尤其重要的是他反對盲目的崇拜偶像,以古非今,《問孔篇》道:

> 世儒學者,好信師而是古,以為聖賢所言皆無非,專精講習,不知難問。夫賢聖下筆造文,用意詳審,尚未可謂盡得實,況倉卒吐言,安能皆是?不能皆是,時人不知難;或是,而意沉難見,時人不知問。案賢聖之言,上下多相違;其文,前後多相伐者,世之學者,不能知也。(《論衡》卷九)

西漢自劉徹表章六經,劉秀尊崇儒術以來,五經早已成為法典,沒有人敢提出一個"不"字來。獨有王仲任力排眾議,正面予以指斥,真是非同小可。因為這在當時是所謂"離經叛道"的言論。他的文學見解也是一樣,如《對作篇》說:

> 是故《論衡》之造也,起眾書並失實,虛偽之言勝真美也。故虛偽之語不黜,則華文不見息;華文放流,則實事不見用。故《論衡》者,所以銓輕重之言,立真偽之平,非苟調文飾辭,為奇偉之觀也。(同上,卷廿九)

這便是王充實事求是的態度。因為,西漢文章從司馬相如、揚雄起,已經誇飾鋪陳失其本真,叫人無法入目了。王充的從平實素樸入手,以矯當世之弊,是極有見地的。他在《自紀篇》裏表明自己的寫作態度道：

充書形露易觀。或曰："口辯者其言深，筆敏者其文沉。案經藝之文，賢聖之言，鴻重優雅，難卒曉睹。世讀之者，訓詁乃下，蓋賢聖之材鴻，故其文語與俗不通。玉隱石間，珠匿魚腹，非玉工珠師，莫能采得。寶物以隱閉不見，實語亦宜深沉難測。譏俗之書，欲悟俗人，故形露其指，為分別之文；《論衡》之書，何為復然？豈材有淺極，不能為覆？何文之察，與彼經藝殊軌轍也？"答曰："玉隱石間，珠匿魚腹，故為深覆。及玉色剖於石心，珠光出於魚腹，其猶隱乎？吾文未集於簡札之上，藏於胸臆之中，猶玉隱珠匿也。及出荴露，猶玉剖珠出乎！爛若天文之照，順若地理之曉，嫌疑隱微，盡可名處。且名白，事自定也。"

他這是在說，文章貴有己見不怕鴻雅，"偽書俗文多不實誠"，"不得其宜，不曉其務"，所以發憤著作以糾時弊，因而更進一步地申明《論衡》的意旨道：

《論衡》者，論之平也。口則務在明言，筆則務在露文。高士之文雅，言無不可曉，指無不可睹。觀讀之者，曉然若盲之開目，聆然若聾之通耳。三年盲子，卒見父母，不察察相識，安肯說喜？道畔巨樹，塹邊長溝，所居昭察，人莫不知。使樹不巨而隱，溝不長而匿，以斯示人，堯、舜猶惑。

明白曉暢，不隱瞞自己的觀點，如同大樹長溝一般，人人皆見，他把"文"和"語"的關係也說得很透闢，他說：

> 夫文由語也,或淺露分別,或深迂優雅,孰為辯者? 故口言以明志,言恐滅遺,故著之文字。文字與言同趨,何為猶當隱閉指意?

這是說騰之於口的語言,即應該是筆之於書的文字,二者不容分割,所以都必須以明快為主;"夫筆著者,欲其易曉而難為,不貴難知而易造;口論務解分而可聽,不務深迂而難睹",就是這個意思。他並且強調獨立思考不隨世俗之見云:

> (1)充書違詭於俗。或難曰:"文貴夫順合眾心,不違人意,百人讀之莫譴,千人聞之莫怪。故《管子》曰:'言室滿室,言堂滿堂。'今殆說不與世同,故文刺於俗,不合於眾。"答曰:"論貴是而不務華,事尚然而不離合。論說辯然否,安得不譎常心、逆俗耳? 眾心非而不從,故喪黜其偽,而存定其真。如當從眾順人心者,循舊守雅,諷習而已,何辯之有?"

世俗之舊聞陋見,王充對之是採取對立態度的,他又反駁說《論衡》之文不美道:

> (2)充書不能純美。或曰:"口無擇言,筆無擇文。文必麗以好,言必辯以巧。言瞭於耳,則事味於心;文察於目,則篇留於手。故辯言無不聽,麗文無不寫。今新書既在論譬,說俗為戾,又不美好,於觀不快。"
>
> 答曰:"夫養實者不育華,調行者不飾辭。豐草多華英,茂林多枯枝。為文欲顯白其為,安能令文而無譴毀? 救火拯

溺,義不得好;辯論是非,言不得巧。入澤隨龜,不暇調足;深淵捕蛟,不暇定手。言奸辭簡,指趨妙遠;語甘文峭,務意淺小。”

下邊他以大倉房裏的穀,糠皮一定不少;錢庫裏的錢串,也不會沒有散落的;最美的燕菜,必有澹味;多好的寶玉,難免微瑕;大簡當有不好之處;良工也有不巧之時為證論,凡此種種,豈不跟“辯言必有所屈,通人猶有所黜”一樣嗎?尤其是“言金由貴家起(指《淮南》《呂覽》,當時無人敢有非議而言),大糞(糞土無人理睬)自賤室(窮瓜,寒士)出”的話,可謂道破習俗陋見了。下面一段講求惟古於言必己出,不摹擬,不抄襲的文章風骨,也是千古不朽的。他說:

(3)充書既成,或稽合於古,不類前人。或曰:“謂之飾文偶辭,或徑或迂,或屈或舒。謂之論道,實事委瑣(音瑣,義亦同,又音早,後之似玉者),文給甘酸,諧於經不驗,集於傳不合,稽之子長不當,內之子雲不入。文不與前相似,安得名佳好,稱工巧?”答曰:“飾貌以強類者失形,調辭以務似者失情。百夫之子,不同父母,殊類而生,不必相似,各以所稟,自為佳好。文必有以合然後稱善,是則代匠斲不傷手,然後稱工巧也。文士之務,各有所從,或調辭以巧文,或辨偽以實事。必謀慮有合,文辭相襲,是則五帝不異事,三王不殊業也。美色不同面,皆佳於目;悲音不共聲,皆快於耳。酒醴異氣,飲之皆醉;百穀殊味,食之皆飽。謂文當與前合,是謂舜眉當復八采,禹目當復重瞳。

夫物之不齊,物之情也,這是有時間地點條件的限制的,不知是就缺乏歷史感,沒法說是符合歷史唯物主義的觀點了,一分為二,王仲任還是有些辯證法兩點論的精神的。最後,他又申明文之長、短、多、少不過是形式上的問題,不足以定優劣,惟內容如何耳,這才是關鍵的所在。他說:

> (4)充書文重。或曰:"文貴約而指通,言尚省而趨明。辯士之言要而達,文人之辭寡而章。今所作新書,出萬言,繁不省,則讀者不能盡;篇非一,則傳者不能領。彼躁人之名,以多為不善。語約易言,文重難得。玉少石多,多者不為珍;龍少魚眾,少者固為神。"答曰:"有是言也。蓋寡言無多,而華文無寡。為世用者,百篇無害;不為用者,一章無補。如皆為用,則多者為上,少者為下。累積千金,比於一百,孰為富者?蓋文多勝寡,財寡愈貧。世無一卷,吾有百篇;人無一字,吾有萬言,孰者為賢?今不曰所言非,而云泰多;不曰世不好善,而云不能領,斯著吾書所以不得省也。夫宅舍多,土地不得小;戶口眾,簿籍不得少。今失實之事多,華虛之語眾,指實定宜,辯爭之言,安得約徑?韓非之書,一條無異,篇以十第,文以萬數。夫形大,衣不得褊;事眾,文不得褊。事眾文饒,水大魚多。帝都穀多,王市肩磨。書雖文重,所論百種。按古太公望,近董仲舒,傳作書篇百有餘,吾書亦才出百,而云泰多,蓋謂所以出者微,觀讀之者不能不譴呵也。河水沛沛,比夫眾川,孰者為大?蟲蠒重厚,稱其出絲,孰者為多?"

連同見於前面的"形露易觀""違詭於俗""不能純美",可以說王充的寫作的精神,具備於此了,而其終極的目的,則在於辯偽存真,是今非古,所謂“論之平”者是。其寫作的方法則在於取譬相成,語文合一,說明白話,不拘長文,簡直是內容與形式的高度統一了,不怪有人稱他才過孟軻、孫卿,以及揚雄、劉向了。

補充一點實例是,充文篇章分明,例證豐富,說理透徹,論辯犀利,譬如《問孔》《非韓》《刺孟》《談天》《說日》《論死》之類,一望而知他在文章裏會講些什麽,起碼是主導方面的事物,不會有大差别的。而且從“問、非、刺、談、說、論”等標題的字眼上,已經表現出來他的發難與戰鬥性質了。再如《問孔》中凡舉《論語》裏頭的言行十六條,逐條予以詰難,開門見山,釘釘入木。例:“子謂公冶長,可妻也”一則,充評曰:

> 孔子之稱公冶長,有非辜之言,無行能之文,實不賢,孔子妻之,非也;實賢,孔子稱之不具,亦非也。誠似妻南容云:“國有道不廢,國無道免於刑戮。”具稱之矣。

又“宰予晝寢”條,充評云:

> 人之晝寢,安足以毁行?毁行之人,晝夜不臥,安足以成善?以晝寢而觀人善惡,能得其實乎?案宰予在孔子之門,序於四科,列在賜上。如性情怠,不可雕琢,何以致此?今孔子起宰予晝寢,聽其言,觀其行,言行相應,則謂之賢,是孔子備取人也,毋求備於一人之義,何所施?

這事挑剔得很有道理:所謂小題大作,以巨貶細,何足以服人。因為晝寢是小失,糞土、朽木則是棄物了(按照當時的情況說)。金無足赤,人無完人,乃是今天“兩點論”的所在,此又作者抨擊孔子自相矛盾

的話頭。王充又評“鳳鳥不至,河不出圖,吾已矣夫”道:

問曰:鳳鳥河圖,審何據始起?始起之時,鳥圖未至。如據太平,太平之帝,未必常致鳳鳥與河圖也。五帝三王,皆致太平,案其瑞應,不皆鳳皇為必然之瑞。於太平,鳳皇為未必然之應,孔子,聖人也,思未必然而自傷,終不應矣。

夫致瑞應,何以致之?任賢使能,治定功成。治定功成,則瑞應至矣。瑞應至後,亦不須孔子。孔子所望,何其末也?不思其本而望其末也,不相其主而名其物,治有未定,物有不至,以至而效明王,必失之矣。

對於東漢當年迷信符瑞圖緯之說的一些統治階層的帝王將相們,充之這一持論可謂有的放失當頭一棒,正是指桑駡槐别有用心的妙語,因此他被譏為離經叛道不得高官厚禄,也就很自然了。

《刺孟》事例凡七條,其首章云:

孟子見梁惠王,王曰:“叟不遠千里而來,將何以利吾國乎?”孟子曰:“仁義而已,何必曰利?”夫利有二,有貨財之利,有安吉之利。惠王曰:“何以利吾國?”,何以知不欲安吉之利?而孟子徑難以貨財之利也?《易》曰:“利見大人”,“利涉大川”,“乾,元亨利貞”。《尚書》曰:“黎民亦尚有利哉?”皆安吉之利也。行仁義,得安吉之利。孟子不且語問惠王:“何謂利吾國?”惠王言貨財之利,乃可答若設,令惠王之問未知何趣,孟子徑答以貨財之利。如惠王實問貨財,孟子無以驗效也;如問安吉之利,而孟子答以貨財之利,失對上之旨,違道理之實也。

齊宣王問時子:"我欲中國而授孟子室,養弟子以萬鍾,使諸大夫、國人皆有所矜式。子盍為我言之?"時子因陳子而以告孟子。孟子曰:"夫時子惡知其不可也?如使予欲富,辭十萬而受萬,是為欲富乎?"夫孟子辭十萬,失謙讓之理也。夫富貴者,人之所欲也,不以其道得之,不居也。故君子之於爵禄也,有所辭,有所不辭,豈以己不貪富貴之故,而以距逆宜當受之賜乎?

陳臻問曰:"於齊,王饋兼金一百鎰而不受;於宋,饋七十鎰而受;於薛,饋五十鎰而受。前日之不受是,則今日之受非也;今日之受是,則前日之不受非也,夫君子必居一於此矣。"孟子曰:"皆是也。當在宋也,予將有遠行,行者必以贐,辭曰饋贐,予何為不受?當在薛也,予有戒心,辭曰聞戒,故為兵戒饋之,予何為不受?若於齊,則未有處也,無處而饋之,是貨之也,焉有君子而可以貨取乎?"夫金饋或受或不受,皆有故。非受之時己貪,當不受之時己不貪也。金有受不受之義,而室亦宜有受不受之理。今不曰己無功,若已致仕受室非理;而曰己不貪富,引前辭十萬以況後萬。前當受十萬之多,安得辭之?

彭更問曰:"後車數十乘,從者數百人,以傳食於諸侯,不亦泰乎?"孟子曰:"非其道,則一簞食而不可受於人;如其道,則舜受堯之天下,不以為泰。"受堯天下,孰與十萬?舜不辭天下者,是其道也。今不曰受十萬非其道,而曰己不貪富貴,失謙讓也。安可以為戒乎?

見縫插針,鞭辟入裏,不只開通心意,也足以看出作者的真知灼見,敢於冒犯權威,包括儒家的"第二把手"孟軻。至於文字,則引用原文的分量大,評語不過逐段各有三五句而已。例如,這一大段可分三節,主要是反駁孟珂的義利之辯的:利有安吉和貨財之分,不可籠統而言;饋金受與不受皆須有故,問題是“吃糧不當兵不行”孟軻的巧言,並不足以止息知者之口,這便是王充的卓越之處。“雞蛋裏挑骨頭”,持之有故,言之成理。

總之,從思想性上說,王充是我國東漢偉大的哲學家,戰鬥的無神論者。尤是其疾虛妄、求真實、逆流而進、離經叛道的精神,是自西漢以來少有的。從寫作手法上說,則引經據典以為批判的佐證,巧立篇目以抒自我之見地,分進合擊以求議論之周詳,不憚長篇以示內容決定形式,反復申述以期細緻深入等等,真是“惠施多方”不讓前人了。閻光表云:

> 《論衡》上而天文、下而地理、中而人類,旁至動植,幽至鬼神,莫不窮纖極微,抉奧剔隱。筆瀧漉(音龍鹿,雙聲字、洋洋灑灑之意)而言溶窟(音容窟,無孔不入,面面俱到),如千葉寶蓮,層層開敷,而各有妙趣。如萬疊鯨浪,滾滾翻湧,而遞擅奇形,有子長之縱横而去其譎(音倔、不實、權詐),有晉人之娟倩(秀麗)而絀其虛,有唐人之華整而芟其排(芟音衫,刈草),有宋人之名理而削其腐。

在散文的藝術手法上,這推崇得可謂備至。我們引來以作參考。

《論衡》定立篇目,絕不苟簡,且多譏俗正偽有益世道,立論明智、洞若觀火。客觀地對待事物,很少有從個人利害出發去看待問題的,如他在《逢遇篇》談士人之出處時說:

> 操行有常賢,仕宦無常遇。賢不賢,才也;遇不遇,時也。

> 才高行潔,不可保以必尊貴;能薄操濁,不可保以必卑賤。或高才潔行,不遇,退在下流;薄能濁操而遇,進在衆上。世各自有以取士,士亦各自得以進退。進在遇,退在不遇。處尊居顯,未必賢,遇也;位卑在下,未必愚,不遇也。故遇,或抱洿(音烏,濁也)行,尊於桀之朝;不遇,或持潔節,卑於堯之廷。所以遇不遇非一也:或時賢而輔惡;或以大才從於小才;或俱大才,道有清濁;或無道德,而以技合;或無技能,而以色幸。

可見王仲任的用人處事也是著重在德行的,德才兼備自然更好,但絕不可以官位高低來看待人品,因為這裏面有個遇合(即時機,人事)的條件在內。他接著還列舉了許多歷史人物如伍員、伯嚭之於夫差等等作為事例以資論證,可以說是很有見地的。並且在《論衡》的第一篇裏就講說此道,亦可知其用心之深了。《累害篇》更進而論及士人之災害云:

> 凡人仕宦有稽留不進,行節有毀傷不全,罪過有累積不除,聲明有闇昧不明,才非下,行非悖也,又知非昏,策非昧也,逢遭外禍,累害之也。非唯人行,凡物皆然,生動之類,咸被累害。累害自外,不由其內。夫不本累害所從生起,而徒歸責於被累害者,智不明,闇(音音,昏暗)塞於理者也。物以春生,人保之;以秋成,人必不能保之。卒然牛馬踐根,刀鐮割莖,生者不遇育,至秋不成。不成之類,遇害不遂,不得生也。夫鼠涉飯中,捐而不食。捐飯之味,與彼不汙者鈞,以鼠為害,棄而不御。君子之累害,與彼不育之物,不御之飯,同一實也,俱由外來,故為累害。

他說:“不求自至,不作自成,是名為遇猶拾遺於途,摭棄於野”,所以“就遇而與之,因不遇而毁之”(《逢遇》),都不對頭;如同:“累害自外,不由其内”,卻把“累害”歸責於被累害者(《累害》),是本末倒置一樣,不能不弄清楚。那麼,“福禍之由”呢?他接著說:事在“鄉里、朝廷”:

修身正行,不能來福;戰慄戒慎,不能避禍。福禍之至,幸不幸也。故曰:“得非己力,故謂之福;來不由我,故謂之禍。”不由我者,謂之何由?由鄉里與朝廷也。夫鄉里有三累,朝廷有三害,累生於鄉里,害發於朝廷,古今才洪行淑之人,遇此多矣。

下邊,他列舉了“三累、三害”,指出禍根的所在:

何謂三累三害?凡人操行,不能慎擇友,友同心恩篤,異心疎薄;疎薄怨恨,毁傷其行,一累也。人才高下,不能鈞同;同時並進,高者得榮,下者慚恚,毁傷其行,二累也。人之交遊,不能常歡,歡則相親;忿則疎遠,疎遠怨恨,毁傷其行,三累也。位少人眾,仕者爭進;進者爭位,見將相毁,增加傅致,將昧不明,然納其言,一害也。將吏異好,清濁殊操;清吏增鬱鬱之白,舉涓涓之言,濁吏懷恚恨,徐求其過,因纖微之謗,被以罪罰,二害也。將或幸佐吏之身,納信其言;佐吏非清節,必拔人越次。迕失其意,毁之過度;清正之仕,抗行伸志,遂為所憎,毁傷於將,三害也。

他說:碰到這樣的“累害”,在未進和已用之後,就是孔丘、墨翟,“不能自免”;顏回、曾參,“不能全身”,你看,這是多麼的厲害!“身完全者謂之潔,被毁謗者謂之辱,升官進者謂之善,位廢退者謂之惡”(同上)。

葛洪與青虛山

一、葛洪的生平

按《晉書·葛洪傳》云:葛洪(284—364)字稚川,丹陽句容人也。祖系,吴大鴻臚。父悌,吴平後入晉,為邵陵太守。洪少好學,家貧,躬自伐薪以貿紙筆,夜輒寫書誦習,遂以儒學知名。性寡欲,無所愛玩,為人木訥,不好榮利,閉門卻掃,未嘗交遊。

時或尋書問義,不遠數千里崎嶇冒涉,期於必得,遂究覽典籍,尤好神仙導養之法。從祖玄,吴時學道得仙,號曰"葛仙公",以其煉丹秘術授弟子鄭隱。洪就隱學,悉得其法焉。後師事南海太守上党鮑玄。玄亦內學,逆占將來,見洪,深重之,以女妻洪。洪傳玄業,兼綜練醫術。

太安(惠帝司馬衷晚年)中,石冰作亂,吴興太守顧祕為義軍都督,與周玘等起兵討之。祕檄洪為將兵都尉,攻冰別率,破之,遷伏波將軍。冰平,洪不論功賞,徑至洛陽,欲搜求異書以廣其學。

洪見天下已亂,欲避地南土,乃參廣州刺史嵇含軍事。及含遇害,遂停南土多年,征鎮檄命一無所就。後還鄉里,禮辟皆不赴。元帝為丞相,辟為掾,以平賊功,賜爵關內侯。咸和初,司徒導召補州主簿,轉司徒掾,遷諮議參軍。干寶深相親友,薦洪才堪國史,選為散騎常侍,領大著作,洪固辭不就。以年老,欲煉丹以祈遐壽,聞交阯出丹,求為句漏令。帝以洪資高,不許,洪曰:"非欲為榮,以有丹耳。"帝從之,洪遂將子侄俱行。至廣州,刺史鄧岳留不聽去,洪乃止羅浮山煉丹。岳表補東宫太守,又辭不就。岳乃以洪兄子望為記室參軍。在山積年,優遊閑養,著述不輟。其自序曰:“洪體乏進趣之才,偶好無為之道。”自號“抱朴子”,因以名書(凡116篇,篇分內外。內篇言黄白之事,其餘駁難通釋,名曰“外篇”)。其餘所著碑、誄、詩、賦百卷,移、檄、章、表三十卷,神仙、良吏、隱逸、集異等傳各十卷,又抄五經、《史》《漢》、百家之言、方技、雜事三百一十卷,《金匱藥方》一百卷,《肘後備急方》四卷。

洪博聞深洽,江左絕倫,著述篇章富於班、馬,又精辯玄賾,析理入微。後忽與岳疏云:“當遠行尋師,克期便發。”岳得書,狼狽往別,而洪坐至日中,兀然若睡而卒,岳至,遂不及見。時年八十一,視其顏色如生,體亦柔軟,舉屍入棺,甚輕,如空衣。世以為屍解得仙云。

贊曰:稚川優洽,貧而樂道。載範斯文,永傳洪藻。

內篇言“神仙方藥,鬼怪變化,養生延年,禳邪卻禍之事”,外篇言“人間得失,世事臧否”。他的思想基本上是以神仙養生為內,儒術應事為外。一面把道家術語附會到金丹、神仙的教理,一面堅持儒家的名教綱常思想,並對魏晉以來玄學清談風氣表示不滿。論文主張立言必須有助於教化,同時又提倡文章與德行並重,反對貴古賤今。他對化學、醫學的發展,有一定貢獻,《抱朴子》內篇,具體地記載了煉丹的方法,為現存的歷史時期較早的煉丹術著作。《金匱藥方》一百卷,後節略為三卷,稱《肘後備急方》,內容包括各科醫學,其中有對天花、恙蟲病等世界最早的記録。著作除上述外,尚有《神仙傳》等,又曾托名漢劉歆撰《西京雜記》。因此種種,足證葛洪乃東晉的道教理論家、生化醫學家和著名的文學家。

二、《抱朴子》舉例

現在讓我們舉《抱朴子》內篇之《暢玄卷第一》等篇為例,以言其道教理論之所在:

> 抱朴子曰:玄者,自然之始祖,而萬殊之大宗也。眇眛乎其深也,故稱微焉。綿邈乎其遠也,故稱妙焉。其高則冠蓋乎九霄,其曠則籠罩乎八隅。光乎日月,迅乎電馳。或倏爍而景逝,或飄飖而星流,或滉漾於淵澄,或雰霏而雲浮。因兆類而為有,托潛寂而為無。淪大幽而下沉,淩辰極而上遊。金石不能比其剛,湛露不能等其柔。方而不矩,圓而不規。來焉莫見,往焉莫追。乾以之高,坤以之卑,雲以之行,雨以之施。胞胎元一,範鑄兩儀。吐納大始,鼓冶億類。迴旋四七,匠成草昧。轡策靈機,吹噓四氣,幽括沖默,舒闡粲尉,抑濁揚清,斟酌河渭,增之不溢,挹之不匱,與之不榮,奪之不瘁。故玄之所在,其樂不窮。玄之所去,器弊神逝。夫五聲八音,清商流徵,損聰者也。鮮華豔采,或麗炳爛,傷明者也。宴安逸豫,清醪芳醴,亂性者也。冶容媚姿,鉛華素質,伐命者也。其唯玄道,可與為永。

《論仙卷第二》又言學道首應驅富貴利達之事云:

> 或問曰:神仙不死,信可得乎?抱朴子答曰:雖有至明,而有形者不可畢見焉。雖稟極聰,而有聲者不可盡聞焉。雖有大章豎亥之足,而所常履者,未若所不履之多。雖有禹

益齊諧之智，而所嘗識者，未若所不識之衆也。萬物芸芸，何所不見，況列仙之人，盈乎竹素矣。不死之道，曷為無之？

漢武招求方士，寵待過厚，致令斯輩，敢為虛誕耳。欒太若審有道者，安可得煞乎？夫有道者，視爵位如湯鑊，見印綬如縗絰，視金玉如土糞，睹華堂如牢獄。豈當扼腕空言，以僥倖榮華，居丹楹之室，受不訾之賜，帶五利之印，尚公主之貴，耽淪勢利，不知止足，實不得道，斷可知矣。

《對俗卷第三》亦言“長生久視”不離德行之道云：

或人難曰：人中之有老彭，猶木中之有松柏，稟之自然，何可學得乎？抱朴子曰：夫陶冶造化，莫靈於人。故達其淺者，則能役用萬物；得其深者，則能長生久視。知上藥之延年，故服其藥以求仙；知龜鶴之遐壽，故效其道引以增年。且夫松柏枝葉，與衆木則別；龜鶴體貌，與衆蟲則殊。至於彭老猶是人耳，非異類而壽獨長者，由於得道，非自然也。

欲求仙者，要當以忠孝和順仁信為本。若德行不修，而但務方術，皆不得長生也。行惡事大者，司命奪紀，小過奪算，隨所犯輕重，故所奪有多少也。

《金丹卷第四》則侈談煉丹之道及其師承云：

抱朴子曰：余考覽養性之書，鳩集久視之方，曾所披涉篇卷，以千計矣，莫不皆以還丹金液為大要者焉。然則此二事，蓋仙道之極也。服此而不仙,則古來無仙矣。往者上國喪亂,莫不奔播四出。余周旋徐、豫、荊、襄、江、廣數州之間,……余問諸道士以神丹金液之事,及《三皇內文》召天神地祇之法,了無一人知之者。……昔左元放於天柱山中精思,而神人授之金丹仙經,會漢末亂,不遑合作,而避地來渡江東,志欲投名山以修斯道。余從祖仙公,又從元放受之。凡受《太清丹經》三卷及《九鼎丹經》一卷、《金液丹經》一卷。余師鄭君者,則余從祖仙公之弟子也,又於從祖受之,而家貧無用買藥。余親事之,灑掃積久,乃於馬跡山中立壇盟受之,並諸口訣訣之不書者。江東先無此書,書出於左元放,元放以授余從祖,從祖以授鄭君,鄭君以授余,故他道士了無知者也。然余受之已二十餘年矣,資無擔石,無以為之,但有長歎耳。

由此可見葛洪之道教,已非單純的老莊清靜無為的道家思想,因為他煉丹修行,企求長生不老,又與漢末張陵、張魯之"政教"一致者也不相同了。

附:陶弘景及"北宗傳授表"

(1)按《隋書·經籍志》

漢時諸子,道書之流有三十七家,大旨皆去健羨,處沖虛而已,無上天官符籙之事。其《黃帝》四篇,《老子》二篇,最得深旨。故言陶弘景者,隱於句容,好陰陽五行,風角星算,修辟穀導引之法,受道經符籙,武帝素與之遊。及禪代之際,弘景取圖讖之文,合成"景梁"字以獻之,由是恩遇甚厚。又撰《登眞隱訣》,以證古有神仙之事;又言神丹可成,服之則能長生,與天地永畢。帝令弘景試合神丹,竟不能就,乃言中原隔絕,藥物不精故也。帝以為然,敬之尤甚。……後魏之世,嵩山道士寇謙之,自云嘗遇眞人成公興,後遇太上老君,授謙之為天師,而又賜之《雲中音誦科誡》二十卷。

(2)按《北宗傳授簡表》記

自金之王嚞(古文哲字)重陽真人創始,下傳馬鈺(由金及元)丹陽真人(字元寶,其妻孫不二,號清靜散人)。馬與長春真人丘處機同輩,而位在丘前(餘為譚處端長真真人、劉處玄長生真人、王處一玉陽真人、郝大通廣寧真人)。馬再傳為宋有道披雲真人,宋傳李鈺太虛真人,入青城山(張道陵亦嘗修煉在此)。

觀乎此可與先前漢家及爾後陶弘景等的道教各派相印證。首先應該說,漢時道家尚無符籙之書,魏晉以降,至葛(洪)、陶(弘景)等始講求丹術長生之道,而北宗之內並無直接與"葛仙翁"有關係的人,實已不言而喻。那麼,作為晚出的北方道教名地青虛山,豈得有葛洪的蹤跡?

(3)金丹、黄白、扶乩與道教

道,道術也,道術即方術,方術士(方士)即道士。中國本有之道術,在漢、三國、晉有金丹、仙藥、黄白、房中、吐納、導引、禁咒、符籙,其傳佈道術之組織亦稱道,如"太平道"即"于君道"(創自于吉,見《神仙傳》),五斗米道(創自張陵,見《資治通鑒》)即天師道、李氏道,皆分佈祭酒,統率黎民。另有道士,修治道術,各率弟子若干,而不統率黎民。

南北朝時有大道士陸修靜等為眾望所歸,北朝則有寇謙之,於是南北二方道士始有領袖。及唐代,道教乃與皇帝互相利用,稱李氏為老子後裔,李唐則稱老子為"大聖祖高上大道金闕玄元天皇大帝",用以欺騙老百姓。同時道教也乘機擴張勢力,唐開元中纂修《道藏》。

(4)談談道教的“降”與“乩”

道家所用,其來久矣。如《真誥》題曰:金闕右卿司命蓬萊都水監梁國師貞白真人華陽隱居陶弘景(456—536)造。卷十九云:《真誥》,“真人口授之誥也”。當係扶乩降筆,陶弘景搜集而敘次之,又略事注解。《雲笈七籤》卷一百七陶翊《華陽隱居先生本起録》云:“此一誥並是晉興寧(東晉哀帝司馬丕年號)中,衆真降授,楊羲、許謐、許翽手書遺跡。”卷十九顧玄平序云:“此書《真誥》所起,以真降為先,然後衆事繼述。真降之顯,在乎九華。”

有《碑記》云:梁考成真人名諶,扶風人,以晉惠帝永興二年遇太和真人降其庭,授《日月黄華上經》《水石丹法》,並授《本起内傳》。

《仙鑒》卷三十《梁諶傳》:“晉惠帝(司馬衷)永興二年乙丑五月五日老君命真人尹軌降於樓觀,乃盡弟子禮事之。”

按陶弘景,南朝齊梁時期人,道教思想家、醫學家,字通明。自號華陽隱居,丹陽秣陵(今南京)人。仕齊,拜左衛殿中將軍,入梁,隱居句曲山(茅山),有“山中宰相”之稱。他的思想脱胎於老莊哲學和葛洪的神仙道教,並雜有儒家和佛家思想。工草隸,行書尤妙,對歷算、地理、醫藥等都有一定研究,著有《真誥》《真靈位業圖》《藥總訣》,又有《本草經注》等書。

四、殘存的青盧山“葛仙翁”碑文

文曰:余幼而好道,長而出仕。求句漏(今廣西東流縣境内有句漏山。《方輿勝覽》:“其巖穴句曲穿漏,故名。平川中石峰千百,皆矗立特起。”山有寶圭洞,《道書》第二十二洞天也。洞有三石室,相傳葛洪嘗修煉於此。山之最勝處,曰白沙洞,縱廣一頃,其下有涸井數處,皆舊時采沙之地,其沙獨白,故名。此山幹脈東迤入廣東,至珠江西岸而止,通稱為句漏山脈)令而因家焉。夫豈見彼處之丹砂而求就一官哉?余嘗訪名山大川,望仙氣而□□靈丹,學煉氣歸神之□,遇仙侶非一人。□洞庭仙水間遨遊,得純陽子而相與講求妙義,遂有針芥□□水乳之合焉。歸而走五嶽,復煉氣百餘年而道成。

余在此山中,幾見變更,然此□長□得一知音者絕少。豈世無知音者乎?大率皆紛逐者□,所以一入仕途,便成俗吏,慕權位,肥身家,清明之氣,漸為嗜味所染而遠於吾道。此輩聰明,然嗜味誤□□□□,而天性□□間,有琴鶴風□者,又皆好聲色,求貨利,夫何足道!余見子自□□純師名,子遂思慕不忘,□□□□與官於□□□□□□官不同也。

按羅浮山在廣東增城縣東,跨博羅縣界,袤直五百里,瑰奇靈秀,為粵中名山,相傳東晉葛洪得仙術於此(《隋書·地理志》)。

又有詩云:

五嶽雲氣日變□,□有真人生羽翰。對此山者幾千年,而我於今長嘉歎。淋漓筆墨自瀟灑,師弟一聚不相散。長歌短句惟吾意,取次漸言言無算。君我根氣軼尋嘗(常),召致真仙情汗湧。約子春來入此山,有約不來春過半。吾道千載得傳人,遇此□中何□□。雲聲雲聲真吾徒,一朝遇我山之砰。

碑文考釋:

葛洪山人乙卯(按為東晉安帝十一年)春日書贈,丙辰(十二年)冬日復書於石,鐫之以傳後之知音者。印章上者為“乩中親筆”,下者為“抱璞道人”,俱為陽篆文,一小篆,一鐘鼎。

碑末小字為:

丙辰冬葛公祖師命攜李弟子馬□(小篆文)

又抬頭楷書:

此書乃葛公降筆復書於石,特進之山中,令千古而下觀之者肅然起敬。

雲聲子謹跋(印章為“雲聲”,陽文小篆)
朱家北羅鐫工王奉龍

按詩為七古(八韻、十六句、“寒山”韻也),乃葛洪喜逢其徒雲聲於□山之砰而作者。

爰用古詩以讚之云:

且說青虛山,道教有根源。數典不忘祖,斷代在金元。處機長春子,忽必烈禮贊。師兄是馬鈺,授受自矗仙。重陽真人號,北宗誰敢先? 孫氏伴元寶,不二亦非凡。偕飛碧天上,光大老君壇。妙哉稱雲聲,乩書請葛賢。昌言為傳人,錫之以詩篇。志乃引南祖,絳云落青嶽。依附原可喜,跋語露真詮。神文重重降,飛龍走沙盤。鐫之豐碑上,千古共仰瞻!

一九八六年冬月於保定蓮池書院

說道家

中國歷史發展到了秦漢以後,政治思想趨向於混合。法家是一個大混合,陰陽家也是一個大混合,道家是一個更偉大的混合,漢朝的儒家也是一個偉大的混合。——這些學派,其實都可叫做“雜家”,《漢書·藝文志》說:“雜家者流,兼儒墨,合名法,知國體之有此,見王治之無不貫,此其所長也。”

我們試用這個界說來比較司馬談《論六家要指》的“道家”界說:“道家因陰陽之大順,采儒墨之善,撮名法之要,與時遷移,應物變化,立俗施事,無所不宜。”就可以明白道家正是一種雜家,這種統一混合的趨勢是統一帝國之下的自然現象。

試看《月令》一書,本是陰陽家的話,但《呂氏春秋》采它,《淮南子》也收它,《逸周書》也收它。又如“陰陽五行”之說,本是“陰陽家”言,但《呂氏春秋》采它,《淮南子》也采它,董仲舒的《春秋繁露》也采它,漢朝的儒生無人不采它。

比較《呂氏春秋》的《有始篇》《召類篇》《應同篇》,《淮南子》的《覽冥訓》,《春秋繁露》的《同類相動篇》,更可知其端的。

按《呂氏春秋·有始覽》曰:“天地有始,天微以成,地塞以形(高誘曰:始,初也。天陽也,虛而能施,故微以生萬物。地陰也,實而能受,故塞以成形兆也),天地合和,生之大經(高曰:經猶道也)也。以寒暑、日月、晝夜知之,以殊形殊能異宜說之(高曰:形能各有所施,故說繹之也)。夫物合而成,離而生,知合知成,知離知生,則天地平(高曰:合,和也。平,成也)矣。”《召類》《應同》篇俱曰:“類固相召,氣同則合,聲比則應。”

《淮南子·覽冥訓》曰:“夫陽燧取火於日,方諸取露於月(高誘曰:水火從太極來,在人手中,非所能說知)。天地之間,巧歷不能舉其數(高曰:巧,工也。天地之間物類相感者眾多,雖工為歷術者不能悉舉其數也)。手徵忽怳,不能覽其光(高曰:言手雖覽得微物,不能得其光)。然以掌握之中,引類於太極之上(高曰:太極,天地始形之時也,上猶初也),而水火可立致者,陰陽同氣相動也(動猶化也)。故至陰飂飂,至陽赫赫,兩者交接成和而萬物生焉,眾雄而無雌,又何化之所能造乎?所謂不言之辯,不道之道也。”

《春秋繁露·同類相動》云:“百物皆去所與異而從其所與同,故氣同則會,聲比則應,其驗皦然也。”

天有陰陽,人亦有陰陽,天地之陰氣起,而人之陰氣應之而起,人之陰氣起而天之陰氣亦宜應之而起,其道一也。

非獨陰陽之氣可以類進退也,雖不詳禍福所從生,亦由是也。無非已先起之,而物以類應之而動者也。

又相動無形則謂之自然。其實非自然也,有使人之然者矣。物固有實使之,其使之無形。《順命篇》曰:“天者,萬物之祖,萬物非天不生,獨陰不生,獨陽不生,陰陽與天地參然後生。”

一、胡適先生曰:同是雜家,但因為中心的立場不同,故仍有學派的分別。道家雖雜采各家思想,但它的中心思想是:

(1)自然變化的宇宙觀。

(2)養生保真的人生觀。

(3)放任無為的政治觀。

用這幾個思想做中心,而雜采儒、墨、名、陰陽、神仙諸家的思想,來組成的思想集團,叫做“道家”。

二、他繼續說:從秦始皇到漢武帝,這一百多年的道家學者可考見

的,有這些人:

毛翕公

樂瑕公

樂巨公

按《史記·樂毅傳》曰:"華成君,樂毅之孫也。而樂氏之族有樂瑕公、樂臣公,樂臣公善修黃帝、老子之言,顯聞於齊,稱賢師。"司馬遷曰:"樂臣公學黃帝、老子,其本師號曰河上丈人,不知其所出。河上丈人教安期生,安期生教毛翕公,毛翕公教樂瑕公,樂瑕公教樂臣公,樂成公教蓋公。蓋公教於齊高密膠西,為曹相國(參)師。"

田叔:按《漢書·田叔傳》曰:"田叔,趙陘城(故城在今河北省無極縣東北)人也。其先,齊田氏也。叔好劍,學黃老術於樂鉅公。為人廉直,喜任俠。"班孟堅贊曰:"田叔隨張敖(趙王,被罪),赴死如歸(趙王得釋,仕漢文、景兩帝為郡國相、守,有賢名),彼誠知所處,雖古烈士,何以加哉!"

蓋公:按《漢書·曹參傳》:"參聞膠西有蓋公,善治黃老言,使人厚幣請之。既見蓋公,蓋公為言治道貴清靜而民自定,推此類具言之。參於是避正室,舍蓋公焉。其治要用黃老術,故相齊九年,齊國安集,大稱賢相。後參相漢惠帝三年,百姓歌之曰:'蕭何為法,講若畫一;曹參代之,守而勿失。載其清靖,民以寧壹。'"

王生:《漢書·張釋之傳》:"王生者,善為黃老言,處士。嘗召居廷中,公卿盡會立,王生老人,曰:'吾襪解。'顧謂釋之:'為我結襪!'釋之跪而結之。既已,人或讓王生:'獨奈何廷辱張廷尉如此?'王生曰:'吾老且賤,自度終亡益於張廷尉。廷尉方天下名臣,吾故聊使結襪,欲以重之。'諸公聞之,賢王生而重釋之。"

鄧章:《漢書·晁錯傳》:"鄧公,成固人也,多奇計。建元(景帝劉開末年)年中,上招賢良,公卿言鄧先(師古曰:鄧先,猶云鄧先生也。

一曰,先者其名也),鄧先時免,起家為九卿。一年,復謝病免歸。其子章,以修黄老言顯諸公間。"

黄生(司馬談之師),《史記·太史公自序》:"太史公習道論於黄子(裴駰曰:《儒林傳》曰:黄生,好黄老之術)。"

曹羽:有書二篇,《藝文志》云:"武帝時人。"

郎中嬰齊:有書十二篇,《藝文志》云:"武帝時人。"

鄰氏、傅氏、徐氏:皆注《老子》,見《藝文志》,時代不明。

汲黯(前112年死):《史記·汲黯列傳》:"字長孺,濮陽人也(即今河北省濮陽縣)。黯學黄老之言,治官理民,好清静,擇丞史而任之(如淳曰:律、太守、都尉、諸侯、内史各一人,卒史書佐各十人,今總言"丞史"。或以為擇郡丞及史使任之)。其治,擇大指而已,不苛小。黯多病,臥閨閤内不出。歲餘,東海大治,稱之。上聞,召以為主爵都尉,列於九卿。治務在無為而已,弘大體,不拘文法。"

鄭當時(約前100年死):《史記·鄭莊列傳》:"莊好黄老之言,其慕長者如恐不見。年少官薄,然其遊知交皆其大父行,天下有名之士也。武帝立,莊稍遷為魯中尉、濟南太守、江都相,至九卿為右内史。"

楊王孫:《漢書·楊王孫傳》:"楊王孫者,孝武時人也。學黄老之術,家業千金,厚自奉養生,亡所不致。及病且終,先令(師古曰:"先令,為遺令")其子,曰:'吾欲裸葬,以返吾真,必亡易吾意。'"

三、胡先生說:"淮南王劉安(死在前122年)和他的賓客合做的《淮南王書》,《藝文志》列在'雜家',但這書實在是西漢的道家思想的絕大代表作品。要研究道家,當用此書作主要材料(劉文典《淮南鴻烈集解》商務印本最適用,《四部叢刊》内有影宋本《淮南子》,浙江圖書館刻的《二十二子》内有翻刻莊逵吉校刻本)。"

四、他接著解釋"道家"的"道"說:道家承認"萬物各異理",於是假定一個"盡稽萬物之理"的"道"(《韓非子·解老篇》,不是韓非所作,大概是一個道家學者之作)。但他們多數的道家學者都把這個假設認作無疑的真理了,於是他們從不討論"道"是否實有,卻只想像那"道"的種種特性,把世間一切最高最好的形容詞都拿來形容這個"道"。依他們的說法,"道"是萬物所以成的原因,是無往而不在的,是纖微至於無形,柔弱至於無為,而無不為,無不成的。世間的事物沒有能比"道"的,只有那無窮的"無"(虛空)可以勉強比它;其次是"光",再次是"水"。

按《淮南子·原道訓》(高誘曰:原,本也。本道根真,包裹天地以歷萬物,故曰"原道",因以名篇):"夫道者,覆天載地,廓四方,柝八極(高曰:廓,張也。柝,開也。八極,八方之極也),高不可際,深不可測(高曰:際,至也。度深曰測,一曰盡也),包裹天地,稟授無形(高曰:稟,給也。授,予也。無形,萬物之未形者皆生於道,故曰:稟授無形也),原流泉浡,沖而徐盈,混混滑滑,濁而徐清(高曰:原泉之所自出也,浡,湧也)。故植之而塞於天地,橫之而彌於四海,施之無窮,而無所朝夕(高曰:植,立也。塞,滿也。彌猶絡也,施,用也,用之無窮竭也,無所朝夕盛衰),舒之幎於六合,卷之不盈於一握(高曰:舒,散也。幎,覆也)。約而能張,幽而能明(高曰:言道能小能大,能昧能明),弱而能強,柔而能剛(高曰:道之性也),橫四維而含陰陽,紘宇宙而章三

【後缺】

八、胡先生曰:《淮南》的《要略篇》說:

欲一言而寤,則尊天而保真。

欲再言而通,則賤物而貴身。

欲三言而究,則外物而返情。

這三句話可以總括道家的人生觀,把自己看得最重,所以說"天下之要不在於彼而在於我,不在於人而在於身";所以說"舉世而譽之不

加勸,舉世而非之不加沮”,這是那種人生觀裏自由獨立的精神。但道家的“賤物而貴身”,把“身”字看得太窄,不是貴那身的全體,只是貴那“精神”的部分,他們要“亡肝膽,遺耳目”,“忘其五臟,損其形骸;形若槁木,心若死灰”,他們要“存而若亡,生而若死;出入無間,役使鬼神”,這便完全是出世的人生觀了。神仙是他們理想的境界,名為“貴身”,其實“賤身”。

按《精神訓》(高誘曰:精者,人之氣。神者,人之守也。本其原,說其意,故曰精神)云:“古未有天地之時,惟象無形(高曰:惟思也,念天地未成形之時,無有形生有形,故天地成焉),窈窈冥冥,芒芠漠閔,澒蒙鴻洞,莫知其門(高曰:皆未成形之氣也。高曰:芒讀莽,芠讀枚,天也。澒讀項,鴻讀贛,洞讀同,皆無形之象)。有二神混生,經天營地(高曰:二神,陰陽之神也。混生,俱生也),孔乎莫知其所終極,滔乎莫知其所止息(高曰:孔,深貌。滔,大貌),於是乃別為陰陽,離為八極,剛柔相成,萬物乃形(高曰:離,散也。八極,八方之極。剛柔,陰陽也)。”

“夫天地之道,至紘以大,尚猶節其章光,愛其神明,人之耳目,曷能久熏勞而不息乎?精神何能久馳騁而不既(盡也)乎?是故血氣者,人之華也,而五臟者,人之精也。夫血氣能專於五臟(專,一也)而不外越,則胸腹充而嗜欲省矣。胸腹充而嗜欲省,則耳目清、聽視達矣。耳目清、聽視達,謂之明。五臟能屬於心而無乖,則勃志勝而行不僻矣。勃志勝而行之不僻,則精神勝而氣不散矣。精神盛而氣不散則理,理則均,均則通,通則神,神則以視無不見,以聽無不聞也,以為無不成也。是故憂患不能入也,而邪氣不能襲(高曰:襲猶因也,亦入)。故事有求之於四海之外而不能遇,或守之於形骸之內而不見也。故所求多者所得少,所見大者所知小。”

“是故聖人法天順情,不拘於俗,不誘於人,以天為父,以地為母,陰陽為綱,四時為紀,天靜以清,地定以寧。萬物失之者死,法之者生。夫靜漠者,神明之定也。虛無者,道之所居也。是故或求之於外者,失之於內,有守之於內者,失之於外。譬猶本與末也,從本引之,千枝萬葉,莫不隨也。夫精神者,所受於天也,而形體者,所稟於地也。故曰:一生二,二生三,三生萬物(高曰:一謂道也,二曰神明也,三曰和氣也。或說,一者,元氣也。生二者,乾坤也。二生三,三生萬物,天地設位,陰陽通流,萬物乃生)。萬物背陰而抱陽,沖氣以為和(高曰:萬物以背為陰,以腹為陽,身中空虛,和氣所行為陰,故腎雙為陽,故心特陰陽與和共生物形,君臣以和致太平也)。"

九、胡先生曰:道家吸收了陰陽家的思想,用"陰陽氣類相感"的理論來解釋古宗教裏的"天人感應説"。如《天文訓》用"物類相動,本標相應"的理論來説"人主之情上通於天,故誅暴則多飄風,法苛則多蟲螟,殺不辜則國赤地";如《泰族訓》説"精神感於內,形氣動於天,……天之與人有以相通也"。這是古代的"天人感受"宗教的新解,也是中古宗教的一個基本理論。

按《泰族訓》(高誘曰:泰言古今之道,萬物之情指,族於一理,明其所謂也,故曰:"泰族")云:"天設日月,列星辰,調陰陽,張四時,日以暴之,夜以息之,風以乾之,雨露以濡之。其生物也,莫見其所養而物長,其殺物也,莫見其所喪而物亡,此之謂神明。"

"聖人象之,故其起福也,不見其所由而福起;其除禍也,不見其所以而禍除。遠之則邇,延之則疏,稽之弗得,察之不虛,日計無算,歲計有餘。"

"天之與人,有以相通也,故國危亡而天文變,世惑亂而虹蜺見,萬物有以相連,精祲有以相蕩也(高曰:精祲,氣之侵人者也)。故神明之事,不可以智巧為也,不可以筋力致也。天地所包,陰陽所嘔,雨露所濡,化生萬物,瑤碧玉珠,翡翠玳瑁,文采明朗,潤澤若濡,摩而不玩,久而不渝。”

“故大人者與天地合德,日月合明,鬼神合靈,與四時合信。故聖人懷天氣,抱天心,執中含和,不下廟堂而衍四海,變習易俗,民化而遷善,若性諸己,能以神化也。”

【後缺】

先秦兩漢訓詁學

先秦兩漢文字演變

一、從甲骨文鐘鼎文中略覘中國最早的文字訓詁——殷商至姬周

按“訓詁”單詞為“詁”，重語是“訓詁”也叫作“詁訓”。“詁”之為言“故”，就是“遺聞舊說”，“訓”的意思是“順”，依照原來的涵義去解釋。合到一起講，即是使用當代通行的語文說明白古人傳留下來的典籍。古今異言，雅俗不一，既要通詮，沒有別的辦法。

原來漢字雖然是廣大人民通過生產勞動、階級鬥爭的社會實踐共同創造出來的，可是自從它被奴隸貴族壟斷成為記言記事、歌功頌德的御用工具以後，人民便喪失了運用的權利。現存的中國最早的文字殷商卜辭，其內容就是這樣的。

卜辭是由太卜掌握的商王命龜之辭，大自宗廟祭祀、軍旅征伐，次及出遊畋獵、風雨占候，無所不有，竟可以說是奴隸共主的“起居注”。但它文字古簡，因物賦形，考釋起來極為麻煩。例如：

(盡)像手裏拿著“”形的工具洗滌食器的樣子，東西吃完了才能刷傢伙，所以引申為“終了”之義。

(疾)字有“快速”、“疾病”兩個意思。這是因為發射出去的箭飛得最快，中人身上便成病患的緣故。(羅振玉《殷墟書契考釋》)

這還只是指事、會意一類的字。另外，轉注、假借之處，也不是沒有的，如：

(王)本是地中出火的形象，有“盛大”之義。用作最高統治者

的稱謂,恐怕是它的引申與假借了。

(朕)是雙手捧火在舟旁,火以灼龜取兆,舟則是放置龜甲的地方。訓釋作第一人稱代詞的"我",應該更是後起之誼。(同上)

別看卜辭文字樸拙,卻同樣有定型的語法結構,而且詞類齊全,和現在無大差異。如"名"(人、地、方、族),"代"(第一人稱的朕、余、我),"動"(伐、出、立、往、逐),"狀"(大、小、多、少、白、黄),"數量"(一、十、百、千、萬、丙、朋、升、羌、人、玉、田),"關係"(及、又、于,聯接名詞;自于、至于,介係人物)和表示"時間"的(昔、之,指過去;今、茲,指現在;羽、來,指未來)等詞,應有盡有,不過需要我們仔細去辨認罷了。

句子也是以"主—動—賓"作為主要形式的。如:"王正尸方","王于庚寅步自衣"(郭沫若《殷契粹編》),"黎方來告于父丁"(董作賓《殷虚文字甲編》),還是單【後缺】

又如亢(),唐蘭釋為亢云:"小篆之亢即由此出。"(《佚存考釋》)郭沫若曰:"亢假為黄,就其字形觀之,乃象人立於高處之形。"則亢似當以高為其本義。金文"何毁":"王易何赤市朱。""趞鼎":"易女赤市幽。"都是亢字。

還有"朱"字,《說文》:",赤心木,松柏屬,從木,一在其中。"金文朱多作(“毛公鼎”“頌器”“番生毁”並同),亦作。郭沫若說:"朱乃株之初字,與本末同義。株之言柱也,言木之幹,今俗語云椿,椿亦柱也。金文於木中作圓點以示其處,乃指事字之一佳例,用為赤色字則假借也。"(郭說並見《金文叢考・金文餘釋》中)這樣看來,不但古體今形的變化情況可以推尋而得,就是聲假義假的詁訓之道也能夠明辨出來的。

金文、經文互證的如"丕",古金文皆作"不",《詩・清廟》"不顯不承”,丕即作不。“位”,古金文作“立”,《周禮·小宗伯》“掌建國之神位”,注:“故書位作立。”“虞”,古金文皆作“吳”,《左僖五年傳》“大伯虞仲”,《吳越春秋》虞均作吳。這還只是兩者相合之例,有功於古籍尚小。金文中另有許多經傳所無的本字可以參照匡正的,那作用就比較大了。例如:《書》“呂侯或作甫”,“郘鐘”作郘。《詩·六月》“薄伐玁狁”之薄,“宗周鐘”作戟。《儀禮·大射禮》“袒決遂”的遂,“番生毀”作鞢。以及“行來”字經傳作“來”,“散氏盤”作“逨”。“出入”字作“出”,“矢令彝”作“徣”。“殷祀”作“殷”,“聃毀”作“衣”。它如:“稽首”字金文皆作“䭫”,“和樂”字皆作“龢”,“失墜”字皆作“隊”,“康強”字皆作“康”,“親近”字皆作“窺”,“修潔”字皆作“絜”,以及“頌揚”字作“誦”,“威儀”字作“義”,“道德”字作“悳”,“國土”字作“或”之類,簡直是所在繁多,不勝枚舉了。

自然,考釋古金文最大的貢獻乃在於由此探討周代社會,補充舊有文獻之不足。如王國維根據“遹毀”生稱穆王從而論定周初諸王:文、武、成、康、昭、穆之稱,都是“號”而非“諡”;根據“散氏盤”、“郤王鼎”、“郘王毀”等諸侯稱王的事實,認為春秋之際已經不只是所謂蠻夷之邦的楚和吳越在僭號了(《觀堂集林·遹敦跋》和《古諸侯稱王說》)。郭沫若在掌握大批金文材料的有利基礎上更進一步地指出“諡法”不起於周代(當在戰國時期),“諱”也不是周人開端的(創自嬴秦氏)。此外,他還研究出來:四時、朔晦、九州、畿服、五等爵祿、三皇五帝以及八卦五行等類習見於古典文獻中的說法,俱為金文所無,可為判別經傳真偽時代先後的標準(以上所言分見於《金文叢考》中《諡法之起源》《諱不始於周人辨》《金文所無考》等文中)。從而弄清楚許多糾纏已久的問題,訂正了不少習非成是的傳統看法,發揮了詁訓金文的主要功能,增益了中國青銅時期的文化資料。

金文比起卜辭來可是完美得多了。這不只因為它的內容充實、材料豐富、足資徵引可以知古,更重要的是由於它已經斐然成章文從字順了。所以,無論僅僅二十幾個字的短篇如"豐兮夷𣪘"(四句,二十二字)、"宗婦鼎"(五句,二十五字),還是長達一百零六句四百九十八字的"毛公鼎"(次為"散氏盤"七十六句,三百五十九字),無不淵雅樸茂、法度昭然,足為後代作者所矜式的。儘管這些文字是出自御用的史官寫了領主貴族的事,但是可以分別對待、各取所需、窮源溯流、批判接受嘛。下邊把成片成章的貞卜文、鐘鼎文各舉一例並略附考釋:

【考釋略】

二、篆隸之變
——嬴秦以來的文字考釋
(新興的大地主階級壟斷文字宣傳的概況)

秦始皇併吞六國,統一天下,可以說是新興的地主階級在政治上取得的最大的勝利。因為從他以後,領主貴族才徹底跨了臺,封建社會才真個鞏固下來,一直延續了二千多年。他的政府是個中央集權的專制王朝,這是我們都知道的。別的先不說,就從他尊號"皇帝",自稱曰"朕",廢除"謚法",以"制""詔"發佈"命令"等一系列的做法,已經可以看得出來。

上古最高統治者的稱號,其見於金甲文中的只有殷周的"王"名(《大戴禮・五帝德》和黃甫謐《帝王世紀》裏頭的"三皇五帝"都是後人附會出來的,不可憑信)。而這個"王"字,如前所言,還是"地中火大"的引申義,並不同於"三畫連中""天下歸往"的漢人說法。至於"皇"字乃"天人之總,美大之稱",在古金文中與"天"合言謂之"皇天"("大克鼎"、"毛公鼎"),跟神明主宰至高無上的"帝"或"上帝"("猶鐘"、"大豐㲃")是同義詞。有時就連稱"皇帝""皇上帝"("師訇㲃"、"宗周鐘")這些用法,在《詩》《書》裏頭也常常有,如《小雅》"天保定爾""上帝臨女",《大雅》"皇矣上帝""蕩蕩上帝",《周書》"天佑下民""惟其克相上帝""皇天眷佑""告於皇天后土"之類即是。秦始皇卻把這個天神人化起來自作稱號了。

"朕"的本義為"朕兆",舟中作卜以決疑,借為第一人稱代詞的"我",此例在金、甲文及先秦典籍中均多見。直到戰國末年,楚國大詩人屈原還在《離騷》賦內說"朕皇考曰伯庸"呢,可見此字原是上下通用的。蔡邕《獨斷》云:"朕,我也,古者尊卑共之,貴賤不嫌,則可同號之義也。"足證其事之不爽。秦始皇也把它拿來專用起來,是連人稱代詞都要不與人同了。那麼,他之必然要反對這"謚之為言引也,引烈行之跡也,所以進勸成德,使上務節也"(班固《白虎通》)的"謚法",豈非不問可知?因為,"德邁三皇,功高五帝"的人是神聖不可侵犯的,怎麼可以叫臣子去議論?用他自己的話說,就是"死而以行為謚"乃是"子議父,臣議君"的行為,"甚無謂也"(《史記·始皇本紀》)。總之,他處處都要表示他這個皇帝是天人之際高不可攀的,"朕即國家",言語便是法令的。

像廢封建、置郡縣、修長城、開馳道、收天下兵器聚之咸陽這些措施,雖是繁興徭役,勞民傷財,卻也是維繫當時空前強大的帝國,軍事上、政治上必不可少的手段,甚至包括他後來的管制思想政策,禁民偶語、焚書坑儒在內。但是,不管怎麼說,關於統一全國的法令,頒行標準的度量衡,尤其是"書同文字",小篆、隸書並行一類的辦法,到底是革除了舊弊、便利了百姓的。按小篆是以籀文(西周末年的大篆)為基礎的,秦據西周故地而興,也直接繼承了它的語言文字。並行的隸書形體簡易,更是後代楷書的弟兄。宣王太史籀所纂集的大篆十五篇早已不存,不過我們可以從傳今的《說文解字》中求得其絕大部分。清人錢大昕、孫星衍、桂馥等通過考證,都認為《說文》九千三百五十三字多是史籀原文,而隸書便不這麼簡單了。

除許慎序中所舉"馬頭人為長,人持十為鬥,蟲者屈中,苛之字止句"以外,由於隸變引起的異文新字正多。如古文,渴,盡也;瀏,欲飲也;竭,負舉也;揭,高舉也。而隸書則廢瀏不用,以渴作欲飲兼竭盡之義,以揭代竭為負舉之字。帥,佩巾也,或作帨,隸書帥為達衛字,而佩巾之字專用帨。常,下帬也,或作裳,隸書常為平常、綱常字,而下帬之字專用裳。昔,乾肉也,隸書昔為往昔字,而乾肉之字專用臘。臚,皮也,籀文作膚,隸書臚為臚陳,而膚皮之膚專用膚。它,虫也。上古草居患它,故相問"無它乎"?或作蛇,隸書蛇虫專用蛇,而它為他之古體第三人稱代詞。

其次,久假不歸、另作新字之例亦復不少。如:

"居",古踞字,借為尻處之尻,後遂加足作踞。
"主",古炷字,借為賓主之主,後遂添火作炷。
"冰",古凝字,借為冰凍之冰,後遂換冰作凝。
"無",古蕪字,借為有無之無,後遂加草作蕪。
"其",古箕字,借為指物之詞,後遂加竹作箕。
"之",古芝字,借為語助之詞,後遂加草作芝。
"於",古烏字,借為言間之詞,後遂加口作嗚。
"化";古訛字,借為變化之化,後遂加言作訛。

此外,隸變篆書還有增減筆劃、變化形體之處。如篆書"淖"字隸書作"潮","汻"字隸書作"滸",這是增筆的例子。"瀞"字隸書作"淨","濊"字隸書作"穢","湀"字隸書作"沃",這又是減筆了。也有篆各有字而隸通以一字的。如華,草木華也,華,榮也,華山在宏農華陽。本有“花萼”“榮華”“華嶽”之別,而隸書統作“華”字。這些都是篆隸大變的例證。那麼,它們見於經傳著作中時,如果不溯本窮源地訓釋明白,人們怎麼能夠一目了然?所以我們才說,秦火和隸變在整理上古典籍上給漢人帶來了雙層困難,雖然後者培育了楷書。

三、以小篆為主體的所謂“經”“傳”
——劉漢代興之後的文化宣傳

統治中國前後只有十五年(公元前221—前207)的秦朝,仿佛只是為繼統的漢代開路奠基的。由劉邦建立起來的西漢,從許多制度上說可以認為是秦帝國的延續,儘管他最初曾經是“約法三章”政尚簡易的。即如關於尊嚴皇帝的種種,就不單是“漢仍秦制”而且“踵事增華”了的。蔡邕說:“漢天子正號曰皇帝,自稱曰朕,臣民稱之曰陛下,其言曰制誥,史官記事曰上,車馬、衣服、器械、百物曰乘輿,所在曰行在,所居曰禁中,後曰省中,印曰璽,所至曰幸,所進曰御。”(《獨斷》)豈不是比嬴秦當日的又“講究”得多了麼?這從“陛下”之意是“因卑達尊”,不敢指斥天子;“上”是“尊位所在,不敢褻瀆言之”;以及“乘輿”代稱皇帝服用之衣物,“行在”“禁中”是其“壁壘森嚴”的住所,連他到過的地方、訪問了的臣民都要說是分外“僥倖”的“幸”等類進一步的解釋,不難看出把一個天子渲染得是多麼地“神聖”了。

劉邦向來是輕視儒生的,“溺冠罵座”,史有明言,這應該是“焚坑”的餘風。他得了天下以後雖然也用叔孫通定了朝儀,嘗到了皇帝尊榮的味道,可是因為起自民間,以武定國,不大懂得儒家鞏固封建統治的一套,所以直到文景之世還是無為守成、與民休息的。劉徹(武帝)繼立,好大喜功,邊事土木以外,神仙、封禪、制禮、作樂一類的荒誕舉措,自然也要應時而生。休整了半個世紀,物質條件充足了麼。於是董仲舒、公孫宏等人大行其道,特别是仲舒的“天人”三策,罷黜百家,表章六經。

按“經”的原義本是編綴起來的簡策。古人作書長不到一百個字的就把它們寫在方版上,一版完不了的便用幾塊“簡”“策”接連著寫,並且用皮革束絲之類的東西編綴起來,所謂“韋編三絕”、“布在方策”者是,並沒有什麼“恒久之至道,不刊之鴻教”的意思。因為,孔子當日以《詩》《書》為教材藉以充實知識分子的業務,作好“經世致用”的準備,本是一種極為平常的事,“學而優則仕”嘛,不熟悉這些官書的內容還能找到什麼別的東西?

這如同“傳”不過是“專”的假借,義在以書記事一樣。“經”“傳”的不同只在於體制有長有短,如鄭玄云:“《春秋》二尺四寸,《孝經》一尺二寸,《論語》八寸。”(《論語序》)又說:“《易》《詩》《禮》《樂》《春秋》策皆二尺四寸,《孝經》謙半之,《論語》八寸策者,三分居一又謙焉。”(《儀禮·聘禮疏引》)如此說來,那些孔丘所定叫作“經”,弟子所釋謂之“傳”或“記”,門生們輾轉授與的又呼為“說”的等第主從的看法,當是武帝劉徹以後的事。漢儒們為了尊孔讀經,這才以意為之,妄有輕重地突出此類的花樣的。“黄金滿籯,不如教子一經”,不是當時流行的話嗎?風氣如此,經師的重要可知,因為他們掌握了教學的工具:釋義,訓詁。

鄭玄的訓詁學

一、鄭玄的箋注文字
——東漢以來最為大家的"經師"

如同我們說漢字訓詁學在字書方面的集大成者是許慎一樣,鄭玄(公元一二七—二〇〇)在箋注文字上也具有著前無古人的成就。《後漢書》說他"囊括大典,網羅眾家,刪裁繁蕪,刊改漏失,自是學者略知所歸"(《鄭玄傳》),實在不能算是溢美之談。這是因為鄭玄晚出,專志學問,不慕榮利,博古通今,連當時起義的"黃巾軍"都對他非常的崇敬,更不要說讀書人了(當代大儒、名流馬融、何休、孔融等和他俱在師友之間,弟子相從常以千數),他的不朽可以從以下幾方面來看:

(1)前漢今文家說專明微言大義,後漢雜以古文,多詳章句訓詁,而且今學古學各守門戶,異端紛紜,互相詭激,鄭玄則先通今文後精古文,博學多師不固藩籬。就是說他在箋注經傳的時候,雖以古學為主,卻也附以今義,宏通淵雅無所不包,因而破除了家法繁雜無所適從之蔽,造成了漢學統一、便利後儒的卓績。

(2)漢初學者多專一經,如伏生口授《尚書》,齊、魯、韓三家只各說《詩》之類即是。後漢則何休、許慎、賈逵、馬融等人,不僅兼通數經而且往往各有訓詁。例如何休,既作《公羊解詁》,又訓釋了《論語》《孝經》;許慎先有《五經異義》,復著《說文解字》。到了鄭玄,且繼馬融遍注諸經了,《周易》《尚書》《毛詩》《儀禮》《禮記》《論語》和《孝經》,是正匡謬,不一而足,排比充實,最稱完備,不止通行當代影響後人,許多材料直到現在還不乏參考價值。

(3)餖飣名物雖嫌煩瑣,讀書識字卻感便當,何況鄭玄後出,拙長補短,津梁梯航別有會心,他那分析的方法、考據的精神,不但是繼承了先秦兩漢的優良傳統的,而且發揚光大到了儀型楷模的地步。辭章所以為義理,訓詁難於經學,否則便成了無根之木,無源之水,支離之言,皮相之論了。不揣其本而齊其末的態度,在鄭學裏是找不到的。望文生義,增字解經的毛病,不用說,康成更是深惡痛絕的了。按《後漢書·鄭玄傳》言:"凡玄所注《周易》《尚書》《毛詩》《儀禮》《禮記》《論語》《孝經》《尚書大傳》《中候》《乾象曆》,又著《天文七政論》《魯禮禘祫義》《六藝論》《毛詩譜》《駁許慎五經異義》《答臨孝存周禮難》,凡百餘萬言。玄質於辭訓,通人頗譏其繁。至於經傳洽熟,稱為純儒。"鄭玄說:"《公羊》墨守(說他義理深遠,不可駁難),《左氏》膏肓(言其疾不可為),《穀梁》廢疾",分別給以"發針起廢",致使《春秋傳》大家何休都歎詫為"入室操戈"以見伐了,可見功力之深。

鄭玄是馬融(公元七九—一六六)的學生,他的注疏之學,在許多方面都和他這位年登遐齡、東漢末造最為經學老師的先生相似。具體些說,是兩人都不失為依經作注訓釋名物的講師,和以此編著講稿的本色。換言之,也就是借題發揮,誇誇其談的政論家做法,不大為他們理睬。因此,單純從幫助讀者過古文關這一角度來看,直到現在我們還是要寧取馬、鄭而稍退餘人的。《爾雅》《方言》既然僅僅是辭源、字彙式的工具書,江都郡公(董仲舒)又好增益引申地空發議論,所以,誰也不如面對經傳、博引旁征、字詮文釋、復避免了支離破碎的馬、鄭來得允當。就拿兩人都曾注過的《論語》為例吧:

直接訓釋經文的:

《學而》:"子曰",馬云:子者,男子之通稱,謂孔子也。

"則以學文",馬云:文者,古之遺文。

"主忠信",鄭云:主,親也。

"過則勿憚改",鄭云:憚,難也。

《為政》:"先生饌",馬云:先生謂父兄,饌,飲食也。

"非其鬼而祭之",鄭云:人神曰鬼。

《里仁》:"遊必有方",鄭云:方,猶常也。

認真補充人物的:

《公冶長》:"寧武子",馬云:衛大夫寧俞,武,謚也。

《雍也》:"子華使於齊",馬云:子華,弟子公西華,赤之字。

《子罕》:"牢曰",鄭云:牢,弟子子牢也。

《顏淵》:"季康子問政於孔子",鄭云:康子,魯上卿,諸臣之帥也。

詳細介紹典章史事的:

《學而》:"道千乘之國",馬云:道謂為之政教。《司馬法》:"六尺為步,步百為畝,畝百為夫,夫三為屋,屋三為井,井十為通,通十為成,成出革車一乘。"然則千乘之賦,其地千城,居地方三百一十六里有畸,唯公侯之封,乃能容之,雖大國之賦,亦不是過焉。

《八佾》:"八佾舞於庭",馬云:佾,列也。天子八佾,諸侯六,卿大夫四,士二。八人為列,八八六十四人。魯以周公故,受王者禮樂,有八佾之舞。

《述而》:“夫子為衛君乎”,鄭云:為,猶助也。衛君者,謂輒也。衛靈公逐太子蒯聵,公薨,而立孫輒,後晉趙鞅納蒯聵於戚城,衛石曼姑帥師圍之。

《衛靈公》:“軍旅之事”,鄭云:萬二千五百人為軍,五百人為旅。

“雖州里”,鄭云:萬二千五百家為州,五家為鄰,五鄰為里。

也有據引、考證的:

《八佾》:“三家者以《雍》徹”,馬云:三家,謂仲孫、叔孫、季孫。《雍》,《周頌·臣工》篇名,天子祭於宗廟,歌之以徹祭,今三家亦作此樂。

“巧笑倩兮,美目盼兮,素以為絢兮”,馬曰:倩,笑貌。盼,動目貌。絢,文貌。此上二句,在《衛風·碩人》之二章,其下一句,逸也。

《子路》:“子夏為莒父宰”,鄭云:舊說云:莒父,魯下邑。

《憲問》:“晉文公譎而不正”,鄭云:譎者,詐也。謂召天子而使諸侯朝之。仲尼曰:“以臣召君,不可以訓。”故書曰“天王狩於河陽”,是譎而不正也。

遍觀上面對舉的例證,可以知道馬、鄭在注疏的態度與手法上是怎樣地如出一轍了。詮釋文字,補充資料,而其終極的目的,不過想把經傳本身的篇章大意講解明白,即令有所引申也是“拈著題目作文

章”,不叫它們溢出講師講稿的範圍以外的。再看下面兩條典型的例子:

> 《雍也》:“孟之反不伐”一章。馬曰:殿,在軍後。前曰啟,後曰殿。孟之反賢而有勇,軍大奔,獨在後為殿,人迎勞之,不欲獨有其名,曰:“我非敢在後拒敵,馬不能前進。”
>
> 《公冶長》:“道不行”一章。鄭云:子路信夫子欲行,故言好勇過我。無所取材者,無所取於桴材,以子路不解微言,故戲之耳。曰:子路聞孔子欲浮海便喜,不復顧望,故孔子歎其勇曰:過我無所取哉! 言唯取於己。古字材、哉同。

不止尋章摘句,亦貴體會揣摩,可是望文生義之處卻不多見。這便是馬、鄭之所以為馬、鄭。尤其是鄭玄的“述而不作”、存疑求真的樸學精神,簡直可以說是“青出於藍而勝於藍”了。但是,不管怎麼講,馬融在鄭玄學成辭歸時候的話:“鄭生今去,吾道東矣。”(《後漢書·鄭玄傳》)到底是話不虛傳了。自然,遵經所以尊孔,注經等於宣教,弄來弄去還是逃不脫為劉漢王朝服務的圈子,亦可見學術無法不作政治工具的本質了。

如果有人要問:馬、鄭兩人在治學上究竟有什麼不同? 我們的答案則是:馬融乃古文家,篤守師法;鄭玄先今後古兼收並蓄,前面說過,這才是鄭玄得以集成漢學較享大名的原因。至於做人方面,則馬融驕縱奢靡(鄭玄在門下三年不得見,又侈飾其居宇器服,常備女樂),晚年阿諛權貴(既為梁冀草奏李固,復作“大將軍西第頌”貽羞於正直之士,分見《後漢書·馬融傳》),不如屢辭征辟、恥稱官閥、淡泊寧靜、書生本色的鄭玄遠甚。

二、鄭玄訓詁《毛詩》的特色
——鄭《箋》舉例

我們研究鄭玄注疏應該從《毛詩鄭箋》開始,這首先因為《毛詩》在訓詁方面最為古雅,而康成之《箋》又往往多所增補:有正音的,有辨字的,或本"三家詩"、或據其它經傳,一以半明《毛傳》之隱約者為主。例如:

《野有死麕》:"白茅純束。"《傳》:"純束猶包之也。"《箋》:"純,讀如屯。"《正義》:"以純非束之義,故讀為屯。"案《史記·秦蘇列傳》"錦繡千純",《索隱》:"高誘注《戰國策》音屯。屯,束也。"《左傳》襄十八年"執孫蒯於純留",《釋文》:"純留,徒溫反,或如字。《地理志》作屯。"是古屯字多假借作純。

《北風》:"其虛其邪。"《傳》:"虛,虛也。"《箋》:"邪,讀如徐。"毛以"其虛其邪"言威儀虛徐,是以邪為徐字,故鄭本《爾雅》釋訓以正其讀。

《揚之水》:"素衣朱襮。"《傳》:"諸侯繡黼。"《箋》:"繡,當為綃。"《正義》:"《郊特牲》及《士昏禮》二注引《詩》皆作'素衣朱綃'。"案《儀禮·士昏禮》"宵衣"注:"宵讀為《詩》'素衣朱綃'之綃。'魯詩'以綃為綺屬也,此衣染之以黑,其繒名曰綃。"

《鴛鴦》:"摧之秣之。"《傳》:"摧,莝也。"《箋》:"摧,今莝字也。"《正義》曰:"《傳》云摧莝轉古為今,而其言不明,故辨之云:此摧乃今之莝字也。"

《雲漢》:“靡人不周。”《傳》:“周,救也。”《箋》:“周當作賙。”《正義》曰:“以周救於人,其字當從貝,故轉為賙。”

《崧高》:“往近王舅。”《傳》:“近,已也。”《箋》:“聲如‘彼記之子’之‘記’。”案《說文》“迈”讀與“記”同,毛以“往迈”為“往已”,古丌已聲同,故鄭以許讀申毛。

《雄雉》:“自詒伊阻。”《傳》:“伊,維。”《箋》:“伊當作緊,緊猶是也。”《正義》曰:“《箋》以宣二年《左傳》趙宣子曰:‘嗚呼!我之懷矣,自詒緊戚。’《小明》云:‘自詒伊慼。’為義既同,明伊有義為緊者,故此及《蒹葭》《東山》《白駒》,各以伊為緊。”

《吉日》:“其祁孔有。”《傳》:“祁,大也。”《箋》:“祁當作麎,麎麋,牝也。”《正義》曰:“注《爾雅》者某氏亦引《詩》云:‘瞻彼中原,其麎孔有。’與鄭同。”

《長發》:“何天之龍。”《傳》:“龍,和也。”《箋》:“龍當作寵。寵,榮名之謂。”案《大戴禮記》衛將軍文子引《詩》曰:“何天之寵。”戴《禮》,今文也。“三家詩”必有作“何天之寵”者,則改寵與大戴合。

《無衣》:“與子同澤。”《傳》:“澤,潤澤也。”《箋》:“澤,褻衣,近污垢。”《釋文》同。《說文》云:“襗,絝也。”《論語》注云:“褻衣,袍襗也。”又《周禮》:“王府掌王之燕衣服。”注:“燕衣服者,袍襗之屬。”

不難看出,這些補箋比起《毛傳》來,是近易通曉得多了,鄭玄晚出又能力求簡當,所以有此表現。他的特點更在於參證據引不改動經文,從而充分地發揮了“讀如”“讀若”“讀為”“讀曰”和“當為”等訂正音義的功能,按照語文發展的規律,清理出來一套辦法。再明確些

說是:

讀如、讀若:都是擬音的字,當時還沒有反切,所以只能提出來"比方"的詞。它的根本精神是"同",由於同音的關係,再進一步推導它的字義。

讀為、讀曰:乃是換上音近的字,它的主要手法在於變化,也就是說"異"。因為換字的結果,生僻的字義可以同時了然,這樣的"改作"鄭玄用的時候比較少。

當為:直係"救正"之詞,這是"改錯字"的最為簡便的辦法。由於形近而訛的叫作"字誤",由於聲近而訛的叫作"聲誤",不管是哪一種,把它改正過來都稱為"當為"。

凡是帶有"讀為"字眼兒的,一般地都不算它是錯字(也有說"讀為某"、"讀如某"而"某"仍為本字的,要注意這"為"在識其"義","如"以別其"聲"),而"當為"則是直接指出它的錯誤了。漢儒注經往往三者兼用,但以鄭玄最為精當。附帶說明一點是,"字書"不言變化,所以只有"讀如"而無"讀為"。

當然,鄭玄是正《毛傳》也有不甚恰當的地方,如《關雎》"窈窕淑女",《傳》:"窈窕,幽閒也。"按《方言》:"窈,美也。"《毛傳》本極正確,鄭《箋》卻說是"幽閒深宮",於義反為謬遠。再如《素冠》"庶見素衣兮",《傳》:"素冠,故素衣也。"《箋》乃釋為"喪服",於義非是。蓋"衣"是大名,"裳"可稱"衣"。因此,"素衣"當為麻衣白衣一類的朝服,與"喪服"無涉。還有《伐木》"無酒酤我",《傳》:"酤,一宿酒也。"急切沒有好酒,不得不用信宿之物待客,本無費解之處,《箋》則訓為"買也"。揆諸《論語》"酒酤市脯"不食之言,恐怕不夠妥當。像這樣的例子很有一些,不能遍舉。

三、《儀禮》的鄭玄訓釋
——不拘泥於派系之爭

"隆禮""重士"本是從孔子到荀卿一脈相傳的家法,到了漢代獨尊儒術表章六藝以後,這曾經作為"士君子"道德標準行為範疇的《儀禮》,就更為人重視了,詁訓考釋不一而是,講求演習也很出力。但自漢初魯高堂生、后倉以來,注疏的最完備的恐怕還要算是鄭玄。

《儀禮》雖然不能稱作"周代古經",可是,比起後出的《禮記》、偽造的《周官》來,到底有價值多了。就是說,這裏頭起碼有一部分曾為孔子所制定。如別見於《論語·陽貨》《孟子·滕文公》《墨子·非儒》《節葬》等篇中的"三年之喪"即是。

當然,像那些"禮經三百,威儀三千"的繁文縟節(如《聘禮》《覲禮》之類)便不相干了。清人毛奇齡、顧棟高、袁枚、崔述、牟庭,都說是晚周儒者所作,姚際恒甚至指示《聘禮》前後多規摹"鄉党之文",又常用《左傳》述"春秋"時事,而認為是"春秋"以後的產物(《儀禮通論》),可以參證。

從《儀禮》的"目録"上看,在十七篇中關於"士"禮的有"冠""昏""相見""喪""虞"五者,再據鄭注又知"既夕"為士喪禮之下篇,"特牲饋食"係"諸侯之士祭祖禰"的,足征此書重點的所在。其餘諸篇,則除"覲禮"是為"諸侯求見於天子"的,也泰半是士的上級卿大夫"燕""射""公食"之禮。如果不是"儒家"成派以後大談其"禮以道行""士必知禮",怎麼可能產生這樣齊備的東西?特別是王莽、劉秀的政治,幾乎可以說是植根於"三禮"上面的。如今單講《儀禮》。

鄭注的特色在於,列古今文字,對釋新舊名物,講求通假讀如,運用校勘方法,而在内容方面的參證經傳旁及字書甚或時人之論,尤其餘事了。我們說過,鄭玄後出,相容並包,不拘泥於派系,惟求其是而已,他體現於《儀禮注》中的,恰恰是這種精神,例如他對今文經、古文經的態度:

《士冠禮》:"兄弟畢袗玄",鄭云:"古文袗為均也。"

"再醮攝酒",鄭云:"今文攝為聶。"

"賓對曰",鄭云:"今文無對。"

"眉壽萬年",鄭云:"古文眉作麋。"

《士昏禮》:"知初禮",鄭云:"古文禮為醴。"

"大羹湆在",鄭云:"今文湆皆作汁。"

"主人說服於房",鄭云:"今文說作稅。"

"皆有枕北止",鄭云:"古文止作趾。"

就從順手舉的這幾個例子來看,我們已經可以知道,鄭玄不偏不袒,今古並存,而且很少擅改經文的情況了。但這並不等於說他只述而不作毫無是正之處。因為,通過讀若校勘一類的辦法,他在許多地方反而提出了非常精確的見解呢,例如:

《士冠禮》:"緇布冠缺項青組",鄭云:"缺,讀如'有頍者弁'之頍。"

《士昏禮》:"宵衣在其右",鄭云:"讀為《詩》'素衣朱綃'之綃,魯詩以綃為綺屬也。"

《聘禮》:"賄在聘于賄",鄭云:"賄,財也。于,讀曰為。禮賓當視賓之聘禮而為之財也。"

《士喪禮》:"久之,繫用靲",鄭云:"久,讀為灸,謂以蓋塞鬲口也。"

《少牢饋食禮》:"宿",鄭云:"宿,讀為肅。肅,進也。使知祭日當來。"

"主婦被錫衣侈袂",鄭云:"被錫,讀為髲鬄。古者或剃賤者、刑者之髮,以被婦人之紒為飾,因名髲鬄焉。此《周禮》所謂次也。"

正音、正字兼帶著訓釋名物,康成近古,又係集其大成之人,這就不能不具有與眾不同的說服力了。更值得大書特書的是他考辯器物往往新舊備名,使人便於體認,如:

《士冠禮》:"皮弁笄",鄭云:"笄,今之簪也。"

《士昏禮》:"女次純衣纁袡",鄭云:"次,首飾也,今時髲也。"

《聘禮》:"夫人使下大夫勞以二竹簋",鄭云:"竹簋方者器名也,以竹為之,狀如簋而方,如今寒具筥,筥者圓此方耳。"

《公食大夫禮》:"膷以東臐膮",鄭云:"膷臐膮今時臛也。牛曰膷,羊曰臐,豕曰膮,皆香美之名也。"

這樣說解,當然使人容易明瞭,即令我們在今天,也可以推知漢代文物和先秦之際的差異變化何在。比如"姆"為漢時的"乳母"(《士昏禮》注),"坐行之"是"坐相勸酒"(《燕禮》注),"藪"乃"量名",當日"江淮之間有為藪者"(《聘禮》注)等等,在一般的稱謂行動和名物上,同樣有如此類的注解,這還可以說明鄭玄之學不僅來自書本了。校勘之事除今古文互相訂正者到處可見以外,這裏再舉幾條直接提出字

誤的:

《士冠禮》:“請醴賓”,鄭云:“此醴當做禮。”

《士昏禮》:“並南上”,鄭云:“並當作併。”

“視諸衿鞶”,鄭云:“視乃正字,今文作示,俗誤行之。”

《大射禮》:“獲者興”,鄭云:“古文獲皆作護,非也。”

《士虞禮》:“祝命佐食墮祭”,鄭云:“下祭曰墮,墮之言猶墮下也。《周禮》曰:‘既祭則藏其墮。’謂此也。今文墮為綏,特牲少牢,或為羞,失古正矣。齊魯之間謂祭為墮。”

循經作注只求正確,不管今文還是古文,一有問題都提出來,可是絕不改易主文,鄭玄實事求是而又嚴肅認真的精神,就在於此。例如上面《士虞禮》的一條注文,參正今古結合方言,徵引類書依聲為訓,簡直可以當做他的注文典範了。

《儀禮》“鄭注”的另一特色,是康成在每個固定的“節目”裏,都形象具體繪影繪聲地把那些當事人物的動作、辭令、狀貌、態度,和他們應用的服裝道具、器皿、食品,甚而至於有關儀式的時間、地點、次序、數量等等,交代得細緻清楚確切可行,不只完成了注經的任務,並且符合“執禮”的要求,所以,又不是“紙上談兵”者可以望其項背的了。例如《士冠禮》中的人物:

主人:將冠者之父兄也。

有司:群吏有事者,謂主人之吏,所自辟除府史以下也。

筮人:有司主三易者也。

宰:有司主政教者也。

宗人:有司主禮者也。

賓:主人之僚友。

贊冠者:佐賓為冠事者。

兄弟:主人親戚也。

鄉先生:鄉中老人,為卿大夫致仕者。

這些人物如果不經鄭玄注釋,我們哪裏能夠知道他們都是阿誰?當然使著大家更清楚的乃在於,不過是士大夫階級所扮演的封建統治者的"禮教"而已。關於"服裝"的,我們只舉當事人的"主人"和"將冠者"為例:

主人:"玄冠朝服,緇帶素韠。"鄭云:"玄冠,委貌也。朝服者,十五升布衣而素裳也。衣不言色者,衣與冠同也。緇帶,黑繒帶也。士帶,博二寸,再繚四寸,屈垂三尺。素韠,北韋韠也,長三尺,上廣一尺,下廣兩尺,其頸五寸,肩革帶,博三寸。"

"玄端爵韠立於阼階下",鄭云:"玄端,士入廟之服也。士皆爵韋為韠。"

冠者:"采衣紒。"鄭云:"采衣,未冠者所服。《玉藻》曰:'童子之節也。'緇布衣錦緣錦紳,並紐錦束髮皆朱錦也。紒,結髮。"

玄端爵韠:

"皮弁服素積素韠",鄭云:"此與君視朔之服也。皮弁者,以白鹿皮為冠,象上古也。積猶辟也,以素為裳,辟蹙其要中,皮弁之衣用布亦十五升,其色象焉。"

"爵弁服,纁裳韎韐",鄭云:"此與君祭之服。《雜記》曰:'士弁而祭於公。'爵弁者,冕之次,其色赤而微黑,如爵頭然。或謂之緅,其布卅升,纁裳,淺絳裳。韎韐,緼韍也,士緼韍而幽衡,合韋為之。士染以茅蒐,因以名焉。今齊人名蒨為韎韐。韍之制似韠。”

玄冠玄端爵韠。

主人前後的兩次服裝,冠者所換的四次衣飾,鄭玄把他們的用途、形狀、顏色和製作時需要的布量,都切實具體地做了說明,而且還徵引《禮記》對釋方言,務求其證據確切。古今通徹,為後來研究“三禮名物”者之所準繩,“漢代衣冠”遂亦得覘其梗概。不用說,類似的典章制度會同樣地介紹給時人與後代了。

四、《禮記》注
——鄭玄的又一傑作

如果說鄭玄的《儀禮注》是偏於封建社會士大夫階級“繁文縟禮”的全面的介紹,那麼他體現在《禮記注》中的應該是充實與發揮了“禮文通論”或是“禮教雜言”的傑作,因此我們認為他成功在這裏的並不在《儀禮注》以下,例如從《曲禮》第一篇開始他就強調“禮主於敬”,並於釋篇中云:

名曰《曲禮》者,以其篇記五禮之事:祭祀之說,吉禮也;喪荒去國之說,凶禮也;致貢朝會之說,賓禮也;兵車旌鴻之說,軍禮也;事長、敬老、執贄、納女之說,嘉禮也。

好啦,“吉”“凶”“軍”“賓”“嘉”,不止《曲禮》本篇為然,可以說在整個四十九篇的《禮記》中,都脫不出這“五禮”的範圍。如《投壺》《冠義》《昏義》《鄉飲酒義》《射義》《燕義》《聘義》等屬於"吉事";《子問》《喪服小記》《雜記》《喪大記》《奔喪》《問喪》《服問》《間傳》《三年問》《喪服四制》等屬於"凶服";《郊特牲》《祭法》《祭義》《祭統》等屬於"祭祀";《曲禮》《王制》《禮器》《少儀》《深衣》《内則》等屬於"制度";自然,影響最大的還是《檀弓》《禮運》《玉藻》《大傳》《學記》《樂記》《經解》《中庸》《儒行》《大學》這一類的"通論",譬如,"記中和之為用"的《中庸》和言"博學可以為政"的《大學》,後來就為宋儒抽出,跟《論》《孟》擺在一起喚作《四書》,成為道學家宣揚"義理"的經典,可證。

同何休一樣,鄭玄在《禮記注》中也是經常提到陰陽五行天人感應之道的,而且解説得更直接更全面和更神秘了。他把"五聲""五味""五色""五常"都與"五行"配合起來藉以説明社會生活。如《禮運》"天秉陽"、"地秉陰"注云:

> 言天持陽氣施生,照臨下也;地持陰氣,出納於山川,以舒五行於四時,比氣和,乃後月生而上配日,若臣功成進爵位也。一盈一闕,屈伸之義也。必三五者,播五行於四時也,一曰水,二曰火,三曰木,四曰金,五曰土,合為十五之成數也。

天道影響人事,五行本於陰陽,這雖然是漢儒的老調子,但在這裏,不但戴勝珍重地傳習它,説什麼"人者,其天地之德,陰陽之交,鬼神之秀,五行之秀氣"(《禮運》),鄭玄也根據戴勝的提法注釋得越發清楚詳細。他説:

> 五聲:宫、商、角、徵、羽也。其官,陽曰律,陰曰吕。
>
> 五味:酸、苦、辛、鹹、甘也。和之者,春多酸,夏多苦,秋

多辛,冬多鹹,皆有滑甘。

五色、六章:畫繢事也。《周禮·考工記》曰:土以黃,其象方,天時變,火以圜,山以章,水以龍,鳥獸蛇,雜四時五色之位以章之,謂之巧也。(《禮運》)"五行之動"下注)

這還只是關於"五聲""五味""五色"的進一步的解釋。其"聖人作則,必以天地為本,以陰陽為端"(《禮運》)的一段注文就發揮得尤其淋漓盡致了。鄭玄云:

天地以至於五行,其制作所取象也。禮義人情,其政治也。四靈者,其徵報也。此則春秋始於元,終於麟,包之矣。呂氏說《月令》而謂之"春秋",事類相近焉。鬼神,謂山川也,山川助地通氣之象也。器,所以操事;田,人所捊治也。禮之位,賓主象天地,介僎象陰陽,四面之位象四時,三賓象三光,夫婦象日月,亦是也。

以天地為萬物之本,陰陽為人情所通,自是崇拜自然呼應政事的"公羊家學",鄭玄亦取而用之,又可為他不專一派兼蓄並收的別證。但因為鄭玄既過分強調人生各秉本性,帝王異乎尋常的這種等級地神地道的"定命論",就連他那一點點的客觀唯心主義思想也被汩沒了,例如他注"天命之謂性"(《中庸》)和"王者禘其祖之所自出"(《大傳》)云:

天命,謂天所命生人者也,是謂性命。木神則仁,金神則義,火神則禮,水神則信,土神則智。

大祭其先祖所由生,謂郊祀天也,王者之先祖,皆感大微

> 五帝之精以生:蒼則靈威仰,赤則赤熛怒,黄則含樞紐,白則白招拒,黑則汁光紀,皆用正歲之正月郊祭之,蓋特尊焉。

孟子説:“仁、義、禮、智,非由外爍我也,我固有之耳。”(《孟子·告子上》)卻不曾認為這是“天”之所“命”,鄭玄不但把它分為“五常”,而且歸之於“五行”之“神“”,已經是“玄之又玄”了。同時又謬稱“王者之先祖,皆感大微五帝之精以生”,就是説“頂著星星下來的”,豈不是公開的造謠? 不過在這裏,我們也知道“五帝”之與“五色”發生著什麼樣的關係了。《師説》引“河圖”云:“堯赤精、舜黄、禹白、湯黑、文王蒼。”(據孔穎達疏引)真是配得奇巧。此以,“五帝”神通廣大,可以主宰“五行”,所以必須郊祀他們,《禮器》“饗帝於郊”注云:

> 五帝主五行,五行之氣和,而庶徵得其序也。五行,木為雨,金為暘,火為燠,水為寒,土為風。

漢代的“陰陽五行”學説,從董仲舒的“天人合一”,劉歆的“洪範八政”,發展到何(休)、鄭(玄)的“災異感應”,可以説是越配合方面越多,越講究内容越細了。特别是在莽、歆大興圖緯符命以後,簡直是公開地偽造祥瑞附會謠傳了。鄭玄博洽,豈有不受影響之理,所以除了今文學家“公羊派”的許多看法為他充實掌握以外,像鬼神感應一類的東西,他也未嘗不加以渲染,《樂記》“幽則有鬼神”注云:

> 助天地成物者也,《易》曰:“是故知鬼神之情狀,與天地相似。”《五帝德》説黄帝德曰:“死而民謂其神者百年。”《春秋傳》曰:“若敖氏之鬼。”然則聖人之精氣謂之神,賢知之精氣謂之鬼。

難道我們還不明白麼？這些帝王將相生來既不平凡,死後也有威靈,那就是說,他們注定了要統治老百姓的,好個偉大的經師,你看他通過注文宣傳了些什麼？另外一點是,鄭玄對於黄帝特别推尊,也可能是漢代比較通行的説法,他於《月令》篇中注"黄帝"説:"此黄精之君,土官之神,自古以來立德立功者也,黄帝,軒轅氏也。"於是我們可以聯想到,在中國歷史上所謂"大漢民族""黄帝子孫",或者就是從這個時代興起的。

鄭玄注"膏露""器車""馬圖"(《禮運》)和"鳳皇降、龜龍假"云:

> 膏猶甘也。器,謂若銀甕丹甑也。馬圖,龍馬負圖而出也。功成而大平,陰陽氣合而致象物。

以上所舉各例,如果我們説它是無稽之談,連康成自己都可以反駁道:"鬼神之為德,其盛矣乎!"(《禮記·中庸》)"鳳鳥不至,河不出圖,吾已矣夫!"(《子罕》)孔聖人當年都就講過的,這話當然不錯。不過,問題就在於孔子的話也不見得都正確,即或它是不曾經過竄亂的。何況漢儒對於孔老夫子的許多意見,根本便是加以修正引申甚而至於附會的呢？總之,在維護貴族統治上他們並無二致。

《禮記注》的另一個顯著的缺點,是鄭玄和其他的漢儒一樣,卑視婦女的社會地位,强調他們從屬於男人,並且為一夫多妻制補充了更多的根據,先從統治者説:

> 《曲禮》"天子有后,有夫人,有世婦,有嬪,有妻,有妾",鄭云:"妻,八十一御妻,《周禮》謂之女御,以其御序於王之

燕寢。妾,賤者。"

"天子之妃曰后,諸侯曰夫人,大夫曰孺人,士曰婦人",鄭云:"后之言後也,夫之言扶,孺之言屬,婦之言服。"

"夫人自稱於其君曰小童,自世婦以下,自稱曰婢子",鄭云:"小童,若云未成人也,婢之言卑也。"

"納女於天子曰備百姓,於諸侯曰備酒漿,於大夫曰備灑埽",鄭云:"納女猶致女也,婿不親迎,則女之家遣人致之,此其辭也。姓之言生也,天子皇后以下百二十人,廣子姓也。酒漿、埽灑,賤婦人之職。"

連統治階級裏的婦女,都要這樣的自卑自賤,老百姓就更不要說了。從中國歷史上看,商代的女性,本來還可以同男子平等齊腳地配享,王也不曾有這樣多的"御妻"。周代開始多了,天子一娶九女,可是像鄭玄說的自"皇后以下百廿人",恐怕沒有那麼回事。再和施行民間的"三從四德""七出""五不娶"聯合到一起講,空前未有的"男尊女卑"制度遂以形成。在這裏邊,鄭玄當然無可諱言地出了氣力,我們指的是,說教宣傳方面的。

對於剥削人民勞動力,藉以供應統治者優越的生活,鄭玄也給予了支持。他在《月令》這篇書裏,處處同意天子按時發號施令,促使人民創造勞動果實,從而充分享用的明文規定。例如"大合百縣之秩芻,以養犧牲"云:

百縣,鄉遂之屬,地有山林川澤者也。秩,常也,百縣給國養犧牲之芻,多少有常,民皆當出力為艾之。

注文與經文採取了一致的態度,就等於說,鄭玄在從經典著作中為統治者們找尋剥削人民的根據。下邊,“凡在天下九州之民者,無不咸獻其力,以共皇天、上帝、社稷、寢廟,山林、名川之祀”一條就更注得露骨:

民非神之福不生,雖有其邦國采地,此賦要由民出。

就説是“什一之税”吧,這一份兒每年四季無窮無盡的祭祀費用,還是要勞動人民拿出來,誰説鄭玄是脱離政治的“鄭呆子”呢?(舊日學人錢玄同有此叫法,文見《僞古文經傳考》)

一如表現在《儀禮注》中的,《禮記注》所有的“讀曰”校勘,名物訓詁也極精到:

《曲禮》:“以箕自鄉而報之”,鄭云:“報,讀曰吸,謂收糞時也。箕,去棄物。”

“大夫則綏之”,鄭云:“綏,讀曰妥,妥之,謂下於心。”

《檀弓》:“我喪也斯沾”,鄭云:“斯,盡也。沾,讀曰覘,覘,視也。”

“衣衰而繆絰”,鄭云:“繆,讀為不樛垂之樛,士妻為舅姑之服也。”

《文王世子》:“况于其身以善其君乎”,鄭云:“于讀為迂,迂,猶廣也,大也。”

《郊特牲》:“何居”,鄭云:“居,讀為姬,語之助也。何居?怪之也。”

“而鹽諸利”,鄭云:“鹽讀為豔,行田示之以禽,使歆豔之,觀其用命不也。”

無論“讀曰”“讀為”還是“讀如”，多為同音假借之字，鄭玄也有直接指出來的時候。《投壺》“起居竟信其志”注云：“信，讀如屈伸之伸，假借字也。”即是。它不但是“古文經”的特點，同時又是漢代“字書”通例的一種，許慎的《說文解字》就曾經發揮它的作用。其次“方言”：

《曲禮》：“幣曰量幣”，鄭云：“今河東云，幣，帛也。”

《檀弓》：“詠斯猶”，鄭云：“猶當為搖，聲之誤也。搖，謂身動搖也。秦人猶搖聲相近。”

《王制》：“西方曰狄鞮”，鄭云：“鞮之言知也，今冀部有言狄鞮者。”

《郊特牲》：“滫瀡以滑之”，鄭云：“秦人溲曰滫，齊人滑曰瀡也。”

“盎”，鄭云：“以諸和水也。以《周禮》六飲校之，則盎涼也，紀莒之間名諸為盎。”

《明堂位》：“夏后氏以楬豆”，鄭云：“楬，無異物之飾也。齊人謂無發為禿楬。”

校勘聲義訓釋名物之處，兼而有之，這就不止於徵引“方言”了。自揚雄創為《方言》以來，能夠把這種通語、方言、古今對比的方法應用到注疏文字中的，鄭玄恐怕要算是數一數二的人物了。第三，關於訓釋名物的：

《曲禮》：“毋雷同”，鄭云：“雷之發聲，物無不同時應者。人之言當各由己，不當然也。孟子曰：‘人無是非之心，非人也。’”

"凡摯,天子鬯",鄭云:"摯之言至也。天子無客禮,以鬯為摯者,所以唯用告神為至也。"

《王制》:"庶人縣封",鄭云:"縣封當為縣窆。縣窆者,至卑,不得不引紼下棺,雖雨猶葬,以其禮儀少。封謂聚土為墳,不封之,不樹之,又為至卑無飾也。"

"古者公田藉而不稅",鄭云:"藉之言借也。借民力治公田,美惡取其此,不稅民之所自治也。孟子曰:'夏后氏五十而貢,殷人七十而助,周人百畝而徹。'則所云古者,謂殷時。"

《月令》:"其曰甲乙",鄭云:"乙之言軋也。日之行,春、東從青道,發生萬物,月為之佐,時萬物皆解孚甲,自抽軋而出,因為以日名焉。"

《曾子問》:"賤不誄貴,幼不誄長",鄭云:"誄,累也,累列生時行跡,讀之以做謚,謚當由尊者成。"

《禮運》:"有撕而播也",鄭云:"撕之言芟也,謂芟殺有所與也。若祭者,貴賤皆有所得,不使虛也。"

可以看得出來,"聲訓"一道也是鄭玄所以能熟練掌握的,這個古已有之的作法,漢人同樣很好地繼承下來了。不僅劉熙先有《釋名》專著,許多大注疏家都充分發揚了它的功能,鄭玄且以之作為詁訓名物的重要手段之一,一句句地解釋明白了。接著再舉幾條單純介紹的例子:

《檀弓》:"塗車芻靈",鄭云:"芻靈,束茅為人馬,謂之靈者,神之類。"

《月令》:"則同度量,鈞衡石,角斗甬,正權概",鄭云:

"丈尺曰度;斗斛曰量;卅斤曰鈞,稱錘曰權;概,平斗斛者。"

《文王世子》:"遂設三老五更群老之席位焉",鄭云:"三老五更,各一人也,皆年老更事致仕者也。天子以父兄養之,示天下之孝悌也。名以三五者,取象三辰五星,天所因以照明天下者。群老無數,其禮亡,以多飲酒禮言之,席位之處,則三老如賓,五更如介,群老如眾賓必也。"

"三老五更"乃是漢代才有的"鄉紳制度",那裏應該擺在周末建國以前的文王時代裏去!這兒不但綻露出來《禮記》一書果是漢人編輯的雜言通論,所謂以著述態度嚴肅著稱的鄭玄,有時也不免於疏漏的情況,同樣被我們捕捉到手了。不過,無論怎麼說,鄭玄通過《禮記注》所表現的"校勘"工夫,還是非常之精確而且也多式多樣的:

字誤:

《檀弓》:"衡長袪",鄭云:"衡當為橫,字之誤也。袪,謂褎緣袂口也,練而為裘,橫廣之,又長之,又為袪,則先時狹短無袪可知。"

《郊特牲》:"所以交於旦明之義也",鄭云:"旦當為神,篆字之誤也。"

"故春禘而秋嘗",鄭云:"此禘當為禴,字之誤也。《王制》曰:'春禴夏禘。'"

"大圭不琢",鄭云:"琢當為篆,字之誤也。"

《樂記》:"武王克殷,反商",鄭云:"反當為及,字之誤也。及商,謂至紂都也。《牧誓》曰:'至於商郊牧野。'"

他根據上下文的涵義,把形誤聲誤的字都無可非議地加以是正,並且佐證以本書或它書,務求加強其說服力量,所以極為合於科學精神的。

當為:

《檀弓》:"子蓋言子之志於公乎",鄭云:"蓋當為盍,盍,何不也。"

《王制》:"天子殺則下大綏",鄭云:"綏,當為緌。緌,有虞氏之旌旗也,下謂弊之。"

《玉藻》:"唯君有黼裘以誓省",鄭云:"省當為獮,獮,秋田也,國君有黼裘誓獮田之禮。"

此亦正誤之類,因為形近發生問題的多,不過換了筆法,也有說為"當作"的。如《王制》"王三又",鄭云:"又當作宥,宥,寬也。"

或為:

《曲禮》:"毋髢",鄭云:"髢,髲也,毋垂餘髮如髲也。髲或為肄。"

《喪大記》:"裁猶冒也",鄭云:"裁猶制也,字或為材。"

《樂記》:"濫以立會",鄭云:"會猶聚也,聚或為最。"

《奔喪》:"唯公門有稅齊衰",鄭云:"稅猶免也,古者說或作稅。"

《間傳》:"禫而纖",鄭云:"黑經白緯曰纖,舊說,纖,冠者采纓也,纖所或作綅。"

《大學》:"顧諟天之明命",鄭云:"顧,念也,諟猶正也,諟或為題。"

《儒行》:"不閔有司",鄭云:"閔,病也,閔或為文。"

或是由於版本不同,或是因為古今異體,不好把這些別見互見的字,固定為某一個,所以叫它們"或為",這也是鄭玄嚴肅認真的態度。

聲誤:

《禮運》:"蕢桴而土鼓",鄭云:"蕢讀為凷,聲之誤也。凷,堛也,謂摶土為桴也。土鼓,築土為鼓也。"

"粢醍在堂",鄭云:"粢讀為齊,聲之誤也。周禮五齊,一曰泛齊,二曰醴齊,三曰盎齊,四曰醍齊,五曰沈齊,字雖異,醆與盎,澄與沈,蓋同物也,奠之不同處,重古略近也。"

《郊特牲》:"塗之以謹塗",鄭云:"謹當為墐,聲之誤也。墐塗,塗有穰草也。"

《玉藻》:"弗身踐也",鄭云:"踐當為剪,聲之誤也,翦,猶殺也。"

"大帛不綏",鄭云:"帛當為白,聲之誤也。大帛謂白布冠也。不綏,凶服去飾。"

《明堂位》:"蕢桴",鄭云:"蕢當為凷,聲之誤也。"

《樂記》:"衛音趨數煩志",鄭云:"趨數讀為促速,聲之誤也。"

《雜記》:"使某實",鄭云:"實當為至,此讀,周秦之人,聲之誤也。"

《喪大記》:"實於綠中",鄭云:"綠當為角,聲之誤也。角中,謂棺內四隅也。"

《表記》:"則寬身之仁也",鄭云:"仁亦當言民,聲之誤。"

《緇衣》:"臣儀行",鄭云:"儀當為義,聲之誤也,言臣義事君則行也。"

因聲近而字訛,此亦古文之常。所以不管它是同音假借的,還是後來的古今字,鄭玄都一面糾正它們當為某某,一面指出其謬誤的所在。這對讀者來說是有很大的好處的,否則以訛傳訛,混淆不清,無法弄明白文句所表達的意思了。如前面列舉的"粢醍在堂""弗身踐也""使某實"之類即是。既然寫作"讀為""當為",那語氣就比較肯定了。此外,關於"古今字""脫簡"和"版本"上直接校勘的例子,我們也各舉一條如下:

《禮運》:"故聖人耐以天下為一家",鄭云:"耐,古能字,傳書世異,古字時有存者,則亦有今誤矣。"

《雜記》:"非為人喪,問與?賜與",鄭云:"此上滅脫,未聞其首云何,是言非為人喪而問之與?人喪而賜之與?問,遺也,久無事曰問。"

《緇衣》:"周田觀文王之德",鄭云:"古文周田觀文王之德,為割申勸寧王之德,今博士讀為厥亂勸寧王之德,三者皆異,古文似近之。割之言蓋也。言文王有誠信之德,天蓋申勸之,集大命於其身,謂命之使王天下也。"

第一條最有價值之處,在於鄭玄告訴了我們,在他那時候就存在著"傳世書異"、古字今誤的問題,就是說,已經提出來因為版本不同而產生的校讎方法的重要性。第二條便更進一步地糾正了字句的錯誤,使之通順合理,而又是經過考據校勘的方法的(與望文生義妄加竄改者不同)。

總之,康成的訓詁成就是:

1. 在漢末最為大家,可以説是訓詁學的集成人物。

a、雖與馬融並稱馬、鄭,實際上是“青出於藍”,後來居上的。

b、注釋多産,遍及《周易》《尚書》《毛詩》《儀禮》《禮記》《論語》和《孝經》。

c、今古文雜糅,不存門戶之見,宏通淵雅,包羅萬象,繼承、發揚了前人的成就,也便利了後之學者。

d、充分發揮了分析的方法、考據的精神,聲音訓詁、版本校勘交相為用,是正了古籍,補充了文獻。

2. 自我作古,既不墨守成規,也不崇拜偶像。

a、不只是依經作注,飣餖煩瑣,而且深知辭章所以為“義理”,“訓詁”之用在明“經學”,而且單純為統治者服務。

b、嘗説《公羊》“墨守”,《左氏》“膏肓”,《穀梁》“廢疾”,從而為之“鍼發,起廢”,致使《春秋傳》大家何休都為之驚歎,説是“入室操戈”了。

c、虛懷若谷,不敢媲美前輩,如對《毛傳》而言,自己反稱曰“箋”(有所補充而已)之類即是。事實則是,鄭《箋》比《毛傳》近易通曉得多。

d、按照語文發展的規律,清理出來一套“聲讀”的辦法,如:“讀如”“讀若”“讀為”“讀曰”和“當為”等等,不一而足。(就是説“擬音”“音近”的情況,都不輕輕放過。)

e、分列古今文字,解釋新名物,參正經傳,旁及字書,甚或時人之説,從不妄有軒輊,惟求其是。如他表現在《儀禮》注中的,即令人歎為觀止。

f、自然,認真檢視了所有的“鄭注”以後,也不會不發現它存在的某些時代的未能超越的缺點,如詳說封建貴族的生活,講求鬼神災異符瑞,卑視婦女社會地位之類均是。就是說,在宣傳封建制度之義法上,也不是没有盡過大力的。

辭書七種

一、《爾雅》
中國最原始的辭源，閱讀先秦典籍必備的工具書

《爾雅》舊稱周公旦作，孔丘、卜子夏等所增補，其實不過是漢代以來的小學家綴緝書文、遞相增益而成的一部詁訓專著，托名周、孔而已。如同它並非詮釋"五經"文字之作，只是雜采先秦典籍的訓詁以及名物之同異的一樣，絕不是什麼經書（所謂"十三經"之一）。

按"爾，近也"、"雅，正也"，能夠比較正確地解釋舊書上的古音古義才是它的最大功效。所以我們說"卑之，無甚高論"，才是一個還它本來面目的正當評價，"自古造化制器立象，有物以來，迄於近代，或典禮所制，或出自民庶，名號雅俗，各方名殊"，"名之與實，各有義類，百姓日稱而不知其所以之意。"（以上係劉熙語）《大戴記·小辨》篇引孔子曰："《爾雅》以觀於古，足以辨言矣。"那麼，通言和異語的關係，"爾"、"雅"兩字的合用以及它的功能在於"辨言"（分別清楚語文的性質），也就使我們初步地認識了一下。

關於欲明古今異語尤其六經之文，必先通乎《爾雅》的道理，前人論者甚多。如王充云："《爾雅》之書，五經之訓故。"（《論衡·是應》篇）郭璞說："誠九流之津涉，六藝之鈐鍵，學覽者之潭奧，摛翰者之華苑也。"（《爾雅序》）張揖亦言："真九經之檢度，學問之階路，儒林之楷素也。"（《上廣雅表》）都可參證。但是它的內容呢？有道為"多識於鳥獸草木之名"的（郭璞），有說是"包羅天地，綱紀人事，權揆制度"的

(張揖),有講作具備“宫室器用之度,歲時星辰之行,州野山川之列,草木蟲魚鳥獸之散殊”的(邵晉涵),雖然各有所見,可是都不全面,如果詳細介紹的話應分下列四類:

(一)有關語言詁訓的:

①說古今通語(《釋詁》)。

②解生僻的字(《釋言》)。

③通形貌之詞(《釋訓》)。

(二)有關親屬關係和社會生活的:

①六親的稱謂(《釋親》)。

②住所的名類(《釋宫》)。

③器皿的異名(《釋器》)。

④音樂的別號(《釋樂》)。

(三)有關自然現象的:

①歲時、災祥、風雨、星宿(《釋天》)。

②九州、十藪、五方、四極(《釋地》)。

③丘陵、厓岸、山嶽(《釋丘》《釋山》)。

④溝滄、洲渚、四瀆、九河(《釋水》)。

(四)有關生物界的:

①草木之名(《釋草》《釋木》)。

②蟲魚之類(《釋蟲》《釋魚》)。

③鳥獸畜的分稱(《釋鳥》《釋獸》《釋畜》)。

上面序列的名物雖然同是訓釋古今雅俗的異同的,可是有的連文一義,如“如、適、之、嫁、徂、逝,往也”(《釋詁》);有的單詞單訓,如“斯、誃,離也”(《釋言》);有的一字雙義,如“祺,祥也;祺,吉也”(同上);有的轉相為訓,如“粵、于、爰,曰也;爰、粵,于也”(《釋詁》);也有說解重言的,如“明明、斤斤,察也”(《釋訓》);釋義疊韻字的,如“婆娑,舞也";詮注雙聲詞的,如"籧篨,口柔也";聲訓字義的,如"鬼之為言歸也";又有《詩》內的通釋如"徒御不驚,輦者也";成語的轉注,如"不俟,不來也";以文句作箋辭的,如"張仲孝友,善父母為孝,善兄弟為友"(並同上);用形象釋名物的,如"綸似綸,組似組,東海有之"(《釋草》)、"櫰,槐大葉而黑;槐小葉曰榎"(《釋木》)、"鯢,大者謂之鰕"(《釋魚》)、"兕似牛,犀似豕"(《釋獸》);還有根據行動或情況來定立事物之名的,如"食苗心,螟。食葉,蟘。食節,賊。食根,蟊"(《釋蟲》)、"鳥之雌雄不可別者以翼,右掩左,雄;左掩右,雌"(《釋鳥》)、"逆流而上曰泝洄,順流而下曰泝遊"(《釋水》),以及"金謂之鏤,木謂之刻,骨謂之切,象謂之磋,玉謂之琢,石謂之磨"(《釋器》)等等。形式變動不居,方法多種多樣,更不要說內容又豐富異常。

我們都知道語言文字是人們拿它來反映客觀事物、溝通社會關係的,所以在它有了形、有了聲的同時,這些符號所代表的意思自然也就跟著出來。可是世易時移、人事變遷以後,不只會使它發生古今雅俗之別,而且因為形體有限、語言無窮的關係,很難限定一個字保有一個念法、只表示一個概念。這就是說,一字多音、一音多字,或是同字異義、異字同義的情況便要發生。此際如果沒有訓詁之道以通指歸,勢必無法辨認那些轉注假借之字。這種辦法先秦雖然有過,到底零零碎碎,解決不了多大問題。《爾雅》便不同了,例如關於"聲訓"的材料,此書纂輯起來的相當的多:

1. **雙聲為訓的**

《釋詁》:崇,重也。殲,盡也。鳩,聚也。烝,眾也。繇,憂也。祗,敬也。丁,當也。頤,養也。迓,迎也。摯,臻也。

《釋言》:囂,閑也。虢,諱也。顛,頂也。烝,塵也。遞,迭也。弊,踣也。哲,智也。障,畛也。逼,迫也。佻,偷也。履,禮也。徵,召也。泳,遊也。舫,泭也。

2. 疊韻為訓的

《釋詁》:夏,大也。猷,謀也。敵,匹也。妃,對也。寧,靜也。垝,毀也。詔,導也。差,擇也。祜,福也。朝,早也。訩,盈也。言,間也。烈,業也。登,成也。翰,榦也。衛,垂也。昌,當也。甲,狎也。登,升也。歇,竭也。憩,息也。艱,難也。

《釋言》:俴,淺也。絢,絞也。干,扞也。聘,問也。般,還也。辟,歷也。宣,遍也。滷,苦也。流,求也。茹,度也。粻,糧也。洵,均也。

3. 同音為訓的

《釋詁》:敘,緒也。謨,謀也。粵,曰也。于,於也。盍,合也。績,繼也。誥,告也。崇,充也。勔,勉也。藎,盡也。戢,聚也。亟,疾也。肅,速也。古,故也。夷,易也。輔,俌也。接,捷也。假,嘉也。赦,舍也。

《釋言》:逜,寤也。務,侮也。貽,遺也。粲,餐也。諗,念也。恫,痛也。並,併也。幕,暮也。畛,殄也。曷,盍也。陪,闇也。樊,藩也。葵,揆也。

4. **重言為訓的(具見《釋訓》之中)**

雙聲:兢兢,戒也。增增,眾也。烝烝,作也。懋懋,勉也。殷殷,憂也。

疊韻:委委,美也。懕懕,安也。爰爰,緩也。蹻蹻,憍也。抑抑,密也。

重言:秩秩,智也。便便,辯也。濟濟,止也。敖敖,傲也。

可見異字同義有聲同的,有韻同的,也有字音全同的。而且在雙聲疊韻的聯綿字裏頭,又可以找出來轉聲取義之道,例如:"婆娑"為"舞",其聲轉為"媻娑""媻珊""媻散""便珊"。"侜張"為"誑",其聲轉為"侏張"。"殿屎"為"呻",其聲轉為"唸㕧"。"誰昔"為"昔",其聲轉為"疇昔"。"襢裼"為"肉袒",其聲轉為"徒裼"。這些都是雙聲字。重言音轉之義也是一樣,例如:"懋懋、慔慔,勉也。""懋""慔"一聲之轉,兩"懋懋"可轉為"微微""明明""勉勉""民民"。"慔慔"可轉為"勿勿""忞忞""没没""娓娓"。"廱廱、優優,和也","廱""優"亦一聲之轉,而"廱廱"可轉為"懿懿""夭夭""鬱鬱""藹藹","優優"可轉為"安安""抑抑""依依""宴宴",都是雙聲的疊字。

還不止是抽象的語文見於《釋詁》《釋言》《釋訓》中者其事如此,具體的物名亦多此例。如《釋草》"苹、蓱,其大者蘋","苹"與"蘋"即一聲之轉。"苕,陵苕。黄華,蔈;白華,茇","蔈"與"茇"亦一聲之轉。《釋蟲》"食苗心,螟;食根,蟊","螟"與"蟊"一聲之轉。《釋鳥》"鳥鼠同穴,其鳥為鵌,為鼠為鼵","鵌"與"鼵"一聲之轉。《釋宫》"樴,大者謂之栱,長者謂之閣","栱""閣"一聲之轉。又"廟中路謂之堂,堂途謂之陳","堂""途""陳"皆一聲之轉。又"二達謂之歧旁,三達謂之劇旁,四達謂之衢,五達謂之康,六達謂之莊,七達謂之劇驂,八達謂之崇期,九達謂之逵","岐""遽""衢""期""逵",也都是一聲之轉。這種關係表現在"異類同名"上面的更為顯著,如《釋草》"果蠃之實,栝樓",《釋蟲》"果蠃,蒲盧","栝樓"為"果蠃"的轉語,植物果實圓形下垂的多叫作"果蓏",細腰蜂,腹部下垂也象"果蠃"所以得名。總之,它們是輾轉引申、循聲知義,其流雖趨於有別,其源卻往往是相通的。如同"單詞""隻字"不能夠加重語氣、切合形象時,便推廣聲義創造出來"聯綿"字一樣,都是文字變化的規律使然,也正是《爾雅》給我們最先提出此類豐富的材料。別的不再多說,即如今天我們還在使用著的一些"常用詞",便可以從《釋詁》《釋言》等篇中找到它們的祖先:

壯大、來至、順敘、康樂、欣喜、典範、法典、諮詢、圖謀、法律、法則、誠信、戲謔、會合、繼續、寧靜、祈請、命令、毀壞、公事、延長、崇高、誘進、左右、堅固、加重、罄盡、殲滅、搜聚、疾速、師旅、眾多、恐懼、震驚、戰栗、勤勞、福祿、憂患、祭祀、恭敬、復返、作為、試用、割裂、增益、徵召、試探、集會、慚愧、奔走、懈怠、經典、迷惑

其它如分見《釋山》中的"五嶽",《釋水》的"四瀆",《釋草》的"韭、蔥、蒜",《釋木》的"松、竹、梅",《釋蟲》的"土蜂、螢火",《釋魚》的"鯉、蚌、龜、鱉",《釋鳥》的"鵝、燕、蝙蝠",《釋獸》的"豺、狼、虎、豹",《釋畜》的"馬、牛、羊、犬",《釋宮》的"庭、堂、臺、閣、樓、榭",《釋樂》的"鐘、鼓、琴、瑟、簫、管",《釋天》的"歲、月、風、雲、雷、雨",以及

《釋親》的“父、母、兄、弟、姊、妹、夫、婦、子、女”等類名物，只要剔除掉了它們的“附加語”，就和流行於現在的稱謂無大差異，這也未嘗不可以説明漢字語文繼承發展的一部分情況。

當然，這並不等於説《爾雅》之書真就完美到毫無缺誤，恰恰相反，因為歷史條件的關係，它存在著的違反科學精神、必須予以揚棄的東西，正復不少。例如分篇不夠謹嚴，内容有的淩亂，封建落後的材料甚多之類即是。具體地講，如《釋詁》《釋訓》都是通語今古、正名雅俗的抽象文字，除了在同條共貫的字數上前者一般比後者稍多以外，別無差異，分為兩篇有何必要？其次，事不同類、亂相雜廁的也不少，如《釋宮》之中旁及“路、旅，途也”、“一達謂之道路”“堤謂之梁”等道路橋樑之名；《釋器》篇内竟有“餀謂之餘”“肉曰脱之”“一染謂之縓”等治染衣食的事；它如述“講武”“旌旗”於《釋天》，使“蝙蝠”“鼯鼠”歸《釋鳥》之類，都未免於牽強附會，不足為訓。但最成問題的還是下列各事：

(1)《釋詁》開篇訓以“君”“大”，很顯然的綻露“尊王”的思想。

(2)《釋親》以“父党”居首，也沒有脱離“男性中心”的家族關係。

(3)《釋天》先言“祥”“災”，侈談郊祀，為誰服務不問可知。

(4)《釋器》特重祭器，又有金玉鼎鼐，這些不是人民生活的必需品。

(5)《釋地》比附“五方”名産，以偏概全，貶斥夷狄戎蠻，謂之“四海”。

(6)《釋水》篇末注云：“從《釋地》以下至九河，皆禹名也。”縱有所據，未可徵信。

(7)《釋草》雜草名多，“粢稷”“戎叔”比重過少，説明“多識”並不包括“稼穡”。

(8)《釋魚》著稱“神龜”“靈龜”，是“卜筮”之事迄在通行。

不用說,這些都是封建落後的"糟粕",儘管它們作為詞彙來用,曾經完成過特定時期的特定任務,可是我們今天卻不能不分別清楚。一些早已生僻的古辭如《釋親》裏"考""妣""嬪",《釋天》裏"歲名""月名""祭名"一類的,只供研究古代事物用的參考,也就夠了。因此,我們的結語是:

(1)《爾雅》是中國最古的"辭典",它成書於西漢初年,為當時的經師們所纂輯。

(2)它的功用在於通釋古今雅俗的異語,幫助我們閱讀先秦典籍。

(3)我們可以從它裏面學習"轉注""假借"的訓詁方法。

(4)為辭書之祖,與《說文》並行於漢世,後之字典,如《康熙字典》等,無不轉相援引,以為音義之說。

(5)它是從先秦古籍中,搜羅歸納出來的一些音義,各有出處,可以按索。基本上是一部以義繫聯的"小學"專著。例如:"初、哉、首、基、肇、祖、元、胎、俶、落、權輿,始也。"郭璞注云:"《尚書》曰:'三月哉生魄。'《詩》曰:'令終有俶。'又曰:'俶載南畝。'又曰:'訪予落止。'又曰:'胡不承權輿?'胚胎未成,亦物之始也。其餘皆義之常行者耳。此所以釋古今之異言,通方俗之殊語。"按,此釋始之義也。《說文》云:"始,女之初也。"《釋名》云:"始,息也,言滋息也。"又初者裁衣之始,哉者草木之始,基者築牆之始,肇者開戶之始,祖者人之始,胎者生之始也,每字皆有本義,但俱訓始,例得兼通,不必與本義相關也。(《釋詁》第一條)

二、《方言》

古代漢語的專著,書本以外的語言調查

《方言》是和《爾雅》並稱的語彙名著,它的產生在西漢末年。事

實上,兩書的内容不盡相同。

《爾雅》以考釋古今文字為主,是書本子上的訓詁學問,它附屬於先秦典籍,有津梁誦讀之功。但由多人合纂而成,並無作者主名,也不是一個時期的作品。

《方言》是調查出來的當代語文,目的在於搞清楚"方言""通語"的關係。雖有增益《爾雅》之處,卻非依傍一類。它的作者為揚雄,也和集體編輯的不同。

關於揚雄撰著《方言》一事,宋人洪邁曾有異議,他的根據是此書未見於《漢志》。近人周祖謨同志因為常談揚雄著作、多引《方言》資料的王充、許慎,都沒有提到揚雄和《方言》的關係,對之也抱懷疑態度。我們的看法是,《方言》不著《漢志》,可能是由於此書問世較晚,班固未之前聞;它又是一部迄未完成的書,所以《論衡》《説文》無從加以論述。證據是當日負責整理天下典籍的劉歆,曾經派人向揚雄求索過《方言》。劉歆在信裏説:"屬聞子雲獨採集先代絕言、異國殊語,以為十五卷,其所解略多矣,而不知其目。"他説朝廷正在"留心典誥,發精於殊語,欲以驗考四方之事",揚雄如果不趁這時"發倉廩以振贍","殊無為明"(戴震《方言疏證·劉歆與揚雄書》)。但是,揚雄並未把書交出來,原因是它還沒有完成。揚雄回答劉歆説,"賴以殊言十五卷,君何由知之?""不勞戎馬高車,令人君坐幃幕之中","知絕遐異俗之語,典流於昆嗣,言列於漢籍",固然是一向情願的事。只是"此又未定,未可以見",惟請"寬假延期"始能"貢於明朝"(同上,《揚雄答劉歆書》),否則逼死人也沒用。可見揚雄對於學問嚴肅認真的態度。

而且我們從這封回信裏還知道揚雄的《方言》是有所師承的:鄉友嚴君平曾提供給他以"千言"的資料,又從翁儒手中學到了"梗概之法",這才更進一步地鑽研起來。在宮内作黄門郎的時候,常常"把三寸弱翰,齎油素四尺",向"天下上計孝廉及内郡衛卒"會於京師的人,詢問方言異語,"歸即以鉛摘次之於槧",這樣精勤地搞了二十七年,功力之深可見。然而自己還要説,"語言或交錯相反",必須反復"論思","詳悉集之,燕其疑"(同上),不肯輕易示人。豈不是他千真萬確地有此著作,而且千錘百煉地繼續修改的明證?

另外,東漢末年《風俗通義》作者應劭寫在此書序文裏的一段文字,也可以作為旁證,應劭説:

周、秦常以歲八月遣輶軒之使,求異代方言,還奏籍之,藏於秘室。及嬴氏之亡,遺脱漏棄,無見之者。蜀人嚴君平有千餘言,林閭翁孺才有梗概之法,揚雄好之,天下孝廉衛卒交會,周章質問,以次注續,二十七年,爾乃治正,凡九千字,其所發明,猶未若《爾雅》之閎麗也,張竦以為懸諸日月不刊之書。

在《方言》的材料來源、方法授受以及揚雄經久鑽研等情況介紹上,幾乎和見於《揚雄答劉歆書》裏的一樣。但我們不能同意應劭《方言》不如《爾雅》"閎麗"的説法,因為此書正是揚雄自我作古,使著訓詁脱離經傳箋注,獨立成為一種學問的創舉,不該貶損作者這種史無前例的成就。總之,誠如清代戴震所言:

《方言》終屬雄未成之作,歆求之而不與,故不得入録。班固次雄傳及《藝文志》,不知其有此。至應劭集解《漢書》始見徵引,稱揚雄《方言》。其《風俗通義序》又取答書中語,具詳本末。其後獨洪邁疑之,謂"雄所為文盡見於自序及《漢志》,初無所謂《方言》",則並傳贊内"自序"二字結上所録

《法言》自序者，未之審，又未考雄之文如《諫不受單于朝書》《趙充國頌》《元後誄》等篇，溢於雄傳及《藝文志》外者甚多，而輕置訾議，豈應劭、杜預、晉灼及隋唐諸儒咸莫之考實邪？常璩《華陽國志》於林閭翁孺、楊莊並云見揚子《方言》，李善注《文選》引張伯松曰："是懸諸日月不刊之書也"，亦直稱"揚雄《方言》曰"可證。（《方言疏證序》）

戴震還說根據《魏書·江式傳》和孔穎達《左傳》疏等材料，可以證明《方言》這本書在漢末晉初方才盛行，所以應劭"舉以為言"，杜預用它"解經"，"江瓊世傳其學，以至於式"。其他如吳薛綜述《二京》解，晉張載、劉逵注《三都賦》，晉灼注《漢書》，張湛注《列子》，宋裴松之注《三國志》，其子駰注《史記》，及隋曹憲、唐陸德明、孔穎達、長孫訥言、李善、徐堅和楊倞也都提到過《方言》，引用過它的文字。這些有關資料不但足以輔助戴震上述結論的正確性，而且也告訴了我們箋注與詞彙（或是字書）互為依存的歷史情況，尤其是自漢以後兩者分合發展的種種：訓詁既由散見（先秦典籍之中）而集結（《爾雅》《說文》《方言》《釋名》等書依類而出），由附麗（如《爾雅》）而獨立（如《方言》）；箋注亦由經書（如《詩經》《尚書》）而子史（如《論語》《春秋傳》各有三家）而文集（如《離騷》）了。

"誦其詩，讀其書，不知其人，可乎？"我們認為《方言》的作者揚雄（608—678）在中國文化史上稱得起是一位非同小可的人物。這不止因為他生活清苦、淡泊利祿、淵懿典雅、博學多能，更重要的是他能夠別具隻眼、不與人同，在"罷黜百家，獨崇儒術"的西漢末年，不甘心於餖飣文物，埋首經書，而從學問上另立雄心壯志，認為經莫大於《易》，故作《太玄》（覃思渾天，播以人事）；傳莫大於《論語》，故作《法言》（正視世事，敷揚治道）；字書莫善於《倉頡》，故作《訓纂》（順續易復，凡八十九章);辭莫麗於相如,故作四賦(《甘泉》《河東》《羽獵》《長楊》,意在諷諫),結果是一一在繼承的基礎上獲得了極大的成就。所以我們必須說,揚雄不止是漢代有數的文學家、小學家,而且是一位哲學家(王充、韓愈都常提到他)。至於他的《方言》雖然是一部不著《漢志》的書,卻絲毫也不影響它的特色炳烺,成為"懸諸日月不刊之書"(應劭到張竦,語見《風俗通義序》)。因為它到底"考九服之異言",成就了西漢地方語言的忠實記録。

《方言》共是十三卷,它沒有像《爾雅》那樣按照內容的性質明白標出篇目來,大體上說一、二、六、七、十、十二這六卷是通考一般性的語文的,類似《爾雅》的《釋詁》《釋言》,三卷並釋人物草木而以"通語"為主,四卷衣、巾、帶、屨,五卷日用傢俱,八卷鳥獸家畜,九卷兵器舟車,十一卷專列蟲豸,十三卷前半語言後半名物。看它這種雜亂無章的情況,也可以推定書是不曾完成的作品。但它有意輔助《爾雅》弄清楚"通語(雅)""方言(俗)"的關係,卻是顯而易見的。例如:

《爾雅·釋詁》:

懷、惟、慮、願、念、惄,思也。

《方言》卷一:

鬱、悠、懷、惄、惟、慮、願、念、靖、慎,思也。晉宋衛魯之間謂之鬱悠。惟,凡思也;慮,謀思也;願,欲思也;念,常思也。東齊海岱之間曰靖;秦晉或曰慎,凡思之貌亦曰慎,或曰惄。

《爾雅·釋詁》：

介、夏、幠、厖、㝴、奕、戎、京、壯、將，大也。

《方言》卷一：

敦、豐、厖、乔、幠、般、㝴、奕、戎、京、奘、將，大也。凡物之大貌曰豐。庬，深之大也。東齊海岱之間曰乔，或曰幠。宋齊陳衛之間謂之㝴，或曰戎。秦晉之間，凡物壯大謂之㝴，或曰夏。秦晉之間，凡人之大謂之奘，或謂之壯。燕之北鄙，齊楚之郊或曰京，或曰將。

像這樣的文字，我們在《方言》中可以找到幾十條，兩相對比之下不只看到同條共貫以"通"釋"别"的形式，被以《爾雅》為基礎的《方言》又發展得多麼完美！逐字説解，各有出處，既明地帶，復分詞類，已經是西漢末年非常成熟的訓詁文。尤其重要的，是二書内容上的相輔相成，《方言》對於《爾雅》的全面補充與闡述。用作者自己的話説就是，這些"古今語"最初都是"别國不相往來"的地方話，現在卻有的通用起來，"舊書雅記"雖使"俗語不失其方"，可是古典的東西後人往往不懂，於是需要加以考釋了。(原文具見《方言》卷一)

《方言》分區似以黄河流域的"秦""晉"(今陝西北部、山西南部之地)為主，自關而東的"韓""魏""鄭""衛""趙""宋""齊""魯"(今河南、山東的大部分地區和河北的南部)為輔，自關而西的"梁""益"(今甘肅東南部、四川北部等地)，海岱之間的"東齊"(今山東北部沿海地帶)，以及"燕""代""朝鮮""洌水"(今山西河北的北部、東北的南部)等地次之。長江流域提得比較多的地方是"荊楚"(今湖北、江西和湖南的北部),其次才是接近淮水的“陳”(今安徽的西北部)、長江下游的“吳”“越”(今江蘇的南部、浙江的北部)。這是可以理解的,周代的政治文化中心原在豐、鎬,當時通行的官話所謂“雅言”至多出不了陜西、河南。秦人繼承了周家西北的土地,統一了天下,漢朝接替下來也建都在關中的長安。那末,始終以黄河上游的秦晉語音為通言豈不是極自然的事?

在《方言》六百多條的文字裹,我們可以找到這樣一些不同的結語:

某地語和某地某地之間語的——個别的方言:

黨、曉、哲,知也。楚謂之黨,或曰曉,齊宋之間謂之哲。(卷一)

茫、矜、奄,遽也。吳、揚曰茫,陳、潁之間曰奄,秦、晉或曰矜,或曰遽。(卷二)

某地某地之間通語的——通行區域比較廣泛的方言:

覆結謂之幘巾,或謂之承露,或謂之覆鬃,皆趙魏之間通語也。(卷四)

晞、曬,乾物也,揚、楚通語也。(卷十)

“通語”“凡語”“凡通語”“通名”“四方之通語的”——這些都是普通話:

憮、惏、憐、牟,愛也。韓、鄭曰憮,晉、衛曰惏,汝、潁之間曰憐,宋、魯之間曰牟,或曰憐。憐,通語也。

嫁、逝、徂，適，往也。自家而出謂之嫁，由女而出為嫁也。逝，秦、晉語也。徂，齊語也。適，宋、魯語也。往，凡語也。（卷一）

釥、嫽，好也。青、徐、海岱之間曰釥，或謂之嫽。好，凡通語也。（卷二）

蛥蚗，齊謂之螇螰，楚謂之蟪蛄，或謂之蛉蛄，秦謂之蛥蚗，自關而東謂之虭

【缺】

《方言》和《爾雅》一樣，也有許多常用詞，直到今天還通行著，如：

鞠養、憐愛、哀悼、懷念、嫁往、延長、敗露、寄寓、迨及、拔擢、超遠、索取、頂上、戰慄、過渡、樹立、平均、督理、披散、癡騃、治療、追隨、撫摸、撈取、驚懼、戒備、菲薄、摩滅、梗略、空待、彌縫、潛亡、恬靜、扶護、關閉

這些詞有的本是方言，後來變成了通語，如"鞠"乃陳、楚、韓、鄭之音，"悼"秦、晉之間有此語即是。

鏵、鉤、碓、籠、瓶、案、瓢、盞、盌、袖、袍、帶、袴、餅、匙、錐、篚

上述器物之後只要加一尾音"子"字，便是通用今日的叫法了，如"鏵子""鉤子""袍子"。

豬子、李耳（虎）、蝙蝠、布穀、蚰蜒、蟋蟀、虭蟧

此類俗稱的根源也是土語方言,如"虎",江淮南楚之間謂之"李耳";"蝣蚗",自關而東謂之"虭蟧"。

小　結

①《方言》確係揚雄尚未完成的漢代語言巨著。

②它是一部活的語言調察,而非單純的書本子上的學問。

③此書有意地輔助《爾雅》弄清楚通語(雅)、方言(俗)的關係。

④解決的問題:

a、通行區域比較廣泛的語言。

b、作為四方通語的普通話。

c、極個別的"代語"和"轉語"。

d、《方言》同《爾雅》一樣,也有許多常用詞至今未變。

三、《白虎通》

大塊文章的音義通論,奉制而作的訓詁專書

《白虎通德論》(後人簡稱為《白虎通》)是班固(32—92)撰輯的御用官書,《後漢書·章帝紀》和《班彪傳》中所附的《班固傳》對於它的產生都有記載,《紀》云:

> 建初四年十一月壬戌,詔太常將大夫、博士、議郎、郎官及諸生、諸儒會白虎觀,講議五經同異,使五官中郎將魏應承制問,侍中淳于恭奏,帝親稱制臨決,如孝宣甘露石渠故事,作《白虎奏議》(注云:今《白虎通》)。

儒家經典到了西漢末年，因為“今文”“古文”版本的不同，又經過劉歆的竄亂，給後來的經學家們制造了極大的紛擾，分門定居，互相水火。東漢此際的“講議五經同異”，便是這一問題的氾濫。章帝詔令的結果，暫時是古文學家佔了上風，賈逵、鄭眾、班固、許慎、馬融等人都是庸中佼佼。具體到班固《白虎通》這一部書，就是他的代表著作之一，《傳》云：

天子會諸儒講論五經，作《白虎通德論》，令固撰集其事。

班固乃東漢初年大史學家班彪的長子（其弟即班超，妹為曹大家），家學淵源，善述父業，不但著成了《漢書》，還創作了許多詩賦頌銘論議文記（最著者如《兩都賦》《答賓戲》及本書），是一位多產的作家。在歷史散文的造詣上，僅次於前漢的司馬遷，恰巧兩人的家世遭際也有類似之處（都是父子兩代修史，沒有什麼比較高的職位，尤其使人悲憤的是一個受了宮刑，一個死於獄中），這就是劉漢王朝給予大著作家們的報償（《獨斷》作者蔡邕也未倖免）。

雖然說《白虎通》是一部應制而作的官書，它那從“爵”、“號”到“崩”、“薨”等四十四篇文章裏，主要的都是維護封建帝王的典章制度的，可是也不能不說它具有著下列的幾個前無古人的特點：

(1)標題簡單明確，只列名物不敘篇次。

(2)體例謹嚴，典章文物以外絕不雜廁人事。

(3)引經據典地找尋根源，務使言之有物。

(4)文筆清順，斐然成章，可是不失工具書的本色。

《白虎通》與《風俗通》向有姊妹雙通之稱，但後者在內容編次上就蕪雜得多了。這當然是奉制的官書和私人的著述必不可免的差異。

其次,班、應兩人的學問造詣恐怕也有精粗之别的(應劭之書洽聞而文不典,《後漢書》本傳已有明言)。《白虎通》開宗明義第一章《爵》的釋文云:

> 天子者,爵稱也。爵所以稱天子者何?王者父天母地,為天之子也。故《援神契》曰:"天覆地載,謂之天子,上法斗極。"《鈎命訣》曰:"天子,爵稱也。"(凡 2385 字,下略)

很明顯,鐘鼎文中神人之際的天子,到了東漢已經臨凡,被看作"爵稱"了。"帝""皇"之類,其訓釋也不例外:"帝"以"法天下","皇"亦以其言"天覆地載,俱王天下也"(同上)。就是説,這時的皇帝儘管和天子還是同義詞,卻已經無法使它恢復秦始皇當日的"神聖"地位了。宦侍玩弄,權臣挾持,有時連生命都不能自保呢。《號》的釋文亦曰:

> 帝王者何?號也。號者,功之表也,所以表功明德號令下者也。
>
> 皇者何謂也?亦號也。皇,君也,美也,大也。天人之總,美大之稱也。時質,故總稱之也。號之為皇者,煌煌人莫違也。
>
> 號言為帝何?帝者,諦也,象可承也。王者,往也,天下所歸。(凡 1842 字)

天子成了"爵",帝王只是"號",説得再美好,也不過是"人主"。何況還附帶著"德有優劣""不擾匹夫匹婦"(同上)一類的分别或條件。這是皇帝要看的官書,都有此種唐突冒犯的説法,難道是班固等人大膽麽?殆非也。世異時移,情況變更,封建社會的人民已經不像奴隸社會的奴隸那樣好對付了,連自稱曰"朕"的解釋都改作"王者之謙也"(同上),即可見其苦心所在。

最堪玩味的是此書對於"聖人"的釋義,它說:"聖人者何?聖者,通也,道也,聲也。道無所不通,明無所不照,聞聲知情與天地合德,日月合明,四時合序,鬼神合吉凶。"(卷七《聖人》)看,它把這個名詞的涵義賦予得多麼高明,連作為最高統治者稱謂的"皇帝"都沒有這麼美妙,簡直和"萬能"同義了。而其代表人物又是以孔子為首的堯、舜、禹、湯、文、武,這是什麼原故呢?原來"三綱六紀""宗族""姓名""五經"等等封建社會的宗法制度道德標準,他們全認為是來自孔子的。例如它說"三綱"是"君為臣綱,父為子綱,夫為妻綱","綱者,張也","大者為綱,小者為紀。所以張理上下,整齊人道也。人皆懷五常之性,有親愛之心,是以紀綱為優,若羅綱之有紀綱而反目張也"。這其實是孔子"君君,臣臣,父父,子子"和"夫婦有別"的引申義,因為它的詁訓是:

君,群也,下之所歸心也。臣者,堅也,厲志自堅固也。
父者,矩也,以法度教子也。子者,孳也,孳孳無已也。
夫者,扶也,以道扶接也。婦者,服也,以禮屈服也。

這不是活畫一幅講求君權、父權與夫權的男性中心家長制度社會關係麼?殷代尚在尊重婦女使之配享宗廟不必說了,戰國時期君臣之間還有所謂"君之視臣如草芥,則臣視君如寇仇"(《孟子·離婁下》)的相對情況呢。"其父攘羊而子證之"(《論語·子路》)的事,在春秋之際也不是沒有。最通常的態度也是"父為子隱,子為父隱"(同上),哪裏作興這等嚴重。再結合起來它對"宗族"的觀念:"宗者,尊也。為先祖主者,宗人之所尊也。族者,湊也,聚也。謂恩愛相流湊也。"

(卷八《宗族》)"姓名"的看法:"人之所以有姓者何?所以崇恩愛,厚親親,遠禽獸,别婚姻也。"(卷九《姓名》)為了論證這些觀點,作者多半引用了孔子的話和孔子整理過的某些經典文字(班固在《漢書》裏也是這樣搞法)。《五經》之中説明得明白:

> 孔子居周之末世,王道陵遲,禮樂廢壞,强陵弱,衆暴寡,天子不敢誅,方伯不敢伐,閔道德之不行,故周流應聘,冀行其道德。自衛反魯,自知不用,故追定五經,以行其道。

此類口吻遍見漢儒,足以為"素王"重於皇帝之證。"自天子王侯,中國言六藝者折衷於夫子,可謂至聖矣"(《史記·孔子世家》),從司馬遷那裏已經這般了。

《白虎通》釋文根據行為以聲為訓的地方很多,除雜引在前面的以外,我們還可以找出下邊這些具有代表性的文字:

官爵:(卷一《爵》)

> 公:公之為言公正無私也。
> 卿:卿之為言章也,章善明理也。
> 大夫:大夫之為言大扶,扶進人者也。
> 士:士者,事也,任事之稱也。

音樂:(卷三《禮樂》,凡3223字)

> 角者,躍也。陽氣動躍。
> 徵者,止也。陽氣止。
> 商者,張也。陰氣開張,陽氣始降也。

羽者,紆也。陰氣在上,陽氣在下。

宮者,容也,含也。含容四時者也。

學校:(卷六《辟雍》,凡968字)

學之為言覺也,以覺悟所不知也。

辟之為積也,積天下之道德。雍之為言壅也,壅天下之殘賊,故謂之辟雍也。

鄉曰庠,里曰序。庠者庠禮義,序者序長幼也。

親屬:(卷八《三綱六紀》,凡840字)

舅者,舊也。姑者,故也。舊故之者,老人之稱也。

姊者,恣也。妹者,末也。

兄者,況也,況父法也。弟者,悌也,心順行篤也。

五常:(卷八《情性》)

仁者,不忍也,施生愛人也。

義者,宜也,斷決得中也。

禮者,履也,履道成文也。

智者,知也。獨見前聞,不惑於事,見微知著也。

信者,誠也,專一不移也。

婚姻:(卷十《嫁娶》,凡3380字)

妻者,齊也,與夫齊體。

妾者,接也,以時接見也。

嫁者,家也,婦人外成,以出適人為家。娶者,取也。

男者,任也,任功業也。女者,如也,從如人也。

夫者,扶也,扶以人道者也。婦者,服也,服於家事,事人者也。

所訓名物,有以聲近為義的,有因事以求其聲的,當然望文生義、附會音聲的地方也不少。我們把它提出來,是為了說明這種辦法在當時已經蔚成風氣,《風俗通》《獨斷》等書都曾大量採用,《釋名》甚至是恃此解決辭源語根的專著。這應該算是訓詁的本等,古為今用的典範。因為,漢人注經,不獨以漢制說古制,亦以今語釋古語。所謂古語,通常是有字無音的,那就只好據形以求音、依聲以釋義了。而今語又往往是有音無字的,於是由其音以求其字與義的作法,便由訓詁學家所推廣。"聲訓"之事,又是前一類的引申和蛻化:賦予沿用文字以新的內容,還要從聲音上去找尋它的涵義,這就不能不說是發明創造了。

四、《說文解字》

以形繫聯的東漢詁訓專著,中國最早的字典

《說文解字》,顧名思義就會知道它是一部解說文字的著作。中國的"字說"本來以前就有的,如周代的《史籀篇》,秦之《倉頡》《爰歷》《博學》,雖至漢朝猶有流傳;即以漢季自有的"字書"而論,司馬相如的《凡將篇》、揚雄的《倉頡訓纂》、杜林的《倉頡故》,也都是先於《說文》影響不小的名著。不過它們多是隨字敷演,散釋雜陳的一些缺

乏體系的東西,既不便於查找,也看不出來形、音與義的辯證發展的關係,獨有許慎歸納出來了:音生於義,義著於形,有義才生音,發聲必造形的道理。認為,字以形為本,審形即可知音,而義也跟著明確了,從而創制了建類一首、據形繫聯的一部至今不朽的《說文解字》的。讓我們即以《爾雅》為例,那還是《四庫提要》說得好:"《爾雅》首《釋詁》《釋訓》,其餘則雜陳名物。蓋析其類而分之,則蟲、魚、草、木之屬,與字義門目各殊,統其類而言之,則解釋名物亦即解釋其字義,故訓詁者,通名也。《方言》《釋名》相沿繼作,大體無殊。"(《經部 · 小學類》)對於《說文解字》,亦當作如是觀。所以我們叫它作以形繫聯的訓詁專著,如果再參照作者的"自敘"來看,就會更加清楚了。

按許慎,字叔重,後漢汝南(即今河南省汝南縣)人,做過太尉南閣的祭酒(在學術上很有地位的一個文官)。《說文解字》成書於和帝劉肇永元十二年(公元100年),他自己曾經敘述編著此書的目的及其條例如下:

(一)他說:文字乃是著書立說的最根本的東西,古人依靠著它才可以傳留後世。同理,今人也唯有依靠著它才能夠知道古代的事物。這是許慎深深地認識到,在心為志,發言為聲,用符號表示出來以後才是文字,而集字成句,結句成章,筆之於書以後便可以傳諸久遠的道理,為要使著學習的人,字要認得清,書須讀得透,鑒往知來博古通今,這才殫精竭力地創制出來這部文字巨著《說文解字》的。

(二)在編排的次節上,作者是先列小篆而後合以古文籀文的。雖然從字形上說,是古籀在前篆文後生的。因為他的意思,正是打算由今及遠以古證今,讓當世之人知道文字發生發展的跡象的,數典不能忘祖麼。何況小篆因襲古籀的呢。其有小篆已改古籀或是古籀不同於小篆的,乃以古籀附於小篆之後說,古人作某,籀文是什麼,這樣一補充,自然就今古賅備了,偶爾也有先古籀而後小篆的地方,那不過是變例。如以古文"二"為部分,才使從"二"的"旁""帝"等字有所歸屬之類。

(三)為了詳盡地解說文字的形、音與義,他還是旁徵博引細大不捐,務使其信而有據的。統計全書,前後共引證了孔丘、楚莊王、韓非、司馬相如、淮南王、董仲舒、劉歆、揚雄、爰禮、尹彤、逯安、王育、莊都、歐陽喬、黃顥、譚長、周成、官溥、張徹、寧嚴、桑欽、杜林、衛宏、徐巡、班固、傅毅和賈逵等廿七家古人時人的話,其終極之意,仍不外千方百計地求得古人造字的本源的。

(四)自然,單引通人之說,還是不夠的,更重要的是見於群經諸子的東西,如《周易》《毛詩》《古文尚書》《春秋左氏傳》《春秋國語》《周官》《禮記》《論語》《孝經》以及《管子》《孟子》《司馬法》等書,從片言隻語到某些章句,只要能夠參證文字的聲符、義符或是形符的,無不加以引用,連書已不存的《逸周書》《逸論語》和早已流行的"訓詁專著"《爾雅》《方言》之類,也絕不放過,甚至直接作為字義,實在不能不說是淵雅了。

(五)如此種種,不外是為了把天地間的萬事萬物:風俗、制度、典章、文物等等社會情況,以及山川、草木、蟲魚、鳥獸、風雲、雷雨之類的自然現象,都用文字表達出來,使之有形、有聲、有義,叫初學的人了然於"六書"(象形、指事、形聲、會意、轉注、假借)的有關結構,孳乳、引申的法則,不准穿鑿附會,遇有錯誤之處,便毫不馬虎地加以判別匡正。

(六)書凡十五篇(包括"自敘"一篇在內),分為五百四十部首(始"一"終"亥"),得字九千三百五十三個(另有重複的文字一千一百六十三),解說十三萬三千四百四十一字,分別部居,不相雜廁。深得古人造字從象形開始,形著而後音義亦明之至意。綱舉目張,原流清澈,既便於查找,又容易認識,比起前此的《史籀》《倉頡》《凡將》的雜亂無章來,相去實在難以估計了。唐人顏師古說:"其書檃栝有條例,剖析窮根源,不信其說,則冥冥不知一點一畫有何意焉。"實非過譽。如果我們不厭精詳地再加論述,此書的特點仍可得出下列諸端。

關於"六書"的:

這是許慎講求文字結構的六項根本辦法,就中以"形聲"字獨多,可以覘知"聲符"的重要性了,而"象形""指事"字忒少,則是方法最為原始且亦不易辨認之故。

象形:把根據直觀得到的物象,用比較簡練的筆劃描繪出來的,叫做"象形"字,它共分"獨體"與"合體"兩類:日、月、水、火都是單一的圖像,即是所謂"獨體象形"字;合體者,則既說從某而又有其象形部分,如箕本從竹,復以𠀠象其形,衰,從衣而以[illegible]象其形。即是"獨體象形",成字可讀,"合體象形",其"從某"的部份,不成字,亦不同讀。

指事:"視而可識,察而見意",也說是容易認識一看便知的字,如丄丅這兩個字,以"—"為界限,"·"在"—"上邊的是"上"字,"·"在"—"下面的則是"下"字了。這裏存在的問題是,有人往往把它跟"象形"字混同起來,殊不知兩者的根本區別乃在於它們所代表的事物是有"專"、"博"的不同的。例如:作為"象形"字的"日""月",它們本身的涵義極其單一,"丄""丅"就不一樣了,它們還分別有"高""底"之義(見於"二部")。

會意:止戈為"武",人言為"信",這是作者給"會意"所列舉的具體字例,二者不只全是深中人心、無法分割的合體字,而且只要我們認真體會一下,就能夠覺察到那"不戰而屈人之兵",以及"人而無信,不知其可”的重大涵義了,試問有誰敢於正面反對它們的實踐呢?再如“公”字,釋作“背私”,亦是此類。

形聲:此等字盡是半形半聲的,有時候也是半義的,因為“形聲”亦有叫它做“象聲”的(漢人劉歆、班固即是),以其合體主聲故也。“聲”的位置並不固定,左、右、上、下、中、外的都有,還有一字二聲的,“亦聲”“省聲”的。應該交待清楚的是,它跟“象形”“指事”的差别在於“象形”“指事”都是“獨體”字,而“會意”雖亦為“合體”字,“會意”則是以“義”為主體的,“取譬相成”的字,到底跟“比類合誼”的字不一樣,如作者舉例的“江”“河”二字,即是以“水”為“名”,“工”“可”為聲的,而上面說過的“武”“信”,則是一看便知的合二體之意始成本字之義的啦。

轉注:數字輾轉相互為訓之字叫做“轉注”,注者,灌也,以其類似諸水相為灌注交互輸送故云。數字同義,則用此字可、用它字亦可,而且不管是“象形”“指事”“會意”還是“形聲”的字,全都用得上,仿佛像《爾雅・釋詁》第一條說“始”一樣,無論“初,哉,首,基,肇,祖,元,胎,俶,落,權輿”皆可互相訓釋同一涵義,所以許慎把它歸納成“建類一首,同意相受”,並且舉了“考”“老”兩個字作為例證的。蓋“老”部曰:“老者,考也;考者,老也。”以“考”注“老”,以“老”注“考”,其字義是既顯明而又親切的,因為“老”之形,從“人毛”“七屬”,是一個“會意”字,“考”之形,“從老,丂聲”,是個“形聲”字,而其義訓則為“轉注”,書中此類甚多,不過見於同部者容易察覺,見於異部者常被忽視而已。兹僅舉異部者數字為例,如“人部”:“但,裼也。”“衣部”:“裼,但也。”又“示部”:“柴,尞祭天也。”“火部”:“尞,柴祭天也。”便是兩兩“轉注”的。

假借:文字初作,不敷使用,濟窮之法,“轉注”而外便是這個“假借”了。“本無其字,依聲托事”專以同聲之字為訓,“轉注”專主“義”,

類似"會意"字,"假借"兼主"聲",類似"形聲"字,這是兩者微有不同之處,全書中凡是稱為"以為"之字,全屬"假借"。如"來","周所受瑞麥來麰也",而以為行來之來;"烏","孝烏也",而以為"烏呼"字;"朋",古文"鳳",神鳥也,而以為"友朋"字;"子",十一月陽氣動,萬物滋也,而以為"人稱";"韋,相背也",而以為"皮革";"西,鳥在巢上也",而以為東西之"西",均是。

總之,"六書"之說,在中國文字學史上是由來已久了的。可以認為,它是講求中國方塊字聲音義理的不二法門,特別是看古書、整理舊文獻時,如同《爾雅》一樣,不能不說是個詁訓的津梁。因為,自從有了象形,指事,會意,形聲,無論字形、字音的問題,都得到解決了,尤其是轉注、假借的辦法一出來,不只異字可以同義,百字能作一義;而且異義可以同字,一字能作數義,如此的輾轉互訓引申通假起來,字義方面的困難,也就不復存在了。這自然是中國的勞動人民,多少年來從豐富的生活鬥爭經驗中,逐漸地總結出來的東西,非必是許慎等少數人的功績。清人戴震(東原)說:"指事、象形、形聲、會意四者,字之體也;轉注、假借二者,字之用也。"可謂深得"六書"的真髓。段玉裁曰:"文字起於聲音,六書不外謠俗,六書以象形、指事、會意為形,以諧聲、轉注、假借為聲。《說文解字》者,象形、指事、會意、諧聲之書也;《爾雅》《方言》《釋名》,轉注、假借之書也。"師弟相承,這就說得更具體了。

關於"體例"的:

《說文解字》常例是先篆字形(通體以小篆為主),次講字義,最後定聲的。(如:"元,始也,從一兀聲。")如為部首,則多一句"凡某之屬皆從某"。間或徵引"古(文)籀(文)"以及古籍(不外《詩》《書》《周易》《周官》《禮記》《春秋左氏傳》《國語》《論語》《孝經》和《管子》《韓非子》《司馬法》之類)、字書(以《爾雅》為主,也有《方言》《釋名》之文,但不標明)、前人之言,或證字形,或明字義,或諧之聲,那是不一而是的。需要詳細介紹一下的,乃是"主文"裹頭附加的"讀若""一曰""亦聲""省聲"等的作用所在。

讀若:書中說的"讀若",都是摹擬字音的,如"禶,數祭也,從示毳聲,讀若春麥為禶之禶","玉,朽玉也,從王有點,讀若畜牧之畜"均是。這是由於韻書(如隋代陸法言的《切韻》)還沒有出現以前,人們對於"反切"(如"東,德紅切",把上一字的"聲母"d,和下一字的"韻母"ong,迅速連讀起來,即得"東"字的本音)與"直音"(直取和本字同音的某字作為字音。如"恂"音"苗"、"呀"音"岈"之類即是)的方法,尚未通曉,才用這個"讀若"的。它也叫做"讀如",但跟"讀為"不同,"讀為"都是要換字體的,注釋古書時專用,有時也寫作"讀曰"。字書只講求本音本字,因而只有"讀若",不言"讀為"。(偶爾書為"讀與",如"琟,車笭間皮篋也,從車珏,讀與服同",也是注音的。)

亦聲:凡字,不說是"某聲"而謂之"某亦聲"的,多是會意兼形聲的意思。如:"吏,治人者也,從一從史,史亦聲","萊,耕多草,從草來,來亦聲"。"吏""萊"二字都是。《說文》之字,有用"六書"之一的,如實有其物的"象形"字,"日""月""氣""牛"等等,不泥其物而言其事的"指事"字,"上""下"等等是其例;因為這兩類字數目較少(特別是"指事"字),所以許書在說解時,往往明白地標示出來。其用"六書"之二者,如"亦聲"字,則必須學者自己去推尋了。(其他如引申假借之字更是這樣的,例:"止,下基也,象草木出有址,故以止為足。"這跟以"子"為人稱,以"西"為東西之西等字正相同。)

從某省:此凡二類,一是省形,一為省聲。如:"氂,犛牛尾也,從犛省,從毛。"無論從形、音、義任何方面講,大體上是可以理解的。它如

“哭,哀聲也,從吅從獄省聲。”這就不大好說了。段玉裁說:“許書言‘省聲’多有可疑者,取一偏旁,不載全字,指為某字之省。若‘家’之為‘豭’省,‘哭’之從‘獄’省,皆不可信。‘獄’固從‘㹜’,非從‘犬’,而取‘㹜’之半,然則何不取𤡔、獨、倏、狢之省乎?竊謂從‘犬’之字如狡、獪、狂、默、猝、猥、㹼、狠、獷、狀、獳、狎、狃、犯、猜、猛、犺、𤞞、狟、戾、獨、狩、臭、獘、獻、類、猶卅字皆從犬,而移以言人,安見非‘哭’本謂‘犬嘷’而移以言人也?凡造字之本意,有不可得者,如‘禿’之從‘禾’用字之本義;亦有不可知者,如‘家’之從‘豕’,‘哭’之從‘犬’。愚以為‘家’入‘豕’部,從“豕”;‘哭’入‘犬’部,從‘犬吅’,皆會意而移以言人,庶可正省聲之勉強皮傅乎?”(《說文解字注·第二編上》)此言良是。

一曰:按許書凡用“一曰”者,不外兩例,一是兼采別說的,如:“英,草榮而不實者,一曰黃英,從草央聲。”這是說另外的字義的;一是一物二名的,如:“齨,老人齒如臼也。從齒臼,臼亦聲。一曰:馬八歲也。”按馬八歲曰馴,齒亦如臼,故云。這是一個字有兩種物稱的,又:“笭,車笭也,從竹令聲。一曰:苓,籯也。”按“籯”是“竹籠”,此之謂一物二名。也有連用兩個“一曰”的,如:“踤,觸也。從足卒聲。一曰,駭也,一曰,倉踤(按即今之‘倉促’,‘踤’古作‘卒’,亦作‘猝’)。”這乃是“一字多義”了。還有使用“或曰”的,如:“達,行不相遇也。從辵羍聲。《詩》曰:‘挑兮達兮’。达,達或從大。或曰迭。”按,此“迭”字之異體也。這又是說字形的了。又:“蹁,足不正也,從足扁聲。一曰:拖後足馬,讀若苹。或曰遍。”這乃是說字音的,其聲讀如“偏”麼。這些都是變例啦。又如:“蘘,蘘荷也,一名蓄葙,從草襄聲。”這“一名”顯然也是又名之意,一物二名的別稱。

引古籍:前面說過,許書引了許多經、傳、諸子、字書以說解文字,它的作用共分三方面:有證“字義”的,有證“字形”的,也有證“字音的",充分地起到了"以字考經,以經考字"的功效。他的辦法是,有的直接徵引了古籍的原文(或稍加省改),並不注明出處;有的恰恰相反,不只列舉書名、字句,而且不避開畸異的地方。就這樣,完成了中國文字學史上第一部字典的使命。

證字義的:"玼,新玉色鮮也。從王此聲。《詩》曰:'新臺有玼'。"按,此乃《邶風》詩句,今本玼作泚,玼本新玉色,引申為凡新色皆可謂之玼。如《詩》《君子偕老》之二章"玼兮玼兮"是說衣服鮮盛之貌的,而"新臺有玼"乃是言臺色鮮明如玉的。又:"迋,往也,從辵王聲。《春秋傳》曰:'尋無我迋。'"按,此《左昭廿一年》文。《詩·鄭風》:"無信人之言,人實迋女。"《毛傳》:"迋,誑也。"《傳》意謂"迋"為"誑"之假借。左氏此"迋"正同,許書引之,所以明"依聲托事"也。

證字形的:"葬,藏也,從死在茻中,一其中,所以薦之。《易》曰:'古者葬,厚衣之以薪。'"按此所引乃《周易·繫辭》之說,是佐證死在草中的"形"意的。上古葬人,厚衣以薪,故其字上下皆草。又:"返,還也。從辵反,反亦聲。《商書》曰:'祖伊返。''彶',《春秋傳》'返'從'彳'。"按反,復也,《商書》係《西伯戡黎》文。《春秋傳》即《左氏傳》,《左氏》多古字古言,許書也說:"左丘明述《春秋》,傳以古文。"今本已經沒有用"彶"字的了。

證字音的:"褮,鬼衣也,從衣熒省聲。讀若《詩》曰:'葛藟縈之。'一曰若'靜女其袾'之'袾'。"按"鬼衣"即葬殮之服,這兒是用"毛氏詩"來實證"褮"字的兩個讀音的,跟字義沒有直接的關係。又"島",島中往往有山可依止曰島,從山鳥聲。讀若《詩》曰:'蔦與女蘿。'"也是說"島"的古音是跟《詩·小雅·頍弁》文中的"蔦"相同,不是交待字義的。

引字書:許書徵引之字書極多,從形體上看,首先是作為古文的《倉頡篇》和作為籀文的《史籀篇》(書中所謂"小篆""大篆"者均是),

真是不勝枚舉。它如通行漢代的《倉頡訓纂》《滂熹篇》以及《凡將》《急就》《元尚》《飛龍》《聖皇》諸篇,亦無不旁徵博引,應有盡有(以舉著者人名的時候居多,如司馬相如、杜林、揚雄等是)。只是《爾雅》例外,既有顯白的録引,如:“瑗,大孔璧,人君上,除陛以相引。《爾雅》曰:‘好倍肉謂之瑗,肉倍好謂之璧。’”按,此乃《釋器》文,“好”說的是“璧孔”,“肉”指的是“璧邊”。又:“齝,吐而噍也,從齒台聲。《爾雅》曰:‘牛曰齝。’”按,《釋獸》文,郭璞注云:“食之已久,復出嚼之。”即今所謂“反芻”者是。噍、嚼,古今字。也有取用了字義而不明白標示的,如:“蕨,鼈也。從草厥聲。”按《釋草》文同。“菲,芴也,從草非聲”,《釋草》文同。至於揚雄的《方言》,則這樣援引的亦復不少,僅間或乙用雄名而已。另節申明。

方言:古今異音,南北異言,這本是文字語言不可避免的情況,作者此書在這一點上也是毫不馬虎的。古今異音,上面業已簡單地介紹過,讓我們把四方語言差異之處,同樣在此地交代一下:例如:“虈,楚謂之蘺,晉謂之虈,齊謂之茝,從草囂聲。”這是關於方俗異名的。又如:“咣,秦晉謂兒啼不止曰咣,從口羌聲。”這就跟《方言》“自關而西,秦晉之間,凡大人,少兒泣而不止,謂之咣;哭極音絕,亦謂之咣;平原謂啼極無聲,謂之咣喨喨”的說法,幾乎一致了。又如:“逆,迎也,從辵屰聲。關東曰逆,關西曰迎。”按《方言》:“逢,逆,迎也,自關而西或曰迎,或曰逢,自關而東曰逆。”那麼,許書又是依據揚雄的了。又如:“譎,權詐也,益梁曰謬,欺天下曰譎,從言矞聲。”按《方言》亦曰:“膠,譎,詐也。涼州西南之間曰膠,自關而東西,或曰譎,或曰膠,詐,通語也。”凡此種種都可以說明在方俗異言上,許書基本上是采自《方言》的,雖然他未嘗一字字地注明出處。

或從:多言字形的變換,限於一部分的,有的就是古今字,如:“璂,弁飾也,往往冒玉也。從王綦聲,堪、璂或從基。”這說明著字形雖變,音與義卻照舊。又如:“壻,夫也。從土胥。《詩》曰:‘女也不爽,士貳其行。’士者,夫也,讀與細同。婿,壻或從女。”按《爾雅·釋親》曰:“女子,子之夫為壻。”又如:“訴,告也。從言斥聲。《論語》曰:‘訴子路於季孫。’謝,訴或從言朔。愬,或從朔心。”按,此所引乃《論語·憲問》文,今《論語》作“愬”。又如:“瓊,亦玉也,從王敻聲。璚,瓊或從矞。瓗,瓊或從巂。”這裏用了兩個“或從”,然而全是說字形的,儘管變換的是聲旁,字音卻無大易。因為,“矞”為“敻”的入聲,“巂”與“瓊”,在聲音上也沒有什麼差別。於是在這裏還印證了一個問題:凡徵引經、傳的文字,皆是“古文字”,跟漢代通用的“今文”不同,所以叫它作“古今字”,這原是作者早已於《敘文》交待過的事。

引用通人之言:這情況也是多式多樣的,不只證形、證義、證音的全有,而且所言往往是權威性的,徑直作為“主文”。如“王,天下所歸往也。董仲舒曰:‘古之造文者,三畫兩連其中謂之王,三者,天、地、人也。而參通之者,王也。’孔子曰:‘一貫三為王。’”按“王”“往”疊韻,此語見班固的《白虎通》,而董仲舒的話,則是見於《春秋繁露》的。孔丘是封建社會的“通天教主”不必說了,那董仲舒也不是簡單人物哪,罷黜百家,表彰六經的漢代大儒,你看他對“王”字之所以成形、涵義的說法,不就可以略見一斑了嗎?再如:“公,平分也,從八厶,八猶皆也。韓非曰:‘背私曰公。’”按《韓非子·五蠹篇》說:“倉頡之作書也,自環者謂之私,背私者謂之公。”這講得很有點意思,自環為“厶”、八為“公”是指事兼會意字,而且深合文字結構的真詮的,所以許書採用啦。這是明召大號地標示出來的。也有大做文章,不說出處,實際上則是皆不乏其根源的。如“玉,石之美有五德者:潤澤以溫,仁之方也;鰓理自外可以知中,義之方也;其聲舒揚專以遠聞,智之方也;不撓不折,勇之方也;銳廉而不忮,絜之方也。象三玉之連,丨其貫也。”按,“五德”之言,是採擇了《管子·水地》《荀子·法行》和《禮記·聘義》而微有不同的,從這裏我們不只證明著許書崇古的精神,而且可以看出來漢代的道德標準所在了:還是儒家"仁、義、智、勇、廉潔"的一套。此類從字面上反映出來的東西甚多,這裏就不詳細說了。唯有那些自古以來即講求"華夏""蠻夷"之分的字,卻應該提出來否定一下的。如:"羌,西戎,羊種也,從羊兒,羊亦聲。南方蠻閩從蟲,北方狄從犬,東方貉從豸,西方羌從羊,此六種也。"這不是沒有把當日的東西南北的少數民族作為人類的鐵證嗎?它們的偏旁非"獸"即"蟲"麼。因此種種,我們就會知道,儘管說,語言文字是廣大人民通過勞動生產積累創造出來的,可是沿襲既久,也難免被統治階級御用的文人,別有用心地加以竄改呀。

疊韻為訓:這本是文字訓詁慣用的一種聲訓的辦法,循聲知意,朗朗上口,《爾雅》《方言》以及《釋名》在這方面的貢獻較大,許書雖以據形考音釋義為其獨特的功能,對於此道亦未嘗後人的。如"天,顛也。""門,聞也。""戶,護也。""尾,微也。""發,撥也。""羊,祥也。"都是以疊韻為訓的字。而且從"六書"上說,則是屬於"轉注"的。有的甚至可以通稱,如"天"是"高"的頂點,因而人的頭頂也叫作"顛",山的高頭,同謂之"顛"。"始"者,女之初也,引申以為凡起之稱,即是。不過,他在文字的結構上並不明顯地指言,須由我們細心去體會才行。清代文字學家段玉裁的《六書音韻表》,在諧聲文字上,所謂"以義為經,而聲緯之"的半主義半主聲的分析綜合上,即有其獨到之處。段並列舉"仁者人也,義者宜也,禮者履也,春之為言蠢也,夏之為言假也,子孳也,丑紐也,寅津也,卯茂也"等字為例,藉以說明"一聲可諧萬字"之理。

同意:言字義完全相同可以彼此通用,如:"善,吉也,從誩羊,此與'義'、'美'同意。"按,"口"部"吉"曰:"善也。""我"部"義"曰:"義與善同意。""羊"部"美"曰:"美與善同意。"蓋"羊,祥也",三字俱從羊,或為可以通訓之故。又"晨,早昧爽也,從臼辰,辰,時也,辰亦聲。夙夕為夙,臼辰為晨,皆同意。"按"日"部"早"曰:"晨也。昧爽,旦明也,謂天將曉,黎明時也。""晨""早"不只可以同義互訓,而且今人久已聯為一詞,叫做"早晨"了。又"尋,繹理也,從工口,從又寸,口工,亂也,又寸,分理之也。彡聲,此與罬同意。度人之兩臂為尋,八尺也。"段玉裁曰:"謂抽繹而治之,凡治亂必得其緒,而後設法治之,引申之義為'長'。《方言》曰:'尋,長也,海岱大野之間曰尋;自關而西秦晉梁益之間,凡物長謂之尋;《周官》之法度,廣為尋。'"(《說文解字注·第三篇下》)按今人"尋常"(常原作長)之言,已經是它的引申義啦。

既稱為部首,又說"凡某之屬皆屬某",事實上卻是只此一字,並無從屬的。統計數目也明白地標以"文一",這豈不是令人無法索解嗎?可是像這樣的部首何止一個,從第一篇起到第十四篇止,累計起來,多至三十二部:凵、厶、夂、乇、𠂢、才、耑、丏、幵、冡、𠂔、易、能、燕、率、它、幵、四、五、六、七、甲、丙、丁、庚、壬、癸、寅、卯、未、戌、亥,都是。其中以象形字(如"凵"、"厶"等)數目、干支字(如"四"、"五"、"甲"、"丙"、"寅"、"卯"等)為多。段玉裁曰:"每部記之,以得其凡若干字也,凡部之先後,以形之相近為次,凡每部中字之先後以義之相引為次,《顏氏家訓》所謂'檃括有條例'也。《說文》每部自首至尾,次第井井,如'一篇'文字如'一'而'元'。元,始也,始而後有天,天莫大焉,故次以'丕',而'吏'之從一終焉,是也。"(《說文解字注·第一篇上》)段氏說的這一套,就無法用到"凵"等卅一部了。此中自當以許慎的《說文解字》為集大成之書,因為它是以形繫聯兼說聲音訓詁的字書,理應視為巨著,專章論述。

至於方法,則儘管它們都是餖飣繁瑣搞的是書本上的考據工夫,可是也為我們積累了寶貴的經驗,解決了不少的問題。特別是那些窮源溯流尋找規律越來越接近於調查研究實事求是的科學態度,非常值得學習。

特別是某些箋注,對於學術的貢獻很大。有的在材料上補充了原書,有的從論點上訂正了主文,有的繼長增高成了原作的續篇,有的借題發揮,等於再生的新著,而且包羅萬象,都是珍貴的文化史料,可惜前人重視不夠,沒有很好地加以整理。

下面也小結一下《說文》的主要貢獻:

(1)《說文》是中國最早的以形繫聯的古文字典,成書於公元一〇〇年,作者東漢許慎(原書早已不存,後經南唐小徐(鍇)重加整理,所謂《說文繫傳》者是)。

(2)字形的排列是小篆在前,有的後附古、籀(即大篆的),意在由近及遠以古證今,求得字形演變的跡象。

(3)廣泛地引用了孔子、韓非、司馬相如等廿七位通人的字說,以為佐證,形、音、義三方面的都有。

(4)也不漏過《周易》《毛詩》《古文尚書》《春秋》《左氏傳》《周官》《論語》《孟子》等等先秦古籍的徵引,藉以充實其聲符、義符或者形符的論據。

(5)在九千三百五十三字中包括了前此所有的自然界、生物界、社會生活,一句話,典章制度、文獻名物的字辭的考釋,為後來的字典、詞源開了先河。

(6)比較詳盡地介紹了漢字結構的六種方法,即所謂"六書"者是。

a、用特別簡練的筆法,描繪出來根據直觀所得到的物象,即是"象形"的辦法。

b、以"止戈為武,人言為信"的一類的涵義,作為"會意字"得以成立的特點,不只是司空見慣的,也未嘗不是約定俗成的。

c、勾劃了一看便知,如"丄"之與"丅",這就叫做"指事"字,他的原話是“視而可識,察而見義”。

d、半是形符,半是聲符(有時也是義符的)之字,叫做“形聲字”,這在《說文》之中佔的比例最大,它也被稱為“象聲”。

e、數字輾轉,相互為訓的。“考、老”,“袒、裼”,“柴、祡”俱是此類。“考,老也;老,考也。”“袒,裼也;裼,袒也。”蓋注者,灌也,以其類似諸水相為灌注,交互輸送,故云。

f、文字初作,不敷應用,濟窮之法,“轉注”而外,便是這個“本無其字,依聲托事”的“假借字”了,它是專以同聲之字為訓的。全書中凡是帶有“以為”字樣的全是,如“烏,孝鳥也,而以為‘嗚呼’字”,“朋,古文‘鳳’,而認為‘朋友’字”。

(7)創制了摹擬字音的“讀若”的方法,以為字音之助。因為那個時候還不懂得“反切”(如“東,德紅切”),它也叫做“讀如”。例:“玉,朽玉也,從王有點,讀若畜牧之畜。”有時也寫作“讀曰”,或是“讀與某同”,然而絕非“讀為”(因為“讀為”是包括字義在內的,非止字音之故)。

(8)還有兼采別說的“一曰”,如:“英,草榮而不實者,一曰黃英,從草央聲。”這是說另外的字義的。也有是說一物二名的,如:“齨,老人齒如臼也,臼亦聲。一曰:馬八歲也。按馬八歲曰馴,齒亦如臼,故云。”還有連用兩個“一曰”的,如:“踤,觸也。從足卒聲。一曰駭也,一曰倉踤(按即今之倉促,‘踤’,古作‘卒’,亦作‘猝’)。”這則是一字多義了。

(9)在半主義半主聲“以義為經而聲緯之”的“諧聲”體系上,也有許多創例,如“仁者,人也。義者,宜也。禮者,履也。春之為言蠢也。夏之為言假也。子,孳也。丑,紐也。寅,津也。卯,茂也。”等字均是。(按此本為《釋名》的獨到功能,不謂許氏亦有之也。段玉裁《六書音韻表》中,言之甚詳。)

(10)每部自首至尾,次第井井,幾如一篇文字,所謂"櫽括有條例"者是。如"一"而"元",元,始也,始而後有"天""天莫大焉"等等,皆此類也。"凡某之屬皆從某"也,未嘗不是"同條共貫"有如《爾雅》的,不過它這是"據形繫聯"的而已。

五、《釋名》

聲訓的巨著,作者劉熙,中國罕見的語文學家

劉熙《釋名》是一部用同音字或音近字來説明某些語文根源所在的詞彙書。前面説過,這種手法原是古已有之的,不過到了漢人就越發地推廣起來,而以劉熙為集其大成的作者。例如"政者,正也"(《論語·顔淵》),同音為訓;"庠者,養也"(《孟子·滕文公》),音近為義,這是見於先秦典籍中的。再如"閟,閉也"(《毛傳·閟宫》),音近釋義;"神者,申也"(《論衡·論死》),同音釋義,這是漢人常用的注解辦法。字書之中此類更多:《爾雅·釋言》"幕,暮也",《説文》"士,事也",同音説字;《爾雅·釋詁》"履,禮也",《説文》"門,聞也",音近訓義。聲訓之例不勝枚舉(詳見各書專論中),因為誰都知道,只要講訓詁便離不開聲訓,它是正確地解決語言和文字矛盾的有效辦法。甚至連漢字結構本身的聲符、義符,不管叫它作什麼名字,"形聲"(許慎)、"象聲"(班固)還是"諧聲"(鄭眾),也具備著這一種獨特的功能。

《釋名》書裏雖然有和《爾雅》同稱的篇目如《釋天》《釋地》《釋山》《釋丘》《釋水》之類,但是,不只内容完全不同——《釋名》以探求事物所以命名的道理為主,牽涉到經典語詞解釋的地方並不多——就是在名物義類的分劃上,後者也比前者特加精細。如它把《釋道》從《釋宫室》裏分立出來;列《釋地》《釋州國》為兩部;《釋親屬》專言家族姻婭,别歸輩數年事於《釋長幼》中;《釋飲食》《釋綵帛》《釋首飾》《釋

衣服》各有專章;《釋牀帳》《釋書契》《釋典藝》《釋車》《釋船》不相雜廁;《釋言語》概括了舊日的《釋詁》《釋訓》《釋言》;加一字使《釋宮室》《釋用器》《釋樂器》的內容更為明確。尤其是單言《釋兵》,列有關自然現象的名物於第一卷,補充《釋形體》《釋姿容》《釋疾病》《釋喪制》,繼之以人事、器物、交通工具等社會生活的事物。凡此種種,豈止說明著此書的材料充實、內容豐富,恐怕更要緊的是標識著中國的典章文物、人民生活發展到了東漢末年,已經空前地完美繁庶了。作者在序文裏說得好:"夫名之與實,各有義類,百姓日稱而不知其所以之意,故撰天地、陰陽、四時、邦國、都鄙、車服、喪紀,下及民庶應用之器,論敘指歸,謂之《釋名》。"那麼《釋名》的特色,由此我們可以初步地認識到以下幾點啦:

《爾雅》是書本上的訓詁學問,主要為講解先秦典籍起一個橋樑的作用;《釋名》則係一部獨立不倚的詞源專著,並不附麗於任何經傳。

《白虎通》《獨斷》等書,都是封建統治階級特定的成品,一般人民使用的價值不大;《釋名》則面對廣大的社會生活,不專屬於少數統治者。

《方言》在調查研究的工夫上,《說文》在排比分類的方法上,各有獨到之處;《釋名》則兼而有之,還不止通語方言、形體結構之學。

循聲知義,根據事物的形象、行為作解釋,繼承發展了漢字訓詁的優良傳統,成功了別開生面的語言分析,後來的"右文"起源於此(專研究形聲字的聲義)。

它如選材方面的有增有減(補充了飲食、衣服、疾病、喪制之類,捨棄了草、木、蟲、魚、鳥、獸、畜諸名),釋義方面的因而不襲(罕用同條共貫,間或參以方言),以及排比方面的細緻精確(依義比類,有條不紊),都是《釋名》顯而易見的成就。如果再具體些說,下列諸事可以佐證:

同音為訓:

曜,耀也,光明照耀也。(《釋天》)
身,伸也,可屈伸也。(《釋形體》)
視,是也,察是非也。(《釋姿容》)
德,得也,得事宜也。(《釋言語》)

音近為訓:

校,號也,將帥號令之所在也。(《釋兵》)
軸,抽也,入轂中可抽出也。(《釋車》)
痕,根也,急相根引也。(《釋疾病》)
絰,實也,傷摧之實也。(《釋喪制》)

釋文本字重出,後者引申前者,務使解説明白,這是此書最基本的方式與方法,而循聲知義名以實生之道也由此可見。

釋以方位:

河南,在河之南也。(《釋州國》)
衽,襜也,在旁襜襜然也。(《釋衣服》)
夾室,在堂兩頭,故曰夾也。(《釋宮室》)
桄,橫也,橫在下也。(《釋車》)

釋以時間:

幼,少也,言生日少也。(《釋長幼》)
舅,久也,久老稱也。(《釋親屬》)

車,古者曰車,聲如居,言行所以居人也。(《釋車》)

釋以形象:

下平曰衍,言漫衍也。(《釋地》)

土載石曰崔嵬,因形名之也。(《釋山》)

圜丘、方丘,就其方圜名之也。(《釋丘》)

駐,株也,如株木不動也。(《釋姿容》)

釋以行為:

男,任也,典任事也。(《釋長幼》)

禮,體也,得事體也。(《釋言語》)

餐,乾也,乾入口也。(《釋飲食》)

傳,傳也,以傳示後人也。(《釋典藝》)

釋以功用:

室,實也,人物實滿其中也。(《釋宮室》

屏風,言可以屏障風也。(《釋牀帳》)

筆,述也,述事而書之也。(《釋書契》)

緯,圍也,反覆圍繞以成經也。(《釋典藝》)

釋以物理:

土,吐也,能吐生萬物也。(《釋天》)

胃,圍也,圍受食物也。(《釋形體》)
鐘,空也,內空受氣多,故聲大也。(《釋樂器》)
船,循也,循水而行也。(《釋船》)

釋以人事:

執,攝也,使畏攝己也。(《釋姿容》)
親,襯也,言相隱襯也。(《釋親屬》)
友,有也,相保有也。(《釋言語》)
約,約束之也。(《釋書契》)

我們所有這樣地繁徵博引、不厭其詳地舉例,意在證明作者的知識面廣,經常抓住事物產生的特點,把它突出表現給人,藉以完成訓釋的任務,一目了然,不再費解。此外,他還能談到語言學發音部位及其作用如"舌頭""舌腹""橫口合脣""踧口開脣推氣"(《釋天》),詞彙學上的音義變化情況如"古者曰車,聲如居;今曰車,聲近舍"(《釋車》)、"漢以來謂死為物故"(《釋喪制》)。尤其是關於目録學的要籍解題、文體定義,言簡意賅,高度概括,真是精萃。即以所謂經書為例:

經,徑也,如徑路無所不通,可常用也。
《易》,易也,言變易也。
《禮》,體也,得其事體也。
《詩》,之也,志之所之也。興物而作謂之興,敷布其義謂之賦,事類相似謂之比,言王政事謂之雅,稱頌成功謂之頌,隨作者之志而別名之也。
《尚書》,尚,上也,以堯為上而書始其時事也。

《春秋》,言春秋冬夏終而成歲,舉春秋,則冬夏可知也。《春秋》書人事,卒歲而究備。春秋溫涼中,象政和也,故舉以為名也。

傳,傳也,以傳示後人也。

《國語》,記諸國君臣相與言語謀議之得失也。又曰外傳,《春秋》以魯為內,以諸國為外,外國所傳之事也。

《爾雅》,爾,昵也;昵,近也。雅,義也;義,正也。五方之言不同,皆以近正為主也。

《論語》,記孔子與諸弟子所語之言也。

"經"的看法自有問題,因為尊奉誇大了它的作用了。《尚書》以堯為上也不妥當,截至目前為止,還沒有發現足以證明唐虞存在的實物,餘則都須珍視。又《釋名》亦言文章體裁:

說,述也,序述之也。(《釋言語》)

記,紀也,紀識之也。

論,倫也,有倫理也。

贊,稱人之美曰贊。贊,纂也,纂集其美而敘之也。

敘,抒也,抒泄其實宣見之也。

誄,累也,累列其事而稱之也。

譜,布也,布列見其事也。亦言緒也,主敘人世類相繼,知統緒也。

碑,被也,此本王莽時所設也。施其轆轤,以繩被其上以引棺也。臣子追述君父之功美,以書其上。後人因焉,故建於道陌之頭、顯見之處,名其文就,謂之碑也。

(《釋典藝》)

以上八種體裁漢人早已通用,對於“碑”的訓釋還這樣地有源有本細緻全面,又可以看出來作者雖不同條共貫,卻也長短結合的高明手法了。他的長條釋文多式多樣,有排比許多說法以“或曰”聯繫起來的:

> 九十曰鮐背,背有鮐文也。或曰黃耇,鬢髮變黃也。耇,垢也。皮色驪悴,恒如有垢者也。或曰胡耇,咽皮如雞胡也。或曰凍梨,皮有斑黑,如凍梨色也。或曰齯齒,大齒落盡,更生細者,如小兒齒也。(《釋長幼》

無論哪一種解釋,都有實際情況的根據,而且以物比物,使人領會清楚。如果不是博學多能,下過調查研究真工夫的,何能獲得這般成就?再看下面的幾條:

> 匍匐,小兒時也。匍,猶捕也,藉索可執取之言也。匐,伏也,伏地行也。人雖長大,及其求事盡力之勤,猶亦稱之。《詩》曰“凡民有喪,匍匐救之”是也。(《釋姿容》)
>
> 箜篌,此師延所作靡靡之樂也。後出於桑間濮上之地,蓋空國之侯所存也。師涓為晉平公鼓焉,鄭衛分其地而有之,遂號鄭衛之音,謂之淫樂也。(《釋樂器》)
>
> 矢,指也,言其有所指向迅疾也。又謂之箭,前進也,其本曰足,矢形似木,木以下為本,本以根謂足也。又謂之鏑,鏑,敵也,可以禦敵也。齊人謂之鏃,鏃,族也,言其所中皆族滅也。關西曰釭,釭,鉸也,言有交刃也。其體曰幹,言梃幹也。其旁曰羽,如鳥羽也。鳥須羽而飛,矢須羽而前也。齊人曰衛,所以導衛矢也。其末曰栝,栝,會也,與弦會也。栝

旁曰叉,形似叉也。其受之器,以皮曰箙,謂柔服用之也。織竹曰笮,相迫笮之名也。步叉,人所帶,以箭叉其中也。馬上曰鞬,鞬,建也,弓矢並建立其中也。(《釋兵》)

人證、物證、書證、方音證,依類徵引,可是並不令人感生煩瑣。其釋"矢"一條,從本稱到别名,從形體到功用,比喻著實物,結合著方言,交待全面貼切,文字簡練明確,應該算是典範之作。當然,跟著也就必須指出,這是箋注訓詁發展到東漢末年才能夠集成的,前人預先給打好了基礎,踵事增華者可以收事半功倍之效,《說文》裏百分之八十以上的形聲字不就是它的母體麽?許氏"讀若""讀如""讀曰"諸例就更是作者直接取法的所在了。"以事為名,取譬相成",義符、聲符相輔而行,把漢字由象形兼表意的性質變成了表意兼標音,使人們既可以因形以見義,又可以因義而知聲。《釋名》之作,正是沿著這一路數發展下來的。

最後讓我們再剖析它在音韻學上的幾種貢獻。首先是作者說出了發音部位和方言的關係,《釋天》云:

天,豫、司、兗、冀以舌腹言之。天,顯也,在上高顯也。青、徐以舌頭言之。天,坦也,坦然高而遠也。

風,兗、豫、司、冀横口合脣言之。風,氾也,其氣博氾而動物也。青、徐言風,踧口開脣推氣言之。風,放也,氣放散也。

因為發音部位的不同,念出來的聲音也就有差異,這已經不能不算是新的發現了。隨著讀音的差異又各予以適當的訓釋,還叫它們在主要的字義上不相矛盾,這便更不簡單。例如,"顯""坦"同韻,它們訓釋的"高顯""高垣"也一致;"氾""放"同聲,它們訓釋的"博氾""放散"即是。然而具體到"天""風"各本字,則是基於口腔部位發音有了變化,造成了語言的空間差別和"通轉"的情況。

語音古今歧異,在時間變易的關係上,《釋名》也提示給我們不少的資料。如"邦,封也"(《釋州國》)、"負,背也"(《釋姿容》)、"房,旁也"(《釋宮室》),可以證明東漢末年還没有輕唇音,所以"封""負""房"等字分别讀如重唇音的"邦""背""旁"。再如從"男,任也"(《釋長幼》)、"入,内也"(《釋言語》)、"泥,邇也"(《釋宮室》)等釋文上,我們又知道那時的日母字"任""入"和"邇"讀作泥母的"男""内"與"泥"。在韻母方面,同樣可以找到此等事例,如"歲,越也"、"水,准也"(《釋天》)、"甲,闔也"(《釋形體》)、"孝,好也,畜也"(《釋言語》)、"黑,晦也"、"絳,工也"(《釋綵帛》)等字,此中"歲"、"越"古音同屬脂部,"甲""闔"同屬盍部,"孝""好""畜"同屬幽部,"黑""晦"同屬之部,"絳""工"同屬東部。這些字按今音讀都不同韻,按古音讀則同,可作考訂古音的材料。此外關於雙聲、疊韻、重言為訓的條文更多,這裏就不一一舉例了。

聲訓最大的缺點在於主觀附會,望文生義。因為有的漢字從結構上説,它的讀音與涵義並不一定都聯繫著,如果強作解説,便令人無法體會了。《釋名》的作者也有這個缺點,例如:

> 午,仵也,陰氣從下上,與陽相仵逆也。(《釋天》)
> 笑,鈔也,頰皮上鈔者也。(《釋姿容》)
> 妹,昧也,猶日始入,歷時少,尚昧也。(《釋親屬》)

我們便覺得他有些想入非非,不倫不類。據《説文》《廣韻》《韻會》等字書,"午"有分佈、交横之義,"笑"具欣喜、快樂之貌,"妹"則後生女子的形聲字,所謂"女弟"是也。即令依聲求義,"午,布"、"笑,樂"、"妹,末"(《白虎通》作"末")豈不接近,何必繞那麼大的彎子還解決不了問題呢?再如《釋典藝》云:

《八索》,索,素也,著素王之法,若孔子者聖而不王,制此法者有八也。

先把"索"音訓成"素",再由"素"引出"素王"作"此法",藉以推尊孔子。孔子是被抬高了,但是有什麼根據?譬如我們只問:"這《八索》在哪裏?"恐怕連作者自己都不知道。

中國封建社會發展到了東漢末年可以説是空前的鞏固,因此,家庭宗法重男輕女的一套制度與觀念,也充分地反映到這本書裏。如:

父之兄曰世父,言為嫡統繼世也。又曰伯父,伯把也,把持家政也。

子,孳也,相生蕃孳也。孫,遜也,遜遁在後生也。

(《釋親屬》)

孝,好也,愛好父母如所説好也。《孝經》説曰:孝,畜也;畜,養也。(《釋言語》)

墓,慕也,孝子思慕之處也。(《釋喪制》)

這些都是封建家長垂統繼世、子孫蕃衍、孝思不匱等意識形態的體現。關於重男輕女的更是所在多有:

天子之妃曰后。后,後也,言在後,不敢以副言也。

卿之妃曰内子。子,女子也,在閨門之内治家也。

大夫之妃曰命婦。婦,服也,服家事也。夫受命於朝,妻受命於家也。

士庶人曰妻。妻,齊也,夫賤不足以尊稱,故齊等言也。

妾,接也,以賤見接幸也。(《釋親屬》)

陴,裨也。言裨助城之高也。亦曰女牆,言其卑小,比之於城,若女子之於丈夫也。(《釋宮室》)

已經夠了,比起《白虎通》"夫者,扶也"、"婦者,服也"的"夫為妻綱"(《三綱六紀》)和"男者,任也,任功業也"、"女者,如也,從如人也"(《嫁娶》)的"三從"之義;《獨斷》的"天子之后妃曰后,后之言後也","諸侯之妃曰夫人,夫人之言扶也;士曰婦人,婦之言服也;庶人曰妻,妻之言齊也",可謂並無遜色,亦足見這種觀念早已深入人心,不是作者一個人的事了。

《釋名》所暴露的另一落後思想是蠻夷華夏之辨,用今天的話說就是大漢族主義。這當然也是春秋時代"尊王攘夷"的流風遺韻,如:

荊,警也。南蠻數為寇逆,其民有道後服,無道先強,常警備之也。

幽州在北,幽昧之地也。

楚,辛也。其地蠻多而人性急,數有戰爭相害,辛楚之禍也。

越,夷蠻之國也。度越禮義,無所拘也。

(《釋州國》)

穿耳施珠曰璫,此本出於蠻夷所為也。蠻夷婦女輕淫好走,故以此琅璫錘之也,今中國人效之耳。(《釋首飾》)

漢人以武力擴張疆土,武帝劉徹以後,黃河流域以北的許多少數民族,已被吞併改地。舊被《爾雅》稱作“四海”之一的北方“八狄”,這時已經叫作“幽州”(見《釋地》),即其一例。它還因為開化未久被叫作與“四海”“晦冥無識不可教誨”(《爾雅義疏》郝懿行引舍人說)同義的“幽昧之地”麼。從“穿耳施珠”一條釋文中,我們不只看到當時侮辱少數民族婦女的話,而且知道了戴耳環的淵源所自,和在《爾雅》裏“四方中國”對稱的“中國”(《釋地》),此際加一個“人”字拿來區別“蠻夷”等情況了。“中國人”這字樣應該以見於《釋名》的為最早。

附會陰陽,濫言五行,鄒衍以後漢人又盛,這種莫明其妙的想法同樣感染了劉熙。他根據當時流行的“金禁”“木冒”“水準”“火化”和“土吐”之說來推理引申,倒還看得下去,反正這五樣物質元素同宇宙的形成、人生的需要都是不可缺少的(可以參看《漢書・五行志》《白虎通道德論》的《五行》)唯有把“天干”“地支”胡亂配合起來企圖說明“相生相剋”之道,卻是有點兒胡搞。如“午,仵也,陰氣從下上與陽氣相仵逆也”(《釋天》)一類訓釋,便令人摸不著頭腦了。下面的一條“霓,齧也,其體斷絕,見於非時。此災氣也,傷害於物,如有所食齧也”(同上),雖然不是釋“干支”的,它那“玄之又玄”的道理卻不兩樣。還有比這些更奇怪的:

> 虹,攻也,純陽攻陰氣也。又曰蝃蝀,其見每於日在西而見於東,掇飲東方之水氣也。見於西方曰升,朝日始升而出見也。又曰美人,陰陽不和,婚姻錯亂,淫風流行,男美於女,女美於男,恒相奔隨之時,則此氣盛,故以其盛時名之也。(《釋天》)

真是亂談,既不合於物理現象,又無法聯繫上兩性生活,牽強附會,這是作者的大缺點。

按《四庫全書總目提要》云:"《釋名》八卷,漢劉熙撰。熙字成國,北海(今山東省昌樂縣東南三十里)人。其書二十七篇,以同聲相諧,推論稱名辨物之意。中間頗傷於穿鑿,然可因以考見古音。又去古未遠,所釋器物,亦可因以推求古人制度之遺。"持論甚平,亦得其要領,足供吾人參證。

六、《獨斷》

對訓詁學貢獻很大的蔡邕——少而精,自成體系

被稱作"條理統貫",為"考證家之淵藪"(《四庫全書總目提要》)的《獨斷》的確是一部名符其實的漢制考釋專書。它文字簡明,只說結語,分條序列,一目了然,和《白虎通》《風俗通》那種旁徵博引、累牘連篇的巨作全不相同,可是解決的問題又不見得少於二書。例如:它也從"漢天子正號曰皇帝"起始,一直說到"帝謚",凡有大小釋文一百二十餘條,分上下兩卷。其漢代世系、衣冠、宗廟、鹵簿等事物且為它書所罕言者(皆在下卷之中)。不過,具體到名物訓詁上講,我們認為上卷那些標明什麼什麼"別名"的(約三十條),才是《獨斷》最精華的部分。

天子命令之別名:命,出君下臣名曰命。令,奉而行之名曰令。政,著之竹帛名曰政。

五更:更者,長也,更相代至五也,能以善道改更己也。

三老:老謂久也,舊也,壽也。又五更或為叟,叟老稱與三老同義也。

三代年歲之別名:唐虞曰載,載,歲也,言一歲莫不覆載,故曰載也。夏曰歲,一曰稔也。商曰祀。周曰年。

天子、諸侯、后妃、夫人之別名:天子之妃曰后,后之言後

也。諸侯之妃曰夫人,夫人之言扶也。大夫曰孺人,孺之言屬也。士曰婦人,婦之言服也。庶人曰妻,妻之言齊也。

五等爵之別名:三公者,天子之相。相,助也,助理天下,其地封百里。侯者,候也,候逆順也,其地方百里。伯者,白也,明白於德,其地方七十里。子者,滋也,奉天王之恩德,其地方五十里。男者,任也,立功業以化民,其地方五十里。

如果我們研究兩漢文化史,《獨斷》裏面有許多材料就不能不參考。雖然這書和《白虎通》《風俗通》一樣,不少封建社會的糟粕,必須把它們分别清楚。還有人認為它不一定全出於蔡邕之手,《四庫全書總目提要》說,從高祖乙未到靈帝壬子四百一十年,而靈帝世系末行小注乃有二十二年之事,並且稱了獻帝的謚號,決非邕之本文,蓋為後人所竄亂。我們的看法是,竄亂誠屬難免,甚至整個下卷都可懷疑,因為它不只在體例上跟上卷不一樣(上卷釋文分類編次,並有某某别名的小標題,文字也簡明異常,下卷則否),而且内容也繁瑣紊亂,雜湊成篇,從帝王世系到冠服、鹵簿、帝謚,無所不有。儘管如此,我們卻不能不珍視它那些確足供備查閲的資料。

七、《風俗通》
——内容蕪雜,只能算是訓詁之作

《風俗通》是東漢末年的應劭(生卒年不詳)為了眾所共傳的"俗間行語"已經"積非習貫,莫能原察",因而打算竊比揚雄,加以是正的一部語言著作。他自己說:"今王室大壞,九州幅裂,亂靡有定,生民無幾。私懼後進,益以迷昧,聊以不才,舉爾所知。"(《風俗通義序》)就是這個意思。當然,"移風易俗",積極維繫業已沒落的東漢帝國,認為

“辨風正俗,其最上也”的政治目的才是作者著書的主旨自不待說。因為接著他又寫道:“風者,天地有寒暖,地形有險易,水泉有美惡,草木有剛柔也;俗者,含血之類,像之而生,故言語歌謳異聲,鼓舞動作殊形,或直或邪,或善或淫也。聖人作而均齊之,咸歸於正。”(同上)這裏不只約略地指陳了書的內容,而且作者自命不凡之處,也可以概見了。此書共分《皇霸》《正失》《愆禮》《過譽》《十反》《聲音》《窮通》《祀典》《怪神》和《山澤》等十卷,每卷開篇都有解題,解題以後再列經目,經目之下也是先立主文繼出考語,綱舉目張,文從字順,可以說是兩漢之中罕見的訓詁文章。例如:

《正失》卷第二:

孔子曰:“眾善焉,必察之;眾惡焉,必察之。”孟軻云:“堯、舜不勝其美,桀、紂不勝其惡。傳言失指,圖景失形。”眾口鑠金,積毀消骨,久矣其患之也。是故樂正后夔有一足之論,晉師己亥渡河,有三豕之文,非夫大聖至明,孰能原析之乎?《論語》:“名不正則言不順。”《易》稱:“失之毫氂,差以千里。”故糾其謬曰正失也。

樂正後夔一足

俗說:夔一足而用精專,故能調暢於音樂。

謹按:《呂氏春秋》:“魯哀公問於孔子:‘樂正夔一足,信乎?’孔子曰:‘昔者,舜以夔為樂正,始治六律,和均五聲,以通八風,而天下服。重黎又薦能為音者,舜曰:夫樂天地之精,得失之節,故唯聖人為能和樂之本。夔能和之,以平天下,若夔者,一足矣。故曰夔一足,非一足行。’”

從上面的例證裏,我們首先看到了漢人著重儒家、言必稱孔孟的情況。而"一足"是一人足夠,並非"踸踔而行"的一條腿的辭義是正。如同"己亥渡河"的"己亥"被形誤為"三豕"也得到了糾正一樣,都是"聖人"鑒別之功。並最後歸結於"名不正則言不順"、"差以毫釐失之千里"的經傳之言,又是應劭此書行文的通例了。

作者在《風俗通》中引用過的書籍極多,遍及先秦兩漢之作,如《毛詩》《尚書大傳》《周禮》《周易》《春秋左氏傳》《公羊傳》《論語》《孝經》《爾雅》《國語》《戰國策》《管子》《晏子》《韓非子》《禮記》《世本》《史記》《漢書》和《楚辭》等,"經""史""子""集",靡不賅備。所以《後漢書》說他:"文雖不典,後世服其洽聞。"(《應劭傳》)我們的看法是,"洽聞"名副其實,不過舊東西太多了,徵引固然不少,無害其為"典文"。因為從漢儒一貫支離破碎的考據文字上看,毋寧說他是匠心獨運不落舊套的呢。何況應劭在補釋《爾雅》發展"聲訓"方面,確有著不可抹煞的貢獻。例如他體現於《山澤》第十卷中的:

"四瀆"

瀆者,通也,所以通中國垢濁,民陵居,殖五穀也。江者,貢也,珍物可貢獻也。河者,播為九流,出龍圖也。淮者,均,均其務也。濟者,齊,齊其度量也。

"京"

謹按:《爾雅》:"丘之絕高大者為京。"謂非人力所能成,乃天地性自然也。《春秋左氏傳》:"莫之與京。"《國語》:"趙文子與叔向遊於九京。"今京兆、京師,其義取於此。

"丘"

丘之字,二人立一上,一者地也,四方高、中央下,象形也。《詩》云:"至於頓丘""宛丘之下"。《論語》:"他人之賢者丘陵也。"《爾雅》曰:"天下有名丘五,其三在河南,二在河北。"

"藪"

謹按:《爾雅》:"藪者,澤也。"藪之為言厚也,草木魚鱉所以厚養人君與百姓也。

"澤"

《傳》曰:"水草交厝,名之為澤。"澤者,言其潤澤萬物,以阜民用也。

既有"聲訓"上的詞義引申,又有字形上的結構分析,而且引經據典地補注舊說、充實新誼,立論雖然不免有牽強之處,提出來的看法到底是自我之見居多。特別是"聲訓"方面,作者曾經下過大工夫,某些名物的考釋甚至是拿它作為主要方法的。例如釋王伯:

擅國之謂王,能制割之謂王,制殺生之威之謂王。王者,往也,為天下所歸往也。(《皇霸第一·三王》)

伯者,長也,白也,言其咸建五長,功實明白也。或曰:霸者,把也,駮也,言把持天子政令,糾率同盟也。(同上,五伯)

以名詞所代表的具體行誼為根據,然後依聲托事地訓釋出來微言大義,這種辦法本是古已有之的。可是到了西漢末年,其道盛行,和《風俗通》相與伯仲的《白虎通》《獨斷》等書都蘊藏不少此類的資料,而且有許多提法彼此還是共通的。不過在文字材料的選用上,應劭搞得比較妥當,繁簡適度、分量匀稱,有他獨到的地方。再如釋音樂,言琴操:

琴之為言禁也,雅之為言正也,言君子守正以自禁也。

其道行和樂而作者,命其曲曰暢。暢者,言其道之美暢,猶不敢自安,不驕不溢,好禮不以暢其意也。

其遇閉塞憂愁而作者,命其曲曰操,操者,言遇災遭害,困厄窮迫,雖怨恨失意,猶守禮義,不懼不懾,樂道而不失其操者也。(《聲音卷六·琴》)

諸如此類的名物内容、道德標準,一眼便可以指出來它的封建落後性,誰説訓詁不聯繫思想呢?既謂之文字,就有它所代表的東西麼。我們在這裏特別注意的,只在於應劭的“聲訓”情況而已。如果單從《風俗通》的政治傾向上看問題,則誇飾三皇五帝(《皇霸》)、侈陳神靈怪異(《祀典》《怪神》),才是最没有價值、最令人厭棄的東西。

另外是,雜廁古今人事太多,月旦毁譽不遺餘力,已經逾越了詁訓的藩籬。如《正失》《愆禮》《過譽》《十反》等篇,光怪陸離,侈談故事,與音義毫不相干,而且依據的是非善惡的標準,盡是儒家封建道德的老一套,内容既陳腐又蕪雜,所以不足為訓。

《爾雅》學

引　言

舊稱《爾雅》為小學鼻祖,訓詁先天,梯航九流,舘鎋六藝,實士子之宗師而儒林之圭璧也。其信然乎?吾人讀書,非敢疑古,前賢論列,必有所據。溫故始可知新,根究方能見本。爰就早日偶獲,略加整飭,臚而述之,亦欲博識者之一笑耳。

一、源流考釋

《爾雅》一書,源遠流長。先儒考釋,迄無定見。茲特雜采舊說並附己意,分為以下四端而敘之:

1. 釋名

正名所以覈實,名不正則言不順,今徒云《爾雅》《爾雅》,《爾雅》之名,果何義乎?《說文》云:"爾,爾麗,猶靡麗也。"徐灝箋曰:"麗爾,蓋狀物之辭。"《說文》又云:"雅,楚鳥也。"段玉裁注曰:"亦云素也,正也,皆屬假借。"按此皆非《爾雅》正義,劉熙《釋名》曰:

> 《爾雅》:爾,昵也;昵,近也。雅,義也;義,正也。五方之言不同,皆以近正為主也。

按此真得《爾雅》之義矣,通名合誼,折衷方國,《爾雅》為書,正此類耳。清代學者阮氏元曰:"雅言者,官話也;《爾雅》者,言之近官話者也。即成國之意也。"

2. 著者

漢志《爾雅》廿篇,未嘗載撰人名氏,其後郭璞注序,亦但云興乎中古、隆於漢氏而已。然則此書作者究為誰乎?鄭康成曰:"《爾雅》,孔子門人所作,以釋六藝之言。"(《五經異義》)張揖曰:"周公制禮以道天下,著《爾雅》一篇以釋其義。今俗所傳二篇,或言仲尼所增,或言子夏所益,或言叔孫通所補,或言沛縣梁文所考。"(《上廣雅表》)按康成古代大儒,猶不及知作者主名。張揖生於魏朝,何得便言周公所著?觀其或云某某所增,或云某某所益,已自不敢肯定矣。昔人有書,往往托重於周公、孔子,此實不足為信耳。

鄭、張而外,唐陸德明《釋文》亦主張《釋詁》為周公作,說蓋本諸張揖。

今人康有為獨破除舊說,別出新議。其《僞經考》中據漢平徵通知古書《毛詩》《周官》《爾雅》者詣京師,及《爾雅》有與《毛詩》《周禮》相合者二事,謂《爾雅》為劉歆僞作,言雖有徵,然未免矯枉過正。蓋二事祇足為劉歆竄亂之證而已,否則鄭玄、郭璞何必同為之諱乎?

故依某之意,謂《爾雅》為周公所作固漂渺,言《爾雅》係劉歆僞撰亦武斷,當兼採鄭、郭之說,旁究張、康之語,而定《爾雅》為:

無主名、無地帶之秦漢間人合著物,而又經漢人如叔孫通、梁文、劉歆等輩所附益者。

3. **注疏者**

《爾雅》注疏,代不乏人,今就《文獻通考》及《四庫總目》所録,開列如左:

(1)《爾雅注》三卷　晉郭璞注,按《晉書》列傳云:"郭璞字景純,河東聞喜人也。好經術,博學有高才而納於言。好古文奇字,妙於陰陽歷算。官尚書朗記室參軍,贈宏農太守。"其《自序》文云:

> 璞不揆檮昧,少而習焉,沈研鑽極,二九載矣。雖注者十餘,然猶未詳備,並多紛謬,有所漏略。是以復綴集異文,會粹舊說,考方國之語,采謠俗之志,錯綜樊孫,博關群言,剟其瑕礫,搴其蕭稂,事有隱滞,援據徵之。其所易易,闕而不論,別為音圖,用祛未寤。

按郭注《爾雅》以前,雖亦有注者,然因紛謬漏略未詳備也。至異聞舊說、方國語謠俗志,則其材料。錯綜樊孫,博關群言,以及剟瑕礫、搴蕭稂、據徵隱帶滞、闕祛易易等,則其方法。精到若此。邢昺稱讚以最為稱首,又豈妄哉!

(2)《爾雅釋文》一卷　唐陸德明撰。按《唐書》,陸德明,吳縣人。名元朗,善名理,歷事陳、隋。高祖時為國子博士,封吳縣男。著有《經典釋文》《諸經音讀》二書。此處所謂之《爾雅釋文》,即為《經典釋文》之一部分也。

(3)《爾雅音訓》二卷　《崇文總目》不著撰者名氏,以孫炎、郭璞二家音訓為尚狹,頗增益之,其書今已散佚。

(4)《爾雅疏》十卷　宋邢昺撰。按《宋書》列傳,邢昺濟陰人,字叔明。太宗時擢九經及第,真宗初置翰林學士以昺為之,與杜鎬、孫奭等校定《三禮》《三傳》《論語》《孝經》《爾雅》等書,官終禮部尚書。其自敘云:“其為義疏者,惟俗間有孫炎、高璉皆淺近,今奉敕校定以景純為主,其共事者,杜鎬而下八人。”

(5)《爾雅音略》三卷　後蜀毋昭裔撰。按《五代史》,昭裔河中龍門人,博學有才名,孟知祥擢為御史中丞,昶立拜中書侍朗同平章事,以太子太師致仕。《爾雅》舊有釋智騫及陸朗釋文,昭裔以一字有兩音或三音,後生疑於呼讀,乃釋其文義最明者為定。

(6)《爾雅新義》廿卷　宋陸佃撰。按《宋書》載:陸佃山陰人,字農師。居貧苦學,映月讀書。嘗受經於王安石,而不以新法為是,擢熙寧甲科,補國子監直講,歷轉至左丞,罷為中大夫,出知亳州,卒於官。陳氏曰:“其於是書,用力勤矣,自序以為雖使郭璞擁篲清道,跂望塵躅可也。”以愚觀之,大率不出王氏之學。

(7)《注爾雅》三卷　宋鄭樵撰。按《宋書·儒林傳》:鄭樵字漁仲,蒲田人。居夾漈山中,因以為號。又自稱西溪逸民。紹興間以薦召對,授右迪功郎兵部架閣,尋改監潭州南嶽廟,給札歸抄所撰《通志》,書成入為樞密院編修。樵曰:“言語、稱謂、宮室、器服、草木、蟲魚、鳥獸之所命不同,人所不能識者,故為之訓釋。義理,人之所本有,無待注釋。有注釋則人必生疑,反舍經之言而疑注解之言,或者復舍注解之意而泥己之意以為經意。”(自序)足見注釋之道,樵已得其三昧。

(8)《爾雅正義》　清邵晉涵著。按晉涵餘姚人,字與桐,乾隆進士,歸部銓選,累官至侍讀學士。博聞強識,尤長於經史,著《爾雅正義》以郭注為宗,其序文云:

世所傳本,文字異同不免訛舛,郭注亦多脫落,俗說流行,古義寖晦。爰据唐石經暨宋槧本及諸中所徵引者。審定經文,增校郭注,仿唐人正義,繹其義蘊,彰其隱賾。……漢人治《爾雅》若舍人、劉歆、樊光、李巡、孫炎之注,遺文佚句,散見群籍。梁有沈旋集注,陳有顧野王音義,唐有裴瑜注。……今以郭氏為主,略姑兼采諸家,分疏於下,用俟辯章。

準是,吾人可知歷代《爾雅》注疏,以景純最為高遠,與桐最為完備,學者不可忽之也。

4. 仿作者

《爾雅》仿作者,可分二類:

甲、標名為雅體例同然者。—姑簡稱之曰甲類。

乙、名號雖異,方法則一者。—姑簡稱之曰乙類。

甲類:

(1)《小爾雅》一卷　陳氏曰:"《漢志》有此書,亦不著名氏。唐氏有李軌解一卷,今《舘閣書目》云孔鮒選,即《孔叢子》第十一也。篇曰《廣詁言》《廣訓》《廣義》《廣名》《廣服》《廣器》《廣鳥》《廣獸》,凡十章。"(《文獻通考》)

(2)《博雅》十卷　鼂氏曰:"隋曹憲撰。魏張揖嘗採《蒼雅》遺文為書名《廣雅》,憲因揖之說附以音解,避隋帝諱更之為博云。"按其書今存,清王念孫有《廣雅疏證》。

(3)《蜀爾雅》三卷　陳氏曰:不著撰人名氏。館閣按李邯鄲云:"唐李商隱採蜀語為之,當必有據。"(同上)

(4)《埤雅》　鼂氏曰:"皇朝(按即宋朝)陸佃農師撰,書載蟲、魚、鳥、獸、草、木名物,喜採俗說。”(同上)按書名《埤雅》者,言為《爾雅》之輔也,其說諸物,大抵略於形狀而詳於名義,尋究偏旁,比附形聲,蓋已受有《說文解字》之影響矣。

(5)《爾雅翼》三十二卷　按是書宋羅願撰,顧名思義便知其亦《爾雅》輔翼之意也。書凡《釋艸》八卷,《釋木》四卷,《釋鳥》五卷,《釋獸》六卷,《釋蟲》四卷,《釋魚》五卷,《四庫總目》稱其考據精博,體例謹嚴,在陸佃《埤雅》之上,或有當也。

(6)《別雅》五卷　清吳玉搢撰,按《四庫總目》云:“是書取字體之假借通用者,依韻編之,各注所出而為之辨證,於考古深為有功。”

乙類:

(1)《方言》　揚雄為學,最喜摹仿,《方言》一書,雖為當代方國語言之編輯,而其通訓方法,未嘗不依《爾雅》之舊者也。

(2)《釋名》八卷　漢劉熙以同聲相諧推論稱名辨物之意,著書凡廿篇,實《爾雅》《方言》之續耳。

(3)《說文解字》三十卷　《爾雅》依義序列,《說文》就形分部,殊途同歸,並重訓詁,且許書之采自《爾雅》者,亦多矣。

(4)《匡謬正俗》八卷　唐顏師古撰。前四卷凡五十五條,皆論諸經訓詁音釋。後四卷凡一百二十七條,皆論諸書字義字音及俗語相承之異。

(5)《群經音辨》七卷　宋賈昌朝撰,凡群經之中一字異訓音從而異者,彙集為四門。絲牽繩貫,同異粲然,不無益於治小學者。

(6)《字詁》一卷　清黃生撰。是編取魏張揖《字詁》以名其書,每字皆有新義,而根據博奧,與穿鑿者有殊。

總之,《爾雅》勢力,實已徧及各代,彼其直接注疏與夫間接仿作者無論已,即後來之類書亦有準此以纂輯結構者。

二、內容研究

《爾雅》究有若何之特質,而能如彼其尊盛? 吾人殊不能不諦觀全書,以一索乎真象矣。

1. 篇目便覽

今本《爾雅》共三卷,始《釋詁》終《釋畜》凡十九章,合計經文一萬八百零九言,郭注一萬七千六百二十八言(據《古逸叢書》影宋蜀大字本),就中最大篇章為《釋言》,文約二百十七條,其最小者《釋樂》,僅有正文二十三條。茲更詳列各篇要旨與經文確數如下:

卷上:
《釋詁》第一　通古今之異語,凡一百九十一條。
《釋言》第二　宜彼此之音意,凡二百七十條。
《釋訓》第三　道一切之形貌,凡一百二十四條。
《釋親》第四　序男女之親屬,凡三十一條。
卷中:
《釋宮》第五　解庭堂之全象,凡七十六條。
《釋器》第六　定器皿之名目,凡一百十三條。
《釋樂》第七　列樂品之種類,凡二十三條。
《釋天》第八　談自然之物事,凡一百十六條。
《釋地》第九　述方域之典志,凡五十二條。
《釋丘》第十　言丘陵之稱謂,凡四十三條。
《釋山》第十一　論山嶺之殊態,凡四十六條。

《釋水》第十二　說江河之雅訓,凡五十三條。

卷下:

《釋艸》第十三　舉百卉之芳衡,凡二百二十六條。

《釋木》第十四　排諸本之名色,凡一百十一條。

《釋蟲》第十五　陳蟲豸之稱號,凡八十三條。

《釋魚》第十六　顯魚鼈之細目,凡六十八條。

《釋鳥》第十七　示飛禽之通詁,凡九十八條。

《釋獸》第十八　明走獸之種別,凡七十七條。

《釋畜》第十九　講六牲之屬類,凡八十三條。

右所述:題解乃某草擬,條數則依郭注為斷者也,總計一千八百七十四條。

2. 讀法舉例

吾人讀書,首惡泥古,分析實驗,方是上乘,否則能升窺堂奧者,未之有也。《爾雅》為訓詁專書,竟體名物,故吾人考究,當自訓詁條例始。

(1)訓詁釋例　《爾雅》訓詁,方式頗多,類而別之,可得下者:

①獨訓例　單舉名物,孤立一格者,謂之獨訓。例如:

艾,歷也(《釋詁》)	鬼之為言歸也(《釋訓》)
久雨謂之淫(《釋天》)	兩河間曰冀州(《釋地》)
魯有大野(同上)	望厓洒而高岸(《釋丘》)
河南華(《釋山》)	泉一見一否為瀸(《釋水》)
朮山薊(《釋艸》)	鼬,鼠(《釋獸》)

②合訓例　字異義同偕訓成組者,謂之合訓。例如:

如、適、之、嫁、徂、逝,往也(《釋詁》)

干、流,求也(《釋言》)

宮謂之室,室謂之宮(《釋宮》)

九夷、八狄、七戎、六蠻,謂其之四海(《釋地》)

水出其前渚丘,水出其後沮丘,水出右正丘,水出其左營丘(《釋丘》)

藒、彫、蓬、薦、黍,蓬(《釋艸》)

③轉訓例　既已同義轉復相訓者,謂之轉訓,例如:

遘、逢,遇也;遘、逢、遇,遻也;遘、逢、遇、遻,見也。

俾、拼、抨,使也;俾、拼、抨、使,從也。

(《釋詁》)

④疊訓例　同字異訓疊聯釋義者,謂之疊訓,例如:

替,廢也;替,滅也。

濟,渡也;濟,成也;濟,益也。

(《釋言》)

⑤聲訓例　字義聲音兩兩同一者,謂之聲訓,例如:

履,禮也。

增,益也。

祺,吉也。

(《釋言》)

⑥連綿字訓例　雙聲、疊韻、重言為訓者,謂之連綿字訓:

a、重言

明明、斤斤,察也。

晏晏、溫溫,柔也。

殷殷、惸惸、切切、愽愽、欽欽、京京、忡忡、惙惙、炳炳、奕奕,憂也。

(《釋訓》)

b、雙聲

蘧篨,口柔也。

侜張,誑也。

(《釋訓》)

c、疊韻

婆娑,舞也。

如琢如磨,自修也。

(《釋訓》)

(2)部類商榷　《爾雅》分部,頗欠精確,殆今昔異俗之故乎?然則吾人據今移古,或招誤觀時代之譏矣。故妄言之,以備一說。

①宜合部者　可有兩組：

a、《釋詁》之與《釋言》　《釋詁》《釋言》雖分二類，然而異語音義意之通宜，則固實質一致者也。且縱觀兩部全文，除《釋詁》之合訓者，略較《釋言》為長外，吾未見其有何區別，例如：

悠、傷、憂，思也。（《釋詁》）　祔、祪，祖也。（同上）　即，尼也。
律、遹，述也。（《釋言》）　征、邁，行也。（同上）　佻，偷也。

同例繁多，不勝枚舉，故《釋詁》《釋言》應歸一類。

b、《釋丘》之與《釋山》　丘之與山本非二物，兩篇所釋亦多同點，例如：

丘一成為敦丘，再成為陶丘，再成鋭上為融丘，三成為崐崘丘。（《釋丘》）

山三襲陟，再成英，一成坯……鋭而高嶠。（《釋山》）

水潦所止泥，丘。（《釋丘》）

山上有水埒，夏有水冬無水粱。（《釋山》）

陳有宛丘，晉有潛丘，淮南有州黎丘，天下有名丘五，其三在河南，其二在河北。（《釋丘》）

泰山為東嶽，華山為西嶽，霍山為南嶽，恒山為北嶽，嵩高為中嶽，梁山晉望也。（《釋山》）

右所舉例，兩兩相比，其所異者，亦只丘山二字之形聲而已。邵氏所謂"連貫六書"，或即指此及艸、木、蟲、魚而言歟？

②宜分部者　輯得八則：

a、《釋詁》　"暀暀、皇皇、藐藐、穆穆，美也。"又："關關、噰噰，音聲和也。"《釋詁》無重言訓,二條宜入《釋訓》。

b、《釋言》 "翢,纛也。纛,翳也。"二條乃器物之名,宜入《釋器》。

c、《釋宮》 "雞棲於弋為榤,鑿垣而棲為塒。"雞棲之所混入宮室類中,嫌不雅馴。此條宜行剔出,或使併入《釋畜》雞屬則內。又"路、旅,途也;路、場、猷、行,道也。一達謂之道路",至"九達謂之逵"等十一條,似由"堂途謂之陳"而敷說者,置此不類,亦宜抉出別副《釋地》項下。

d、《釋器》 自"餀謂之餯"至"澱謂之垽"等十五條,或言物臭或言肉臞,或言米屑,側之《釋器》篇中,均嫌不倫,宜按屬惟分入《釋言》《釋魚》《釋畜》等章內。又"菜謂之蔌,白蓋謂之苫",乃釋艸文也,宜入《釋艸》。

e、《釋天》 講武入之《釋天》,已覺勉強;旌旂更附會之,未免太濫。夫旌旂乃物名也,故宜歸諸釋器。

f、《釋地》 八陵多是丘嶺,似非九州十藪之類,故宜改入《釋丘》《釋山》(九府五方之說,亦嫌牽強)。

g、《釋水》 因水及舟雖似可通,但諸舟究係物名,故自"汎汎楊舟"至"庶人乘泭"等七條宜入《釋器》為是。又水中一則,訓者州陼,此與丘山固同類者,宜併入之。

h、《釋畜》 名曰六畜,實僅馬、牛、羊、狗、雞五屬而不見豕,豕屬卻在《釋獸》中,故《釋獸》自"豕子豬"至"牝豝"等九條文,應移入《釋畜》以補缺陷。

(3)郭注檢討 居今之世而識《爾雅》,誠乎賴有郭注,故《爾雅》郭注之討論,實亦相當重要也。

按郭注之方法及材料,雖已略見序文中,然而輕描淡寫之說法,固未足以括全體,且再檢而録出之,亦可以為印證焉。

①方法 郭注方法,極為完備,舉凡今日之通行者,郭已均為之

先例。

a、以本書證本書　如《釋詁》言："華，皇也。"郭引《釋艸》注云："蒮，華榮。"

b、以他書證本書　此例更多，如《釋言》："襄，除也。"郭引《詩》曰："不可襄也。"又："觀指示也。"郭引《國語》曰："且觀之兵。"

c、以類書證本書　如《釋言》："謖，興起也。"郭引《禮記》曰："尸稷。"

d、以舊注證本書　如《釋艸》："蘗狗毒。"郭引樊光曰："俗語苦如蘗。"又"臺夫須"，郭引鄭箋曰："臺可以為禦雨笠。"

e、以時事證本書　如《釋親》："弟之妻為婦。"郭云："猶今言新婦是也。"又《釋宮》："無室曰榭。"郭云："榭，即今堂堭。"

②材料　郭注取材，亦極廣博，經史子集而外，謠俗時物並涉及之。

a、經典　《尚書》《詩》《易》

b、史冊　《春秋》《左傳》《公羊傳》《穀梁傳》《國語》《史記》《漢書》

c、子書　《論語》《孟子》《韓子》《尸子》

d、集類　《離騷》

e、博物　《方言》《廣雅》《本草》《山海經》《穆天子傳》《呂氏》《字林》

此外郭注不言出處者甚多，大率當時之事物也。是以郭注優點在其取材豐富拓開注疏之路，而其劣點卻為語焉不詳每有闕落，使人感生寢晦耳。

③價值批判　前人之稱譽《爾雅》者，以郭璞、邵晉涵為最。郭序云：

> 夫《爾雅》者,所以通詁訓之指歸,敘詩人之興詠。揔絕代之離詞,辯同實而殊號者也。誠九依之津涉,六藝之鈐鍵,學覽者之潭奧,擒翰者之華苑也。若乃可以博物不惑多識於鳥獸艸木之名者,莫近於《爾雅》。

邵序云:

> 其為書也,重辯累言而意指同受,依聲得義而假借相成,宮室器用之度,歲時星辰之行,州野山川之列,艸木蟲魚鳥獸之散殊,或因事以為名,或比類以合誼。其事則觀指而可識,其形則隨象而可見。通貫六書,發揮六藝,聚類同條,雜而不越。

按郭、邵之說,止見其長、未見其短者也。如郭所云:"通詁訓之指歸,辯同實而異號。博物不惑,多識於鳥獸艸木之名。"則信然矣。如邵所云:"通貫六書,發揮六藝。聚類同條,雜而不越。"似尚須加斟酌也。

且《爾雅》之書,自成體例,雜記名物,不附經義,而郭、邵二公誤以為經籍之注脚、藝苑之附庸,此亦未免辱沒也。

是故《爾雅》一書之真價值,在其發明訓詁、采輯名物,自成一種名物專書。至於取材蕪雜、分部欠純,則係類書之通病,不必特為之諱也。

三、校勘小記

閒讀《爾雅》,略備善本,考其同異參而録之。然而論證未能,妄斷豈敢!校對之物,固不配稱校勘也。所用諸本,多為北大圖書,今先開列於後：

唐開成石壁十二經本《爾雅》三卷（百忍堂模刻本）

影宋蜀大字本《爾雅》三卷（《古逸叢書》本）

明人合刻五雅本《爾雅》三卷（明天啟六年武林郎氏板）

清代十三經注本《爾雅》十一卷（稽古樓刻本）

邵編修《爾雅正義》三卷（《皇清經解》本）

諸書以唐石刻經本及影宋本為最佳。五雅本最劣——五雅本全體誤謬竟在百五十條以上，此實驚人——其餘則稽古樓本尚可。邵正義本考據雖詳，而刻治不良，讀之亦當小心。

此外舊校《爾雅》各書，如陸德明《爾雅釋文》考證、《十三經注疏·爾雅》校勘記、百忍堂石經校文《爾雅》校文等，亦皆雖置案頭以資參驗。其為諸書所未及者，始行公之於世焉。

1. 經文部

(1)《釋詁》　共五條

陽，予也。唐石經本、影宋本、稽古樓本、邵正義本並同，王雅本作"傷，予也"，邵晉涵曰：按郭注引詩"陽如之何"，詩考以為即《陳風·澤陂》篇"傷如之何"之異文也。魯詩亡於東晉，郭氏猶及見之，今韋君章句久佚，莫可考矣，巴濮人自呼阿陽，據時驗也。

替，待也。唐石經本、五雅本並同。影宋本、稽古樓本作替，邵正義本作朁。按"替""朁"古今字也。

掔、竺，厚也。唐石經本、稽古樓本、邵正義本並同。影宋本竺作竺，五雅本掔作掔，均誤。

汏,墮也。影宋本、稽古樓本並同。唐石經本、邵正義本作"汏,墜也",五雅本作"汏,墮也"。按《說文》:"汏,淅瀰也。"郭以為水落之貌也。墮、墜義通。

厎,止也。唐石經本、影宋本、邵正義本並同。稽古樓本、五雅本厎作癈。《爾雅注疏》校勘記云:"厎、癈,皆經所有。"

(2)《釋言》　共四條

惄,飢也。唐石經本、影宋本、邵正義本並同。五雅本飢寫作饑,按飢、饑亦古今字。

弃,忘也。唐石經本、影宋本並同。五雅本、稽古樓本、邵正義本,弃寫作棄。

休,慶也。唐石經本、五雅本、稽古樓本、邵正義本並同。影宋本休字作休,按《士冠禮》云"承天之休",字正作休。

塊,堛也。唐經石本、五雅本、稽古樓本、邵正義本,此條並在"將,齊也"文上,惟影宋本不見,當係脫落。

(3)《釋地》　共一條

東北之美者有厈山之文皮焉。唐石經本、影宋本、邵正義本並同。東北,五雅本作東方;厈山,五雅本、稽古樓本作斥山。按《隋書·地理志》:"東萊郡文登縣有厈山。"《太平御覽》以為即《爾雅》之厈山也。邵晉涵云:"斥山在今登州府榮成縣南一百二十里。"又云:"斥山在營域內,營城越海有遼東地,故能聚東北之美。"《管子·揆度篇》曰:"發朝鮮之文皮。"銘案:據《管子》及《隋志》,則《爾雅》之厈山,或即今日遼東半島之千山也,厈之與干,特字之異耳。故五雅本、稽古樓本之斥山、東方等字蓋誤。

(4)《釋丘》　一條

如畝畝丘。唐石經本、影宋本並同。五雅本、稽古樓本、邵正義本畝畝作畒,《爾雅釋文》考證云:"畝乃畒之俗字。"

2. 郭注部

(1)《釋詁》 共九條

那那(愛……於也條下)。五雅本、稽古樓本、邵正義本並同。影宋本作都那。按那那奈何之合聲也,都那似誤。

秋獵為獮(劉……殺也條下)。影宋本、五雅本、邵正義本並同。稽古樓本作秋獵曰獮。

行而相值即是見(遘……見也條下)。影宋本、稽古樓本並同。五雅本見誤也,邵正義本作脱是字。

孫叔然字別為義失矣(覭……離也條下)。影宋本、稽古樓本、邵正義本並同。五雅本闕。

貫貫伏也(閑……習也條下)。邵正義本同。影宋本伏作伏,五雅本作習伏也,稽古樓本作貫伏也。

於義本詳(鴻……氏也條下)。影宋本、稽古樓本、邵正義本並同。五雅闕宗。

蹶,美也(衛……嘉也條下)。影宋本、稽古樓本、邵正義本闕此二字,五雅本獨見。

侯誰在矣互相訓(伊維侯也條下)。影宋本、稽古樓本、邵正義本並同。五雅本別作伊和人斯,脱互相訓三字。

舜曰陟方乃死(崩……死也條下)。影宋本、稽古樓本、邵正義本並同,五雅本闕。

(2)《釋言》 共十一條

皆傳車馹馬之名(馹遽傳也條下)。五雅本、稽古樓本、邵正義本並同,影宋本傳誤作轉。

惠然肯來(若惠順也條下)。影宋本、稽古樓本、邵正義本並同。

五雅本作“曾孫是若,惠然肯來”。

饕飯為饙饙熟為餾(饙餾稔也條下)。影宋本同。五雅本饕作攸,熟誤孰。稽古樓本、邵正義本饕作貸。按《廣雅》云“饙飯謂之饕”,《釋文》引《蒼頡篇》云“饕,饙也”,故攸、貸均字之譌也。

音沓(逮遝也條下)。各本均脱,影宋本獨見。

畫者為形象(畫形也條下)。影宋本全同,五雅本、稽古樓本、邵正義本象字作像。按《説文》:“象,形也。”當以象字為正。

音薺(懠怒也條下)。各本均脱,影宋本獨見。

不可襄也(襄除也條下)。五雅本、稽古樓本、邵正義本並相同,影宋本脱也字。

言詾讒(詾訟也條下)。影宋本同,各本讒作譊。

已復於事而逡(逡退也條下)。各本並同,影宋本事誤作士。

謂發揚(越揚也條下)。各本均同,五雅本脱此三字,别作詩曰對揚王休。

狃忕復為(狃復也條下)。五雅本、稽古樓本並同。影宋本伏作怺,邵正義本伏作怺。

(3)《釋訓》　共三條

綿綿穮也涇,影宋本作言芸精,五雅本作言芸耨者。稽古樓本、邵正義本並作言芸耨精,當從。

陋人専禄國侵削賢士求哀念窮迫(速速……惟逑鞫也條下)。禄五雅本作權,求影宋本作永,稽古樓本、邵正義本同上文。

勿念念也(勿念勿忘也條下)。影宋本、五雅本、邵正義本並同,稽古樓本作勿念忘也。按《詩・大雅》“無念爾祖”,《孝經釋文》引鄭注云:“無念,無忘也。”又服虔《左傳注》云:“不尚,尚也;毋寧,寧也。”俱與此同。且《毛傳》亦云:“無念,念也。”乃郭所本。故稽古樓本非是。

(4)《釋宮》 共一條

窔亦隱闇(東南隅謂之窔條下)。五雅本、稽古樓本、邵正義本並同,影宋本闇字作闇。

(5)《釋器樂》 共一條

長尺二寸(小者謂之筊條下)。各本並同,影宋本獨作長尺一寸。按《風俗通》正作長尺二寸。

(6)《釋天》 共二條

連歲不熟左傳曰今又荐饑(仍饑為荐條下)。各本均同,五雅本脫此十一字。

涷音東西之東(暴雨謂之涷條下)。影宋本同,五雅本音誤同,稽古樓本、邵正義本並刪。

(7)《釋丘》 共三條

敦盂也(敦丘條下)。稽古樓本、邵正義本並同,影宋本盂作盂,五雅本盂誤孟。

但未詳其名號今者所在耳(天下有名丘五條下)。影宋本同,五雅本者誤嚴,稽古樓本邵正義本並闕者字。

(8)《釋山》 共一條

重甗隒注(甗甑也句)。稽古樓本、邵正義本並同,影宋本脫也字,五雅本甗誤獻。

(9)《釋水》 共一條

直横流也(正絕流曰亂條下)。稽古樓本、邵正義本並同,影宋本流作渡,五雅本作絕河而渡也。

(10)《釋艸》 共三條

亦呼為莕音杏(莕接余條下)。影宋本、邵正義本並同,五雅本脫音杏二字,稽古樓本脫為字。

薺子味甘(薺蒫實條下)。稽古樓本、邵正義本、五雅本均同,影宋本作薺子名。《爾雅注疏》校勘記曰:"此涉疏語誤改。"

音怗(苄地黄條下)。各本均脱,獨見影宋本中。

(11)《釋木》　共一條

音涉(攝虎櫐條下)。各本均脱,五雅本獨見。

(12)《釋蟲》　共二條

齊人呼螘為蛘(小者螘條下)。稽古樓本、邵正義本並同(邵本蛘作蛘),影宋本作齊人呼蟻蟻蛘,五雅本作齊人呼為蛾蛘。

(13)《釋魚》　共四條

甲無鱗肉黄(鱣條下)。影宋本、邵正義本並同。五雅本作甲鱗其肉黄。稽古樓本作中無鱗肉黄,當誤。

音鄷鄗(鰝大鰕條下)。影宋本同,五雅本脱鄗字,稽古樓、邵正義等二本删。

魁狀如海蛤……即今之蚶也(魁陸條下)。影宋本同。五雅本海誤泥,蚶作蛆。稽古樓本、邵正義本蚶作蚶。按《釋文》引字書云:"蚶,蛤也。"《嶺表録異》:"瓦屋子南中舊呼為蚶子。"似蚶當作蚶為是。

音滑(小者蟧條下)。影宋本、五雅本並同,稽古樓本、邵正義本從删。

(14)《釋鳥》　共二條

音加(舒鴈鵝條下)。影宋本、五雅本並同,稽古樓本、邵正義本從删。

伯趙氏(伯勞也條下)。五雅本、稽古樓本、邵正義本並同,影宋本氏作是。

(15)《釋獸》　共五條

其雌者名貍(貑子貆條下)。五雅等本並同,影宋本貍作貍。

音岸(貙獌似貍條下)。各本均脱,影宋本獨見。

即魋也(魋如小熊條下)。各本均脱,影宋本獨見。

音漏洩(羊曰䶩條下)。各本均脱,影宋本獨見。

動作(獸曰釁條下)。五雅本、稽古樓本、邵正義本並同,影宋本闕。《爾雅注疏》校勘記云:“係依疏語删改。”

(本文原載於《北强月刊》1935 年第 2 卷第 1 期,署名“魏紫銘”)